CW00665797

起初

纪年

王朔 著

新 星 出 版 社　NEW STAR PRESS

新经典文化股份有限公司
www.readinglife.com
出　品

自序

一

多年前，一直感到棘手从来也未曾满意被我视为一种折磨的给小说人物起名字，终于发展成一种心理——叫疾病有点过分——障碍，私下称之为"命名恐惧症"；觉得怎么都不像真名，严重影响了本来就日渐低下的虚构事实能力和本人一向秉持的对假定真实感的追求，几只小说因起不出理想人名迟迟不能开篇初心涣散终至放弃。于是想到取巧，找一个人名现成的故事，避开这个困扰。当然其中还有另一层偷懒，人名现成，故事谅必也现成，当时我还陷入另一种枯竭或称疲惫，即将日复一日流水般生活描绘为、或称伪装为不同寻常遭际的热情及自我增强力。有态度，没情节，就是这一等境地。于是很自然也是无可选择地把目光投向历史，就字面意思而言，历史就是故事。

本书取材于《资治通鉴》《汉书》《史记》所载汉武旧事，大事件走的是通鉴纪年，有些例行封赏宴飨通鉴不如汉书详备则由汉书补入，也是为了显得文体庄重，巨细无一无出处，没瞎编。

其实我对已知历史也没有特别强烈个人看法，基本相信这个世界来历的真实性，凡广为流传的过往都确曾发生过，差别只在叙事策略或史家个人局限上，这信念建立在不信人类有完全没影儿、无中生有能力基础上。我国历史为文艺借用起初多发生于戏曲，个人以为小说源头之一表演于茶肆之长篇评话或称话本亦是一种曲艺。即便《史记》《通鉴》这样的史家名作一般认为也具有相当文学性，也即有想象、虚构和语言上的整饬。《通鉴》几乎肯定借取了小说、传奇，反正一展开文学性自动就来了就对了。——故皆有将历史戏剧化倾向。而我就个人偏好而言并不喜欢故事过分戏剧性，这会增加叙事负担从技术上说，而叙事一向是我弱项，为避叙事常以对话代叙事即所谓"聊天体"，在本书中亦如是。前人文学作品已提供足够故事性，除了致敬还是致敬，再生人家文本也无非于骨架间贴一些皮肉，所谓借一步说话，说的什么呢？人情世故，叫读书笔记、乱翻书偶得也成。

选择汉武故事无他，只是碰巧对他这一朝几个人知道得更早，很小、不知汉武是谁前，就对"灌夫骂座""金屋藏娇"这样的故事有印象，大概小时候家里有本前后汉故事集，至今书中灌夫揪人耳朵灌酒黑白插图尤在眼前，当然那时对这样的故事很不满意，喝醉闹酒炸为什么写在书里？金屋藏娇有什么意义呀？另一个不好意思的原因是我幼时其实是个军迷或叫武人崇拜者，李广李陵爷儿俩悲剧性命运对我有一点刺激，直到成年无处安放，和我熟知的大英雄套路完全不同，初衷有相当成分意图借汉武朝军事活动把本人军迷时代攒下来的小爱好、小见识发挥一下，过过瘾。

还是准备不足，本来就是想写打仗，十六岁登基，四十五年执政，一年一年捋着写，不碰文言，确实水平仅限于"人有亡斧者"，就用白话，四五十万字打住。

想到了历史体裁麻烦，细节考证能累死谁，全知等于难为自己，故取惯常所用第一人称，所见限于一己之侧，能少交待少交待，是不得已。没想到历史景观自有其深远和无垠，一旦进入有特别大的身不由己，有些视角不容遮蔽，走着走着就在故事之外上千年，不留意间已转入第三人称叙事，几十万字岔出去回不来。有些人物所行骇人，心机莫测，远超常人所想所能驾驭，亦为第一人称天然具有同情之理解所不容，故在很多篇幅陆续出现第一、第三人称混用章节，乃至最后写丢了第一人称，通篇以第三人称尴然终了。

我是拿口语所谓新北京话写作的作者，检查文字也须拿口语来回溜，没磕啵儿，才觉得通顺，不绝对啊！写出二里地发现口语不够使，目前汉语大部分成语两千年前尚未成典，更别说今天几乎全部常用熟语，当然，既决定用白话就是明打算——黑了心不讲究，可是，也别太碍眼是吧？非用成语换一个字，不如人家得当也活该了，或减字，变作三字、二字组。另扩大词汇量，北京方语很多有音无字，以象声代形容，疑似多出满语，限于篇幅不举例了，我就自作主张添上几个字，秉承古汉语同音通假旧例及国家语言文字委员会在读音上一向坚持的"从俗"精神，从音不从字，包括通常书面语字音不合，如"那什么"，北京方语读如"内"，亦从音改为"内什么"，诸如此类。还一些并无标准写法旧词儿，如隔壁写做"接壁儿"而读如"界别儿"，则两者并用。还一些熟词如老实巴交、烂七八糟则改为"老实芭蕉""烂漆疤糟"什么的，变文以使其陌生化，兼收减少同词组过频出现之效。简言之，就是一些语言上的雕虫小，欲盖弥。

方语因限于口语相较于国文，其实表现力有限，只适合一定篇幅，过长则显得贫气，有时会憋几句不地道夹生外地话，如吴语、粤语和貌似长安人应说的陕西话破一下，其实当时汉官话应当也不是今天的陕西话，这只说明今天我国各方语强省文化交通影响所及，及小说文体自带所谓游戏性。每年我都有特定时段，大约是入秋，脑汁绞尽、肚中词儿倒干、智穷而开始胡说八道，这时候就该歇了，与特定历史人物及其语言环境无关。

再有，书中凡涉外语，皆以中文音译之，以尽量不使汉字中出现字母，破坏方块字整体美感。

二

读过《通鉴》的人都知道，汉武朝开篇即是董仲舒《举贤良策》，一般认为汉自此尊儒，而我看到一篇文章认为其时虽有设五经博士、经年举贤良之名，而无尊儒之实，理由是终汉武一朝以儒者身份入公卿者不过四五人，干部全换为儒门中人在昭、宣之后，斯时方可谓儒学一跃而为国家学说也即官学。这和我读史所感一致。另司马迁所获宫刑一般认为是重刑。我读时亦有不解，肉刑文帝初年即已废除，马迁之前未闻有人受宫，而马迁受刑后即擢拔为相当于皇帝政治秘书的中书令，可说是为他一人因人设职，这等重视与其刚犯下重大错误及刑余之人当免本兼各职汉制似有扞格。也是看到一篇文章，讲宫刑实际是一种"恩刑"，相当于今日死缓，仅适用于无钱赎死（汉有死罪赎死制度，战败军人多以此脱身）与皇室有特殊关系者，终西汉二百年只有四五人得受此恩，具体细节不在这里讲了。我想说什么呢？我想说凡本书新观点皆来自他人，本人贡献甚少可忽略不计，本应一一鸣谢，因是小说，格式不符，且其中多名家，公然列出大名有拉名人站台之嫌，故在此一并道乏：愧领了。有不屑于隐瞒自己观点尊长可告编者，将以注释列于卷后。

又：历史事件公案多，材料愈丰富争议愈纷复。本书情节凡关节处几乎每一点都有三种以上说法，简言之如赵信城所在何方？卫青七百里突击茏城就距离而言不可能是狼居胥山那个茏城，那是何处？卫霍大出击所涉大漠到底是我国北方四大沙漠浑善达克、毛乌素、腾格里、巴丹吉林哪一个？我是凭兴致、叙事方便任意作了取舍，若有方家言之凿凿提出教正，令本人折服，亦将以注释煌列于卷后，注明此为正解，并致以薄酬。改是不改了，牵一发动全书，愿以疏于考据、以讹传讹典型留案底于世，以警来者。

三

本书开笔于本世纪初叶，原计划三年完成，写到孩子开蒙，问题来了，公元前一四几年，景帝中期，既然官学非儒，那是什么，给孩子学什么呢？一般认为汉初至文景各帝推崇的是黄老之学，所谓无为而治，宽税赋轻徭役，与民休息。黄老之学，黄帝是挂名，得为后人所见正典唯有《老子》或称《道德经》。《庄子》那个大概不适合给皇子当教材，或可作为课外读物。世间纷传《道德经》有浩大原本，传世这五千言只是老子过函谷关随便透了几句支应尹喜，这从《道德经》内种天上一句地下一句哪儿都不挨着哪儿的箴言体看似可成立。这时有一高人在网上偶遇，一女的，至今不知其名，好像姓谢，教我：《道德经》作者不是老子，而是母系社会千百万年来诸女帝亦可称诸女圣——古时圣人皆指帝，周公亦曾南面而立，素人封圣自孔子始——传下来的女式统治经验，以天下至柔驰骋天下至坚之溜的，故有帝王学之说，经文多韵乃是因为最初传世方式为歌谣体。后入父权社会，为黄帝以下各男帝口口相传，或混入心得，入商周形成文字，乃成。老子家族世为商周两朝守藏史也即图书馆长，故熟谙，出口成章。

以上仿宋字为余添足。余言下大悟。余一直有一执念，诸家之说皆有源头，绝非一人之智，一代人启发一代人，至一集大成者出现，开宗立派。谢老师之说深得我心，老子是不是原作者不重要，我们依然认他为宗，因他有传世之功，除此以外我们也不知道谁对此有贡献。诸女圣是谁？其国又在何方？考查《史记》，开卷自五帝始。五帝之前，一片空白。双重证据，文献止于《尚书》，考古良渚、石峁之上就该接大地湾、红山了吧？我不懂啊，好像挖出来能坐实的女强人只有一个妇好。剩下就是女娲、嫘母、精卫这些个传说神话中烈女子。硬史学到此止步，该我们小说上了。

当我起大妄想准备上探、觊觎一下我国文明源头，就把自个搁这儿了。还是做了些调查，啐了一盒吐沫寄到成都某科技公司，测了把第恩诶，我奶奶这枝六万年前离开非洲，步行穿越苏伊士地峡，沿亚丁湾、波斯湾、孟加拉湾，绕马六甲海峡，入北部湾，踏上当时还未坍塌、还是一块瓷瓷实实永久冻原的东海大陆架，以每年十二公里步速，一路北上，兜兜转转，捡食海滩上的蛤蜊、淡菜、小螃蟹，也许还有搁浅的鲸鱼大餐，走了不知几代、几十代人，海风漂白了她们的容颜，到了辽宁，一扭脸成了东北人。我姥姥这枝出来的晚点，一万年前，还是这条线，从吉布提下海，有独叶舟了，一扭脸成了东北人。

唉内喂，这一猛子扎出去，再抬头就是十啦年之后，街上流行戴口罩，恍范儿苍孙已然耳顺，电脑字从五号变成小三号，原计划四十万字变成小一百四十万。本书《纪年》变成多卷本系列小说《起初》其中一卷。

四

与编辑们讨论的结果，最后完成这卷即本书，文字最顺，阅读体验最好，而前数卷趣味、用典、用辞则多有可商榷。同意编辑意见，应该把最好、无歧义部分优先提供给读者。《起初》虽为多卷本，但各卷章节相对独立，小范围试读反映，从后往前看更容易看进去。我这里亦可以安心调整主要是删改各前卷，满意一本推出一本，不负读者。

另：本书所涉中外地名有古今之别，本人一般倾向使用古名，个别地名或有今名蹿入，与个别专有名词前后不一相类，希望留下一些写作痕迹。中外人名亦颇有古今译法左异、不同版本偏旁出入，皆取从古不从今，偏旁通假之法徐对之。个别人士书中论及时其人其事尚未传入中国故不应有正式译名，故特采用模糊化音译，敬希鉴谅。

特别感谢本书编辑们的专业、较真和付出，得同道共切磋古今汉字俗常用法和规范是一次非常愉快的体验。受累。

二〇二二年三月八日

1

起初，我六年，匈奴左骨都侯呼衍朵尼驮着紫貂皮、精炼羊奶酥酪和河磨玉来访，自上谷入境，王恢在红山口岸接他，护送他到长安，安排他在国宾馆住下，来找我，跟我说：姐夫问你好。我说什么姐夫？

王恢说军臣单于。我说好烦，姐家日子又过不下去了？王恢说这回倒没提借粮食的事儿，就说是想借几尺布，天热了，皮袄穿不住，姐夫说他可以光膀子，主要想给姐扯件褂子。我说不过分，上好纱丝绫罗一样给姐弄一身。王恢嘬牙花子还一件事不好张嘴。我说蒜苗是吧？这有啥不好张嘴的，别看东西贱，不会种地，你就没大蒜，想吃点绿的你就没辙！讲多少次了，派一个师傅去，专门种蒜、发蒜苗，为什么不办？

王恢说不是蒜的事，草原上有韭花，公主早就不吃蒜了，每年自己腌韭花酱，给您也捎了一坛，回头您吃羊肉锅子受累尝尝，据说能多吃二斤。我说好吃就逮照死了吃阿？以后我顿顿多吃二斤，我还能要么？

王恢说这个，就轮不到我们劝您了，您自个的身子自个掂量。呼衍朵尼先生说，今年草原春上无暴雪，夏无雹子，草长得好，母羊奶水好，小羊成活率高，奶挤不过来，很多母羊乳汁淤馊，导致乳房炎，传染给小羊引发口腔起水泡、糜烂，形成溃疡，迁延不愈，母子交叉感染，都疼，流脓，上蹄子挠，爆发口蹄疫，母羊小羊大批死亡，还传染到人，人摸马传染给马。

我说你什么意思呀，让我给想办法，我也不懂阿，懂我当兽医去了。王恢说不是让您想办法，是挤奶人手不够。我说那我就更不懂了，奶水足就得乳房炎阿，擎着让人小羊吃好了，挤什么，本来我就不赞成剥夺小羊喝奶权挤给人喝，小羊呢，烤串儿了？

蹲一旁韩安国说内都是奶羊，小羊在，小羊喝不了。王恢说单于请咱们这儿多派儿个娘家人，公主甲沟炎有些日子不能挤奶了。我说怎么遮，我姐还得自个挤奶？见过过日子靠娘家的，你到底要说什么，直说。王恢说直说了，这就是呼衍骨都侯原话，单于请上再派些个活儿好的。我说我去！我帮他们挤奶去。

王恢说得，我去跟他们说，您不高兴了，这事不聊了。

王恢走了，我跟韩安国说：通知丞相、窦婴、阿老，明天到我这里开个会。

明日，三个人来了。我跟他们说：今天请你们来，主要是想谈一下匈奴的问题。这个邻居很大，离我们很近，我们好像很熟，说起来还沾亲带故，又很陌生，至今搞不清楚他们有多少人口，除了羊还有什么出产，军臣单于是个什么人，有什么爱好，他的本部和左右两部什么关系，是诸侯，还是兄弟，体制是怎么运作的——有没有体制，还是就是这一摊，内一摊，平时各过各的，有事听招呼，那么一帮人？放开聊，不设议题，没框框，务虚。

田蚡说他们是不是又来人跟咱们要东西了？窦婴说军臣单于是什么人，平时怎么运作，这个要问阿老。

阿老说一般聊聊可以，下结论，我们掌握的也没那么细，军臣本人，可信材料不多，一般人接触不到，也就是公主小组零碎传回来的一些观察，多限于闺阁传闻，也就是咱们说的扒褂，据说军臣酒量好，性欲强，凡所遇女子，无分贵贱美丑将及淫遍。

我说正当年呀，吃羊肉吧每天？

阿老说羊肉肯定要吃，具体岁数不清楚，匈奴纪年是一种简单粗放结果很复杂的算法，每年头一场雨为元旦，那大概是他们开始夏季转场的日子，具体乃一天年年不一样。一年两季，下一季从头一场雪算起，大家聊起岁数都是说下过几场雪几场雨，也有"你见过的雪还没我见过雨多"这样倚老卖老的谚语。所以谁跟你说他今年几岁都不可靠，他们也不过生日。

窦婴说东胡武士每年春上打一头狼，记岁数就说几头狼，可是谁也不知道他几岁开始打的狼。

我说但是每天还是每天吧？阿老说每天还是每天，日出到日落。每个月也是二十多天，以妇女经期为准。

田蚡说妇女经期有准么？我说这是一种古老的历法，叫经验历，也叫口传历，在文字数字都没发明前。我汉乡下不识字的人也是这么数日子，今天出门倒霉，今天出门不倒霉，把倒霉事儿挨着过一遍就一年了。

阿老说军臣是文盲，匈奴没文字，单于发布圣旨都拿嘴说，下边的人拿嘴接着，一嘴一嘴传出去，所以单于身边人记性都好，记性再好，上个月、去年的事儿也有遗漏，所以今天收了你的财物答应不抢你了，下个月、明年，一扭脸又来了，所以给人留下言而无信的印象，还真不是说话不算话，是记性不好，忘了。

我说有没有别人该他钱没给，他给忘了的？阿老说还真有，去年赊的货今年给忘了，做两年汉匈贸易净出货了。所以咱们汉商和匈奴人做贸易讲明一概不赊货，差钱不卖，因为更多的记性不好是把该他一千钱记成三千钱，连人带货给扣了没地儿说理去。

我说真够捉急的，这么下去也不行阿，他们内每年蹛林大会点校什么呢，数都数不过来。阿老说他们有万的概念，最大数，数到万就数不下去了，所以单于以下左右贤王至当户二十四位首长旗下不管多少人，有的不满万，有的超万，都称万骑。高皇帝白登之围也是被情报晃了范儿，捕捉的匈奴俘虏报称万骑，越打越多，控弦之士三十万是我们后来的统计，二十四位部族首长都来了。

我说所以嘞？阿老说所以我也很替他们捉急，老上单于那前儿特派我署情报员中行说老师随和亲翁主打入单于内廷……

窦婴说中行老师是你们的人？这人可够坏的，我汉使者向匈奴宣传我汉先进文化都让他给啵儿回去，还将我汉面对匈奴一线上谷、代郡、云中至上郡长城倾圮、边防薄弱点位出卖给单于。

阿老说是是，都是我让他说的。中行老师是我报请文皇帝批准，特别组织的一次情报行动，对老上单于本人进行渗透。为掩护此次行动还大张鼓旗搞了次和亲，当时派去冒充公主的情报员是文皇帝在山西做代王时奶过景皇帝一个奶妈的闺女，文皇帝认了干闺女，也是我署派出的第一代公主小组，可是跟中行说不发生横的联系，中行说行动直接对我负责。我跟中行老师交代临行前，你此去是战略潜伏，主要任务是帮匈奴创建文字，建立记事制度，其他不要你管，为取得单于信任，可以激烈排汉面目处事，提供他们真情报。次要任务：关键时刻，大事临头，帮咱垫句话。

我说主要任务完成了？阿老说很遗憾没有，先后搞了两次，一次由我署委托太学博士依合并同音字、取笔划最少字为正体原则搞了一套简化汉隶，描在绢上交由聂壹驼队密送茏城——中行自己都不认识了，老上单于一看还是汉字，跟他们内发音也对不上，认没俩字咬了舌头，把中行臭卷一顿，这套方案废了。二回我署密码人员根据匈奴本部正音以汉隶偏旁注音搞了个三十九音字母表，聂壹密送，中行呈上，老上一口气拼写两段匈奴史诗《库赐传》，笑曰好记性不如烂笔头，这下不怕哭怜们忘恩了。（马迁注：匈奴谓奴为哭怜，亦作哭也怜怜。）遂令匈奴亲贵学习汉字偏旁拼音，遭到抵制。这是文皇帝后四年的事。这年，老上单一口气没上来，崩于茏城。匈奴大巫师散布谣言，说撑梨护助底撑梨骨突单于，却用异邦扭文传天意，怎生中？遭下天谴这也般。（马迁注：匈奴谓天为撑梨，谓子为骨突，单于者，广大之貌也，言下单于如天广大。）匈奴亲贵亦云：忘恩事小，记仇事大，我哄之所以繫狱久者不满十日，一国之囚不过数人，在列国传为美谈，皆因记吃不记打，恩仇爽快须在当下也中，今教习秦文，必也效秦之陋俗，父恨子尝，子恨孙尝，生生世世做冤家不得开解，累死子孙赤马虎。继位者军臣单于曰：善。遂罢拼音。但是叫身边左右向中行说老师学数算，以便统计人口畜群以课税。

田蚡说妈的文盲不识字还有理了！

我说有道理，我汉这帮土鳖就因为这点事，生下来个个背负大恨，拿恨当饭吃，假牛掰擅动刑杀未必不是因识字而拧。

窦婴说上，您不能风吹东倒向东，风吹北倒向北，谁说什么您就跟着跑。我说爷舅，我帮理不帮亲。

阿老说次要任务完成得很好。军臣单于立，依其俗，新君即位要打一个大仗立威，因就教于中行。中行老师此时地位近于国师，上遇隆宠，也是匈奴首屈一指汉问题专家，为单于等下尊为"屠耆"。（马迁注：匈奴语贤者。）军臣曰：屠耆，俺今日要将那大队兵马入云中可也否则个？中行曰可也者般。军臣曰者般也否则个？中行曰者般也否俺们知秦知，大队兵马候个正著也般赤马虎。军臣曰特马者。

我说阿老，您老说的匈奴语么？阿老说也不是啦，这是匈奴各族人民与汉人打交道说的一种混合汉话胡话的协和语，我出入匈奴，与人交谈，听汇报，多用此语，不知你们有没有这个毛病，听的乃种语，说也只能用乃种语，才记得住。窦婴说还真是，我不幸家中用了呼揭侍女，她说的内口儿西膜鬼话我乱懂，但用汉话还真学不上来。我说什么叫赤马虎阿，老听你说。阿老说就是北狄语系一般惯有语气助词，没意思，敬语，跟思密达一样。

田蚡离席长揖：阿老，求心疼，用咱听着不闹心正经汉语。

阿老说中行老师说单于新立必入中国，这是我国习俗汉人也知道，一定高度戒备派出大量军队守候于边境要地，这时发兵收获可能不大，不如缓一闸，向汉国申请一老婆以示我国将继续奉行和亲、对汉友好政策，汉国上下必有所松懈，他们的军队都是临时召集，难以长期部署于边境，农忙会解散回家干活，到那时我军突入中国定收奇兵之效，一您白涝一老婆，二可尽收汉人替咱们伺候一年正好成熟的庄稼。单于说特马者，意思是：可。

我说这就是内关键时刻了吧。阿老说正是，就这么一句"缓一闸"就为我们争取了一年时间，使我汉得以训练士卒，整顿武备。一年后，匈奴果入我上郡、云中，两个方向都有三万骑。我汉也准备好了，构筑了以太行燕山交接点飞狐口、雁门句注山为要塞延伸至北地郡之第二国防线，由今已去世车骑将军令免、苏意将军和上回九三成军祭你见过的老将军张武分率重兵屯卫。又在长安周围布置了一条三角防线，周亚夫将军戍守长安西细柳；同样不在了的宗正刘礼将军与祝兹侯徐厉率领部队分驻渭河北岸棘门和灞上；又命北方各郡边境地区官民有长城的上长城，没长城的上房、上隘口，人人拿起弓刀与匈奴入侵者作殊死战。

窦婴说我记得我记得，这是文皇帝后六年冬天的事儿，内时我才从吴国免相，在长安闲住，长安城里内紧外松，街上还是一派准备迎冬至红火景象，杀牛宰羊贴门神，家人忽将甲衣弓矢搬出挂弦除锈，我还问呢，这会子弄这些个作甚？家人说街道通知防贼。

我说堵住他们了？阿老说堵住了，入侵云中内一支虏骑打到雁门，苏意将军点燃烽火一路传到长安。我军动用战役预备队由卫将军周舍和材官将军李假率领星夜驰援，经过三个月艰苦行军，在夏天到来前，出雁门抵达九原，虏骑远遁。驻守北地张武将军亦在同一时间有所出击，入侵上郡虏骑亦出塞远去，遂收复所有国土。

我说三个月，从长安到雁门，这是快呢还是快呢？

阿老说周舍将军和李假将军率领的是重型战车部队，去雁门必须先走秦直道到畇衍东渡黄河。都说当年蒙恬筑路是黄土掺盐碱像烤馕内样架柴把路面烤熟故尔质量好车过无辙不长草，其实好的也就是甘泉到安塞一段，也没传说的那么过硬，还是有车辙，有的车辙还很深，近于沟渠；有的路段依山经年累次泻洪塌方无人清理，仅容单人侧身通过；有的沿河风雪侵凌雨水剥蚀基础下沉近乎断头。我们的部队是挑着筐背着石一边修路一边走，大路不通就走小路和我们叫阡陌的田埂，一个屯兵车碾过去，复为原野；两个屯、一个曲车队过后，尽成烂泥。遇上沟、裂、壑，人一步跳过去，车，就得架桥，哪么搭块板呢。我军过后沿途百姓家家没有门板以致民怨沸腾姑且不提——再往前，过了黄河进入山西，那就不叫路了，叫搓板，叫绊马坎，叫磕头坡，地势越来越陡，部队要推车。进入山区，还有崂、梁、崖，山道崎岖尤如天梯，战士就要把战车大卸八块，肩扛手提，过一个山口，组装成车走几步，下一山口再卸再装，就这么装装卸卸，三个月能走到雁门真是算快了。我再多说一句，年底部队回到灞上，不讲战士，周舍将军、李假将军手掌心老茧一寸厚，身上铁胄甲衣都磨脱了袖，都成坎肩了！我们的将军和战士一起扛轭抬车轴，一起阿！

我说战士，是好战士。将军，是铁将军！既然有一年备战时间，也料定敌人从哪里来，安排了预备队，为什么不修路呢？

阿老说预案中有请修复秦直道安塞至畇衍段和黑峪口至雁门战备马道两项工程，报上去了，你也知道文皇帝那个人，自己住草房，宫里次所加个瓦铺几块砖都不许，下雨天皇后嫔妃都踩着泥蹲茅房，驳回了。

我说远的不讲，文皇帝以来，三次对匈重大作战，出动兵力以十万计，没有一次取得战果，每次都是我们部队到了，匈奴抢够杀够，撤了。什么问题？是我们装备笨重，不适合长距离复杂地形机动，还是战场准备不足，道路建设滞后，造成兵力不能及时投送？还是匈奴狡猾，寇边只为捞一把，有意避战？还是我方亦有意避战，自高皇帝白登之围后我汉上下皆对匈奴有忌惮畏战之心，作战目的亦不在尽歼犯敌而在驱离？还是我们的战法有问题，总是坐在家里等，搞什么第二国防线，等人打上门再组织反击？

窦婴说都有问题。阿老说同意。田蚡亦举手，说：同意。

我说匈奴的问题早晚要解决，这个家伙体量大，欲壑难填，姑娘有的是，绢丝有的是，给多少还会伸手跟你要，给得少了，慢了，就会跟你翻脸，也不是匈奴好战，也不是匈奴无敌，是我们惯的。我们没本事嘛，每次都让他们白白来，白白去，一点损失没有只有便宜，白抢了你还要跟他说好话赔不是，把少了缺的全补上，换我也要常来。没有这样做邻居的吧。

阿老说有的时候也不是单于贪婪，文皇帝三年，右贤王入河南之地赖着不走，我老父亲领兵八万予以驱离，起因就很莫名其妙，也是我们一个部都尉不懂事，右贤王、挛鞮氏，皇族，单于之兄，身份可以吧，与我们这个部都尉在黄河渡口举行边境例会，表示友好，请他喝酒，我们这位老兄灌了几口酒，也不知内根筋搭错了，议论人家风俗，父死妻其后母，讲人家骚胡，右贤王感到羞辱，泼酒拔刀斩了这个部都尉，兵发河南，惹出天大的麻烦，这不是没有的事么。

窦婴说这就叫匹夫误国，生活中就有这样的人，喝了酒不是人，不怕惹事，惹出事担不起。

田蚡说也可能就是找茬儿。阿老说你就让人找到茬儿了么。

我说不扯这个人了，我们有我们的问题，边将边吏作威作福，欺压依附于我蛮夷激起夷变也是需要高度重视的问题。现在我请三位下一判断，如果刚才我们讲的内些问题都解决了，路修好了，部队装备更新了，信心提高了，也不坐在家里等了，上院门口去等，匈奴一进来就堵住他，两军交战——胜算有多少？

窦婴说可以一战。我说都要发表意见，田蚡？

田蚡说同意窦老判断。阿老说野战合围胜负各半，战场由我预设，时机由我选择，可再加半。我说好，给你钱，给你人，战场准备三年完成可否？阿老说五年，还有很多问题未及细谈。我说就五年！问题没谈透，明天接着谈。我也不要占他的地，我也不要灭他的国，我就要我们这个邻居知道，我家这个门不是你想串就能随便串的。

这时，王恢大红脸晃着肩膀进来，说妥了，话都挑明了，心情愉快走了，没有一顿酒解决不了的问题，一顿不行就两顿。

我说跟他怎么说的？王恢说还能怎么说，就是讲我们这些做臣子的苦衷呗，上，喜怒无常，喜的时候跟着喜，怒的时候跟着不讲理。之前答应你的都不作数了，但是不能让你白跑一趟，我家里还有一点粮食、几匹绢，俩姑娘，够装一车的，算我个人一点意思，谁让咱们是哥们儿的，他们上头掰面儿咱们不能掰。

我跟田蚡说你听听，这就叫会办事，多困难的局面、码逼的节奏还能留条缝儿。田蚡说会了，就是什么雷都顶你脑袋上呗。

我问王恢：朵尼怎么说？王恢说当然很感动了，说其实每回来跟咱们要东西要人，他也很不好意思，他在家也不随便跟人张口，愣可抢！这么恬着脸上外国哭穷卖惨，讪人东西，在他们草原比偷还低级，叫讨要。我也是有几千音色拉（马迁注：匈奴语：下民），奴仆成群，凭战功做到这个位置响当当的阿克为甚（马迁注：伴伴），呼衍朵尼说，在我哄，谁不得高看我一眼？可如今，我都瞧不起我自己。可是没办法，单于下令我还得来，让你见笑了兄弟。我还说呢，那你啥时候方便，跟单于递个话呗，就别这样了。朵尼说兄弟，单于面前，哪有我说话地方呀，咱们都是听喝的。

我说好好保护他这点不好意思，出长安了么他。

王恢说我亲自送到灞上，看着他没影儿的。

我说那你赶紧麻溜儿把他追回来。

王恢说不用，我送的东西足足三车，朵尼看着我们家内俩烧火丫头嘴乐得合不上。

我说不是，你是你的，我是我的，我同意了，和亲。

王恢说您改主意了？我说嗯哪。回头跟阿老说：公主的事儿还得您老费心，挑好了人我办个仪式，认干闺女，有合适人吧？

阿老说有有，我署在鳌屋专门有个公主班，教宫廷规矩和礼仪，也要求学员按公主自我感觉要求自己，平时学公主走道怎么拿劲儿，见人怎么说话，吃饭怎么喝汤，平阳林虑都去讲过课。不过就一样，刚结业这班都比较成熟，岁数只比你大不比你小。

我说那我认姐，让太后认干闺女。

王恢说那我去了？

我说你还没走，等什么呢？

2

又明日，会议挪到甲一号院军情署大会议室举行，扩大进一署的夏侯赐、三署的郦坚、四署五署的周坚萧婴和在家的几位将军李广程不识和御史大夫韩安国。由北狄处长小栾向与会者作关于匈奴社情报告，重点介绍其武装力量当前实力、战争动员体系、兵员构成、武器装备、指挥层级、惯用战术和补给模式。

小栾父亲栾布汉初曾在燕王臧荼手下为将，文皇帝时又出任过燕国丞相，与匈国左贤王部多有交道，因与匈国左大都尉须卜居祥交好，为小栾和左大都尉之女须卜永梅指腹为婚，结为儿女庆家。故小栾家中胡汉双俗兼行，日间常备甜咸奶茶，宴客辄以烤羊腿手把肉飨之，是我汉军中难得对域外风土人情了若切身又在匈有人脉之军事干部，七国平乱后阿老特意把他从其父属下要来，主持对匈情报行动。

小栾报告中讲，匈族社会比较古老，五帝世代便以小规模部族集团出现在黄河以北广大地区，山戎、猃狁、荤粥是尧舜时夏人对他们的称呼，其中荤粥比较切合他们的自称"Huns"的发音。有人认为他们是夏桀之子淳维之后，更早还有黄帝十三子崩耳说，十四子儿羊之子始均说，即便都是真的，也只能说有古夏人融入匈族，丰富而不是决定了匈族主要人群种因成分，这从匈族各部所操之语无一与汉语属同一语系兹便可征。匈人肤色自西向东由浅入深，头颅面相由长圆深隆至扁平，与我汉人民面相肤色相类，愈往东则愈难分彼我，由兹可鉴彼之来历及与我共同演进血胤交杂之深远渊亲。今日我们所知匈人皆是游猎牧养，骑马放马，牧羊牛驼，逐水草而居。而在六百年前，《左传·鲁隐公九年》曾经记载郑国伐北戎"彼徒我车"，郑国军队驾着战车，戎人徒步作战。一百七十年后，鲁昭公元年，群狄攻晋，还是"彼徒我车"，还是步兵，没有马。也就是说至少四百年前，尔等还是徒步牧人，所谓诸夏之师尚对其保有速度和机动性上的优势。徒步之牧，恐怕只能牧羊，或小群牛，种群大了就顾不过来。牲口少，人也就少，活动范围也小，一伙人，行动靠走，传令靠吼，有效管控范围不出百里，故尔斯时叫戎也好、狄也好之诸胡对我诸夏均不构成重大实质威胁。有证据显示，入居塞内，与我诸夏相峙于溪谷之地赤狄、白翟、林胡诸胡国已有相当成熟之农业。后诸国虽灭，关于农作物和农具甚多词汇仍作为词根保留在今日匈国本部语中，用以表述桑科豆科植物和兵器。也就是说匈人并非天生牧人，也曾与我一样因采摘进而发展为种植，至少其一部确曾走在成长为农民进程中。其后百年，诸胡崛起于草原，我们这里正当春秋至战国，也是大时代，赵武灵王十九年正月，下诏易胡服，改兵制，习骑射，什么情况？诸胡有马了！且骑术精良，来如飞鸟，去若绝弦，诸夏兵车干不过他们了。说他们有马，指的是驯术。马，凡草连碧处，皆有野群，不会驯，等于无马。还有骑乘观念，我们倒是很会驯马，可是千年下来只用以拖拽，宁肯造个车让马拉着，也没想过裸马可骑，可能是服式限制了想象，大袖宽袍底下是光腿，会阴受不了。可能最早车的动力是牛，观念就停留在换牲口不换车了。马术何来？诸胡无文献，传说不可征。文化嬗变无非两途，一是引入，一是自我求新意识强，见缝就钻。查李耳著《穆天子传》及周左史戎夫《新六师西征战记》可知，周天子西行一路所遇西膜诸国无分贵贱男女皆骑行，途经广漠、旷原每常遭受当地人民骑马攻击和袭扰，虽规模较小，多不过百十人，亦可称骑兵了。诸胡西膜同出一源，土地相连，人民，都是牧人，从小骑羊、卧牛，是个食草动物就往人家身上爬，裆已磨成铁裆。马，快如闪电，有朝一日骑上它，大约是所有草原牧人的终极梦想吧。故尔，见羡思齐，浑常等闲事也。

小栾报告说，秦灭六国，诸如赤狄白翟山戎林胡高夷大荔绵诸昫衍之戎便不见于史，取而代之的是一个新的戎部名：匈奴。这说明在我国发生兼并天下诸夏归秦战争同时，草原上也发生了部落兼并诸胡归匈奴大事件。据我署接收前秦档案记载，匈奴之称秦昭襄王十一年才第一次出现于秦丞相府每旬边情简报中，记曰：十月丁卯，匈奴扰边，郡守发边兵五百讨之，斩首九级，至郁郅还。这时的匈奴还是个小部落，战斗规模不大，伤亡亦显著轻微。至秦始二十六年，不过百年，已俨然强胡，使蒙恬击之，发三十万卒。查秦相府档，蒙恬此次出击并无斩获报送，只记"悉收河南地，因河为塞，筑四十四县城临河，徙谪戌以充之"，是驱离、防守的姿态。之后守边十一年基本都在搞工程，到二世元年蒙恬受诛，只记载了一次出黄河占领阳山北假的行动，亦无斩获记录。

小栾说，匈奴方面材料因限于口传亦多缺漏不实，我处多次派员深入匈奴本部收集表现其战斗生活民歌牧调，并无片言提及蒙恬和他内次出击，在匈奴人民记忆中蒙恬不存在。目前所能掌握信息只有当年单于的称号，相当于我们的帝号，叫头曼；帐下人民"万帐"，相当于我们的万户。考虑到"万"是中行说老师入匈前匈奴人最大数，也许实际拥有帐户过万，匈奴牧歌有"狼居山，余吾水，头曼万帐白胜雪"句；也许少于万，牧歌亦有"匈奴不满万，满万无人敌"；也许是不同时期产生的歌咏。以万帐计，一帐出男丁二至三人，头曼帐下战士数万应是中数。

小栾说，头曼，在匈奴语中是英雄的意思。汉读半音半意，正确发音康泽曼。父祖皆失名。他的姓氏：挛鞮；是冒顿单于开始与中原各国打交道才始见于中国文书，应是替他草拟文书汉吏根据其姓氏发音选字。挛与鞮，是匈奴英雄史诗《库赐传》中两个人物，挛是天女，在狼居山下余吾水沐浴，为天神塔穆拉偷窥生爱，交配生子鞮。母亲生完孩子就抬屁股归天了，留下鞮，由狼居山下群狼养大。库赐，匈语意为苍狼，在史诗中是狼群姐大，喂养小鞮奶水主要来自她和其它几个狼姨儿。小鞮视其为母，武艺——军事才能也全拜乃母所赐，跑、跳、扑、长距离跟踪，包抄合围，月圆进，月亏退，利则进，不利则退，打不过就跑，全是狼内套。小鞮长大指母为姓，成为草原英雄，匈奴首称单于者，号库赐单于。然后就没有然后了，冒顿单于接这儿了，把传说中俩人名字连一块，说他爸头曼是库赐单于亲外甥，单于亲赐其姓：挛鞮氏。

小栾说匈奴英雄史诗也多，目前我署收集的本子就有《康泽曼刚巴尔》《阔尔奥格立》《阿勒帕米西》，都是不完全本。英雄们还活在天边马背孤独牧人哽咽干燥长调声中，草原内点困难都让他们解决了，也无非是打打杀杀劫财劫色，古老人民惦记的事都差不多。史诗是匈奴人的历史和文化熏养，灌育成就其尚武轻死重诺爱财之人民气质。一般人民得子亦偏爱以史诗中人物取名，就像我们给孩子取名多从五经中摘义。真正拥有姓氏，世为显贵者只有三姓：呼衍、兰、须卜。据说此三姓先人均为匈奴合部前诸胡之王，呼衍出自山戎，兰氏出自林胡，须卜出自白翟。当前匈奴各大将、都尉、当户、骨都侯除宗室莫不出这三姓。

小栾说，中行老师传回报告曾言：匈奴今日官制自冒顿始。中行老师对我署贡献无逾其右，我署对匈工作可分中行老师入匈前和中行老师入匈后。之前，可说一切都在混淆隔膜中，不但我们说不清，匈奴中人也是一本糊涂账。我老翁丈，匈奴左大都尉须卜居祥，祖为白翟王，居洛水，为晋所驱，避于河左。头曼单于时归匈奴，封当户，率本部继续牧于河南。后匈奴分部，出河右，迁于延水，晋左都尉。景皇帝四年，公主和亲，我也和亲，与新妇合卺于坝上，纵酒长歌七日。我老翁丈对我讲：咱家这个官实在得自头曼老单于，若论英明神武，咱们当今这位单于、他爹老上单于、再往上的冒顿单于，比之皆略逊。就那么几匹马、几张弓，往来于漠北河南，今年相遇还任人追打，来年再见已坐拥万骑。草原阿，草长马肥，凡百年间，必有强部兴起，一强兴，众部归，归而不迁，不分众，是老例。匈部兴起前，犬戎亦兴，楼烦亦兴，都循这个老例，各安其众，还是你们这些人，还在你这个牧场，当你的王或穆他什——头人的意思。头曼老单于亦不分众，亦不迁部，但是对不起，降你的称号，也不叫王，也不要叫穆他什，我来给你封个头衔：依那什——也就是大将；当户——很难翻译，是一种低于大将的军职，汉军没有这个级别。

我说校尉？小栾说校尉太低了，大概相当于秦的裨将。但是不具备隶属关系，平时各自还在各自领地牧游，爱作甚作甚。称呼上之所以有区别，全在于各部人畜领地实力大小，出万骑称将，千骑称当户，就像我们的伯侯子男。为什么这么叫？头曼单于对各部帮主讲，不是我要贬低各位，而是利于战时，当我把你们召集起来，咱们大家一起去抢秦的女人财帛，咱们立刻、不用重新编队，就是一支军队了。这时就要按平时的官称明确指挥层级了，当户就要服从大将，大将服从我，咱们就是一只拳头！

栾对阿老说阿老，我能借用您几句话么在这里？阿老说您用。

栾说阿老曾来我处视查，与我们共同分析狄情，对我处工作作出重要指示：匈奴，封建军国！大头领如周分封子弟，层级关系又如军队，全民皆兵。故上对下，虽各称王，势如主奴，下对上绝对服从，上对下言出即令。其人民主业虽为牧猎，战争亦为其主业。研究匈奴，不要把它当作一个我们这样的正常国家，要当一支军队研究。其国所产马牛羊骆驼也不要看成单纯经济动物，要当作军需供给计算，有多少匹马、多少只羊，就能大致估算出他们军队规模上限、后备兵员基数和一次出动维持作战天数。于是我处就把一段时间工作重点放在数羊上。

田蚡说马不好数，理解，跑得快，为什么数羊呢，我们统计的不是军队规模么，为什么不数人呢？

栾说羊比人显眼，草原上只见羊不见人。而且数羊比较不易引起怀疑。我们的目的是统计匈奴部队综合补给能力，数人并不能达到目的。

我说数得过来么？栾说很困难，确非一朝一夕之功。我处——并从其他处借调干员——全员出动，流浪二年，走遍弓卢、余吾两水之间广大草场，数到的羊，未及匈奴本部一二。

窦婴说数帐子呀，不管叫国、叫军队也好，一顶帐子就是一个基本生活单元，你们自己不是已经出了数字：万帐。

阿老说这个问题已经解决，小栾讲的是中行说老师入匈前被动局面，中行入匈后，受委任负责在蹛林大会上做人畜点校统计，数字出来，单于那里得一份，我们这里拿一份，年年一份新的，直到前年中行老师病故。

我说中行老师没了，什么病？阿老说梅毒。

我说他不是长乐宫出身，太监……怎么会？

阿老说哦，这个梅毒不一定插入，接触、用一块帕子擦脸，也会传染。我说太可惜了。

窦婴说前年的数字在哪里，可以看么？小栾说没在手边，但大概数字我还记得，马百五十、羊七百、牛三十、驼十二——都是万的单位。其余驴骡犬类不参与点校。以每名战士五匹马，五日一羊，连吃带糟践计，可支持三十万战士连续作战百日宽宽裕裕的。

田蚡说吃不了，真要掰开揉碎从羊头吃到羊蹄，一只羊且吃呢。

窦婴说部队减员计算在内了么，这么多部队搞在一起行军坠马擦刀走刃沿途逃亡非战斗减员也不得了。

周坚说羊不死么？小栾说羊还生呢。郦坚说他们还喝奶呢，他们还喝马奶呢，百日，我看二百日、一年坚持下来也没问题。李广呵呵大笑，说你们这全是坐在屋里拍脑袋算出来的，我五日不吃饭你怎么算。

小栾说都算在内了，伤病减员、马奶、沿途逃亡，再加上部队行动快，补给跟不上可能出现的断供；部队苦乐不均，部分战士可能发生的轻断食以及缴获、围猎所得；加一项减一项，最后得出的数儿还是百日。作为一个参考呗李将军，有上下十五日容错。

李广说十五日少了。

阿老说我们这个数字也不是一次计算得出，也是参考了别的数据。三十万战士是他们点校大会给出的数，是真实存在。我们只是用牲畜数除人口，得出一个基本日耗量。可能不准阿，一只羊到底能吃多少天，还要看大羊小羊，要真到草原、大漠里去吃一下，不同地形地貌得出的天数可能也不一样，才准确。

小栾说去了，我亲自带人背着羊到沙漠、草原不同地域环境进行了生存极限测试。有的三五天羊没死自己先倒下了，最长有扛一个月的，当然最后几天一直饿着，跟人的体质也有关。参加测试人员一致认为要保持战斗力，不是光活着就行，五天是一个中数。

我说老百姓呢，你这里没提老百姓。

小栾说老百姓都包括在宽裕糟践里了，三十万兵员实消耗一日六万羊乘以百日六百万，剩下的都是随迁家属奴仆的。而且我们不认为他们是百姓，而是随军辅助战斗人员和预备兵员，故每人每日伙食标准比照战斗人员减半且不在优先供应排序中，就不单列了。

小栾说：我署自文皇帝十四年建立这一数字模型，并根据每年实地侦察和情报汇总进行修正。其中主要变量在匈国牲畜头数，这一数字与当年不同气象条件同比增减。最好的年景风调雨顺未发生干旱雪灾瘟疫鼠患，马牛羊三大主要战略资产平均可上浮十分之一至二；遇不良气候大风雪酌减十分之一至二；而人口——这里指的是兵员总量，并不发生指数级波动，大致维持在模型给出的三十万左右。我们认为，三十万部队，是当前匈国国力所能容可最高上限。历史上，也只有高皇帝七年白登之围匈国出动三十六万骑超过这一上限。我们通过我们的望气查找那之前的气象资料，发现高皇帝七年前三十年，草原气候温和，未发生大的气象灾害，那是他们的隆鼎盛世。文皇帝十四年、后六年，均发生特大暴风雪，当年牲畜头数十减其三，模型显示，不支持三十万兵员在役，后相继发生匈军一次国一级、一次军一级两次入侵，而模型给出的差额数目恰是二次入侵兵员数，十四年十四万，后六年六万。景皇帝有国十五年，匈国没有发生大的天灾，只在中二年发生过冬季少雪春季草原闹鼠患，中六年干旱独乐水断流，后二年少雪又闹鼠患，三个年头都有匈军入侵。中二年规模较小，数百骑耳。后两次规模较大，都在数千骑。我方有损失，后二年动员了军队，太守冯敬战死。但都不属于战略级，模型不显示变化。

程不识说：老李，中六年内次是你带队截击的吧？

李广大红脸，说特么跟我没关系，我在上郡，匈奴入的是雁门，中间隔着千山万岭呢。

田蚡附耳对我说：李老就是内年出去巡边被匈奴堵住差点活捉，回来受了处分，通报批评。

我说你都知道。田蚡说他们喝酒时老说，就爱拿这事跟李老开玩笑，李老一提就急。

小栾说因此我们可以说，通过模型可预判匈奴入侵频次和规模，十以下每发生波动，都会引发匈骑入侵，十分之三是红线，低于三，规模限于军级；与三持平或超过三，入侵规模必至国级……

我说怎么会议室进来这么多人？田蚡说都是各署曹史，听说这里作报告，进来听热闹。我说司马迁！你什么时候进来的？司马迁说刚来，刚坐下，屁股还没热呢。

我站起来说：无关人员请退出，本次会议保密，一律不得记录。喊东方朔：郎官！搜缴会场人员携带刀笔，没收一切简帛文书。

田蚡也站起来，说各署的人先不要走，署令到门口监督一下，让他们登记姓名，泄了密挨个找你们。

司马迁张开双手，高举，对东方朔说：什么也没带，什么也没记，路过，听说，进来溜一圈。

3

　　三日，会议继续进行，门口、廊下、院门口都加了岗。小栾说：匈国人的游牧生活使其国家形态始终停留在史前，也即国、家不分，也即兵民不分。单于身兼一国之君、大家长和军事统帅，三种身份叠摞乃项凸显不同单于因性格殊异。头曼、老上单于宽厚善筹更像大家长；冒顿、军臣峻急刻忍偏于军将。四代单于脾气秉性有隔代巡回律。今军臣单于尤似冒顿，两手对我，尤张尤弛、方和又战。据不完全统计，冒顿一世，和亲四次，大小战无以计。军臣践位二十二年，和亲四次，大战一次，中战二次，小战无以计。大战，向我立威，距首次和亲年余；中战一，距二次和亲三年；中战二，距三次和亲五年。四次和亲实际是景皇帝后二年二次雁门战之后议和的结果。之后七年，尚未动兵。据我派遣女情报员报告，其间年头差隔端赖我随嫁女情报员多寡而决：多，稳定年头就多；少，就少。总要淫遍意懒，便要兴兵。四次和亲年头搞得最长，是我们发现了这一规律，便多派情报员，将鳌屋公主班将毕业和未结业正在校两个班一齐派出去，其中有数名高手，都是宫中历练过的，据报其中一人深深拿住军臣，致其数年下不了炕，下炕踩不住镫，恩宠一时盖过正主儿，遂有七年边地无鸣镝。

　　我说这人我认识么，叫什么？

　　小栾说您可能见过，也不一定，这人是大行皇帝晏驾后放出的内拨宫人。每回赶上这等好事我们便要去拣便宜——我不是盼这事阿，因为确实太难得，宫里放出来的人培训可以省却熟习宫中进退起坐这一最耗课时课程，民间女子即便出于罪臣之后官伎艺人也粗得很，讲卫生这关就过不了，眼力价都不在重点。

李广说匈奴都有炕了？小栾说左部阿西——匈奴语贵族的意思，很早就流行睡炕，也不是从我们这里传去的，是他们跟乌桓扶余往来学的。起初中行老师为了让单于多了解汉俗，也在茏城建了一间汉宫室，仿照天子卧寝将咱们互市颁赐的坛坛罐罐陈设于内，靠墙砌了一炕，后来成了行馆，每趟和亲公主头一宿都拿内当新房，免得初到胡地哪儿哪儿都不逮劲儿。

我说看来答应和亲战争也避免不了，和亲甚至有可能就是战争将要到来的警号。

阿老说和亲从来就是缓兵之计——在诸先帝认知中。匈奴发动战争理由太多，岁灾度荒，需要绢缯丝绵粳米酒曲便出人马，向我们伸手。所谓宽厚也是相对而言，白登围后最大规模入侵就发生在老上单于在位期间。所以匈奴要打是必然，不打是或然，今年不打明年不打来年一定打。

小栾说匈国贵左，故太子居左贤王，当前左王为太子於单，左谷蠡王为军臣四子、太子弟伊稚斜；右王是老上单于七弟、军臣七叔哀嫩……

我说上一辈人了。小栾说是。

我说这个七叔，在单于面前有没有说话的分量，他们决定一件事，譬如战、和这样的大事，要不要找这几个王商量，像咱们这样开个小会大家议一下，特别是牵扯到使用左右两部兵力，总要通个气听听意见。

小栾说不商量，全凭单于一人心意。匈国国土辽阔，几个王犹如我之诸侯平时都在自己领地，一年也就是蹛林大会见一面，国家层面的事基本不知道，问也无从插嘴。单于心意已决，调动左右两部兵力亦不商量，直接派飞骑传送命令，命令到，两部即刻奉命。

　　我说一直是这样么？小栾说一直不是这样。起初，头曼单于时代，匈奴不过万帐，全部落都在块儿堆，西击月氏，东击东胡，入我河南地，宗亲叔兄几个大穆他什还有个类似不等于我们的廷议，更像五帝世代的诸侯议事，叫"大吐扑兰提"，推举单于、指定牧场、分配苦也怜怜、大的战争行动都要过大吐扑兰提，依众议而定。某种程度上，几个同姓大穆他什对单于还有一定制约作用。这个情况到冒顿单于时代发生改变。大家都知道冒顿鸣镝射杀头曼单于弑父故事，冒顿这个单于是不合法的，没经过大吐扑兰提，因为冒顿在杀害其父后，又杀害了当时的太子、太子母和他的众叔父——头曼单于所有兄弟，以及与太子亲近他自己的几个异母兄弟。这些人都是大吐扑兰提成员，也就是说大吐扑兰提从此不存在了。我汉史笔称：弑父自立。这之后，冒顿再没恢复诸王议事制度，重建大吐扑兰提，而是凡事定于一尊，率全国之众，向东大破东胡，擒杀东胡王，掳其民众畜产；向西击走月氏；向北，征服屈射、丁零、坚昆诸国；向南，并吞楼烦、白羊河南王；悉数收复蒙恬侵夺匈奴旧土，与我相持于秦以前边界河南塞，兵威到达朝那、肤施，进而侵扰燕、代。当时我汉正与楚项羽拉锯，中国无力向北作战，冒顿遂成北方雄主，国势一时号称史上最强，国土最大，东连鲜卑乌桓，西控呼揭丁零到达讶依思河谷。匈奴贵族都很佩服冒顿，认为他贤明有才能，十分乐意服从他的领导。为治理他那新得来的辽阔国土和众多民众，冒顿变革旧制，将匈奴本部一分为三，设立左右部，封太子稽粥为左贤王，统治东方，面对我上谷以东地区；另一子哀嫩做右贤王，统治西方，面对我上郡以西地区，与氐、羌接壤；他自己率匈奴本部，以茏城为单于庭所在，面对我代郡、云中地区。 其他两个成年儿子分别封在左右贤王下面做谷蠡王，皆赐给最大草场和最多人民。又以当面上谕方式亲口废除同姓宗亲中尚保有穆他什头衔者。依头曼单于所开旧例，将这些宗亲和拥有自己部落他姓贵族一律纳入四等军职，在大将依那什下面新设大都尉，当户改称大当户，下设骨都侯。左本右三部共授同姓宗亲七人，呼衍、兰、须卜三大姓十二人，加上四王和单于本人，共二十四位带兵首长。

这就是中行老师所说"匈奴官制自冒顿始"之由来。小栾说。完整表述应修正为：自头曼始，定于冒顿。此次定制后，宗室亲贵再无力量——无一人可牵制单于。用阿老刻薄话说：都给流放出去了。是用地理区隔、制度性保证了单于汗权不受挑战。冒顿单于重要政治遗产还有诸王、四等军职以上人员就职前对单于必须履行的效忠宣誓，因仪式秘密举行，只发生在就职人、单于之间，一般情况下一对一，我们了解不够详细，目前所知仅有伏地吻靴、黥面、剃发……

我说什么意思呀？小栾说你见过他们内发型么？

我说没有，来的人都戴着皮帽子甭管冬天夏天。

小栾说回头我找一匈奴朋友，摘了獭帽让您瞧瞧，他们头圈都剃了，只在额前留一撮，后尾儿梳两条小辫垂在耳后，马上民族都剃头，可能是骑马奔驰头发太长风吹阻挡视线披头散发自个也不舒服。匈奴风俗，男子十二剃发，以示成年。这人生头一遭必须父亲亲手为儿子剃。所以——我猜阿，仪式应该是单于为就职人剃，象征性的，取额前一撮，象征单于和此人关系从此形同父子。黥面，他们脸上内刺青你总见过吧，画得跟猫脸似的。

我说见过，挺好看的，有的一笑跟满脸是嘴似的。

小栾说刺青，必要见血，不会是来者给单于刺，只能是单于给来者刺，单于拿刀，我伸着脸，我寻思着，是歃血而盟升级版，我把脸和血交出去，也就意味着把名誉、性命交付于大哥，是死心塌地的信从。

我说好私人呀。

小栾说所以时间长，每次仪式两个人在一个帐子里搞半天。

窦婴说这特么都是把国事搞成了私事。

小栾说仪式过后，就职人就对——有资格对单于称：因赛姆地；——主人。这是一种极高荣誉，一般只有单于最亲近、从小把单于带大的家族老奴才有资格这么叫。再有就是阿克为甚，直译发小儿，也叫伴伴儿，从小陪单于玩耍，长大作为单于亲兵侍从，为单于挨刀挡箭，累有战功受封有爵者，有资格这么叫。就像韩嫣韩说李敢李当户和你的关系一样。

我说将来我派他们建功去……噢我才反应过来，广叔，你给儿子这名字起得讲究。

李广说我根本没往呢儿想，我是让他当家立户。

小栾说回到您刚才所问问题上，单于有事跟人商量么，还是有，不跟别人商量，跟阿克为甚念叨。这些阿克为甚出身低微，有的原是苦怜，有的是音色拉，还有异族，有今天地位全靠单于，故单于信任他们，近乎内宠，就像你跟司马迁东方朔马相如关系一样。

我说你能别老拿我举例么？

李广程不识说举例好举例好，这样听得懂。

小栾说冒顿单于是个勤政精力旺盛的人，事无巨细眉毛胡子一把抓，当时的阿克为甚作用还不明显。太子稽粥自幼处于这样一个强势父亲之下，性格有点内向，在左部做贤王时秋狩经常到我老翁丈领地去，我老翁丈所在坝上出一种白鹿，匈奴尚白，以为吉祥，捕捉到白鹿，进献单于，能得到单于欢心和大大的赏赐。我老翁丈那时还年轻，还是个小孩，经常跟在稽粥后面看他给鹿到处下套儿，有时套着梅花鹿就当场烤了吃，稽粥还叫他一起吃，关系搞得很近。据我老翁丈讲，稽粥太子心细，下套如同绣花，烤鹿皮上内毛拿刀尖一根根挑。平常不太爱说话，下雨刮大风就一人呆在帐子里，咚咚敲东西，雨停了，拿块毡子出来。听跟他的伴伴儿讲，主子最大爱好是捶毡，拿木槌一点点把一撮羊毛捶成一片毡子，赏人用来擦嘴或雨后草地野食垫屁股底下。匈人不懂纺织，身上所穿袍裤都是取兽皮以麻绳或皮线勾结串连，粗针大脚穿着跟门帘似的，哪儿哪儿都透风，真挡风还得围块毡子。手工捶毡是最古老制毡法，缺点是厚薄不匀动辄掰下一块跟酥饼似的，那时已被淘汰，改为轧制法，全匈国也只有太子一人继承了这一技法。到太子继位成为老上单于，还是不爱说话，还是爱制毡，但是放弃手捶法，置一套丈八夹棍，没事自己摘一天羊毛，絮案板上，骑上夹棍像轧面条那样蹦蹦跳跳一遍遍轧来轧去，自己大帐所铺地毡都是自个轧的，多余富裕的卷起来堆至穹庐顶，说准备给自个弄一毡房。各王、依那什派来问候进献物产信使都是阿克为甚出面应对收授。外国使节到访，老上单于出来接见也是不说话，由阿克为甚代言。也就是从那时起，阿克为甚在单于庭有了朝臣地位，就像田蚡老师、韩安国老师、窦婴老前辈在您跟前一样。

我说说得咱们跟匈国一样似的。

田蚡说差不多，我们也是出身低微，全靠了您。

我说别这么聊别这么聊！

小栾说某年蹛林大会，我老翁丈亲眼得见众王、依那什、大都尉、大当户参见单于，往上传贡物，都是内个他从小就认识叫色内赤的阿克为甚一趟一趟接，回头跟单于说收了什么谁送的，再回头冲进贡者高喊：阿努努——匈奴语收下了的意思。因为没加敬语赤马虎，是在上者对在下者——单于对群臣的口气。老上单于从头至尾就没听到说什么。后来各王轮流上前和单于说家常话，汇报自己家里情况，有些事情请求单于批准，譬如废长立幼，譬如老嫂子改嫁，还是这个门，嫁给另一个兄弟，才听到单于声音，也是一句话：特马者。老上单于在位十七年，阿克为甚集团势力日兹庞盛，渐至完全把持朝政，其集团之首色内赤人称"卞齿阿克为甚"也即大阿克为甚。匈国亲贵提到此人便说"柯蓝微蓝"，翻成汉话：决定者。老上单于八年也即文皇帝十四年入我朝那，十七年也即文皇帝后六年入我上郡、云中，据说都是柯蓝微蓝谋划。尤其是十七年，老上单于崩于秋，匈奴入侵于冬，可知柯蓝微蓝权力已可以调动兵力。故军臣单于继位当日，即手刃柯蓝微蓝于帐下，其余各王、各依那什、大都尉、大当户一齐发动，尽屠阿克为甚集团诸辈。之所以劳动诸王、依那什亲自动手，除衔怨甚深，更因阿克为甚防范甚严，自老上单于即位便不许诸王、依那什亲兵近卫进帐。这条铁律军臣单于继承下来了。虽说他甫到位即剪除前朝阿克为甚集团，但是阿克为甚这种信用家将草原政体特征从未在匈国政制中消失。

起初，军臣单于甫入职，也热乎了两年，凡事亲自听汇报，做决定，像冒顿单于那样彻夜不眠，帐中油火长明，总是挤满下官、外国使节和押解前来问案的罪犯及小吏，吃饭都是便当，凉羊腿马奶酒。三年头上就有点缺觉，夜里胃疼，摁着肚子谈工作，下官谈着谈着就不敢往下说了，脸色着实吓人。一日破晓，谈工作的人刚散，军臣单于立刻躺地上打滚，一位毗蓝氏，也即妃，正在帐内候着，出来相劝：你不能这么拼了，身子骨没了就啥也没了。

我说此妃谅必又是我署情报员，看来下不来炕原因也是多样。栾说也不都是，人自个还有人。

李广说为什么劝他不拼呢，让他拼，拼死算。

阿老说我们派的不是刺客，围绕一届单于建立工作关系很费周章，换一任就要重新布局。

小栾说自此军臣单于也逐渐放手，将一般事务交给他亲信的阿克为甚处理，渐渐也有了他的大阿克为甚，就是经常访问我国，每次和亲都是他的特使，眼下正坐在国宾馆傻等信儿的左骨都侯呼衍朵尼大人。

我说呕，这个人这么重要。你不是说阿克为甚出身微贱，不是奴、平民就是外族，这个人有点显赫呀。

小栾说也不尽然，呼衍虽为贵种，世系久远也有很多沦落为民，甚至为奴，世勋世葆在我汉也非易事。此人原是军臣单于旧人，军臣幼时未立太子此人便在帐前挎刀，军臣到左部做王就将此人带到东方，跟着军臣一步不拉，从什长、百长、千长干到骨都侯。军臣做了单于，做此人工作，要此人跟他回本部，哎，他什么人呀，单于跟他什么关系？在匈奴，面对至高无上的单于，不要讲他一个骨都侯，就是亲儿子、亲叔叔——王，依那什，在下者面对在上者，跟你交代一件事，你连张嘴、眨巴眼的权利都没有，只有立即、跑步执行！单于做过谁工作呀，单于跟谁不是说一不二？就在他这儿，不知破了多少例，先是允许他调回本部后继续保留在左部的领地和骨都侯衔称，他这一级没这样的，都是待遇职称跟着人走，在各部拥有领地那是王以上的特权。又特地修改军人守则，骨都侯是军职，带兵的人，军人守则第一条就是不得干政，匈国对这个限制一向很严，涉及汗权。修改后加一备注：紧急情况确属必需，经单于批准，可临时委任左右骨都侯辅政，直至委任撤销。这不是专为他而设么？

窦婴说这个人很能打么，单于为什么这么离不开他？韩安国说能打的人也太多了吧，这世上缺能打的人么？田蚡说我能理解他。

我说他爱他。

小栾说谁爱谁？

我说军臣单于爱呼衍朵尼。这还看不出来，男人和男人之间也会产生感情，你不要光想他们地位差距。

小栾说据匈国左部朋友讲，其人之勇不过匹夫，之智不过中等，军臣爱惜他，私心不知道，公心确乎其也可寻，呼衍氏本出山戎，朵尼原是军都八达岭人，对旧燕之地今我上谷、渔阳、右北平、辽西地形风貌概有知解，更令军臣一时难得的是朵尼对东北诸胡秽貉肃慎朝鲜同样熟悉，会说多国语，军臣才到左部，两眼一摸黑，左部情况复杂，跟前正需要这样一个人。我汉史笔未见记载，其实匈奴左部大敌非我，而是东北诸胡，过去有东胡横在中间，两边不见面，冒顿灭东胡后，其左部就直接面对这几个胡国。终老上一朝至军臣朝，匈奴对我历次入侵均发动于本部、右部，左部始终与我维持和平，为什么？盖因其关注力始终放在东部边境。东北内几个胡都不是善茬儿，生活水平都不高，种点地，打个猎，养个猪，渍点酸菜，你抢我，我特么还抢你呢！匈奴人连猪都没听说过你敢信么？几次打过去，东北胡全钻老林子，老林子这密，跟长着手似的，匈奴马腿迈不开，一走就有人扯你，秽貉人骑树杈上脸跟树叶一个色儿，打马通过树下闻得见脚丫子味儿瞧不见人，跟着人就蹦你背上小攮子抹了你脖子。匈奴损失很大，背点酸菜回去。肃慎内箭您听说过吧，一尺多长，青石为镞，射人击中就是一大坑。我老翁丈，战斗英雄，匈奴第三勇士，冒顿单于亲授"撒瓦士"，也就是勇士称号。参加过匈奴开国以来历次大战，灭东胡，击月氏，征丁零，围高祖。万骑冲锋你能想象内沸腾场面么？回回跑第一骑，匈奴话叫"尤客"，又叫上皮尤——冠军骑。身上脸上中过的箭就甭提了，有一回天热姆爷儿俩下河搓澡，我还以为老爷子身上内都是刺青呢，还问呢：这怎么看呀？老爷子说竖着看，都是箭绣的。老上七年，征秽貉，一直打到肃慎，挨了肃慎一箭，射肩窝这儿，一大坑，塌下去，能塞一拳头，今天抬臂不能过肩。从此退出行伍，专心管理领地，从事对我汉友好工作。

我说这个朵尼确实帮到军臣了？小栾说具体内情说不上，王恢负责联络朵尼，我只和朵尼吃过几次饭，他也做生意，尤特喜欢咱们蓟地的二锅头，就好这口儿清香，我们送单于的夜郎枸酱特烧，嫌香型怪，一股熏虫子味儿，单于喜欢，图喝多了第二天不头疼，所以每回他陪单于喝酒都是单于喝枸酱他喝二逮子。我们特为他买了一烧锅，每回出酒先给他提两车五十六度纯粮不含杂醇，他不在就送到他的领地。

我说你们的工作很到位。

小栾说朵尼很谨慎，跟我们吃饭很少谈他和单于关系，喝再多酒也是醒的，总说我们都是单于的仆人，不但身家，脑袋都是单于的，单于要，立刻摘下给他，在单于面前只有听喝的份儿。太深的话也不便说，慢慢经营吧。用我们其他匈奴朋友话说情况没有变好也没有变坏，匈奴年年征秽貉，秽貉岁岁伐匈奴，两家你打过来我打过去，今天你牵我一只羊，明天我揪你一头蒜，谁也吃不掉谁，匈奴一进老林子就没辙，秽貉一见大草原就傻眼，我们就看热闹，两边交朋友。

我说这个好，我们看热闹，他们打。如果我们在西方、匈奴右部方向也交几个朋友，负担就小多了。

当日，二署情况听完，决定下次会议地点改去一署。东方朔兼会务，散会时一一通知到人：明日巳时一刻全体人员在一署作战室集合。

4

又明日，王恢安排我和呼衍朵尼早起见面，因为巳时还有会，时间定在辰时。我也学单于，跟王恢说待会儿朵尼来了我不说话，全你说，咱们给他造一假象，假装你是我大阿克为甚。王恢说行。我说你上来你上来，你站我身边来。

一会儿，朵尼来了，后脑勺扣着獭帽，俩膀子架一毛领大氅，跟鹰似的。当日虽叫冬十月，长安唧鸟还在树荫里叫呢，我们都穿绸，朵尼泗脖子流汗，宣室刚翻修过，原先石地换成一种据说可防刺客木地板，光脚踩上去都吱吱扭扭响，朵尼汗珠子又大又沉，掉地板上跟鱼吐泡似的啪一声、啵一声，人没到，汗味儿先到了。

朵尼掸着衣裳说天所立匈奴大单于敬问皇帝无恙。

王恢说皇帝敬问匈奴大单于无恙。朵尼叽叽咕咕说一堆匈奴话。王恢叽叽咕咕回一堆。朵尼开始往上传礼物，王恢下台阶一件件接上来，说您都认得我就不跟您一样样报了。我不嗳嗳，就瞅着王恢。王恢扭脸喊：河磨玉！紫貂皮！精炼羊奶酥酪——阿努努！

朵尼掸衣裳，说艾未立克纳苏马苏给未钥匙？

王恢说不！

朵尼说萨特内则马弄内夹克？

王恢说塞内堤内。

我说他说嫩么长你怎说嫩短呀？王恢说问咱们和亲的事呐，我说行。我说我怎么听你说的是不阿？王恢说匈奴语"行"就是"不"。他问乃天，我说听您的。

朵尼说阴筶箩特龙夹泥索列没鞋拟似特优龙。

王恢说非要听您亲口说行。

我说不！

朵尼掸衣裳，说秋陪谁配淋得淋。一边掸衣裳一边低头抚胸鞠躬，一步步退出去。

王恢一边鞠躬回礼一边翻译：感谢皇帝。

我说特马者。王恢惊回首：您跟哪儿学的这句？

我说是不是不该搁这儿说呀？

王恢笑：说就说了吧，您还是憋不住。

我说匈奴这个礼还是很有意思，说撒没有转身就走的，是不是对尊者才这样不能把屁股冲人。

王恢说不熟的人也这样，怕背上挨一箭。

我说怎么进来我没印象他行过礼净瞧掸衣裳了。

王恢说内就是礼了，他还抚胸呢你是不是以为他挠痒痒呢。

我说以为他热呢。哎他怎没摘帽阿，我还等着看他发型呢。

王恢说是哈应该脱帽，匈奴人进人家都要脱帽，哪么毡房里只有女人，没拢火冷得冻掉耳朵，也要先脱帽问候完再捂上，这是客礼。但是自高后起，匈奴来汉使者就不脱帽，以示倨傲。查阅大行所存惠、文、景三朝匈国来使注备，皆曰：倨礼不拜。臣深以为恨。

我说你很看重他们么，这些匈奴人是你朋友，超过父母、妻儿和我，你的君父？王恢说没有阿，我都不认识他们，我只是……我说那你在乎他们干吗，长安城里那么多人，有自命不凡的，有刻薄的，有心理阴暗的，你估计有多少人会说你好，欣赏你，一半有没有，三分之一？王恢说到不了，他们也不了解我。

我说你会恨内一半、三分之二么？王恢说不会，他们是谁呀？我跟他们过不着。我说还是的，匈奴就跟咱们过得着了？内帮土鳖，吃饭碗都不洗，还拿舌头舔呢，跟他们比谁更瞧不上谁，谁更无礼，把孙子比下去了，有意思么？他们怎么看咱们，不重要，今天咱俩表现就很好，他倨傲无礼，咱俩都没发脚。下回还这样，他爱怎么演怎么演，咱们要是多说一句，就是给他脸了。对这帮缺最好的回应就是：我都不知道你急了。

王恢说上，上，特想问您一句，今天你假深，忍着不说话，有意思么？

我说嗯，我发现我还是一爱说话的人，憋着光听别人聊，比什么都难受。

出门登车，紧赶慢赶抢道并线闯红灯笼到达一署（马迁按：时，长安在长乐未央两宫门外、北阙甲第胡同口、甲一号院、北军总院几个重要机关路口都建立了根据灯笼指示通行制度，红灯笼停，绿灯笼行，由各单位看门大爷执行，平时挂红灯笼禁行，上銮驾一路绿灯笼，当时不叫交通秩序，叫警跸），已是巳时三刻。李广程不识都在院里蹲着。我说对不起对不起来晚了有点事，你们怎么都不进去呀？李广说你进去瞧瞧就知道了，下不去脚。我说怎么会呢我来过呀地方够使。说着抬腿进了作战室。屋里当界儿安一巨宽方正台子，上头一半苫布一半全是灰，地下也到处是黄土、砂子和灰浆。夏侯赐跟阿老窦婴田蚡几个面对墙仰着头伸手拿抟比划，说这顶天立地能挂三丈……

我说你们装修呐？几个人回头说：阿，你来了。

夏侯赐说我们正说地图将来挂哪儿呢。我说咱们有地图了？夏侯赐说阿老答应送我们一幅，上回打闽越您不是批评我们了，行军靠打听，追击靠脚印，我们就和二署合作，准备改变这一状况。阿老说正在绣，进度比较慢主要还是一些地方的地形还没摸回来，绣女有时要等，有时窝工。夏侯赐说所以我们决定，还是先用这个沙盘开——会！夏侯赐一使劲，把蒙着台子苫布掀开，露出里边土捏的小山脉、牙签扎的小树林、绿丝绒栽的草皮和白绫子粘的河流和零星散落山水其间杂以上了油彩小泥人。

夏侯赐说也是正弄着一半，现在能看的主要在我们方面，匈奴内边主要山脉、河流、二十四个大领管区图有了，还没来及施工。

我扶膝半蹲细瞧，指一条白绫说这是黄河对不？

夏侯说对。

我说这是阴山。

夏侯说看出来了？

我说很明显。搞得不错嘛，很精致。

田蚡说没法不精致，他把横门九市最好的盆景师傅、糊窗户扎席棚高手、泥人世家全调来了，我们家老太太过生日，想在花园扎一席棚，送老太太一套兔爷都找不着人接活儿。

我说这里有糊窗户扎席棚什么事？田蚡说您没看出来，这里要的全是绢活儿，整个作品底下先要拿一张整绢绷上，先不说纺出这么大一张绢有多么难，就说这绷，没扎过十年席棚就绷不直，就起绺，再糊三层帛，不是糊窗户老手打出内糨子就起疙瘩，就刷不平，兹凡有一点不实，将来就跟内烙饼似的起层，遇热鼓包，凉了窝陷，在上面做的地势就要变形，戈壁起山，山今高明儿低还歪，不能反映真实走向和标高。

夏侯憨厚笑：作战沙盘不敢不用心。陛下您往这边瞧。一排人让出墙根，墙根码一组架子，上下三层，摆满巴掌高素色泥人，凑近一瞧，全是士兵，一组左衽开身直襟上衣，合裆扎腿裤，足蹬毡靴，手执弓和直刀；一组窄袖过膝宽袍，外敷革纹坎肩，同样毡靴，持手盾短矛；个个端肩翘须，扬眉龁目，神气活现。

我说这是匈奴兵阿！捏得好，脸上胡子都能数出根儿。田蚡说要不说是专捏兔爷的呢。

夏侯说这是一部分，主要是弓骑兵和矛骑兵，还没来及著色。将来我们准备根据已掌握军臣单于左右贤王以下二十四位带兵将领真实画像请泥人刘捏一组一比一等高群像，再把收集来匈奴贵族穿过的靴帽氅服给泥人穿上，和这组当兵的群像摆在一起，在骑裆阁搞一次匈奴各军兵种识别展览，让我军每个高中级将尉都对将来战场上可能遇到对手做到心中有数。

我问阿老二十四大腕儿长什么样都搞到手了？

阿老说二十三个有了，就差右大都尉，今年蹛林大会他报病危没来，我们准备等他一年，看他死得了死不了，死不了，还不来，我们就去讶依思河谷找他。

我说紧西边了，那可够远的。

阿老说再远，天边，也要见到他。我们下的决心是不止这二十四个大头头，五年之内，左本右三部，骨都侯以下千长、百长——争取到什长；还有各部自封裨小王、相、都尉、当户、且渠——全部匈奴部队、军政首长都给他捏一个像，建一套档案。

我说好！建议将来工程完成，找一个地方，把这个展览变成永久性展出，组织部队参观。将来匈奴不再为患，也可以开放给老百姓参观，也是国防、历史双教育，告诉子孙我们曾经面对多么强大凶恶的敌人。

郦坚说泥人刘，等高——不就成雕塑了，行么？

夏侯赐说他说行。郦坚说他说行？我可知道，捏泥人和庙里堆伏羲爷、女娲奶奶像不是一回事，请的师傅也不是一拨人。上回接壁儿九天巫祠迁祠，再造九天娘娘真身，我去看了，我孙子地上拣块泥，请人师傅给捏个蛤蟆，人连我一起鄙视了。

夏侯赐看田蚡，田蚡说一回事一回事，都是玩泥。又附耳跟我嘀咕了几句。我说他呀！他不是卖小肠么，怎么又泥人刘了？田蚡说说是本来干的也是剖肠开膛的活儿，解剖熟，练小吃摊是勤行，一年到头跟毛兔子似的，就改了手工艺，好歹是坐堂经营，家里后山墙掏个洞，隔着窗就卖了，虽也是满手泥，身上内懊糟味儿去了，到哪儿遇见狗也不冲他呲牙了，老来找我，问有没有大活儿给他，掰不过面子就推荐给夏侯。

我说他不行，照顾，上林苑有的是刷墙的活儿，你让他找我。这个军博造像还是找给庙里干过有经验的老师傅，你们有么有认识人，么有我找宛若推荐。

田蚡说这就不劳您费心了，我们连造城的都认识一大把。

我说那就把人叫进来，就和着这地儿把会开了，这些砂子灰浆是不是能挪个地儿？

夏侯赐说早叫他们拿扫帚簸箕去，这会儿还不来，我去催。正说着进来几个当兵的，拎着笤帚木锨一沓麻袋，低头就扫、撮、装麻袋，屋里登时暴土扬烟，大家都闪出去在太阳底下站着，李广说你们也出来了。

当兵的背着几大麻袋走了。夏侯赐跑到一食堂门口水井台上摇辘轳，提了桶水，灌进锡皮花洒，自己拎着，进屋洒了两遍水，才叫我们：进来吧。

一署作战室，七国叛乱时给我爸送饭来过一次，中六年、后二年匈奴两次入雁门，我那时已是太子，要参加作战室值班，印象中开间很大，皇帝、太子、太尉、长史、各将军、有关令、丞、尉，一人坐一垫儿也就占了小半间，还有过道够几个人同时站起来踱步，传达吏跑过来跑过去报告前方消息、接受命令，谁跟谁互相也不撞肩，还够顺墙根打一排地铺，实在累了困了去躺会儿衣冠盖脸眯会儿也不会让人踩着。

另大半间摆着一张张书几，坐满抄刻吏，命令不断下达，抄刻吏一人一小刀子即刻即送，满屋子兹兹叫能钻进人心——自楚汉相争讫我汉军中就立大令，军令一律不得墨书，只能刻写，也是当时军队成分复杂拉出去打进来确也发生叛将添笔减笔矫制军令事。

但是，没有一张图、一架沙盘等直观形象的东西。前方情况不断变化，敌军位置、我军位置随时都在移动，现在到达哪里，按命令应该到达哪里，为什么没到，时间、地点、番号三要素都要口述表达；现场参谋人员分析、研判，首长担心、决心，亦都要口头讲解、争辩、互相说服；所以作战室人人都在扯着脖子嚷嚷，人声鼎沸至出了门回家躺进被窝耳朵还嗡嗡响，符合指挥全都靠吼这一原始司令部工作方式和气氛。

现在有了沙盘，地方显小了，七八个人围着沙盘戳着，一撒步背就靠墙。沙盘高度也还需要调整，有点高，到人肚脐，符合人体工程学舒适高度应该在裆下，这样就能两手摁着台子微微倾身，现在的高度直接卡住肚腩，想往远看心理、视线上都有点够着，肚子大的譬如窦婴感觉永远到不了跟前，被晾在后面。

我们进来的时候发现还有一个兵没走，正趴在另一半表示匈奴部分的空白沙盘上拿块抹布拼命擦灰。

夏侯赐叫内个兵：你可以走了。弯腰从台子底下提起半吊已废止流通三铢钱，哗啦哗啦拆散分几摞码台面上，兰花指捏起一只亮给我们看：刷绿漆代表万，没刷漆代表千，相加就是匈奴各部兵力总和。然后绕台框盯着匈奴内片空白走柳，一边思忖一边把钱一、俩、仨分别押在不同区位，晃着手里还剩俩铜钱，一根手指数台面上钱墩：一、二……二十四，齐活！

手里换一三爪长杆，指到哪儿介绍到哪儿：左部六大管区与我接壤只有左骨都侯管区和左大都尉管区。两管区以单晶河为界，西为骨都侯管区，东为大都尉管区。北以饶乐水为界。两管区主要牧场都在饶乐水左岸，枯水季有牧民会涉过饶乐水至右岸放牧，以不逾浑善达克沙地为限，逾浑善达克则进入大当户管区。

两管区人民素与我友好，尤特以与我交界长城之侧塞外坝上人民与我亲善，其相当部分原为我汉子民，个中一些老人还曾在我军服役，是卢绾、陈豨带过去的人，当年人在军中，拖过去也是身不由己，如今人到暮年，闻我汉村笛野歌则涕下，人虽胡服，情感、胃还是汉的。两管区首长之前二署多有评估，诸位也都听到了。呼衍朵尼平日不在管区，管区事务寻常由其弟呼衍花梨打理。呼衍家族领地最小，力量也最小，夹七杂八合族加一块不足四千骑姑且以四千骑计。其中多为散户牧骑，呼衍花梨真正掌握在手家兵家将不过千骑，一般用于给商队走镖。这个人——呼衍家族，是我汉主要贸易对象，其家族控制的红山口，是代地粟米麻醋椴木酒曲输往草原重要关口，与雁门马邑、渔阳白河口并称三大口岸。我汉与呼衍家族交往多限于经济活动，军事上可说对我不构成威胁。须卜居祥不用说了，是我们过心的老朋友、老庆家、好邻居。他的管区所领地域原先是东胡地，目前与东胡残部乌桓隔饶乐水、乌桓山相望，主要防御方向是东。乌桓不足虑，乌桓东面是秽貉。秽貉袭扰匈国经常借道乌桓或通过乌桓渗透，也因此居祥军力较呼衍倍之，达万骑。一旦东方有事，譬如越过乌桓打秽貉，呼衍帐下四千骑东调参战亦拨归居祥指挥——夏侯赐用爪杆把四枚铜钱和一枚绿钱耙到一起。

居祥，一代战将。夏侯赐说。可是大器！用其本人话讲：我居祥虽拥万骑，无一马首望南！我署虽未将其部划为友军，仍将其管区列为低风险地区。

夏侯赐说大都尉管区之北，自浑善达克、达来诺尔上探至弓卢水是左谷蠡王伊稚斜管区。起初，冒顿单于以斡勒扎水为界，将河西土地封给左贤王，河东封给谷蠡王，左贤王领地倍于谷蠡王。后冒顿击灭东胡，将马群牛羊从弓卢水流域赶到抹利牙水流域吃草，谷蠡王管区就几与左贤王管区相等——另一说法大大超过了。因为东方边界没有明确划分而谷蠡王当面东胡残部新败闻匈骑鸣镝伏蹿，当时的谷蠡王冒顿三哥斐特难一路驱赶他们，将他们赶过海拉尔河，赶进根河以东终年积雪大兴安岭秃顶子山也叫鲜卑山，拓地千里，这其间众多人民牲畜也就尽归于他了。这之后，老上单于继位，将他四弟勃古赛封为左谷蠡王，原先谷蠡王斐特难继承王位家业的六子窝阔思降为左大将，将谷蠡王管区一分为二，人民牲畜亦一分为二。情报显示，斐特难时期谷蠡王部因担负对东主要作战任务，且虏获甚丰，实力一再扩充，到他死时兵力已达六万骑，为左部最强。左贤王亦不过万骑。分区之后勃古赛、窝阔思各领三万骑，还是左部最强。

我说也是王了，我的领地，我打下的地盘，单于说分就分，说拿走就拿走，就没想法么？

田蚡说韩信军脩武、号楚王，高皇帝还不是说夺军就夺军，说拿下就拿下，韩信又说什么了。

我说吴国也不是刘濞打下的，楚国也不是刘戊打下的，景皇帝削藩，还不是说反就反了。

夏侯赐说一般没想法，也还是有想法。单于处理此事的态度一向是：不服来战。老上十二年，窝阔思反，勃古赛与这位六哥战于额乐根河，不能取胜。大阿克为甚色内赤奉单于命，驱策千里，单人徒手入窝阔思行帐，取其首级还。

我说单人入帐，取首级还，这是反？

阿老说准确讲是纠纷，两家牲口混群，分群分不清楚，一家认为一家占了便宜，打起来了，死了人，好像还是个且渠那样的小头头。左贤王当和事佬，命两家自去抚恤亡者，两家均不服，越级报到单于那里，请单于裁决，裁决下来了，色内赤去传旨：命窝阔思自裁。当时中行老师还在，我那里有详细报告。

阿老掌握情况比我多。夏侯赐说。同年，囚禁流放窝阔思诸子于北海，撤销左大将管区，土地人民牲畜并入谷蠡王管区。四年后，老上单于崩，军臣单于继位，封太子於单为左贤王，三弟伊稚斜接谷蠡王位子，重新恢复左大将管区，降勃古赛为左大将，管区指定在额尔古纳河与北海之间，只允其带走原本部人马，计万三千骑。为窝阔思平反，允其子孙从流放地北海返回他们的内地弓卢水南岸，在浑善达克与弓卢水之间大当户管区西缘靠近单于庭方向划出一块地给他们居住，任命窝阔思还活着儿子中最长者三子达窝思为大当户，允其收留来归原本部流落人马，计……

我说等等、等等，原来内大当户还在么？

夏侯赐说还在，原大当户兰勃漆尼出自林胡……

我说俩大当户？

夏侯赐说是，一个同姓，一个异姓。

阿老说匈奴授双官位不是左部仅有，其他两部这种情况也有，其三部六级官制一职一授合共只能授十八人，今二十四位首长多出内六位全来自一职双授且都是高位。情况都是一样的情况，同姓宗亲必须安排无法安排实任已满，历史遗留问题，本枝子孙祖上功高，因罪获诛，今除罪昭雪多少应当补偿恢复家声哪怕只是个虚位。像这个达窝思，如果我没记错的话，他重新召集回来的旧部也不过三五千骑恐怕都说多了。

夏侯赐说二千七百五四舍五入姑且以三千计今年春天的统计。对我们来讲情况没有变化，伊稚斜的谷蠡王管区仍为左部最强，实数不足，号称五万骑。

夏侯赐用小耙子把台子上内几注钱扒拉来扒拉去：情况就是这么一情况，左部六大管区——哦七大！加上刚才未来及讲的兰勃漆尼管区万骑……我算术不好，田老师，麻烦你帮我算一下总账。

田蚡伸出食指数钱：一万、一万、一万、五万、一万三；三千、四千——呃，整十万。

我说累了，咱们先吃点东西吧，几点了都？

大家都看太阳，田蚡掏出一葫芦大小绿玻璃沙漏，说我这儿计着时呢，现在已过午时。一折个，沙子飒飒作响。窦婴说你净好东西，又是匈奴进口的吧？田蚡说喜欢拿走。阿老说我看看。夏侯赐说署里备了便饭，问门口候着的兵：饭得了么？兵说凉菜刚上。李广说那就去吧，我这儿已经饿半天了。大家说走走走。

出了门，沿廊子往一食堂走。韩安国说一食堂的猪肉粉条一绝。我说么就爱吃粉条。大周坚说你吃过我们四食堂内豹子头么？韩安国说没有。我说你们怎还吃野生动物阿？大周坚说不是，你见了就知道，我叫他们做一个传过来。夏侯赐上了井台，摇辘轳，说我建议大家洗个手，刚才摸沙盘都沾了不少灰。大伙就着一桶水都洗了洗，甩着手张着爪子进了食堂。

阿老说你们这小餐厅装修过阿。夏侯赐说您老没来了，装修半年了。问大家：喝点酒么？李广说来都来了。我说别看我，我没想法。窦婴说就一点，拿一瓮，总量控制。程不识说上回在你这儿吃内血旺不错。

夏侯赐说早说呀，我问问厨房，内逮赶上杀牛。负责上菜的兵说今天菜牌有。田蚡说馅饼有吧？夏侯说必须有。田蚡说你待会儿尝尝他们这馅饼，也就比饼叔烙的强蜡么一点。我说内什么内个，能先给我杯水么？夏侯说太能了——水！郦坚推开一扇窗支上，说我开个窗大伙没意见吧。大伙说开，正觉得这屋有点闷呢。你说这算冬天么程不识问我。我说已经叫他们准备改了，还恢复夏历。田蚡说你们内麦子收了。

夏侯说收了都种上高粱了。我说你们还种麦子呢。

田蚡说你可不知道他们这儿有长安城里唯一一块麦子地六亩还是七亩。夏侯说七亩，各位各位，一会儿走想着，一人预备五斤都尝尝新麦子我亲自推碾子磨的。我说七亩，不小阿，谁管阿，你们雇的把式？

夏侯说没多大，我管，我亲自种亲自浇水亲自拔苗哦不不——拔草。

田蚡说你听他的都是战士管。夏侯说哎你去问问我们这儿战士，秋收是不是我一人干的，不让他们插手，溜溜拔一天连摔泥带打捆从日出到日落就剩麦穗没捡，老腰都快累断了今儿还酸呢。

李广说能先吃了么，饿得不行了。夏侯说吃，谁饿谁吃，咱们就不来内些个穷讲究了。窦婴说我们这儿等酒呢。夏侯喊——酒！夺过战士手里提的酒瓮，说我给各位满上……一瓮不够阿，刚几个人就没了。

韩安国说咱几个匀匀。李广把一盘凉拌粉皮递给伺候桌的战士说味儿有点薄，跟厨房说加点盐再点勺儿醋。田蚡问谁呀老董怎么了？郦坚说炭中毒了，在我们家吃锅子没开窗，我太太，我，还有苏息，我们仨都没事，他躺下了。程不识说不应该呀炭中毒还分人么。大周坚捧着一篝进来说豹子头来了。一揭盖，里边一婴儿头嫩么大一堆肉馅。我说丸子呀。一战士捧着一篝进来，在郦坚身后立正：大人，菜搁哪儿阿？

郦坚说搁桌子中间，我们三食堂做的越国花雕鸡大家尝尝。田蚡说行阿，一家食堂一个菜，怎没瞧见二食堂的。阿老说呢儿不么，松花蛋，你吃好几个了。

飞飞繁荣进来说哟，今儿人够齐的。我说你们没走阿。繁荣说我们上哪儿阿。萧婴说我们穷，我拿了二斤鸡蛋自个养的鸡下的搁厨房了，还有葱，自个种的，叫他们摊鸡蛋。李广说说后勤穷谁信呐。我说一块吃吧。飞飞说别啦你们有事我们跟老曹另开一桌。

我说不没了么怎么又满上了？夏侯拎着瓮憨笑：哪能让您干瞧着呀。

吃差不多了，东方朔进来问下午会还开么？我说还开什么呀这都几点你吃了么？东方朔说刚跟厨房吃了，跟你们一样的菜。我喊田蚡！几点了？田蚡站起来上下摸自己，说我内沙漏呢，刚才传谁呢儿去了？

东方朔说那还明天巳时？我说行。东方朔挨个跟大伙作揖，说各位大人，明天巳时准点儿，老地方。

大伙起来嘻嘻哈哈往外走，说菜太多了，都不香了，以后就应该一人点一菜，守着自己内菜吃。

夏侯赐说馅饼有没有打包的？别忘了五斤面。

田蚡原地跺脚喊：谁拿我沙漏了？

5

五日，还在作战室。夏侯介绍单于本、右部十七管区分布和实力。摆在最前面即是单于直管区和本谷蠡王管区。匈国惯俗，本部不设贤王，单于下面直辖两个各有万骑的谷蠡王，均依贺兰山摆在河西，以苏峪口为界，在北称小谷蠡王，为军臣十一子尤内湿，对着我朔方；在南的称大谷蠡王，为老上九子，军臣九弟阿特。该部战力素称匈国最强，所踞位置对我威胁最大，是深嵌于我北边一只楔子，向东可入我上郡，向南直下我北地，距我长安直线距离不足二千里，良马三日，劣马五日即可到我甘泉。文皇帝十四年匈奴入朝那、萧关，后六年，入上郡，该部皆为前锋，杀我北地都尉孙卬，烧我回中宫，屠我人民，掳我子女财帛，都是该部所为，两次，该部哨骑抵我甘泉。

夏侯说贺兰山以东至阴山属单于直管区，其地甚广，南抵武州塞，北依狼居山。（司马迁注：又名狼居胥山。狼居胥，汉匈协和语。匈奴语读苦毒尼牙胥，意为狼居住的地方。）其西北，各有一个大将管区，北大将为头曼庶孙抛什黑，西大将为冒顿长子、前大谷蠡王亓思刻。北大将管区东邻左大将，同处娑陵水三角洲，属北海之滨，是苦寒之地，牛羊难以繁殖，所部实力无法摸清，总不过千数百骑，又距我万里，可忽略不计。西大将实力应在万骑，亦距我甚远，主要牧场在郅居水——大概两岸吧，又隔着燕然山脉，在匈国大盘子上主要是对右部战役行动给予战略支撑，与右大将管区联系紧密。匈国右部之北半壁为坚昆，坚昆新为匈奴收服，虽保留部落自治、降王号为大都尉，实处于半独立状态，右大将兼有看管弹压之责。

直管区东南方向各有一个大都尉管区。东大都尉又称上大都尉，为军臣五子兀吐思，管区位于弓卢水之右，东接兰勃漆尼左大当户，实力万骑。南大都尉又称下大都尉，为军臣八子苦叻拜，居饶乐水，面对我云中，实力万骑，景皇帝时期匈奴两次入雁门，该部均为主力，十分能打，尤善破关，两次击败我军，杀我吏卒二千，斩我太守冯敬，是值得重视的部队。

本大当户管区设于大漠之南、黑水弱水之间，面对我陇西与二谷蠡王成犄角之势。该部由军臣十四子勃度赫领掌，军力尤强是本部唯一双万骑管区，距长安尤近不足千六百里，而该部至今无犯境记录。该部作战姿态主要面向西方大国月氏及西南诸羌。李广老师对该部较熟，可以请李广老师介绍一下该部情况。

李广说我就知道你下边就会提我，你们还要拿我打镲到什么时候，不要给我多了，五千骑，提勃度赫人头来见。我说说说嘛，他内个部队都有什么特点。

李广说他内个部队就是个杂牌军，两万骑多一半是伪军，收编的各种羌、打月氏归降的小部落还有强征硬拉来的粟特人，粟特完全就是一帮商人，一边打着仗一边还跟我们做生意，田相当宝似的内玻璃葫芦，一把一把的。田蚡说你先别吹，你给我弄一个来。

我说那到底怎么回事呀，说你差点让他们俘虏了。

李广说哎，我一百人，他们万人，我下马卸鞍，光膀子站呢儿，说我就是李广，来吧！没一人敢上来，天擦黑全撤了，还叫我射了仨人，这叫差点活捉呀？

窦婴说上回说是射了七个，回回跟回回不一样。

我说你还是提名了。李广说噢我提自己名还不许阿？程不识说上回我们也是让匈奴围了，我喊我就是李广，也没人敢上来。李广说老程，我在外人面前可一向都说咱俩好。程不识抱拳。我说他们还是怕你。

李广说那我还真必须承认是这么回事。但是该怎么说怎么说，也不都是怂蛋，也有高人。我在陇西时你们一黄门郎长乐还是未央的我忘了，姓个宋，跟我们部队一个军候是亲戚，放假来玩跟我们部队借车出塞打野驴，碰上三个匈奴老牧民，几十号人全叫人射死，就剩老宋一人裆上挨一箭没伤着什么，跑回来了。我带人出去堵内三人，射死俩逮回一个，您猜怎么着，射雕的！所以这草原上有句话：谁也别觉得谁更高。

郦坚说还下半句呢。我说下半句是什么？

大周坚说：明天就让你遇见刀。

夏侯赐说本骨都侯处大漠之北、匈河之东，与右谷蠡王隔河相望，管区实力万骑，主要作战任务功能与西大将同。右谷蠡王之右是呼揭，也是白狄五部之一，降王号为右骨都侯，在本部实行自治，平日归右谷蠡王羁縻，战时加入谷蠡王战斗序列，受右王节制。

右王哀嫩，年高德劭，冒顿七子，少时即授右贤王。冒顿击月氏，收白狄五部，自兼总指挥，在前面拼死拼活作战的是哀嫩，可说今日匈奴有右部都是哀嫩一弓一马打下来的，打下来就坐镇于彼，几十年没挪窝，匈国第一撒瓦士，说的就是他。老上十年南下二击月氏，老头还带队打冲锋，苦战三年，亲斩月氏王于阵中，摘下脑袋剒骨镶金做成酒壶献给二哥——老上行二。二哥跟这七弟也亲，七弟也从不含糊，当年二哥上位，七弟头一个率右部拥戴。军臣单于上位，想动也不好动他，他内个部队都是自己带出来的，自己收税自己养军，占了燕然、金山之间最好的牧场，自己帐下能动员兵力即达六万骑，远超军臣直管区四万骑。右大将、谷蠡王是他两个儿子，别人插不进手。大都尉、骨都侯还有两个大当户都是降部，畏惧哀嫩更甚于单于，可说整个右部十万骑都握在哀嫩手里。

我说这就叫尾大不掉。看来也非如人所说，匈奴虽不知礼义其民对主家忠心远胜中国。单于也不能任意取上臣首级如探囊你们说哀嫩是不是匈奴刘濞？广叔，你跟匈奴熟，你怎么看匈奴人性？

李广说都是人，一个屌样！

田蚡说人家没反呢，未必不是哀嫩军臣叔侄同心。

阿老说主要还是一时无可替人选，军臣倒是想把自己儿子派过去可怎么控十万哀家军，人带少了不作劲，带多了先生嫌隙，控不好激起巨变也是自断一肢。

田蚡说提拔哀嫩子。

阿老说提拔哀嫩子，哀嫩倒是去了，还是哀家军。

我说那就祝他们都好吧。问田蚡：总军力算出来了么？

田蚡说算出来了，右部十万，左部十万，本部十二万。他呢儿说我这儿就加，他报完我也就加完了。

窦婴说剖开你心，里边一定是一排排算盘珠子。

6

六日，给几个署令放了天假，我、阿老、田蚡窦婴去鳌屋二署培训基地参加应届公主班结业礼，顺便看望一下公主们。小栾在基地门口等着，旁边站一个挽旋螺髻穿窄袖紧身绕襟深衣女子，一见我们给我们介绍：班主任，何彼秾女士，我署特地从虑得班挖来的名教。我说主任你好什么班？小栾说"虑而后能得"的虑得班，长安专门培养仕女名班。内些想进宫，傍上公侯，或者家里忽然阔了太太小姐还一脑袋秫黍花子，手没处放眼没处瞧、逮哪儿歪哪儿人家争相花大钱去上、去受罪掰姿势的——班。您没听说过？

我说我上哪儿听说去呀？小栾说宫里呀！今年你们选秀，前十名五名出自人家内班儿，我这八竿子扫不着的人都听说了。我说真哒，没问，还没闹清去年选的呢，前年的才记住长相。

主任说上，这边请。我说你们这班可长安有多少个阿？主任没接茬儿，只是介绍沿途营区建筑：这是许舍，这是教室……栾说围着你们两宫，民房都出租给班儿了。

主任说这是练功房，这是礼堂，这是食堂……带我们绕过礼堂直奔食堂。

我说结业礼也是饭局形式？主任说食堂，平时也是我们传授礼仪主要课堂。

进了食堂，姑娘们已经集合，沿西窗一侧列队，一水挽堕马髻著三重衣，见我们进来，右手藏左手袖子里挡着脑门一齐鞠躬九十度，一下把我臊着了。

小栾说您赶脚怎么样，像又回宫了么？

我说宫里没人这么迎过我呀。

小栾说诶哟您可别这么说，我们这可是专门请庄好庄老师来讲的课，亲身示范亲手提教过的。

阿老说可能长乐宫走的是这一套。我说老太太也特烦人多礼。我说田蚡，你平时不是也老去长乐，你见过？田蚡说过节时候，大日子口，有。可能你不注意，你走哪儿人都回避，你就把回避当礼了。

栾说我们也怕走样儿，去查过叔孙通当年编的《汉礼·内则》，上面确实写着"帝后燕居行揖礼"什么的。

我说你们是宁信书，不信我这当事人？

栾说头几个班都是这么弄的，现在你说不是也不能改了。

我说行吧，就按你们想的、大家认为宫里应该什么样，去弄。单于不是也不知道咱宫里什么样儿么。

这时就见姑娘们倏尔矮半截，一齐趴地上，簌簌簌，膝行至近前，拿手垫脸，撅臀下拜。

我惊说：真没这个！田蚡拽我袖子：小点声，人主任不高兴了。我说噢噢不好意思。

主任耷拉脸，带着我们往东窗根走，东窗下摆着一溜坐垫，显见是给我们留的。我还跟阿老让呢：您坐中间，您岁数大，这儿您又是校长。阿老说我不坐中间，中间夹菜两边胳膊都有人挡害，我什么校长，我压根都不太来这儿。窦婴说这肯定分餐呀，坐这么开还并排。阿老说那我也不坐中间，说话老得来回拧头，我靠边。我说您把这边我把内边，中间留给主任。

我刚盘下，小栾赶过来，说您不在这儿，内边给您留了位。一指正南，有个红垫儿：您在那儿。

我说我就这儿了，我跟大伙坐一块儿。我说栾，你坐哪儿阿，你挨着我吧。栾说等会儿的阿。回头看主任，主任没表情，回头跟我说：主任的意思您还是坐南边，学员都看着呢，现在正是让她们把规矩立心里融化在经络里再好没有的机会。

我说你怕她是吗？栾说不是那么回事。

我说主任，我坐这儿行吗？栾赶紧把主任拉一边去，主任垮着脸身子扭来扭去，一会儿望天一会儿看窗，栾说行行你少说两句吧。

栾回来在我内侧落座，说这人就是较真。

我说你们真行，这点事叫人拿得死死的。

栾说我们这后边还俩班儿指着她呢。

我说赶明儿我来，我给你们当班主任。栾说您，我们还真不敢请，怕教出来的学员匈奴不认。含笑对主任：内什么，花儿姐，下面还啥节目赶紧开始吧。

花儿姐矜持一白眼，扭脸拍手对姑娘们喊：全体全体，起立退下。

姑娘们揣着手低着头面向我们碎步后退，像一把合上的扇子——抽！消失在门后。花儿姐嗓音高亢报幕：下一个节目：匈奴挤奶舞。

进来一瞎子，拎把马头琴，屈体地上一跪，曾，曾，锯起来。

一个换了匈奴长袄，俏皮扣着獭帽圆脸姑娘拎着一只桶，高张另一只手，仰脸贼着指尖，像眼前老有帘挡着，拨着闪着，不停寻摸，东看西亮相，走着慢猫步，不时跃一腿——上来；然后一脸夸张，寻着宝似的，喜回首，小手拢着嘴，朝门口喊：克斯卡维斯！哈逮！（姐妹们！快来哟！）门外齐喊：哈逮！一队同样装束也都女牧民打扮跟刚从草原下来似的姑娘拎着桶跃着、旋着、岔着、奔出来，晃肩抖哑儿，渐渐逛成一队，侧向观众骑马蹲裆，双手一上一下，爬绳似的，曾！曾！作挤奶科，倏尔一齐扭脸，睁眼咧嘴烂笑……

小栾介绍这些姑娘身世：领舞这个，张良孙女，文皇帝十年，她爸张不疑坐与门大夫杀故楚内史，按律当斩，自个掏钱赎为完城旦舂，男的去筑城，女的去舂米，六年刑满，家也败了，全体成了庶人。孩子是服刑期间生的，一天好日子没过过，我们这儿招人自个报名来的，条件不错，还是有家教底子，是我们这儿推荐演公主的三个主要演员之一。

排队尾笑得特自然这个，是老费侯陈贺曾孙女。老费侯，韩信的人，汉初入伍，起初是左司马，击项羽提的将军，平定会稽、浙江、湖陵有功封的侯。三代侯都挺好，到这孩子他爸陈偃，不好好弄，景皇帝十年有罪也不知什么罪，侯丢了，判得还比较轻，隶臣妾一年。正好执行地点判在我们署，就在这基地，给门隶——看门李大爷当臣，什么臣阿，李大爷一直就一人，就是岁数大了腿脚不利落给李大爷当个服务员，平时管打饭打开水，来人需要喊人帮着给喊个人，夫人给李大爷当妾。陈偃我们都熟阿，过去老一块玩，不熟的也都见过，哪能眼瞅着他受这份儿屈，我出钱，附近农村给李大爷雇了个全活儿阿姨，服务、妾都有了。陈偃和我内嫂子就算我养着，单身宿舍给找俩铺，平时吃食堂。孩子从小就在我们这基地混大的，跟前面内几届公主班小姐姐都熟，听说将来出国嫁单于，羡慕。她爸她妈刑满回老家，死活不走，说我才不回砀山内穷地方当庶人呢，非要参加我们这班，我这还给小姑娘一直做工作，你别以为出国是去享福，嫁给单于怎么了，单于家活儿还没李大爷家轻省呢，每天你得去拾粪，挤奶。你知人孩子怎么说？我认！那我也没答应，说你爸你妈都是我朋友我不能看着你入这火坑！末了陈偃俩口子来找我，陈偃不开口他媳妇说，就让孩子去吧，我们这世也是翻不了身了，将来生下一儿半女老了也不至受穷。当妈的张了口我还能说什么？你别说这孩子还真是上道儿，争气！也是当过几年侯府千金，门门核考第一，会来事儿，不娇气，也是我们考虑……正说着，陈姑娘门口一个亮相——姑娘们跳完了收队忽拉拉往门口跑，她最末一个进侧幕条也就是出门，又回头呲牙一笑小眼神洒给所有人。

姑娘们闪去闪回，又接着跳拾粪舞。锯琴的旁边又添一瞎子，站着拿一镲，姑娘们弯腰撮一下，他给来声镲。田蚡问阿老都用瞎子什么讲究。阿老说不知道学员长相。窦婴说那他怎么瞧见撮内下呢？阿老说琴给的点儿。田蚡说拉琴的不也是瞎子么？小栾说合多少遍了，数着步呢。又跟我说：这是隆虑侯周灶的曾孙女……我说别说了。小栾说我也特难受其实看着这些孩子，内不是朝廷有需要么。我说看、看演出。

姑娘们欢快拾完粪，下蹲围作一圈发出欧欧啸叫，中间俩姑娘一上一下蹦腾假装火苗熊熊燃起。田蚡忽然看我：内火苗是不是认识你阿我怎么觉得她老瞅你。

栾说是内正蹦刚落的吧我也觉得了，这是宫里出来的，在长杨宫还当过仆射，这班好几个长杨宫的。

我说认识。栾说要不要一会儿叫她过来。我说就不必了。栾起身走。我说你别！栾说不找她我安排事。

一会儿贴墙根绕回来，说下面马上开饭。又两手撑地说不好意思，一会儿还得麻烦您讲几句话。我说讲什么呀我不讲。栾说鼓励鼓励她们呗，这是跟这儿最后一顿饭了，明儿从这儿迈出去，我也许还能再见到她们，她们再见中国，见得着见不着就不一定了。你讲几句话，比我们讲，公主们心里滋味不一样，您就从父亲的角度讲。我说父亲，你真戳我肺管子。

房间又空了，大伙站起来活动，揉膝盖，伸懒腰。

我跟靠门框站着的花儿姐搭话：舞都你编的？

花儿姐说请的匈国编舞。我说好看。

姑娘们又换了汉服，一人端一案子鱼贯而入，放下定食，也不知心里数着点儿还是谁拿眼色发了一暗号，一齐揭了盖儿，撅着斜么岔退下，一对一，跪在边侧低眉偷眼搜瞵案板，掉一滴油、一口汤，无声迅速爬到，解袖口变出块揾布抹一下。我实在受不了惹，抬头摇手找花儿姐，说：她们不吃阿？花儿姐说你乐见她们吃么，你乐见她们就吃。我说让她们吃！

我说……我还是别说了。阿老说我也觉得你不必说，我说。阿老转而面对姑娘们：其实也没有什么好说的，该说的你们教官、班主任也讲过多次了。这次出去，我只强调两点：过好语言关，过好生活关。朝廷和亲，是大政策，具体到你们每个人，就是每天挤奶拾粪打油打酪和今后一辈子。困难，一定困难。苦屈，一定苦屈。不习惯，一定不习惯。我坐在这里讲也是空话，要你们自己日日去体会、去适应、去习惯。出了这个门就没人心疼你们，照顾你们，你们只能互相照顾，互相心疼。还有空寞、孤寂、叫天天不应叫地地不灵像掉井里的时候，你们也只能咬断牙、和着血、吞进肚、抠着土、一步一抓挠、自己往出爬，爬出来爬不出来都没人知道，你们就是草原上的隐子草、寸草苔、拂子茅，一岁一枯荣。不要抱幻想，生个儿子将来做单于，你就是阏氏。更大可能你生一堆孩子爹都不知道是谁，你每日辛劳拉扯一堆脏孩自己也变成一脏妈。十年之后，用不了十年也许五年、三年，草原上烈风怒雪会夺去你的容颜，背桶会累弯你的腰，拢火燎黑你的脸，骑马变罗圈腿，也许只有一双手天天挤奶还保留着你这年龄应有的光嫩但一股子奶臊味洗也洗不掉。你没有家乡，中国、我汉、我们现在坐在一起的场景，对你只是一个遥远影约、比梦还不真实、褪色的记忆点。你的家人早把你忘了，你只是一个长得像匈奴人、说话匈奴话，甚至做梦也用匈奴语、帐子里一堆匈奴崽子见了汉人就新鲜就热情就像打听外国一样打听中国事的匈奴老婆子。到这时，你就算完成任务了，你就比较坦然、容易活下来了。

田蚡捂脸，窦婴望着天，姑娘们一脸沉稳，看不出任何表情变化。阿老笑微微，不慌不忙把一篼已经凉了的牛蹄筋拖到跟前，开吃。我说我去上趟厕所。

我去基地羊圈看了一眼，一个老大爷正在铡草。

我说您是李大爷？大爷说是我有何吩咐？我说没事。在大爷身边蹲下，说这羊都你放阿？大爷说不放了，这届班毕业，教学羊也没用了，明儿都宰了拉集上卖肉，我这是给它们准备最后一顿草，吃饱压分量。

小栾出来找我，说都完了，您回去吧。我说等人都走了的。小栾说都走了，您这怎么遮还不好意思了。

我说倒也不是。小栾说阿老的话不是头一回讲，这个班招进来，第一课我们就这样讲，没任务，训练你们的目的就是让你们尽快适应匈奴生活，活下来就是任务。我们有教训呀，前几个班困难讲少了，过去受不了，有的就叛变了，主动出首，说我是军情署乃届乃个班出来的，负有什么特殊使命，打入单于身边刺探军情，我们班还有谁谁，还有说自己任务是刺杀单于，乱讲，为求重视。所以现在我们都不挂牌子，对外讲是大行令下面的出国代培班，对学员也从不透露基地军情背景，内些姑娘现在还以为我是大行行人署少史，阿老是署丞。花儿姐也不知道。李大爷知道，李大爷是军情署老人儿，南蛮处调来的，潜伏闽越被破获蹲过几年水牢，受了很大罪，背上都是后植的皮。

我说你们这点事确实不好弄。小栾说都逮想到了，这一班其实多数是掩护，我们叫幌张儿，你查去吧，

身份动机来历全是真的，底就那么几个，哪能当这么多人交代任务，都是阿老一个个单派车单接署里在城里密点个别谈，我都不知道是谁！按纪律，您打听都不能告您，情报可以报您，人名，对不起，阿老带棺材里去。哎对了，还说让你去挑内仵公主三选一呢。

我说不想去，你们看着定得了。

栾说那今晚进宫让太后过眼，认干闺女您也不参加？我说不参加。

栾说还是见不得姑娘委屈，秉多想，这帮姑娘不是凡人，敢进这班的没一个省油的灯，都皮着呢。

7

当晚我们没走，住基地了。我、阿老、田蚡、窦婴在房间开了个会，我说就这么定了，今儿起成立对匈战争动员总筹提调常设机制，成员我们四个再加几个署的署令。我意思机构不要搞得过大，人员尽量精干，决策扁平，就一层。办公地点就放在一号院，靠近现有军队提调系统和办事机关，命令不出院一利保密二利督导一号院现在还有房吧？田蚡说思犬堂周家搬出后应交回一直没交，周强占着房也不住，营管司历年几次催腾房不理我们，我们也不好硬给他腾。

我说你这个人哪，就爱借一件事解决另一件事这样特别不好，他占着不走就让他占着，我们另想办法。

田蚡说那就只有操场东墙内排马厩闲着，周亚夫死后署里不再养马，马厩一直有人清扫维护，房子整体状况完好补上截墙就是很好的房子高大宽敞，我们本打算明年开春动工重新打隔断做警卫宿舍或临时来京办事人员客舍还没想好。我说也不要明年了明天就补墙，总提就放在呢儿把夏侯沙盘抬过去我先号下了。

窦婴说房子不重要我关心的是分工，我在细柳台还保留一间办公室实在没地儿来不及可以先用我呢儿。

我说现在就谈分工，丞相人头熟，各府署司郡县侯国都熟过去拿总现在还让他拿总，需要人、钱、物调动各地资源都找他，对外。阿老早有分工修葺战备直道、一线要塞、构筑预设战场现在这活儿还归您。

阿老说那我现在可就要找田相要钱。我说您拿一大数，我督着田相不许要预算不许问明细现在就批。

田相说批！阿老说那我得算算到底几万亿。

我说不怕超预算，照着五百年大计整，您今天多花，子孙将来就少花或者不花我正想扫扫国库。

窦婴说我觉得吧军队工作重点在军队本身。部队多年不打仗，京中五营属卫戍部队配备的都是刀剑钩戟近身兵器，羽林虎贲威风八面本质还是卫队，所持不过长戈高叟打旗的比提盾的多；郎中骑原是我军一支战功卓著铁骑，如今变作迎来送往仪仗队和候补官员军训班。北地上郡雁门边防部队高配也不过一个甲种部，一部五曲各两千五百人。上谷久无战事，放一个乙种部一部二曲还算完整。渔阳只一个加强曲，五百人加两个骑兵屯区区六百吏卒。这些卒也都是守塞卒，平时训练科目主要就是耍石锁练一膀子臂力，战时往下推滚木扣油锅，拉出去野战胡马未至自个腿肚子先转筋。关键是全军上下没一个拿总的，景皇帝七年废太尉，你元年六月才复立，隔年十月又给免了……

田蚡说就是说我呢呗，你不也是同案，又不是今上的主意，是太后生王臧赵绾气嗔着咱俩向着他们了。

窦婴就说这事，擒贼先擒王不能光贼有王。

我说太尉是一定要恢复的，不马上恢复是不想弄得动静太大，丞相毕竟不是军事干部将来的太尉我心里想的一直必须是您，您现在就把太尉工作担起来军事上司令部组织运作我也外行，将来有事我就问您。

田蚡说我就给您当好后勤署令，说吧，要多少钱。

窦婴说钱不马上要我现在要调一个人。我说全一号院所有单位，上至令史下至曹您不用问我咁便调。

窦婴说这个人全一号院没有，原来军队建设就没考虑过需要这么个人。高皇帝，揭竿而起，边拉队伍边打，不惧也无法避免失败，只能在实战中锻炼部队。周太尉，去战争年代不远，打过仗的老人还在，将尉校拉起队伍就是齐的，打的又是说难听点兄弟部队，我们仓促成军吴楚更是一国老百姓赶着鹦鹉上架。而今面对匈奴，看似游匪，实则久征惯战之师，无论防御作战还是进攻作战，就不能是这种一哄而起古代战争搞法了，就要按现代战争要求首先使部队现代化。

我说懂，老问题，军队常备化。这个问题讲了很久，总是议而不决，不能再拖，我已经决定，总提成立第一个会就谈征兵问题。

窦婴说征兵首先要定编，与国防任务相适应的组织编制是决定军队威力和最终决定国家防御能力的根本问题。所以我要这个人马上进总提，负责军务动员，主持制定未来我军军队体制、兵团和部曲编成、数量和兵种比例。制定征召一般人民充役、先征哪些人再征哪些人，哪些人应立即进入现役，哪些人暂列编后备役和及时补充进军队计划。根据我军现有装备和编成，研究军队如何建立保障符合未来战争、战役和战斗特点的体系。发现我军现有装备武器系统缺陷，研究如何改进，确定给谁什么装备、保持多少数量才能将缺陷转化为优势。重新建立指挥体系，确定需要撤销、合并哪些机构、层级才能更有效指挥作战。在作战中，回答总提首长关切。总提首长确定战役目的和军队任务，作战署出方案，在何时何地应如何实施，为此需要多大兵力，此人就应计算兵力兵器并提出需要什么编制。总提首长提出我一万骑应强于匈奴一万骑，作战署就应提出根据，此人就要仔细研究双方万骑编成和装备，并提出怎么做才能在进攻中提高突击力在防御中增强稳定性等措施。并根据这种分析找出敌我万骑当前差距，确定弓、弩、刀、戟等长短武器数量、用途和单兵拥有马匹能达作战极限最佳公约数及未来建军、实战中必将会遇到不断出现的新问题。如有必要——实有必要！我墙裂建议应为此人设立一个总提直接领导下新的署：军务动员署。

我说说得这么热闹，这位能人，我军建设的关键、保障，未来的军动署令，是乃位呀？窦婴说：灌夫。

我说呕，他还有这个本事。窦婴说他不见得有这个本事，这是一个新想法、新位置，一切尚在摸索中，我们谁都没有把握，谁都不知道会在哪里撞墙，错误、失算不可避免，我看中灌夫的品质是敢负责。我说调！

当天夜里我们睡得很晚，躺下半天没睡着，入睡之后又不断被吵醒，基地院里一直轮蹄轧轧，轰隆隆出去又轰隆隆进来，女孩子叽叽喳喳窃窃私语不绝于耳，半夜还有人大笑，嚷嚷，乒嘞兵唧在院里摔东西。

早上起来——已经是中午，院子里静悄悄，一地碎成片陶甑瓦罐、撕成条襦裙、系带、单只裤腿、木屐子、断笄、竹簪、撅了的花钗、踩了脚印织着吉语的秦锦盖头、绞了的绣着鸳鸯荷包和鞋垫。

李大爷正拿大扫帚往块儿堆归拢，蹲下挑拣洗洗连连还能使的扔一边归小堆。田蚡揉着眼睛出现在廊子上，说都走了这是？我说阿老起了么。田蚡说没听见动静，该起了也，我敲敲他门。笃笃两响，没人回。一拉，门儿开了，田蚡说没人儿。又去敲窦婴门，窦婴里头喊：起了起了。

小栾一脸疲倦出现在廊下，说早饭食堂吃还是端来吃？我说不吃了，马上走，路上再颠出来。田蚡说我必须吃，我还就路上容易饿。我说阿老哪儿去了？

小栾说没睡，半夜就走了，署里有急事，让我跟你们说一声。我说你回不回长安可以搭我车一起走。

栾说我这还一大堆擦屁股事没弄完呢。窦婴出来，一夜胡子长了，问最后定乃个是公主了？栾说陈贺曾孙女，太后一眼就喜欢上了。窦婴说内孩子喜兴。

田蚡和小栾去食堂，我和窦婴准备走。我这边刚上车，窦婴辕马腿左前瘸了，马蹄子硬的那层磨穿了，露出里瓤粉色活体，从马厩牵出来就一瘸一拐的，搬蹄子一看，扎的全是刺儿，蹄甲缝儿里硌的还有石籽。窦婴心疼，一边给马拔刺往外抠石籽一边骂车夫这不是刚磨的，来的路上就这样了，我还说没平时稳了你怎没发现干什么吃的？车夫说跟您说了，赛骅骝不能上重车您没搭理我，我以为还是去一号院能坚持下来哪想跑螯屋来了。窦婴说欠抽你顿鞭子！扭脸跑我车下说您能捎我一段么。我说能，你马叫赛骅骝阿？

窦婴呼哧带喘往车上爬，一屁股坐我对面说我去槐里，正好顺路，我这马是骅骝的种儿，可关中、全天下八百年，一年不拉，两百八十代配种记录都在，能真儿真儿的追到周八骏，只我这一匹！可惜废我这儿了。我说不是还能配么。窦婴说最好的岁数已经过了，十六了，老马了，指不上了，前些年净特么瞎配了。我说怎么叫瞎配呢？窦婴说母马不行，一塌糊涂，还叫我这车夫偷偷牵出去跟驴配过想起我就运气。

我说这车夫还留着？窦婴说姨儿家的孩子，怎么弄？我跟您说，我汉强军，强军先强马，没有马，兵再多弓再长——全白搭。我说那你还叫它拉车。窦婴说拉也拉不动了，我还跟您说，拉车毁所有。

李敢前面回头说您是去槐里哪儿阿？窦婴说马场，犬丘马场。李敢说怎么走阿？窦婴说你就沿着汧河往前，一直走。我说是当年召虎养马内地儿么，现在还是马场？窦婴说早不是了，现在叫马场村，但是外人还管内一带叫犬丘马场。我这几年老往呢儿跑，内一带附近几个村的马都是名马之后，我这赛骅骝就是在一老太太家场院淘到的，当时赛骅骝正拉碾子磨豆呢。

车停下来，对面来一会车农民，拉着一车粪，李敢跟人问道，李敢说噢噢噢好好好谢谢阿。农民摇着长鞭过去了，李敢回头说：到了。我说我也下去瞧瞧。陪窦婴一起下了车。窦婴看着周围说不对呀，这怎么都村了，上次我来还麦子地呢，这怎么都圈上盖上房了。我说谁的地问过没有？窦婴说就是一姓姬的地主，我还上他家坐过，跟他商量能不能买他地，是不是已经卖了，卖给别人了。我说去问问，现在地主是谁，内不一小孩靠墙吃馍，是不是就是地主孩子。

窦婴说甭问，农村这人你跟他们打交道打不了，越是家里趁几个，在族里能说得起话，所谓乡绅，全是坏逼，就觉得你们这些城里来的，甭管谁，都有钱，不坑白不坑。我说你就让他们坑呗。窦婴说我不！我不跟他们费内劲，真买地，叫灌夫来，灌夫能治他们。

窦婴说那就不好意思了，只能麻烦你把我带到城里了。我说您这有时候客气得都有点假了。

8

七日，我正要出门，阿娇拦住我，说你今天别走，我新认识一仙儿，特别灵，让他给你算算命。我说嘿！我这命还用算，你太逗了。阿娇说可是你不知道明天会发生什么，后天、大后天，你会碰见什么人。

我说我碰见谁都这样，别人碰见我那可得算算有没有这命。阿娇说你别一言不合就吹，你什么都知道就是不知道你最后怎么死的，死谁手里，你知道么？

我说那还真不知道，死您手里死八步手里都是我愿意的，行行我不走，我等，看哪路神仙他知道个啥。

一会儿五福引着一男一女来了，我一见这俩就乐：就该猜到是你，可长安不可能再是第二人，一大张罗一大忽悠，骗到宫里来了。刘陵说怎么说话呢，见姐不喊姐。李少君也乐，说还不是变着幡儿想来看您。

阿娇说你们认识？我说何止认识。李少君说上是我上师，上回点我两句，回去愁半年。阿娇说曜！怎么遮你也出去当仙儿了？我说我没恶心成那样，我要逢人跟人说我知灾祥通鬼神你现在就拿小板凳亥死我。

刘陵说你不要拿你狭隘世界观看待所有你不懂的事情。李少君说我赞成上这种不懂就不信就叱之乖谬，凭一己之力独活于天地间跟谁都敢过招儿的大无所精神。刘陵说李少君！我没想到你是这么一人，跟我你可不是这么说的。李少君说真的真的我从来就是哪家庙灵就拜哪家，哪家神显圣我就敬他，上回上点我的就是这些话，让我少装神弄鬼，所以我这回敢来，就是悬壶济世，瞧病，听说最近皇后心里老不逮劲？

阿娇说老是心颤，突然谁说句话放个碗就吓一跳。

我说改神医了？一会儿我叫张苍公来审你方子。

李少君说您叫谁来我也不怕，我就不开方子，让你们没的挑。我说哟喝彻底躲了卖假药，聪明！别是针灸点穴硬桑拿吧。刘陵说有本儿你今后永远不吃药！

李少君平展双臂，说您上下摸，有一根针算我输。

我说那又是什么见不得人的损招？李少君说擎好儿吧您就，可以请皇后女士露出左手腕么？我呵呵笑：还是这一套。李少君三根指腹切住阿娇脉，做凝神状，一会儿微抬一指，一会儿二指俱提，复又三指沉取。

我说您没想过弹琴去么？李少君不理我，说内只手。阿娇右手换给他。李少君也换了只手。我说四手联弹。刘陵说我可告你阿，你这叫干扰治疗。

李少君说可以了。问阿娇：皇后女士是不是左肩也时常感到疼痛？阿娇说是，一抽一抽地疼。李少君说是内种压榨式的牵扯么？阿娇点头：你一说，像。

李少君说可以一亲尊骨么，我要判断病灶。

阿娇说行，要不要撩起点？

李少君说不必，最好再披上点，我练过隔皮数骨，童子功铁砂掌，真要触碰肌肤会留下紫血印子。

我把一件紫貂围脖给阿娇披上，说这个好。

李少君一指摁住毛领：是这儿吧？阿娇说诶哟哟。一条膀子夺拉下来。李少君说条索反应。看我：想问么，很乐意满足您的求知欲，条索，就是经络韧带肌肉组织纠结而成像绳索一样的坚硬组织。您一定知道我们身上每个脏器包括心脏都是靠经传递指令、络供养血液才能完成正常的生理功能，而经和络是伴行的，一根经伴随一条络，一条络伴随一根经，经络之间存在着互相影响的关系，二者信息应答、物质置换的中补站——点位即为穴；经呼传着络，络富养着经，协同合作满足人体日常运动、睡眠所需的条件。当这些经络纠结在一起形成条索、穴位瘀滞不通会发生什么情况？——不知道？留一道思考题给你。

刘陵拍我：没词儿了吧？我说还真是没听过的道理。李少君说请问皇后女士，您左手小指是否伤过？

阿娇说你怎么知道？李少君说我还知道是在你五岁，蹲在一树下玩，树倒了，你没来及躲，不知道躲，压着了小手指。我还能告诉你，树是大柳树，倒是雷劈的，当时在场的还有你妈、你姐和你们家阿姨……

阿娇说还真是，你一说我全想起来了。

刘陵说怎么样，怎么样，准不准？不靠谱的人我能往你这儿带么？我心碎过你知道么？我说不为内谁么，知道。刘陵说束支撕裂，喘气儿都疼，你知道么，是老师一句话，帮我合上的，这我才把老师请来听说我姐也有心病，你凭什么说我是瞎张罗？我说没有，我没说你瞎张罗，我说你爱张罗，是个热心人，您带的从来都是特靠谱的人，乃句话呀，一说就合上了。

刘陵说你先甭管乃句话，你先说，老师是大忽悠么？我说不是。

刘陵说那你给姆俩恢复名誉。我说张罗,要看怎么张罗,给谁张罗;忽悠,要看被忽悠人是不是确确实实被唬住了,唬住了,就不能叫忽悠,应该叫、叫精准施计。刘陵说你被唬住了么?我说我被唬住了,少君,祝贺。

少君也美,说行么,这么聊。我说是我最近听过聊得最诚恳、虚实精当、最不像胡扯的一次,差点,也不是差点了,我还真被带进去了。李少君说物理确实比较硬核,稍微聊得飞一点,就脱离一知半解,自己也慌。还是瞧病痛快,人体到底咋回事未知仅次于宇宙,却比宇宙多个主见,病理通不通的,调整主见就有一半机会见效,只要不下药,瞧不好也瞧不坏。

我说你算找着情理法——三外之地了。再也没比瞧病异端邪说更多的场域了。病人就是一片焦渴的土地,病越莫名心越开放,泼上什么都迅速吸收。跟我——咱俩上回盘道内事,你主要还是没看对象,你拿寿、金比划我那你可真比划不动,即使我图这个也不从你呢儿图,但我相信你比划多数人一比划一个准儿。

李少君说还是语言,我回去愁这半年就琢磨这回玩现——现在哪儿了,还是语言上借用太多,辨识度太高,很容易碰上同样的玩家给你拆台。我有一观点不知上您认可不认可,其实大家聊的都是一件事,区别就在于谁的语言墙码得敦实,抹得光溜,下蛆很难,是不是一座,怎么说,摩天梯,是,把别人路全堵了。本来不用聊那么深,缺们非聊那么深。真相很深奥么,真相一眼即可望穿,缺们假严谨,会爬墙眼全瞎了。

我说是是,你信了谁谁就是一堵墙。义理不能太空疏,靠左道连接,左道之左还有左。也不能太碎份,把一句话分解成百万句,解词析义先铺一地辞砖字典,看似出新实则翻旧,天不变,道亦不变,就你呢儿变来变去，见过绕在里边自以为得济的。他们从来没想过问自己一个问题，当这世界刚打开，世上没有一个师、尊、圣，人在其中是怎么看待这一切的。

李少君说就是有我这种人呗，还有您。

我说我不能反驳您，您告诉我，您内些词儿都是自个整的？

少君说当着明人不说藏着掖着的话，有借鉴，是谁暂不告你，万一乃天有人找上门来说是他的个儿创，您就替我认，咱不干那剽窃人智慧成果还不认的事。

我说欣赏你的态度，逮着认倒霉，差不多也算光棍磊落。少君说吹亦有道。

刘陵跟阿娇说你瞧这俩大忽悠，忽悠一块去了。

阿娇说老师，病根是找着了，可怎么治阿？

少君说怎么治？好治，揉揉。自个够不着你认识弹琵琶的么，或者编麻绳的也行，主要要求对丝儿、缕儿、条儿敏感，手上有劲，没事多给拨弄拨弄，分出把，就好了。陵说我认识一匈国发型师，过去给单于编过辫子回头我给找来。我说理论走实践前边去了。

我跟阿娇说真必须走了，你们慢慢聊。阿娇说多少回算一疗程阿？陵说下回好事想着我点。我说你笑得为什么这么诡秘？李少君说见好算一疗程。陵说我诡秘？我当咱们刘家公主跟内帮丫头比是不是更显好更算正根儿？我说你觉是好事是么？行，你觉事儿好下回头一个安排你。

到了宣室殿，王恢正在与众卿争吵：我汉与匈奴和亲，没几年他们就当没这么回事，又来要这要那，跟这种人还有什么好说的，就应该出兵出境打他们。

韩安国说同意大行令的说法，匈奴四处迁徙像鸟一样，不能把他们当人。但是出兵攻打他们，首先面临的问题就是上哪儿找鸟去，他们一个兵七八匹马跑几千里不算事，咱们全靠两条腿走几千里先累屁了，匈军可在任何方向集结全国精兵对我形成优势，挑着我软肋打，我兵也疲、将也颓，粮草跟得上跟不上我看十有八九是跟不上，到那时不要讲取胜，保全军队全身而退也难。这是危险的想法，太悬了！

我说好热闹。众卿说您什么时候来的？我说早来了，你们来我就来了，一直跟后边听哪。众卿说我们怎没瞧见你呀，这屋就这么大。我说好吧，我承认，我没进屋，溜墙根跟廊子听的，就为听你们的实话。

众卿说既然您都听了，您同意谁呀王大行还是韩大夫？我说先问你们都同意谁，挨个表态，从太常谬忌开始。谬忌说我同意韩大夫。指石建：光禄勋？石建说同意韩大夫。指石庆：大理？石庆说同意韩大夫。指许安如：中大夫？许安如说韩大夫。指刘蒙之：宗政？刘蒙之说韩大夫。

我说剩下的不问了，九卿五个同意韩大夫，已然多数了，我随多数。

朝会散了，我说王恢留一下。大伙都走了，只剩我和王恢，我说你听到什么了？

王恢嘿嘿乐，说我请求调回二署做我的匈奴科长。

我说不考虑！安心当你的大行，把匈国朋友招待好，五年，不生乱，不出幺蛾子，记你首功。

王恢说五年太长，五年我这胃就彻底喝坏了，三年，最多三年，三年期满请允许我回部队。

我说就三年，我什么愿也不许，先把工作做好。

9

冬十一月，马厩翻建工程接近完成，试取暖一把火又给烧了。田蚡来向我报告时不忧反喜，说大家都说烧得好，总提将来要火。我说大家——大家都是谁呀？田蚡说就是一号院史曹，没外人。我说你还嫌知道的人少么？总提到今儿定下的成员一次头未碰，办公地点还未落实，迟迟不能开始办公，大家就都传遍了，刘陵都知道了，你估计还需要多长时间能传到匈奴那儿去？田蚡说……我马上传达。我说你传达个鬼！你不要走，你转回来，你给我说说你要传达什么。

田蚡说叫他们别乱说。我说不，你去传达，总提不存在了，解散了。田蚡说办公地点马上落实，瓦匠师傅说其实重建比翻盖快。定下的成员也都在家，您需要，要不上我家，今晚，我管饭，咱们碰个头。

我说不！需！要！我是认真的，总提解散，马厩你爱干嘛干嘛，你还拿它当马厩，一号院人不是闲么，让他们养马，练马术，骑射障碍越野。田蚡说您瞧您……我说我怎么了，我就这么定了，要不我不参加了，你、窦婴、夏侯赐你们几个干。

十二月，我带上谬忌公孙弘和太学的几个博士枚皋、终军、朱买臣去秦旧都雍参拜五畤。司马迁说为森马不带我？我说你不是瞧不上这些祀鬼祭神俗事么。

马迁说我想去，不是要看你活埋牛羊马车给内四位上帝上供，是想看陈宝祠冬至抬神游行和各村迎神腰鼓、旱船和舞龙。我一直听说陈宝夜间飞行拖有光华之尾，样子像公鸡，叫声像公鸡，咯咯咯，一打鸣郊外野鸡都咕咕叫我怀疑它就是公野鸡，不知民间堆塑家怎么处理它这些特点给它弄成什么样，平时蒙着布一年就一次抬出庙游行，能看到它真身机会难得。

我说你这些个人兴趣应该自个攒够假自费去看。

壬午日，出长安。第一站到林光宫墟，还保持着车队。在那儿上了秦直道马岭段，各车就开始赛马，放开跑，间距越拉越开，过了岐山我后面就没车了，天没黑我就到了雍镇，我对李敢说不进镇，去西畤。

到了西畤，我的车直接赶进少皞畤，田蚡窦婴夏侯赐一杆子人一人扣一獭帽捂一毛氅正跟院里候着。

我下车说都到齐了？

田蚡说只有阿老在雁门看地形，赶不回来。

灌夫上前作揖。我说好好好，齐了就开会吧。

少皞畤主殿已经过清扫，神像用苫布盖起来，地上铺了秫秸编结地席，摆了圈田蚡从家里拿来的驼绒坐垫，门口搁一炭盆，庙里的祝，一个披破羊皮袄老汉正趴地上吹，还是冷，合不上的门窗、见亮的梁间不时透进、穿过阵阵寒风。前秦世代这是所大庙，是秦襄公所造秦国最早古畤，在册七大官畤时之一与鄜畤齐名，号曰西畤。祭祀活动归秦国太祝管，庙里用度挑费都从上边拨，历代秦公到后来始帝岁末年根祭祀雍五畤也会到这里埋上一组牛羊几套车。前秦没了，这座庙也被抢了，蜀锦楚绣帷帐都让人扯了回家给媳妇做汗衫，成套簋鼎磬搬走簋当妆奁盒或孵豆芽，鼎做了小酱缸或锯了腿给老头当泡脚盆；磬——用处可太多了，哪儿饲料槽子斜了，墙角豁个缝儿，房顶缺块瓦，门关不严，塞一只进去正好垫上堵住盖妥严上。

但是神像还在，虽然绿松石做的眼珠子叫人抠了现在拿俩块胶泥封着逢闪电打雷还显灵。周围一带老百姓以秦遗民自居也还敬仰，逢春历冬，时节交替，拎块羊肉、一把粟、半碗醪糟也去庙里拜拜，求上神保佑明年别下刀子。祝——内位正趴地上鼓着腮帮子狂吹火的先生就是当地村民，姓风，辈分大，绝户，年轻时在外闯荡没混出来，上了岁数回乡家里窑也塌了地也早属了别人，半拉村都是生脸，就借了庙檐栖身也算有个归宿。平日东家给口粥西家掰块馍日哄肚子，逢祭看管香火掸扫庭除轰小孩，四乡百姓进献祭品上神享用过了撤下来自个改搂了就算犒劳了。

田蚡说老风，你就别吹了，赶紧把炭盆端上来回你屋去。跟我说村里都戒严了，每户发二斗粮年前都不许下地。我说年后呢？田蚡说年后——后到哪儿去也一句实话没露，跟他们说咱们是北地商人在这儿开年会，定明年皮毛市场价格交货时间同时互相下单。我给咱们都编了代号，在这儿就不叫真名官称全叫代号，你是老客，我是王掌柜，窦老是李掌柜，阿老没来阿老来现给他想一个，其他各位也都叫掌柜子随自个妈姓到时叫你老客你逮答应阿。我说村民信了？田蚡说没信，村民猜咱们是强盗，外面布的兵大袄下披藏兵刃不留神叫小孩瞅见了，有连夜向西县衙门举报村民叫咱们村外设下第二道警戒给堵住了，人正押在车里到时候放不放还是干脆发配到岭南到时候再说。

我说那就都入座吧，抓紧时间开会。田蚡说入座关门，请老客讲话。我说今天是总提第一次全体会，跑到这么一个莫名其妙地方开会原因就是保密，保密的重要性不用我强调各位也清楚，保密做不到我们今后所做一切工作都是白费。我请各位考虑，总提的全称是对匈战争动员总筹提调常设机制，我们将要进行的是多么大规模的行动，我们要在全国征兵，建立一支足以击败匈奴的常备军，并对这支军队进行训练，用最先进武器重新武装这支军队，不用想，一定是天下骚动，保密几乎是不可能的事，但是不可能的事也要让它成为可能。所以我要求你们，在提出下一步预算方案规划安排时优先想到保密，在所有方案落地前优先落实保密，没有这一条的方案规划我统统不看。

田蚡说那就各位掌柜子，挨个说吧。老夏——哦不薛大掌柜子，你先说，你认为我们这个常备军应该搞多大，三十万？五十万？夏侯赐从随身携带藤篋中抽出一卷竹简说：我拟了个估算，不敢拿出来，确实没考虑到怎么掩盖征这么多兵还不叫人发脚的问题。

田蚡说先口头上说说，大概几位数，其他人也好根据这个规模往下安排他们规划，我这个管钱的也心里有个数。

夏侯说国土防御，所有口子都堵住，不但可持久坚守还能相机歼敌一部，至少三十万，三分之二步兵，三分之一骑兵，可酌定保留一些战车单位。根据朝那、萧关、武州塞、雁门历次战斗战后总结，依托坚固筑垒我一个小部千人可抵抗匈军万骑三至五日，增加千人则抵抗日倍增，万人则不可破。若我各关隘要口之间道路通畅，预备队充足，闻警即可出动，抵达战场迅速，则可在局部区域对敌形成优势，争得歼敌机会。我还是坚持筑垒地带防御作战必须有战车，反击有气势，打得出去。攻出国境，深入匈国腹地，主动寻机与敌主力决战，至少三十万骑兵，伴随三十万步兵，这还要求我军现有骑兵战斗技能战术素养武器装备提高到与匈国骑兵相类水准一对一不吃亏前提下。以每一骑单兵最少配备一匹可轮替马，不考虑步兵辎重驮运将校乘马用马用车——计：六十万战马。这还不包括补给线延长保障供给跟上转运粮草军械后撤伤员所需畜力人员。这个数儿恐怕要后勤牛大掌柜计算给出。

牛大掌柜——萧婴说：我署营养处目前只做过一个步兵屯五十人携带全部装备关中秋季正常气候条件下平原直道徒步开进每日所需口粮和柴火试验统计。我们挑选的参试部队是北军一个制式屯，每什一个灶，全屯五个伙食单位。在驻地，口粮每日由什长派人到屯司务长那里领取，标准为长安驻军统一口粮发放标准，即每人每日黄米二升、猪肉三两、羊肉二两、蛋——鸡蛋或鸭蛋一只、油三钱、蔬菜应季每日一斤；每节气吃两次鱼，逢节庆肉类酌增，米酒每什一瓮。这些粮油肉菜拿到灶上，由在家做过饭或喂过猪战士大锅一炒，可拼出三菜一汤，一大荤、一半荤、一全素，十个人围着吃，吃得很满意。要求是不要剩，全吃掉，实际我们发现吃不了，米油肉有节余，青菜剩了都倒了。日积月累每个灶都有自己小家底，节旬假开两顿饭，不执勤，熄灯也比较晚，每个什晚饭都会给自己添两个菜，从外面偷偷买酒带进军营，哥几个喝一顿，什长借此做做平时有点别扭个别战士工作。

这次参试，期长我们定于十日，全部口粮领出来，背上走，卯时起床，开一顿饭，中间行军六个时辰，不开饭，申时到宿营地再开晚饭。十日下来，不够吃。到第六日，五个伙食单位四个断顿儿。我们发现的问题有：一行军体力消耗大，饭量普遍增加；二背负十日口粮每名单兵负重明显增加，战士之间普遍存在多吃减负心理，故前数日每到宿营地炒菜都有多搁油、多切肉只有大荤没有素菜饮食不均衡大吃大喝现象。再就是有的灶做酱肉、黄米糕，什长带头吃零食，行军路上边走边吃，到宿营地还喊饿，灶上已经没米了。

这还是在我们内地，柴火不用操心。牛大掌柜子说。路边随处可见野树杂木灌丛，随便砍点荆条、撅几根树杈就能引火。遇见村子，老百姓也还热情，见我们部队生火困难，跟大妈大婶要点柴禾也允许上柴垛抽两把。进入草原地带，听说要靠拾牛粪生火，就不知道多少块牛粪能煮开一锅水，一头牛能拉几吨，咱们几十万人行军能不能赶上几十万头牛在沿途拉屎。

两个署令讲完，天已经完全黑透，地当间炭盆红也暗下去，能听见在座各位胃肠接力咕咕叫，放空屁，再四裹紧大氅，郦坚还嘚嘚打了几声齿战，俩手掐住自己牙关才止住，说真特么冷。一个兵拎个罐进来把神前几盏脏得已成浅口椭圆黑碗注满油，多插几根捻儿点上，大殿立刻阴影重重。田蚡说要不要先吃饭，饭后接着谈？我说吃吧。自个起立出了殿站台阶上。

天上没有星月乌蒙蒙一派在飘雪，落在热脸上顷刻化水凉且沁肤。院里站满反穿老羊皮袄头缠羊肚毛巾冒充伙计战士，几个角落都有人手持火把房上还有哨。廊下一小战士正蹲一盆肉前飞快穿羊肉签，旁边一盆炭火红得正旺。庙祝住西厢房黑洞洞门口站着俩战士，倏尔屋里有光、水开咕嘟、老人连声咳嗽。马在吃草喀嚓喀嚓，不时打个喷鼻来回捯蹄咴叫一声。

院外传来马蹄橐橐车轮辚辚轧雪碾石声。东方朔须眉皆白一头钻进来穿过人群对我说：内边都住下了，已安排西县县令出面接待宴请他们估计这会儿已经喝上了。别人都挺高兴就公孙弘老问我你上哪儿了，几点回来，明天怎么安排，几点集合几点出发参观。

我说你跟他说我有事回长安了，办完事可能会赶回来。这几天他们自由活动，愿意参观参观，愿意烧香烧香。我要回不来呢，他们自己决定玩多少天，玩多少天都行，这几天你就呆在内边陪他们吃好玩好。

火盆前小战士忽然起立手攥一大把肉串大步向这边奔来，带一股浓烈炭火气和焦香。东方朔说得嘞。

田蚡说我觉得这个时候在这儿，聊这事儿，没有比吃这个更应景的了。大家上嘴皮碰下嘴皮呲牙一抹一串光扔一签子，纷纷点头说姆，香！小战士忙里忙外连声说有滴是有滴。郦坚大周坚溜出外面不进来，屋里一时断供窦婴灌夫齐吼：反对偷吃！小战士满头油汗端着炭盆一步迈进来哐当放地上炭火映红小脸才发现此人不小是个满脸褶儿中年汉子。郦坚大周一个端肉盆一个拢签子说我们是帮忙干活！蹲下穿肉穿两串烤一串边穿边试搂。田蚡说这兄弟叫大号，是雁门守备部专门跟床弩的兵。家里原来就是河南地放羊的，被匈奴掳去为奴一十三载，还是放羊，跟主家匈奴老太太学会烤串，后老太太去世给了他自由，举家归来，继续在黄河滩放羊。雁门太守冯敬出边打猎，偶遇大号，吃了他烤腰子、烤板筋、烤烧饼惊为烤中三绝，遂拉拢其入伍，名为跟弩——弩平时有个蛋用都架在垛口也就是操操机杠点油——实为太守小灶专厨。待会儿你再尝尝他内烧饼，长安各署令史去雁门出差，老太守冯敬设宴每回都是大号的烧饼撸串儿压轴，你问夏侯老郦大周他们都吃过大号的腰子。老郦大周点头：我们跟大号熟。田蚡说后来冯敬战死，韩安国临时去顶了几天，也对大号的腰子一口成瘾，调回长安就把大号一起带了回来。我这也是去老韩家吃饭觉得好，个人评价全长安第一，当场用俩面点师傅和老韩交换死说活说叫了哥才把大号磕家来就为今儿露一手。

我说没吃着腰子阿。灌夫指哆老郦大周悲愤控诉：都被内俩黑心的吃了。老郦低头满嘴流油包不住直往地上掉肉丝，抬头把饼献上来，说这饼刚烤得，墙裂建议白嘴儿吃才越嚼越香嚼出秋收味道。大周起立掩嘴递过一把签子，说烫，热，腰子。我和灌夫、窦婴仨人立刻张嘴翘下巴颏嘀搂舌头吠吠哈喘，说……嫩。

夜里雪越下越大，风也起来了呜呜的，掩上殿门一会儿妞儿一声开条缝，风雪蛾子似的扑进来。田蚡坐门口拿腰顶着门，一会儿说不行透了，扶着腰换地儿。窦婴说刚才谁多吃腰子了？老郦说我来！一层毛氅再拦件皮袄两只袄袖齐胸一纪，往后一靠倚住门。

灌夫说窦婴老提议我参襄军务做这个军动署令，一开始我是不敢接，责任太大，接触点、面、人需要掌握了解情况太多。而我——熟悉我老哥都知道，过去一直在基层工作，打打杀杀还可以，一下提到这样高位置，为上、全军出谋筹策，精神压力很大，几天几夜睡不着觉，想来想去还是先熟悉一下情况，干不干单说，能贡献一点想法也算我这个老兵没白在我汉军旗下效驱这么些年。我以为，要打大仗，应对匈奴这种全民皆兵强敌，且不说形成全面压倒优势仅足以与之抗衡对其构成重大威慑令其不敢妄动，还是沿用过去内种临战征发刑囚、流氓、上门女婿、游商四类社会闲散人员再加上乡间义勇者拼凑组成部队，兵虽多不精粗放动员方式已远远不够。必须以全民皆兵对全民皆兵，实行普遍兵役制军队职业化方堪当此任。实际上普遍兵役这个制度我汉一向就有，查骑裆阁所藏我汉各时期皇帝所颁军令制书汇编，高皇帝当年出陈仓首战击败章邯，就在雍这个地方以汉王名义下达过王命：凡男子十七，即告成丁，一律登记在役籍卤簿，称正卒，开始服役。二年尽收故秦旧地，在咸阳铲除秦社稷，立汉社稷，复下令：凡汉属地，男子十五即告成丁，记簿服役。与之配套还有一赦令：刑徐囚徒无论前罪为何愿充役者皆赦。此后数年每下一郡即重颁此令。我汉与楚争战屡仆屡起从失败走向失败最后竟取项籍颈上人头实有赖此令聚军之功。高皇帝七年，上命萧何制律，此令原封不动编入《汉律九章·户律·更役律》，仅修正一处，男子十五成丁改回十七。战争年代服役没有期限，打到胜利解散为止。这次编订明文法定兵役一年、力役一月，始称更役。

田蚡说这不秦律么，我还真不太熟悉汉律我们也有这条？记得从小就没见过我爷，听我奶说我大还没出生就被国家征兵抓走再没回来，我们家世代秦人从小提国家二字不用说就是秦国合着也有可能是我汉？

灌夫说战争年代秦地烽火连天也有可能有别的军阀队伍，当时说不清现在就更说不清。你不记得我汉有这条法律不奇怪，当时你还小我也小咱们都小，窦老最大……窦婴说我也小我也小，高皇帝打天下内年，我妈还是小姑娘，我姥爷被抓了丁也不知是哪家军队，最后好歹活着回来从湖北复员你想我们家是河北清河。

我说那就可能是韩信部队他这两个地方都占过。

窦婴说有可能，我姥爷是韩粉，喝了酒就爱和村里几个当过兵老头争谁是我汉得天下第一功臣。内几个老头有跟英布干过的，有跟彭越干过的，都吹自个家将军能打，聚众最多，掠地最广谁也不服谁。

灌夫说高皇帝七年这条军令成为法律其实大的战事已经结束。这时天下已定，朝廷面临问题不是缺兵而是兵太多，是如何裁撤各军，不使各军头在其所封之国形成割据。高皇帝生命最后五年东征西讨击陈豨、击黥布、击韩王信就是解决这个问题，武力裁军。此律条也就多年搁置偶在中央层使用一般都是筑城筑陵征发力役。各郡国州县援引本法律条征发人民也都是干活修路挖河。文皇帝内个人大家也都知道，只知一味求俭，与民休息，在位二十三年未曾营造宫室，给自己修的陵也不过是个大一点土包。期间两次修订更役律。一是将成丁年龄从十七提到二十，戍卒役一年减为三日，京师五营南北军三署郎虎贲羽林不变还是一年，践更三年一蓄宽至六年一蓄也即每名正卒六年当一回差。二是边关戍卒比同京屯卫士，费用由本人自理改为国库直供，而且允许出钱免戍，曰更赋。价格也不高，一日百钱，三日三百钱。百户凑三万钱，雇一个愿意挣这份钱的去边关当一年兵，二年愿意接着干可再找人凑。一稳定了部队，二免去三日期短北方人刚到部队刀还没发服役期满、南人没出郡就要往回折返，算服过役还算违律再引出陈吴之变之弊。

我说这不成佣兵了么。灌夫说正是，燕赵荆楚自古出兵之地，不好说村村皆有，隔一个村必有一户，一子当兵全家置房子置地、从高皇帝历经文景到今服役数十年攒钱百万、在部队还是个吹角牵马的卒，在家人称老员外坐拥良田百顷奴仆成群猪羊满圈者辈。

田蚡说老员外还吹得动角么，再让马绊呢儿。

我说看来乐府也不代表民间呼声，民歌根本是不怨不唱，哭的都不知是乃一出，李金河也没嫩么惨。

田蚡说李金河是谁，这名怎这么耳熟？我说你不认得。萧婴说是内个爱唱歌能写歌十五从军征八十始得归的李金河么？我说你认识？萧婴说我在渔阳挂职当军候他是我曲里的兵。我说你什么时候到渔阳的，他不是平城之围负的伤一直住在北军总院。萧婴笑可能咱俩说的不是一人，要是出身冀州清河李家堡写乐府内位就是我手下一个老兵。确实打过平城，也负过伤，但是身体很好，只是每只手少俩手指头，握刀握不紧，拉弓使不上劲，一直在部队扛旗。老了，上了岁数，旗儿也扛不动了，没家回不去，我一直跑他的安排，到清河几个带李带堡村子都查过确实找不到跟他沾亲带故可托付人家。后来托我妹肃肃找了北军总院扁鹊主任打了一假报告说是平城老功臣旧伤复发走后门安排进北军总院疗伤实则养老。他写内乐府还找我商量过想把自己一生用一首歌唱出来，我鼓励了他，还帮他改稿老头文化水平不高不认几个字能说不能写。

我嘟囔这又冒出一作者。萧婴说什么？我说没甚，那你们述真算对老战士负责，不错。

萧婴说不管不行阿，在部队干了一辈子，都把部队当家了，真送回地方，遇到困难还是回来找部队，地方谁理你？也不是每个兵都能发财，有的村富有的村穷，说是更赋三百钱，碰上穷户真拿不出来。我内时候每年都去地方接兵，三万钱一个兵没见过，富裕大村都是宗亲，抽签要是地主儿子抽中，地主一人全掏了，能到万钱。卖丁这家就算抄上了，就当喜事办了，就要请全村吃流水席。多数地方三五千钱就买一个丁。一到征兵季乡下到处跑的都是兵贩子，太行军都山里很多穷苦人家一千就卖一个丁，兵贩子卖三千中间两倍利。还能再便宜，我之前负责接兵内个军候七百接了两个兵，他还真不是贪污和兵贩子劈账，是看走了眼叫当地乡亲蒙了。俩棒小伙子，看着都挺好，到部队现了原形。一个天天尿炕，部队睡的都是大通铺他这么天天尿谁受得了夜夜叫人追打。一个精神病，到部队没两天头天站岗犯了病，幻觉有人攻城把长城烽火都点了，备战油锅滚木全推下去自己挥刀乱砍弄满身血，出了大事故。后来都给退回去了。

田蚡说怎不体检呢，他给你塞一个你就接一个？

萧婴说没法体检，看着行就行，尿床精神病体检也查不出来，您知他们送来多少要饭花子和流浪傻子。地方上有个错误观念，以为送兵是给他们解决难题。我们已经是很照顾地方了，一般只要不是风一吹就倒，认知障碍没严重到进屋找不到门我们就将就收了。

我说那你这个兵员质量没法保证阿。

窦婴说这都是老问题了，不光渔阳有，其他边郡也有类似情况。国家发给每个戍卒置装费安家费通常拨给地方，由郡守和负责地方动员都尉给付，郡守都尉层层扒皮，到丁手里不剩几个钱，置得起盔置不起甲，人交给我们破破烂烂，一路吃饭还逮我们接兵干吏自己掏腰包请，到部队还要再花一笔钱装备这个兵。这笔钱哪里出？就是挤占挪用武器装备折旧，导致我们越是边关部队武器越陈旧。我到陇西上谷云中几个地方看，很多战士手里拿的还是当年缴获秦军铜剑和长矛——快八十年了！剑薄得跟蜻蜓翅膀似的，都透明了，拎着跟把尺子似的，全是锈点。我问战士为什么不磨磨，战士说再磨就蛇了，手里连根棍棍都没了。

我说都记下来，这次一并解决。兵贩子严厉打击！不交少交更赋严厉追缴！侵占国拨更卒款无论多少以喝兵血坐论，处黥城旦春，罚没家产，全家没入官奴。

灌夫说我也是这个意思，借革除积弊整顿吏治来一次更役律执行落实情况大检查。凡有过犯未曾实缴更赋、应践更未践更或中间上下其手中饱私囊狡吏滑民劣绅兵贩子甫经发现，除追缴非法所得课之数倍之罚，人口一律征入力役。也不叫人想到我们扩军，您这边想一个重大工程，先把他们全体解往工地集中，在工地实行军事化管理，按军队编制组织起来，五十人一屯，五百人一曲，劳训结合，半天劳动半天学军，先练队列，立正稍息向右看齐，把军人姿态培养出来。您呢儿需要大量劳动力工期长活儿不太吃劲说停就能停工程有吧，长安城墙要不要再添一层砖？

我说昂？有，有，长安城墙不用添砖，我内陵正修着呢，一时半会儿用不上。

灌夫说就茂陵工地见了。一月期满，向他们宣布：你们不是法定役，甭客气你们就是拘役，因为你们已触犯法律这还是宽大没判你们完城旦，拘役期最少半年还是不告他们已经参军——半年时间够修律的吧？

我说昂，还要修律？灌夫说我希望我们所有行动都是在法律许可范围内实行。我说同意，半年，半天儿就够修律，你对修律有什么具体见解？

灌夫说景皇帝二年为宽民力，亦曾修改过更役律，将成丁年龄由二十提高到廿三，此次修律建议改回二十。考虑到对匈作战长期性、艰巨性，牺牲一定很大，征兵基数亦当相应扩大。同理，从巩固部队保存部队核心战力层面说，戍卒役期宜长不宜短，建议取消三日更，全军统一为役一年，践更六年蓄改回三年蓄。奖励超期服役，超一年比两番蓄，超两年比五番蓄，超三年除役簿，永不再更。同时建议设立职业军士，确系部队骨干，多年老伍长，马术射术优长者，本人自愿，可转职业役，役期二十年，爵比公士，退役授田。当然，更多修改可不一次进行，可根据成军需要部队发展逐步完善。成丁龄改十六周岁亦为臣所乐见，止唯恐一下降幅过大引起社会关注与我保密本意违和。

田蚡说不用那么麻烦现在就修律，二十三能不能征够三十万兵？我汉在籍丁男总数是多少？先把法律用足，仗真打起来全国即进入战争状态，我以战时阁揆名义发布行政命令一步就能将应征年龄降至十五。

10

　　大雪连降三日，院里雪深几与廊平。我们三天三夜没合眼，饭送进屋，困坐着打个盹，尿到神像后边找个罐甑滋里边，拉——窦婴老先在墙角拉了一橛儿，受到大家一致谴责，要求他铲出去，窦婴老撅着嘴不挪窝，还是喊进来一个战士给铲了出去，撒上炭灰。大家一致同意大便还是不要解在屋里，都吃了羊肉味儿受不了，冷、雪大也要克服，都上外边解决去。

　　我倒是一般随车都带一花梨篾马桶，问李敢，李敢说给您备下了。引我到一扫得干干净净小柴房，马桶孤零零墩在地当间，我一坐上就起来了，说有人用过。李敢说这您还能觉出来？我说感觉到动物体温。

　　李敢说不好意思我试用了一下，但是都刷了擦了几遍。我说那也能觉出来，马桶如饭碗别人舔过就不能再用了。李敢说我道歉。上外边找一圈没发现厕所，田蚡也在找厕所，我们俩在廊子上碰了头，问战士，战士说庙里就没茅所，还笑：农村哪有茅所野地就是茅所。田蚡忧愁望着院外漫天大雪说还得上野地呀。战士说不用走那么远，我们都这儿——指一院子雪。

　　田蚡说我不能忍了，就这儿了。我说我也忍不住了。就和田蚡并排蹲在廊子口，面冲里。田蚡朝战士呲牙一乐，战士都背过身去。天确实冷，看着没风，蹲下就觉得小风嗖嗖的，风雪皴肌，却有一种虐爽。

库嚓库嚓，我回头瞧，嗬！雪还是那么洁白，空气还是那么清新，只多了几个针孔小眼，都沉雪下了。

李敢递给我一沓三层麻夹心锦，我匀给田蚡一张，田蚡举起一三棱瓦片说不用，我有这个，还是这好使。

我们围绕灌夫方案不断提问题、提想法、提要求倒逼他细化细化再细化。全国大检查查出问题人口集中到茂陵需多长时间？更役推行六十年过更之弊积历六十载早期犯者今日尚存恐不止六十俱已耄耋是不是还要一并提来？要不要设一个追诉期过期不予追究或干脆定一个年限超龄课罚依旧人就不必到部队养老了。

茂陵工地已经有几十万人现在又一下子增加几十万人吃住都是问题。既然都是劳改犯这二者有什么区别？这么多新兵集中整训，按最低标准十比一配备士官、五十比一配备军吏也要几万人，人从哪里来？以老部队为骨干补充新兵升级建制这样的部队才能保持老部队战斗作风战斗精神，才能迅速形成战斗力，全部新兵组建兵团无论派进去多少有经验干吏，训练多久，未经实战考验真拉出去战斗力还是要打个问号。哪里去找这么多老部队？把现有营队都投进去带新兵，有带兵经验参加过实战退伍军吏全找回来动员出来牵扯的也是一大批人，以什么名义派他们去管劳改犯呢？胡类同战争动员！前期一大套保密工作全白做。

队列训练最多三个月再多无意义。之后这些人要发军装发兵器，要练武，不穿上军装真正拿起武器操课，再多跑步立正心里也还觉得自己是老百姓，由民到兵内个军人意识根本转不过来。这时就不能再圈在茂陵了，内几十万正经劳改犯都看着呢，就要到我们部队自己正规训练场去，就别几十万人再搅在一起了，就要按将来准备部署战略方向按军兵种各自集中，去自己营地。进入营地我们就要按部队要求进行正规管理，就不能搞连蒙带诈内一套，就要跟人家讲清楚，你们现在是兵了，服的是兵役，役期几年。这其中大部分人我们不是准备当骑兵培养么，就要去马场接马、喂马、养马，和马培养感情，将来骑在马上做动作，进行战斗马才不会给你颠下来，马在哪里？

灌夫说各位老大，各位掌柜子，我脑袋都要炸了。你们提的要求、问题我都记下来了，请容许我回去整理，再摸情况，给我时间，把每一要求问题逐项落实。

掌柜子们说多少时间，十天、一个月，够不够？

我说我看三个月吧，有些问题也不是老灌能回答的，诸如训练场、马场、马，新部队干吏。你就先按三十万骑兵配置把数字列出来，我对灌夫说，怎么解决到哪去找我来想办法。一件事可以现在就干，更役律执行落实情况全国大检查。要成立一个领导小组专门抓这个事儿。这个事儿牵扯面广，又要看户籍又要查役簿又涉及法律还有将来卒徒转运。田相，我看也只有你合适，你就牵头当这个小组长，相府户曹、兵曹、决曹、尉曹做组员。过完冬至就下去，一个郡一个郡跑，争取……也用三个月，把七十四郡二十国都跑一遍，你下去郡里国里也重视，有困难么？

田蚡说困难都可以克服。

11

这一年是我六年，也可能是我七年，因为内时候还未改历，有人过秦历年，有人过冬至年，有人过夏历年，年头有点混乱。当时不混乱，就是一天天过，见招儿拆招儿。后来——我十九年正式建元，司马迁他们按每六年闰一个年号往回套内已经过去十九年，把人套迷糊了，说起当年事几个老人儿一人一个年头。再后来——元封七年、太初元年、我三十六年？马迁又蹿逗我改历，更乱了，回回为到底乃年发生的事能打起来。所以我下令不许纠缠这个，聊事就说有没有这个事，有，爱乃年乃年！倒过去发生也成。

马迁拿他记这一年大事备忘给我看，说十一月，你下令郡国举孝廉各一人，这个事有吧？我说你说有就有。马迁说可是我没有这九十四人名单，而且我怎么没见过这小一百人，你能提供么，他们都干嘛去了？我说干嘛去了，参加工作组了？这我还真不记得了。

马迁说什么工作组，你不会也没见过这些人吧？

我说就是临时为某项工作组成的特别办事机构。有的事本来不是事突然成事儿了，业态又很新，向上衔接找不到对口单位或牵涉几个单位业务范围，就抓几个人临时管一下，听说他们有时是有用临时工情况。

马迁说我知道工作组，我是问是乃个工作组。

我说哟，乃个工作组你就别问我了你逮去问田蚡，日常工作主要是他在抓。马迁说田蚡一见我就跑，想逮住他太难了。我说你约他呀。马迁说约不上，为了躲我，他能天天假装出差，衣裳穿好马车备好，我一进院门就上车，说不行不行我今天有事要去哪哪哪马上走，下回。我说你确定他是躲你么，可能真有事。

马迁说一回有事还能回回有事怎么都让我赶上了？他是相诶，相不应该呆在老窝有天天往外跑的么？

我说好吧，田蚡是比较油。马迁说你逮配合我们，都跟田蚡似的见我们就跑，将来历史记载这一年就是空白，后人问你们这一年干嘛去了，我们怎么回答？

我说配合。马迁说还有这条，需要跟你核实。四月份你设卫尉李广为骁骑将军命他屯云中，设中尉程不识为车骑将军，屯雁门。六月又撤销了这两项任命，将二将军调回原职。其间并没有听说有匈奴入侵事件发生，长安也没有像历次北边有警派出杂号将军城里实行戒严和局部动员，大家都没事人一样，据知情人讲，两位将军赴任也没带兵，是空着手甩着两只袖子去的。你是得到什么情报了，听说匈奴要来提前戒备还是因为别的什么事，为什么只派将军不派兵呢？

我说我得到情报了听说匈奴要来。兵，肯定是要派的，长安城里没感觉是因为我不想惊动大家。兵……我本来打算动员代地四类人，就近，也别老累关中一地人，后来听说匈奴又不来了，命令都下了又撤回了。

马迁说噢，那就对上了。你这多半年老跑雍镇什么情况？听说你还把西陲一个废畤买下来重新装修，把呢儿老百姓都搬迁了你怎么想起在呢儿买房子了？

我说我不是迷信么，李少君给我批一流年，说我今年应该多往西走，西边旺我。马迁看着我，半天没嗯唠，说你是不是把我当傻子了？

12

　　现在看来还是把情况估计简单了。本来预计更役律检查三个月能完成，结果三个月过去，只跑了雍、幽、冀，并十几个郡，青、兖、豫、荆几个人口大州都还没去。报上来的数也很可笑，几十年下来少交漏交更赋的人加一起不到一万，兵贩子抓了十几个，贪占更款郡守都尉一个没有，只递捕了几个县尉和亭长。

　　也不能说田蚡不卖力，冬至到惊蛰——整个三九天都在下面跑，不但司马迁误会家里夫人如夫人也误会，没见过这么不着家的时候。也知道数字难看，现在春分了全组不敢回来，几个曹分开一人盯一个郡坐等，要郡守重新报数字。我就知道底下人会蒙他们，还在他们下去前倒填日期命各郡国举荐为人忠恳有孝廉名声良家子一名作为地陪全程陪同检查组。目的就是让检查组多了解些情况，遇到官绅串通推诿欺瞒能多个心眼。没想到这些人老实到不长眼，心理幼怂头脑闭锁，有孝之名盖因爹是强梁妈是悍妇，从小给抽傻了，见了长辈只知装小作揖问好，还是让人蒙了。

　　我叫田蚡把组先撤回来，也不要在底下耗了，他们一次没说实话怎能指望他们二次说的就是实话。

　　我去找大理石庆，请他推荐两个深刻理解法律有审案经验的人。石庆推荐了张汤和义纵，说这两个人现在虽然还是小吏将来在司法界一定会有一番作为。

我把这两个人名字告诉田蚡，让他把这两个人安排进检查组。田蚡一听张汤名字，说知道，名提。

张汤义纵一进组，就跟老田和几位曹说：老几位辛苦了，年也没过好，这几日就在家里歇养，补补身子，内些小事就交给我们兄弟办吧。老田说行行，有劳二位，多费心思，讲究方法，下面情况很复杂，一个人牵着一大家族，一个家族牵扯一大片，不要搞出什么乱子。张汤说怎么会呢，我们就是去治乱的。

张汤义纵做了分工，张汤去了最难搞的长安县，义纵到他老家河东郡。张汤下去一个村一个村跑，每到一村，即召集百姓按役簿唱名，对念到名字的人讲：请你们自己举证，自更役律实行以来这六十年没有少交过一厘更赋，说不清楚不能举证的，跟我走，我给你找一地儿说清楚去。几个村子——一个县跑下来，茂陵工地突然涌入大量自带干粮行李青壮农民，说我们找张先生，张先生让我们来的。工地负责人年前就得到通知说近期有新壮工到，准备了工棚和劳动工具，等了仨月没见人毛，正犯嘀咕，见人来了十分高兴，说欢迎欢迎等你们很久了，先住下，领镐、筐，明儿一早开土方。很多人——长安县有势力、家里出过公侯广有田财的人听说自己儿子被留下开土方本来以为就是去一趟把情况说清楚最多花俩钱就能了事，就去找张汤，张汤已经去了另一个县，请他吃饭，给他送这送那。张汤逢请必到，吃完宴请记下来人姓名和所送财物，说你们的事儿我都知道了，过几天可能有上面的人找你了解情况，你们就实话实说，说是我朋友，我让你们找的他们，他们能解决你们的问题。

过几天右内史衙署派一个曹史下来，点名找这几个人问话。因为右内史治所就设在长安县，大家都是经常在街面上走动的人，彼此看着半个脸熟，见面也很客气，老张老李互报处氏家门作揖致意，曹史问什么，几个人都如实回答了。曹史做完笔录，请几个人按手印，然后向他们宣布：被举报人供认确有行贿吏员请托纵放触律刑拘人犯事等，现对你们实行递捕。

说完取出红漆木枷，一人扛一面，拿长绳拴着腰牵牛一样当街牵一大串回右内史府衙，投入大狱。

长安县人都疯了，说这张汤是谁呀？拿出更大钱财向上托人，一层托一层、最后托到我这儿来了，我就不说是谁了，是我必须给面儿的人。我说没问题，叫你朋友去找田蚡。这人说那你跟田蚡打一招呼。我说打过了。田蚡找我来了，说您怎推我这儿来了。我说你再往我这儿推阿。内人抹回头再找我，说田蚡怎比你架子还大呀，回回找回回说不在家。我说你就上他们家守他去，一天不在家，两天不在家，还能一年不在家？内人说明白了，这事办不了幸亏没收人家钱。

义纵原来在河东郡做过强盗，郡里大户豪门家基本都踩过点，这次回到河东，将郡里几个最古老著名家族赵氏、魏氏、韩氏、毕氏、班氏族长都请到郡治绛城，当着郡守都尉面跟他们一家一家算账，乃年乃月合族少交更赋几十万钱，乃年乃月把该交的钱送到郡守家里，剩下零头买了个小妾送到都尉家里。把郡守都尉脸都说绿了，掀翻板凳推倒屏风大骂：你这个贼人！你扒我们家窗户瞧见了？义纵说正是，我不但扒你们家窗户，你们数钱时候我正蹲你们家房梁上呢。

族长们也一齐喊冤，说苍天在上，郡守都尉家门朝哪边开我们都不知道，可冤死良民了。义纵一个猿步蹿上去，一拳打死赵氏族长，说我呸！你是良民。

河东震动！太原震动！上党震动！田蚡向我报告，我说胡闹！尸检怎么说？田蚡说尸检发现赵老太爷胸腔充满积血，显然是心脏破裂所致，义纵这一拳打在脸上不是直接致死原因，只能说赵老太爷突遭冷拳袭击情绪激动引发心碎间接导致老太爷猝死。我说还是很不恰当。过了会儿又说：义纵揭发之事是不是事实？

田蚡说是事实，大理已拘提河东郡守都尉下狱，经审讯未动刑二犯供认不讳。已按律处黥城旦，家产充公，家人没入官奴，估计二人已在茂陵开土方了。

我说动作很快呀。田蚡说就是要尽快形成一个震慑效果。我和石庆沟通过了，此类案件以后都按快捕快审快判三快原则办理。下一步，还要挑一些工作尤其难以开展人尤其难缠郡县搞公开审判，要让内些正在观望的人、心存侥幸的人知道，这次我们是动真的。

我说可以拟一个自首条例，截止日期前主动出首，补足更赋，愿意义务为国家再出一次更，可免课罚，役期也不以刑期论，可算正常践更。田蚡说已经按土政策在底下广泛执行了，要不茂陵内边怎么会每天都有上千人从各郡匆匆赶来，急于投入开土方劳动，不让进都跟你急，茂陵尉直喊受不了，接待能力饱和。

我说你记一下，免茂陵尉职，任命张汤为茂陵尉；义纵诫敕训斥，罚俸三个月，调离现有岗位——你觉得哪里比较难搞接下来？田蚡说离长安越远的地方越难搞。我说那就把他调到会稽去，让他从南往北搞。

四月，我大赦天下，主要内容就是以上内个自首条例，截止日期定在五月，后又延长半个月，主要考虑南方边郡赦令传达到人晚。效果很好，各郡官员反映工作一下开展起来了。同月，任命卫尉李广为骁骑将军，屯云中。中尉程不识为车骑将军，屯雁门。

我跟他们讲：计划赶不上变化，灌夫方案（以下简称灌案）原计划三十万新兵训练在茂陵完成，现在看来过高估计了茂陵容收消纳能力。目前报到人数不到十万，工地已出现住不下，娶不开，劳动工具不敷分配，几个人使一把镐，一个筐轮流背，干活人挤人吃饭排队等碗，原有工程建筑人员反倒没活干吃不上饭，两边产生矛盾，严重至互相辱骂乃至发生群体械斗需警卫部队武力介入方可制止现象。监管人员疲于奔命一方面要保证新兵吃上住下迅速进入状况，一方面要维护工地法治毕竟是劳改场所必须保证原有劳改人员不出问题不发生脱监，哪一头都不能出人命两头摁两头摁不平，工程无法保持进度严重窝工已近停滞。军事训练先到一万人才学会立正，稍息还不知出哪只脚分不清左右，向左向右看齐一半人和另一半脸对脸。后到这七八万人一半进入工区一半还散落茂陵邑街头露宿还保持着农民习惯，吃饭喝水大小便问题均引起当地居民极大侧目。当地居民主要成分来自关东豪强茂陵建设初期一举迁来，有的原来就是黑社会现在还是帮派分子，几大帮派联合起来叫板试图暴力驱赶，遭数万农民更大暴力几个老大家都被拆了，张汤嫩么强一个人给农民当街下跪才从农民手里背出打成花瓜烂茄子各位老大送医急救。有关部门反映这些农民脱离乡土长期聚集各自抱团再不处理要出大问题，而更大的问题是还有数千近万农民每日从各地源源赶来。

嗖！我说，灌案必须调整，尽快疏散出去茂陵聚集人员。灌案已经调整，阿老、老郦几次赴云中雁门选定善无西口苍头河谷和楼烦关治水河道做未来战场。夏侯也去看过，认为苍头河谷地势平坦，便于我战车突击，东西塘子山大堡山地势险要限制敌骑迂回是对我两翼天然保障，周回群山也便我隐藏部队，是较理想主力决战战场。治水河床沙厚易渗多伏流，枯水季每为虏骑运兵管道，可径达我关下，虽称便捷亦为弱肋，经丈量河床最宽处不过十骑并行，我若沿河设伏，俟敌骑至，叠次排击，或可收席卷之效至少也断其一尾。总提同意他们的判断。同时决定，练兵场就设在那里，不要以后再大费周章往那里调部队，现在就去，以筑路壮工名义，五百人一队，一边铺路一边开进，人到了路也修通了。总提命令昨日已经下达，茂陵第一批人员五百人已经上路，今后将以每日十队五千人速度发送队伍，预计一个月发送十五万人。剩下的人北地上谷渔阳还有几个训练场在看，甘泉、细柳、棘门灞上我军几个老营房也有现成训练场，粗估暂且够用。什么劳训结合，现在开始就要战训结合！

这次要你们俩去，就是接这十五万人，到一个队，整编一个队，到两个队整编两个队。也不要他们单独成军，云中雁门守备部队各一部五曲共五千人，全拉出来，我要你们把这十五万人全补入这两个部，伍扩充为屯，什扩充为曲，屯扩充为部，曲扩大为军。我给你们俩每人各前后左右上中下七军编制，这五千老兵就是你们基本干吏队伍，随队看管解送里党邻长也一并入伍按调干分配工作。守备任务不必担心，留下一些看家的守烽火。情报显示，匈奴各部正在转场，春夏之交正是他们接羔牲畜抓膘补膘季节，我们又刚运给他们一大批粮食，够他们吃一阵子，草原上的活儿忙完前应该不会有大的行动，你们至少有半年安全期。队伍整编完立即投入军训，也不要等，一个曲整编完开训一个曲，一个部编完开训一个部，只给你们两个月，全军要转入全日全训。武库储备兵器正在出库，即日向你处调运。新式铁制兵器正在锻造，我已在河东、河内、河南、颍川等铁矿产地设立铁官，卡脖子主要在冶炼这个环节，争取年内给你们全部换装。

马，问题比较大，至今还没有找到适合我军骑乘理想马种，即便找到了现生驹也来不及。只能立足我军现有马群，淘汰一批战车，在挽马中挑选一些上套没几天肌肉类型还未被拉车习惯改变儿马，看能不能适应新的骑乘需要。再一个办法是征集民间骑乘马，只恐这些马因主人骑乘习惯不同，姿态步幅听口令反应也各不同，集中在一起全成毛病了，到部队一下用不上，还要再扳毛病。这也是为什么这次要找你们两个驯马有经验带过骑兵的人当这个将。争取——这个时间可以长一点，三年，这十五万人全部改装骑兵。

李广说三年不够，人能凑合马不能凑合。拉过车的马别看就几天，肌肉记忆是一辈子，不定哪天跑着跑着突然想起拉车，就把你当车了，越跑越稳，你追别人还好别人追你就惨了，我有一个最好的兵，就因为借自己的马帮老百姓拉过一次草，几年前的事，他都忘了，马没忘，巡边遇上匈奴兵，叫人抓走了。

程不识说我也弄过一回，不知道这马叫人结婚弄去拉过喜车，看着别提多招人爱了，骑着去打猎，碰上老虎，妈的箭都射光了老虎不倒，跑又跑不掉，最后只能下来拿刀捅老虎，你一刀我一爪，俩血葫芦，好在老虎还是先我倒下了。以后我就再也不骑别人手里过过的马，谁知道马都干过什么。

李广说老婆能借，马不能借。

我说那就五年、十年，咱们从小养，谁都不借。

李广说不急，这事急一定干不好。你干脆叫我去当这养马总监得了，保证五年之内给你送来的都是能骑的马。

我说就这么定了，云中你还是去，接完兵就调你回来，养马去。

那——老程，我转向程不识，马反正是不够，我就一匹不送老李呢儿去了，全送你呢儿。

程不识说行吧，你先送来吧，我叫这些新兵先见见马。我建议阿，也不要一下把战车全淘汰，目前不是还不出去作战嘛，预设战场作战战车还是需要滴。

我说行吧，训练调配都听你们的，还有什么要求可以直接找老郦大周萧婴，他们都是为你们服务的。

13

五月，我再次下诏各郡推荐人品贤良具有一定文学基础的人，在西畤亲自面试了他们，请他们写一篇策论，出的论题是：过汉论。大多数人给惊着了，答题时间光流汗终篇者什不及三。我留下两个文字乖顺擅用惯腔熟语者给灌夫作抄书吏，其余发往云中雁门请李广程不识储备为将来新军文吏。我要求李程，新军训练要总结经验，尽快形成一套行之有效有利实战可操作规程，譬如几天可以学会摔角，几天可以学会拳，几天可以舞棍，几天可以熟练使刀，几天可以上马几天可以开弓实箭射靶。我要求他们十天报一次总结，全训结束后拿出我汉骑兵队列条令推广到全军。

整个五月，我都蹲在西畤和灌夫两个人抠方案。畤翻修过了，少皞神像没动，掸掸灰刳哧刳哧爆皮儿酥碱重又刷了遍清漆，两眼封泥剜净，我拆了阿娇一手串摘了俩珊瑚珠子扒眼眶里。供案使碱水杀去老油老泥再经井水泼洗擦拭露出木材本质牛毛纹和小棕眼。

我从宫里厨房搬了摞临潼姜寨窑烧彩鱼蛙纹盆和两只雍镇北首岭窑烧水鸟衔鱼细颈彩陶瓶一字码开，瓶供清水，盆当油碗，天擦黑点上特别晃亮特别显好——我指神、案、殿。

开光内天，我请我妈林虑来参观跟我妈说给您买了所庙请了一正神以后您呆着烦瞧谁都不顺眼可以来静静，住多少天都行这就算咱家家庙您个人一行宫。说着推开刚油过没完全晾干还有点粘手正殿门，口喊：灯灯灯——灯！

妈说妈领了你这份孝心了。抬腿迈门槛子整跟少皞对了个眼，一哆嗦，说这什么神阿怎瞪俩红眼珠子？

林虑说你别扯了给妈买庙有听说太后住行宫的么？我说南甘泉怎么说呀？林虑说还不是出事了你能不能盼妈点好？我说那叫出事阿，你小孩不知道心疼老人。

跟妈说这是白帝，玄嚣，也是孝子，黄帝长子，他爸嫩么不待见他都不带急的，临了得福分派管了西方罩着西方所有人现在归您了。内俩眼珠子是我换的，原来是绿眼珠子更吓人，还不如红的有依据熬夜也能红，再者说咱家不是尚红么，换了眼珠子就是咱家门神了，只罩着您一人，您说您这福气可有多么的大。

林虑说谝！谝！你再谝闲传。妈说得是的，孝子俄喜欢。林虑说妈你傻呀，这白帝跟咱家有仇，当年高祖爷爷劓断过祂娃，您还指着祂佑护您还不如说您正刚巧犯您手里。

妈说俄不这么看，真要把这当真事计较起来，咱家还是赤帝呢，不比祂低。高祖爷爷劓断的是猴娃娃凡胎，搁天上说就是催着娃回去。哥俩儿如今都在天上没准早和了没准现在正一齐瞅着咱们在老白家庙里说话，给老白家上供添油地上也和了不定怎么欢喜呢。

我说是这么个理儿，是这么个理儿阿！是凡在天上有位子的在地上结的疙瘩都不是疙瘩，是猿粪。妈您老是能一下把话说到根儿上。冲林虑：你就是一身俗见。林虑说见过谝得自个都信了的。

西厢房刚粉刷过糊了顶棚门窗粘了新帛隔断打通铺了一柞厚地板，家具陈设还没进只在地当间摆了俩坐垫我跟灌夫说你先出去躲一天上雍镇街里玩玩晚上再回来。妈在门口脱了鞋进来说这是俄寝卧阿？我说喜欢么，喜欢就睡这儿。但原来设计不是这样的，这是您歇脚冥想香堂，我找人写了两个堂号：莫言堂、存默堂；您挑一幅镌了挂上，有什么不爱见、见了没话的人带到这儿来，干坐着也不该尬。妈说那俄住阿搭捏？我说有，有滴是，您往里边走，可着您住。

妈说里边是阿搭？跟我顺廊子往后走。里边——出了正殿后门，是一地木料，踩着木料过桥似的出了后院门，是整个村子，村民刚给迁走，家家敞着大门，扔一院垃圾，遗弃的猫在房上，狗在门口见人就抬起前爪跟人握手。人走得匆忙，井台还是湿的，小菜园菜叶还绿油油的都长老了韭菜开花、芸薹结籽、豌豆暴荚，土里种的块茎类芋头什么的也冒出一片新芽。

我握着黄狗手跟妈说：这都是您的地儿，都是原来时里的房子，秦逼咧了木人管了，老百姓住进来把房子都祸祸了。我准备恢复秦时整个西时旧貌，围墙修起来，正在征集当年参加过建庙修庙老木匠和流失文物，听说还有壁画，也都画上，高祖斩白蛇起义，子婴绳套脖子白马素车道旁迎降，项籍火烧窝傍宫，把这段历史告诉后人。到时您想睡乃间屋睡乃间屋，想歪着歪着，想倒着倒着，全是您的窝傍。俄再在庙门口钉一金匾，上书"敕建大报恩時"您看可好？

说完拍拍狗脑袋，挠了挠狗脖子，说你们谁身上有吃的给点？林虑说俄怎么觉得你有点拿妈打岔呀，谁没事身上带吃的呀，你摸狗跟摸猫似的再把你咬了。

我说你瞧，干什么都有人说三道四，妈您不会不信俄这报恩的心是真的吧？妈说：谝谝得了，费那个劲，也别广俄一人住，俄呢儿有俩合浦灰真珠，窦太主不要给俄的，你还是把俩眼珠子换了，项籍个倔人俄也叵烦，大夜下总瞧着老汉在呢儿放火，心里桑乱。

我说俄也来住，陪着您。项羽叵烦那就画您，画您生俄，红日入怀。妈绷不住乐了，拍着手叫，哎呀，那怎么能画捏？我说俄亲自画，就画一轮红日，冉冉升上松树，松下还有怪石、仙鹤、小鸡儿啄米、白菜。

林虑说日你还真画不圆，你先给俄画一鸡蛋瞧瞧。

我说不带老正着接的阿你一女孩老这样再累死谁。

送妈林虑原道回去，狗也跟着，老风——原来内庙祝，留下了，当看门大爷兼茶房，在门口点头哈腰，跟我说这狗黏上你了。我说带大黄去伙房，让大号给找点吃的。东方朔李敢慌慌张张跑进院，一个劲冲我挤眼，朝院外指，挨间拉廊子门，挪开一扇一头钻进去。林虑说你们躲谁呢？我说不知道，谁知道这俩犯什么毛病了。林虑说我怎么刚才好像看见灌小玲她爸？我说谁？噢你一定看错了，她三叔在我们这儿哥儿俩像，就是胡子不一样，她爸是黑的三叔花白。

出了院门，司马迁在院前停车场溜达，东瞧西望，跟我妈车夫攀谈。我说哟你怎么找这儿来了？司马迁给我妈施礼：太后好。我妈对司马迁印象一直不太好，老记得小时候内点事，打量一眼说：都长这么大了，问你妈好。就去车上坐着去了。林虑说马迁哥好。

司马迁说我去陈宝時，顺道过来看看。我说弄明白没有到底是个啥？司马迁说是块石头，天上掉下来的。我说那也是沾了灵气的，听说还能变男变女呢。

司马迁冲我妈起动的车再施礼：太后走好。挥手赶赶眼前攘起的灰，回头对我说：真打算修这破庙了？

我说真是有价值历史建筑，我还真不是从宗教方面考虑，是考虑给咱们三秦保留一处文化景观，将来翻建好了开放给老百姓参观，特别反对内种把前朝一切都铲除干净项籍式搞法。秦虽然消亡，也是咱们历史一部分，好也罢坏也罢，都反映咱们走过的路，政治否定文化改造我一直是这么个态度。你进来瞧瞧，提点意见，说起来你也是文化人，你意见没准正是我意识到料不到你一提就切中肯綮就启发了我来来来留神这门槛有点高。马迁说行，我看看你改的怎么样。

我挽着迁儿手一齐迈过门槛，给迁儿介绍老风：风老师，本畤大祝，风后一百代孙，本畤未立之前就在武畤、好畤干过，名祝。本畤立，襄公专门请来做国祝，雍地几大名畤鄜、密、畦、北、上畤下畤一百多所庙都是他们家徒子徒孙掌祝，见了他都得喊祖爷。

给老风介绍：马老师，重黎后人，你们世交，当年跟风后老师都是朋友，你肯定去长安集市买过东西吧，他们家是集市老市长，以后你再去就提马老师。

迁儿说风氏阿，老姓，幸会。老风说能给我打折么？我说那怎么不能太能了，放心，兹凡集上卖家都不敢跟您要钱以后你就空手去。迁儿说你提这个干嘛！

我说不能提是么，下回不提。挽着迁儿快步通过廊子指着各道门扇说这是风老许舍、这是我冥想的香堂、这是我临时寝卧、这是工作人员许舍……一步跨入正殿，说你再瞧我这少皞，修旧如旧，还行吧？

迁儿说好！这俩眼珠子也是原来的？我说原来的。

迁儿说有意思。我说你瞧地上内摆砖，都是拆房子拣出来的原砖，我准备房子再盖都用原砖。迁儿说就这一摆砖？我说还有。带他出殿后门，指地上：原木料。指整个村子：都还没拆呢。迁儿说拆了再盖？

我说修旧如旧阿。迁儿说好吧，那你这活儿可且干呢。我说我得着一句话最近，不急，什么事急一定干不好。特别是修复古建，没条件不讲，有条件尽量做到原构原件，所以我要求工人，拆下来的砖都必须编号，半头砖、残砖也不要扔，将来可以砌在外立面。

迁儿说你心太细了。我说没办法，谁让我喜欢上这摊了呢。迁儿说你兴趣太广泛了。我说人活着嘛，今天想起一件事就要去做，不要等明天，明天不定又想起什么了。迁儿说执行力是么？我说嗯嗯，问你件事，你会把我这爱好写在你书上么？迁儿说你希望我写么？我说无所谓，但是我觉得你可能会缺一个重要章节：汉朝的艺术。

迁儿说艺术不用我立传，全靠自个，作品。好比你这片房地产，隔多少代了，还不倒，人逮说你看人先秦的工，真好。我就管内些傻干事活着挺热闹死了没人知道但确实影响了历史走向的人和我喜欢的朋友，我愿意他们甭管有没有贡献啥德性都在历史占一小角。

我说你意思我还是立一碑，告诉别人我中间修过。

迁儿说除非你后边没人修了你立这碑才有意义，否则您就是内一大溜给人添坟的，可要后边没人修了就咱这砖混木结构不用等下一个项籍来烧自个能先塌了犯不着操这心。

我说可巧赶上我还真不是以房地产著称于世。

迁儿说要不说建筑、房子也有命，赶对了人就能多站几年，赶上了您，算这片房子命好。

我踢着脚下土说晚上一起便饭呗，你瞧这菜多的，不吃可惜撩的。迁儿说不了，我还得回雍镇，饼妹等着我呢。我说一起吃呗，你把饼妹接过来，你有车么？

迁儿说我打车过来的，这会儿可能还有去雍镇的车。我说不用走原道，这儿直走就能到路上。从菜地拔了把小葱塞迁儿手里说你拿点菜。迁儿说不要！

我看着迁儿在马路边打了辆运土鸡车坐上走了，慢慢走回前院，拉开西厢房门，东方朔李敢灌夫都在里边，东方朔说走了？我点点头，蹲下，捧着脸。

李敢说你怎么了，不舒服？我摇头：说话说累了。乜眼瞅着灌夫：你很有意思，头发没白胡子先白了。

灌夫捋了把胡子，纷纷扬扬掉一地，低头捡起一根，说我还有意思呢，头发没掉胡子先掉了。

14

六月，李广程不识一个兵没接到。壮丁十五万都发出去了，都在路上，修秦直道，十五万人铺开也是上百里。起初，也是按蒙恬施工法，黄土熬盐碱，

先到的人一律去运城盐池挑盐，后到的去南山伐木，料备齐了，再一齐动手祸土揉面，该补的补，该垫的垫，夯平墩实，支上百里硬柴一齐点火烘焙，工人也一齐休息，烤馕的烤馕，煮水的煮水，下套掏洞搞来狍兔鼠狸也一并上火入煲，烟飘百里，香飘百里。人吃饱了，路也得了，扫去黑灰，真像张饼，有的地方烙黄了带焦边儿，有的地方雪白，趴下一舔，咸的。

阿老去检查工程，自己驾一辆双轮马车跑起来轻快如轨，半日跑到马栏河，又从马栏河兜回来，没见到一个人影，沿途工棚还在，撬杠夯石木桩亦在，人不知去哪啦。好容易看到一个工棚冒烟，下去见一个病恹恹老汉在煮粥，问他：人呢？老汉说挑盐去了。

路就这么搁这儿了，整个五月挑盐的没回来，砍柴的先回来了，也没法干活就在路边等，闲得没事偷鸡摸狗和附近村里老百姓打群架。长安纨绔子弟听说北边新修了高速路，赶着新马车来路上试车，撒欢跑撞死老百姓牛自个也伤得不轻，听说还摔傻了一个。

阿老找工程总监理义纵说不能这么干两天放羊一个月，蒙恬施工法要改，我们要质量也要速度还要讲纪律，不要忘了我们带的是兵，

修路本意之一是锻炼队伍，都是朴实农家子弟，在我们这里干了几天成乱漆疤糟了，将来怎么对接兵单位和人家家里交代？你要执行纪律，部队就要像个部队。义纵说：遵命。

起初，义纵被派往南方开展工作，在那里工作很有成效，很快征集到五百壮丁，南人说话听不太懂，总感觉他们在捏咕什么，出于责任心义纵亲自解送这五百人到茂陵，被张汤按照我的命令强制入伍，任命为会稽曲长，继续带队前往修路。义纵说老张，是我，我！张汤一抹搭脸说我不管你是谁，我只知遵从上命。

义纵有个姐姐叫义姁，懂妇科，尤善调理拔罐烧艾捏积捎带卖阿胶，宫里很多人信她，转来转去转到我妈呢儿去，把我妈潮热和爆发性出汗治了，也不是治好了，就是我妈每次发热给拔罐，出汗给捏积，让我妈有一种在治的感觉。拔完罐给擦汗，泡一个仙茅、当归、巴戟天、黄柏知母药浴出浴后心情为之一爽，当天就不烦不摔东西骂人，喝得下甘枣百合大麦粥了。

拔罐是容易上瘾的，捏积也容易上瘾，我妈这病又是个正常机体功能退行，几年工夫过不去，义姁就成了她老人家依赖、每天要见的人。上回我妈来西時我就瞧见一挺大岁数妇女贼头贼脑跟在宫人队里，打扮得跟个仙儿似的，几次赔笑没搭理她。后来林虑也吃上她家的阿胶益母糕，还帮着推销给她姐儿们，说姐儿几个吃完脸色好。有一次还专门拎了两篓跑我这儿来，说这男的也能吃，我看你最近眼圈发黑跟几天没睡似的你补补。我说你真知道心疼我，我几天没睡我就睡几天，缺觉补觉没听说补驴皮的。林虑说好吃，你就当零食吃爱吃不吃吧跟你说件事，我有一朋友叫义纵叫你给劳改了，人真没什么事就是送劳改犯到茂陵当劳改犯给扣了罚去做苦工别提多冤招谁惹谁了。

我说你怎么认识他呀？林虑说你甭管我怎么认识的，你就说这忙你帮不帮吧，这是我一特好的朋友，我这可是头一回找你帮忙你说我什么时候麻烦过你。

我说我查一查，如果事情真像你说的，可以。

林虑说谢。

过几天田蚡来西畤，我问他义纵现在怎么样？田蚡说不知道，这一阵净忙新武器定型跟大周审核被装采购预算，没预算不行阿，阿老内边我也要求他出预算了，张口就给浪费很大钱都不知花在哪儿，国库再有也会掏空关键是我都来不及给他筹措义纵怎么了？

我说你查查吧，我听说他回来了，在修路。田蚡说不可能吧，他回来为什么不跟我说。我说听说被限制了人身自由。田蚡说胡闹，部队有时真就是不讲理。

田蚡去署里找阿老没找着，问小栾你们这儿现在谁管筑路的事？小栾说不是我们管，好像是兵曹老张管，你去问他吧。田蚡又去找张羽，张羽说有这么个人，很不错，脏活累活带头上，他们队挑盐总是第一。

田蚡说这个人是咱们组里的，你特么给他搞到队上去。张羽说没人跟我说呀，我知道组里进新人当时我在下边，这个人自己也不说他们队都是南方人我以为他也是南方人呢。田蚡说你赶紧给他捞上来，向我报到，我这几天不在你们就给我整这事还嫌我事少么。

张羽嘟嘟嚷嚷：先说好我不同意他调走阿这是我最好的队长本来就没几个能干的，随队跟来硬安插进队内些里长邻长在家就不是好东西，都是乡里青皮，到部队数他们调皮捣蛋，大检查不是已告一段落组里目前主要工作不就是修路你把人都抽走我怎么干？

田蚡说这个人的任命我说了也不算，你有什么牢骚向皇帝发去。

田蚡向我报告人已经找到你要见他么？我说我就不见了吧，你征求一下本人意见愿意到哪里工作尽量照顾本人意愿。田蚡说跟本人谈了，本人表示不想回南方，愿意继续留在筑路队，考虑到是个人才，我打算任命他做筑路总监理。我说甚好甚妥。跟李敢说你回长安取换洗衣服顺便找一趟林虑跟她说她的事办了。

阿老说蒙恬施工法要改，你要执行纪律。义纵立即召集全体队长开会，宣布停止挑盐砍柴，把所有外出人召回来，上子午岭开山取石，下姜姬河马栏河挑沙，烧石灰，掺上沙和黄土，夯三合土，用以垫路。再将各队临时收押逃亡追回不服管教有小偷小摸行为二百人和吃拿卡要结帮拉派欺凌部属折辱长官什伍长百人和替这些人求情同乡屯长十人、曲长二人，一齐推出去斩了。筑路队上下为之一震撼。义纵又任命了一些对他阿谀奉承又确有些才干小子做新什伍长和屯长，用张羽的话说还是青皮，但是听话的青皮。规定了新的作息时间，完全按——用张羽的话说他以为的军事化管理，每日吹唢呐起床，击鼓吃饭，二鼓上工，鸣锣收工，吹角熄灯。每日各屯要报完工量，实行末位鞭笞制，当众撩开下裳抽光屁三马鞭，累犯三鞭加饿饭一顿，三犯还是三鞭饿饭一顿加黥面。之所以饿饭刺字不加鞭用义纵自己话说就是惩戒为辅，

第二天还要干活，不给冒充伤重难支第二天偷懒借口。

鞭刑在每日晚饭前进行。（马迁注：时，一般人民日常惯行两饭制，所谓过午不食，天擦黑上炕。因筑路工程消耗体力甚大，故上特恩准比照作战部队及民间夏秋收习俗日落前加干饭一顿，由国库供给。）由义纵强盗伙老搭档张次公执行。几百条汉子一字排开趴在刚夯实还温乎路基上，张次公扬鞭一路齐臀打来，有的哀嚎有的哼唧有的强忍不作声有的打完翻身坐起嘀嘀壮笑，声情诡异抑扬迭顿宛若男

声多部哼吟重唱。

次公亦不时出怪，欲抽又止甩个鞭花扎个马步，待身下人卸了绷备肌肉松弛复重鞭落下，获一声惨叫，捧饭碗围观工友发出阵阵哄笑喝彩，成节目了，次公亦顾盼自得。

张羽找到田蚡说这也太不像话了，这是公然擅动私刑！把带兄弟内一套带部队来了。田蚡说有效么？

张羽说有效，路已铺至昫衍，现已分作两部，一部由张次公带领继续向前争取年内到达终点九原；义纵亲率二部东渡黄河克日开凿黑峪口至雁门汉直道。

此汉直道是我在沙盘上二者之间划了一条直线，因得名。当时建不建这条路总提有争论，主要是山西境内山高水阔，直达雁门要在汾水上建桥、打穿吕梁。阿老郦坚等一班军事干部认为建桥可以想象，打穿吕梁不可想象以我目前施工手段工具而言。而且在军事上意义不大，若秦直道修通，雁门有警，我军车骑数日内可抵九原，向东展开即遮断入雁门虏骑归路，使其不战自退。故秦时素不闻雁门有警，文景之世匈奴屡入雁门我翻山逾岭胼胝驰援到了也是马后砲亦正是欺我直道不通。我说一件事可不可行我们就不要坐在屋里争论了，问问第一线施工人员他们最有发言权。

于是田蚡就去问义纵，义纵回答没问题！你再问问上，要不要在黄河架一桥，我以为黄河上要有一桥，秦直道接汉直道，过渡不下马，那才真正解决巩固国防内可援三关外可大包抄战略刚需，甭管谁再来都要掂量掂量。我说回去问义纵先生好，黄河桥目前先不考虑。对大伙说你们看怎么样，我意这事就这么定了。

田蚡说有效就好，部队从不体罚士卒我也不信。

张羽说老百姓有怪话咧，我们筑路人员排着队唱着歌去上工，老百姓给娃娃讲：这是俘虏兵。田蚡说这就对了，不怕他们想歪歪了，就怕他们想对到咧。

我跟田蚡阿老窦婴大周萧婴灌夫一班人坐在西厢房掰着手指头算账：秦直道（以下简称北线）十月可通，汉直道（以下简称东线）明年十月也未见可通。现在我们派去五万人抢东线——是不是五万人我问田蚡。田蚡说是，更多人也摆不开，真进了山开洞，掌子面最多容下一个伍。我说五万人就要两万根铁钎两万把铁锤一个扶钎一个抡锤……你说掌子面只能容五个人？田蚡说我说一个掌子面一个班儿，三班倒，一昼夜百刻十二个时辰换人不换钎，也要锤秃一百多根钎，两万根钎儿不多。大周说等于天天打仗，砍石头，比砍人只费不省。我说那就要先保障砍石头了，河东太原上党这三个郡铁矿就不要锻刀了，先生产钎锤。

窦婴说锤其实是军民两用，战争年代我汉英布所部骑兵就装备有龙虎锤，把开山锤把儿锯短了就可用。

我跟田蚡说那这一块生产工具类只能列入新武器概算你留了备拨、不可预见费了么。田蚡说留了，不过可能不够，可以考虑先从马匹项下预支，这个工作目前基本没有展开，铜还趴在账上。我说将来从哪儿补想了么？田蚡说只能从下一财政年度税费收入补了。

这时西厢门外传来马嘶，有人吵吵。阿老说你这儿也不清净阿。我说天天就是云中雁门来人问：人呢？

接着就听风大爷喊：老总！可不敢往里进可不敢乱走……门哗一响被拉开，李广出现在门口，一身风尘，直眉瞪眼说都在？正好，我问问你们，人呐？

田蚡站起来说老李进来进来别堵着门有话慢说。

李广说没话！就俩字：人呐？兵呐？四月份就催我接兵，到今儿六月溜溜俩月，我一个傻子蹲在西口苍河头净看画儿了，派多少人催问就给我俩字：快了。

我说你坐下，正谈你的问题。跟阿老说两项工程年前都完不了，看来只能顾一头，先把路修了。阿老说培养一支好的筑路队不容易，刚上手就解散也可惜。

我说您的意思是？阿老说我意思就它了，我手头也没别的人，就这支队伍，打通北线折返修复马岭线，东线开通再向上谷渔阳延伸，把北边九郡战备马道一气贯通再转业练武。我说这就不是一年两年的事了。

阿老说不管几年十年八年，这个决心一定要下。

李广坐在一边打了个大大的哈欠。我说那就这样，老李，你和老程先回来，兵还是要练，在哪儿练时间地点等通知。李广说我是不是可以不回云中了。

我说这个你自己安排，家里两个月没回去了可以先回去看看，命令马上就下，你和老程回原职，云中雁门守备部归建。田蚡说我一会儿也要回长安，你等我会儿咱俩一起走。李广说你那个车慢，不等了。

李广走了。夏侯说大爷呀这是。我说不要背后议论人。

15

七月，发生日食。我问司马迁我这一生发生几次日食了？司马迁说我记录的有三次。我说我才二十出头就出现三回日食，将来还不知要再见多少回，是日食就该这么频繁发生从前也这样，还是因为我全让我赶上了？司马迁说因为你，你憋日头。我说那真太不好意思了，你作证我真不是成心的。谬忌说可能是因为你年头去雍镇没诚心祭拜四畤净玩了，上天责怪故有此般异象。我说这回去诚心，另外拜托你移过给匈奴军臣单于。谬忌说老外跟咱们全是反着的，移过倒给他添寿了。我说就是说完全不信你也拿他没办法。

当月，更役律大检查工作基本结束。全国累计完成征兵三十二万七千四百五十一员，茂陵实接收三十二万五千一百零二员。中途逃匿一千九百四十九员（各地官府已绘影挂图通缉捉拿）；患病不能行走就地留医经当地官吏、接兵单位派员、主治医三方会诊，认定预后不良确实不能完成更役退回原籍二百三十七员；意外死亡五十二员；自残按抗役罪坐笞二百，罚没家产，鬼薪白粲三年，不能砍柴者拔草，一百一十一员。

除一期到达十五万员转为工程兵目前正在筑路，二期三期四期到达十七万五千员已分批调往长安附近甘泉、细柳、棘门、灞上各老营房集中驻训。也没有重新任命，就算我个人委托训练署令郦坚，请李广、程不识两位将军在棘门、细柳各开一个示范场，各选万人，进行编制军一次成军试训。

八月，连降暴雨，长安发生内涝，横门菜市茄子胡瓜顺着横门南大街漂到北阙甲第。渭水漫堤，泡了两岸秋庄稼，鲤鱼跳上老百姓家炕，老妇抱着母鸡坐在盆里儿子涉水拉着走。细柳、棘门营房也进了水，操场成了潟湖，棘门的兵在湖里玩水，解下裤腿扎住一头抓鲫瓜子。细柳新兵万人冒着大雨在湖里拔慢步。

我问郦坚二将军试训效果如何。郦坚对我说：李将军到今天部伍尚未重新划分，还是按茂陵出发时编伍哪个村人就按哪个村自愿结屯组曲，原来谁当头还是谁当头，作训总结一份没交。我去了两次，他都没在搞队列，把兵带出去打野外，陌生区域指定一个集结点，让各分队自己选择路线行军，指定时间到达指定点，自己找地方宿营。然后进行评比。哪个分队行军组织得好，在情况不明路况不明条件下分队指挥员派出尖兵先去探路寻找向导，分队随后跟进，少走很多冤枉路并且注重掉队收容，在全队难以按规定时间到达保障一部脚力健者先期到达，再逐步收拢队伍，表扬他们：没白从你们老家走到茂陵。到达集合点，亦知找水草近便处结庐宿营，不等上级指示便下套捕狍引弓射雉上树采果子自己搞饭吃，等全军到达你们已吃饱喝足睡了一小觉全员精神抖擞召之即来是我喜欢的将来不管到哪里放出去放心的部队。祝贺你们！

受表扬分队很兴奋，战士争说不是某头指挥的，是我们大伙商量的，某某头净顾自己一人往前跑。

分队长也有点害羞说功劳是大家的大家伙的。

李将军慈祥说：能发动战士一齐动脑筋想办法就是好指挥员，你在家是做什么的？某某头说猎户。

李广说我看你将来能指挥一个军。唯一一个缺憾就是你没有放警戒，到了宿营地全体人员猫在窝棚里睡大觉，还是军人意识临战意识不强。但是没关系，你们今天之前还是老百姓，今天之后就是战士了，下回注意，休息可以，要把隐蔽哨放出去，放到坡上道旁，没有制高点，就要放得远一点，留够反应时间。

做得不好的分队我就不点名了。李将军说。好的部队各有各的好，不好的部队问题都一样。行军像赶鸭子，宿营像鸟入林，叽叽喳喳，叽叽嘎嘎，隔座山都能听见你来了。指挥员头脑不清，事先无准备，出发现找路，基本的根据风向日影关系山川走势判断方位能力没有，可以走山脊非要下沟，平地不走非要钻林子，自己拿不定主意别人告诉他也不听，发现迷路第一个恐慌，见到獐子也吓得掉头跑。平时作威作福，一个屯长都要给自己开小灶，行军装备要战士替他背，净说些有的没的吹嘘的话，战士中威信极低，讲话没人听，甚至在行军中故意甩掉他。我就不明白这样的屯长军候怎么当上的在家就是一霸还是花了钱下一步就要全部撤换，下到伍里当兵，兵再当不好就去惩戒营当挑夫妈的我就不信治不了你们这帮小子。

郦坚说就这，连哄带骂带拍唬，天天带着兵往外跑，听说最近又增加了夜间科目，要求每个干吏学会借助星宿判断方位，在地面物完全无观察条件下找路。每个兵学会与部队失散断粮断水，在全陌生敌对地域——也即禁止向老乡求助，单人徒步穿越森林、丘陵、平原居民聚集区怎么找水怎么采食怎么隐蔽。高级科目只许用单肢也即只能用一只手或一只脚，走回部队。

我说战士反映怎么样？郦坚说当兵的自然喜欢，你想阿跟超大型捉迷藏似的，上万人队伍大晚上带进深山老林，敲一声锣全体解散，爱往哪儿跑往哪儿跑，他老人家起驾回营，坐在辕门口数第一天回来几个第二天回来几个，一直等到最后一个泥猴儿一瘸一拐赶到，最后几步瘫软在地一爪一爪爬进来，夹道欢迎扛在肩上营区游行给戴大红花说这才是真正的兵。

我说有没有就没爬回来的，就丢在山里或爬到外地去了？郦坚说目前还没发生。用老李的话说，目前这个水平还是要作点弊，沿途要插一些草标指路，布置一些收容点，有食物饮水跌打损伤膏药和巫医急救人员，还允许实在坚持不住举双手出来向收容点投降。以后就难说了，以后高级科目这老家伙说不怕死人！

我说老程怎么样？老郦说老程当然一板一眼，当年他们在边地当太守就是著名两个极端，兵一到驻地，第二天就拉到操场上，站军姿，一站十天。平时都圈在营房里，早起跑操，饭后检查内务，上下午队列，晚上熄灯紧急集合，门卫、游动哨、刁斗、口令，出入营门敬礼还礼，外来人员登记一丝不苟。去看了一次他们会操，方队已经走得有点模样，虽然个别兵还有踢腿过快抬臂过高摆臂扭肩看上去甩答甩答走走挤成一嘎瘩排面成松紧带现象，已经比孩子们刚来上哪儿都乌秧乌秧强太多了。程将军送来的训练计划日程标示很清楚，下个月他们上武科，一个月，站桩。

我说你比较喜欢他们俩哪个的训练方法？老郦说看怎么说，我要是当兵的喜欢李将军，站在我这个主管全军训练训练署令位置上，还是比较认同程将军。很多人议论他们俩带兵方法殊异，程将军说两种带兵方法，一种把兵当聪明人，放到环境里，调动人的最大主观能动性，让环境磨砺他，这是李将军的方法，出兵就出最好的兵，将来能成将的兵，出不来的呢，内些头脑没那么灵活胆子没那么大从来都是跟着人跑跟着人混我们所说乌合之众呢，你都不要了么？李将军的方法叫：就高不就低。我的方法叫：就低不就高。我不管你将来会有什么发展，你现在是兵，就要完成兵的基本要求，兵的基本要求是什么？纪律性。没有纪律，你这个整体就构不成。纪律性从哪来？就是从每一次立正、向右看齐，每一次摆臂、抬腿、拔慢步一点一滴中来。在一个受高度纪律性约束整体中你可能反应慢点、软弱一点甚至我们讲话是个笨兵你也是有力量的。两军对垒，我带一万个笨兵你带七八个勇敢机智机灵鬼，我看还是我取胜机会大一些。

老郦问我：你相信人生下来心智体力都是一样的么？我说这不是问题吧，问题是该用程将军还是李将军的方法对待人群。程将军的方法照顾到多数人，可是多数人乐意跟从李将军。

同月，后勤署令萧婴跑遍西北六郡视察景皇帝初年设立六牧师苑令下辖的三十六个马场。发现因多年缺乏管理，牧场已为世居此地人民侵占，布满牛羊，过度放牧很多地片已是半草半漠，且还有草场方圆小每块地涵养马群规模有限突出问题，就算把老百姓都迁走，一下投放几万匹马草场不恢复也承受不了。

最要命的是马种还是定不下来。犬丘马现在还没驴高，跑起来跟大狗似的。长安公侯家有一些互市进来的西域马，看上去高大匀称，结实干燥，反应速力一等，可都不是纯血马，匈奴很贼，无论转口还是直接出口给我们的马都规定必须是五代以下杂交马，就防着我们拿去做种马就像我们出口给他们谷种都蒸过防着他们大丰收一样。这样的马一代代生下去也不是选不出良马，可是没谱儿，咱们也拿不出良马给它往回扳，给你生一茬骡子你也没地儿哭去。数量也太少，等马调整过来人都不在了，不适合大规模繁殖。

还是只能依靠我汉原产优良马种河曲马。萧婴在总提扩大会上说。现在从民间征集来马也多属此一马种。这里要表扬一下各功臣之后和曾在部队任职现仍在部队任职李将军程将军韩将军等各位将军，在朝廷一时拿不出钱来又急需情况下，不讲价钱就将家里私人驯养好马悉数献出——李将军，听说太夫人现在出门都坐牛车了？李广说嗒，这个还有什么好说的。

我说不能让老实人吃亏。田蚡，你回头上我屋里搬金砖去。田蚡说有，道路工程、新兵训练各项费下都有节余没花出去，就是要先平一下账再冲一下账。

窦婴说你现在就在账上倒来倒去了？田蚡说账不就是这样么，一笔钱画在上面，先花内个再花内个倒来倒去。我也不愿意管，每天我都要跟自己说多少遍不赖会计跟他没关系他也是工作但是一见会计就恨他。

萧婴说只是这些河曲马多为挽乘兼用，役使类型亦多为挽乘型，乘挽型次之，单一乘型少之又少。且由于长期、代代重挽，双马或四马联挽，体型发生遗传改变，前肢多呈轻微外八字或又状，后肢多有轻度内八字或外撇。经我署军马处马政科对八十八匹公马测量体尺，体高达到二级以上标准（139.45～145.45厘米我特么不换算汉尺了！）四十二匹，占比百分之四十七点七三；体长达标（142.45～151.45厘米）六十七匹，占比七十六点一四百分比；胸围达标（166.45～181.45）五十一匹，占比五十七点九五；管围达标（18～20）七十九匹，占比八十九点七七。在一百七十匹母马中，体高达标（133.45～145.45）一百零九匹，占六十四点一二；体长达标（139.45～145.45）八十八匹，占五十一点七六；胸围达标（160.45～181.45）一百三十七匹，占八十点五九；管围达标一百四十四匹，占八十四点七一。结论是马匹质量尤其是公马质量不高。这和国内战争结束国土防御不再需要大量战马，文景以来长期不重视军马选育工作有直接关系。

怎么弄？萧婴无辜眼光望向大家。公马不灵母马再靠谱孩子生出来也是半残。窦婴说那可不见得，我认识很多优秀母亲父亲完全不是东西，生下孩子赛着牛插簪如简狄、姜原、女脩。我说司马迁最爱聊这个，就恨后来有男的，要还按早先女的都和脚印鸟蛋生，人不至现在这德性。田蚡说他跟你说的？我说没，我替他总结的。萧婴说各位长官不至于建议咱们也把母马放到野外去，等着踩脚印胡乱吃点什么，敢赌么？

李广说不用赌，赌你肯定输。我在陇西北地做太守时，当地边民就经常春夏把自家母马赶到匈奴内边野放，秋冬再找回来，怀了孕就不放出国了，借他们的种。所以我为什么从来都骑北地的马，不信你去查验我上交内批马都没有你说的外八字内八字情况。匈奴控制进出口可控制不了万里边境线马群自由交配。

我说这个好！万里边线就是我们的马场。大家也纷纷说好，吃他们喝他们偷他们汉子生了娃娃归咱们。别说几万几十万上百万马撒在万里边线上也不显，对隐藏我军战略意图提高种群质量节省饲料人员管理开支别说了——怎么想怎么划算！阿老都乐了，说理想。

李广也得意说我推荐自己做养马总监没毛病吧？

我冲他伸双大拇指：加双俸，你们家交了多少马，每匹马黄金百斤。李广说太多了，拢共给一千斤就成。

田蚡说这你替谁省呢，皇帝奖赏不要跟你急阿。

会上决定加强六牧师苑令所领三十六马场管理，严禁老百姓进场放牧。过去马政管理令出多门，名义上太仆管，实际只管长安附近六所皇家厩苑。廷尉下面有牧场，各大单位自己下面都设有牧场。现决定在六牧师苑令上设总牧师，统一管理调配全国牧场资源，名义还挂在太仆下，实际工作向总提汇报向我负责。各大单位牧场一律收回并各郡国州县牧场实行辅育。皇家六厩也拿出三厩，养母马。

今年马发情期已过，总牧主要任务是恢复草场选育母马，以待来年春投放给边地人民寄养，三年送归，以十马还官一驹计息。

会议还决定，任命李广为总牧。先在西北六郡原有边亭、烽燧基础上选派懂胡语、熟悉边地汉匈风俗优秀饲养员筹建一批马庄，为将来由民代养过渡到总牧自养，制度化改良选育马种，作为一种正式国家行为：畜字马孳息也即养小母马待字生驹；做试点。

李广说首先感谢总提信任，老实讲我是开创性人格，乐于在新领域开一个局面，守成——超过半年，就烦了，能不能只干半年？我说半年太短，你至少要等三年一个轮次完成才算开创了这个局面，才能走。

李广说如果打仗……我说打仗立刻调你回部队。

田蚡和灌夫咬了会儿耳朵，对我说我们准备把这一计划代号定为"次元和亲"。我说就别特么硬套了。

16

九月，灌夫案拿出二稿征求意见稿上会，把抄写稿一份份发给大家。阿老说这个年轻人是谁我怎么没见过？我说这是灌夫呀上个月总提开会谈亭马建设你们还见过。阿老说怎么变样了？灌夫说赖我，胡子掉光了。窦婴推开发给他的竹稿说我就不看了这字太小我眼花你念吧。大家也说不看了，念，当场议当场定当场改，节省时间说实话你让我现在看也看不进去。

我说那就念吧，以后我们也不分发文件了抄起来还费劲，回收也是你等我我等你，以后都上会念，念三遍，三遍没意见就算通过。灌夫说我确实特别想念可是最近上火您瞧我这烂嘴角您再瞧我这舌苔嗓子都没亮音儿了。我说看出你上火了，我念！搬过竹稿一看：哟，这怎么半隶半篆啊，谁写的？灌夫拿过来一看，喊书吏：儿！儿！过来过来，讲多少遍抄写公文不能使篆改不了啊？儿低头不吭声。我说你怎么管人家叫儿啊？灌夫说他就姓这个姓，儿。田蚡说这是五月内批文学贤良里的吧？我说不知道。田蚡说你考的你不知道。我说都长一个样儿。阿老说他写的就让他念。灌夫拎着儿肩领夹把他拽到地当间，说你就站这儿，——念。儿脸通红，吭哧吭哧开始念：

……总提明确我军未来作战方针为东西国土防御中部择机攻势作战。为此我军把北边十三郡划分四个战略区。陇西北地上郡为西部战区；九原云中定襄雁门为中部战区；代郡上谷渔阳为东部战区；右北平、辽西、辽东为东北战区。战区平时不设领率机关，仍执行郡守负责制，战时由皇帝任命杂号将军，统一指挥战区内所有武装力量。国防军总兵力一百万人，暂编一百个军，番号从一到百。一到六十为甲种军，三十个骑兵军，三十个步兵军。各军定编万人。六十一至九十为乙种军，二十个步兵军，十个步车混编军。步兵军定编七千五百人，步混军定编一万五千人。九十一至百为补充军，三个骑兵军，七个步兵军。各军暂定编万人。目前已完成十七个甲种军新兵入营驻训，二十个乙种军入营转为工程兵。今后计划用五年时间，使甲种军六十个军达到满员，十个军完成步骑换装；乙种步混军满员率达百分之七十，武器车辆充足完好率不低于百分之五十；补充各军在营人数不少于五成。

（二）甲、乙、补充各军组织指挥、担负任务和当前、中、远期目标：

1. 甲种军由多个部骑兵或步兵组成。直接隶属于朝廷，目前明确的指挥机构为总提，是在总提命令下执行运动作战的武装力量，是陆地歼敌的主力。军首长平时为军长史，战时由皇帝亲自任命杂号将军统领。甲种军作为基本战役兵团，当前首要目标是尽快完成组建形成战斗力。中期也即五年内完成前沿部署。五年后可在指定战区、或跨战区遂行作战任务。

2. 乙种军由步兵、战车兵、工程兵三大兵种组成。主要担负北边各战区要点守备和战备马道修筑任务。受总提和所在郡守双重领导。军首长为军长史或由郡守兼任。一般在本战区独立作战或依任务与甲种军合编为方面军，受方面军首长指挥，遂行跨战区作战。

3. 补充军由新兵和因伤因病致残（六级伤残以上）不再适合一线部队服役而服役期尚未满老兵组成，（马迁按：我汉军人因战、因公致残评定标准如左：伤残一级：(1) 日常生活完全不能自理，全靠别人帮助或采用专门设施，否则生命不能维持；(2) 意识消失；(3) 各种活动均受到限制而卧床；(4) 完全丧失劳动能力。伤残二级：(1) 日常生活需要随时有人帮助；(2) 各种活动受限，仅限于炕上或坐垫上活动；(3) 不能劳动；(4) 社会交往极度困难。伤残三级：(1) 不能完全独立生活，需要经常有人监护；(2) 各种活动受限，仅限于室内活动；(3) 明显职业受限；(4) 社会交往困难。伤残四级：(1) 日常生活严重受限，间或需要帮助；(2) 各种活动受限，仅限于在居住范围内活动；(3) 职业种类受限；(4) 社会交往严重受限。五级：(1) 日常生活能力部分受限，偶尔需要监护；(2) 仅限于就近活动，需要明显减轻工作；(3) 社会交往贫乏。六级：(1) 日常生活能力部分受限，但能部分代偿，条件性需要帮助；(2) 各种活动能力降低，不能胜任原工作，社会交往狭窄。) 受总提直接领导。军首长为军长史或司马，由训练署派员担任。驻地一般选在长安附近或各大战略区交通便利后方。平时主要担负训练新兵向各军输送兵员使部队按时完成新老交替。战时及时补充部队减员并遵总提命令执行维护道路、粮械运输、战区治安及其它后方勤务保障～～～&&& 蘑菇葫芦梨……

我突然惊醒，说怎么不念了？听到一片微鼾，大家都抱着臂打着小呼垂头着了，儿一人无趣站呢儿。

我跟儿解释：都累了。窦婴忽然呼吸暂停甩了一下手惊恐醒来：怎么不念了？接着大家也纷纷醒来，擦着哈喇子迷惘呆视，说这稿不错这回讲得比较实。

灌夫一直没睡，看着大家，说哪儿不错了？你们给说说还有哪儿需要补充？

我问儿你哪儿人呀？灌夫替他回答：千乘郡人。

我说怪不得，讲话跟含着枣似的。田蚡说关键是落实。我说接着念阿。灌夫说念完了。我说那就二读。

十月，我参观游览了渭水南岸密畤、渭水汧水汇合处的鄜畤和吴山之阳的上畤下畤，向这四畤献太牢。

参观上畤时围观人群中看见王恢，含笑望我，我亦报之以一笑。到了下畤，我对供奉在上炎帝塑像拱手三拜，一回头，恢就站在我身后，我说你怎么来了？

恢说您什么时候有空儿，有些业务想向您汇报。

我说下个月吧，过年事儿比较多。恢说那我直接上西畤找您？我说下月我不在西畤，你跟东方朔约。

十一月，装备署军械处刀科和颍川郡阳翟县署直辖兵工场联合研发环首刀淬火出炉，弓科改进十石黄肩弩也出了第一支样弩，都送到西畤大院试刀、试射。

刀科科长苏建先拎着一把五尺刀耍了一圈，刷刷把我们院里新栽种一排小白杨都给削了，然后双手托刀说：请各位老师试手。田蚡刚伸手被窦婴挡回去：你再抢着自个！接了刀搁手里掂掂，扭脸向剩下几棵小树疯狂砍去。我说你不在北军干了？苏建说战车没前途，我原来就是骑兵出身，对研究骑兵武器有兴趣。

我说这是几炼呀？苏建说三十炼，目前能达到最高段位，未来目标定在百炼。窦婴一身汗回来说你要不要试试？我说不动刀，动刀心中起杀意怎么搞？

田蚡接过来说我怎么就非得抢着自个？窦婴说你双手，你把内片芍药砍了。田蚡举刀直奔大槐树，苏建说相！相！内真不行，太顶，恰刃。

大周和弓科科长李蔡抬着一具刷着柚子黄漆大弩往地上一墩，直喘。大家笑说演，演。我心里默算：十石，千斤之力。

李蔡说这玩意儿连做它的师傅都没拉开过，我试了一下，手指头斜方肌现在还疼呢，今天拿来的目的是让大家欣赏它的工艺水平，不是听说要搞武器博览馆我们准备回头给捐呢儿去。

夏侯说我来。田蚡说坐着，蹬着拉。夏侯说知道！你是真不知道我原来是干什么的。蹲下拿俩个手指一勾弦，说我还是算了。田蚡说喊大号喊大号，他行。

大号！大号！我们这一路喊到后厨，大号满手面粉出来：什么情况？老郦台阶掸土说有个事非你不成。大号一瞧地上弩，说：就这？拍拍手里粉，朝掌心啐两口痰，说：都起开！坐下两脚蹬弩，双手拉弦，一发力，嘿哟一声，扶着右肩落荒而走，说伤着我了。

大周在一边乐，说老李，别跟人逗了，这就不是单兵武器，来来咱俩一起。我说你们俩老头就算了，叫两个战士。李蔡说我们俩行，我们俩作为甲方拉多少遍了，十石就是以我们俩舒适度定的极限，不能用还能叫兵器么？俩老头坐地上四脚蹬踹四手合力——走你！扣在廓机上。李蔡单臂托弩四向瞄准，说老头怎么样？我说老头牛。李蔡立刻弯腰把弩放地上说老头也就这点能耐了。我说他在你们署里也这么逗？

大周说跟三岁孩子都逗，跟他哥完全俩风格。李蔡说要说我汉能有一个人开这张弩也就除我哥没有第二人了。扭脸说敢子，怎么也不喊人阿？李敢说叔。

李蔡装上箭，说你想射哪儿？我说院门口内柳。

李蔡眯着眼说这逮有小二百步。大周上前帮他调整望山刻度：两分？李蔡说两分半。欶——，箭飞出不见踪影，门口卫兵缩了下脖子，猫腰拔刀惶然四顾。

我说箭哪儿去了？李蔡说出院儿了，这无依托射击还是不行。内边李敢牵出一匹马，翻身上马夸哒夸哒跑出院。我说这要实战就逮一人扛弩一人背箭俩人一组？李蔡说对呀，可以配备给野战部队，随身性还是比床弩强。窦婴说适合单兵最大弩力做过测试么？

大周说一直在测，也做了几把样弩，两石、三石、六石的，近日准备到北军找一个什打一次靶。

李敢跑回来，说没找着，听村内边有一老大娘在骂街，说她们家猪死了，没敢过去问。

晚上大号去村里向大娘赔礼道歉，双倍价买下死猪和扎猪肺上的箭，回来灌血肠，炖白肉粉条。

刚上桌阿老来了，本来说吃过了，一看菜说这逮来点，捞一碗粉条，嗦了两口，说不如肃慎炖得好。

饭后阿老到我屋跟我说出了点状况，公主小组传回消息，张骞叫勃度赫扣了，送到军臣那里，张表现还好，没有透露更多东西，一开始只是说自己是商人，跟老罗去进玻璃和葡萄酒，但是搜出他行李里汉节，才改口说自己是官商，没提你，说是替窦太主办事，节是托窦太主搞的，主要是应付咱们关口出入境检查人员，这也是我们替他先想好的说辞。军臣单于还是很不买账，说搞不清你们人物关系，你带着汉节我就认为你是汉使，你去我大匈奴后院干嘛，你和月氏人有什么关系？张说什么肉汁，沿路国家呀，没听说过，我要去的是大秦，我是学建筑的，对穹顶覆盖技术很好奇，也不用胶粘，也不用榫卯，怎么一口锅似的扣上去，想去罗马实地考察，也听说他们呢儿姑娘漂亮，长得都跟雕塑似的，还有他们内面条，听说臊子有一千多种，我是关中人，您知我们关中人都是面条狂热爱好者，哪儿有一种臊子是我们没吃过的，不能忍。

我说话多了。阿老说跟他讲过问什么答什么，不要耍小聪明，你讲得越多你的破绽就越多，别人对你了解也就越多，还是慌，一慌就话多。军臣说就冲你这么油嘴滑舌我就不信你说的每一个字，这么着，我们这儿也是穹顶覆盖，你先在我们这儿考查考查，我们这儿姑娘也漂亮，都跟城门似的，必须发你一个，羊肉有，羊肉臊子面没吃过，一会儿你给我做一顿。

张还跟人对付呢，三成？五成？得！算我这趟白跑，七成归你不能再低了。军臣说少来！你以为我跟你似的什么都有价格，你就住在茏城哪儿也不许去，等我们调查清楚你的情况，核实了你的身份，再说。

我说有没有办法弄出来。阿老说目前只是怀疑，人没有危险。朵尼各条线最近都活了打听这个人是谁，我们就按他讲的统一口径说他是窦太主私人，露了馅也只追到阿娇那儿，我们的目的就是让匈方觉得他既重要又不重要。我们判断军臣也没准主意，他的政策是不许我们涉足西域并不是针对具体人。他这人有一特点，拿不准的事就先放着。在汉匈大友好背景下，他对我们这边有一点身份的人也不会做出什么极端的事，我甚至觉得他有一点吸纳招附的意思。他内个茏城也是哪儿的人都有，自己觉得自己是国际大都市。我已经叫关系给张带话，给他的指示是不要乱动乱找人，可适当做个小买卖，做好在匈奴长期坚持的准备。

我说也好，老是吵吵生活在远方，现在到远方了。

二天我回长安，阿娇给我带话，说宫里也不乃个太妃做寿，非让我露一面，我要不去她就得去所以我必须回来。路上东方朔跟我说王恢约了几次，说跟我约好了要谈事。我说过几天的。进了宫，阿娇说寿宴在长乐宫，又说司马迁最近老找你，我说回来再说。

到了长乐宫七拐八拐我也不知拐哪儿去了，一屋里，一帮老太太坐地上吃面，见我来了七嘴八舌张罗快坐下快坐下，赶紧下面条喝点什么这是枸杞泡白菊这是陈皮罗汉果。我说同喜同喜今儿谁的生日阿？老太太们说没带东西阿自己人蜡么客气干嘛。我说刚从外边回来。老太太们说外边不去哪儿也没家里好这是小贺前几个都不好不会做饭小贺也不会做但是你跟她说想吃什么她就去问记心里回来做你觉这面条怎么样小贺擀的。我说很好。老太太说臊子也是小贺做的。

我说也很好。小贺——头发梳得利利落落一中年宫女，也是一盆火似的说好再给您添点。我说没吃完呢。小贺说再添点臊子。我说够够。小贺说咸不咸？

我说还行。小贺说再添点。我说不用。小贺说三分面七分臊子才好吃。我说真不用。小贺说添点添点。

我说我添我会跟你说的，你能让我们说会儿话么，这面怎么越吃越多呀！把碗墩地上。

从老太妃屋拐出来迎面碰见小邢，说哟你怎么在这儿，你不是在匈奴么？我说你们嘻，一帮人一天有正经事么传闲话都传不出水平。小邢说我们嘻当然都没什么水平了。我说我能去匈奴么，我去还能这么秘着光你知道还不得天下轰动不知多少人头落地！小邢说你也别觉得你很轰动还人头落地就不能友好访问呀。

我说哟你别说还真是，我没想过你觉得我能去匈奴友好访问？小邢说怎么不能，人家蛮夷能上长安来访你你怎么就不能去访人家呢。我说你启发了我，我回去琢磨琢磨。小邢说是怕人家把你逮起来吧？我说你呀不要学李益寿你说你老损我有什么意思。

小邢说你上哪儿阿，老太太屋在这边。我说刚从老太太屋出来。小邢说我发现你瞎话真是张嘴就来，我才刚从老太太屋出来。我说咱俩说的不是一老太太。

小邢说你上东宫居然不看你妈看别的老太太。

我说行吗？你管得也太宽了。

小邢说行，我回去就跟老太太说你现在有别的妈了。我说你不说你都不姓邢，我还真不信你能挑了我们娘儿俩关系。

尹婕好迎面扭搭扭搭走过来，说哟，这大晌午的俩人在这儿聊什么呢？我说聊你呢，说你人特好。

回到未央宫，马迁在我门前廊子上背着手踱步。

我说怎么不进屋阿？马迁说屋里太闷。我说进屋进屋。马迁说就几句话，在外边说完我就走知道你忙。

我说不差这一会儿的。马迁说你最近见朔儿了么？我说没有阿，他怎么了？马迁说我也老没见了，从他说单位事儿多搬到单位去住就一直没联系，前一阵子去望鹄台想着是去看看他，饼妹给他织了两条毛裤腿顺便带给他，到了望鹄台问看门的说他在，让我等在门口说喊他出来，您知后来发生了什么，出来一人看着我发愣，跟看门的说不认识我，我说我也不认识你，我找王朔，你们这儿望气，内人居然说我就是王朔，我就是望气。我说你们这儿有俩王朔么？内人说没有，就一个王朔，就是他。我完全懵了，从小的朋友就说俩月没见也不至变成另一人关键他也不认识我。我还琢磨呢是不是找错单位了，原路回去，原路进来，看着望鹄台敲门找王朔，看门的给我进去找，出来的还是内位，我是不是心智错乱了还是大白天遇见鬼了？

我说你先别急，你进屋我跟你细说。我前脚迁儿后脚跨门槛进屋，阿娇正在收拾她内套家伙什，八步旁边转来转去，我赶着满屋子味儿说你现在也是没时没晌。阿娇没嗳声，抱起猫进帐子上炕冲里躺着。

122

我悄声跟迁儿说朔儿出差了，去哪儿干什么现在还不能告诉你，保密，连我都不让打听，你碰见内人就是保密措施之一，逮等他回来才能解密，我只能告诉你他现在一切都好。迁儿说他能干嘛呀我能干嘛呀你在中间弄这事。我说阿老认识吧，他的事，懂了吧？

阿娇帐子后边说什么狗屁保密不就是上匈奴了么。

我高声说你都知道。

迁儿说行了我也不打听了我也没兴趣，就是太吓人了你知道么。我说一有他的消息我第一个通知你。

送迁儿出去迁儿说你内民俗博物馆修完了？

我说什么民俗博物馆？噢噢我也乐了，说修完了，都住上了。迁儿说其实你的事我全知道。我说其实我也知道你知道就没想瞒你，以后要不这样，咱俩搞一约定我也不诓你了你也别不经我同意往你内书上写。

迁儿说我现在就可以把我内书拿来，让你审查有没有你不愿意让人知道我写上的。我说我不审我相信你，你我再不相信我还能相信谁呢？事后都可以写，正在进行中的报道了万一没成呢？迁儿说我内不是报道我内就是留给事后的。我说那成，你能保证死后发表么？迁儿说我死后，你给发表？我说我死后我死后。

迁儿说你就没兴趣看么我废寝拔力写的。我说真没兴趣不爱看写自己的事一辈子还不够烦再看一遍。

迁儿说不全是你哎哎呢儿有个人给你行礼呢。我一溜眼，王恢锹把儿似的杵宫门口拱着手才直起腰。

我跟马迁说别看别看咱俩假装没看见往前走。

王恢喊：上，上，我。我说那只能送你到这儿了。马迁说你赶紧，忙你的。我跟门卫说放内人进来。

王恢说我来的是不是不是时候阿？我说正等你呢。

我把王恢带到阿娇屋前，说你先等会儿我进去看阿娇起来没有。进屋直奔炕身子一歪大八字趴被子上，八步一惊抬身一跃下炕走了。阿娇说你怎么又回来了？我说外头还一人，特烦，我先呆会儿。阿娇说你这叫什么事阿把客人撂外头自个进屋躺下了你起来起来。

我说困着呢。阿娇说哎哎你别睡阿。我已经睡了。

醒来满地灯。就听阿娇说：我觉得行，这个人什么时候带来让我们见见，其实最好让他们进城，喜欢咱们东西，给他们！让他们背着东西往回走，回去路上堵他们手都占着……听见我翻身回头说：你醒了？

我说你又给谁做媒呢？阿娇说我正跟王恢聊天呢，我们俩想了一个计划，能一下解决你的问题。

我连滚带爬下炕，王恢和阿娇坐在炭火盆前嗑瓜子，脸上放着红光，乐呵呵望着我，我说我什么问题？

阿娇递我一把瓜子，我说不要瓜子有水么？

阿娇说水正烧呢，匈奴阿，你不是老想和匈奴打一大仗，战场选在哪儿定不下来匈奴不听你的，现在有办法了，王恢认识一人认识单于，能摆单于调出来。

我说凉水也行。阿娇说没凉水。我说你们俩想的计划？阿娇说对呀，我建议王恢让内人去找单于，王恢想不出找单于动机，我说动机还不好找么，讨厌你，不愿意当你臣民，想当匈奴人，喜欢草原自由自在生活，你觉这动机成立么？我说讨厌我成立草原自由自在不成立。阿娇说一个动机也够了。我说抱歉没听明白，讨厌我想当匈奴人，单于说来吧，问我我也会说，去吧，怎么啦？

王恢说皇后的意思是说，去不能空手去，要有见面礼，见面礼可

124

以是一座城。

我说你们能不能把话说全了，别老说半截话。

王恢说……阿娇说你别说我说，这不是匈奴人都挺贪的么，咱们派内人可以跟单于提，献他一座城，他不是逮进来收城么，咱们——你，战场不就有了，城里城外——这我们还没想好——憋着他，单于美不滋儿来了，你跳出来了，带着你的兵，他肯定傻了，还不由着你冲阿劈阿那我们就管不着了，个人建议单于想投降你一定允许。

水在火上咕嘟咕嘟开了，阿娇拎起小水壶：要不要沏点陈皮？我说你现在也喝橘子皮了，白水就行。

阿娇说理气化痰，还是给我沏了碗陈皮。

王恢刚要张口阿娇拦住他：你让他想会儿你让他想会儿信息量太大。

我吹着热气呲溜呲溜喝水，眼珠子乱转：你们是认真的？阿娇说你这、这、喊我不跟他说了你跟他说。

王恢说内人你见过，上回太学开学，还一回……

我说我哪儿记得怎些烂七八糟的人。

王恢说内人叫聂壹……我说你现在什么也别跟我说，我现在什么也记不住。你出来，我跟你说。

王恢跟我来到外面廊子上，我跟他说：一，以后永远不许再来皇后这儿跟她说这事；二，把你的计划写一个东西交给东方朔，看过再给你答复；三，我不找你不许你找我，再看见你上宫门口堵我，完城旦舂！

对东方朔说：送客。

17

十二月，任命儿宽为总提文学卒史，人事俸禄关系挂在大理。因为此人熟悉灌案，把王恢呈上的马邑围歼战（暂定名）计划书涂了提交者姓名交给他，对他说你看看对灌案有没有补充，可行性，操作性写一个报告给我，不行就说不行。

一月，我不能回宫，阿娇见我就问我们内案子怎么样了？我说正在专家论证。阿娇说我能跟专家聊聊么？我说你不认识。阿娇说有专家么，你不会早就给扔哪儿了吧？我说我是那人么？阿娇说你干得出来。

我说不是你想的那样，明天，后天吧，我把专家带来。

后天，我带儿宽进宫，给阿娇介绍：专家。给儿宽介绍：皇后，马邑案策划人，你们谈。

我出去转了一圈，到望鹄台敲门，看门的一看我开门让我进去，我说在吗？看门的说在。我说我就不上去了你把他叫下来。一会儿张骞来了，我说怎么样阿呆得还习惯。张骞说太闷了，王叔什么时候回来呀。

我说没事多学学天文能认几颗星了。张骞说记不住，今天在这儿明天在呢儿老换地儿你还是让我学军事吧。

我说军事家也要懂天文，王叔恐怕回不来了一时半会儿，你要有长期出不去的准备。张骞说阿？王叔怎么了，还回得来么？我说不该问的不要多问，回得来怎么回不来？前几天见到你爸了，你爸托我给你捎话：好好利用这段时间多学知识磨练性格，将来到哪里都是一个有用的人。家里很支持你哟，不要辜负大家期望，耐得住寂寞，王叔一回来就让你去部队。

出来我跟看门的说经常来看他的人有谁，看门的说只有李美人邢美人有时来送吃的，哦前两天还有一个太史的人说是他朋友我登记了他的名字叫什么马。

我说除了李美人邢美人以后任何人来找都说不在，不要给他们传达见面。看门的说是。

我绕回后宫，儿宽在廊子上等了一会儿了冻得搓手跺脚。我说谈得怎么样？儿宽说谈得很好。我说那就好，叫李敢找个车把儿老师送回西畤。

进屋阿娇正在发愣，我说没瞎说吧？阿娇说他是哪儿人阿？我说怎么啦千乘的。阿娇说一个字没听懂。

当月，儿宽交出他的报告，结论灌案是一个国防动员方案，马邑案是一个战役草想，两案无参比性，马案有可行性，操作难度很大，应予进一步细化。

我说马案附你的报告，给总提每个人抄一份，派机要待诏送他们签阅，要他们每人拿出意见。

二月，马案上会。阿老看法代表了与会多数人看法：想法很好就是太一厢情愿。阿老说我们摸了一下这个人的底，确实是马邑做得比较好的一个商人，主要做丝帛、化妆品出口，所以可以进到阏氏毡房跟单于一家有那么层私人关系，但是买什么布料说的上话和出兵入侵我国这样的大事也信他不是一个量级。我家内眷每年也要做衣服，若给我太太量尺寸的裁缝突然跟我说他有门路可以使我得一座城我是不敢信。王恢替他想的内个动机——据说皇后也参与了意见？

我说没皇后什么事。阿老说哦，我也以为勉强。若此案实施，还要再想一下，加个码，使他不得不如此，如触犯刑律罚没全部家产还要抓他全家判他的刑。

灌夫是与会者中认为此案不妨一试的少数派。说我是比较早接触此案，也基本同意阿老判断，也了解了一下此案形成过程。我得到的消息说是王恢找的聂壹，告诉他我们正在准备对匈作战，问——或者说催促聂壹提供和单于的关系，在交谈中——当然聂壹吹了牛，说他和军臣关系多么多么近每次去都为他设宴不醉不归如何搞得定，据说——请注意，是王恢主动提议让他利用这层关系向单于献城诱其入境为我聚歼创造机会，聂壹本人犹豫，后在王恢压力下一口答应。也就是说此案不排除王恢邀功心切刻意织就，聂壹的话有多少水分，他和单于关系到底怎么样实际我们并不掌握。既然此案有这多不确定，为什么我又认为此案可试呢？首先，匈奴本系军国，人民习于并乐于从事战争，视杀戮、抢劫为极高尚极荣誉事业，差不多是他们最重视、最珍贵什么都能改惟独此项不能变的传统或曰习俗就像我们崇尚仁义尊老敬上过年必须全家团聚吃顿馅儿一样。单于的威望也借由曾经带领他的人民征服过多少国家打下多少城抢过多少财帛女人或高或低。军臣即位以来除个别年头一直与我保持和平，至今已二十七年，这是常态么？非也！依我理解匈奴人之秉性绝对非常态。今后是不是还能保持和平下去，仗是不是就永远不打了，我们两国就成为好邻居好朋友好亲戚，我的看法恰恰相反，和平时期愈久战争危险愈大。战争是流在匈奴人血液里的习俗，大家都是习俗的奴隶，习俗的力量甚至超过道德更别提法律。不打不可能，不打交代不过去，他的好战的贫困的人民看着呢。剩下的问题就是在哪儿打什么时候打，这对我们是问题对军臣也是问题。设若聂壹跑过去献上这么一策，我们认为是机会他也应该认为是机会，有内应，抓一把就走，何乐不为？如果这个判断成立，此案实施，我给五成成功把握。

窦婴说五成可一试问题是有没有五成，我给三成。

夏侯说此案只是就谋略谈谋略，设一个局，战役规模无一字涉及，若单于中计当真率军而来，就是合战，这么大规模作战完全建立在心理判断上我给一成。

我说最坏的情况是什么，设若我们依计而行？

郦坚说围了，打不下来。

阿老说没来。

窦婴说打还是打得下来，就怕围不住，打一半叫他跑了，主要战役目的没有实现，歼灭战打成击溃战。

我说没来不考虑，立足于来。围不住，跑了，虽不能达成全胜，小胜也是我们目前所需对敌也是震慑。

会上遂决议，继续推进王案（马邑案正式更名马邑合战，代号王案）。一署依据我军现能集中最大兵力预判匈奴亦出动全部本部兵力大致敌我双方各三十万人规模，拿出一个作战计划。二署负责对王恢原计划进行补充强化，务使其每一步都做到行为有据，动机可信，可吸收王恢聂壹参加。三署训练内容要调整，从目前的单兵武器格斗，转入方阵、大集群战役战术演练。到本月底，全训部队应达到可随时出动一级战备状态。筑路工程部队除正在抢筑汉直道义纵部，其他各部应立即收拢，发给武器，熟悉武器，最迟不晚于五月底以前完成战斗准备，列入我军作战序列。

四署，应立即将已入库新式武器装备拨发部队。并追加订单，命各工场驻场军代表——铁官、工官督导铁匠、弓匠加班日夜生产，必要时可予以物质奖励。新生产出环首刀、大黄弩无须入库直接运往部队。

五署（也即新成立的军动署），应立即制定各部从驻地向马邑开进路线和运输方式。并在各地郡守配合下对路线周边进行治安摸底，清除隐患，一旦部队行动，路途周边地区即实行军管，保障部队顺利通行。

六署（也即原来的五署）应立即调拨粮草，征集民马、民夫和民间草医巫医，收购止血止痛麻醉药材及包扎用帛麻布匹，打制棺材，在我军将要开进各条路线沿途设置兵站和野战临时救治所，做到往上开的部队有饭吃，往下撤的伤员有药喝，亡者有薄材躺。已回收入库封存旧制战车应立即解封，派匠检修。未回收的停止回收，已做报废处理进行拍卖的，退还拍卖所得追回车辆。亭马目前是指不上了，部队用马还是要靠民马，所以征集民马是六署当前所有工作重中之重，六署要重视，摆在首位，由署令萧婴亲自抓。

会议强调：这一切行动应在严格保密条件下进行，不能采取发通知、贴布告大喊大叫大拨轰动员形式。会议纪要不传达。对部队讲要进行秋操。与地方联络到当地找主管人个别谈，同时予以保密告知。实在藏不住，非要与民众接触求得民众谅解支持如设置兵站、征集民马民医追讨拍卖所得也一律以部队秋操告之。

会议指出：前段灌案执行过程中保密工作就做得不好，部队调动部队训练重要人事任免甚至总提住址很多消息都透露了出去，引起社会议论纷纷。追查下来大都是总提成员亲属和身边人员散播出去，要管好身边工作人员和亲属，不要什么都跟老婆讲！上在会上带头做了检查，跟皇后讲了不该讲的话。其他总提成员也分别做了自我批评。

上在最后总结发言中讲：各责任人心中都要有个手刹，王案能否顺利进行全赖第一阶段也即聂壹利诱军臣单于能否成功，第一阶段失败即全案失败，到那时就要及时刹车，取消一切行动，恢复执行灌案。

18

三月，夏侯多次带队去马邑看地形，爬遍马邑周回山头，确定预伏位置设于西口通马邑与武州山通马邑两条路线之间丘陵地带。这里有马营山、塘子山、了高山、大南山诸峰，山谷毗连出入山口多，观测点佳，南距神头泉群不远，既便于我大军隐蔽又利取水补给。向西展开是开阔河谷，向东亦是广阔平川草场，无论敌从哪个方向来，我都可相机调动，转向攻击。

同月，聂壹坐负债不尝，错认良人为奴婢，私造度量衡，数罪并罚，处黥城旦舂，没收全部家产，妻女没入官奴。聂壹出逃。

四月，没有消息。公主小组反馈出来情况都说没见过这个人，军臣一切如常。夏侯带一个精干指挥班子进驻霍窑沟就战时指挥位置。窦婴在雁门开设前进指挥所。细柳、棘门部分全训部队开始向马邑运动。

上初现悔意，表现为决心动摇，在西時连日召开的作战会议上问阿老聂壹有没有可能投敌，把我们意图透露给军臣？阿老说主动投敌意图不明显，那又何必向我们开价讨一个侯。上说商人嘛，两头询价，军臣要给他封王呢？匈奴内个王封得也很滥。阿老说他这笔买卖做的就是军臣，买卖不成，也不过是军臣躲过挨坑，咱们最多算被涮了一道，他拿什么向军臣邀功？军臣脑子再转不过来我也不信他会为一次犯罪中止奖赏罪犯本人。上忧郁说也许他们就想看咱们被涮这会儿正在毡房里笑咱们紧忙呢。阿老说你想多了，稍安勿躁，这件事穿帮最不利的就是聂壹，拿两位君主开涮他活腻味了吧。上说部队正在集结，人吃马喂，要是军臣真的不来呢？阿老说这会儿你又算这种小账，军臣不来，我们就当演习了，我陪你去马邑看秋操。

上说还是冲动，别人一起哄就跟着别人跑了。现在我知最坏的情况是什么了，人家没搞你你去搞人家，还没搞成，叫人家知道了，诚信道义双破产，你再说什么人家也不信了。阿老说人家原来也不是很信你。

五月，还是没消息。公主小组在茏城联络点，一个粟特人开的商号，很久没有婢女出来挑波斯雕刻玻璃珐琅金盘买罗马铅粉了。阿老的人挑着卖针头线脑梳子绢花货郎担在单于庭周边奴仆居住区走帐串庐听话听音儿。更多的人派到单于庭四周各路口支烤炉打馕，严密监视进出单于庭人车马。唯一得获被认为有点价值发现是看见张骞了，也在单于庭左近外族人聚居区最热闹最乱当地人叫脏街路口练摊儿，出摊儿晚了，认为我们的情报员占了他的地儿，跟这个呼揭汉子吵起来。呼揭人初以为他是秽貉人，没让他，后来听他骂出汉语特么的，而且此人参加过上回查找他下落行动，才认出他，把地儿让给他，没跟他计较。

十七个甲种军已全部到达雁门马邑一线，正陆续进入马营山、大南山指定待机地域。乙种军十五个军也全部完成集结，正在进行人员补充、武器换装和车辆重新配备。总提先前的命令是由近及远补充一个军开拔一个军，上谷渔阳集结各军可边开进边补充，目前七个军在路上。前日报告六十七军行进中整补组织混乱发生车辆翻覆坠谷人员重大伤亡事故。总提紧急命令未开拔各军停止出动，俟全部整补换装完毕得到总提新命令再行开拔。而六署仍按原计划将补充兵员武器车辆源源不断运往沿线各兵站，造成物资大量屯放无人领取，人员等不来部队缺乏管理自由散漫扰民滋事，本来路修了一半路况就不好，现在多点拥堵已在路上部队走也走不动，人在上谷，堵点在代郡。

上在西畤每日打坐，进出屋几次绊在门槛上。灌夫多次提醒上，杂号将军任命不能再拖，这么多部队挤进一个作战区域，没有统一协调指挥，还会更乱。

儿宽拟好命令送到上案几多日，上一直未签署。

大号悄悄跟大家说听风大爷讲，看见上夜里去拜少皞，点了三炷香，鞠了三个躬，念念叨叨说了一些不知什么话。

同月，上忽招王恢韩安国参加总提扩大会，请人在军中李、程二将军并命窦婴夏侯从前线赶回一同参会。会上请王恢就他谋划马邑合战案最初想法做再次陈述。王恢说我听说代地原来为赵国一部分时，赵国在七国中虽然算不上大国，北有强大的匈奴、楼烦、林胡诸胡，西有秦，南有魏，东有燕齐，所谓四战之地，可是赵国的百姓仍能供养老人，抚育小孩，按时节种树，家里粮食四季吃不完，匈奴不敢随便入侵。今天以陛下声威，四海一统，国力不知比当年的赵强到哪里去，匈奴反倒经常入侵，拿咱们这儿当他家，想拿什么就拿什么，没有别的原因，就是不敬畏咱们，用老百姓的话说：不怕你！肃慎人常说：不使人爱你便使人怕你。所以我以为——也不是今天才有这个想法，一直都暗自认为——必须予以反击。

韩安国说道理只讲对自己有利的一面形同歪曲事实。你是燕人，却对赵国当年地理位置不清楚，二百年前还没有匈奴这个国家，林胡楼烦在赵西面，赵北面是你的故国燕，你们和秦韩魏齐楼烦林胡把赵像包粽子一样包在中间，粽子馅儿还有一个中山。赵氏之雄不过武灵王一代，自夸兵强，虽有退林胡、收楼烦、灭中山拓地千里之功，年年混战，打完秦打燕齐，打完燕齐打魏韩，一味示大逞威，越打地盘越小，越打国家越贫弱，终不免长平之恨，四世之内亡国绝祀。我听说高皇帝当年被围困在平城，七日没吃没喝，后来假妇人之仁解围返回长安，也没有让羞忿之心影响行为，像匹夫那样小不忍便恨不休，百般报复不报觉都睡不着，反派刘敬去匈奴送粮食送金帛，结翁婿之亲。这就叫圣人！以天下为尺，度量自己得失，不以一己私忿累及天下人应得应份过太平日子的权利，所以我汉得获五世太平，今天我们还在享受高皇帝当年忍不堪之忍、息万钧之怒所带来的红利。还是不要轻易打破这一得之不易和平大环境吧。臣反对主动挑起战端！对小民而言，所有战争都是坏战争。

王恢说不然！高皇帝身被甲衣手执三尺剑，纵横数十年，不报平城之怨原因，非力不能，是知道天下人历战乱也久都渴望休养生息所以顺应天下民心。

上说你这算同题抢答么，他刚才都说了高皇帝不是为自己，是为天下人。

王恢说不是，我一时有点乱。是，我同意韩大夫对高皇帝评价，本人对高皇帝当初做法也极表衷佩高山仰止。我想表达的是高皇帝当年那么做有当年的理由和当年的情势，今天的形势和当年不一样，今天国泰民安，边境却不安宁，年年闻警，守边成了最危险的职业，年年都有大量士卒死伤，某地边关全部守军阵亡也不是新闻，中国大地运送阵亡战士遗体归乡棺材车相望于道。这还不包括当地老百姓遭受的损失。我曾在上郡长城之边一个村子做过追踪调查，汉初该村尚有百户人家男女老幼近千口。文皇帝三年右贤王入占河南地，杀掠上郡，事后统计，该村户减什二，二十户被杀绝户；人口损失较大，什减其四，青壮男女皆被掳走，止余家中老幼。八年之后，文皇帝前十一年，匈奴一年数扰，因入侵兵力不大，止千骑或数百骑，上郡并未传警长安，只以当地驻军应对驱离，长安亦不知有入侵事，只在事后接获报备，而对该村百姓而言则是一场接一场大难，跨年统计，该村户减什一，十户人家被杀绝户；人口什减其三，尤余五百余口。后元年、后二年匈奴连年入侵，从西到东，无郡不受其害，其中尤以云中、辽东受创最深，被杀士卒人民皆过万。上郡被祸仅次云中，该村户减什六，仅存五十户人家三十户被杀绝户；人口锐减，只余百十口。后六年，匈奴大入上郡、云中，长安震动，置六将军。事后我去该村探查，村已无人烟，遍地焚迹。

我请问韩将军——在这里我不想称呼您现职御史大夫，我想称呼您做了一辈子的职业，也是我心中一直对您的认可和尊称：将军。是，将军，老百姓都不喜欢打仗，打仗就要死人，可要是您住在长城脚下我调查的内个村子，是个老百姓，不管您种地还是放羊，您反对我们主动出击打击匈奴吗？就说是，还是不是！

上说不要煽情，军国之事不是闹家务，容理不容情，只讨论利弊，煽情等于打乱仗，不让人说话。这种事——我指你刚才讲的内个村子遭遇——每个有人性的人都会感到痛心，是我们打击匈奴的重要理由，但不是充分理由。

韩安国说是，我半生从军，可算是个职业军人，正因为兄弟是职业军人，所以谈论战争首先考虑的便是军队的安危。兄弟少年向学，睢阳那个地方没有好老师，便跟着驺县一位田先生学韩非子和一些不闻于世的杂家杂说，其中有数残卷据称上古传下来《女娲兵法》，开篇第一句话便深得兄弟心，其说曰：行伍首要，让当兵的吃饱饭——这是兄弟的话原文古奥——吃饱饭等待对方断粮，扎紧营盘等待对方来攻，攻守作战总是攻的一方需要投入更大力量消耗损失亦更大，而守的一方可以较少兵力予以牵制消耗损失亦更小。

讨伐敌国也好，攻城掠地也好，最重要的是调动敌人而不是自己跑来跑去这样才能获得战争的主动。圣女娲开我种族胤绪，也算圣人了吧，这就是她们当年用兵之道。兄弟后来以学受梁孝王赏识，擢拔入仕服务于梁王，七国之乱受命与张羽将军共同抵抗吴王进犯，正是凭着这一点心得才扛住吴军熬到局势逆转。

李广说周亚夫也是凭着同样心得熬到刘濞崩盘。看来你们是同学。指程不识：你这还一学弟，老程。

程不识说这次可是你先招的我。你甭管怎么说多积粮扎硬寨是常识，没有好的防守就没有好的进攻。

李广说对对，胜利都是防守取得的。

韩安国说也不是不要进攻，兄弟只是反对轻举一国之兵，深入敌国远征。匈奴地域广阔，景色单一，草原无路，亦无可辨识标志物，其间尤遍布戈壁广漠，走错方向就会陷入绝地。可靠向导难觅，老百姓对我不支持，或为敌耳目或直接拿起武器反抗。我军轻入，纵队行进则两翼暴露，敌骑可择任意一点对我实施突击；横行并进则队与队之间空隙过大，易受敌穿插分割。快速前进粮草跟不上，行进缓慢有歼敌机会也抓不住，走不到千里，马还有的吃，人吃的恐怕就接不上。兵法曰：把部队撂在半道上，就等着人抓俘虏吧。

窦婴说哎呀这个女的兵法就别聊了，女娲她们当年才几个人，一帮女的，手里也没个像样的家伙，遇到劫道的，只能围成一圈挥舞树枝做困兽斗，等着人家知难而退。我甚至认为她们所说的营盘就是上树。

上说老韩是不是没听过我们的计划呀？问跪坐一旁做会议记录儿宽：儿，叫你抄送的文件送过韩将军么？儿宽说名单上只有总提成员，未见韩将军。

上说怪不得，以后把韩将军李程二将军都列入名单。对王恢说：你跟韩将军简要介绍一下我们的计划。

王恢说：你想到的我们都想到了。我们今天所谈打击匈奴方式本就不是发动军队深入匈奴腹地到茏城捉拿军臣单于，不过是利用军臣贪心，许之以利，诱骗他进入我们国境，我则以坚强有力部队埋伏于其必经之路险要地段，对其形成战役包围，他往左走有我们预伏部队，往右走有我们预伏部队，向前走不通，想撤后路已断，匈奴来的人再多，皆是我网中之鱼，他的部队再能打，必败，军臣定为我所生擒。

王恢又巴拉巴拉讲了一些聂壹的情况，目前的进展……只提了两句，聂壹目前正在茏城给军臣下套，没多说。韩安国都听傻了，说这、这、这还真是我没想到的。

上说：这事是我们总提几个人定的，也准备了一段时间了，这次扩大进你们三位将军，就是想再听听意见，你们都曾长期驻守边防，对匈奴人了解是通过实战一仗一仗积累出来的，是实打实的经验，比我们这些纸上谈兵的人要准确、深刻得多。现在情况也介绍了，你们有什么想法都可以摆出来，谈一谈，这个计划究竟可行不可行，还是像阿老说的一厢情愿。没关系，否定、认为计划不可行的想法尽可以提，现在一切还来得及，匈奴未出动，我们随时可以收摊子。

阿老说恐怕来不及了，聂壹现在无消息，如果明天军臣把他推出去斩了，我们可以收摊子，并不排除明天他好端端出现了，有了消息，军臣上套了，那我们想打也得打，不想打硬着头皮也要打。

田蚡说计划还是可以中止，我们把聂壹抓起来，不给他献城，军臣得不到消息，也就不会前来了。

上说不急，不急着表态，多想想，饭点到了，先吃饭，我们准备了一席酒饭，犒劳各位在前方连日辛苦，吃完再谈。

窦婴说不要又是大号的烤三样，在雁门两个月天天撸串，撸得我舌头起泡大便干燥，我现在就想喝点小米粥，吃点咱们汉人家常炒菜。

田蚡说都预备下了，烤三样也有，烧茄子烧豆腐炖粉条溜丸子炒鸡丁摊黄菜萝卜丝小鱼——都有。

窦婴说太好了我这老胃哟。

入了席，小酒一端，韩安国说既然都准备得这么充分了，就往下走吧。

19

六月，跟张骞一起练摊儿情报员报告发现聂壹，一个人傍晚出来吃烤包子——现在这位情报员和张骞联手做生意一个烤馕一个烤串儿，碰到老匈就卖夹馍碰到老汉现场捏褶儿卖烤包子。聂壹吃得满嘴流油，还跟张骞聊了几句，说你这包子馅里应该再加点茴香。

毗蓝氏婢女也出来买铅粉了，一下子买一大盒，说我们主子要跟爷们儿出远门了。

阿老在匈奴本部各王的关系也都传出话，接到调兵令，草原上正在放牧的牧民放下套马杆卷甲携弓，箭袋插满箭，马群牵出几匹马从八方四面向茏城飞奔。

己巳日，一自称聂壹男子进入我武州塞，指名求见我二署北狄处长栾树。自护送聂壹出境一直等候在此的小栾出面接待了该男子，在通关留置室与之密谈，随后以密闭驿车载其入关，亲送至马邑城外放行。自己乘快马走已部分竣工汉直道在黑峪口牛家川渡过河，换乘渡口兵站驿马上秦直道，于庚午日破晓抵达西畤。

上当面听取了小栾报告。小栾讲聂自述三月到达茏城就没见上单于，朵尼安排他住下一等就是两个多月，也不让出门也没人问话，每天一块奶酪一碗酸奶送进毡房里，把他焦躁的，寡淡的，只能自个唱歌，和毡房里钻进钻出老鼠说话，雷雨天毡房外积水，夜里蛙声一片，和看守一起扎蛤蟆糊上泥扔火里烤着吃。后来跟看守混熟了，才得知军臣就没在茏城过冬，去秋就去了其十四子勃度赫那里，整个冬天住在比较温暖的居延泽，这几年每年入冬军臣都去居延泽，人上了岁数，怕冷，又惦念幼子，什么时候回来不知道。

上说我们的情报工作做得不到家呀，几年了，这么大变动，一点不知道。

小栾说十天前朵尼来找他，带他去军臣位于狼居胥山夏季牧场。道儿倒不远，半日即到，到了安排他在单于大白毡幕不远一个小毡房住下，送来一碗酸奶一块奶酪，跟他说别出门，就在这儿等，单于随时可能召见他。他就等，一等等到昨天，天天扒着毡房缝儿看单于在周围遛弯、喂羊、逗狗，有时骑马进山，有时还见个什么穿金戴银贵人，有时纯粹一点事没有，站在坡上望着大山发呆，就是没人通知他单于现在见你。昨天——哦不，是前天了，前天早起，他还睡呢，一夜失眠，刚睡着，被人掀了蒙在脸上老皮袄，是朵尼，跟他说起来，跟我走，一路把他带进单于大白毡房。单于也一夜没睡，喝了一夜马奶子酒，现在还举着个瘪皮囊往嘴里滴，地上横竖躺着各种喝醉的阿克为甚和毗蓝氏。军臣真是老了聂说，比起二十年前他俩初见时脸皮子松了不知多少扣，原来满满登登一张饼脸现在跟扇子似的都出折叶了，小眼本来就不大原来还有点聚光现在跟俩瓜子似的，嘴皮也薄了透过稀疏胡子能看见俩嘴角弯月一样一咳嗽缺门牙。聂还没张嘴，军臣便说你的事我都听说了，特马者。

小栾说特马者您懂吧？上说懂，不就是"行"么。

小栾说对，说完单于就睡了。剩下的事都是朵尼和聂谈的，二人相约，匈方负责将聂送回边境，聂潜回马邑纠集手下门客镖师，于本月十五望日月圆之夜，举行暴动，攻入县署斩了县令、县丞，将二人首级悬于城门为号，匈方见首级即刻挥军入塞，直取马邑。话没说完，一地人都醒了，卷地毯摘挂毯拆毡房，顷刻见了亮天，外面原本满山谷毡房均已不在，匈奴人都骑在马上，只听朵尼一声号令：油路也立即——走着！全军奔腾，山谷至方圆可见晴空陡生千尺尘埃，还在熟睡的单于亦被二奴抬上网床双马夹峙并驰而去。

上既羡且惊：瞧瞧人家这行动力！就是说他们已经来了？小栾说聂壹入关之时，军臣大军已勒马塞上。他是中午到的，上午天就是黄的，我坐在武州塞屋里都感到灰大，呛得直咳嗽，我还以为是沙尘暴，亭尉李二哥说六月不会起尘暴，定是北边有情况。李二哥是老边防，有经验，迅速登上敌台瞭望，即刻吹响竹哨"一长"战斗警报，叼着哨子跑下来取弓，对我说以烟尘腾空量估算不下数万骑。这时，聂姗姗来了。

上说望日没有几天了，我们的时间很紧。扭脸唤来儿宽，当即签署命令：任命御史大夫韩安国为护军将军，着即前往马邑霍窑沟就战场总指挥职，节制各军。总牧李广为骁骑将军，指挥已改装骑兵之第一军、第二军，着即前往马邑就职。太仆公孙贺为轻车将军，指挥步混第六十一军、六十二军，着即前往马邑就职。

太中大夫李息为材官将军，指挥强弩第三军、第四军，着即前往马邑就职。大行王恢为将屯将军，指挥补充九十八、九十九、一百军，着即前往代郡桑乾就职。

依作战计划，我主力对当面之敌发起进攻之日，将屯将军指挥的右路偏师即应前出平城，向西卷击，夺取匈军后方辎重也即随军放牧牛羊，遮断单于归路，以达成应歼尽歼——聚歼之势。本来考虑将屯将军人选是程不识，因其日前于军中坠马摔伤右胯右臂，生活自理亦发生问题，只得回家休养。上另属意张羽苏建，未及使人征询二人意愿，事为王恢所知，当面向上请战，言臣是燕人，自小行走于燕代之间，又在代地收集情报多年，平城一带地形再没有比臣更熟悉的人了，今兴大兵，雪三世（指旧燕、前秦、本朝）之恨，臣虽微尘，尤有奋扬意，难辞壁上观，请为将军。

上说你行吗？王恢说怎么不行，前年闽越谁去的，兵不血刃，郢酋授首。上说噢噢忘了还真是，特马者。

司马迁按：王恢以边尉数年内起为九卿、将军，才不可谓不高，仕途不可谓不畅，惜德不配位，智穷运滚，终不免囚死，徒留"微尘奋扬"熟语哂世。

六月十五望日，廷尉（虽景皇帝中六年更命廷尉为大理，除殿堂之上一般人还是改不过口依旧称廷尉）石庆亲自解送去年京兆轰动灭门案本来意在毒杀婆婆未料全家中毒而亡恶媳陈某贞和连环杀人强奸劫财案犯者南山巨匪屈某平至马邑。虽总提屡次重申保密并将雁门代郡划为战区（灌案四大战略区设想最终未能在总提会上通过），在战区实行军法管制，并在相连相通各要津关渡设立检查岗，严禁非军事人员进出，长安各公侯府邸宴饮酒席上还是近乎半公开疯传北边要打大仗，全国兵马都开上去了，今上也去了，听说包围了匈奴几十万人，单于也在包围圈里，这是旷世大战阿！百年一遇，这仗要是不去观战，亲眼瞅瞅单于怎么被活逮，以后就没得看了，匈奴这国已就没了。

很多公卿都借公差往雁门跑。北阙甲第各胡同无聊女眷也花枝招展包车组团搞战地几日游。无赖少年更是锦衣绣靴驾着自家车马在秦直道赛车扭脸就往战区闯。设在黑峪口几大渡口战区军检人员，经常搞不清来者身份，见这些人手里都持有战区前指或各军、各职能署发放通行令牌，有些人家提名知道，有些人没听说过七聊八聊总能扯出一个闻名的，都是老长官，就一概放行。一辆太仆所属皂家车场专造岁末花车游行拉嫔妃、平时闲置只有皇亲近戚大婚接新娘才借得出来、描着黑漆金螭龙长安最长轿式马车，跑到马邑去了，拉了一车夫人太太招摇过市。为不使潜伏马邑匈奴间谍觉察有异，总提并未提前撤离马邑城内居民，给战区前指的指示是内松外紧，警戒圈设在城郊，许进不许出，出来一个扣一个。城内老百姓还在正常过日子，就是觉得有点奇怪，出城走货进货种地放羊的人走一个失联一个，说好的日子平日当归的时辰不见人，出去找也是去一个没影儿一个，忽见来了这么辆漆着皇家徽记大车，拉一车华服高髻插满珠花步摇的女的，市民释然：哦公主来了，怪不得城外多了不少当兵的，我们家内位一定是给拦在哪儿了。

更有一辆北阙少年独驾双马跑车直接冲进雁门前指大院，守门警卫拦车，车上下来个小子还把警卫打了，还在门口叫嚣：我舅是皇帝，你们都归我舅管。前指下级军官很多出自南军，也多有将侯家庭背景，这小子狂言唬得住当兵的唬不住这帮哥们儿，撸胳膊挽袖子围上去说管你是谁先废了再说。惊动窦婴下来观看，还真是枣泥——修成子仲，赶紧吼住这帮人：都别动手！对小胳膊已被拧住小脸煞白修成子仲说：外甥不免死，再让我看见，先埋了你再跟你舅舅说。

战区每日简报送到西時，上震怒。儿宽听到屋里什么东西兹兹响，循声发现上在磨牙。上命儿宽写命令：战区军法长史就地免职，路监义纵接任军法长史。对秦直道实行全线交通管制，地方车辆一概禁入，原战区前指及各军各职能署发放通行令牌权收回，今后只凭总提开具令牌通行。附命令还有一卷御书"义纵亲启"密札，里面只一行字：见到枣泥打断他腿。

一年后义纵在长安县任县令，果然路遇修成子仲，二话不说拖下车来梏断他双腿。此是后话。

石庆到了马邑城下，被套白裤腿军事警察拦下，说你不能再往前走了。石庆说我是廷尉，有总提发的令牌。军警说你是皇帝也只能到这儿了。石庆说我送人来的。军警一瞪眼：等在这儿！

此刻已过半夜，满月挂在中空，明若穿窗，地上城、树、人眉眼看得很真。石庆能感到四下有更多的人，有人群叫气场也好叫磁场也好起的噪波。一会儿来了一伙提刀扛斧便衣，石庆认出领头者是栾布小儿子，看着长大的，前些年老头活着的时候俩家走得还挺近，瓜果上市采邑献贡两家都在互致礼篮名单上，逢年冬至携眷餐聚两家也经常在共同朋友大局上相遇，没少喊叔。小栾上来就扒着囚车看，回头怒说怎么还一女的，押运员在哪儿？石庆早被这伙人挤到一旁去，这时又挤回来说我、我。小栾说不是说好要俩男的，怎么什么事不叮着就非掉链子什么毛病这都！

石庆说号里现成的就这俩已决犯，你们不是就要人头么，人头砍下来还有什么男女之分都一个丑样子。

旁边一人说你们家男的没胡子呀？石庆说你们家孩子起小就长胡子呀？这女的才十四本来就是少年犯她就是男的也没胡子。小栾说行行别争了，这会儿说什么也来不及了天亮之前必须把人头挂出去，那就开始吧，老聂你往后让让，这位老哥麻烦你把犯人枷开了，次公次公，还得麻烦你，动作麻溜儿快。刚才拦车内位白裤腿军警着装汉子扛着环首刀走过来说：我这刀刚开的刃还没喝过血呢。

石庆找他的人：小王小王——王温舒！钥匙钥匙。

小王跑过来，一边袖子里掏钥匙一边说：把我们摁一边蹲着不让动。

陈某贞屈某平开了枷从车上提下，都有浑身松快血液畅通一时愉悦。石庆跟二人说该说不该说的行前都跟你们说了，你们所犯除战意伤害人命还沾十恶罪，一个是不孝，一个不道，连伤多人，其中一死者还是你兄弟，救过你命；二审定谳也对你们宣布了判决：具五刑——大卸八块。也不知你们曾经做过什么积德的事，赶上恩典了，改判殊死，只砍头，少挨多少刀。一会儿上路，都硬气点，别给咱们廷尉大狱丢脸。

屈某平说是是感谢朝廷大恩和大人您体恤恩待。

石庆说嗐，谢我什么，我不过是给朝廷打工，干的就是这份差事，我和你们近日无怨往日无仇。

屈某平说是是我们从来都没记恨过您，我和小陈在号里隔墙唠嗑还总说廷尉大人是好人，来到廷狱就没再受过拷打每天饭汤还能见到肉末，今生无以报答，来世做牛做马。

石庆说你还觉得你有来世阿？您在地狱也是最底下内层，熬到最高层就得十万八千年，才能到地表，从最低级生命苔藓混起，混成孑孓、豆虫、蛹、蛾子、爬行动物，再到哺乳动物牛、马，我都不知在哪儿了。

陈某贞说我呢，我在第几层，我不怕碰见鬼，就怕碰见我婆婆。

石庆说你比他高两层，十六层，你婆婆正好也在内层，你怕她干什么，你在油锅里，她在磨盘碾子底下，她顾不上你，而且你们俩即便相遇也互相认不出，这层关系止于今世，她虐待你你给她下药你俩扯平了。

小栾说怎么这么些话聊起来没完了。

石庆说完了，换好裤子就完。这边王温舒已捧来两件叠得见方见角粗麻絮丝绵芥末黄加厚裤，抖开一看都连着裆。旁边穿系带到膝白裤腿军警好奇围上来，说哟你们这怎么还带裆阿？小王说我们这是专门给死囚行刑穿的穷裤，怕断命时尿一地拉一地不好拾搂所以带裆，裤脚还有扎腿。军警说你们真讲究。

石庆亲手为屈某平陈某贞提上裤子，到陈某贞还别过脸，杀紧腰绳，又蹲下抽出裤脚绳拉紧记上仁死扣，边忙边念叨一套说词儿：迈左腿，别家乡；迈右腿，别爹娘；杀紧腰，恩怨消；杀紧腿，腾云起……

完事起身对小栾说：你们可以弄你们的事儿了。

四个军警上来两个夹一个往一边带。

陈某贞喊：大人，能不能拜托你一会儿把我头捡回来和身子缝在一起？

石庆拱手：全交给我了。问屈某平你需要么？

屈某平说不需要。

张次公走过来说给二位道喜，您二位谁先？

陈某贞说：我。向前跨了一步。

次公说姑娘站着还是卧下？

陈某贞说站着。

王温舒怀抱一小酒葫芦速跑过来跟次公赔笑：还有酒还有酒——还有一口酒。

小栾说你们怎嫩么多规矩！

次公说让他们喝，喝了酒脖子根儿硬。

陈某贞一口酒就给呛呢儿了，弯腰咳嗽，再抬头就见一物袭来，眼下就只见草和脚了。

石庆高喊：前面是座天阿，脚下气托云……阿字没出口就被一只腥手捂住，小栾热烘烘一张嘴吹着他耳朵眼说别喊，让人听见。说完松开手说叔，不好意思才刚没认出您，回长安，带上您侄媳，给您赔不是。

石庆说叔懂，在这儿不讲这个……这边话没落地，内边喊一声疼！同时当啷一响，又一颗人头骨碌骨碌滚下坡，几个人飞跑下去摸黑捡回来，给小栾查看：没沾一点血全是土，还得说张哥手艺好。

张次公摸着刀刃说我还头回见刀进半截脖子还喊得出来我这刀崩刃了。踢着脚下土说这儿有块石头吧。

才刚屈某平是趴着受戮，几个人围着两腿岔开没头身子说有的时候还是女的牛。

小栾说女的头呢我看看。一个军警把陈某贞头端上来：也没沾血，还能闻见酒气。

小栾说这么干净不行，找血，滚滚。

再把人头举到眼跟前，小栾满意说这回分不清男女了。把头传给身后人，说你待会儿挂城门再给挂高点。内人捧着头说那我就带我的人先撤了。扭脸问自己身后人：内颗头收好了么，这不能包，得用篮子。

人说收好了。接过头放进一篮子，一手拎一篮子，两颗头在里边还有些晃荡，一队便衣蹑脚而去。

这时天已渐亮，小栾对另一汉民打扮脸却是胡人鼻眼汉子说：你怎么遮是现在就走还是等挂上人头？

汉子说等挂上人头。小栾说也好，还不定有别的什么人在附近贼遛着呢，我陪你等。对石庆拱手：叔，受累，您可以回了。

20

十六日，前指报告匈军探骑入武州西杨户岭，目前正沿东窑头、小西沟向吴家窑、大南山方向侦察前进，已接近我大南山阵地，我阵前各军已全部进入战斗准备。前指询问要不要提高我各亭障、烽燧、村堡战备等级向当地百姓下达疏散令。总提回复：不要。

十七日，前指报敌十数骑入西口，目前已逾马营山，在李官屯、宋官屯、野场地之间道路上来回驰骋，并于中途下马解甲进食。午后，其中数骑曾欲登马营山，几进至我阴伏部队阵前，后见山势陡险掉马转去。

总提回复：目前军臣仍在平城收拢部队，已与其五子兀吐思、八子苦叻拜所部汇合，正在等待河西大小谷蠡王部。情报显示，此次军臣只动员了单于庭以南各部，西北二大将不在其列，计八万骑，号称十万。

总提判断：其主力入塞路线为武州方向，西口袭扰我敌应为东移大小谷蠡王部。亦不排除两个方向同时入侵，你们应做好两方向同时出击准备。或将主力南移至鸡鸣山、小峪沟一线，于两路汇合处集中打击。此时重新调整部署是否有困难？请窦、韩议后告总提。

十八日，前指报武州方向敌骑探未有进一步动作，已悉数返回。西口之敌增至百骑，复进至我范家屯、新窑、榆岭、梁坡一线，抵马邑城下阴窥多时，日落前折返。目前我尚未判明敌意图，重新部署难度亦大，故议决暂不移动当前各军位置，仍坚持打敌主力、必要时同时围歼两方向来敌之战役决心，俟日后敌情变再变。报告联署签名窦、韩。总提回复：可。

十九日，敌全天无动作。马邑城内突发人民骚乱，大批群众出城向我军哨卡要人，声言其亲属无故遭我军扣留。我军哨兵劝解开导无效，遂发生冲击我军哨卡解除我军哨兵武装扣押我军人员事件。我军警执法队再三警告不听，遂开刀弹压，斩为首闹事人员数名，抢回我被扣押人员。群众惊骇，退入城中，复以妇女为主围堵冲击我县衙，我县衙史曹差役和已进入县衙军警人员果断还击，执棒驱散群众。入夜群众又起，结队持刃攻击我军警，捣毁沿街商号店铺，放火焚烧县衙，据报火光之冲明，烟氛之弥远，立于雁门关楼亦可觇视、嗅及。午夜过后，我前指调动补充九十七军一部入城，宣布全城戒严。

上在西畤说这下好了，假成真了。

二十日，敌仍无动作。我九十七军于马邑城内捕获匈奴间谍七名，均就地正法。

二十一至二十三日，敌无动作。我山中设伏部队却连日遭遇马邑出城跑反人民，不得已将其收容，尤有伏蹐隐匿草深崖险搜山不得者。前指忧虑，恐难封闭全山蹊径，致一二漏检者潜行出关，暴露我军位置。同时忧虑敌连日无动作，关外敌情不明，临边观察目力所及亦不见大股敌踪，只见一些散骑、畜群，炊烟细弱。部队情绪不稳，有些干吏讲怪话，说我们现在是傻老婆等汉子，汉子什么时候来——来不来都不知道，傻老婆可能根本没汉子。前指恐敌部署有变，请求向关外派出侦察人员。

总提接前指报，即下令雁门善无、武州两县各边亭、村堡封锁边境，疏散边地农户牧人，勿使一马一羊渡关。同时告前指：敌还在关外，于三十里处结营。军臣又得一子，各王、大都尉、大当户以下敌酋皆去平城贺喜，目前正在连日痛饮中，故当面之敌各部无动作。你们不要向境外派侦察，以避免一切我军人员落入敌手可能。各野战军亦不得自行组织越境侦察。临边观察亦应以地方驻军配合二署人员进行，严禁野战军番号人员参与。你们应以最大耐心等汉子，告诉部队汉子会来的，不要汉子来了，你们又没准备好，再让汉子跑了。

儿宽后来调到廷尉做文学卒史，当时石庆告丁忧，张汤新做廷尉，张汤这人虽有酷虐之名，对法律理解却有自己很坚持的标准，要办成铁案必须从古代圣人只言片语中找依据，所以对曾受业于《尚书》大家欧阳生和孔子十世孙孔安国在家种地手不释经卷因而得创一成语"带经而锄"的儿宽很敬重，交为挚友，重要案子都交给他疏通法理法据。一次二人罗织法言法语疲倦闲聊，儿宽说你知上烦的时候什么表现么，擦灰。儿宽说完立即后悔，接下来几年都顶着巨大压力工作，好在张汤并没有再提此事，还是待他如故。

二十四日，上正在屋里擦灰，儿宽手捧前指橘衣飞骑刚送到战报一脚迈进屋，展开高声念给上听：今晨卯时，军臣率主力六万入武州塞；大小谷蠡王合兵二万，入西口。

上扔下手中揾布，拨开挡在门口儿宽，一步跨入廊子，奔向作战室。

田蚡阿老及总提其他成员已聚在作战室沙盘前，代表匈军各部围棋白子，落满武州塞至吴家窑一线，西口至宋官屯一线也摆满白子，与马营山、大南山之间我军密密麻麻黑子形成鲜明比对。韩安国就任即返回西时夏侯赐正捧着一罐白子一只手在里面抓起一把又哗啦啦放下，见上进来，指着两枚子说辰时已到这两个位置，再进一步即入我马营山、大南山设伏阵地，现在是中时，如果没有意外应该已经进去了。

上说有没有新战报？夏侯说只有这份，刚到就给你送去，要求他们匈军入塞后每个时辰送一份战报，下一份酉时应该到。田蚡说什么意外，这时还能发生什么意外。见无人吭气，又说陈宝保佑。郦坚说你跑到陈宝去了？田蚡说五帝时我都拜了，还是陈宝灵，昨天刚献了一头小马驹，今天匈奴就来了。

阿老说我建议我们不必等在这儿了，匈军出动，悬着最大心已经落下，今天不会有更多情况，天已近暮，匈军不会夜行军，那么多部队就是晚上走也过不完，我们部队也不会夜间发起攻击，估计就在当前位置宿营了，我们还是正常休息，早点吃饭早点睡觉，期待明天是进攻日。

大家说对对，今天是大周值班，你留在这儿，我们休息。

阿老回二进院许舍打了个盹儿，醒来一身汗，屋里已经暗下来，听见摇铃，风大爷边走边喊：开饭了开饭了。出来往前院走，见一院子明晃晃点着灯，小餐厅摆着数案饭菜，没人。作战室人影晃动，大家还没走，聚在里头聊天，进去问有什么新情况。夏侯说二号战报已到，如您估计，两方向匈军位置均无变化，均停止前进，割草喂马，烧水宰羊，就地露营了。

阿老说匈军肉食，又耐饥渴，一斤干肉可抵十日粮，战斗部队常脱离辎重行千里不举火，今日头天出动，肉酪携带应该很充足，怎么才走了几步，就在敌前放心坐下来，烧水宰羊？羊从哪里来？随军驱牧，先头部队今天都过不了杨户岭。

夏侯说我们也在议这个事，赶着羊行军不光他们咱们骑兵也没听说过，我没放过羊见过放羊，羊走前面人走后面，骑兵前面走着羊，不像话！我们已派橘骑去问，要部队加强警戒，谨防匈奴人搞什么名堂。

田蚡问上：你什么看法？

上说：太轻视我们了？

阿老说我们这么想，就是轻视他们了。

入夜，大家都没睡踏实，又陆续回到作战室。三号、四号战报接连送到，两方向匈军情况无变化，均停留在原位置，西口方向敌军围着篝火在唱歌，武州方向，除哨兵游动大部已入睡。羊的情况摸清楚了，是马邑居民遗留于草场畜群，牧主或被堵在城里，或惧怕我军，跑了。上连声叹气。夏侯说几十万人和几十万人这么傍着睡，翻个身都能听见，今夜难熬。

田蚡说最怕等人，小时候我们邻村一姑娘，上河边挑水老碰见，好看，眼睛会说话，大辫子到屁股呢儿，走道一甩一甩的，最爱看她挑水走道背影，不敢跟她说话，也忘了她叫什么了当时知道，每回碰见能赶上面对面被她瞅上一眼，能摆我羞死、臊死、爱死。

郦坚说你还知道害臊呢内会儿？田蚡说谁不是打小时候过来的，你也别装的是铁打的，后来也不知怎么对上了眼，就是先矜持，后含笑，再后来拿眼睛勾，勾得我上河边没扎水挑着空桶往回走，把她笑的，在后面喊我名儿：臭儿！你没打水。上也乐了，说田蚡你要聊天你回去聊，你别在这儿聊。田蚡说我这不是等着烦么，看你们也烦，聊会儿天时间过得快。

灌夫说那后来怎么招了臭儿？田蚡说没后来了，我被她叫了声名字酥着半边拉身子回了家，都不知道时间过去半个时辰，从我们家到河边也就几步路，到家我姐——就是咱们当今太后，从小能够着灶台，我们家就全她做饭，锅都刷了，说还以为你淹死了正准备上河里捞尸呢。没上哪儿阿，就一步一步奔家走，一步没停，家越走越近，出一身汗，半个时辰没了。

灌夫说其实你们在中间办了事了。田蚡说去去去！

阿老说在特别大的引力体面前时间会发生弯曲，主观感受就是丢时间，别人该在哪儿还在哪儿时间正常流逝，只有你，弯曲了。这种事经常太阳周围发生，偶尔也在人类之间发生，只不过一般人不相信人有这么大引力，发生了以为自己恍范儿说出来也没人信。

田蚡说没错没错……是这样阿。阿老说下回你可以跟人说，太阳没什么了不起，巫师发现，除了人可以像太阳一样造成时间弯曲，人散发的热，就是能，加一块，比流经太阳的能，密度高一百万倍。

田蚡说我跟他们说，我比太阳热。

灌夫唱：弟兄们加油干诶，诶嘿嘿哟诶……

风大爷进来说：五号战报到。

大伙围上去拆封看：两向之敌无新情况，西口之敌也已就寝。上说咱们是不是也该睡了，下一个战报来，敌人该醒了，别咱们倒没了精神。大伙说睡睡，真困了，一起往外走。

灌夫搂着田蚡说到底怎么了？田蚡说睡觉还酥着呢碰哪儿哪儿过寒战不能挨席子。灌夫说没问你回家。

田蚡说说的就是不知道阿，再没见，第二天上河边挑水改她爸了，也不知这姑娘漂哪儿去了，许是嫁人了，我们呢儿乡下姑娘也就这命，希望她嫁内人对她好吧。是是，我要还在乡下我连个媳妇也摸不上。

21

上小寐即起，天已渐亮，匆匆用薄荷苏子水漱了漱口，赶往作战室，发现大家都在，正在看新到战报：两向之敌，均于寅时初刻起床，结扎停当，上马持弓，现寅时已尽，未前进一步。上说他们为什么不前进，他们停在那里做什么？

夏侯说我们已派出橘骑，问匈军为什么不前进。

上说再派，问他们，是不是匈军对我动向已有觉察，若敌有异动，可否不等敌完全入围即对敌发起攻击。要前指每半个时辰派一个橘骑，报告他们决心和处置。问他们，此时出击取胜把握有多大？

郦坚说奇了怪了，上马一个时辰不挪窝，持弓又是临战准备，反常反常。

大周说两向之敌同时动作说明他们之间有协调。

萧婴说未入围就打且敌已有准备，就是正面强攻，取胜机会各半。

灌夫说肉已到嘴里直着脖子也要咽下去。

风大爷探头进来：粥已熬得，馍已落屉，现在吃还是待会儿吃？

田蚡说端到这里来，谁饿谁吃。

风大爷把粥馍和一摞海碗端来，大伙刚摸碗，风大爷又探头进来：八号战报。

夏侯叼着馍展开卷牍：呜噜呜噜……上一把夺去他口中馍扔回筐

154

箩里，夏侯口齿流利念：……我决以护军韩将军指挥骑一二军、强弩三四军配属步五至十七军计十七万人组成东兵团；轻车公孙将军指挥步混六十一、六十二军及步六十三至六十九军计八万人组成西兵团；前指掌握七十至七十五军五万人作为战役预备队；于今日午时向当面之敌同时发起突击。东兵团任务仍为包围寻歼军臣单于主力，不使其向境外退走，全歼或大部歼灭于我境之内。西兵团任务为突击牵制西线之敌，当发现敌有向东靠拢、与东线之敌合军动向应更加积极进行攻势作战，拖住敌人，坚决阻敌东进并力争围敌一部、歼敌一部，待我东线主力歼敌后，配合主力对该敌形成合围，歼灭于我境内。目前攻击命令已下，各兵团部队正向出击地域运动，大部已到达并完成阵前部署，午时初刻准时发起总攻。

大伙一齐扭头看刻漏：午时三刻。不知谁喊了一声：开始了！大伙说不对呀，这才早饭，馍还在笸箩里粥还温乎着，怎么午时了，刻漏坏了？郦坚上去检查刻漏，刚伸手大家喊：别动！你再把漏倒过来更不知道时间了。阿老说丢时间了吧又？大家说不管不管他，一齐涌向沙盘，夏侯抓起围棋罐一边看战报一边飞快往下落黑子。

田蚡说我脱一光膀子大家没意见吧，怎那么热阿。

大周灌夫说没意见，我们也热，都从大袖里掏出胳臂俩袖管拦腰一杀，光膀子并排，低头乱看沙盘。

阿老说西兵团任务不轻阿。

大周说：现在看出骑兵少了，两个军抓六万人，恐怕很难全部抓住。一抬头，上也光了膀子，抱肘站在对过拿拇指抠门牙，挤在一堆光膀子中盯着看沙盘。

灌夫说只要匈军不跑，打，还是有希望。

夏侯说把骑兵强弩都用在东兵团，就是要李息主攻，李广包抄。

155

风大爷一路喊着：报——，十号战报！冲进屋手挥卷牍往离门最近阿老手里一拍，扭脸风一样跑出去。

阿老展开一看，没说话，把战报交给夏侯，夏侯一看，也没说话，直接趴沙盘上，恨不得把小山小路白子黑子吃眼睛里。田蚡喊：你再急死谁！一把夺过战报，看了眼，也没说话，把战报塞给上，上看了眼，脱口喊：跑了？立刻也像夏侯一样趴沙盘上，找匈军当前位置。

夏侯直腰指新摆好白子：已时初刻，东西两线匈军前队改后队，全线回撤，到战报发出已时六刻已分别退至东窑头、野场地，并进一步北撤。照这个速度撤，现在是午时四刻不到，应大部已退出武州塞、西口。我东西兵团仍在出击地域，进攻命令已取消。

夏侯看着上：情况就是这么一情况。

风大爷一路高喊：报——跑进屋，把战报递大周手里：九号战报。

上脸一变，口音竟也岔变：怎么肥四？刚才是几号战报？低头、抬头乱看：战报哪去了才刚还在我手里谁拿去了？

儿宽在角落举手：我，战报在我这儿，十号——才刚是十号战报。把战报递给身前——才刚挡着他的萧婴，一手传一手，传回上手里。

上压着嗓门说：为什么九号比十号后到，去查！

田蚡跐溜跑出去。

阿老说先看一下九号内容。

上说没什么好看的，跟十号同样内容，发现匈军迅速后撤，暂无法判明敌意图，若敌确实开始撤退，请示可否展开追击。还请示什么，都退到口外去了。

风大爷一路高喊：报——，十一、十二号战报。

郦坚说怎么这会儿战报扎堆儿来了？

上说儿宽！不是应该你负责收发战报么，怎么让这个疯老头子跑来跑去？

田蚡进来说问题搞清了，九号战报橘骑员一路加鞭，在直道马岭段近雍镇出口处马力竭失蹄，橘骑员坠地受伤，因直道管制打不着车，单腿蹦了二里下到雍镇、西陲岔路口等半天才搭上一辆农用车，才到。

夏侯说姆？十一号是代郡方面军王恢所报，十二号才是雁门报怎么乱编号。王恢报……

上说先念雁门。夏侯念：今日未时五刻，武州、西口之敌已全部退出我境。我东西兵团仍于原地待命，只派出原雁门守备部队各一部尾随跟进，至申时三刻已全部恢复我境，重新占领西口至武州塞一线边亭、烽燧、村堡，目测视野已无匈军骑尘。当前正在查检我边亭烽燧村堡损毁情况及人员伤亡数字统计中。已报至我处计有边亭木建被完全捣毁三处，部分捣毁七处；烽燧十一处土建基本完好，只在两处上面发现人粪、犬首犬血，疑为诅军使用；村堡九处亦为人粪遍覆，疑曾为匈军溺所。人员卒战亡三十七员，伤百十三员，失踪、被俘或逃亡二百零四员；亭尉战亡一员、失踪或被俘二员；士史战亡五员、伤七员、无失踪；尉史战亡九员、伤十一员，无失踪。同时报失踪还有雁门下来检查工作适值匈军入侵未及返回尉史一员，疑似被俘，亦有伤卒报告亲睹其员中箭落入亭堡下深涧，目前正在组织搜索，尚无发现。

夏侯说王恢这个战报怎么是七号，前面还应有六件，怎么肥四，一件没看到，哪去了？

上喊儿宽！田蚡说儿出去了。上说喊他回来。对夏侯：先念七号。

夏侯念：……依前呈报，我部十七日向平城派出匈奴籍侦察员昨日返回，带回平城我特情人员提供军臣单于目前驻帐地点及其所部作战序列详见二十三日四号战报。今日得悉匈军主力入塞，我九十八军即从拣花堡出塞，越过龙池堡、漫流堡，向吾汲河、上吾汲展开。目前已达上吾汲，报告上吾汲至乞伏原池也即南池广阔地带无匈方整建制部队（前报已告南池为军臣前进牧场，目测可见牛羊数万），看管畜群多为老人、妇孺。我率方面军主力九十九、一百军目前仍在铜梁堡（前报已告我指挥位置十七日自桑乾前移至此），等候总提进一步指示。恢前已向总提发出多份战报，迄今未得总提一语回复，恢不胜困扰焦虑泥惑中，不知总提计划是否有变，变亦请速告之。今日再请，若总提仍无答复，恢决以前报既定作战计划执行，于二十五日至迟不晚于二十六日率方面军主力出塞，向南池方向攻击前进，扫荡南池，夺取匈方全部牛羊。

上说这个王恢有主见，不死板。继而大怒：前报！前报！报了六次我们一次没看见，都把这个方向忘了，我就觉得哪儿好像缺一块，——儿！你怎么搞的？

儿宽怀抱一摞卷子一脚门里一脚门外正要进门，惊立于门槛，张口钳舌：我我我芥末酱芥末油……

上说你一急说话就没人听得懂，你安静，默念一网不捞鱼二网不捞鱼……

田蚡从后边推他一把：你先进去。跟进屋：我替他说，卷子都扣风大爷呢儿了，混在一堆私人信件里，我和儿宽翻了半天才给找出来。这事儿也赖我，代郡比较远，路也没全修好，想着橘骑跑也快不到哪儿去，军邮倒是通了，就安排军邮捎带脚帮着传递一下战报，想着不会耽误，军邮也确实没耽误，都给递到了，但是外面都套了个军邮的封，打着军邮的戳，风大爷以为是信件，就放在传达室信件堆任人自取，收件人也没写任何人名字，咱们每天去取信也都给忽视了。

上说你也别什么事都往自己身上揽，有你揽不住的时候。这个风大爷是谁的大爷？本来留用就是看门，现在可好，收信是他，送战报是他，做饭、喊开饭还是他，哪儿都是他——大号去哪儿了，怎么老没见了？

田蚡说大号窦婴带走了，上前指做饭去了，也是嫌咱们这儿不太吃他内烤三样了，老吃家常菜，显不出手艺，自个也要求走。上说上回要求吃家常菜说吃老三样上火不也是窦婴么，他倒嫌弃起咱们来了好好不说大号了，说风大爷，今后请他回归本职，只管看好大门，把院子台阶扫干净，做饭、送战报另安排人，不要再听他的破锣嗓子就会熬粥蒸馍炒的菜咸死人。

夏侯说怎么答复王恢呢？现在已经是二十五号，他可能已经出动了。

上说告知他军臣已撤军，要他注意他西侧，南池牛羊可夺取即予夺取，形势严重，不便夺取也不要过于深入，做好归路掩护，带出去的部队要全带回来。

22

七月。撤销杂号将军，诸将各归本职。撤销雁门前指并雁、代临时战区设置。战区军管及马邑戒严同日取消。战区部队骑一军、二军调陇西、北地就近总牧治所，继续完成汰换劣马畜字马孳息任务。强弩三四军及步五、六、七、八军留驻雁门，防备匈骑再入。步九军调上郡，步十军调五原，十一军调云中，十二军调定襄，十三、十四军调太原，十五、十六军调上党，十七军、步混六十一、六十二军调甘泉、棘门、细柳。这样安排也不是撒豆子，除了巩固边防需要，主要考虑部队供给，六月雁门几十个军驻了一个月，几个郡调粮赶不上趟，北边各郡本来就非粮食主产区，地广人稀，养一个军已经是上限了。

补充第九十八军是此次行动唯一出境部队（因此役未达成作战，总提今后会议、文件皆去掉战役、合战辞谓，一律称行动），虽未打一仗，只是跑了一圈（王恢二十五日晨获悉军臣回到平城，当即下令九十八军回撤，同日军全部安全入境），还是全军唯一动了的部队，军入境时王恢还在铜梁堡组织了列队欢迎，击鼓吹唢呐，军营伎献凯旋酒。郦坚代表总提去看望部队，在桑乾检阅分列式，九十八军一看精神面貌就跟九十九、一百军不一样，郦坚对恢称赞：有点主力的样子。

所以这次调整部署，九十八军不动，还留在代郡，与雁门调来的六十三军一起担任固边守备任务。九十九、一百军则和结束马邑戒严任务九十七军转业回工兵，继续修建打通上谷、渔阳延伸到辽东等级马道。

六十四军调上谷，六十五军调渔阳，六十六军调右北平，六十七军调涿郡，六十八军调辽西，六十九军调辽东。这都是这次行动表现比较好，命令去哪就去哪，从上到下表现出较强战斗意志，军令、军纪没出大问题的部队。七十到七十五军作为预备队未出雁门一步，没有表现，降为补充军，调回茂陵，还保持军的架子，抽调部分干吏、老兵组成新编九十一军、九十二军、九十三军，准备接收明年征调入伍新兵。

八月，总提在西畤召开扩大会，检讨此次行动得失。窦婴主持了会议，并在会上第一个发言，重点谈什么原因导致了军臣突然撤军，造成我们整个行动计划落空。首先聂壹嫌疑最大，他提供的想法、步骤，可说计划是他的计划，调子是他定的，前期行动也是他一手包办，我们都是跟着他跑，他讲什么我们信什么，和单于的关系又那么深，如果说有一个人单于能通过他影响我们的决策，非他莫属。唯一说不通的是动机，聂图什么还可以妄猜，军臣图什么，摆我们一道，看我们的笑话，好玩？也是动员了举国之众，千里跋涉，喂到我们嘴边来，我们是白忙了，军臣又能得到什么？军国大事，视同儿戏，讲不通。据二署的人讲，军臣回到平城也是暴跳，当众谴责了朵尼，褫夺了他的封号和领地，驱逐此人出单于庭，罚往北海牧羊。所以我们推断军臣也和我们一样，被涮了。

聂于马邑暴乱后脱离我们视线，其宅邸、商号、店铺均在暴乱中遭纵火焚毁，可说也是家产尽失，赔了个一干二净。我们在二署人员配合下查找其人下落，至今未见其踪，有人说看见他往口外跑了，跟着匈军撤了，战时道路全部封锁，不太可信。有人说暴乱中被杀，我们一一核实了马邑城内尸体，没有他，但有他的全家，老人、妻妾、儿女。从这个结果看，可以排除他的嫌疑。

第二个重点嫌疑人是一个叫李侃的原雁门郡税赋署缉私尉史。十五日忽然前往杨户岭五号亭堡检查工作，据他的同事讲，有线报望日月圆有私贩将从境外运送一批乳香没药走杨户岭入境，案值重大，此案一直是李尉史亲抓，牵扯到马邑城中另一富豪孟氏家族，养到今天，所以得着信儿就去了。十五日夜是否发生走私今已无考，因五号亭堡在二十四日匈军入侵中完全被毁，守军全部战死。我们判断是没发生，日期有变，走私这件事还是有，因而李尉史没走，等在那里，一定要抓到货。等到二十四日，军臣来了。有其他亭堡被攻陷因伤被俘后脱逃卒报称，在被俘人丛中看到李尉史，好像是和匈军中什么人相识受到优待，他们没吃没喝，李尉史被请到帐中喝奶。另有匈军后撤时借机脱逃卒指认，撤退时他们是在地下走，李尉史骑在马上，还换了件匈奴人横芒直襟氅衣，后来就被一帮匈军军官请到前边去了，当时已可望见武州塞，很大可能李尉史跟着匈军撤到塞外去了。随后即有传言，李尉史向单于泄露了我军动向，致单于急退。传言有鼻子有眼儿，说单于闻讯大惊，有对话：吾固疑之，吾得尉史，天也！归军途中即封李尉史天王，李天王现正在草原上吃香的喝辣的随便戏牛粪妞儿呢。

李息说我也听到这个传言了，部队还没撤，军中就有人传，说我们被一个姓李的给卖了。

上说核实了没有？

窦婴说我们在清点收敛五号亭堡战亡士卒遗体时发现多了一具，在场守备队的人说不认识，以为是避难老百姓，后经雁门税赋署来人辨认，证实是李尉史，胸前中箭，战斗中死亡，是烈士。

上说报假情况的卒要处理！

窦婴说是，我们到医院把内两个据称看见李尉史的卒都提来了，问他们到底看见了什么，看见了谁？两个卒一口咬定看见的是李尉，他们都是一个部队的，虽不在一个亭堡，平时很熟，都叫他二哥，不会错。我们翻回头再去查内两个失踪亭尉，其中果有一人姓李，叫李仁宝，武州当地人，在家行二，人称李二哥。义纵已把他全家抓来，家里也没什么人了，只有一个老娘和两个孩子一男一女，媳妇前年死了，爹、爷、三个兄弟、七个叔叔，都曾在我军服役，先后战亡。

上说封天王的事有没有？

窦婴说无法核实，我们在平城密伏人员报告，平城那里也是谣啄满天飞，每个酒垆、烤肉摊前都有人吹嘘，说是他报告的消息，挽救了单于大军。自称是我军尉史的有；自称是我军军候的有；还有一个居然自称是将军李广。

李广说昂，怎么又扯上我了？

窦婴说无法彻底追查，核实每句话到人。我们认为，我军自四月初开始向雁门运动，运兵运粮运械，几十万人云集于雁门那么一个唾壶大点地方，地界上早已轰动，影响到每一个人，猜不透我军集结目的，也知这里有大部队，难保没人嘴快，把话传到塞外。我们保密已经做得不能再到家了，军臣都进来了，才发现不对，只能说他们很迟钝，情报收集混乱，或根本没情报，还是骄兵，心中傲慢，没把我们当一回事。

上说事先就应该想到阿，也已经想到了，还是要去做，我们这股乐观自信从哪来的呢？

会议开了三天，各将都检讨了自己部队问题，部队捏在一起时间过短，人员上下不熟悉，有的部校尉不认识曲军候，曲军候不认识屯长，大家都不认识将。特别是在运动、排阵时容易发生竞行、抢位冲突，互相之间没配合，不听命令。训练时间短，人和装具、武器结合差，骑兵畏惧骑马，厥张开不了弩，有的兵不具备操刀基本要领，拿起来只会乱抢，各部队都发生不少自伤误伤非有意状况。不懂保养，缺乏武器保养常识和意识，有人还用武器做挖掘、砍伐、切瓜切菜他用，大量新式环首刀、大黄弩发到部队，未使用即锈蚀、缺刃、弩机扳不开。武器还是不敷用，乙种军很多兵手里还拿着修路铜铲、木锨，到撤离战区时尚未做到人手一刀。补充军纪律极坏，进入城邑执行戒严任务时有乱杀人、抢劫、偷窃、强暴轮奸民女多宗案发生，军吏不能制止还参加抢劫，受到军法镇压。

军法司亦多有滥用军法，罔顾人命事。对脱队、逃亡士卒未经甄别、审讯，即行处置。有出公差、采买、临时离队士卒遭军法哨卡拦截，稍有木呐，首级已悬令杆。甚至有迷路整伍步卒均遭斩杀恶性事。激起部队极大恐怖和愤怒。其中尤以执吏张次公恶名昭彰，昌武侯子北军屯骑校尉放骑一军军司马单德，因部下求医病卒遭张次公杀害，率所部骑兵抄了马跳庄检查站，绑了所有军警跪在路旁为死难病卒磕孝子头、喊爹；单骑追杀张次公数里，连放数箭不中，张次公弃马跳入路旁脏沟屏气潜于水草下才躲过一灾。各军亦颇有尉史放言：开战鼓响，先打军法队再打匈奴。

李广说这个事我知道，是我批准的。

起初，与会者对王恢在代郡的领导力是赞许的，对九十八军的表现是肯定的，那样一个熊部队跑出去没散架，完整带回来了，不易。窦婴还说希望王恢总结一下经验，到新部队讲讲。聊着聊着口风就变了，二天会议午餐上的羔羊排，配的有酒，大家喝了几盏，王恢说用人不疑疑人不用。李广跟了句你对聂壹也一直不疑吧。王恢有点挂不住，说聂壹怎么啦？聂壹完成了他的使命把身家都赔上了。李息说把我们也赔上了，陪他玩了这么多天。王恢说你赔什么了好武器好兵都给你们了，我带着一帮民工，每天跟哄孩子似的打一巴掌给个甜枣，走到上吾汲。韩安国说你去了么？

王恢说要不是你们跟老母鸡似的蹲在山里抱窝，我几个来回也走完了。李息说你别坐在那里吹了！要不是你内个聂壹送假情报，把个钻进口袋单于放跑了，还用你偷偷摸摸去牵人家牛羊。王恢说把定方案内个人找出来，问问他，为什么派我去偷人家牛羊，当初我就提过建议，给我一个步混军，单于进来我第一个打出去。郦坚说我定的方案，我没听说过你的建议，当初我就不建议你带部队。公孙贺说你带步混军，你知道车搭人还是人搭车，你给自己家马套过车么？

田蚡和窦婴没喝酒，先吃完出来蹲在廊子上聊天，听到里边吵起来起先也没在意，听到摔酒盏掀案子乒嘞乓嘟响才连忙进去，只见灌夫站一地肉肴狼藉中吼：当初我就不赞成你这个鬼计划！哪找来那么个人，净出些鸡鸣狗盗主意，把我们五年整军计划全打乱了，大国交兵是这么个搞法么，捉奸一样，傻子才会上当！

窦婴喊：灌夫！冷静。郦坚喊马邑失谋你要负责！田蚡问李广怎么回事，好好吵起来了。李广说不知道。

上这两天胃疼，吃饭就没去，风大爷给他单熬的粥，也没喝几口，摁着脐上躺下想忍一会儿结果睡着了，田蚡喊他开会才醒，懒懒说你先去，一会儿到。田蚡看他不舒服的样子，什么也没说，拉严门走了。

上端着风大爷给他泡的枸杞杏仁代茶饮来到会场，坐下脑子还是懵的，听了会儿才听出大家都在指斥王恢，在主力未能接敌却仍对敌构成重大牵制，匈军已退至塞上还未回平城，代郡方向完全空虚，而我九十八军已进至距匈军后方基地咫尺之遥，再进一步即可缴获匈军全部辎重——这一稍纵即逝可说是大家为他创造的战机来临时，竟然下令部队撤！回！了！

郦坚手指王恢鼻子厉声发问：给你的命令是什么？你是怎么执行的？你这是临战退缩，是逗桡，曲行避敌，顾望；——畏懦。当斩！

王恢脸色灰白，虚弱辩解：我那是步兵，草鞋，草原上草比人都高，到处是鼠洞，踩上去就是坑，你们在沙盘上看咫尺之遥，我的兵要走一天。当初计划定的就是你们在马邑歼灭单于，我在后方袭击他辎重才能成功。军臣已经退到塞上，南池、拣花堡皆在骑兵一日之程内，我的兵打响了就回不来，我就是全军出动，三万补充兵也不敌八万敌骑，我都会让人抓了俘虏。虽然知道撤军回来可能要受军法审判，可是我觉得更重要的是为陛下保全三万壮士。

上本来没态度，最后一句话顿起反感，说哦，你先想到是我，国家养军队就是为了保全他们性命？

王恢说我不是这个意思。

李息说那你是什么意思？

韩安国说你在闽越就作战不积极，敌人退一个山头你占一个山头，敌人不退你就观望，猴子从这棵树荡到内棵树你都紧张，三天行程，你走了半个月，整个部队都在山里拖垮了，到闽越投降，你的部队也没放过一箭除了打猎，还到处吹叫什么不战屈人之兵。

萧婴说你说你的部队是补充兵，穿的都是草鞋，哪个步兵部队穿的不是草鞋，靴子是发给骑兵的，草鞋本来就是我军制式装备。十六兵站给你送的甲裙、批膊、胫甲、头盔仗打完了还在仓库里为什么不发给部队？渔阳六署粮库调拨雁门救急陈粟你说截就给截了，我亲自跟你协调，协调不下来，说你也要吃，上万石粮食你吃得完么？

窦婴说你在二署工作时就爱吹，到处跟人讲你和皇帝的关系，上还是太子你就认识，老去你呢儿吃饭，你和聂壹真是一对，一个吹和单于关系，一个吹和皇帝关系，你们两个搞在一起，不搞出点事情捅出天大娄子我才奇怪呢。

韩安国说他在渔阳就吹，跟这个认识跟内个认识。对王恢一瞪眼：阿老对你很有意见！

田蚡说你一句话，马邑花掉五百个亿。你从我这儿拿走说要给聂壹打点的两千斤黄金今天还没报账，我要你给我一个明细，钱都打点给谁了。

李息说我们在前方喝粥，吃马料豆，你黄金一千斤一千斤往家搬，怪不得你老婆上九天娘娘庙散香火钱都给金豆子婢女都穿丝履马童额题鎏金哦你们没见过他内个将屯将军官威，我去雁门就职路上碰见过一次，皇帝出来有虎贲羽林旗伞卤薄，他老人家车驾也有将旗令牌甲盾护卫，我让得慢了点差点挨了他扈骑鞭子。

萧婴说怎么没见过，你没瞧他桑乾将军大营的威风，辕门放屯哨，一边二十五个挎刀的，报时敲的是金鼓，我去的时候正是午时，七通金鼓敲得我两耳嗡鸣，心头乱颤，以为马上要推出去问斩了。

大家越说越气愤，纷纷指王恢喊站起来！站起来！

晚上，田蚡到上屋里，问怎么搞？上说大家什么意见？田蚡说还在揭发，看来要搞一夜，李息萧婴跳得最欢，说今夜搞不完明天接着搞。上说我知道王恢会有问题，没想到有这么多问题，看来不处理不行了，不处理无法服众，你通知石庆，叫他明天来接人。

明天，石庆带着人、车来了。王恢坐在自己屋里，一夜未睡，胡子忽然长出老长、还白了几根，头发也显得凌乱，从包得松松垮垮巾帻垂下。田蚡带着石庆、王温舒等人进来，王恢立刻站起来，慌乱找冠戴正，系于颌下。王温舒上前欲拔冠，石庆立即制止：不要。对王温舒说：带大行令先去车里，枷也不要上。

王恢门前以哀恳目光视田蚡，田蚡对他说进去好好交代问题，不要想太多。王恢低头出去。石庆对田蚡说不会让他遭罪，请相放心。田蚡施长揖：多谢。

又明日，田蚡结束西畴会议回到长安家中，夫人跟他说北二条三号府上王夫人昨日来家中了，送来说是你要的东西。田蚡说我要什么东西？夫人说一大挑子，还有卷封漆简册，我都放西屋了，没打开看。

田蚡去西屋，进门看到两大麻包堆在墙角，闻到金属器内股咧凡味儿，摸摸两大麻包里丁丁块块，解开上面放着的简册，是账本，两千斤黄金每一笔支付时间、地点、签收人姓名和打的手印，记得清清楚楚。

九月，令天下百姓大酺五日，可以不干活聚众杀牛饮酒，有点提前过年的意思。

廷尉拿出王恢案审理意见：逾制，夺爵；逗桡，斩；合并执行斩。

九月十七，太后亡母忌日。上中午去太后那里吃豆腐，田蚡、田蚡夫人、金俗、修成子仲也在。太后对上说：我听说王恢被判斩了？上说谁跟您说的？

太后说我在宫里虽然不出门，也不是与世隔绝，社会上的传闻总会一句半句传到耳朵里，赵太妃那里就是长乐宫扒裖中心，我们几个老太太有时也会用鞋垫扎眼儿比大小，赢饭票赌个吃镜糕黄桂柿饼下午茶的小东。田蚡夫人说哟，您还赌博呢。

太后说我们那都是小来来，饭票都是宫里伙房订餐省下来的，换点零食，赵太妃她们都穷，我哪好意思真赢她们，不过是变个法儿给她们送钱。上说还用这么弄，下回我把卖镜糕黄桂柿饼摊儿叫到宫里来，让她们守着锅吃。太后说你可别，嫩么样就不香了。

金俗说是是，请的不如赢的，赢的不如偷的。太后说还真是这么回事，听卖镜糕的人说，王大行是忠臣，给皇帝出了好主意，要活捉单于灭了匈奴国，可恨叫奸臣走漏了消息，放跑了单于，如今奸臣又挑唆皇帝治王大行的罪为匈奴报仇，可怜王大行一心报国，却落了这么个下场，单于正坐在单于庭龙椅上窃笑呢。

上看向田蚡：真是卖镜糕的人说的？田蚡低头往嘴里猛扒热豆腐，大着舌头说我木听雪。上对太后说：您介意我把卖镜糕的找来问问，他这话是打哪儿来的么？太后说你不许找人家，你找了人家以后人家都不敢给我通消息了。上说妈，您就记着一条，这卖镜糕的但分能明白一点这里的事，他就不在街上卖镜糕了。

太后说那你意思就没这事了？上说有没有这事也没老百姓说三道四的地方。还奸臣呢，朝中这些大臣您都认识，您说，乃个是奸臣？只有办妥事和办砸了之分。上问田蚡我吃完了，要回去了，你走不走？

田蚡说我再坐会儿，我还想再吃一碗，就没吃过这么好吃的豆腐。上说行，你们呆着，我先走了。

田蚡又混了会儿，跟太后扯了些哪儿都不挨着哪儿的闲篇儿，见天不早了，夫人催他回去说孩子该背书了，就跟太后告别，说回头再来看您。跟金俗说您得着。尾随夫人出了门。

东方朔在门外台阶下候着他，跟他说：上请你去趟西宫。

上在高门殿前台阶上坐着。九月了，种着楸树的庭院未到酉时已不入阳光，显得阴翳，有些凉意了。

东方朔把田蚡送到能看到台阶的承明殿转角，指了指坐在台阶上的人影，就退到一旁树荫下去了。

上对田蚡说：我看了一下石庆送来的案卷，王恢本来可以拿我二十五日对他七号战报答复为自己辩护，我提醒他注意他的西侧，南池牛羊不便夺取可以不夺取，带出去的部队要全带回来。可他在整个审讯过程中只字未提，只说决定是自己做的，还是有些担当，这样一个人这样杀掉了，有些可惜。你想个办法，怎么免了、或者减轻他的罪，又能给大家一个交代。

田蚡说先判了，不执行，叫他家里出钱赎为庶人。

上说：可。你去办吧。

九月二十五，宣判下达，王恢钳发戴枷送回掖庭待决犯特监羁押。入监后狱卒解下他肩上二十斤木枷，对他说告诉家里凑钱吧，上面交待了，准你赎为庶人。

王恢没啋声，坐在角落崭新铺盖上摇头晃脑揉脖子。一会儿，狱卒送进来一漆盒酒菜，说田相送的。给他斟了酒，就退出了。过了半个时辰回来，发现王恢用腰间解下来的大红绅带悬于梁勒颈吐舌了。

23

元光三年春，黄河改道，从顿丘往东南流。夏五月丙子，又在濮阳瓠子口决堤，漫灌巨野，贯通泗水，势不可当涌往淮河，淹了周边十六个郡。夏粮绝收，老百姓都在树上。上命主爵都尉汲黯、右内史郑当时办理河务，发动补充军、新编军十万，上堤抗洪。沿河多处决口被堵住，复又崩坏，部队有重大牺牲。

汲黯请求再发民夫，征调军车，运送石木麻袋等抗洪物资至河南。田蚡说江河往哪里流本来就是因地势天时决定的，在没有人的时候就这样流，本不是为了方便人居住、灌溉而存在。风还有东西南北换着吹的时候，在天看来就没有决口这回事，是我们——人，住到了人家必须经过的地方，现在我们又要用人去改变天的意志，强行去堵，您估计我们要征多少人才能与天抗衡？

郑当时说黄河改道主要侵害的是河南诸郡，田相食邑在清河，位于黄河北，没受一点损失，所以才会讲这种站着说话不腰疼的话。

上说我真是太烦你们这种说话方式了，怎么还没怎么上来就先度测人家动机，把人家往脏了猜，你们是缺乏就事说事能力还是习惯于凡事先排除利益相关方不这样就说不了话？为什么我觉得爱这么聊的人本身就特别脏，没脏心眼怎会一下想到呢儿去。

郑当时说臣只是想排除利益相关方。

上说你是淮阳陈县人，今次水患受灾最严重地区之一，你被排除了。

上问汲黯：你认为以我国人民这体力，多少人足以抗天？

汲黯说您要这么聊，全人类加匈奴一起也不足以抗天。

上说抗天这事，光咱们几个聊都是外行，还要请教专家。

上于是召集望气术士等古代科学家，询问他们抗天的态度和方法。假王朔率领大家跪了，说我们哥几个从来都是顺着天办事，顶多瞎猜一下天的意思，猜得准猜不准都是事后说，从来没敢想过抗天。

上点名李少君：你，不是准么，想个辙。

李少君说这个事，还真是办不了。

上于是命令停止无效抗洪，等水退了，人民重新按新河道布置居住，就不要在河道盖房子、种草了。

上半年，东南闹大水，北边也不宁静。从冬到春，自陇西至辽东，匈奴不断侵扰，入侵规模不大，我又有防备，驻边各军都把兵力顶到第一线，遇匈军便与之全力交战，匈军有了伤亡便迅速撤退，但是老百姓还是受到损失，全国半年统计下来，还是很大数字。

匈奴马邑被吓了一跳后，军臣单于有个内部讲话，对各贤王、谷蠡王、大都尉、大当户、骨都侯说汉天子背信弃义，对我们使阴招，是他们放弃了和亲友好的政策，以后你们可以自由进出汉地，不必报我批准。同时采取了一些措施，令汉籍毗蓝氏搬出单于大帐，集中居住，并将她们身边婢女一律换为匈奴籍；禁绝过去可随意进出单于大帐营区串帐兜售珠宝、妇女用品汉商入内。但是未对茏城汉人商号、店铺采取行动，还是允许他们继续经营。各边口岸绢畜互市亦未禁绝，每年冬春需求格外旺盛大宗谷物交易仍以一季翻一番速度增长。战略物资马匹、铁器进出口同比、环比也有不同程度增长。汲黯曾提出禁止绢畜互市尤其大宗谷物出口建议，草原冬春草枯，未及复生，牛马掉膘，大宗谷物出口等同资敌。田蚡说停止互市等同全面决裂，我们的畜字马计划也将受到影响。窦婴灌夫李广等军方人士都支持田蚡。上没有批准禁市。

王恢的死还是在军中引起一些议论，有人说王恢是代人受过，真正该负责的人躲了。有人说王恢从头到尾都是出了大力的，结局不好叫人寒心，以后没人敢出这个头，做有风险的事了。有人说他内个最后一攻本来是可以攻出去的，有人阻拦才被迫停下来，阻拦的人是谁，层级太高，不好讲。有人说他就是没靠山，当初选他为将就有人不愿意，到任后也屡受排挤，最烂的武器、最熊的兵给他，就想看他笑话，那些不如他的人没事，他倒摊上事了，有靠山不至这样。

在田蚡家每半旬必办先大酒再轰趴儿大局上，灌夫指责李息不该搞得人家整晚不能睡觉，讨论作战得失扯到金子、人家老婆婢女身上去，暗指人家贪污，现在证据出来了，金子一两不少都花到公事上。李息说又不是我一个人不让他睡觉，你们都在，哪一个少说了，揭老底战斗队都出来了。

韩安国说我说的都是事实，你说的就不是事实。

窦婴也说：我批评他是爱护他，你那个厉害，直说人家逾制，就这一条，他就活不成。

田蚡劝说你们能不能不吵，王恢出了这种事大家心里都挺难受，这是谁也不希望看到的，我提议咱们为王恢转世能投个好人家，喝一杯。

灌夫说你也别在这儿装好人，我们和王恢不过同事一场，这里跟他走得近、真正算朋友的也只有你，你为朋友说过句话么，没有。你说的是什么，五百亿都让你一人花了。你要不提内两千斤黄金，李息也不会揪住人家不放。

田蚡说怎么冲我来了，我没为王恢说过话？我为王恢说的话做的事只是在这里不能提，说出来吓死你！

李息过来弯腰拍灌夫：哎哎，灌夫，咱俩不在这儿说咱俩出去说。灌夫一扭肩膀闪开李息的手：你少碰我！李息说我碰你怎么了，我还就碰了！说着又一把扯住灌夫后脖领子。灌夫原地旋转盘腿改跪姿一头抱住李息双腿想一把劲掀翻他，哪知李息站得稳，一把没撼动，自己往起一站用力过猛失去平衡大概李息还当胸给了他一掌使其身向后仰蹬蹬连退数步，一步踩挨着他坐窦婴手上，一步踩刚起来想让没让开韩安国脚上，一步踏翻李广食案，一石锅酱汤全泼李广怀里；两臂还在空中舞了一圈，一抬打了旁边伺候局姑娘脸，姑娘满头插花飞了一地，发髻也散了；一落扇了上赶着前来拉架田蚡一大耳刮子，才啊呀呀在众目睽睽之下，仰面朝天——库擦！瓷瓷实实拍地上。

灌夫倒地挣扎还想起来，田蚡甩着手尖叫：摁住他，别叫他起来！几个服务生摁不住灌夫，还得分人去抱住李息。散了发髻的姑娘上外边喊廊下甲士，上正在外边端着酒和司马迁聊天，回头一脸愕然。

雄壮甲士进来，一曲膝就把灌夫压在膝下动弹不得，灌夫连声呼喊：我不能呼吸！

上进来说：怎么回事阿，一喝酒就打架。灌夫从地下爬起来，攥着后脖颈子说我颈椎断了。李息也不蹦跶了，回到自己座位坐下端起酒要喝，被旁边夫人一把抢过去：你别喝了。李广拿餐巾擦着胸前污渍说都特么有病！我这新置的冰纨深衣，毁了。

田蚡说没事，闹着玩呢他们，喝高兴了。

上说都挺大人了，还这么散德性！说完又转身出去到廊子上，继续和司马迁聊天。

司马迁问：怎么写呀？上说：你就明写，我的责任。你就写我说的：马邑事首先是王恢提起的，发动天下兵马数十万也是按照他最初建议做的，而且纵使无法捉到单于，他按计划出击夺取匈奴辎重，也是个小胜利，堪慰朝野士大夫就盼着打仗的心。现在不杀王恢，无法向天下出粮出力出了儿子当兵老百姓交代。王恢听了我说的话，就自杀了。

五月，封高祖功臣后五人列侯。玉中，以卒从起沛，以都尉守成皋，事急，开北门出高祖腾公，自当后，中楚矢受缚，从项籍军为卒，军败还乡，务农独身终世，无后。以其兄孙玉华绍封宁陵侯，食二千户。

于豆，以盾从起沛，至灞上，入汉中，定三秦，击项籍荥阳，绝甬道，从度平阴，楚汉分鸿沟，战不利，不敢离上，功比崩成侯，然垓下合战染疴，渐不起，高祖拱手与别，乃引兵还，皆以为豆不治。及元光二年，崩成侯孙仲居回沛祭祖，遇豆孙于胡央，知豆自愈，还乡务农没世，往告。封央琅城侯，千户。

李凌，以自聚党定宜阳，汉王还击项籍，以兵属，从定天下，未得侯而卒，无后。以其女弟孙秋绍封珑都侯，千户。

华刚，以执盾初起从入汉，以队将守荥阳，属纪信。楚围荥阳，汉王夜驱披甲女子二千出东门，纪信乘黄屋车，缚左纛，华刚车右，居女子中，同出东门，楚兵四面击之，华刚高喊：城中食尽，汉王降。楚兵皆呼万岁，掷弓刀。汉王乃与数十骑从西门走。项王见纪信，问汉王安在？信曰：汉王已出矣。项王怒，烧杀纪信，并华刚。刚无后，乃封其弟孙雷广阿侯，二千户。

江力，以执盾初起从入汉，以骑都尉破项籍军，以将军定诸侯，功比城父侯，高祖六年封历乡侯，二千户。三年后薨，无后，国除。今赐其弟孙长安公士江员诏复家。

秋七月，阿老入宫见上。东方朔引其入高门殿，上在里面等他。阿老说聂壹找到了，现在河西月氏属地文山脚下冷龙岭北麓焉支草甸游牧，恢复了他本姓聂脱耳秃字斤罗，自称是楼烦人一个小部落，避汉自河南地西迁于此，受月氏王保护。我们通过河南地楼烦王手下一个关系，跟他部落中一个负责采买乌孙人建立了酒醋酱供应关系，他还是喝不惯匈奴马奶子酒，爱喝汉地酿造烧刀子、豆酱汤和清徐出的"水塔"牌陈醋。当然他对我们很提防，部落一个汉人没有，都是乌孙楼兰呼揭丁昆西域内边杀人越货受通缉跑出来流落草原亡命徒，被他收容。我们找的这个关系也是楼烦王一个亲戚，专门负责王室内需采办和从汉往楼烦带货，是聂的老朋友，楼烦风俗汉化，也是离不开烧刀子和陈醋，过去聂是他的渠道，现在聂不在了，我们在马邑设的商号"鑫宝源"成了他的渠道。当然这位也姓聂我们给他起的代号叫"老双"的楼烦商人并不知道鑫宝源背景，我们请的掌柜是粟特人老曹，才从西边过来，在马邑开了间珠宝铺子，因为暴动铺子烧了，珠宝也让暴民抢了，赔了本流落马邑，被我们招募，一句汉话不会说，我跟他交代事还得靠翻译，在汉地也没有其他朋友，老双对他放心。

通过老曹——每次老双来都请他喝葡萄酒，吃自己亲手做的羊肉、葡萄干油焖饭——我们从老双口中基本摸清了本次马邑事件始末。聂是个爱国者，不过他爱的国是他本族楼烦。对楼烦自晋赵以来为中原各国打击、驱役、同化致其从一塞上强国沦为苟安于河南地弱部深以为恨。尤以今夹峙于汉匈两强之间国势日危，国祚不在楼烦而系于汉匈，辄可见覆国亡种大戏登演戚戚不可终日，每谈及必痛哭捶涕，言不能效度尔折合罗杀身报国。（马迁按：度尔折合罗，楼烦史诗《度尔折合罗》主人公，楼烦牧羊人，行状若燕荆轲，只身入殷营，刺杀殷师统帅帝武丁妻妇好于军中，挽楼烦亡军亡国于即倒。与中国记载不符。）

后与王恢结识，王恢利用他，他也利用王恢，打着二署旗号在边境武装走私，生意越做越大，一跃成为马邑首富。您知什么生意最赚钱么？阿老问上，旋自答：粟米和大豆的出口。匈国每于冬春马瘦毛长，牛羊亦少出奶，长安百钱一石谷米运到九原、武州，口岸价要千钱。春二月有钱也买不到，要硬通货黄金紫貂来换。而您知在我秋粮主要产区颍川、南阳、陈郡农户收购价是多少？谷百钱三石，大豆百钱四石；丰年可贱至五石、七石。高后时，我国也处于经济恢复期，曾有令禁止谷物输匈。文皇帝中后期粮食已经吃不完，禁输令名存实弛废，便有行商勾结漕吏，将关东输往长安漕粮切出一部分运往北边谋利，那时还是少部分、个别人行为，输往匈国谷物数量也不大。景皇帝时大开边市，粮食连年丰收，关中也丰收，对漕粮需求锐减，各主粮产区有强烈愿望给自己囤压在手粮食找出路，于是就发生了这样怪现象，函谷关经渭水至长安漕路上运粮船樯桅相接桨橹欸乃，自秋至春半年不绝，漕运量不降反升。这样大量粮食过长安不入，都运到雍镇，在那里的码头卸载，入陈仓，再由陈仓出库装车，经旧秦直道运往九原。九原在景皇帝时期是谷物出口大口岸，不但匈国进口商要去那里进货，马邑、雁门出口商也要去那里趸货。因当时尚无汉直道这样一条捷径，从关中直接运雁门粮车时程长且损耗大，每石谷比九原货运费即贵百钱。所以聂壹虽垄断马邑谷米出口，贵为马邑首富，跟九原大粮商比起来，不过小角色。

上说能够调动漕运，控制陈仓，在九原那样的边屯重镇迳开口岸，恐非一般行商游贾所能。

阿老说我汉坊间有言：十万钱的生意谁都可做，百万钱的生意只有少数几个聪明人能做，亿万钱的盈收朝中无人谁做谁掉脑袋。这也不是什么秘密，当时、今日路人皆知，九原最大的粮商叫梁文照，不过是某人的红马甲，实际控制人叫窦文超，想必上您也认识。

上说是窦婴家内个文超么？阿老说正是，论起来还得算您舅爷。上说诶，窦婴是我奶奶的侄儿，跟我妈平辈儿，我叫声舅，他儿子我怎么倒叫了爷了？

阿老说噢那弄错了，我老记得他是窦太后兄弟，那就是您表哥。上说他没我大，就是兄弟，兄弟的儿子也不能叫爷，算了不说了，太乱，说事。

阿老说景皇帝时窦婴又是太子太傅又是大将军，后期实际是不是丞相的丞相，门客舍人遍天下，漕运史、陈仓令、五原郡守皆是拜他擢拔，窦文超便利用这些关系行他自己的方便，插着窦氏家旗的粮船、粮车到哪里都是一路畅行，沿途关卡军警税吏无人敢刁难反倒争相结交。也不用说别人了，田蚡那时作为将军府曹郎还跟着跑过几趟车，走过两趟船。到田大人上位，文超也懂事，主动提出将生意分一半给田大人，田大人还就笑纳了。于是这生意便分成三份，窦家一份，田家一份，灌幼夫一份，四、四、二。

上说这灌幼夫又是谁？莫不是……

阿老说正是，灌家为颍川首望，是什么望先不说，在颍川做事不经过他，事情总要生些枝节。窦文超起初便与灌幼夫联手，一个负责压价搜购余粮，一个负责运输销售。现在田家加入进来，还是这么个分工。到建元二年，因赵绾王臧事窦、田二人丞相、太尉同免。窦确实是以侯家居了。蚡——我就不提为什么了——恩宠不衰，跟某人谈论政务多被听用，满朝士人官吏都看出趋势来了，蚡家的酒宴也有名，酒好菜好，每回座上客比在职时反倒更满，窦婴本人也成了常客。

到你六年，蚡复出为相兼署太尉事军政事务一把抓，罩着这条黄金粮道需要打招呼等琐事便多落在田家身上，漕史、仓令、郡守也换为田家人。田小六便去找窦文超商议，要加份子，六二二，他要拿六。文超同意后去与幼夫商议，这么下去，明年就不是六二二，很可能是七一二、八一一。他能甩开我，也能甩开你，他越过你直接到当地收粮，你还能打他家的黑棍么？灌幼夫说：不能。二人遂议定，这事还得干，跟田家分开做，不沾他，另辟一条粮道。渭水、秦直道都是公共资源，你走得我也走得，关键是黑峪口至雁门缺一条直道，有这么一条道，就可以不走九原，经雁门出马邑把武州口岸做大。修直道这种事工程浩大靡费甚巨非民间集资能完成，于是他们就找王恢策划，怎么能想个办法让朝廷出钱修这么一条路……

上竟一时语滞：难道，是为这个，——我去！

阿老说当然也跟大形势我们整军经武有关。王恢看到我们各地铺开工程，也从其他渠道了解到我们的规划……

上说什么其他渠道，就是灌夫窦婴那里么，计划是他们两个做的，王恢想知道什么还用问么。

阿老说现在还没证据说王恢在贩粮图利这件事上入了伙。王恢也是建功心切，不能进入总提核心是他一块心病。现无法查明他、还是聂壹哪个先提出马邑之谋，两个当事人一个死了一个跑了，无以坐实。

上说死得不冤，我甚至怀疑他不是自杀。

阿老说只知聂壹与之一拍即合，积极推动此事，他内个楼烦脑袋瓜里想的是两强相争无论单于被擒或我被单于打个稀里哗啦对他都是最优，次优也可使我们两强结怨，他内个楼烦祖国夹缝中生存环境得到改善。据老双说他还曾面见楼烦王提出倡议，趁汉匈两败俱伤兴兵入代，夺占楼烦旧地。楼烦王的反应是你别坑我了，汉匈皆是大国，一棒子打不死，我趁人之危占得到占不到便宜单说人家缓过手来就要我的命。

上说楼烦王是明白人，我是傻子，大傻子！人家一句多余话没说，就顺着人家指的道产生了想法还以为是自己高见，主动掏钱为人家打工去了。

阿老说套儿下的确实比较深，把他们的想法变成你的想法，由你提出。后面的事你也知道了，跑出个李仁宝，把三家好事搅了，只有第四家窦家、灌家，谁家事成与不成都不耽误他们两家事成。去冬今春，大豆出口翻番，武州出口额直追九原，汉直道有功。

上命传田蚡。田蚡至。上问胖宝怎么样？田蚡说昂，谁，您问六子阿？上说是啊，你们家里不是都叫他胖宝么，上回叫曹时勒了脖子，最近癫痫还犯么？

田蚡说有一阵没犯了，现在养了条狗，天天跟着他，他快要犯病狗能闻出来，冲他叫，立即采取措施手绑起来、嘴戴上嚼子，犯也不碍的，扔一边躺一会儿就好。上说智力有下降么？田蚡不知为什么聊起他家胖宝，看着上和阿老脸色又很严肃，加了小心说：智力还是有点影响，有时数数儿，数到十就跳一百了。

上说那是他不太熟悉百以下的数儿了，再过几天他连万也不认得了，一就跳到百万。田蚡听出上口气不友好，也不知哪儿招了上，也不知这话怎么接，看着上干笑。上说你别光笑阿，你家胖宝已经发大财了，比你都有钱了你还不知道呢吧。田蚡说您开玩笑，您逗我，别的我不知道，钱我知道，前儿个我才帮他平的账，这个没出息的好的不学，上街猜豆，输了钱，人瞎子找上门来了。上说什么猜豆？阿老说就是仨碗，猜奈个碗里有豆。上说这能输几个钱。阿老说有加磅的，这一圈看热闹的有押庄，有押闲的，闲就是内猜的，加一磅就翻倍，磅上加磅半天下来，输赢也不少。

上说你是真不知道还是装不知道？

田蚡说知道什么？上来您就问我们家孩子的事，我怎么啦您倒让我死一明白阿！

上跟阿老说：不想跟他说了，你跟他说。

阿老把刚才跟上说过的话简要一三五八九又说了一遍。

田蚡涨红脸，回头寻摸，喊人：韩嫣！李敢！

上说你喊他俩干嘛？

田蚡说我喊他俩把我撅起来！我但分知道丁点这里的事，您灭我族。

上说窦文超找你分你一半生意有没有这个事？

田蚡说有，小窦确实来找过我，可没说分我一半生意，只说他爸现在不管事了，有些地面的事希望我能出面帮着打个招呼，我是拍胸脯了，说不能这样，人一走桌就掀，人有上不去的没下不来的，将来我下来还指着大家别太拿脚踹，你们家的事就是我的事，你放心全交给叔了。我确实说过这个话哪想到这里有这么多事。您知道我是守财奴，小家乍富，从来不做有本儿生意，放高利贷我都嫌担风险，有钱就盖房子，置地，我信这个，房子再不值钱还能剩一地砖头。

上说对对你净帮人介绍工作拿回扣做这无本生意了。

田蚡说这事有！您要因为这事办我，我认。但有一样，我介绍不成从来不收钱，介绍成也不多要，让人看着给，横门人市介绍一老妈子还收份儿钱呢，这钱我拿着心中无愧！

上说信你了。

阿老说也有可能是胖宝听说了去找小超瓣儿劈，也有可能文超觉得不把牢，既然田叔应了就把胖宝扯进来凡事让胖宝出头也更像真的。

田蚡说胖宝不可能！他连数都不会数，我跟他妈老说他，不要出去跟人乱混，你这脑子就跟家老实呆着，家里有吃有喝。

阿老说你就不要替胖宝开脱了，我们这儿都有胖宝吃人家拿人家证人证言。

上说父母看自己孩子没一个看准的，江洋大盗捕来要杀头父母还说呢，我们这孩子从小就孝顺，说话脸红，见长辈就鞠躬，邻居都夸我们这孩子本分。

田蚡说那我在这儿表一个态，如果田至中触犯了国法，我头一个去刑场看他杀头，绝不收尸。

上说话不要讲过头，讲过头就不可信了。

八月，中尉尹齐带人收系了灌夫。因灌夫还在军动署令任上，算现役军人，就把他关押在北军军法处看守所里。颍川郡都尉同时收了灌幼夫及灌氏一族。

尹齐把灌幼夫供词往灌夫面前一排开，灌夫就承认了粮食出口生意是从他做起来的，后来交给儿子打理。但是不认修直道是为了与田家争生意，他在军动署令任上起草的每一份计划都是出于国防需要，为准备打仗而拟。灌夫说不管怎么说他还是个军人，军人操守和底线也即荣誉感还是有的，绝不会把战争这么严肃重大国事和生意混为一谈。他可以做生意赔钱或者放弃，绝没想过发战争财，现在知道事情竟然就这么发生了，而且和自己儿子大有关连，深以为耻。

文超一直隐在窦府，有司没有得到上明确旨令不能上门抄检。窦婴请求见上，上避而不见。窦婴给上写了封私信，通篇不谈自己问题，只是讲灌夫教子不严，论罪当罚，罪不至死，请上看在灌夫父灌孟国死，灌夫本人身上现还有当年吴军箭镞未取出遇阴天便疼，免他一死。上亦以私信回他：你既然为灌夫讲情，那就请到东宫朝堂当着太后讲吧。窦婴接到回信有点莫名其妙，为什么要到东宫当着太后面讲，这里有太后什么事。心中不安，拿着信去找田蚡，说你帮我分析分析，为什么去东宫当着一帮女的聊这事。

田蚡也觉得奇怪，太后不理俗务这差不多是上届太后崩后朝中大臣默守的一条潜规，他也常绷着自个在姐面前少谈公事，也猜不出个道道，就说可能是女的心肠软，当着她们说灌夫的事比较容易得到同情吧。

廷辩头天，上把田蚡找去，跟他说你准备准备，明天廷辩窦婴当正方，你当反方。

廷辩那日田蚡到了东宫，才发现除了他和窦婴，阿老、曾经负责漕运的郑当时、长期负责收公粮及全国粮食储备的汲黯和做过五原郡守的韩安国也到了场。

廷辩开始，窦婴先讲，还是沿着他给上私信思路，讲灌夫历史，这个过程讲得时间很长，也无人有异议，大家都认可，田蚡在中间只是递话，补充，形同捧哏。这中间司马迁抱着笔和竹简猫腰进来，在后面悄悄找了个垫儿坐下。讲得太后都懵了，说什么意思呀，这是要给灌夫封侯么？接下来才开始讲灌夫的问题，儿子在颍川控制粮食市场，余粮只能卖他家，价格由他说，一口价。进而垄断了关东几乎所有粮食主产区粟米大豆收购和市场价，丰产压价，歉收抬价，每年夏秋两季上他家收购点卖粮的车队，比上公家粮站交粮马车长十数里。朝廷粮库成了他家私库，朝廷漕船成了他家佣船。船工只知有灌爷，不知有朝廷，函谷关至长安内条漕路，人称灌渠。

讲到这儿现场活跃起来，为了论证自己所言不虚，此事全系灌夫之子所为，灌夫本人插手不多，窦婴开始点名，讲到漕船点郑当时，讲到粮库点汲黯，你们当时都是现管，情况比我熟，是不是灌幼夫找你们联络的，当然你们也都是在职权范围内尽可能给他行点方便。郑当时还有些支吾，说漕粮运输任务不重，大量船只闲置，船工干俩月闲多半年，我也是为船工着想，挣些补贴，少一些流失，船工都跑了来年找谁呀。

汲黯暴脾气，不客气，上来讲我认识灌幼夫是谁呀，还不是你儿子窦文超拿着你的条子来找我，说灌家是北边军粮供应商，这些粮都是运到北边给守边士卒吃的，请我关照，否则我能让他入公家库么？

这话题一开，大家都有点稳不住，谁也没有很好的辩论习惯，都习惯在语锋上占上风，对驳几句人身攻击就上来了。窦婴说我是写过条子，没错，这里确实有军粮，我让你关照的就是军粮，可你入库的都是军粮么？汲黯说麻袋上也没写着军粮二字我怎么知道。

窦婴说你当然不知道，你就没去一个粮库看过，我写条子，你不还是写条子，你老家就是濮阳的，濮阳离颍川不远，上半年东郡遭灾，全郡老百姓没饭吃，你们家还能开仓赈粮，你们家那么多粮哪儿来的？

汲黯说东郡离颍川不远，你有点地理常识没有？中间隔着淮阳、陈留、梁、笔城、定陶五个郡呢！我们家粮都是从牙缝一口一口省下来的！我哪里有你那么威风，南边是你的人，北边也是你的人，一张条子吃遍天下，还有那么个好儿子，比你还威风。田相怎么啦，还不是叫你儿子支使得团团转，像使唤家人一样。韩大将军怎么啦，见了你儿子，请！一律开关放行，什么也别跟我说，就当我没瞧见。

田蚡喊：你扯我干什么？

韩安国说：你听见了，我跟人说话你在旁边阿？

汲黯说你们干的这些事别以为天下人不知道，瞒得过谁？朝廷收的这点税赋都让你们今天整一个战备，明天修一条直道，一车车搬家去了。

窦婴说小田！这小子血口喷人，喷的是咱俩，你得站出来，说句话。

田蚡说你也别梢搭我，你儿子办的内些事你心里比谁都清楚，我基本已经是被带进沟里去了。是，你用我，应该，谁让我一直跟你好，你对我也抬份儿，说是亲帮亲也说得过去。我就不明白了，我们内傻儿子乃点看出有用了，你们爷儿俩用我不够还用我儿子，我们田家活该子子孙孙为你们窦家站台卖命？

上说别说了！我看你们都该斩。

24

秋九月，灌夫案子还是没判下来。上去太后那里吃饭，太后还没出来，小邢在叮着摆案，问他：你还犹豫啥呢，证据不都摆在呢儿，我都觉得恶劣，该杀。上叹气：难阿，主要是还没过自己这关，头一次杀人，你试试。小邢说是头一次么，我怎么记得……

上说王恢内次不算，本来给他机会可以赎死。而且这案不止灌一人，还牵扯到别人，一杀就是一串。

小邢说哦你还有人性。上说我听说贼也是有讲究的，给他一个理由就不进去偷。这就是我现在的心情。

太后出来说你还同情他，这我还是在呢，我要不在了，我弟一家不定怎么受他欺负呢。

小邢说上回武安侯的话让太后扎心了。

上说武安侯也没那么无辜，他是白给人做事的人么？都拿傻儿子当挡箭牌。太后说他到我这儿来把事儿都说了，鼻涕一把眼泪一把。上说你问小邢，宫里人都怎么说他。小邢说影帝，皮影的影儿。

上说我只是不愿意一下杀两个舅舅。太后说你讲这个话，我饭也吃不下去了，——不吃了！推案走了。

小邢说你又何必刺激老太太呢？

上问司马迁：你怎么写的，我看看。

司马迁说没法写。

冬十月。过完年，十六日刚上班，灌夫判决下来了，族本支。也即只杀父族姓灌的，妻女皆得免。是族刑最轻的，很大的恩典了。

十七日一早，宗正刘蒙之和郎中令石建上门请窦氏父子到都司空衙署喝茶，文超饮鸩于榻。

灌夫在北军看守所一直关押到第二年快到第三年——元光五年十月，其间也反复申诉，均遭驳回，才在北军看守所引颈受军人荣誉刑——斩首。其子幼夫及其叔伯兄弟皆在颍川弃市。

窦婴亦一直关押在渭水北岸长安新城区一处都司空衙属匠工坊。匠曹将他的住宅腾出来给窦婴居住，每天由他太太做饭给窦婴吃，也允许窦家送酒菜进来。

窦婴刚进去情绪还好，每天早上吃完匠曹太太做的搅团，走出匠曹那间每块砖每块瓦都烧有"都司空制"字样像一座刻满咒语古墓碑的小房子，绕着匠工坊堆满原木院子走一万步。匠曹和途中遇到的每一位工匠都对他很恭敬，知道他是一位贵人，在这里的化名老侯，老侯令人生畏，他们对老侯的管理只是告诉他：您别出这院就行。老侯对前来探视家人声称对自己有信心，相信自己案子会有个好结果，到现在还没正式逮捕嘛，只能算是个留置，这也不是谋逆、大不敬、内乱什么的大恶，顶多是个家风败坏，伙同子女大肆敛财。他甚至认为灌夫的案子早晚也能翻过来，要给今上时间，平息朝中议论，今上虽是年轻皇帝，做事却从不冲动，即位以来每件事处理、平衡的都甚得当，还未处决过一位九卿、侯以上官员。他自己不申诉，也不要家人代他申诉，既来之则安之，不要干扰上的决策。

元光四年，也即老侯留置内年，夏四月气候异常，人常说的倒春寒推迟为倒夏寒，关中下了场霜，把刚出苗的麦、已见绿的草都给冻死了。老侯早上出去遛弯没加衣裳，回来冻感冒了，咳痰加喘加发热。五十来岁在当时就是老年人了，身体状况也近于老年，老侯虽贵为将侯，平时基本医疗保障几乎没有，有个头疼脑热也像老百姓一样上街喊郎中，进动物厨房一样的药铺拎一包草根木屑回来煎汤，挨罚一样捏着鼻子喝下去。老侯身材肥厚，脸蛋带着胖老人多见的脑满肠肥涨发得喷薄般绀红，常人管内叫红光满面，富贵相，其实血压高、血脂高、尿酸高，喝点酒眼眶子就挣巴得生疼，眼白爆血管，出现云翳一样的血花。匠工坊没药没医，老侯躺在炕上咳一阵、晕一阵、烧一阵，生缓过来了。只是从此精气神没了，脸也暗了，秋梨膏色儿，腿也拉拉秧儿了，一万步走不了，从炕沿到门口透口气都得扶墙。

刘蒙之带着封斯侯刘胡伤来看他，说你的案子还没消息，我要退休回封地了，胡伤接下一任宗正，你有什么要求、申诉可以跟他提。老侯还说我在这里挺好，我不申诉。刘蒙之跟他说你也别硬撑着，你不方便提，让家属出面，老不出声，大家以为你不在了。

老侯问老灌什么情况，还在么。刘蒙之说还在，还在坚持每月写申诉，听说上的意思有松动。尹齐出事了，现在的中尉是张欧，刚上来，情况不熟，尹齐有什么新案情新进展还跟我沟通，现在清静好一阵了。

老刘还跟老侯扯了些朝中人事变动，田蚡靠边站了，对外讲身体不好。韩安国上去了，以御史大夫行丞相事，可是没有丞相命，上去细柳校场看操，站在车帮子引导上的车驾入营，没留神地上有摊水，马一闪他掉下来了，右腿摔断，野郎中把骨接上，说以后走路可能有点跛。朝中盛传，可能平棘侯薛泽要当相。

五月丁巳，果然任命薛泽为丞相，韩安国右腿预后不良，不是一般的跛，是一脚高一脚低，免去御史大夫。

六月己巳午时，关中发生地震，长安人家搁在高处的罐、甄、瓶、煲一齐倒下来摔得粉碎,坏房千间。

街头一时挤满从店铺、家中跑出来受惊的人,大白天竟有人一丝不挂。一个老头往外跑,房没塌墙倒了,整把老头埋底下。地震发生时,老侯正从炕下来想撒尿,一踩地顿觉天旋地转,一屁股坐回炕头,以为自己头晕,听到外面工匠喊,才知地震。晚上睡不着心中忽生一念:六月地震,这是要有冤案发生阿。

七月。大赦天下,但是不包括老侯老灌。

八月。老侯坐不住了,给上写申诉,说景皇帝临终曾付与他一遗诏,上书:事有不便可便宜论上。意思是遇到紧急情况可不走组织程序直接向皇帝汇报。希望可以得到皇帝召见的机会。把申诉交给来探视的侄子,让他设法递上去。

等了一个月,没有消息,老侯眉毛胡子全白了。

九月。任命中尉张欧为御史大夫。张欧一到任便来看老侯,跟他说你给皇帝的申诉我看了,也去内廷档案处和你府上分别调取遗诏原件,内廷档案并无遗诏,只有你府上有一件,上面封印盖的是你家家丞私章,我们认定系伪造,现在把处理意见通知你,将正式弹劾你伪造先帝遗诏。

同月,韩安国自称痊愈,请求恢复工作。上命他接张欧的班,任中尉。

一日老侯枯坐屋中,发现一只眼透过窗洞窥视他,看了会儿走了,他认为是韩安国。

冬十月。灌夫受死,本支子孙族。没人告知老侯。

十一月。刘胡伤来看老侯,发现老侯屋里很冷,炕还没烧,训斥了匠曹,刘胡伤看着匠曹亲自搬板条、引燃锯末,把炕烧热,顺便告诉老侯灌夫已经执行。

次日晨，匠曹太太新打的馅做了碗匈奴风味羊肉丸胡椒酸汤给老侯端去，敲半天门无人应，有扑棱声，撞门进去才发现老侯张口奋舌躺地下，一只手挠地，一只脚拐哒，吐一摊，拉一摊，中风了。

窦婴拒绝针灸，拒绝喝药，连带拒绝喝面汤。张欧、刘胡伤、石建都来看他。石建说上对他很关心，希望他还是吃药吃饭，他的问题可以说清，大不了削爵为民，还是可以看着孙子长大成人的。

窦婴精神复振，开始扎头皮针，吃大活络丹，进粥汤，伊呀呀蹦出清晰单字：饿、麻、起、便便。

上亲召薛泽、张欧、石庆、石建、刘胡伤五人开会，商议给窦婴做结论。五大臣皆认为窦已是废人，又是上届太后至亲，可以不做死刑处理，夺爵黜为民，回家疗养。上曰：可。

同月，刘胡伤请太医张苍公、北军总院院长淳于意来匠工坊给窦婴会诊，问匠曹老侯恢复得怎样。匠曹说屎尿都是他太太伺候的，他太太清楚，叫来太太向刘大人报告。太太说梦里能说整话了，白天还是蹦字儿。张苍公对梦话很感兴趣，问都说什么了叫你听见。太太回：王娡杀我。刘胡伤、张苍公皆骇然。淳于意不知所言何谓，还念叨：王制？是归因于制度么？

刘胡伤说不要再提这两个字，否则我们都要坐族。

刘胡伤不敢怠慢，当即拉苍公淳于意回家写了详细经过，请二位证明人打了手印，连夜送到北宫门。

次日，上刚醒接到的第一份奏报就是这个。小邢正在梳妆，听到上坐在马桶上自言自语：就别让我妈担这个恶名了。一边描眉一边问：谁又说太后什么了？

上说：没事。

上命五大臣再议窦婴事。五大臣一致认为：窦婴矫制矫诏，诬上；阿党附益，操持两心，资敌；前二皆坐大不敬，罪在不赦，合并执行：弃市。上曰：可。

十二月三十日午时，窦婴坐在笭筐里被担至新城街头，当众受刑。老百姓看得不开心，说一个糟老头子，坐着就被砍了头，不好看。

同日子时，河间王刘德脑卒中，没抢救过来，薨于长乐宫永寿殿雅乐夜宴《大濩》歌咏声中。

起初，淮南王刘安有好古之名，多收集龟辞骨文，不论哪朝哪代见形纹就收，儒门中人讥之为"浮辨"，今曰敛糙活儿。刘德本人自谦是做学问的，开蒙、授业所请塾师俱是山东硕儒，平时不戴王冠戴儒冠，不著冕服著儒服，必去的地方不是朝堂、宗庙而是儒者汇聚讲学的乡间陋室，朋友都是山东来的有名或无闻儒门子弟。曾经教过他的今文礼学开山鼻祖高堂生对他有这样的评价：实事求是。也即下笨功夫追求真理。

刘德的笨功夫就是拿出真金绮縠广收天下孤本、绝版书，尤特注重求购秦统一文字前六国名人篆籀金文手抄本和有关礼乐方面的记载。经其手和其他著名儒家学者勘注校辑的各国诗书将将超过五百篇，达五百零一篇。其中特别珍贵的是周公亲笔刻写《周官》、孔子手书子夏作序的《诗》、左丘明手书《左传》、司马穰苴手书《司马穰苴兵法》和闵损著鲁国公室所藏首抄本《孝经》和高堂生亲抄亲赠《士礼经》什么的。

两个月前过年的时候，刘德依礼来长安朝觐（司马迁按：河间王所依之礼为周礼，诸侯三年一朝。我汉并无此制，各王、诸侯想来就来，一年也可，三五六年皆可，来这儿住多长时间皆可，不走也成，老不来不行。只有他，妥妥的三年一朝），就带来了几车他主编的古书勘注本和他亲自导演调教能跳全套《云门》《咸池》《大韶》《大夏》《大濩》《大武》六大舞和《帗》《羽》《皇》《旄》《干》《人》六小舞歌伎一班，长长一个车队，献给皇帝。他来内天正赶上灌夫受刑，长安小市民早得到小道消息，当日要杀人，地点在雍门东大街和横门北大街十字路口。宣平门东大街平民区老人妇女小孩一早都在街上站着，等着囚车从宣平门进来好一路跟着起哄到横门路口看一全过程。哪知灌夫天没亮已在东郊北军看守所院里受刑，走的是军法处置程序，就没打算进城。也没人通知老百姓，也没人——也许有人知道他们在盼什么，成心不告诵他们。

北军总院就在宣平门东大街把角，逢军法处杀人都会派个军医去法场负责验尸，确认受刑人已死并开出死亡证明，其实也是多余，脑袋都离开身子了岂有不死之理？大约是战争年代养成的习惯或曰成例吧，战争年代处决人手段多种多样，比较多的是烹，有时候水不太开，煮半天真有不熟活着滚出来的。还有磔，多发生在阵前，前面还在打，这边处置临阵脱逃畏怯不肯向前者，哪里杀得那么仔细，战场形势突变，敌人冲进来，行刑者随便捅几刀也要投入战斗，所谓磔，在军语里就是补刀，经常发生已经处决者又在他老家发现，或站在敌人阵营里，军医在现场验尸很重要。

当日去看守所验尸的是外科扁主任，认识灌夫，灌夫当年昌邑阵中受重伤就是扁主任在野战救护所用粗暴手法——所有身上箭齐根削了止血缝合——拣回的一条命。扁主任验尸回来心情郁闷，入宣平门看到满街百姓把饭碗都端出来了，蹲在马路边吃捞饭边引颈翘望，心说这帮二货！

时已过午，二货们左等来不右等不来，河间王刘德旌旗招表来了还带着一车车美女，就堵上来看他。

司马迁从北阙三条家里叫车出门，刚出胡同口就堵得死死的，半天不挪窝，问前后马车夫，都在车座上立起来前后观望，说看不到头，谁也不知道哪儿出车祸了。跟上约的是丑时三刻到高门殿，时间眼看来不及，只好下车连跑带走，从车缝里横穿直城门大街，到未央宫北阙发现北阙有警卫措施，沿宫墙一侧便道放了些穿便衣的南军卫卒，不许行人走，本来东西双向通行直城门大街现在只能从东往西走，这一般是皇帝銮驾出入或有要人通过。等了一会儿，大街上一些正在走的马车忽然都靠边停了，一个插着河间王旗车队夸哒夸哒飞快从东边赶过来，一辆辆往宫里钻。

车队过完，街上临时交通管制撤了，东来西往的人、马车又流动起来。北阙便衣也列队回宫了。司马迁入宫沿西道往里走，却见宫里人都急急忙忙走东道。

西道越走人越少，到承明殿已是只听得满院子树叶刷刷响。到了高门殿，发现一人没有，门虚掩着，上台阶推门，殿里远远一人正推着揎布擦地板，听见门响直腰回头满头汗珠日光透过窗棂映射发丝烁烁发亮。司马迁高声说：上没说去哪儿了？小亮人没嗳嗳，回身低头，双手摁地，高撅臀部一路小跑推到更深处。

司马迁退出来，在宫院溜溜达达走，忽听前殿轰一声像落了海潮，循着人声往回走，刚拐过承明殿，就见东方朔在宣室殿把角冲他招手，见了他说哎哟我这等你这半天，你从哪儿进的，我一直在小西门等你。

司马迁说北门阿。

东方朔说北门不是不让走么。

马迁说没人管我呀，不是约在高门么。方朔说改地儿了，刘德来了，上在前殿，让我无论如何请你到场。马迁说请我干嘛我跟他又不认识。方朔说不是让你跟他聊，他没人聊得动。上大概想跟你说点别的。

到了前殿，嗬这一屋子人！公孙弘、终军、朱买臣太学一帮博士都到了，刘德面上而坐，侃侃而谈。

马迁自小在宫中行走，记忆里前殿就没怎么开过，好像还是很久二十多年前，景皇帝时为什么事开过一次，大概是七国平叛接过一次凯旋周亚夫。大家都说你记错了，没开，接周亚夫是在宣室。上也说没开，本来准备开前殿举行献俘，后来有人说是内战，献的都是一家人，就取消了，你看到的可能是打扫广场，拔草、漆柱子，准备开。后来前殿就一直锁着，也不知乃年下暴雨，房漏了，听说还有黄鼠狼在边做了窝，就开了门通风，铲墙皮，重新补腻子、挂浆、刷灰，屋顶重新苫草，脚手架搭了很多年，前一阵儿才撤。

上一见马迁就远远各种示意，小摆手、低拱手、眯眼点头、单指划圈、往身后指，意思让马迁过去。

马迁贴边兜圈，迈过人脚，坐到上身后通常是给佞臣留的位子。上不回头，还一副倾听的样子面向刘德，从侧面看嘴皮子不动，纯靠舞舌，说：你快跟我说几句话吧，我都快睡着了。马迁说我找籍福、临汝侯聊了，他们三方平时私底下还是有些矛盾，窦和灌是一头的。上说你靠近我点说，我听不清。马迁说田家想要窦家一块地，窦家不给，灌还在中间说了一些不好听的话，田很生气。上说扶风的地呗，我知道。

马迁说窦请田吃饭，田没起来，给忘了，窦很不高兴，灌又在中间起了一些不好的作用。田娶燕王女儿，喝喜酒，灌闹酒炸，把局搅了，田手下人当时就想弄他，田也有点急，还是窦拦在其中，硬摁着灌的头给田赔了不是，才算了。上说都跟孩子似的，灌夫这种人阿，一辈子都在憋大的，谁跟他交朋友也是倒了八辈子霉了，还有什么？马迁说没了，目前就这些。

上说够么？马迁说什么叫够，三条已足以成篇，就是可能会写成你不喜欢的内样，是非皆因德性有亏而出。上说就是一帮小人呗，不过他们也够没样儿的，写吧，怎么写还不都是部分真实。内边忽然齐声感叹，刚才是海潮在远处，现在是海潮近在耳旁，上胡乱喝个采：好儿！

东方朔站起来说大家先休息会儿，吃点东西，让河间王也歇歇嗓子，喝点水，一会儿再给大家上课。

会场中人站起来乱走，去外边廊子上取吃食，终军朱买臣一帮年轻人上去围着刘德请教，公孙弘一脸钦佩，迎着上，翘大拇指说：得事之中，文约旨明。

上说昂昂。问东方朔：他下面还要讲多久？

方朔说下堂课就是雅乐表演了，您犯困就看美人。

司马迁说那我就先撤了，您再给我交个底，这位老哥最后怎么个意思，不至于……我好把着点。

上说不至于。

刘德一时成了长安城最抢手演说家，太学请他连讲十天，开了三个专题：一专门回答有关璧雍、明堂、灵台三雍制度问题；二讲古籍来历、勘误、作者考证；三谈雅乐形成、历史作用，其后的失传、复活和改编。

十天讲下来问题不是更少而是更多，博士们拖着刘德不让走，继续座谈。其中博士高堂生本是刘德恩师，师生相见，先行师礼，再行王礼，当然走不了，一谈又是十来天，师生互相辩驳，互相捧场，众人皆曰精彩。公孙弘更是殷勤呵至，每天炸溜爆扒大酒伺候。刘德原是废太子之弟，母同为栗姬，栗姬齐人，入宫即嫌宫里饭不对口，就在屋里自己发海参泡虾干做葱烧海参虾干烧白菜给他们兄弟吃，得势内几年，还从齐地调来一组福山厨子，专门做福山菜给她们娘们儿吃，养成一家子胶东口儿。刘德后来到河间做王，赵地有什么好厨子，根本不成菜系，王府的厨子都是福山请的。赵地也没什么名儒，都是些执拗孤陋学步刻求之辈，他做为一郡王，也不能随便出国，七国变后，王都成了后，国就是你的宫，责权范围就是管好你家务，许你穿金戴玉，许你喜怒无常，亲这个远内个，关起门来称孤道寡，出宫对不起，得挑日子，长安许你出你才能出，其实很憋屈，穿儒服戴儒冠也是一种无聊。这回好了，太学都是山东人，厨子也是福山滴，因为长安远海，海鲜到这儿都是干货，太学伙食费也有限，学里小餐厅厨子常行菜就练出来了，软炸里脊油爆肚浮油鸡片水晶肘，炸猪皮变的扒鱼肚姜烹醋代的烧蛎黄，既下酒又下饭，刘德也爱吃，盘盘光，关键是人对，没有比暴侃更下酒，酒都随吐沫星子散出去了，喝多少不觉得，就是夜下回家撑得慌。

这边太学热乎劲还没过，内边石渠阁又来抢人，刘德捐赠给图书馆可以叫善本的古书今抄，逮举行个赠书仪式阿。司马谈现在已经基本不上班，太史这边应酬都是司马迁出头，单位人都知道，就等着他爸死呢，他就是新任太史令。刘德来到石渠阁，司马迁陪同他参观馆藏壁画石刻陶板泥书，刘德提出想看《三坟》《五典》，马迁说不好意思我都看不到，内得皇帝特批。刘德问我内批书你打算搁哪儿。马迁说不好意思没今文馆，您是希望别人看还是不希望人看呢，希望人看我们就放阅览室，不打算让人看我们就收库房。

刘德没暖暖。吃饭迁儿请他吃花椒拌羊血、温拌腰丝、奶汤锅子鱼。他吃的时候就撅着嘴，小酒没喝几盅，大醉，出溜到地上，躺在地上就着了。跟他的人说这多半拉月就没正经睡，这是补觉呢。马迁说地上凉，再激着。叫几个人给搭——图书馆也没可睡的地方，就拼了几张书儿——书儿上去了。刘德也是像他们老刘家人，大肚子，满月脸，向心圆，小窄臀，仰面躺着衣裾自动往两边滑，翻两个身全身就敞开了，露出肚脐，迁儿给找了本书盖上，自个拿本书到外边看，听着呼噜。天黑了呼噜也没停，还越打越响。饼妹见他没着家，也没说晚上有事，找来了，说你怎么下班不回家呀，我这饭凉了热热了凉。马迁说有客，你听。整这会儿呼噜停了，饼妹听半天说我听什么呀。

马迁说河间王，醉了，在里边睡呢。饼妹说昂河间王？太有名了，在你这儿睡呢，我得进去看看。

饼妹摸黑进去，脚下一滑差点没撕一个，蹲下拿鼻子一闻，喊欸哟怎么还吐这儿了？马迁赶紧点了蜡烛进去，见河间王还没醒，身上地下都腻着一丝儿一丝儿粘稠物，那味儿，这蹿。

饼妹说你们给他吃什么好的了，瞧给撑的。迁儿说这都不知是乃天的，我们的饭他一口没吃。

真正受欢迎的是他内班雅乐，打从进了长安姑娘们就没闲着，从过年跳到十二月，溜溜三个月。长安王府侯邸排着队请，一跳就是一天，也勉强够看完八大舞，想看八小舞还得另约。太后听说想看一场，十二月快过完了还没约上。长安王子公侯之间传八大舞除了最后内个《大武》是创作于周，跟刨地似的，其余七个传自黄帝、尧舜禹和商，是祭神舞，取自蒙大裸，必须要看。看了，也没瞧见什么，还不如自己家里私培的艳舞有得看。问刘德，刘德说我都给改了。

有人跟他抬杠，说文脉，你看到的是色情，我们看的是文脉。刘德说我特么就把文脉掐了怎么招吧。

十二月三十，安排在长乐宫永寿殿，早起就跳，先跳八小舞，再跳八大舞，什么跳完什么时候算。小邢把太后铺盖卷扛去现场，说看累了好倒着。

上也没看过，不希的，说能好的哪儿去呀，赵国歌女早不灵了，哪比得上咱们太乐舞团专业，国家没了，姑娘也好不到哪儿去，好妞儿那得金山玉液养出光采，光生得好，没用。尹婕好李益寿这帮子想看，说妞儿不能看，看艺术。上说刘德懂艺术，你别气我了。问阿娇你去不去，你去我就去。阿娇说你们这俗人乐就别叫我了。

三十一早，天还没亮，钟磬箫鼓就从东边飘过来了，未央宫女的全醒了，集合到上寝宫前齐喊：我们要看雅乐！我们要看雅乐！上正在做梦，窦婴光不出溜一头白发从前殿中道进来，迎头碰见躲又躲不开，想装不认识过去……醒了，也不想再睡，就披上厚衣裳出去，带着一帮女的，现叫车，车装不下地下走着，一大队人浩浩荡荡奔了东宫。

上一见刘德都不认得了，说你怎么胖成这样？刘德气儿吹的似的腴一大肚子，站那儿直晃悠，脸是黑的，说天天大饭，哪一顿少喝了都不答应，三个月，多长出一个我，正背我身上呢。上说你还是口壮。

刘德内天早起就不舒服，头疼，天也冷，冻得吸溜吸溜的，看什么都有点模糊，听别人说话也费劲，左手发麻，本来想歇一天，可今儿是太后的场子，太后当年是她妈最好的朋友，这些年也没少关照他和他弟阆于，经常隔着大老远把赏赐送到他国里，他打心眼里感激，不能别人家都去了，太后看演出反倒不露面，于国于家都不在礼，就硬撑着来了。

太后年轻时也掰过腿下过腰练过几天舞蹈，别人以为老太太看两出会累，哪知老太太看得兴致勃勃，还逮说是懂，看得出这个范儿正内个范儿歪，刘德也不能歇，一直陪在身边，给老太太介绍演员，这叫什么内叫什么，谁的师傅在当地有多大名气，怎么叫他收编买的时候花了多少金。中间老太太歇了两起，歪在铺盖上眯了片刻，他也没歇，吃惯喝惯不饿嘴到饭点儿也犯馋，旷得慌，面前有肉有酒就拣起来吃、喝，头回酒一下肚打恶心，这么混到天黑，场子点灯，神志已经迷茫，不太理解眼前景象身在何地何时和谁了，别人跟他说话也不大搭腔，大家以为他累了，也不打搅他，让他一人坐在暗影里，子时才到，咕登一头栽地上，再翻过身来，已经出的气儿进的气儿全没了。

刘德死时正是子时，发现、喊人、掐人中、往暖炉跟前抬，派车接张苍公，扎针、灌药，折腾一遍够，到谁都看出这人死透了，太后亲自下旨说别折腾了，才停手。由张苍公宣布死亡，已过子时，进入下一月，于是官方记载就把他的死亡日期定为春正月。

25

春正月，这一年还是元光五年。韩安国不小心又从车上掉下来了，摔断左腿，不能履职，辞去中尉。

丞相薛泽推荐了一个谁也没听说过的人叫常丽，说他祖上叫常先，担任过黄帝的丞相，上说他跟你说的？薛泽说天下人都知道。上说好吧，任命常丽为中尉。常丽第一次参加会，讨论河间王谥号，常丽说王身端行治，温仁恭简，笃敬爱下，明知深察，惠于鳏寡……上说所以呢？常丽说臣没词了。新任大行令唐蒙接了句：聪明睿智曰献。上说聪明睿智不是应该曰精么？或曰通，曰达；你跟我解释解释怎么就曰献了呢，这里是个什么理则？唐蒙说这……上说你先跟我说说你理解的"献"是什么，咱们是一国人吧？

唐蒙说是是，是一国人，说同一种语言。臣理解的献，是，是，是把自己所有或部分所有食物或意见端给集体或尊敬的人。

上说没错，我跟你理解一样，那么这句话应该怎么说呢？唐蒙说恭、诚、倾、谨曰……献？上说不理想。常丽说恭笃深惠曰献。上说就这么遮吧。于是谥河间刘德献王。后人谀献王曰：过去鲁哀公说过，寡人生于深宫，长于妇人之手，从来不知什么是忧，什么叫害怕。如果这话当真，想不亡国也难。所以管仲认为宴饮旅游岁月静好有毒，没有德性有钱有地位是不幸。汉兴，到孝平（注：汉十四帝，在位一年），诸侯王以百数，率多骄奢淫逸，无德可言，为什么呢？

就因为他们在内个环境里，养成了放纵的习惯改也难。如同老百姓生活改善了仍然受限于穷规陋俗。在跳不脱出生环境带来的影响这件事上，普通人和地位很高的人没什么区别。唯独追求大雅，达到大雅，才能摆脱这铁桶般的人生宿命。河间献王差一点就做到了。

更后人评曰：什么是大雅呢？整理点古书，编导一些动作迟缓的舞蹈，就可以自命为雅么？雅和德是一回事么？只有用很低的标准才会认为沉迷于书斋、舞榭比流连于酒吧、夜总会道德高。

三月，田蚡报病重。我去他家看他，人如受孕小腹丘起，脸色黄如蜡，血管暴凸似罩红蛛网，看似熟睡实则深昏迷。夫人站一排，个个如花遭摧。我说怎么突然这样了，大夫怎么说？夫人之一说大夫也没说出所以，我们认为是大酒喝的。我说给开了什么药。

夫人之一端出一笸箩黑渣儿，说我们也不认识，都灌进去，又喷了出来。这时进来一妇人，贼头贼脑，夫人们倒很恭敬，说是太后给推荐仙儿。我说用我出去么？仙儿说不用。上前瞄了一眼，哟喝，像被什么撞着了，以手遮眼连退数步，说床头有俩鬼，一个胖大黑脸，一个还是胖大红脸，都穿着武将服，病人最近开罪过什么人么？夫人一齐瞅我，说也不能算开罪人。仙儿说病人曾说过什么？夫人之一说梦话算么。

仙儿说算。夫人之一说我伴寝的时候听他说过认罪，服罪。夫人之二说我伺候夜时也听说过。仙儿说那就是了，心里有愧，愧就成鬼了。我抬腿出去，对等在院里的李敢说：仙儿很会利用信息。

没几日，就听说田蚡过去了。我去太后那里问安，太后哭哭啼啼，说就是被你吓死的。我说谁也没有吓他，生命本身就很脆弱，来得偶然，去、什么结束自己也不知道，难道不是每年都会听说几个人好好的突然走了么？还是年头不好，今年是老天爷收人的日子。

我用老百姓的话安慰太后，太后受到安慰，渐渐停止哭泣，说袭侯的事儿……我说侯还是他们家的。

遂任命田蚡儿子田恬袭武安侯，但是没安排行政职务，跟他说你就别受这累了，你爸就是累死的，你就在家好好玩吧。很多人上朝时向我致哀，说田蚡还是个好人。这大概是对政治人物最低的评价了。普通人获此评价大概也是乏善可陈近义词。

起初——这个初也就是五年前，我六年。我派王恢讨伐闽越，他的前指设在豫章，唐蒙当时是豫章下面一个县，番阳县县令。王恢到达豫章，派唐蒙去番禺知会南越王赵佗汉军将要进行的行动，此事因南越而起故。赵佗请唐蒙吃烧鹅，蘸碟中有一味酸酱，晶剔莹碧，果香浓郁，甚是适口，蘸肥鹅亦添风味去腥解腻，唐蒙喜爱，问这是什么酱，赵佗对曰：枸酱。

唐蒙说是你们这儿产的么？赵佗说不是，有一条江叫牂牁，很长，宽几里，从西北流到我国城下，是这条江运来的。唐蒙说你现在说话怎么这么别扭，不就是不知道么。赵佗说不好意思，在岭南呆久了，语言习惯也受鸟语改变，讲汉话转不过舌头，不知从何说起。唐蒙说一个石家庄人，说起话像外国人，思维也改了吧？赵佗说还真是，先考虑条件，再诉诸目的。

唐蒙说您再呆下去，没准儿思维又变回来了，人不都说老了又回儿时，您又成一石家庄人了，想吃西河肉糕了。赵佗说变不回去了，我已经一百岁了，分分钟、每一秒都可能是人生最后一秒，随时躺呢儿。

唐蒙说您都一百了，不像，太不像，看着也就九十。赵佗说你想阿，派我来岭南是始皇帝，今儿是谁呀？唐蒙说汉皇帝。赵佗说对呀，我生生熬走了——掰着手指头算——始皇、二世、高祖、孝惠、孝文、孝景六个皇帝，中间打酱油的不算，我还不该一百阿？

唐蒙说您有什么感受人生满百？赵佗说都跟昨天似的。说完放下筷子，脸一歪肩一耷拉，合眼不动了。

唐蒙说老爷子着了？太子赵眜上前一探老爷子鼻息，说先王大行了。

唐蒙这下走不了了，又参加赵佗葬礼，又参加赵眜继位大典。后又陪同新太子赵婴齐回长安加入南军，接受军事训练，从北宫门站岗开始后又调到我身边做廊下宿卫，学习怎么从一个男孩成长为一个男人。这个过程中王恢早从豫章得胜归来，唐蒙一直呆在长安，跟我有了接触，对他印象不错，认为他还算会办事，脑子也清楚，从计算赵佗死期这件事就看出来了，有司先按南越国丧报赵佗在位九十三年、寿一百记为建元四年，唐蒙说我亲眼看见的，就死在我跟前，我不管他在位几年，岁数多老大，我就知道他死在建元六年。赵婴齐也证实了唐蒙的说法。有司仍旧不改，只把唐蒙的说法作为一说，备注在官方正式记载下。

唐蒙请我主持公道，两年不是两天，差出很多。

我说南越能报出赵佗七岁称王，你还有什么可较真的呢？要改不是一点两点，事事较真我也活不长，反正不是活人，早两年晚两年以后都是零了。

但是我记住这个人了，王恢出事后，就把他调到长安接大行这个很需要灵活的职务。

唐蒙做了大行，搞接待，也要经常组织宴会，请人吃饭。国宾馆还是王恢时代留下的菜单，外国餐厅只有一个匈奴烤肉，还有一个叫狄风阁的塞西安料理，号称卖西域各国菜，原来还讲究点，拿银盘盛肉，玻璃樽喝酒，我过去有装逼局常去。奄蔡主厨走了后餐厅水准直线下降，拿盆装肉，碗筛酒，量一下都上忒大了，我问银、玻璃都哪儿去了，现任承包人兼掌勺，一个乌桓卖马的说都让人揣家走了。我给他提意见：你们这儿菜量有点大。卖马的回答不然不够吃。

当时长安蜀商已经很多，来长安卖蜀锦、蜀酒、甘蔗、菜籽油竹拐棍花椒什么的。也有大商人想来长安开饭庄，伟大的汉帝国首都没有一家蜀国餐厅，不能忍。司马相如老丈杆子卓望孙就是其中之一，来到长安考察项目，卓文君和司马相如知道长安其他小吃也不入老人眼，就挑了国宾馆狄风阁请他老吃饭，也是老没来了两口子，不知换了承包人，也没菜单，说是按位收钱，几种不同价位套餐，老丈杆子么，按最贵的整，头一道菜，人没见着先听见喊：让一让，让一让阿！回头见一膀大腰圆小伙子端一脸盆上来，一盆杀猪菜哐当墩案子当间。老爷子当场就乐了，说我有信心了。唐蒙听说司马相如在这儿请客，赶过来敬酒，跟老爷子道歉：您原谅我们这儿最近管理有点混乱，这不我刚来么，准备把这承包人换掉，不但不能代表长安也不能代表东北饮食水平。老爷子说不碍的，都是从粗到细过来的，会做菜也不代表这人多有品位，只能说：馋。唐蒙说甭问，一听就是碰上真懂吃、会吃的主儿了，必须敬您一杯您随意我干了。

卓文君说我爸这次来就是考察长安餐饮行业，有意在长安找一个地方开一间能代表我们蜀国一般水平的餐馆，你换承包人，我家来承包好不好？唐蒙说那敢情好，求之不得，您不是拿我说笑吧？就这么定了。

文君说哪能拿您说笑阿，不见得比现在这位好，一定不比他差。唐蒙说那不能够，一定是好，好到不知乃嘎瘩去了，老爷子，跟您打听个事。卓老人说您说。

唐蒙说我去南越，南越王赵佗请我吃饭，席上有一味酱料，叫枸酱，美味无比，使我至今难忘，问赵佗哪里出产，他也说不清楚，您不会碰巧知道吧。

卓老人和文君都笑了，老人说巧了，我还真知道，此物全名叫蜀枸酱，又名枸橘酱，其果实为枸，又叫枳，橘逾淮而北为枳的枳；种品繁多，或酸或涩，可以入药，两淮荆楚皆有分布，但能制酱，味甘酸清冽，佐烧腊佳偶，去臊解腻，食之令人难忘，唯我蜀枸。

文君说我们家临邛有片山，山上长的全是，小时候我吃多了不消化，胃胀气，就上山采果壳煎水喝。

卓老人说南越能吃到却不知此物何来，一定是我蜀地货郎背到夜郎贩卖，夜郎王当名物进献给南越王。夜郎国临靠牂牁江，江宽百步，可以行船，南越王靠施舍财物笼络夜郎替他们做事，将势力一直向西延伸到桐师以北昆明，可那是名义上归附，像临时工，给钱就干不给钱就散伙，不像我巴蜀归汉真把汉当亲人。

唐蒙双手捧盏，说为我蜀汉一家干一杯。

当年几月我也忘了，唐蒙通过阿老递上来一本奏章或说一个谋略。因这都是秘密行动，只在军情部门存有档案，事乃成乃废有了结果才告太史载入史册，有的事办得有头无尾或尾之烂实难以启齿，就跟谁都不提了，我只能说很多这样的事办不成的比办成多。

唐蒙在奏章里讲南越王出门乘坐油金漆宫辇，车左悬挂长五尺高三尺绣飞龙军队统帅大纛，开道随扈仪仗兵比天子羽林虎贲人数还多，穿得还讲究，还招摇。统治土地东西万里，名为朝廷驻一方外臣，实则早把自己认作一国之主，称帝是早晚的事，现在就该做些调备，以免事起仓促，有秦屠雎之恨。今中原通粤陆路交通五岭所有山道都被赵氏挖断，设障为塞，驻军把守，横浦、湟谿、阳山三关亦屯有重兵。长沙通粤水路虽多，却迂回环转，水急滩险，顺流而下经常不知岔到哪嘎瘩去了，非常难走，两条主要大江湘水、资水都是发源于粤，自南北流，行舟逆水。豫章亦复如是，虽距粤最近，最大入粤河寻乌水东江段沙洲多且具流动性，无行船多年当地船老大引航领舵，重载船常江中搁浅，所以都不是进军南越理想路径。

臣听说，夜郎虽小国，结盟的苏阿纳、佐洛举、句町、幕帕汝舍磨诸夷君长部落加一块能动员战士十余万，都是可无后方、无补给单兵持久作战尤擅于山地攀爬丛林穿越近身肉搏暗箭伤人的勇士，他们之间也常械斗、互猎人头，若能为我所用，可抵百万军。夜郎与越一衣带水，乘船浮牂牁江而下，此其制越一奇兵也。越可以财物贿赂他们，以兵威胁迫他们，我汉兵之强、巴蜀之殷富远胜于越。今蜀中枸酱已行销至夜郎，可知西南险途已开，再添人手凿空拓阔其径，在其地设郡置吏使其归向于我，是很容易办到的事。

我召来唐蒙询问：你说的容易到底有多容易呢？

唐蒙说您就给我一个名义，我自己去巴蜀设法，不用您掏一个大子儿。我说那可说好了，我镚子儿不掏，一个人不出，也不是我抠门，实在是用钱的地方太多，同时往四向用强要有个轻重缓急。唐蒙说懂，您主要考虑的是北边，我也认为北边更重要，北边是卧榻之侧，南边，您就当交个朋友，将来也许用得着。

我说这个提法好，交朋友，也是我一向主张对四夷的态度。不过交朋友镚子儿不掏好像也不太好，也交不到真心朋友，这么遮，我个人还有一些不穿的衣裳鞋，皇后还有一些戴过、嫌式样老气过时的头面首饰，你拿上，其实都挺新的，有的衣裳我根本没穿过。

唐蒙说我要说您穿过的比没穿过的更贵重您信么？您其实老是忽视您自个拥有一项重大资产，民间借贷市场叫无形资产，您的名字那是百万金也换不来的。

我说哦是么，我可能真的没意识到这一点，你去吧，不给你定目标，能完成多少完成多少，办不成也不勉强，可有一样，不许打着旗号到巴蜀勒索地方。

唐蒙说内些下三滥的招儿您叫我使我还真不会，我都不惊动地方，我发动民间商帮，手里有俩糟钱的小老板，想不想把事业发展到云贵粤，想，咱们集资。

我说好好好，有逐利动机比什么都可靠，商人的冒险精神、敢于押上身家泼命一赌的劲儿有时连最勇敢的士兵都比不了。

于是我当场任命唐蒙为中郎将，传令后宫有过季、发胖长个儿穿上小、一时用不着的衣裳捐出来，支援西南夷，新衣裳咱们再置。装了百车，叫唐蒙拉走。

唐蒙高高兴兴走了。我问阿老：你对这个人怎么看？阿老说是王恢式的人物。

26

　　唐蒙出长安沿子午谷入山，走子午道入淬水河谷，溯谷而上翻越秦岭，经洵水过腰竹岭，沿池水至汉江北，绕黄金峡到汉中，再从那里登七盘岭，走棋盘关入蜀。沿途任意征发百姓呵骂官吏，索工索粮索物，为他补桥垫路，背纤抬车，倒是把高祖当年入汉中烧断栈道都用新木铺了。高挑招兵旗，纠集放流人民，到葭萌已有卒五百，挑夫三千。到涪县，还是卒五百，挑夫三百，其他挑夫趁其怠懈撂挑子跑了。

　　入成都，蜀郡太守乔渝说特别支持，我这儿正好有个贡锦作坊给少府赶的一批活儿样子织错了凤头，凤头向左而不是向右，织室退订织女大半年工钱泡汤，你随便给两个拿走听说夷狄尚左。唐蒙说行，我跟蛮子结完账连本带息一起给你，你们蜀地治安好么？

　　乔渝说啥意思？哦哦有有，法律深刻则人无不免，我这里小过系囚者塞途盈室，你需要多少苦力，我可以发动人犯报名，劳动一日抵系囚一日，都愿意出来干活，活动一下身躯，比蹲在号里阴倒区麻黑巴适，你就是要在码头装一下船卸一下车吧？唐蒙说顶多三天，管饭，老咸菜炖肘子甜烧白。乔渝说你不要把犯人惯坏了阿，回来我们号里的开水白菜没法吃了。

　　唐蒙又驱车百里去临邛看望已从长安归府卓老。参观了他的铁矿，跟卓老谈了上的宏愿，卓老说帝的事当然要支持。捐了一批铁矿石，又亲赴成都在自家开的赵国饭店连组七天大局，为唐蒙拉场子，请来川西坝子黑白两道大小商会各行帮头面人物当面托付，说朝廷要连通西南夷，将我蜀地出产运往滇黔粤，为各位开一条财路，特派中郎将唐先生为各位保驾走镖，你们手里有什么销不动的货，咱们蜀地特别盛产大家都不当东西的贱物，采不尽的花椒、榨不完的菜油、搁不坏的榨菜、吃了上瘾的豆豉、去年的陈粮、新灌的香肠腊肉都可以打包，组织一支有史以来最大马帮走一次滇黔高原。大家说怎么都是吃的呀，榨菜搁久了也会长毛，菜油也会哈喇，陈粮长虫子。

卓老说不光是吃的，用的，妇女们熬花眼累断手纺的粗布，编的竹筐竹篮子藤椅，只要咱们用不了的，都可以一次性倾销给滇夷、邛夷、夜郎夷。大家说竹子咱们多，漫山遍坑，他们也漫山，咱们会编筐，他们也会编筐，咱们妇女熬夜纺布挣点外快，他们妇女也没闲着，都是粗布，为啥子他们非要买咱们的？

卓老说这就是销售、市场运营了，咱们的货便宜，低于他们点灯费蜡成本，先让他们白使，穿惯了咱们的粗布，又结实又经脏，谁还不愿意省心呀，谁还不愿意早点睡呀，之后……嘞嘞，全国都有矿，我家的矿也不比别家含铁高，为啥子我就能走遍全国尼？

大家说明白了。于是整合了成都资源，各家都派出自家伙计，加上自愿报名参加装卸囚犯，合共提刀押运者一千人，推车挑担苦力万人，在沱江码头装船，唐蒙跟犯人说你们要是不想回去吃白菜都可以上船。言罢水陆并进直下江阳。巴郡太守巴峰听说中郎将唐蒙前来拜访，说这个人我了解，在番阳做县令就精得出名，我们巴郡到他们那里做生意的都哭着回来，没一个能赚到钱，不是丢了货就是扣了人，现在又披上皇帝近侍将军虎皮，惹不起，就说我去下面巡视了。

唐蒙在符县等了数日，又从自贡诳了帮私盐贩子入伙，许诺将来西南道开通，给他们独家包税运盐特权，之后就从筰关一窝蜂出了关。之后记载就不太详细了，唐蒙给朝廷报告只字未提，只能从拣了条命逃回巴蜀苦力口中后成为川东一带广为流传惊险故事略窥一二。据说出了关就改手抠岩缝儿脸贴着崖一步步挪了，脚下是万丈咆哮血一样粘稠的河水，不时有骡马、人掉下去，骡马一声不吭，人也一声不吭，可能是紧张感至死未放松，可能是反正也这样了什么也不想了反倒欣快了，可能是脚没踩住掉下去一瞬间已经吓死了。经常走着走着就没路了，路刚断，叫前面内条汉子一脚连土石带人一齐蹬下去，上万人就那么一字长蛇腰带似的缠在崖上，进退不得，头顶是鹰巢，小鹰啾啾叫，人不能仰脸，抬眼就叫鹰把眼珠抔了，很多人走出内段陡崖都成了独眼龙，头顶也有薅秃的，叫鹰衔走垫了窝。过江都是溜索，人、马上秤一样挂在竹皮拧的索上，一推走一个，这回都喊出来，惨叫声回荡峡谷竟月不绝。成都一个老大，垄断香肠市场，不知中了什么邪非要亲自跟着走一趟，可能是内种白手起家喜欢什么都亲力亲为不相信手下能力手下人确实能力也低，回来说现在明白为啥子让我们带吃的了，大家背的榨菜香肠腊肉粮食都在路上吃了，豆豉花椒粒都当宝嚼吧了，最后靠菜籽油，每天控制发放，一人一口，老大说从来没觉得菜籽油嫩么甜，痕着跟蜜似的。卓老的矿石过夔道早已填了坑铺了断头路剩下的都倒赤水河里。盐贩子背的盐一路豪雨冲刷麻袋浸渗全瘪了背篓挂层霜，又一场暴雨沦过贩子们空手攀崖背篓都不见了，贩子们说我们先得活吧！从成都跟来的囚犯哭成泪人说早知这么天天练胆还不如蹲小号吃白菜安逸。才看到牂牁江，看到可乐保姆——中央大城，止剩一人一身衣裳了。唐蒙叫大家脱下来，说衣裳是皇帝捐的，给夜郎王的赏赐，已经叫你们穿脏了闻着馊味儿，怎么也得晾一下散散味儿才拿得出手。

武米夜郎第三代王多同见到汉使感动落泪，说从没见过这么尊重我们风俗的军队，我们不穿衣裳你们也不穿衣裳，还送我们皇后亲自穿过带着体香的锦、细绫、绉纱，你们怎么知道我们把穿着的衣裳脱下来送人是最高礼遇，把太太穿过的衣裳送人只有兄弟间才这样？

唐蒙说都听说了我们，汉天子就是把您当兄弟了，出来前就叮嘱我，见了我弟什么都不许跟人张嘴，就问人家需要什么，需要什么就赶紧给人置办什么，我弟不容易，住得那么远，周围人听说也都挺不讲理的，你去了跟我弟说，他在这世上不是孤丁一人，他还有一哥，惦记他，谁要欺负他，找哥，哥有的是人、车、马，随便扒拉扒拉就是百万兵，随时过来给他撑腰。

多同哽咽说谢哥惦记，过去南越人对我们就像穷孙子，让我们干的都是跑断腿累断腰的事，赏赐的都是凤梨荔枝芒果，好像我们多爱吃水果似的，现在有我哥，再不听他们的把凤梨芒果照特么他们脸摔过去。

多同设国宴请唐蒙一人吃饭，说真的，我也不拿你当外人了，你带的奴隶就让他们随便找个寨子看乃家正在吃饭跟人家要点吧。唐蒙说甭管奴隶甭管奴隶。

国宴就一道菜，小黑猪连骨剁碎煮一开捞出，捏两撮盐，拌上碾碎的花椒和木姜子，拿手抓着吃。

唐蒙牙缝全是渣儿，臼齿几个龋点都可舔到，又不能啐，还得说好吃。说你哥的问题是钱多得花不出去，你嫂子她们每天做新衣裳，一个式样做八件，从皮到丝，穿一次就全不要了，你想要都可以给你。

多同说我要。唐蒙说那这样，咱们在你家设一个专门接收衣裳的衣站，叫县，夜郎县，让你儿子当站长，咱们汉语叫夜郎令，你看可好？多同说我看行。

成都老大找唐蒙，说这地方没法呆，要饭都吃不饱，你不能广你一人吃得好，咱赶紧回去，你要答应走，我就不到处说你骗我们了。

唐蒙说真没骗你们，真也出乎我意料，我也满嘴渣儿，肉都叫他们做成锯末了，走，多一天不想呆。

扭脸跟多同说我现在急着回去给你运第二趟衣裳，你哥还等着我报告，生怕我跟你没谈好不认他这个哥。

多同说你回去跟我哥说，你谈得很好，你很靠谱，他弟很欣赏你，以后你在我哥那儿干不下去了，到他弟这儿来，我有很多差事要交给你做。

唐蒙说以后我就两头跑。回到驻地，也谈不上什么驻地了，就是河边山下有树遮阴挡雨的荒地，很多梳不同发型，有椎型发髻、辫子和披发，脸上刺青图案也不一样的夷人，围着汉人也不说话，就看着他们一举一动吃吃发笑。

成都老大说这都是可乐傈姆周边小傈姆的人，听说咱们发衣裳都来要，我替你跟他们简单聊了聊，都愿意和咱们陛下攀亲戚，夜郎王是弟，他们当二弟、三弟、外甥侄儿都行。也请咱们在他们傈姆设衣站，他们头人都愿意给咱们当站长。唐蒙说真么？

老大说你自己问他们。一个长的看似西南夷却是从成都一路跟来的囚犯跟夷人呱啦呱啦说话，不停把手掌摊向唐蒙像是在介绍他身份，然后又不停说什么，夷人热情好奇看唐蒙，使劲点头，嘴里蹦一些短促有力音节。囚犯说我跟他们介绍说你是皇帝特使，有权力批准任何事，问他们是不是真心想当站长，他们说是真心。唐蒙说那好，咱们就一言为定。

夷人们笑，互相打闹，话一下多起来。

唐蒙也听不懂，陪笑、拱手作揖、走开，叫大伙起来穿鞋，绑行李，准备走，问内个通夷语的囚犯他们说什么呢？囚犯说他们说汉人好轻信，也没宰牛，也没歃血，就什么都答应了。唐蒙低头想了想，没说什么。

27

唐蒙回到长安，日子我也记不真确了，那时我已在西畤设立总部，对匈备战全面铺开，每天听汇报、开会忙得不得了。唐蒙报告夜郎王率西南夷全体归顺，墙裂请求在他们那一带设郡。我应该是很高兴，拿一堆旧衣裳收了一郡，换谁也觉得值。这个是我同意的，有的我的签名盖了御玺，我不否认，在夜郎、鳖县两地成立一个新郡，叫犍为郡，就管这两个县，郡治设于鳖，任命唐蒙兼郡守。

凿空僰道使其至牂牁江成为坦途的工程计划，我没印象，一定是混于修筑汉直道、辽东至雁门战略马道计划一筐竹简中上会报批，翻到最后内支简跟我说您在这儿签——签的字。我查了一下，在我左下签名的还有田蚡、窦婴、灌夫。如今三个人都不在了，追查也无意义。

工程已经进行了几年，巴蜀岁入连年停止解送长安，说是都投入了夜巴直道——这是唐蒙给僰道新起的名。乔渝巴峰联名给朝廷写报告，说唐蒙以中郎将兼犍为郡守名义，以夜巴直道是御准工程有巴蜀两地岁入担保为鼓吹，在成都、江州向不特定公众高息揽资，聚收金铜以万万计，初还能正常付息，到元光三年已开始积欠，年息仅付六月后减至一季，后减至一月、半月，到元光四年已全部止付。现人躲在鳖，成都江州收不到钱人民聚众日夜跪于两署衙前号哭请愿，在街头拉大横幅，上书：唐蒙是大骗子！影响极坏。

臣等多次派员筚路褴褛赴鳖与唐郡守会商洽议，要求其回渝解决问题，唐守态度中肯且强硬，说没钱！钱都投在工程里了，问不狼山犍山青衣江鳖水要去吧。

夜巴道钻筑已历五载，尽发我两郡系狱谪戍罪卒数万人。其道之危，其崖之坚，人以绳坠悬于空锄捣钎啄率类于蚂蚁啃山。今只构通符县至鳖段半程尚不足全路四分之一，照此施工恐全线通车还需二十年。而塌方、空坠、疫疠亡殁者已近万，自残、逃匿者不计其数。唐守尤坐催臣等速解小过系狱者顶补缺员。

唐守以军法治卒众，工期完不成、道途通而复壅，辄杀管教工头，悬首夜巴道吏民人头凡数百级。巴蜀民众大惊恐，谓之唐老虎，害怕得都不敢犯法，两郡圄圉为之一空，亦颇有小过大畏不肯坐罚引颈自裁者。小儿夜啼言唐老虎来了，辄止。市面上蔗糖销售一落千丈，绅民曰：一听"糖"，就头皮发炸，吃不下饭。

我看了报告，问司马相如情况真有这么严重么。

相如说确实引了普遍恐慌，我岳丈也因此名望大损，很多人不谅解，说他引虎入蜀。

我说那你就跑一趟，把这件事处理一下。相如说处理这件事关键在唐。我说我的意思就是处理他。

这是元光四年下半年的事，马邑之谋终成一场现眼，国库亏空巨大，还要处理窦、灌、田案子，我也没精力太管西南夷的事，于是任命司马相如为无任所中郎将，授其束有三重染赤牦牛尾八尺竹节全权代表我去巴蜀宣慰当地父老，请他带三句话给唐蒙，同时叮嘱相如：巴蜀与长安行险途远，来回请示旷废时日，你到那里可便宜行事，不必事事报告，先免了你矫旨擅断的罪。

马相如到了成都，住在赵国饭店，把蜀郡守乔渝、巴郡守巴峰、犍为郡守唐蒙三人约到饭店大堂，当着其他住馆客人，手持竹节对唐蒙说：上要我问你三句话：你没事吧？你行不行阿？你是想当王恢第二么？

言罢引三位守入高间，卓望孙老人正在点菜，说我也不问你们了，替你们把菜点了，都是我们这儿一般不做给外客，只有我来才做的工夫菜。三位守说那一定好，正要见识。这位卓氏上一辈是赵人，秦灭六国坐豪侠起家徙蜀，才抵埠也是一贫如洗，到卓老发家，在成都开了间带堂食餐厅的客栈叫赵国饭店，以示不忘故土。时辣椒尚未传入中国，蜀菜河北菜也没多大区别，不过是多了些猪油煎炒，所谓工夫菜无非将昂贵食材熊掌虎鞭细细蒸煮，是有钱缺牙老头偏爱。

这边正在等菜，内边相如先向唐蒙告罪您多担待上谕交办不得不如此。唐蒙说公家人不说两家话，换作我也是一样对你。相如说上的意思夜巴道还是要修，需要多少年就修多少年，你的犍为郡还是要维持。我这次带来长安各公侯王府所捐如新旧衣，有数百车之多，可分你一批，南夷之属只要地方够广人少点哪怕无人居住你看着行也可设县先占上再说，都归你犍为郡。蓉渝募资事有多人弹劾你，上命我问你拿了多少。

唐蒙说只是吃穿用度，有买只土鸡炖了补身子事，现金一个子儿没往袖里揣。相如说那好，我来替你善后，夜巴道亏空、积欠、日后匹费只能你自己往里填了。唐蒙说……好吧。

相如转与乔、巴二守谈人民鼓噪请愿还钱事，说贪图高息妄听人言上当受骗本就活该，围堵官署谤骂朝官已涉嫌触律，你们自己是不是也有铜投在里边？

乔、巴二守吭哧不语，后说家属受亲戚鼓动投了一点。相如说先把你二人铜撤出来，我代唐兄还了。

乔、巴说怎么可以，你也是吃朝廷禄米，挣的也是有数的钱，哪来这么多铜？相如说我是没有，可我也有亲戚，手摊向旁坐不语卓老，我外父，他有。

乔、巴二人说惭愧，可是，卓老的铜也不是大风刮来的。卓老拱手谦曰：小钱，搁在家里也是生锈。

相如说必须把您二位先摘出来才好往下说，买唐兄债券——能这么聊么——到底有多少人是否登记？

乔说能，本来是放贷，现在受贷人跑了——拍拍唐蒙：可不成债券了么。

相如说他可跑不了，他现在只能祈求九天娘娘保佑，工程干完能剩两个一家老小不至于出去讨要。

巴说我那里登记了，两万多人。

乔说我那里还没登记，只多不少。

相如说都给登上，拿出个总数，每人放了多少钱在里面，只计本金，利息一概不算，就算交贪心税了。

巴说恐怕也是很大的数字，卓老就是有钱也没道理叫人家代付。相如说当然没道理，占便宜没够吃亏难受可怜之人为什么总是可怜皆因其占便宜内颗心相当可恨。我们也不是铸钱的，我们也不是国库拿钥匙的，能帮到他们的，只能是换个说法，把兑现期无限延长——债转股。拜托唐兄，还得借你大名一用，反正你也……唐蒙说反正我也恶名昭彰，您用。

相如说成立夜巴道股份有限……就是这个商号名字一时想不好，不是商业名，是性质名，好比卖饭的叫饭馆，打铁的叫作坊，集众人之资从事经营，赚了分，赔了散，这个公组私营——的组织应该叫什么？

乔说公、公……巴说私、私……相如脱口而出：公司——公众私设图利之有司。

大家齐说这个名起得好，一听就有来头，好像跟公家沾边，其实就是一帮私人攒的事儿。官府追究下来也不算盗用官府名义，您就按民间纠纷该怎么处理怎么处理。

相如说本公司经营范围：巴蜀接西南道所有道路开通。牲畜、织物、人口及所有农副手工产品运输、售卖。这一经营活动为特许经营。由蜀郡、巴郡两郡太守授予，期限五十年。在此期限内其他个人、组织不得从事与之相关可能产生利益冲突一切商业活动。本公司懂事的长为唐蒙先生。总揽经营理财文隽先生。

巴峰说谁是文隽？相如说我小舅子，文君之弟。

乔渝说俩孩子发音很容易弄混阿。卓老说没想到是双蹦儿，姐弟俩手拉手出来，只预备了一个名字。

唐蒙说赔了还是算我的？相如说你已经赔光了，本公司一上市就是全负债经营。叫你坐这个好像最懂事的长位就是要让债主——现在叫股东了，相信本公司和你内个老鼠会有接续关系，他们的钱没白瞎了，你还认。可以签一个补充协议，一旦公司债转股——重组完成，你就辞去懂事长，以后的事全由文隽负责，是雷是炸雷都不响到你头上。

转对乔、巴说：现在明白为什么让你俩退出了吧，这样你俩就和本公司无关联利益，对本公司可相机政策倾斜，议论所向无出扶困治乱公心。

唐蒙说你这个公司和我内个老鼠会也没什么不同嘛，走的还是空许未来的路子。

相如说鼓吹确无不同，付出接续无非还是信用。你的信用破产了，卓老的信用顶上来——文隽、文君卖的都是卓老。不同在于，你完全是空手道，卓老是有心出点血的，如果股东对未来没信心，卓老愿意收购其众手中所持之股，当场付现，当然不能按原值。

乔、巴皆惊：啊呀，这不是出一点血，这可是大出血！卓老，巴幸甚，蜀幸甚，有您这位大实业家、大善人为大家托底。

卓老说我还是对公司前景有信心，十年不盈利，二十年不盈利，我等。

唐蒙说确实是佩服，跟有钱人没法比。

当夜，马相如熬了一宿，写出文宣，名《喻巴蜀檄》。次日，由蜀郡书吏以大号黑体隶书抄录于白粗布，一边悬于成都各城门，一边快马急递江州，告曰：

巴蜀太守知悉：蛮夷一向擅自做主一副找打的样子，但是我们不打他们已经很久，惯得他们以为自己很强，经常侵犯我们的边境，给边境的士大夫添麻烦。今上即位，为保存我汉马上得天下之雄魄，安抚天下诛远不服的普遍心愿，主要还是出于中国长治久安的考虑，毅然兴师，北征匈奴，单于怖骇，拱手称臣，屈膝求和。康居和西域诸国，已经通过几道翻译，向我们磕头进贡了。我们的大军又移师东下，闽越国人吓得立刻杀了他们的王向我汉谢罪。接着我们的部队又进至五岭，遥指南越国都番禺，南越王立即将最大的儿子送到长安做人质。现在南夷各国的君、西僰各部的酋长都已按时向朝廷进贡，不敢有丝毫怠慢，伸着脖子，踮着脚，张嘴哼唧争先归顺我汉，盼着给我汉当臣、当小妾，只是因为路途远，山也高，水也深，他们出不来我们也进不去，暂时不能满足他们的心愿罢了。南方蛮夷不服的都已经诛灭，做过一些好事有心巴结的还未及奖赏，所以朝廷派中郎将唐蒙去和他们以礼相见。陛下给巴蜀的指示是各调五百人，帮着背运礼品，保卫使者安全，并没有什么调兵打仗的事。如今听说唐蒙动用紧急动员法，吓着了年轻的后生，也给老人添了麻烦，郡里也擅自征调人民为他修路跑运输，这都不是陛下的意思。至于那些听说要被征调就逃亡或者自残的人，也不是一个臣民应有的样子。

下面又嘚啵嘚啵写了一大堆，教导巴蜀父老作为一个边郡居民应该怎样，不应该怎样，应该急国家所难，乐尽人臣之道，为国拼命像报私仇一样勇敢，名声施于无穷，功烈著而不灭，肝脑涂边荒膏血润野草而不辞！现在国家只是叫你们跑趟腿，去南夷送趟礼物，你瞧瞧你们一个个的样儿，自残的自残，逃跑的逃跑，抓回来都要判死刑，不光死的没名堂，死后还要让人议论，说傻到家。当然这也不全是这些娃娃的过错，父母教育就没跟上，娃娃们才一个接一个不学好。这也充分说明这个地区缺乏廉耻，风俗太坏，这个地区娃娃受到国家的刑事处分，还不是应该的么？

陛下伤心唐蒙这些人不会办事，也很可怜你们这些群氓的愚蠢表现，才派我来向老百姓解释国家之所以调人去服役的原因。同时也要谴责那些对朝廷不忠私自逃亡的人。谴责三老、四悌这些专门负责教化工作的官员没有尽到责任。现在正好农忙，不便太烦扰百姓，我已经亲自跑了几个县，跟百姓聊了聊。但是我担心那些偏远地区深山老林里的百姓听不到这个消息，所以请二位太守一见到我这篇檄文，立即分送到你们下面各县各道，使全巴蜀地区百姓都知道陛下的意思，万不可疏忽懈怠。

这篇檄文传回长安，上看完问公孙弘：你觉得这篇文章写得好么，他为什么要提匈奴呢？

公孙弘说不过是篇公文，先讲天下形势，再讲国内形势，再讲当前，话虽然说得过头点，也符合体例。

上说我担心他讲南夷西僰内些话，人家也有懂汉话的，万一叫人家看见，会不高兴。

公孙弘说蛮夷的心猜不透，也许人家不在乎呢。

司马迁和饼妹在家议论：大话连篇，膏润野草，到这儿看出笔拙了，生凑的。

巴蜀这边，两郡衙署开门登记请愿绅民，逐一检索其所执入资入会凭据——签有唐蒙姓名，盖有中郎将、犍为郡守官印帛书。并告之，夜巴道股份有限公司成立，接收之前老鼠会所有债权债务，蜀中首富卓望孙老先生注资，赶紧去，趁公司现在有钱，把你们手中布头变现。到年前，唐蒙所发专项债、所谓夜巴道公司股票皆以原值十分之一价售予卓氏，卓老成为公司唯一股东。

十月，马相如回朝述职，报告蜀地恐骚已平，人民各安其业，夜巴道修凿工程依法依序正常进行。

上说甚好，甚慰。

相如接着汇报，臣在蜀地的时候，邛峡、若水之间邛、筰等地西僰的君长，听说南夷与汉交通，得了很多好处，也申请做汉属臣，请求按照南夷的待遇在他们属地设立汉行政区划，授予他们汉官职称。

上说哦，看来你在布告里那样写有你的道理，你的意见呢？相如说您看我布告了。上说呃，文学的事回头再聊，你还接着说你刚才说的。

相如说邛、筰、冉马龙都与蜀地西土接壤，原来就有道路相通，秦时与蜀都是相连的，并在那一带设立过郡县。秦亡，蜀中亦乱，没人顾得上他们，客货运输中断，原来在那里工作的秦吏悉数撤回，中国制度郡县名不存实也俱废，头人们除去秦服插上雀翎，又自称君长，两边道路也长了草很多地段塌方难以通行实际断了来往。后来我汉还下过禁边令，好像是萧何下的吧，战时为巩固后方，南中一带即今邛都、僰道、鳖、犍为郡所辖地域还有秦残余势力活动，西南诸夷只知有秦不知有汉，遂关闭巴蜀西南所有边境。战后此令一直未撤销，我也问过巴蜀守官，他们说不知找谁撤，原来下命令的人和战时衙门早已不在，也不觉得不方便，蜀人心目中也是觉得西南之外皆为蛮荒之地，白请都不去，蜀人也很自矜，夸家乡狂人，觉得他们内块坝子天下第一安逸，从来都是别人称羡他们他们谁都不需要，想和西南夷做生意的人总是有办法偷偷越境，边境也无管理，用蜀人话说有啥子嘛。

现在，若想恢复，道路是现成的，稍加养护即可通大车，比南夷之道好走不知到哪去，西僰邛、筰、冉马龙这样的大部落在十个以上，地广数千里，嫩么陡险的地方还游牧呢，再设两个郡十几个县没问题。

上说好哇，既然这么省心，你就去办吧，今年诸事不顺就听你的报告高兴。你这个人阿，笔头子花哨，本性还是老实。

相如说我还口吃、吃呢。

上说知道，就是汇报工作不口吃。本来已授节予你，叫你诸事独断，还巴儿巴儿跑回来汇报，你说，你要报告我这些事现而今都办妥了我现而今得多高兴。

相如说开放半壁国境事情实在重大，不敢不上请。

上说再讲一遍，不必请示，信任你。

28

马相如托尚方令又做了杆新节，油了红漆重扎了染红的牦牛尾，将他小兄弟、原临邛县令他和文君大媒王吉的儿子王然于，还两个莫名其妙的人叫壶充国、吕越人任命为副使。本来还想跟太仆呢儿弄出辆报废御车，公孙贺女儿是他蚂蚁上树，说没问题，结果没弄出来。想再跟北阙内帮孩子家弄出点衣裳，人家大人说一年弄多少回呀，这季的衣裳，没了。

哥儿四个只能挤一辆驿车，还雇一车专门拉节，俩车一前一后奔了蜀道。

乔渝带均署及所属县道大小官吏出成都三里迎候他，成都县令抢过相如的弓和箭袋，背身上走在前面。

打开衙署大堂，大张宴席请司马特使及三位副使欢宴，说你尝尝我们正经本帮菜，必须是都广樊乡厨子做的才叫正宗，您老外父——我这可没一点不敬的意思——做的还真叫赵国菜。还把夫人儿女请出来和相如相见，说都是你的蚂蚁上树，老吵吵着要见你，现在见着真人了吧，这是咱们蜀地第一才子，咱们蜀地的脸蛋，全国内些孤陋寡闻的人因为他才知道有蜀、成都这么一地方。然后乔太守自己就先醉了。夫人说我跟文君是从小的闺蜜，我姓程，小时候也住临邛。

饭后相如就歇在衙署后院，乔太守说无论如何不能走，上回是衙署不靖，有愚民横路，你可以去探望你老丈杆子，节驻署是制。乔太守是内种酒后脑力升级思路愈敏的人，每于醉后出妙语，割了鸡巴敬神神也得罪了自己也疼死了是他的版权。谁要这会儿找他聊天，非聊废了。

相如回舍躺了会儿醒了酒，上前衙找到乔，拿出一贴细帛，上面写着股若干，盖着卓老私章，送给乔，说是上回赎回的股票，今赠还于你。乔说这我可不能受，好容易脱了干系。相如说不是送你，是送给孩子，做个纪念，也不值啥了，收个白条还有什么罪过么？

乔说那行，就当咱们结识一场，什么时候看见这块白布什么时候想起你。把细帛胡乱卷起，置于一旁。

明日，相如当堂宣布：上谕：撤销高祖元年关中丞相府所颁禁边令，即日开放南中所有边境，撤除关隘边卡，任官民自由出入。

当日，夜巴道公司股票大涨，一日未过已逾百倍。

卓氏倾资将城中所有骡马大车租下，买空店家所有缯絮布头及蜀盐蜀酒，克日南行。

马相如也不要乔太守发一兵一卒，亲赴临邛，纠集卓、程两家家丁千人，由前北军长水校尉后开缺回乡在当地有侠名江湖叫号"猫子"叶弘者带队前导，出邛崃，至沫水，一路逢山开路，遇水搭桥，见关拆关，见隘拓隘。邛、笮、冉、马龙、斯榆、白马诸夷君长道迎于若水、绳水、青衣江、零关，吹葫芦笙，献咂酒、羊肝。相如先出示大红汉节，继而饮酒尝肝，继而倾车相赠缯絮，授以汉冠冕服，任命君长为令。

后又至孙水，在孙水上搭桥，折向南，一直行至牂牁江，乃止，立为界。沿途设置了十几个县，将犍为郡治由鳖迁至南广，在鳖设都尉府，任命叶弘为都尉。并上请设郡，郡名都想好了，叫越嶲。几个月后回到成都，上命下来了，没批，说还是都归蜀郡。

时，相如在蜀声望达至顶点，同僚官守见面皆称长卿，坊间庸人亦编出无数屌丝逆袭寒士登龙成功故事，誉为五全之士：美人、财富、功业、圣宠、立说。其中还有恶心细节，卓老人在家暗叹怎么没把闺女早点嫁他，又给闺女加了份儿嫁妆巴儿巴儿送给姑爷，说拿着，啐便花，花完还有。

朝中谤议也随之而起。夜巴道公司事传到上耳中，上说这都什么乱漆疤糟的，我听半天不知道这钱怎么挣的。公孙弘说我也是，我一听什么事里带着挣钱门道就各种空白。

相如回到长安，上传命：辛苦了，先回家休息。

马相如交出节，回家见文君头一句就是找水喝，说渴。文君说你怎么瘦成这样。相如说没少吃，越吃越瘦，浑身没劲，跟散了架似的，走道腿都抬不起来。

如厕小便，狗争舔其溲。请张苍公问诊，苍公尝了新鲜小便，说甜的。

这一年还是元光五年，我十一年。

七月，大风把长安行道树几十年榆槐连根拔了。雁门新补关墙外立面竟然也剥落了，露出里面夯土全是麻壳。当初赵国建关时就没夯实或说再实也是土，风吹雨淘历久经年墙脚凹进去一溜坑，大的近乎洞，能窝着躺进去个人。后蒙恬挂砖，填了砂石，拿草泥找齐，有的地方也是糊弄，砖没根儿码着码着这条线就斜了，历年兵火箭啄火烤有的砖就酥了，胡人手欠冲到墙根爬不上去躲油锅滚木时不时抠出两块砖，十几斤的砖阿！整面墙重力作用一头沉更厉害，远看不明显，站上面觉得一腿长一腿短，射箭准头也下来了，瞄着道上人马全飘峭壁去了。高皇帝时补过砖，文皇帝也补过砖，都属贴砖，这次大风一刮，稀里哗啦，露出底下几层砖基。有司说这次也甭凑合了，都起

225

了，回到夯土，再夯一圈土，彻底找平，水平起砖，大修。

我还能说什么，可。于是发一百军老工兵万人赴雁门治关阻险。

八月，长安城里到处飞蛾子。南方发生螟害，水稻芯都被吃了，很多地区绝收，所幸他们还有鱼、芋芳吃。同月，免张汤茂陵尉，任命为御史。

起初，首代棠邑侯陈婴因功封在江右，儿子陈禄在羽林骑当骑都尉，为了下班有个地方住，在长安城东南靠近覆盎门买了所宅子。后陈禄袭了侯，在北阙甲第置了新宅，覆盎门这所宅子就不大老去了，就拆了几溜房子，推了院，阔开为一个园子，种点柳，挖个池子，养点鸟，养点狗。儿子陈午就住在呢儿，假装读书习剑，实际提笼架鸟，招朋友来聚，开趴儿，勾搭点妹子，就在呢儿把我大姑——年轻的长公主勾搭上了。他俩婚礼就在呢儿，又买了接壁儿两户人家宅院把房子全推了，扩成大园子。阿娇就生在呢儿，当时叫长生园，后来人说听着跟卖糕点的似的，就改叫长门园，其实门也不长，也不高。

后陈午袭侯，一家子就回长江边内块不大封地去住。住了几年实在太热，夏天孩子一身痱子，一挠全烂了，阿娇前面有个姐，是陈午和别的妞儿生的，全身溃烂感染败血死了。我姑就带孩子回了长安，也没住覆盎门，住北阙甲第。后来我姑老去长乐宫我奶呢儿走动，有时混得晚了，从长乐宫回覆盎门近，出南门拐一弯就到，就把园子扫扫，经常在呢儿刷夜。后来就在呢儿收了个小白脸，董偃。董偃是个玩家，在园子里养蛐蛐、鸽子，还养鸡，不为吃，斗。我这辈子唯一看一次斗鸡就在长门园。阿娇没事去看她妈也常去长门园，喜欢，说还是自个家塌实，没人贼着。后来把楚服也带去，跟董偃玩在一块，都喜欢小动物，董偃原来是狗派，培育出第一代田园名犬：黠灵犬和骁苍；生叫这俩给扳成猫派，喂了一园子田园猫三花、黑狸、大橘。

黗灵骁苍都给拴起来，委屈得撅着嘴。

前一阵我不是忙么，老在西畤瞎操心，不老回宫，回宫阿娇有时在有时不在，不在就是在长门办趴儿呢。

有时我也去长门照一面，韩嫣、马相如都是趴儿的常客，我们就一起喝两盏。韩嫣不安心在我身边工作，老闹着下部队。这几年扩军，干吏缺口大，很多南北军、虎贲、羽林、郎中骑供职的功臣子弟都去了一线部队担任曲军候、部校尉、军司马。我身边宿卫也走了不少，当户、李椒、韩说都下去了。放假回来留着胡子带着马弁，一个个老三老四，在长安公侯各种趴儿上扎堆聊北边战略形势，一人一套灭匈攻略，争得面红耳赤，还有从互不服气到冷不防出拳——动手的，被拉开后挣巴着跳脚对骂、叫板：看谁先封侯！

韩嫣就是内个拉架的，聊也插不上嘴，回来就有点郁闷，赶上工作上也出了点事。马邑行动一直比较紧张，之后收摊也一大堆累心的事，我看着瘦了一圈，人也比较焦虑，心想着换换脑子去上林苑放松放松射头鹿、打个山鸡什么的，早起等沿途布置警卫，叫嫣儿先去踩点，看看苑里鸟兽谁在河边喝水，老虎在不在。嫣儿带着一帮羽林的小孩骑着马呼啦啦先去了。

谁想正赶上江都王刘非来看我，路上看见旌旗如云以为是我，赶紧停路边了。当时路边停挺多车，缇骑、虎贲郎、羽林监几个单位正在清道，布置警跸，过往人、车都给拦在道边，韩嫣也没瞅见他，马不停蹄就过去了。刘非伸着脖子等我过来，准备道边参见，等半天没见銮驾，大概我因为什么事耽误了，内天就没去行猎，警跸措施中午就撤了，嫣儿也白跑一趟。

刘非入宫我还没在，可能去太尉府还是去田蚡家了我也忘了。刘非溜溜等一天没见着人，也没人给个准话儿，天擦黑就去东宫看太后。可能是气我也没法说，就跟太后说了些酸话，什么请允许我把封国归还朝廷，入宫当个值夜守卫，和韩嫣一样。太后也不知因为什么，我身边人遭吐槽太后听得也太多了，也没太接他这句话。韩嫣当时正谈着个女朋友，是梁邹侯武婴齐的闺女武娇，林虑的朋友，又是小邢的闺蜜，自小在宫中出入，为人伶俐，深得太后喜爱，认作干闺女，没事就叫到宫里来陪老太太，跟上班似的，我们都习以为常，没当作宫人，当个亲戚看待。韩嫣原先也认识武娇，和她哥武乐是朋友，老上她们家玩，一来二去，俩人就好上了。这我们都知道，也觉得没什么，太后知道不知道——不知道，应该是没正经说过，也没到谈婚论嫁的时候。有时俩人都在宫里，一个东宫一个西宫，得着空儿，太后午睡、见诸侯王、外道亲戚时候，小武会上我们这边儿来找韩嫣，跟阿娇、楚服一起呆会儿，玩玩猫，打个小牌。我补觉、和人谈事一看就要谈半天的样子，韩嫣偶尔也曾去长乐找过小武，一般都是快下班时候，俩人约上一起走。

内天也不知怎么搞的，我和阿娇都没在，韩嫣在宫中值班，没啥事就提前早退了，去东边找小武。天热，太后午后睡下这会儿还没起，小武还不能马上走，得等太后起来说一声，俩人就在寝殿死角小树林里蜜了会儿，年轻人嘛，两盆火似的，据韩嫣自己讲也真没干什么，就是搂搂抱抱亲个嘴，以为有树挡着没人瞧见，哪知太后已经起了，正在便所坐马桶。老人家饮食清淡肠胃蠕动能力弱时不时有点便秘，坐马桶是门功课，半个时辰是她，多半个时辰也是她，便所外面栽点绿植，也是意在让踞厕之人眼前有片翠，久坐不枯燥，在一片葱荣荫翳中也更有独处洒意感。韩嫣不知道，小武也没顾上，俩人只顾摸摸索索各种腻，屋里暗外面阳光强烈，外面瞧不见屋里，屋里瞧外面真儿真儿的，可给老太太充了眼前花儿。老太太一忍三忍，排除干扰好容易自个这点事利索了，心里这个气，也随抖裙起身噌一下堵胸口上，哐啷拉开排扇窗一步跨出廊子，厉声指叱韩嫣：耍流氓耍这儿来了！

我拦住韩嫣话头，说行行，后边的事我也不想听了。回头我去找老太太说去，多大的事儿阿，你回家歇两天，过几天老太太没准就忘了还用调动工作阿。

嫣儿说许她老人家记性不好不许我不知道什么叫寒碜，我太栽面儿了，两宫女的见我就乐，你知给我传成什么样了，说让太后逮个正着。还有内假装向着我的说怎嫩么不注意阿下回没地儿找我我呢儿有地儿。

我说你一男的有特么什么面儿阿，让女的说两句说两句呗，我还常让女的说呢。嫣儿说不是不能让女的说，是……我发觉我现在处理人际关系能力严重下降，实在不适合在人员密集性别严重失调譬如您这儿工作，我愿意去部队，部队比较简单。另外大家都是同年兵，人家进步嫩么快我也不愿意比人家落后太多。

我说别说了，知道你内点小心思，不是我说你，你呀，看着是个大男人，心思跟个大姑娘一样，我能让你不如人家么，他们内个侯你羡慕什么，赶明儿我封你个上大夫。嫣儿嘿嘿一乐，说咱朝就没上大夫。

我说有没有还不是我说了算，我就为你单设一个，再赐婚你和小武。嫣儿说别了，这我就够让人恨的了，那——还不得更让人说死。我说就这么定了，你，安心工作，我这儿不能没一个顺手的人，阿娇也不会同意放你走。

我以为这事已经解决，还跟阿娇说以后你有什么活动把小武叫上，对年轻人个人问题要多上心，我听说你，怎么遮，对嫣儿这事还有些不同看法。阿娇说我发现你这人比谁都扒褂，什么你都能听说，我什么时候拦着过嫣儿，他嫩么花，是，我是说过人小武挺单纯一姑娘，嫣儿配不上人家，但我一直还是支持他们给他们提供机会的，行行，下回叫小武。嫣儿说是是我可以作证，姐说是说，实际操作都是正面的，还跟小武夸过我。我跟阿娇说人两口子的事你也少说，人俩好了赖了没你什么事，回头你多嘴再把你搁呢儿。

阿娇说你这话最好多对你自己说，我有你嫩么爱有你事没你事到处说去么。我说我错了。又跟相如聊了会儿：她们老找你来，没张罗着让你给写一个园子记吧？相如说还真说了，让我写一个。我说这破园子有啥好写的。阿娇说你待会儿跟这儿吃么？我说就不在这儿吃了，我还有事，约了人，我就是来照一面。

我约了张汤谈话，让他找几个熟悉司法实践对科条理解深刻之人一起聊聊补充立法的事。张汤说赵禹深刻，但最近身体不好，在家没上班很久了。我说那叫儿宽，他貌似也懂法。张汤说他懂，他比我还懂。

我跟他们讲目前我汉科律依据还是高祖时期萧何所立《九章律》，已严重不适合今天社会生活。人民的创造性不总是表现在生产劳动上，更多表现在怎么钻法律空子，无为而治想法很好，实行久了就成了放任，人为财、欲、情可说无所不用其极，率多案件设计之精微，操作之诡异，若以法条对，总有套不上，诸官决狱不得不只问犯行不问程序一味拷打取供，傻小子过年看街坊，你这么判，我也这么判，决事比。倒不是其中会造成多少冤情，我接触案子大多可认定唯一嫌疑人，只是证据缺环，纵放不合我国官序良俗。我担心的是其间判官自由裁量权太大，无法条可依便任意比附，将现罪廓界无限外延，若违制、诬罔皆成口袋罪，小过论刑，轻罪重处，偶语弃市，其间上下其手余地也大，高后以来平反大案多属若此，亦非无过，判重了。请你们几位专家考虑，可不可以不把这等交关人命大事交付某人良知，还是要像牵牛拿法条穿住判官鼻子，像圈羊把这些狼圈在围栏里。张汤说可以。

其后——我也不说多长时间了，不重要，张汤献《越宫律》二十七篇，主要为宫廷警卫定下法度。病卧在榻的赵禹也振衣伏案，献《朝律》六篇，重点讲朝贺涉及的法律关系。这都很重要，大国不可或缺，但总的来说了无新义，是把叔孙通所立规制科条化。

儿宽很用心，在民法、刑法上都下了一番工夫，关于死刑所涉法条——当时我汉民法也适用死刑，譬如忤逆——详罗备至，有一万多条。送来呈阅时，我以为图书馆搬家呢，说很好，留下慢慢看。

这一万多条日后是不是都获批施行了，没印象，可能有一二百条退回斟酌，大多应该是施行了，因为日后我经常接到有司要求增设狱房监舍报请，朝门之下、横门九市街头每日血迹斑斑，碱水冲刷尤暗红不去，雍门东西大街与横门大街十字路口民口称为红街。

儿宽后又主持参与了《附益法》《左官律》《通行饮食法》和《腹非法》立法工作。对官场积弊、顽劣士风、朝官与诸侯私相交通和民间奢费、乱捕滥杀野生动物造成物种灭绝畜疫传人和思想混乱谬见流行无君无父起了很大嚇阻作用。他们三人的探知构纳严重充实了我汉法体法系，摆脱了旧有借助习惯引援传统囿于陈见约畔俗随之公私法观。使法无空白，吏有所本并提出一重要司法原则：古见不能对抗新规。官民皆在一张王法之下，以新规立身。新法拿出征求意见，司法界人士王温舒、义纵、尹齐等人一致赞曰：精准施法，是进步。民间亦有赞语：秦法如伞，汉律如冠，伞不无见免，冠见脱尤系。唯一带来的问题是功臣勋贵逾礼触律者倍于前。经查也非此辈忽然素质败坏，乃前法外诸行皆成非法者已也哉。

这一阵我和张汤接触比较多，谈话也较少禁讳，汤问我您跟皇后关系怎么样，来你这儿多次也没见过她。我说很好阿，她不爱见人，凡有外官求见先躲出去。汤说噢，又说皇后身边有个人叫楚服您听说过吧？

我说熟，怎么拉。汤说我手头正办一案子，今春以来，长安三辅之内很多妇女忽患无名病痛，先是痰热蕴肺，继而邪陷正脱，再后气阴两虚，求医问药无效，死了。

我说知道，宫里有些老太妃也患此症，咳嗽发热，张苍公说胡医叫流感，每年春夏之交时症，只是今年染病者多些。张汤说不然，宣平里七条二号柳氏出首，举报街坊西屋吴老太在家扎小人诅咒致其染病。臣派员查抄，果检出布偶一只，写有柳氏生辰八字，面涂月经血胸口扎铁针并指甲发丝一袋。

我说你信这个？张汤说我信与不信，这个行为本身就很邪恶，其心可诛。事实结果柳氏也在数日后死亡，吴氏未经拷掠供认不讳，是她蛊诅而死，甚至还有几分炫得。我说真的未动刑？张汤说拶子刚拿出来，吴氏已招并供出同党宣平里四条屈氏、横门菜市徐氏、肉市熊氏、少府织室郭氏。臣顺线捉拿，凡百六十闾里，巷巷皆有，织室郭氏亦供称她拜的师父是楚服。

我说胡说！张汤说郭氏亲见楚服教皇后祝诅压伏人类，尝媚道。我说别说了，我知道她们在干什么。郭氏短见，你也短见，什么祝诅，是祝祷吧，祝祷于神、灵，压伏人类妄念。所谓媚道，兴奋草耳耳，你用了你也犯春，没事用不合适，也不用上升到妖术。

汤张嘴……我说闭嘴！女子同行同卧是常情，她们那个性别本自温存缠绵尤喜卿卿我我，没人相拥也抱只猫撸只狗，是性别基质伸然，至少在我这儿一概列入心理需要和精神活动。

我对张汤说人类精神活动很复杂，我等所见皆是表象，根源百说亦多臆断，误中一二亦不过去症解表，譬如张苍公，能治病，根论都是想当然。吴氏自供扎小人，也不能证明柳氏因她而死，除非城中本无疫病，柳氏活蹦烂跳，她一针下去，柳氏蔫了；二针下去，柳氏躺地上；三针下去，柳氏蹬腿死毬了——还要将二人远远分隔，不使柳氏知道有人扎她，暗示也会死人。我就听说有人算命相师说他明日午时凶，此人明日午时刚过，大松心，以为躲过一劫，出门不看路，让车撞了。

张汤说臣捕了这些妖妇，集中销毁了她们的作案工具内些小人月血污物，镇以官印，城中疫病就没了。

我说你不能这么聊吧，你要说疫病是你弄没的，就要让内些个妖妇继续扎小人儿，看是否疫病又起。

张汤说您知道军臣单于生辰八字么？

我说咱就别给人家国家元首下蛊了，我听说凡厌胜必先有信才验，外国人不在此道，他们有他们的邪道，谬忌说与我国正相反，诅咒他也得反着使劲，先要为他祈福。我的生辰八字你要么？

张汤说那别了，这个险最好不冒。

我说没四，真要有这么回事，妖妇们见了我的八字都得跪下。

汤说我另找人，另找人。

又数日，城中疫病复起，这回是腹泻，宫里人说着说着事就捂着肚子往茅房跑。张汤跑来见我，说我说什么来着我说什么来着？我也含糊了，说算你对了。

张汤遂斩三百家庭妇女于市。第二天向我表功，正矜持拱手躬身长揖，后膛一松，噗一声，夹腿向外疾走连声呼喊：茅房在哪儿茅房哪儿？恶臭随之盈鼻。

我仍然认为张汤是人才，擢拔他为太中大夫，侍从左右，顾问应对。我对他讲：张大夫，今有一大不解请你释疑，民间何以这般乖戾，邻里嫌隙，妇姑勃豀，小怨则衔恨不已，甚或不惜干犯国法，交通家魅，必欲致人于疬死，哪来的这份怨毒？汤不能对。

29

　　九月，阿娇陷入妄想而嫣儿抑郁了。起初，只是觉得阿娇有点神叨，也不是这二年的事了，阿娇起小就话密，一群孩子中就听她叽叽呱呱，讲故事扯闲篇，我一点印象没有了，林虑还记得，说阿娇小时候老给她们讲她有一个朋友，三寸高，平时躲在树荫里，晚上大家都睡了，钻窗户进来找她玩。我说这不小鬼么。林虑说是阿，这故事可是给她幼小心灵造成阴影，现在太阳天一人从树荫底下走心里还激灵不敢抬头。

　　内时正是晁错蹿哒先帝削藩哨节儿，一天到晚密在宣室殿跟先帝扯，宫里人给晁错起了个外号：晁扯子。我也忘了是谁了，可能是带阿娇的老保姆，嫌她话多，给阿娇也起了个外号：女扯子。后来晁扯子扯出事儿来了，七国反了，让先帝斩了。我们小孩得着信跑去堵阿娇，围着她喊：扯子！扯子！阿娇气得大哭一场。

　　后来我们都大了，阿娇还是爱扯内些没用的，什么谁谁谁算命特准，把她小时候的事都算出来了；谁家请了个仙儿，特神，能通阴间，死去的老人你想叫谁出来吧，姥姥姥爷说叫谁谁就能出来。我都懒得驳她，可她不让我睡觉，一边淡扯一边拿手扒拉我，说哎哎你别睡，你想叫谁出来，你特想见你们家乃位老人我帮你联系。我说行，你下回把仙儿带来，让她把我爸叫出来。阿娇说哟，你爸不行，你爸是有牌位的，也算登了仙籍，仙儿叫不动，你想个一般人，你有不太重要的舅妈么。我说你能歇会儿么，你难道不知道么，我是什么人？什么仙儿到我这儿来都得崴菇，法术尽废，原地嘚嗦，人神灵三界我都压她们不止一头。

阿娇说你是什么人，你是天神分神阿？我说咱俩之间就不说内些有的没的事了，我不是分神。阿娇说好像你不说谁就把你当根葱似的。我说是是，您是谁呀，我只是不能相信这世间被安排得这么细，细到每一天，好像宇宙有计划，而目前已知计划都是假说。更不能相信这计划还能叫人这帮缺算出来。神是领导者，你大概不太清楚领导者是怎么工作的，领导者只做决策和看结果，神的决策是要你们光不出溜来，光不出溜去，一根草都不许从世上带走，是不是这么个结果，是，别的，中间你碰上什么事，不重要。所以为什么我说算命的见我都逮嘚嗦呢，兹凡算祸福吉凶在我汉，严格说都不是算命，是算我呢。这也是我和神的分工，您管结果，我管中间这段。阿娇说二大神，我命如何？我说善女子，踏踏实实的，你命好着咧。

我问司马迁为什么女的特爱信凡事皆有前定呢。

马迁说也不光女的吧，心多大，命就有多悬。

养猫之后阿娇颇多感慨，跟我说太喜欢猫了，看见猫就高兴。我说你是喜欢小孩，小动物都是小孩。

阿娇说人说猫是好女孩投胎五次，每一世都必须是好女孩，才托生成猫。我说我信，猫的内种美丽自尊，不随便，还真不是装的。阿娇说人还说，猫是神的眼泪，神看到世间不正义、不公平和生命的苦难，忍不住难过掉下眼泪，世间就有了猫。我说信！我还听说神是照着自己样子造的猫，所以你在每只猫眼睛里都能看到神。不知你怎么样，我是受不了和猫对视，每次被猫凝视就感到惭愧，马上给她们拿小鱼干去。

阿娇说为什么我现在开始有点恨人了呢？我说昂，这种事真的发生了，过去我还不太信，听说猫是使者，来人间一趟不是白来，表面是无辜可爱小生灵，大事缘由是接引颠倒失落沉睡在这个宇宙的异乡者，也即属灵的人。你听说有内招猫体质的人么，走在路上总能拣到奶猫，大雨天下雪天老有猫妈叼着崽儿堵你家门口，开窗就能钻进猫，那不是你拣到猫，是猫拣到了你，因为你属灵。

阿娇说有有有，我就是招猫体质，从八步到黄干干都是我拣的。拣到我怎么了，瞧得起我让我养她们？

我说瞧你这话说的，这么不属灵。拣你，为了带你认回家的路，因为你不属于这个宇宙，你是被囚禁在此。你知为囚禁你本宇宙诸神设下多少道眼障法我们属灵的叫涡子的？阿娇说什么涡子？我说就是打着转儿的泥涡，人在里头，大头朝下，见过溺水的么，江上有漩涡，怎么都游不出来，扑腾半天，死了后男的还是翻不过身，脸朝下，女的能翻过来，脸朝上。

阿娇说代表什么呢？我说不代表什么，可能女的骨头轻。——四道，层层穷叠生生不息的涡子：我观、人观、生命观和看似永恒的大自然也即本宇宙观。哪一观都有看守，就是你自己，如你所见，如你所闻，这一切都是因你而在。故尔你把自己看得死死的，生生世世钉在原地，旁顾无所依，旁挪无从落脚。为什么说你在沉睡？没有参照的生活是无法论断的生活。没有醒着的人同框，永远不知道谁在梦中。而不知道自己在做梦的人，自我惊醒全无可能。你眼睁得再大，在别人看来也是合着眼。故尔猫老师来了！猫老师，上来就站得高，超越我、人，立于第三位阶——从醒的角度说：生命观。现在回到你最初的问题，为什么你开始恨人？因为你移动了，从牢不可破的人立场出离，获得一个新立场也即猫立场也即广大生命同立场怆然回顾，故有此言。《三坟》有言：恩养动物的人有福了，因为我必不使她永堕黑暗。恭喜你，我的姐妹，你今天一小步，就是挣脱桎梏踏上回故乡之路三级跳。从前你闭着眼，如今你睁开眼。过去你在铁窑，现在你在路上。你知你这一步跨哪儿去了？跨到前无古人呢儿去了。在你之前，古往所有圣贤不过踟蹰在初级和第二位阶也即我、人之间，所言无非做人，未逾人本这一大观——大涡子雷池一步，包括我所敬重的李耳李老师，本来有机会出脱，看也看到了，话也说出多半截儿，又褪回去了，可惜！其所言都可以废了。

阿娇说真吗？我有嫩么高么？我说你行，《三坟》还有言：凡睁开的眼，我必使她不再合上。你已然醒了，再也装不成睡。

讲这个话时是去年，在长门园，因为什么忘了，可能是个节令趴儿，天气老好，是深秋景致，在场人有林虑，手里抱着八步，八步有点老了，身上毛儿失去蓬绒感，若细草，瘦了半只猫，腹下原始袋也没了，这个印象很深。阿娇招呼别人去了，林虑跟我说：我发觉你这人很无聊，没事岔姐干嘛？我说我岔她什么了？我不过顺着她说了几句，过去我老拦人话头，你们说我净给人添堵，如今我顺毛捋，你又说我岔。

林虑说你可算了吧，你说的你自己信么？见过满嘴赶大车的，姐是实诚人，叫楚服带得本来就够偏的，再上了你这通胡车，回头岔道儿回不来看你找谁哭去。

转过年，大概是七月，刮大风内天，庭前雪松连根儿掀了，我在屋里听着呼呼风响，看五福现调糨子糊吹开了边儿呼扇呼扇的窗帛。阿娇在旁边跟我叨唠：昨儿晚饭吃咸了，半夜口渴，起来找水喝，哪儿都没人，走到备办处小厨间，站着一人，正在偷吃，男的，胖子，不认识，我也没害怕，说你是黄干干吧？这人就喵一声变成猫跑了。

我说嗯嗯。(刘彻案:黄干干,是只黄白猫,特别能吃,被称作干饭机,因得名。)

阿娇说前儿个你跟我说的内些话其实我没听懂,现在才明白,真的有两个世界。我说什么两个世界,我跟你说什么了?阿娇说你不是说这世间其实有两个世界,有的人不属于这个世界,可是来到这个世界就忘了来路,以为自己就是这个世界的人,混得还挺开心,就是不知内个世界爹妈还在惦念你。猫是唯一能在两个世界之间穿行的小精灵,能带你找到回去的路。

我说我说过?阿娇说你瞧你这人,说过的话不承认。我说你不是做梦吧,黄干干还变成了人。五福说她就是做梦,昨晚我一直呆在备办处,既没见黄干干也没见皇后,黄干干出去玩了一晚上早上才回来。

阿娇说我掐自己了,没醒。我说好吧,下回见黄干干跟他说你都要胖死了!

八月,阿娇一直住在长门园。很多闲言传回宫里,说长门园进了野男人,皇后大白天看见一个黄胖子在园子里溜达,爬到很高树上下不来,还进了皇后房间。

张汤也听到了这些传言,特来问我要不要他出面加强一下长门园警卫,立案调查一下周边街坊四邻,看是什么人如此大胆。我笑说不用一惊一乍的,应该没事,是皇后闹着玩呢,皇后最近想象力有点丰富。

汤还是私下传唤皇后身边工作人员及腻友五福、楚服、董偃进行了秘密交叉询问,据信是得到了太后准允和授权。秘密的意思是不许受传唤人回来告诉我。

大概受传人提供的资讯不支持传言真实性,因而达不到立案标准反而超出了汤的认知。韩嫣私下跟我讲前日他与众人一起候于宣室殿前待诏，听到汤与儿宽私语，好像在向儿宽请教何谓幻觉。儿宽似乎也不得要领，说了一些个人经历，他姥姥临死前老望着空中喊一些人名字，跟空气说话，好像这些人就在眼前，问他妈也不知是谁。送姥姥出殡来到家族墓地，看到乱坟岗上戳着几块墓碑，才知姥姥喊的人是早已亡故的祖父母、夭折的姐妹，故尔得出结论：就是见鬼了。

我说嘻，问我呀，我懂。下次朝会，谈完待办之事，我回头对张汤说幻觉不是见鬼。汤立刻大红脸，敏感看了眼儿宽。我说你不用看他，不是他说的。

我说你平时心里盘算事是不是用文字？汤嗫嚅不能语，说唔唔。我说想一个人呢，你想过人么，譬如你姥姥，你姥姥还在么？汤说还在。我说呕，老人家真是长寿，姥姥的姥姥呢，不该还在吧？汤说姥姥的姥姥臣没见过。我说那就随便什么人吧，你家谁跟你亲又不在了你们家不会人都在吧？汤说臣父已不在。

我说想他么？逢节祭祀，夜静睡不着，白天你也挺忙的，睡眠怎么样？汤说不太好，有时躺下了还满脑子公事，刚要入眠想起某件未决之事立马就精神了。

我说你呀，真是为工作而生。想你爸时不会是文字吧？汤说是生前样貌。我说是阿是阿，想人还用文字岂有此理。相信你对你爸充满感情，将睡未睡之际，神思游散惚恍，他老人家神貌可有浮现眼前？汤说有。

我说那就是了，念念不忘必有回响，那个说的是幻听；晨思暮想或有梦回，这个说的就是幻觉。文字就是标记语言嘛，岂有无读音文字？看似在默想，其实也在读，读给自己听，未出声而已。老这么暗示耳朵，终有一日，耳朵会神经，把暗示当明示，错误开机，真的听到声音，恍若来自隔壁，有人议论自己，其实是自己心声。你是完美煮义者么？汤说昂？算吧，我愿意把事做得滴水不漏。我说完美煮义也即苛求煮义，苛己每甚于苛人，而世上本无完美这回事，故心底深积对己不满，一旦耳朵错误开机，听到的也全是对自己不满，根儿上是深度反省表现为受迫害妄想。

汤说臣……貌似还没到这步田地。我说并没有针对你，只是在讲一个道理，你瞧你现在已经很敏感了。顺便问一句，在你漫长的一生，可曾有过钟情对象？

汤可怜看韩嫣。嫣儿说上关心你个人生活呢。

我说去！聊正事咧。汤说臣……这方面一向不太灵。我说故人入梦或蓦然惚恍音容栩栩这种有模板的情景再现都可称回忆或者按我们古代心理学叫心识回流。很常见，不尽然，基本属于初级幻觉或者我们笼而统之称之为有视觉经验基础。很容易遭到误解，令不求甚解以讹传讹者哄传为鬼上身。而中级幻觉则无模板，无视觉经验，也即非故人，从来不曾见过，一刻也没有忘记，念兹在兹，晴天白日，这人出现了，无比真实，我、他——儿宽，你周围这些同事相形见假。为什么问你有没有钟情对象，未必是指真惦记上谁家姑娘，是想象，阴麻针——不好意思我这古夏语不留神又冒出来，心想成像——心中摹画反向投射造影于您这双眼，膜，内层膜，活了！你懂我意思吗？

汤说从来没见过？阴麻针？膜？不好意思不懂你意思。

我说行吧，不懂就不懂吧，只是告诉你世间有这么回事，不要因为自己不懂就乱揣度人家。

韩嫣说不好意思，我有点关心高级幻觉是哪能。

我说所谓高级幻觉，就是跟你完全没关系，既非心中所想亦非本世所见之万象万物，简单说就是阴麻针——穷极想象也想象不出的非象非非象，非物非非物，其壮阔、其诡美，之难以名状，惟有绝倒拜服。

儿宽说不好意思，上，我拦您一句，心画同意，反向投影不同意。臣浅陋，臣也是听说，膜只是感光，犹如窗糊帛，成像亦在心中或说脑海亦可，并不在眼。

我说行啊，儿，知道得还真不少，以后就叫你懂弟吧。

散了朝，天儿还早，想着去我妈呢儿展一眼，入长乐宫迎面遇小邢小李望着我笑，说懂哥来了。我说……见过话儿比人走得快的。

30

　　九月，楚服和韩嫣一起来找我，跟我说我们觉得你该跟阿娇谈一次。我说怎么拉，你们俩这么正经我很不适应。楚服说皇后最近越来越……怎么说，不对了。我说又梦游了？是不是可以考虑把黄干干关起来。楚服说黄干干是无辜的，现在晚上睡觉已经把黄干干关我屋里，倒不是怕他变成人到处乱逛而是他太淘了，他能直立行走你信么？还会敲饭盆、开门，是凡拉门都会开，皇后衣橱可倒了霉，是凡羊绒衣裳都叼出来拖在地上踩奶；最爱皇后梳妆台，粉盒胭脂盒能扒拉的全扒拉到地上几次我从梦里挺身而出……

　　我说好聪明。楚服说是哈，韩嫣一对猫过敏的人，从不抱猫，沾猫毛眼皮子就肿，就爱抱黄干干，说手感好。韩嫣说敦敦实实，满满当当，真的手感好，跟抱我儿子似的。我说你有儿子了？嫣儿说就蜡么一说。

　　楚服说您听说过一个叫妈姐瓦酥米的神明么？

　　我说知道，妈大拿，五帝世代一个重要会道门南社大法师，你们女的邪教老祖，《山海经》中名字叫雨师妾，绝地天通时被帝颛顼镇压，怎么拉，她显灵了？

　　楚服说雨师妾阿，噢噢，听说过，是我们邻村一姐姐，智力有点残疾，特别爱把一些跟她没关系的事聊成是她的关系，譬如下雨不下雨，大家一般不信她，实在没辙了也拿她当最后一步险棋，现在有些偏远地方求雨停还哭喊她的名字。噢她去了北方，乃年阿？

我说少说也有两千来年了吧，跟着蚩尤大帝过来的，火过一阵。楚服说噢噢，那就是大洪水内年了，两千多年，怪不得，木头也能修成仙了，我就怀疑是个熟人，听她和皇后说话的时候，口音有腊肉味儿，只有我们周围内几个村才嫩么说话，把是吵说成是哈。

我说跟你讲了多少回不要给皇后请仙儿，皇后位尊心思重，多少树精花妖督着她，等着把她往沟里带。

楚服说看来你是真不了解我也不了解你媳妇，你问韩嫣，见过我请仙儿么，我们天天在一起，都是皇后自请，早起起床洗着洗着脸一扭脸仙儿就到了，日间吃饭筷子还没放下，饭还含在嘴里，张嘴就是仙言仙语。只能说皇后太上道儿了。我说皇后病得不轻阿。

韩嫣说正想说这句话呢我，为啥我俩决定必须来找你，真是听不下去，就恨自己长了耳朵，那话说得实在没边儿，我们谁说都没用，她大概也就还信你。

我说她说什么呢她一般？韩嫣说你让楚老师说吧，我真学不来。楚服说仙儿对皇后说今年是她的坎儿，她将有一人生重大变故，她会碰到一人，是她夙昔前尘镜像，于今失散好的、宝贵的内一面，夙昔她是花儿，内人就是她酿的蜜；夙昔她是岫岩，内人就是她含的矿；夙昔她是孤雁，内人是她孵的蛋；是她心底的本色，灵里的爱憎，全部情感的凝华，生生世世失散又生生世世暗生追忆，非与之重逢——重合不能成为完整生命之另一半，还是比较重要另一半。为什么她总觉得若有所失，富贵与她即俗累，宫廷与她如缧绁，在亲爱者堆里也感到孤寒，皆因一直没遇到这人实际她都不知自己在暗暗期待这人故而时陷绝望。

我说这人出现了？楚服说出现了，皇后间歇表现狂喜、忧桑、沉思、矜羞和鬼鬼祟祟乱钻杂草棵子。

我说长啥样儿，黄胖子？楚服说不要再拿黄小胖说事了，人家没招谁没惹谁。韩嫣说开始确曾怀疑黄干干，后来经观察，黄干干只知道吃，舍此就是玩，舍此无追求。皇后严重失望，说我本来就不爱吃，并不缺这一口儿，不能相信自己本色、凝华是吃货。

我说后来呢？楚服说后来皇后陷入苦闷、觉得为难，不知怎么跟你讲，觉得对不住你。我说还是有这人？韩嫣说有。我说你们谁见过？楚服说我们上哪儿见去，只是听皇后说，这个人希望皇后能脱离现在的环境，人家也很慎重，不想惹事，如果皇后能解除和你关系，再带皇后走。我说行拉我知道了，我跟她谈。

又数日，宫里开始摆菊花，蒸桂花糕。我坐在廊子上修发，歪着脑袋采耳。阿娇来了，说九号我们家尝秋会你来不来。我说应了长乐内头妈的会了你不去呀。阿娇说去，长乐的会开得早，午后就散了，我也跟平阳林虑说好了，然后一起去长门。我说姆，舒服。

采耳师傅从我左耳掏出一块奶渣儿大小耵聍，用帕子接住小心包上。我说这还攒着？师傅说哟，您这可不是一般物，是龙沙，大凉，专治痈疗热毒，小儿惊风，张苍公收。我说张苍公真有邪的。阿娇说你这还得多一会儿？我说马上完。歪向另一边竖起右耳。

师傅说这边还蛮干净。我说你要不要掏掏特别舒服，她内行吗，凤沙？师傅小声说不知道没收过。我说应该不是治一样的病吧。阿娇说去一边去说什么呢，现在能看出你老了什么样了。我歪着头说老了什么样儿阿？阿娇说就跟内老墙似的一扑撸就往下掉渣儿。

我说哎哟哟！师傅撅出一根长线儿。阿娇眼睛都瞪三角了，说这啥呀你耳朵里咋还有这玩意？我抠着耳朵眼儿说谁头发进我耳朵里了。师傅说像纱线。

我说不可能噢噢前两天洗头怕耳朵进水拿纱布球塞耳朵眼来着，我说怎么这两天听什么都远。阿娇说你洗头还潜水阿？

西晒阳光铺进廊子，廊中人鬓廓皆勾边，一人一条花胳膊。阿娇说有件事我得跟你谈谈。说完不吭气。

我捧盏水过来，也不吭气，挨着她坐下，吸溜吸溜喝水。她说也许你已经知道了。我说什么事阿没人跟我说。她说我……喜欢上别人了。我说能问是谁么。

她说你不认识。她说什么也没发生，你不用多想。

我说内个不重要。她说我很苦恼。我说人家喜欢你么？阿娇说这个我可以肯定。我说他说的？阿娇说不用他说，我知道。我说明白，好多久了，我不是打听你们俩的事阿，只是多问一句，是一时还是……

阿娇说懂你意思，认识很久喜欢也就最近。我说明白。阿娇说我很苦恼，一边是你，一边是他。我说理解，他什么想法？阿娇说他当然是想让我跟他走。

我说他说的？阿娇说他没说，他怎么说？他很清楚我目前的状况，让我做决定。我说他是做什么的？

阿娇说我不能告诉你，做什么不重要，我看重的不是这点。我说姓什么叫什么也不能说？阿娇摇头。

我说你什么想法，想跟他走？阿娇迟疑了一下，点头。我说想知道我的想法？阿娇点头。我说你相信我跟你说的都是实话么，我没必要这时候跟你瞎说吧？阿娇点头。我说那我能再问你一句，你见过这人么？

阿娇说我知道他在。

我说你别回避我的话，我问的是你见没见过这人。

阿娇说每天见，当然不是你想的内种见，大白天，我上哪儿，他都在。我说大白天，你上哪儿他都在，那是咱们这伙人里的喽？阿娇说不是，不是你认识的人。我说说过话么？阿娇说我们不需要说话，但是他意思我全懂。我说从来没说过话，实际你也不知道他叫什么，是干什么的。阿娇说我和他，关系比你想的深，不在内些表面，我们不是拿话——语言交流，这你能懂么？我说懂。我说那我也实话告你吧，没这个人，从来就没这个人！因为谁也没见过，你住内地方，咱们呆的这个地方也不可能有谁也没见过，谁也不认识的人跑进来，哪怕远远的，不说话，跟你隔着人心识交流。阿娇不说话，一副碰到缺不可理喻的样子。

　　我说你岔道了知道么？你盼着有这么个人，你对现状不满，对我不满，心里老憋着，凭你自己，没可能改变，久而久之，压抑变成故事，我了解你，和我一样，内心属戏剧结构，七情六欲都是戏。心思都是图景我跟你说过吧？说出来才换作语汇。语言文字才几年，人之为人之前不过呐喊动物，采食流窜经验习取皆仰构图存疑，我要说黄小胖小脑瓜里饭就是一盛满鱼刺瓦盆你同意吧？人之不为人之后设若有魂灵或叫心识或叫希玻子，人间忆回亦是图景而非语文这个我可以肯定。忧伤是棵老树；幸福是午后静谧无人的田野；憧憬和热爱是碧海远帆或一个永远追不上看不见脸的背影，一旦背影回头，瞧见脸，坏了！幻梦、现实两个世界没界限了，你现在就是瞧见脸了。

　　阿娇优越望着我，似笑非笑。我说你别这样，看傻叉似的。我懂你，你经过的我都经过，我不是内种因偏见、刻意愚弄被锁在无知中的社会大众。心灵求解不能一个人这么闷头干，你听我的，停几天，再看看你说这知心人还在不在，你现在完全丧失现实感了。

　　阿娇说我没有幻觉，不是妄想我就告诉你，一切都是真的。

我说你上师怎么说？

阿娇忽然愤怒：我没有被人暗示！

我说我就是有点好奇，你怎么会知道妈姐瓦酥米，不记得跟你提过这人。阿娇说你所有自作聪明都不成立了吧。我说就说你们女的有一种隔代心传至今无法解释的自我开启或干脆叫贯穿灵知我也不奇怪。我想说的是即便妈姐不是你心魔，确实是——姑妄说天地间一种超然通观，她揭示你内个人也不是你才刚形容内个人，你想阿，她是怎么说的，你的蜜，你的矿，你的蛋，你的凝华，还不够明么？是你的孩子嘛。她意思是你会得个孩子，您添枝加草，想成相好了。我说你岔道也有这层意思，无子焦虑，对生活失望，对人失望，男的都不是东西，自己生一个全心全意对他好不容他辜负不是老天给你们女的特别恩典特别开的一扇窗么？

阿娇抬腿就走。

我说别走嘛，再聊聊。

阿娇说滚！

九号，我和阿娇去我妈呢儿混了会儿，吃了半块桂花糕，喝了几口糯米醪糟，之后和平阳林虑一起出来去了长门园。一天下来，阿娇都乐呵呵的，我说你扮上好看。阿娇说湿妈，我怎么觉得戴上这冠脸色显绿，个儿都压矮了。平阳跟我们俩开玩笑，说听说孩子不请自来都长挺大了？她也接得住，说都会喊妈了。

平阳说其实一点也不奇怪，我怀我们家老大也老梦见一个大小子，看着眼熟不知是谁，后来生下来一看，我儿子！正常，特别正常，当妈的盼儿子，梦见什么的都有，多少梦见大动物的，都是寄托，男的浅薄复可悲，没功能领受这份深情。

林虑说你揣上了？阿娇大笑，说借你吉言，回头我这就请脉去。

阿娇去招呼别人。平阳跟我说看来也没多大事，她还是挺正常。我说事儿应该没多大，正常不正常这会儿也看不出来。平阳说东西都给她收了？我说收了。

平阳说我说句不当说的话，她身边内几个人你也应该给换了。我说不一下搞得这么激烈，再刺激她。

当日醪糟喝得有点多，回宫躺下一口酸水犯上来胃酸泛了半夜，睡着已经五更。醒来天光已如珠子沿窗隙罗列，东方朔进来推开窗帷，说醒了，看来昨儿喝得不错。我手遮阳光说甜酒不行，喝多了头疼。扭脸见永巷令庄好带着一帮女官候在廊下，说她来干什么？方朔说一早就来了，问什么事也不说，让她进么？

我说等我穿好衣裳的。说……请吧。

庄好入内施礼，礼毕，以目视方朔。我说方朔可与闻奏。庄好说是家务事。方朔遂退下。庄好说皇后已经找到，目前已护送回长门园在太主监护下。我惊说什么叫已经找到，在太主监护下，皇后去哪儿了？

庄好说昨夜五福报告皇后三更起夜久未归寝，遂往园中寻找，遍寻无踪，见墙根残砖一摞疑似有人攀越，遂往宫中报告皇后出走。我司接报即动员永巷、掖庭值夜女官并黄门侍郎分往长门及两宫皇后可能去处搜寻，各处值更人员均报未见皇后出没包括您这儿。

我司即告两宫卫士令及掖门司马请他们派员以长门为点向南扩大至覆盎门、西安门，向东扩大至霸城门、清明门逐闾逐里进行搜索，请他们特别留意废屋废园墙角树丛后可隐身处。这时已是寅正四刻，天已大亮，辰时即将开城门，我司急报城门校尉，以有宫人走为名，请他通告十二门门候，开城门时务必重点盘查出城妇人，并告知那宫人可能已经易装，可能有伴儿。

我说你就拣直说吧，在哪儿找到的皇后。

庄好说在城墙上，洛城门城头，谁知皇后竟然走了半个城还上了城头。城头守卒正在吃早点，粉汤羊血油酥饼，麻花油茶杂肝汤，各种凉皮驴肉夹馍……

我说吃得不错嘛，脏摊儿都喊城上去了。

庄好说以为您知道呢，守城各营包括南军伙房只管营里不出勤的人，外面哨位，守各门的兵，早点宵夜都叫街边摊，午晚饭上横门一条街点着名馆子叫餐，一天四顿，各家记账，月底到各营炊办处统一结账。

我说我知道。我还知道你们也没少从外边叫小馄饨，甑糕柿子饼。庄好说该怎么说怎么说，脏摊儿做得就是比宫里好，您知底下人都怎么说咱们宫里内几位大师傅么？我说都是喂猪的。庄好说文皇帝德盛，文皇帝泽厚，四海靡不获福，文皇帝留下的厨师班子不能再用了。我说宫里东西贵吃得不好咱们以后聊。

庄好说开始以为皇后爬城上去，后来分析应该是跟着脏摊混上去。皇后也不知哪儿拣了身男人衣裳套上，像商贩内样儿包着头，看上去就是个少年，上了城不知怎么下去，扒着垛口往下紧瞅，这边正吃油饼兵看了吓一跳，呼喊谁家娃闹甚咧可不敢！您知咱这城头日常闹啥事尼嘛，城里头一些个娃们奇轻把作，瓜皮闷怂，逃婚也有，偷人也有，做下丑事怀上别人娃也有，她大她妈打骂活不成人，上这儿寻死来，用她们内说辞数咱城头风景美，数咱城头离地远，乃年十二门也得跳下去七八个，男娃也有女娃也有，长安老人叫拧次楼，娃们叫万货台。我说我还真没听说过。

庄好说春上江阳侯苏朋家二小子和横门一酒女好上了，死去活来，他妈找人家去了，给钱女方回邯郸，苏家二小子想不开，上直城门跳了楼，他舅他哥还带人砸了人家店事儿闹挺大你没听说？我说没听说。

庄好说我可听说城门校尉专门给底下弟兄们开过班，讲怎么往回拉人，不能离太近不能太拱火动之以情晓之以俗人乐，还规定乃个城楼跳了人全体当班守卒罚拔正步七日，回营吃大锅饭。所以当兵的一看皇后扒城头以为是个怂娃咧，惊着了，汤也泼了，油饼也不吃了赶过去苦苦相劝：为个娘儿们值得么？娘儿们有滴是。据说阿，当班伍长给他长官讲，他长官转述给我司追逃人员：怂娃乐了，这时一个兵果断出手拦腰搂皇后抄回来，一齐仆倒，惊呼：是个娘儿们！

我说行了，过程就讲到这儿。皇后情绪怎么样，是一人出走还是确有同伴？

庄好说皇后移交我司人员后一直未说话，入长门园见太主则失态詈骂继而痛哭，从皇后那里我司人员未获任何有价值线索，询问守城卒皆称未见有人与皇后同往，是独行，我司现在判断亦是独自一人出行。

我说我现在就去长门，只求你一件事，太后那里暂时不要惊动。庄好说这个由不得我。

我喊方朔，叫韩嫣，跟我去趟长门。方朔说韩嫣刚被张汤叫走。我说他找韩嫣干嘛？方朔说没说。我说找辆车，你跟我去。方朔奔出去，从羽林监借了辆值班小马车，我亲自撅着屁股赶车从小南门出了宫。

到了长门，见门前摆了拒马，周边街道及园子围墙把角有缇骑步哨。进园见执金吾、掖庭令、黄门令及其属官一堆人乌秧乌秧站在庭前阶下。我说你们来干嘛，谁叫你们来的？众官诺诺一齐退下，复又堵在园子门口。才进了厅，就听一片嚷嚷，一个人跟头趔趄抱头蹿出来，放下手才认出是张苍公，冠也歪了，纽襻也扯了，大襟泼一身药汤，还粘着草棍。太主跟出来连声道歉，说不好意思，让您受屈了。苍公看见我，狼狈转为蔚然，说人没事，就是有点亢奋。

我抬腿往里走，还没见着人，就听里边喊：滚，让他滚！五福出来说你别进去了，正骂你呢。

跟着的太主说疯了，见谁骂谁，连我这当妈的都踹了一脚。我说怎么一下这样了，头前儿还好好的，谁惹了她了。太主说你都在阿，昨儿散的时候都瞧着呢，没人惹她。我说楚服呢？太主说我来就没瞧见，说是叫掖庭的人带走了。我说我找太后去。太主说你能说什么呢，你想说什么呢？我说阿娇这个事，是病。

跟着我去长乐见太后，人还没出来，宫里就疯传开，上被太后撅了。我从我妈屋出来和小邢边走边谈：太后的工作还要做，说阿娇和韩嫣搞上了完全是无稽之谈，根本没有另一个人嘛，我也做了调查，昨晚到天亮韩嫣一直在郎署值班寸步未离，嫣儿是跟阿娇走得近，那都是发小儿阿我们！他一直很尊重阿娇这都是哪儿跟哪儿阿？小邢说你不用说服我，你说的我都信，可是架不住宫里都那么传，不是今儿的事昨儿的事，你知宫里传他们俩好传了多久？光我耳朵里就小二年，你以为老太太没听闻过，她们内小麻酱（刘彻案：太后日常与赵太妃等几个老人儿玩鞋垫赌大小，御膳房每进小碗蒜汁麻酱粉皮淋陈醋作局间小食，故御膳房一捣蒜泥澥麻酱，人便知太后有局，久之以小麻酱代指），内几个牌搭子有的没的宫里宫外谁的闲话不传八百年前的事儿都有。我说那你怎不跟我说呢？

小邢说我能说么，说了我不也成了传闲话的？我也就跟小李说说，我们俩也都不信，都觉得不可能。

我说我你不说也就算了，公序良俗我就该最后一个知道。韩嫣那是你叫哥的，你就愣可看着别人那么毁他啥也不说你还像个妹么？

小邢说怎么没说——没少说！少往长门去。你以为他不知道，他也是没法张口，跟谁解释去？堵得跟什么似的，都抑郁了没事呆着就心慌、失眠、听见刮风就流泪，想闪，不是还跟你请求过调走下部队？你没当回事，你净想你自己了，没事就把他发长门去，你是躲了清闲，陪媳妇全成了老韩差事，没法不出谣言，宫里人头二年就管老韩叫凤辇内史，椒房宫太尉。

我说赖我赖我，怪不得最近看嫣儿老是蔫头耷脑魂儿没在家似的，还以为是武娇的事闹的呢。必须把老韩捞出来！咱俩分工，太后归你，她现在也就你的话还能听进去点，我扫外围，把内些嚼舌头根子的都访出来，重办！

小邢说你能有点诚意么，太后什么时候听过我的？我也就天阴天晴穿乃身衣裳多吃一口少吃一口把个关，别的事充其量敲个边鼓这还得是问到我了。

我说我不是沾包了么，在太后呢儿已然说什么都是废话了，不让我管，认定我怕媳妇，管不了身边人你也不替我说句话。

小邢说没少替你说话，今儿你来前太后还跟我码呢，说你是他的人还是我的人？嗔着我向着你，说你肯定不知情。

我说你别说我不知情阿，说我知情，一切都在我掌控下，老韩是我安在阿娇身边的人，阿娇是病，我一直给她求医问药——治呢。咱们逮摆老太太往阿娇不是乱搞男女关系而是……淫邪发梦这条路上整。

小邢说那你去说去呀！再怎么说你是儿子，皇帝，自个不敢说让我这小女子替你挡乱箭。

我说你觉得老太太内趣知结构习见来源能听懂人的内心世界会以

外化形式出现，把没有想成有的吗？

小邢说不知道，你说的屁话我都不懂。

李益寿迎风站在宫门口，说看你们俩半天了，嘀嘀咕咕，嘀嘀咕咕，就等下一波谣言造你俩了。

这之后，宫里盛传要废后，候选人有邢李。李说喔靠这谣造咱俩头上了，我逮往后稍。邢初还到处解释没我，没这回事。人说有也不是什么坏事。气得找上哭鼻子：你得给我作证我真没这心。上说你这不是越抹越灰吗。上攒了一些神棍灵媒李少君宛若之流以提前拜年为由，组团到太后那里聊天，讲一些黄鼠狼刺猬长蛇可以幻化为人，魅惑勾引良家妇女，某女曾于自家后花园遇一俊俏后生，自报邻家子，与之不伦恋，后结珠胎，生下来是一刺猬；某女曾于灞桥踏青遇一长大汉子搭讪，春心烘动与之私奔，后家人多方寻找，于山中一蛇窝寻见，身被大蛇缠绕，已产一窝蛋，孵出小蛇数条，遭家人熏硫磺放烟儿乱棍打死大蛇救出什么的。用迷信的鬼话熏陶太后，使太后生一些山外有妖天外有仙遐思。据说效果还真有，老太太跟小邢说看来这个楚服对皇后使了妖法，必须严办。

韩嫣下在廷尉狱，上虽不能对抗太后懿旨亦可上下其手请托张苍公出具医学证明：人犯情志不舒，气郁失畅，思维破碎，问话不能应对，间有严重自残倾向，可诊为重症郁症，严重不适合监管环境，建议办理保外就医，居家待审。当天就给捞出来送家去了。

苍公还出了一份关于眼睛的诊断，是捞楚服的，其曰：精之窠为眼，骨之精为瞳子，筋之精为黑眼，气之精为白眼。今患者脑转引目系急，目系急则目眩，邪入其项，中其精，精散视歧，故见两物；是故瞳子法于阴，白眼赤脉法于阳，神精乱而不转，卒然见非常处，散不相得，故可诊为惑症急性发作云云。

因楚服被关押于掖庭女监保宫狱，上手伸不过去，便将这份诊断交给小邢，让她面呈她母亲庄好，请为楚服办理保外就医，上愿为保人。庄好拒绝接受诊册，说闺女你还是少揽和吧。小邢含臊而退。出长乐入未央，将竹册子掼上脚下：以后少让我干这种破事！

上拾搂起散落一地快板，看了一遭，自语：说特么什么呢！俄而复语：可以留给阿娇用。

这之间，上数往长门，探望皇后，每见皇后于深帷厚帐暗室中沉睡，唤之不醒。太主说一直睡，白晴黑夜地睡，只在吃饭时候起来。上问进食可好？太主说快赶上黄干了，一顿三大碗干饭二斤扒烂肉还不够，还要，这是亏成啥样了。上说介是睡眠债务饿饭债务双恶补。太主说老王眼下是个什么态度。上说有缓儿。

十月，年到了，宫廷大趴儿皇后未能出席。宫中废后流言日甚且有情有款颇见言者用心，有称皇后善妒，擅宠骄矜，十余年无子，每闻上幸诸姬辄以死相讹闹，上收邢美人割回腕，收李美人喝回药，收卫子夫差点投井，上苦后久矣。又称皇后宠衰，娇妒滋甚，女巫楚服自言有术能令上意回，为后设祠请邪神雨师妾，献祭公羊睾丸海狗肾及虎鞭，合药服之并妖蛊咒诅压伏后宫诸姬。又：楚服著男子衣冠帻带，素与后寝居，女而男淫（刘彻案：可能是指佩戴褒具，不堪详解），相爱若夫妇，后复使韩嫣加入，做大三元。

还一类传言直指上和后夫妻关系，说上不举，强举似棉花套，须扶，遇热起球、缩水，故二人无子，皇后也是人，还是女人，搁谁也受不了。此传言亦涉邢，说也就小邢能跟上做一头，因为阴冷，倒合适了。

这些谣诼太恶毒，几无人作想会有不开面儿者敢去与上搬弄触内个霉头。邢数涉谤，无以自处，告病躲在自己许舍以避众口，也有避上之意，她作为上之耳目在宫里已经曝露，遭孤立。汉家起于楚蛮，后宫许舍本来管理松弛门禁不严，高皇帝自是格局旷大不惮泥礼，文皇帝亦是朴呐随和亲切长者，向少清规，恩重于威，故深宫亦有闾里气象，时可见世家出身女官同在宫中当差父兄捉鱼奉果入内探问叙亲。上有时想起问个事，颁个赏赐，现凑一局，差遣身边近侍如韩嫣者辈跑一趟，一个大男人晃进后宫，当庭喊姑娘名，传递东西，也不是什么莫名惊诧令人骇叹景观。

今宫主皇后出了事，太后下了禁男令，庄好亲自带人守在后宫入口处，上欲入亦遭坚拒：您想找谁我给您叫去。上另一线人李美人因也涉谣，传谣者见其飘过皆噤口，也属被宅在圈外的人，她有多不知情上就有多懵懂。（马迁案：许舍，秦称习社，习所，习舍；原指宫闱中专设教习新进宫人应对进退之馆所，后泛指宫人所居房舍。汉兴八十年，一音之转，称许舍。）

冬十一月，有些流言证明非空穴来风。楚服案经特别法庭诉审合一法官张汤与前已审结御史诉长安三百妖妇咒诅厌胜致人民流行瘟疫案串并案，一审定谳：楚服坐教陈皇后祠祭厌胜，挟妇人媚道，弃市。

同案韩嫣经查本系皇帝宿卫，奉旨谒长门，素与皇后楚服等洽近，虽有匿好狎熟之名，实无与闻参造淫行所谓大三元等事，且情节显著轻微，另案处理。

另案另到太后那里，太后随颁懿旨，列嫣两大罪状：出入永巷不禁；以奸闻——听说有奸情。赐死。

长乐女官多人次目睹上伏于太后前涕泣不止，遭太后冷对。亦有长门当值宫人言皇后如今体貌大变，暴肥增重若气吹，宽出两个人，河马腰犀牛背海豚手，面色如皂，走路带喘，不复再见当口丽人，上与皇后见，默默然。

乙巳，上亲往长门，赐废后册，收皇后印玺。后拜谢。二人皆无语。太主叩首谢上。上曰：皇后所为不轨于大义，不得不废。太主当信正道以自安，勿受妄言以生嫌惧。后虽废，供奉如法，长门无异上宫也。

上使方朔往长安东南七十里文皇帝陵寝霸陵左近购得乐成侯丁客吾一处废园，请营造名师未央扩建总工林洁老人比照长门院落布局放大改扩建为一处皇家宫苑，门悬铜匾：长门宫。元光六年迁废后陈氏于此。

据说陈氏下车，举头见匾，神色俨然，拾阶入门，此生再未出园。后七年卒，葬于园内。

31

十二月（这时已是元光六年），北边、西南待办事多，再次显露旧有以军功子弟为主世官世守循吏队伍已不能适应国家领土急剧扩张需要。驻守边郡军队将领以掌兵力度兼理民事把老百姓当兵带动辄诉之刑杀之弊亦甚突出。下诏各郡征召懂得当今做事人情世故通例潜规，又学过古代内些处世大家道学不甘为民之寒门实诚孩子，由所在各县给他们提供路途所需饮食，随每年到朝廷送户口统计、税赋征收账簿计簿使者一同上长安来，参加中央各府署衙吏员选拔考试。

公孙弘负责出题自己也答了题。化名齐牧之写了篇策论，说古代没有爵赏，人民却能向善，刑罚宽松人民很少犯法，是因为有尧舜那样本身就是道德楷模君长，对人民言而有信，说不征税就不征税，老百姓信他们。后世又赏又罚，而民不善且敢于铤而走险作奸犯科，原因在于在上者本身不正，老百姓不信他们。厚赏重刑都不能解决一个"信"字。所以要按能力选拔官员，少说空话，不浪费物料制作奢华、装点愿念及妄披艺术外衣无用之器；减税，有功者上，无功者下，有德者进无德者退唔啵唔啵一大通所谓各种治平之策。最后聊到天人感应，声气同则上下和，不但气和形体也会随之和，大家越长越像，一齐发声天地就会产生回应，所谓阴阳和，时令和，风调雨顺，再客气点还能降甘露，五谷丰登，六畜繁衍，苗壮高产旱涝保收优势麦种自动出现，奇草异花姹紫粉橘长满郊野，山不乔，沼泽老有水，这就是和的至高境界了。

　　太常阅卷老师把齐牧之的文章排在最末，当时参加考试的有一百多人，大概是一百二十几吧，全部考卷送到我这里由我最后给分。卷一厚我就习惯先从后边抽看，有没有跋，这么一堆积木似的卷子，我就从底下撤出一卷，边看卷首作者名边问侍立一旁公孙弘：这齐牧之是谁呀？公孙弘说是、在下。我说呕，倒要仔细拜读。看了一遍，放下卷子说：都是屁话！尧舜时就没个正经国家，天子只是我们后来比诸商周那么叫他，不过是广大赤县一个流浪部落头领，全民游耕，大家几年碰不上一面，才有老农遇天子而不识，说出"帝力于我何有哉"那样的浑话，所谓上不知渠下，下不知有上。天子本人都无世爵，拿什么赏人家？老百姓善不善不见面怎么知道？刑罚大概比高祖约法三章还要俭省，打得过就打，打不过就跑，杀了人也不算犯法，盖因没有有司执法。信，根本谈不上，只不过你没有干涉到他。税的本质是保护费，今天大家都很讲道理，可以文明收取，上古谁跟谁讲理？自己活也叫别人活是很晚近才出现，发现吃光抢光下回——就没下回了才反应过来，得出的教训。才有了国家，从长谋措、奉天承运、各地设局收费机构。我收了你钱，没跑，老在这儿，什么时候来什么时候能找到我，这是什么？这是最大的信。所以不要讲古时比今天有信，那是你不了解古时。弘老——您这岁数我应该叫您声老，按说轮不到我来教导您，可是我必须说，民善不善与在上者私德构不成关系，与什么构成关系，我也不知道。上古，有国之前，尧舜德品再高褤，其德被也不过行藏所至，恩泽止于亲好左右。上古很苦，地广无路，天子遛断腿还是有更多地方顾不到，到不了。尧舜不是慈善家，只是赖循军事共和诸侯选任共主古制那不叫禅让，只能说大节无亏是不是真嫩么镐器还两说着。逢到荒年，老百姓吃不上饭，因无国窖公廪府藏、官僚责分体系，也只能干看着，于心不忍，滴两行清泪，倾己所有，陪着饿两顿，那都叫野蛮。

弘老！上聊骇了，站起来说：我尊敬的齐牧之齐先生，您不能只看贵宗派内些经史子集，贵宗派历史观很成问题，材料很少，构想很多，生逢乱世，有心杀贼，无力回天，贼都不请他。体系出自周，偏偏周自己打自己脸，捯根儿捯到当初，史上第二犯上。只好再往前捯，捯到虚无缥缈，搞死无对证。还是思想方法出了问题，预设前提，前提不存在。以为秦火把书烧净了，哪知秦始给自己留了一本，现在我这里。还是政务活动参与少，坐在屋里瞎想法换作我也不免从绝对正确入手，包治百病天下就没这么一方子，吹这个牛第一个绊倒的是自己，这句话我常对张苍公讲，如今送给贵宗派。你这样，不要坐在屋里空想了，下去接触一下实务，西南现在很混乱，一会儿报喜一会儿报忧，说来说去都是要钱，你去就替我搞明白一件事，这个钱花到什么时候是个头顺便也可以回老家看看。公孙弘说我不是四川人。上说哦对对，你姓齐，齐国人。公孙弘说我也不姓齐。

公孙弘去了四川，哪年回来的我也忘了，只记得有一个人向我报告：四川为了通黔滇，先后开工修两条路，修了多年哪条也没修通，巴蜀广汉犍为四郡公帑公粮都花在这上了，筑路士卒中暑劳累死了很多。西南夷索要无度，邀赏不足辄反，袭击我筑路部队，我筑路部队予以反击，一打就散，宣抚罢兵又攥着屁股放冷箭，很多时候最后还是用钱摆平，一里一外不知耗费了多少钱饷，结论是喂不熟，养仇。这个钱花起来没有头。建议可以不再当这冤大头，留点钱干什么不好。我说你的思路很清楚，汇报语言简洁明了，没废话，四川真是出人才，我这里正需要一个你这样的人，我要用你。这人说您已经用我了，我就是您派到四川去的。当时司马迁在旁边，说你不认识他了，他是公孙弘，御史大夫，你有几个御史大夫阿，这还能忘了？公孙弘说我不是御史大夫，我是待诏金门，御史大夫还在呢，张汤。我说不对呀，张汤我不是让他去接石庆了么。马迁说张欧御史。我说张欧不是丞相么？公孙弘说丞相薛泽。我说哎呀呀不说了太乱，为什么我这个年纪就这么健忘，老年失智现在报告最小岁数是多大？马迁说你不是健忘，是心里有事，是不是家庭不和睦，别憋着，容易走内，你跟我聊聊。

我说你真敢打听，我是那能叫家里事拿住的人么？我现在的拧恐是忽然看到人生尽头了，站位掉了个个儿，过去都是往前看，眼下、未来很清楚，现在没未来了，全是过去你懂我意思么？马迁说还是受刺激了。

我说聊这些你确实不行阿，站位决定思考我信了。

马迁说你也别拿这些虚的抬高自己贬低别人底下掩盖着好面儿。我说好好我好面儿，您实在，你想听什么我告你。公孙弘忙捂双耳告退：我不要听，我走。

我说你听说的都是真的。

春一月，我下令停止西南修道工程，集中资金在上郡、定襄沿黄河构筑要塞。实在也不是派个什么人听个汇报决定的，而是大的情势所迫，去年总提会上就议过，有预案。北边形势吃紧，马邑之谋后果渐显，匈国方面去年入秋即开始打草，可能有大动作。故弃一头保一头。犍为不撤郡，还是两个县，任命叶弘为郡守，能维持多久维持多久，不捉急，慢慢发展。

癸酉，为了弥补西南、北边亏空，开始抽车船使用税，范围有所控制，只针对行商。

大司农郑当时建议：近年来由于城市发展，官民生活水平不断提高，人口增加，加上军队大量食用，每年通过漕运调拨关中的粮食猛增，由几十万石达百万石，去年已达四百万石。但是漕路遥远劳民费时，一石粮运费损耗即达三、四斗，尤以黄河崤函段砥柱滩险，每年在那里翻船损失的粮食以十数万石计，人命损失不计其数。而渭水段多泥沙，多浅滩河洲，流量时丰时枯，河道多迂曲，河槽冲淤交替，虽年年清理航道仍时常淤塞，关东到长安的漕船六个月才能跑一趟。如果从长安开一条人工渠，引渭水沿南山北麓直抵黄河，这样可将渭水九百里河曲缩减为三百里，路直，且无淤塞之困，函谷以东的粮米转运就变得便捷，三个月就能跑一趟，又可以灌溉沿渠两岸老百姓土地万余顷，省时，省工，增收，与民方便自己方便。

我说我刚攒点钱你就惦记给花了。郑当时说您瞧您，别处八竿子打不到的地方给挨不着的人花钱大手大脚，现在自己家门口挖条沟倒又抠门了。国家的钱收上来不就是为花么，再者说修这条渠长远说少损耗就是收益，您怎么不说内省下来的粮食粒粒皆辛苦呢。

我问公孙弘：齐老，您脚着这钱该花么？公孙弘说我脚着，该花。我说刚增的税，这下又要加税，减税的话怎么说呢。公孙弘说两说着，该减的减，该加的加，分干什么。我说那就听您的，您说修咱们就修，您说不修咱就还那样。公孙弘说我说，修。我对郑当时说齐老批准了，修。郑当时说齐老英明。公孙弘说能给您提点小意见么？我说您说。公孙弘说您闲的给我改个名也就算了，您别给我改姓阿。我说下回注意。

春二月，郑当时勘定河渠路线，经临潼、莲勺、郑县、华阴至三河口。规划送来时封题写着"刘渠"。郑老说其实您内名讳最合适，彻渠，不是不能叫么。

我说我不靠这出名昂。管什么用阿，历史全是我，我在哪儿呢？

亲手将刘渠之刘刮掉，写上：郑；郑渠。

郑老说科别！其实我跟您想的一样，权且当且归根说来人——甭管谁，终将被遗忘，不管你把名儿写在竹帛上还是刻在石头上还是铸在金铜上。留名和留财、多子多孙一样草昧，都属于小执拗大不明白胡乱托付。人来这一世只是借道，还要怎么赖着不肯消失阿？拿曾用名命名地表物怎么想怎么傻。

我说可不么，看着很多明白人活着活着突然不明白了，颠顸了，真是不知他们当初是真明白还是装明白。一直不懂为什么求名比求财更为世论高看一眼，根本是一个筐上来的，大家都眼瞎了，看不到。

郑老说都是跟着哄。我说真不愿这么想他们。

郑老说叫齐渠好不好？我说你甭老跟人开这玩笑，人真不高兴。

郑老说那就叫漕渠，为什么非得头前摆个姓呢，显得咱们都挺想不开的。我说也行，本来就是想让你空欢喜一场。拿刀把郑也刮了。

当月，开始征收土地，搬迁渭水南岸红线内村庄。民怨沸腾，围了渭南郡、河上郡郑县华阴县几个地区衙署日夜哭闹。我说他们不知道这是为他们好阿？郑老说知道，还是要补偿，一棵草也不能白饶了你。

我说每当这时我都特想跟齐老说，老百姓是缺教化欠引导，才这么不知道好歹的么？郑老说你说去呀。

我说我不说，他们内单一孔径钻习已经把脑子钻得跟咱们这渠似的，直的，一点弯儿没有。郑老说这钱要是都给了他们，渠得窄两尺。我说窄就窄吧。

三月，下令调集九十七军、九十九军、新九十一军、新九十二军四万人，进村拆房、砍树、清理工地。

惊蛰之后，地层松软，战士们在以石灰划线百里漕渠内，动土开刨。三年后漕渠通水，沿渠老百姓给各衙署送丰收麦穗、特书"功在千秋"万民伞，称赞官府终于为民办了件好事。各衙署向朝廷报喜，送来新麦蒸的馍。我说你们省省吧。把凉馍分送孙弘、老郑，说温水浸碎拌入肥猪肉馅烧狮子头别有风味。

四月，匈奴入侵上谷，六十四军有所准备，依托要塞进行抵抗，还是有百姓和守边之吏遭到杀伤。

起初，马邑行动受挫，总提判断匈国迟早要报复，夏侯赐便拿出一个作战计划，主旨还是要打出去，坐在家里等，这么长边境线实际防不住，也是灌案二期计划本来构想。这四年里，北边一天也没放松，一面修葺关城、边堡，构筑要塞，加强守备；一面加快一线部队步改骑。到本年，第一代畜字马得到儿马已成群，可大量补入部队，雁门五军、云中十一军、太原十三军、十四军分别完成改装。骑十三军随之调上谷，十四军调代。夏侯案计划是先在离境不远地方打一仗，锻炼一下队伍，打得好再往远走，打得不好迅速退回来，边境这边也有接应。选择出击点是上谷、代、云中、雁门西口几个繁荣、交易额比较大的关市。选这几个点主要考虑匈方老客聚集比较多，捉得到人，无论如何都会有战果。首战有战果很重要，不光部队信心提高，我、夏侯、郦坚、大周总提几个人也需要信心，匈奴人能打，且战之能胜。既然撕破脸打，出境我军将视所有匈人为敌方战斗人员，这是当年决定对匈作战灌案形成前早已定下原则。

年初郑当时跟我扯漕渠事之时我这里已秘密下了命令，任命李广为骁骑将军，赴雁门，指挥骑五军；公孙敖为骑将军，赴代，指挥十四军；公孙贺为轻车将军，赴云中，指挥十一军；还有一个重要新人，建章宫尉卫青，任车骑将军，赴上谷，指挥十三军。各万骑，随时准备出动。

起初，很多人认为卫青获此委任是靠裙带关系，沾她妹子夫光，即使在他立下很大战功成为我汉对匈作战取胜最多、战果最大、也是能连天下兵组织多兵种大集团联合作战有韩信内样帅才唯一之人后，议论还是有，说我要有这个妹，也能上马使军，封侯授土。

其实卫青还真是靠裙带关系，但不是她妹，是我姐，我姐平阳公主逼着我封他建章宫尉。当时建章宫还没建，只是一帛图样，因为用石青勾描称为绿图，也是萧何内时候留下来，萧老常怀千岁忧，说千年之后未央这几间房子肯定不够住，长安没准都得套一城，我在直城门外先留出块地儿，省得到时候地价高到皇帝家也买不起。我姐说我什么时候往你这儿荐过人，妈家你安排了多少，我这头一回张口你就给我啵儿回来是吗？我说这不是宫还没影儿呢么，一人没有你让我设一尉，能不能安排一别的地儿阿，北军，几个尉他啐便挑。平阳说不行！我应了人家了，就必须是一宫尉。我说按宫尉，高配，下去当校尉行不行？平阳说不行！你不就是没地儿开这份饷钱么，我开，算我的，月俸我出，你就给他一顶缨盔这不算难为你吧？

我说不是钱的事，行行，建章宫尉，我应了，你让他把内身甲穿出去吧，早置了吧头回穿小心抹着肉。

平阳说你不会后悔，你招了多少没用的人，就会跟在别人后倚儿打幡儿，说看菜下饭的话，等你叫人堵宫里都要逮你的时候，你看谁能站出来摆你背出来。

我说你说的内种事就不可能发生。

宫里例行授盔，所有在家的尉、老将都来了，观礼。宣礼官喊：建章宫卫尉卫青。我把宫尉红缨盔授给他，卫青抱拳接盔三拜退下。旁边站的尉、将就拿眼角互瞟。材官将军李假瘪着嘴问我宫在哪儿呢？我说在建。郦坚说军里干吏很缺，真有心栽培，可以放到下面。

我说人家自己掏钱就为得个名头。郦坚说明白了。我特地把卫青留下跟他说：你不用随朝晋见，跟社会上的人不要讲自己是尉，就是说是监，低调。

就这样，社会上传言还是很多，什么阿娇善妒，没斗过卫子夫，窦太主替闺女出头，把卫青捕去，要黑掉，在后花园挖一坑，土埋脖子了，被他朋友三署骑郎公孙敖单刀匹马救出来，送到建章宫保护起来。聊得皇室跟江湖似的。还是有很多人信，很多人传。司马迁都信了，跑来问我，有没有这个事。我说你动脑子想想，乃件也不可能发生，窦太主爱女，不是乡下愚妇，还带买凶杀人的。卫子夫入宫我就没怎么见过，真要得宠能安排在厕所组么？阿娇都没听说过她，你要说尹婕好善妒我承认，卫青住在平阳家，窦太主上哪儿绑他去？公孙敖不是山贼，单刀出营干这种事按律就该论斩。司马迁说是是，我也觉得不太可能。

当时确实有这种情况，老一代打过大仗能统军将尉都老了，远的不说七国平叛挥师千里独撑一方之帅周亚夫、窦婴、栾布都不在了。当年力战第一勇将张羽、戏车第一能把马车赶得跟陀螺似的卫绾现在都爬不上马了。就说马邑行动，几年前的事，能拉十石弓大力士李息现在端筷子都哆嗦，吃饭改用勺，问他十句话九句接不上，剩下一句也是岔。我说您这是怎么回事阿昨儿还好好的。李息说我也不知道怎么搞的突然就没劲了浑身，眼圈黑了，可能拔了两颗牙，拔的。

所以我才把太中大夫换了张汤，也没干几天闹着要走，回司法口，现在职位还空着，我问个事还得到处找人。

部队将领面临迭代问题，尤其是一线部队。内个将不是好当的，要嗓子好，裆硬，骑个马山也得登，水也得蹚，睡觉睁着半只眼，上边有事，下边有事一叫立马起来，脑子即刻恢复清醒。吃饭头一口是热的，剩下全是凉的，再棒的身体干不到四十就一身病，胃里长噎膈，腰肌劳损，两腿两臂肌肉陈旧性拉伤，躺下睡不着，叫不顷刻醒，得缓一阵让人重复一遍，才能明白人家在说什么。一般这岁数就调回朝廷当个宫尉、在五大署安排一下坐办公厅。著名边将李、程、韩，也就李广还在一线，程不识腿伤好了，胳膊还不能过肩，到军务署接了灌夫的缺。韩安国走道还拄拐。

这一拨年轻的、二十啷当岁的就起来了。领头的是公孙贺，已经做到太仆正经九卿，马邑行动已担任将军。（马迁注：我汉惯例，将军不常设，乃战时一等军职，授过杂号将军者以后就称将军。类如京兆尹、左右内史，虽是地方长官，地位却高于一般郡国之守，有资格参加廷议，政治上享受九卿待遇，称位列九卿。当过将军就是在家闲居也享受将军称号，衔称随身。）

我也是后来才知道，卫青公孙贺公孙敖这是一伙的。卫青大姐卫孺是公孙贺老婆，我跟公孙贺属于担儿挑。公孙敖跟卫青二姐卫少儿好过，后卫少儿又和陈平曾孙陈掌好了，蹬了公孙敖但是俩人关系没掰还是好朋友。我跟陈掌熟，二小同学，小时候一起玩过，老实孩子，他有一妹陈瑶跟林虑也是闺腻。我说来来来，咱们几个担儿挑都认识一下，问陈掌他们都在军队安置了你想不想也谋个军职？

陈掌说我就算了，我们家虽也是军功封侯但不是舞刀仗剑内种，我也没我们曾太爷能洞察人心腑照着人黑暗点下套本事，我比较理想生活是袭侯以侯闲居。

我说你不是嫡传，起根儿就是代代妾一路生过来的，袭侯不可能，人正经夫人生的一堆还呢儿等着打破头呢。你这么着吧，到我这儿当个詹事，把咱们几位担儿挑涉卫家事管起来，听说她们家同母异父兄弟也多，这里的事你都熟，你不会好几天又不跟我们二姨好了另攀高枝儿吧？

陈掌说哪儿的枝儿能有您高阿，我准备跟二姨结婚，婚礼我们自个办您千万别随份子。我说必须的。

所以说卫青这裙带深了去了，你们谁要有这关系哪么就是一裙边我也重用你们。关市计划敲定后，我在陈掌家组织了一次担儿挑局。陈掌和我们二姨结婚，我送了他一所北阙甲第宅子，没收灌夫家的，算我随的份子，以后就拿呢儿当了点儿，我们几位担儿兄担儿弟（哥几个自嘲语）有局就是呢儿，都喊陈掌陈局。我把李广也请来，当面托付，让卫青公孙敖喊叔。公孙贺马邑已和李广熟识，官爵又在李广之上，就不搞这套庸俗作风了。

我跟李广说我这俩担儿弟就托付你，初次带兵多给他们传授点经验，以后出国作战可能也要经常配合，对年轻人既要大胆使用也要教他们晓得厉害，千万不要藏一手呕。李广说放心，我就把他们当自己子弟带。

这时就看出小卫青会来事了，双手捧盏给广爷敬酒：听您战斗故事长大的，最大誓愿是给您挎刀，今天能与叔同席，做一日饮凤寐之想偿矣。今后塞外驱效，侄儿即叔胯下马、弓上矢，叔指向哪儿，侄儿奔向哪儿，您瞄准天，侄儿即在天；您瞄准山，侄儿即在山；您瞄准人，侄儿飞、飞、整戳他眼。广爷都给逗乐了，说同在军中为将，不用说得这么砢碜。我说是份人心。

广爷说也没什么好传授的，草原上水源第一，我军行进必依水而止，敌踪亦在水近。匈人冲锋，矢尽自退，自左而右，叠番轮进，只要中军稳住，自己不跑，打上一天，他还在那儿，你还在这儿。卫青孙敖齐说领教了。

四月，匈奴入侵上谷，遭六十四军坚强抵抗，遂扫荡我沿边居落，络绎回撤。我下令执行关市计划，蒙面快马夜往西晲就总提指挥位。因事出于秘，未向社会公布。

公孙贺出云中，平日喧纷扰攘关市竟无一黑发黄瞳鹰鼻络腮客，只有我汉各种长括脸圆括脸黑瞳长髯老汉守着成麻袋布匹粟谷蹲在河滩发呆。询问之下，昨日还有瘦马嬴驼载狐貂羔皮衔尾而至，还有天山雪莲昆仑美玉余吾水采的虫草燕然山挖的灵芝约好今日交割，时已过午，一个人毛儿没见着，想来是提前得到了什么消息。孙贺向西北方派出快马斥候，跑至日暮，到达总提严格限定一日马程折返点，所见皆茫茫。

李广出西口，纵骑掠前疙针沟番市，番客皆不走，亮弓矢白刃凭毂据轺猬集团斗。广骑反复冲杀，不得尽剿，遂下马格斗，从车底盘拖出顽敌，槊于地，方呜噎拧转咽气。尤有数驼马脱围还走，广骑一部穷追至诸闻泽，遇大批匈骑，打了一下没打动，抓了俘虏一问，是匈主力号称最能打之南大都尉苦叻拜万骑。

广迅带五军主力驰至，见匈骑若行猎，三面围我军循行比射，我前驱千骑已七零八落，马皆伏尸，尤能引弓还射者十不及一。

见我大军至，匈骑撤围，两翼雁行。广亦令部展开，与虏偕行。至我部尾绝，虏骑尤源源而至，观其旗号：小谷蠡王尤内湿；大谷蠡王阿特。皆是劲旅。

广命士卒下马，向左向右转——环陈。我布阵停当，匈对我更大合围亦成。

时已至暮，匈人皆下马，解甲坐卧啖肉哺酪。我军掘地为灶，升火熬粥。广曰今夜无事，可饱睡。率先裹毡匐地鼾声顿起。

明日，我军甫起，还未引灶，匈人已结甲执弓陈于马上。继而分列，或百或千并辔而行，继而扬蹄，瞬至我阵前三五十步处，鸣镝至、万箭至。一队回马，二队又至，首尾相衔，周行不殆，尤如旋转寿司，顷刻我军八面遇袭，前后左右士卒如镰割秋禾行行倾倒。

我军亦奋力还射，广取大黄弩三座，六士为厥张，连发如链，止射金档饰首插貂蝉鹊尾者，中一人则余虏簇抬号哭而去。我军操典射人先射马，走马轰然倒地，虏卒跌踬而去，俄而乘生驹复归，踊跃凶狠若前。

战至日暮，敌越打越厚，我军两翼不支，被压缩至胶泥沟、小南梁狭长一线，挤成一疙瘩，各部曲建制已打乱，部找不着曲，曲找不着屯。匈军亦有长弓，集束越顶发射，我中军即倒一片。此时我西南两面六苏木、东梁、柜门口均为敌重兵遮断，从飘扬白旄看分别为苦叻拜、尤内湿帅营所在，彻底断我南归之路。

军长史、司马建议向东突围，与丰镇、马忽我公孙敖部十四军取得联系，经代归国。时，天色已晚，广坚持夜不移军，这不仅是我操典明禁，也是广爷多年行伍经验，匈人善逐猎，攻坚伤亡大，围掠常三缺一，纵敌脱逸，于行进中歼灭。我军伤卒多，弃之军法、袍泽之情双不允，带上走形同蜗行，突破了也跑不了，直打到全军尽没，况复拉开跑，纵使敌拦击不力，掉队、溃散乐观估量十去其七，到时候即便几个将帅跑回国，弃军罪难辞，跑是下策。可是不跑又不行，再这么叫人围着打，打上两天，部队亦不复存在。最佳上策是派人突围回边，引雁门我六军出塞接应。

军长史说连日已派出多路斥候向东西南三个方向突围，期与我二公孙部及六军取得联系，均一去不返。

军司马问中策是什么？广曰没中策。遂议定明晨突围。

是夜，匈人遍生篝火于旷野，饮酒纵歌，遣懂汉语者阵前喊话：李将军，你已经被包围，跑不出去了，我大匈国重用降将，你在汉卖命多年，连个侯都没混上，过来给你一个王做，封地千里。广笑曰妈的可让他们得志了。高声回曰：吃不惯老羊肉。匈方又遣汉降卒喊阵：我是某某，某部某曲某伍兵，老张，小李，过来吧，这边吃的都是烤大腰子，五个人发一姑娘。我军以鸣镝循声射之，内边笑骂：没打着——孙贼！

明晨，全军分食生粟，负锅为盾，集中全军所有大黄弩，对东面之敌实行一刻钟、两拨次急射，遂以军直属材士营强弩校尉路博德为马上先锋，向东突围。

日中，打到丰镇。马忽方向烟尘蔽日，派出骑兵侦察，回报军臣单于率本部主力上大都尉兀吐思部万骑并左贤王太子於单部万骑，左谷蠡王伊稚斜部万骑共三万骑，围我公孙敖部，正在激战中。时，我建制稍全五部三千余骑在军长史率领下已达丰镇，余部携轻重伤员数千人尚未出小南梁。广指挥断后，率骁骑数百前后驰骋，与追敌鏖战，虽身覆熟铜金甲尤似豪猪，负箭无数，乘马屡仆屡换，最后得到消息——一个负伤逃至丰镇骑郎描述——将军身边卒俱亡，矢尽，一人单跪于地尤挺身控弦铮鸣不已，四周尽围胡骑。

军长史判断，敌主力尽出，平城定空虚，我们就往敌最料想不到的地方钻，搞灯下黑，遂命路博德继为前驱，向马厂、北羊坊突进，被围于六亩地。

军做拼死战，三日后矢尽，军没。长史、司马皆战死。路博德伤重昏迷，被当做死人曝尸于野，天葬时被雕啄醒，辗转爬行，遇匈籍汉裔商驼队获救，因驼队是往西走，数月后经陇西归国。

李广被俘后，伤重仰卧不起，苦叻拜、尤内湿先后来看他，表达敬意：久仰久仰。汉话都说得很好，从小都是汉族保姆带大。请来随军胡医，口嚼各种珍奇草药为李广敷伤，对他说安心养伤，不要你做任何屈尊折节事，单于要见你，只是单纯敬重，不愿意归我匈，伤愈也可安排归汉。李广说有礼。遂佯昏不语。

遂命二骑士置吊床于两马间，所谓吊床就是粗麻绳结编网子，匈军将帅长途行军经常卧此床于运动中小憩。匈人置广于网中，快递往单于当前驻牦地平城。

马忽之围也近尾声，除公孙敖率三千骑脱围而归，余者七千士卒皆陷虏手，伤重者或补刀结束痛苦，或弃之于野，天葬；健壮者当场为各王、大都尉、千长、百长、什长或卒瓜分为奴；伤轻能行者则索颈束手结成长队牵往牦城，发卖各贵人、牧主、牧民家为奴。

广于二马间，疾行至后山岔，倏腾身而起，跃胡儿马上。咱也不知道他怎么做到的，躺在网兜里，发力点在哪儿。有司做过侦查试验，当时广爷还在北军总院特护病房养护，全身上下没一块好肉，半拉身子是紫的，脸肿得跟河马似的，大拇指、大脚趾都有骨折，本人不能到场，由北军越骑校尉李广利代为测演，确实能站起来，劲儿全在手上，抓着骑手腰或不管什么地儿衣裳也行只要能吃住劲儿，把人顺势往下那么一带，自己顺势嫩么一爬，能上马，骑手在网兜里。

匈国内边传回的消息也是，骑手光顾看路了，没留神叫人拽下来，还被蹬了一脚，二马并排还跑了一会儿，马上二人拿胳乐摆子使劲互相拐哒，都没使弓，也使不开，网里这位冒次头挨一端。后跑到岔路口，二马较劲，一个往东一个往南，网兜都被抻平，跟蹦床似的，网里这位弹上弹下跟蹴鞠似的，只顾双手死扣网眼别颠下来，后尾儿还是掉下来了，网兜生给扯撕了，仨人一人一片。广爷打马奔南了，这边本来能射下他，可是临行有死命令：单于要见活口；矢都搭上了，瞄正广爷后心，稍一迟豫，低下半寸，瞄马尾根儿，人马跑出射程，拐一弯，只见一股烟儿了。

广爷壮勇无可置疑，我各边陆续收容五军回归人员近千，皆可证将军力战至最后一刻，矢尽不支被俘，是光荣的。上亦私表衷佩，可是全军尽丧，按律必须下吏治问，广、敖都是将军级，横着说位列九卿，故交廷尉。时，石庆告丁忧，张汤兼廷尉。汤在军方人员郦坚、萧婴陪同下带着花篮瓜果亲赴病房探望广爷。公孙敖无伤，腰闪了一下，在家歇着，汤也去家里坐了坐，送了几贴虎骨麝香膏。都没深究细问，只是说您把经过情况写一写，我按律上呈，该怎么办怎么办。

失军，按律当斩。也要分情况，确无重大指挥失误，坚决执行命令，把部队打光者，一般情况不予追究，或因其失，促整个战役成，有重大贡献，可记功。

张汤无法做这个判断，这个结论要由部队自己拿。

总提关市战役战后检讨也出来了，结论是我们的战役准备为敌预判侦知，匈方早有防备，或可说设伏，致我两军失利，这个大的责任应由总提负。李将军在战役目的未实现，敌情不明情况下，挥师轻进，致军陷围，负有一定指挥责任，可赎。公孙骑将军敖，出关即遇优势敌军，在敌合围尚未完成还留一线空隙之际，果断率部突围，指挥决心下的是对的，但突围组织不力，自己先带领率机关跑出来了，又未在缺口两端组织坚强防御，致敌迅速封闭缺口，大部没出来，且失去指挥，无法组织有效抵抗或二次突围，各自为战，很快为敌聚歼，要负一定领导责任，可赎。

另一位公孙，轻车贺将军，无得无失，无赏无罚。

总提提出表扬是车骑卫将军青，出坝上亦未遇敌，望尘见大股匈骑东去，迅派长骑侦知匈左贤王、左谷蠡王部主力调往于延水西参加会战，于延水东、单晶河西之间无强敌。迅刻抓住战机，发挥骑兵优势，长驱七百里，突袭茏城。（司马迁注：此茏城非余吾水左、狼居胥山阳今单于庭所在之茏城，匈奴语称：麻解里·撒底解比玛杰米；中部单于庭。冒顿单于曾长期据此为单于庭，为击东胡便故，也在这里垒石祭天，也在这里课校人畜，举行蹛林大会。后东方已定，迁狼居胥山，为其地多沃美草场，无广漠赤地故。茏城为汉称，匈国无此谓，或称南北庭，中庭即南庭。边民行贾常入胡地熟稔地理者有称北庭大茏城、南庭小茏城。汉吏不知，故多混淆。）于卧虎湾、三云井、忽鸡图、毫赖四战四捷，斩虏首七百级，快进快出，在东、西、北三面之敌压上前，全军安然归国。

此役卫将军组织有力，指挥得当，战役发起前即对敌充分侦察，组织部队烙饼、炒豆，不带一锅一碗出境。战役发起后，亦对各向之敌充分侦察，做到部队到哪里，斥候先到哪里，充分利用匈国左部人民对我友好亦多汉裔天然亲和民情，对匈国人民亦友好，赠以粟帛，使其民乐为我向导，通情报事，做到敌情明，我情明。发现敌情有重大变化，敢于下决心，突破计划所限，改变战役方向，集中精兵快马，昼夜突进，取得战果即班师，不恋战，不贪大功，故部队伤亡小，建制序列始终完整。撤军时全部战亡者尸首、伤员、残弓、断戟、瘸马牵驮携运入关，还派人清扫关前要隘，不遗一稗一草于归途。

上阅之，说甚好，甚慰。郦坚、大周、萧婴也齐拱手庆贺，说贺上今日得人。上说他们还说我任人唯裙呢。三人说那他们不能再说了，都得服您知人、善用人了。上说可惜呀，我留了个关内侯名额，本来想封给李老，如今也封不成了。三人说别糟践了，封给内有功的。上说你们都觉得合适？三人说只是觉得低了，平城围后我军首胜，首次打到茏城甭管乃个茏城，封列侯给他也不高。上说胡说！年轻人，首次领军，一次给满了以后怎么给，要一点点给。

遂封卫青关内侯，属赐爵，没采邑，故无建号，象征性食三户。

上接见他时跟他说三户老百姓每年地租交给你，你挑一地儿，离你们家近的。卫青说那就挑我们家左邻种菜街坊吧，每次路过他们几家内几亩菜园子，葫芦、卞萝卜甸甸喜人。上说以后你们家不缺萝卜了。

准李广、公孙敖以律赎：金二斤八两。折铜两万五千钱。

上说李将军家里人口多，生活不宽裕，自己又有伤，可不一次性交纳，从月俸里扣，不要扣多了，以免影响生活。张汤说他没月俸了，具律赎死是赎为庶人，死可免，官爵一撸到底。上说是这样阿，那真得另想个办法了。张汤说他没积蓄么，我问过公孙将军，他就准备家里拿。上说据我所知他还真没什么积蓄。

广爷，景帝初即为郡守，二十多年老太守，真两千石，月俸钱六千五，加上边防补助，近万，比中二千石只多不少。后迁未央宫卫尉，正经中二千石，位列九卿，月钱九千。因为属军职，工资比地方同品官高半级，能拿到万二千，加上赏赐，一年能再多拿俩月工资，挨得近么，皇帝太后随手就给了。后又兼总牧，又多拿一份真二千石月钱。任杂号将军期间拿的将军津贴、作战补助都不算，里外里，一年下来半个三公。按说一个月赎一次死都够。可他是真缺钱，军人世家，没有置地意识，全靠内点死工资，家里老人都长寿，孩子多，孩子生养又多，都在部队工作，当个郎，当个尉，工资都不高，还不够自个置装置鞍置军器的，孙辈儿也全交奶奶、太奶奶带了，一开饭用部队做饭大锅，蹲一院子大人孩子，快半个屯了。

还有内些卫士马夫，他一个二千石，出门总得有个排场，养几匹好马不算很过分吧。还内些没提起来退伍还乡老战友，战殁同僚寡妇幼子，伤残无亲部属，乃个见了不得摺下几文钱，真没地儿吃饭了就得让家来，住一个月也是住，住仨月、不走了你也不能撵。所以说他们家开饭半个屯说少了，怎么也一个大屯，每月发的秩米，半个月就光，二千石里就他一人跟单位借过粮，还有拿细黄粱一斤顶五斤跟同事换荞麦。

李敢、当户都发生过这种事，放假回家说吃顿老娘的搅团，扭脸回来不像吃过饭的样子，大小伙子两眼放蓝光，赶车经过路边摊儿，眼睛不看路盯人手里碗，上坐后边都能听见咽口水，说你这不像吃过饭阿。这才回说慢了一步，锅空了。上说有没有这么紧阿，没了再做阿。李敢说还真没隔夜粮，每回都是现买现磨现下锅，我奶都舍不得买脱粒的，只买原粮。李敢当户工资也是全交家里，几回阿娇看见衣裳太旧洗太多遍色儿都花了袖子破个洞露出肘，自个掏钱给哥儿俩置身新的。所以都传、可能也是真的，广爷盼着封侯，不是内三户侯，而是带地名的侯，弄个千八百户老百姓帮着养家，这日子才能松口气。广爷常说：咱也没别的本事，就会开弓，就指着这弓射出几百垧地。

这样，上跟张汤商量，我这儿先把这份钱交上，你跟他也别说跟谁也别说，过个一年半载我再设法重新起用他，再从他月钱里扣。张汤说那不还得跟他说么。上说是阿，内时候可以说了，您这账一直挂着，现在有了，是不是可以清了。必须说，老头傲着呢，要说死账还该着，脸没地儿搁，对别人也是不公平。

上还不放心，亲自叮着张汤核定将来扣俸钱额，每月八百钱，扣两年七个月，把这死账清了。

汤说还差二百呢。上说二百你掏了。汤说没见您对别人这么上过心。上说我还不能有一个敬重的人么？

276

32

夏，大旱，关中闹蝗虫，从西北大漠飞来，跟阴天似的，这片阴天落在哪儿，哪儿的田野就由夏入冬，青绿转黑白。渭水细若腰，漕船一艘接一艘搁浅于沙洲。

六月，銮驾入未央，向社会发布消息，上行幸雍。

起初，四月，上幸西畤，头一天就一头钻进作战室，看沙盘，听雁门夏侯赐前指橘骑回报我各路出击部队战报。对我各部出关未遇敌，关市多未开，显示情报泄露，匈军主力当前位置不明，大为紧张，一直蹲在作战室等消息，饭都送到作战室，摆在呢儿，谁想吃谁叨一口，与郦坚等人分析，单于会在哪儿呢？到天黑，今天的橘报不会再来了，才回屋，想躺会儿。

一进屋，发现屋里有一女的，背对门蹲地上正拿小扇子乱扇，小泥炉上炖着一锅粥，咕嘟咕嘟开。

上说哟，走错门了。女子回头说没错，是你许舍。

上说你是谁呀？女子说我变化有那么大么，我是子夫。上说谁让你来的，大热天你在屋里熬粥，还嫌不够热是么？上一步跨到廊上，喊陈局——掌！

陈掌从暗影冒出来，说：掌在。上说这怎么回事，开始给我乱安排人了么？掌说我确实有这心，但确实不敢，人是咱姐、平阳公主送来的，我也不能拦呀。

上说你说平阳这么一人，怎么就叫卫青拿得死死的。掌说女的对谁好，那就是真好，天天想的就是怎么对这人好，越上岁数心越重，什么都替他想到了，什么都管。上说她管卫青？掌说管，每天穿什么，里边穿什么外边戴什么都得她挑，亲手给扮上，才准出门。今天去哪儿，跟谁，都有谁，多长时间回来，都得问遍了，超时一分钟，就连着派人去催，三刻钟再不到家，公主大人就驾到了，骂起来别提多难听了，我都没耳朵听。弄得卫青哪儿都不敢去，串个门只能来我家，信任我，有我们家内位给当坐探，俩人勾结在一起，整天聊的就是怎么管老公。上说你们家内位也管你？掌说管，不过我有不服管的招儿。上说你能有什么招儿阿，不就是没实话么。掌说我们家内位脑子不太够使，能识破我一个瞎话识不破我整个故事一句实话没有。上说你说咱们招谁惹谁了弄得天天跟家里斗智斗勇。陈局说你还行吧，我们都认为你还行。

上说我也不老行，谁架得住一人天天老琢磨你呀，天天撒谎也累，还得找一帮人帮着圆谎。陈局说谁说不是呢，不过这事还真不是卫青提的，是姐提的，在我们家，姐说不能让你老一人呆着，卫青还说呢你别多事。姐说那不成，别人不关心我弟我得关心，他胃不好，西時内个饭就是大油大肉，每回吃了都胃疼。

担儿挑聊了半天，上回屋，跟卫说你把内炉子弄外边去，以后熬粥在廊子熬。卫说我能等炉子凉了再端么。蹲下把粥盛碗里，连勺送上嘴边。上说你要喂我呀，最烦别人假关心！卫不嗳嗳，拿揸布垫着手端起小泥炉往外走。上让开道，追着说少把你们卫家内一套拿出来对我，我不是平阳，不吃这套。

陈局在外头掩嘴跟顶着竹帘出来的小卫说别嗳嗳呀，不是教你了，怼他呀。小卫说真行？局座说出了事姐夫窝着。小卫扭脸回屋说：怪不得。上说什么怪不得？小卫说怪不得人家都说你不识好歹。旋再扭腰夸哒一甩帘子出去了。上说你回来，把话说清楚，什么叫好歹，卫子夫，你不奉旨是么？

局座往远推小卫：赶紧走赶紧走臊着他。

小卫塔拉塔拉一阵拖拉板响，闪另一屋去了。

一会儿，竹帘窸窣响，上鬼头鬼脑挑帘往外看。

局座迎上去：您要找谁？上说不找谁，瞅瞅不行阿？局说瞅瞅行，您敞可瞅，今儿月亮好，明儿没风。

上呱嗒撂下帘。

明儿一早陈局把饭端进屋，上在榻上看着他啥也没说，一看地上粥碗都舔净了，局敛了碗，躬身退出。

这一天全天都是好消息，李广在诸闻泽抓住匈骑一部，公孙敖在马忽亦抓住匈骑一部，公孙贺、卫青正在扫荡前进，匈骑望风披靡。上在沙盘上找到诸闻泽，中指点着内一点蓝说命广部应歼尽歼。马忽太小，沙盘上没有，只找到东北方向脑包山和盘羊山，上指着这俩山头说山区不是骑兵应行之地，估计孙敖抓住敌人不多。提请前指多注意诸闻泽方向，那里可能有大仗打，必要时可提前使用战役预备队步六军，前出西口，随时准备策应广部。同时命二公孙将军，若当面无敌或敌少不堪打，可超越总提指定各军作战地域，相机向诸闻泽方向靠拢。当然要等总提下一步通报，是不是抓住了大股匈军。上握拳对郦坚说我有点激动肿么破，如果真抓住了匈军主力打得下来打不下来。

郦坚说怎么打不下来，他是主力，我们也是主力，诸闻泽属苦叻拜管区，他就是全部出动不过万骑，我们三个军上去是他的三倍，他再能打，我们三打一，不能全歼击溃也是很大的胜利。而且我们行动突然，他不可能一下完成集结，最多大几千都给他多说了。

上说抓不住单于，抓到苦呐拜也很好阿，一定要告诉前面，抓活的。郦坚说还不知道哪，没准也就是几百个散户。上说那就没意思了，那就全成白忙了。

风大爷送饭进来，见大家都很高兴，也凑趣说了句：今儿中午庆功包子。上一下脸拉下来，说你怎么净说不吉利话，什么事一说出来就不灵了你这大岁数不懂么？风大爷撅着嘴低头放下包子眼没抬走了。

晚上，上兴致依然很高，在廊子上逗了会儿大黄，喂大黄吃了俩剩包子，说你这么信任人，将来人对你不好了你怎么办阿。进屋盘腿坐地上，喊陈局——局！

局入内，说您什么吩咐？上说小卫呢，她怎么不挨这儿熬粥了？局眨巴眨巴眼，说在呢，要熬么？

上说你把她叫来，我要教育教育她。局说得嘞。

一会儿小卫嘎得儿嘎得儿来了，掀帘探头，上正严厉看着她，低头磨磨蹭蹭进来，靠门框玩手指头。

上说你过来，你坐下，我要教导你一些事。小卫顺门框出溜下来。

上说坐正，抬头，别呢儿三道弯。小卫抬头，眼睛却瞟着墙角。上说你到我这儿来工作，首先记着一条：话不能说着一半就跑。小卫不嗳声。上说再一条，不能问你不嗳声，有问就要答。刚才我说的话记到没有，记到了就说记到了。小卫说记到了。上说那么我问你，好歹是什么？小卫眼睛瞟来瞟去，嗯嗯，嗯了半天，说就是好和赖呀。上说什么叫我不知道好歹？

小卫说我瞎说呢。上说你别！你别试会儿又说瞎说，话从你嘴里出来，你就要对这话负责，你是有所指，不是顺嘴咧咧。小卫说就是人家都说你，对人关心不领情，谁对你好你就跟谁特别——内话我也不知该怎么说了——臭来劲。人家说对你最有效的方法，就是臊着你，都不搭理你。上说人家是谁？小卫说人家就是大家，你身边所有人。上说有平阳？小卫说嗯。

上说有我妈？小卫说嗯。上说我现在跟你讲讲什么叫真正的关心，就是心里有这个人，希望这人好，人好，就心安；人不好，遇到麻烦就如同自己遇到麻烦，甚至比麻烦本人还焦虑。小卫说跟我理解的一样。

上说听着，还没说完呢，而不是每天上赶着去问好，苍蝇一样围着人家嗡嗡转，人家不饿给人熬粥，人家不困给人铺被货，把粥端到人嘴边上，像哄小孩一样还要喂人家，硬要人吃，这不叫关心，这叫讨厌！

小卫这会儿正眼看上了，上说听懂了？小卫说懂了，我招你讨厌了。上说我不是指具体的事，我是泛泛在谈一件大家并不真正了解因而经常产生误解的现象，你为什么非要揽到自己身上呢，你是不能抽象地谈论事物么？对你而言是不是脑子里不存在概念，只是混乱地排列着一件件具体的事，当人们对某些现象进行评论时，恰巧涉及到你做过的同类事你就认为是针对你。可悲阿你这种人！正是因为你们不能把事物归象，看不到诸事之间隐秘的联系，凡事皆有两面性，正反打，非人不取，是事不与，诸事万物在你们那里全下降为人与人的好恶张三和王五的交情深浅，对事不对人对你们就是那么难，才造成数不清的鸡毛蒜皮小是小非你怎么说我了我怎么说你了人和人打成热狗。

小卫说我能走了么？上说你是不是后面这些话都没懂阿，一个字都没进脑子里？小卫说没懂。上满意地说就知道你听不懂，你可以走了。

隔日，全是坏消息，李广确实抓着匈军主力了，而且一抓三万骑，自己陷入重围。公孙敖当前也不是小股敌人，而是单于亲率三万骑。卫青失去联系，给前指最后报告是决意孤军突向茏城。前指派出橘骑追赶，严命其部撤回，橘骑一去也无消息。公孙贺当日全天也无消息，总提以为他也遇匈军主力，还分析这股匈军是从哪里来，实际他忙着往回跑，日落前报全军入关，才放下一颗心，也谈不上什么可贺的消息。

晚上，上回到许舍，对局座说你把小卫叫来。小卫端着熬得的粥来了。上对小卫说粥放下，人坐下。

上对小卫说：你知人最可怕的是什么吗，就是自认为一片好心，因而肆无忌惮，滥施于人。所谓好心，不过主观意愿，单方认定他人有所欠缺，自己有能力补足，咱且不搞内种把所有好心善意都说成自我满足自我感动也很操蛋也很不是东西的归因，就说这是一份单纯良好意愿，愿意把自己认为美好的东西与人分享，可是你真认为自己知道什么叫美，什么叫好么？

小卫看着上，突然反应过来——昂？问我呢？

上说你是不是思想溜号了？小卫说没，听着呢。

上说什么叫美？小卫说阿娇姐内样叫美，还有小邢姐。上说你确定不是顺眼么？小卫说也顺眼。上说你别这么囫囵着聊了，你给我描述一下，为什么邢姐在你眼里是美的，哪儿美了。小卫说眼睛、鼻子、嘴。

上说眼睛怎么了，大还是小，清还是浊？鼻子哪儿好了，高还是不带眼儿，你形容一下。小卫不哎嗖。

上说这有什么难的，你也没少见这人，回忆一下，眼睛不好说，说鼻子，鼻子总简单点吧。小卫不嗳嗳。

上说噢我明白了，你是不是不单脑子没概念，也不存储图景，见过的人、事儿就像风吹水——过去了。那你靠什么记忆，文字？你不也是文盲不识字么？

小卫不嗳嗳。上说你千万别告我你没记忆！小卫说我有记忆。上说那你说呀，阿娇长什么样，乃只眼睛大乃只眼睛没光。小卫不嗳嗳。上说你脑子里到底有什么？小卫低头掩嘴打了个大哈欠，抬头做平静状。

上说我的天呐！原来世上真有这样的人，你知你这叫什么吗，叫心盲，心里不长眼，眼睛白看，心里没影儿。我滴个妈呀人和人真的不一样，怪不得有人只过今天活在当下，不是缺乏远见，是真的生理不可能。你能复述我昨天跟你说过的话么，挑你懂的说。

小卫说苍蝇一样围着转，不饿还当小孩喂。

上点头说哦，都是形象比喻的话，原来你们是靠这种方式记忆。怪不得怪不得，古老语言多比兴，劳动人民最爱比喻，是不知有形容词，描情状物困难。

上说那你们怎么理解好呢，怎么选择对谁好呢？熟人、喜欢的人、对你好过的人？现在可能没对你太好将来可能用得上的人？不得不好的人譬如父母多数也还算对你好过。嫌弃的人、讨厌的人不会对他们好吧？

小卫摇头。上说不认识的人呢，八竿子打不着的人？小卫说没准。上说要饭的可以？可怜的人，要到跟前了，大家都看着不给不合适，也给点。小卫点头。

上说肯定不像给喜欢的人？小卫说你不这样？

上说我也这样，我不自绝于人类。那能不能说咱们人类所谓的好、对人好，其实是一种基于自利的互助、或称互相救济的行为，根本与美德、高尚无关。

小卫说我们老家就管这叫善了。上说我们老家也管这叫善。但是我理解的善，不是这样的……

上和小卫暴侃一杪，天明小卫闭着眼出来，局座说怎么遮了？小卫说我就是熬了碗粥，没完没了。

后数日，军情紧急，上从作战室出来魂儿都没在窍里，遇见小卫跟没看见一样，直着走过去。但是小卫的粥成了必食，晚上上炕前没见着这碗黏乎的还叫。

战役几天就打完了，收容部队，清点损失，吊亡抚伤，战后检讨，追究责任，决定人员处理，一直搞到六月才告一段落。这期间上一直呆在西畤，好像也是不愿意回宫，内头有内头的糟心。这时始有人提出把西畤正式改建为宫，后考虑到此地居民稠密动迁征地是一笔大费用，雍镇又太热闹，距此太近，将来迷信活动和这里的国事活动互相影响，也不利保卫，才把目光投向秦废宫林光墟，占地够大，有现成基础，现上面散落民户所建田舍均属私搭乱建，清理方便。

这期间上的粥一直没断，夜里睡不着就把小卫叫来，一聊一杪，有时能听到屋里哐哐拍案子，跟审犯人似的，还有挪家具声，夜深人静，听着有点骇然。

局座、打更的风大爷都有点好奇，局座一句没问，风大爷熬粥时候有时会搭讪小卫一句：上都跟你聊什么呀，这么亢动。小卫十分疲倦，缺觉，熬粥时间长，坐等犯困，有时就让风大爷帮着看火，自己屈膝埋头睡会儿，跟风大爷说教育我呗，学不上来，都是男人自以为是的想法。风大爷说那也是为你好。小卫说现在知道阿娇姐为甚不愿

284

意当皇后了。风大爷说为甚？

小卫说去你个死老头子，这你也敢听？

粥得了，风大爷叫醒小卫，端去送给上，几次都让上品出来，说不对，今儿这粥不对，锅没刷。

小卫说刷了。上说时间不够。小卫说整俩时辰，看着漏刻呢。上哑摸半天也没哑摸出哪儿不对，还是说不对，有老男人味儿，是风大爷熬的吧？

风大爷向局座辞职，说这儿太压抑了。

六月，大家一起撤回去了。七月，查出小卫有了。

宫里管记录皇帝性交次数和性交对象的庄嫩来找上，说没办法这是制度，我必须问您，是你的么？

上说是。庄嫩说那就提前给您道喜了。宫里内帮女的，邢、李一齐来给上道喜，说你行阿。

33

秋八月到九月，匈骑不断入侵我各边。原来一向太平的渔阳入侵次数最多，规模最大，据报来敌是左谷蠡王伊稚斜的部队，其部越过左大都尉管区直接打进来，打得很凶，我守备六十五军应对得很辛苦，部队指挥还是有问题，不能执行坚决防守，几次攻出去，都吃了亏。于是任命渔阳老太守、有守城第一美誉现未央宫卫尉（接李广职）韩安国为材官将军，带强弩五营、大黄弩千座赴渔阳屯戍，统一指挥调度六十五军和渔阳郡内各边防、内卫部队。

元朔元年冬十月，上在新年团拜会上看到满朝文武尽是军功旧勋世家子弟，数代富贵，累世守官，行状虽每闻骄蛮，谈吐眉宇却止见养尊日久肥润恬逸和多多少少都带点的老官僚暮气，聊起来还是当年，谁家老爷子和谁搭档出武关接吕后太爷，一路内个难，到了没接着，打钟离昧牺牲多大带伤几处和谁家老爷子当年也是我汉最早内批骑将，与灌婴、李必、骆甲一起大破楚骑于荥阳东，使项王从此不能过荥阳西。

上问薛泽你是三代侯吧？薛泽说是。问庄青翟你也是三代？庄青翟点头。问张欧你是二代侯？张欧说没袭侯，我在我们家排老小，侯是我哥张奴袭的，后又是我侄儿张执接的。上说你努努劲儿，自个奔个侯。

张欧说我都多大岁数了，还奔呐？我不是你们同辈人，我比你们乃个都大至少一代，跟你们爹是哥们儿，你们都得管我叫叔。跟上，那就没法论了。

大家掰着手指头数高、惠、文、景——四个皇帝三代人；上算皇四代。

冬十一月，上亲自写了一卷诏书：我经常给有关部门负责人写条子，要他们注意选拔平常就不爱搞吹吹拍拍请客送礼拉关系家里也没人做生意的正派人，家庭关系和睦敬老爱幼你们乐意叫孝子也行的厚道、但不是滥好人、有主见读过私塾的素人，到政府部门担任官吏，以其表率影响民风，使古代圣贤的德脉得以延续。古代教化倡行的时候，十户人家小镇就有忠厚诚信的人，路上走着三个人就有一个具备传授知识、能解释世界为什么是这样、我们是谁、为什么在这里或至少有一门冷知识——的人。今天这么大个国家整个郡整个郡都没听说有一个这样的人，是真没么？其实是上面的意思不能传达到下面，使下面自学成贤积德成智的人上面看不到。举荐一个贤人就能得到天子厚赏，遮蔽阻扼贤人进阶之路者就要公开处死，这是古代天子聚集人才的方法。今天有人提议，二千石以上官员不能举荐贤人是犯罪！有司根据法律规定找到罪名：其下无孝子，类等于不奉诏，当以不敬论；治下无廉能之士，类等于不胜任，当免。我同意了。

上拟好诏书，交给公孙弘，说你把这写成官话吧。

孙弘看了遍，说这个有司是张汤吧？遂一挥而就，将白话改为雅文：朕深诏执事，兴廉举孝，庶几成风，绍休圣绪。夫十室之邑，必有忠信；三人并行，厥有我师。今或至合郡而不荐一人，是化不下究，而积行之君子壅于上闻也。且进贤受上赏，蔽贤蒙显戮，古之道也。其议二千石不举者罪！有司奏：不举孝，不奉诏，当以不敬论；不察廉，不胜任也，当免。奏可。

上看了说雅文就是有力，顿抑上口，其弊在于指约太简，一个字把因然使然都包括了，其实损失很多信息，读的人知其义所涵也就罢了，不知道的永远停在字面第一义做俗解。

孙弘说您这不是给老百姓看的，是给二千石以上看的，他们都懂。

上说你瞧着吧，他们不定送多少老实糊涂的人来。

十二月，江都王刘非薨，得年四十有一，谥"易"。

上说我刘氏一门男子除高祖得寿五十有三，余者皆寿不过半百，有人能给个说法么？朱买臣说生于忧患，死于安乐。上说这就是典型的不懂装懂，拿道德判断强解生命中尚无解之事，你去问问天下有哪一个人认为生于战乱有利身体健康。终军说死生有命。

上说这也是把问题推给无法求证，跟内些把答案全推给神、妖、道的小信者没什么区别，是省心，也是偷懒。

吾丘寿王说还是减少膳食，人一生吃的东西是有数的，多吃一口，少活半天。

上说前半句还像话，经验之谈，胖子都知道，吃多了得噎膈。后半句箓纪在哪儿呢，你从哪儿知道的？

吾丘寿王说前半句张苍公说的，后半句听您说的。

上说那就对了，苍老之术本是经验之学，究根问底扯天扯地。我说的就是真理么？我不过是个行政权威，看病你敢找我么？现在可以告诉你，我内是胡说。你们呐，读尽圣贤书，如今可知圣贤局限性也很大，道德不解决所有问题，连人生基本困惑都不能解决。

终军说那您为什么又下诏举孝廉，接古代圣贤德脉，绍休圣绪呢？

上说你怎知我说的古圣先贤是指贵宗派名人呢？贵宗立派不讨

三四百年，从根底、源衍、术养积发哪个方面看都属新学，虽上攀三代，尧舜信载皆是施政纲要，并无只字真知传世，黄帝浮说皆为乡谈附会，司马迁都不敢采用。我所言古圣是在那更古早的人，我要续的德脉是她们内枝，礼失求诸野么，看看穷乡僻壤还有什么畸零散落的种子。至于其德，其礼，其绍绪之圣，那是你们连想都不敢想，听也没听说过，全在你们想象之外。可悲！太学号称魁阁，博士号称渊远，所习不出五经，俱是一家之言，以后也不要叫太学了，叫你们一言堂。

陈掌退朝问上您真是这么想的。上说我不是这么想的，公务员队伍也要加强。

自此朝中文臣上朝多缄口，非点名不开腔。私下议论上有桀纣之才，知足以拒谏，言足以饰非，居高临下，没法跟他说话。谈工作事先统一口径，说咱都这么说阿，到时上点到谁，都是一个态度。有时谈到大臣们皆以为不可之事，譬如上又要增拨军费，增添军备，重新补充武装去年损失的军队。问到大家，每个人都说这不是现在立刻要做的事，军队的损失可以一点点补，首要应该考虑的是重新调整基本战略，是不是要对匈国采取进攻姿态，如果一定要取攻势，增开多少军费，补充多少军队也是不够的。点到公孙弘，公孙弘说战略要调整，军队整补也刻不容缓，两件事可以同时进行。几次大家采取一致立场被他勾兑大家立场和上意愿撤一步把两家诉求都摆进去看似不偏不倚实际是阿附了上的意愿。大家都说这厮也太鸡了。

遂私下一致议决，每上朝令孙弘头一个进言。弘说公平点好么，也别咱们定发言顺序，还是让上唱名，唱到我，我就头一个说。可能上习惯了最后听孙弘意见，认为他看问题更全面，考虑事情更周到，还是点完一圈人，最后点孙弘，还是每回把大家搁呢儿了。

在修建甘泉宫这个点上大家的不满终于爆发了。底下开小会孙弘第一个说这个时候营造宫室看不出任何必要性，如果因为西畤指挥中心距长安太远，銮驾来去费时又无法保密，坐在家里指挥岂不是更好，未央宫这么多房间，放下一个作战室有什么难的，况且现在也没有进行战争，建那么大一个宫殿作为战时指挥中心很难服众。本来有些人还认为皇帝盖别宫是家务事，朝臣干涉不大好，毕竟今上一个像样别宫都没有，在家呆烦了出来转转经常跟别人借房子住，对地方也是很大滋扰，一般列侯还有至少长安封邑两处产业，问题不在需不需要盖，而在从哪儿出这份钱，如果皇帝自个掏腰包——少府出，那大家没话可说。孙弘这么一说，大家也很认可，说同意你，少府的钱严格说也是全国臣民缴纳的，到时咱们一起劝劝上，能劝动最好，劝不动也不吃劲，就让他自个掏钱盖。

到了朝会，大家其实态度都挺模棱两可，说可以盖也可以不盖，晚盖比马上盖好，这几年征调军队，修筑道路，开挖漕渠，动用的民力已经很大了，不能说每一户，至少每一邻每一里都有孩子在外服徭役。可不可以等一个工程完了再进行下一个工程，譬如漕渠，再有两年完了，那时再动工不迟。问到孙弘，弘却出人意料地痛快：愿意盖盖吧，您自个的事自个拿主意，根本就不该问臣子们，农村盖房子全村打招呼是请大家帮工，城里也就拎两坛酒左邻右舍告声惊扰。

大家鼻子差点没气歪了，看着孙弘暗竖大拇哥。

汲黯没绷住，站起来说齐人就是奸诈没有真情实感，本来这件事他挑的头，不同意建宫，我们是附和他，结果我们帮他说半天，他倒变了，不是头一回了，这能叫忠于友人、忠于承诺么？上问孙弘你怎么说？

孙弘说了解臣的人知道臣忠的是什么，不了解臣的人才会说臣不忠。上对汲黯说你们这个同僚间动不动就互相揭发我以为很不好，他背弃了你们之间约定属不义，上升不到忠，你站起来把他老底揭了也属不义，我看你们半斤八两都差不多。

春二月丁丑，小卫顺产，是个男孩。一帮女的都高兴得拍手尖叫。太后爱惜不已，亲自抱着褓褓给婴儿盖着脸顶着小寒风去给父亲看，风中匆匆而行的样子像偷了谁家孩子。上方起，正在擦脸，放下手中毛巾看了眼婴儿，说很好。李美人说你是心情激动无以言表么？上说实情，其实没什么感觉。太后说你怎么能没感觉呢，这是你的骨肉阿，你瞧，长得多像你。

上说儿子随妈。太后说你给起个名唄。上说最怕取名这种事，叫太卜随便掂个名吧，不要太生僻，写出来自己都不认得。

太卜惦名：据。《左传》曰：神必据我。《论语》曰：我据德。上说太卜现在起卦都用儒家经典了？

太后私语上：这回好了，可解了我心头一块大石，这一阵把我愁的呀。上说您愁什么呢？太后说你是真不知还是假不知，我愁什么，还不是你，后位空虚。

上说嘻，这有什么愁的，我很好阿，身边少一摆设，每天能多出很多时间想工作。

太后说说得跟你一心扑在工作上似的。老百姓家娶媳妇盖三间土屋还要留间正房。前几天，乡下你二舅姥爷来，说起你，你知咱老家乡亲们怎么传你，一口馍分两下吃，有今有明没后。

上说我去他老乡亲的有他们什么事。太后说甭管有人事没人事，你也确实有问题，这些日子我也私底下摸了一遍，挨个问过宫里这几位，有没有什么意思，没一个接话的，都好像我要害她们，连尹婕好都告饶说太后开恩，太后高抬手，您让我多活几年。你到底有什么问题呀，你甭不好意思，我是你妈，你跟我说，咱一块想办法，没有过不去的火焰山。上说您可真逗，我能有什么问题呀，我儿子都生了。太后严正说真要有问题，那这问题就大了。上说咱俩别聊了，从今儿早起您说的话我就没一句能接的，我就告您一句，啥问题没有，有也是人品上的，我承认，我人品有点次，谁跟我呆久了都受不了。妈说哦，我倒没觉出来，你还能次过你爸？现在的女孩子也是真够可以的阿，为一个人品什么都能放弃。上说您也别这么说，都是远看着好，近常了才知道厉害，您往回头说，让您选，您还当这个后么？妈说再选一次？我想想……可能还是当，我有一家子亲戚在后倚儿阿，我还有你，我得为你想。上说没我们，光您，您和我爸，您愿意么？

妈说光我们俩，那我得考虑考虑了，我也不是说非得专一阿，可是弄啥都得排队，万人一个家，见天跟赶集似的，也是够了。上就乐。太后说不过现在问题都解决了，也不用为难了，正经人选有了，乐意当得当，不乐意当也得当，不能让孩子长在单亲家庭阿。

三月，甲子。先册卫子夫为夫人，继立卫夫人为后。赦天下因奸获刑城旦鬼薪者。诏曰：朕闻天地不变，不成施化。阴阳不变，物不畅茂。《易》曰：通其变，使民不倦。《诗》云：九变复贯，知言之选。朕嘉唐虞而乐殷周，据旧以鉴新。其赦天下，与民更始。

上端着儿宽草拟的诏书看半天。儿宽说行吗？

上说拿去发吧。

当日，陈掌家有一担儿挑局，没去，去了宫里的美人局。李美人邢美人同日册夫人，共祝酒：敬全乎人。上饮下，唉，唉，连声叹气。李夫人喜形于色，说：没别的要求，怎么提她们家人怎么提咱们家人。

邢夫人说你怎那么丧阿，没个喜兴劲儿。

上说没有，也高兴，只是没觉得非逮高兴得蹦起来。邢说总是了乐一件事吧，死了有人给你上供了。

上说我用他？没觉得死了还用像活着这么累，这也惦记那也惦记。又多了一操心的，万一长不大咧。

李说你说你说这些有意思么，你们家孩子再长不大别人家孩子就别要了。

上说有吃有喝有势力就能长大？男孩，这一辈子，嘻——，不像你们女的。让我选我都不选生在这个家，我要当个小家碧玉，每天就是描眉画眼等着人勾搭我。

李说你以为我们女的容易是么听着都新鲜。

上说应付内些人很烦。

邢说你要是一女的才叫不上不下呢。你就烧高香吧，这辈子摊上这个家不知几辈子积的德。

上说许是遭了很大难，穷死饿死，上天也看不过去，叫我这辈子翻过身来一步登天，你们不是就认财禄寿，人上人，有面儿，想啥来啥，山珍野味，到哪儿都能搞破鞋，管这叫有福，这回给你码到头，福贯满盈，敞可吃敞可造，把人的瘾过全了，过淤了，过成恶心，吃什么都不香了，棉花套了，再问你害想咋滴。《三坟》说：总要好也经过，坏也经过，才不再来。

李说你觉得我们是破鞋是么？上说没内意思。

邢说你觉得好、不恶心的一辈子是啥样阿？

上说不知道，就知道饿死叫人糟蹋死不叫好。

邢说听文君说，人家史家毛呢先生是经过无数世，生生世世为轮子王，生生世世放弃这点尊荣祥受，舍一切布施，王位、财富、妻儿、眼珠、蛋蛋，连最后一丝血肉都舍与蚊蚋，才得觉寤。你这才哪儿到哪儿？

上说你怎知我前世不是王呢。邢说您是奈位贤王阿，左不能是你爸吧。李说我看你什么都能舍就舍不得蛋蛋。上说活着舍阿？李说废话！死了还要它做什么？上说你们不是拿去荷包蛋阿？李说喊，无知！一听就不会做饭。

上说我跟他不是一路子，我们这路子讲究的是以一种积极尽责的态度去行各种事，不留下任何没做过的事，不留下任何可能的自由未曾实现，以此来恰当回应自然所给予的配置，并穷尽其所能，才得解脱。

邢说你们这路子挺惯着着自个。上说你们俩最近和马相如两口子走得够近的。李说有时宫里伙食吃腻了，从她家点个酸菜鱼。

34

夏四月，与阿老、栾、卢他之议卫氏朝鲜事。

起初，燕王卢绾叛汉出逃匈奴被封为东胡卢王，居住在长城下马訾水和浿水之间，经常受到沃沮、高句丽、东濊和其他东夷小部落侵凌，生活无着落，又不耐塞北严寒，部队渐渐瓦解，卢绾本人亦在一年后郁郁而终。他部下一个叫卫满的骑校尉，带领手下人马并纠集战国时流亡此地齐、燕遗民千十余人，换左衽之服，梳椎型发髻南渡浿水，投靠箕子朝鲜最后一任君主箕准，请求为朝鲜守卫西北边境，收容中国亡命者为其藩屏。箕准准了，将原燕国辽东外徼也即辽东障塞燕长城镇戎之地方圆百里无人居住所谓上下障地区封予卫满居住，赐圭，任命他为博士——这是因为他懂中国更多事么，还是箕准对博士有什么误解。

卫满在那里没住几天，诈报汉军十路来攻，请求到箕准身边来守卫他。箕准也懵了一下，说行你来吧。扭脸一想不对，汉军来攻你应该守在北边阿，跑我这儿来做什么，说你别来了。卫满一杆子人已至都城王险城，当地驻军毫无防备，大概也没几个人在营，都在家里打年糕，经过短促激烈战斗，箕准带一家子跑到南部马韩去了。老百姓灰头土脸默默走出来看热闹，王宫已经换梃儿，出来的人脸儿生，说国家改名叫卫氏朝鲜。

时，高祖新崩，惠帝初立，高后掌权，天下也是初定，哪儿哪儿都漏着风包不圆，顾不上东北角这点事。辽东太守阏氏侯冯解散刚从雁门调来，对辽东谁和谁也分不清，唯有卫氏朝鲜人说话听得懂，冯解散部队也有燕人，说这卫满就是我们邻村一混小子也不怎么叫他抄上这么一个王，穿得跟灯儿似的。冯解散说天下大乱地覆天翻，咱们不都啥也不是弄成是啥了。

遂与卫满约，你就算咱派出去的，替咱看边，不要叫蛮夷进来偷东西，他们想来进贡，也不要阻挡。

然后把经过写成奏章报上去，高后批了。卫满遂在王险城正式登基称王，对外称我汉藩臣，网罗中国内乱流窜出塞的散兵游勇，说你们参加我军也就算归汉了。仗着这批兵油子攻打周围小聚邑，掠夺他们的财物，向东北、东南方向发展，降服真番、临屯诸蛮部，拓地千里，是南越王赵佗式的人物。到今天传位三世，坐在朝鲜王位上的是他孙子卫右渠。还是延续他爷的路子，主要依靠以汉流民为主的队伍，向外扩张，誓要打通东西海岸，最近屡屡压迫东濊君南闾部，该部通过关系向我表示，宁肯降汉也不降朝鲜。

上说愿意归附是好事阿。阿老说可是花钱的事，这个东濊北面是沃沮，南面是辰韩，西面是朝鲜，东面是大海，三战之地，四面受困，只凭上下障走廊一线与我汉相连，还时断时续，不时受高句丽遮断。如果我们接受他们为外藩，他这些麻烦就成我们的麻烦，东夷各部之间宿怨世仇你打我我打你是每年必过的节，到时向我们叫苦，你管不管？管就不是辽东一个郡的事，辽东内个六十九军我去看了，部队素质也就是中下，干吏严重老化，装备也很陈旧，守在家里还可以，真拉出去未必干得过内帮蛮子。辽西、右北平、渔阳自己守备任务就很重，基本抽不出力量帮助辽东，就要靠环鲅鱼圈各郡广阳、涿郡、渤海、东莱、北海、琅邪——冀、青两个州力量。上说又是一个东越。

阿老说严重的问题还在于东濊近年连年遭灾，土地绝收，粮食不够吃，一个几十万人口的酋国在东夷也算大邦抱歉犯了高祖的讳。上说没事。阿老说能拉下脸来自请臣附也是山穷水尽真没了辙可想。我们要应许接纳首先就要给他们运粮。这几年我们冀、青两地也屡受灾，向关中调运漕粮能力大为下降，自己都不够吃，再背上一个东濊，恐怕就要从民口夺粮了。

上说那么不管呢？阿老说不管，东濊不是被朝鲜吃掉，就是被沃沮、高句丽、辰韩三家瓜分。长远看匈奴力量早晚会进入辽东，一只鞋——这是我署给伊稚斜起的代号——已全面进入左大都尉管区，屯重兵于饶乐水之左，纵骑驱乌桓，这也是去秋以来我渔阳屡起烽火之肇因，其兵锋时达辽水，有跃跃东探之势。据我署侦知，单于之使与扶余、高句丽、沃沮诸东夷强部往来频密，节旄相望于途，互赠皮毛、良马，匈国向我方输入的碧玉、巧色玉多来自高句丽转口贸易。

上说我们不要，别人就会要，那还是我们要吧。

五月，命韩安国携六十五军主力一部前出渔阳，屯兵于濡水之上。调涿郡六十七军赴辽东，与六十九军合组为辽东集团，这个集团属战斗序列，不是建制单位。任命栾树为辽东太守兼六十九军长史，统一指挥辽东集团，整顿部队，行将军令，暂不发表将军号。

任命亚谷侯卢他之为东夷处长，与朝鲜科科长涉何一起出使朝鲜，与卫右渠接触，警告他不得阻碍东夷各部与汉通好往来，停止对东濊的袭扰。

六月，卢他之还报，谈得很好，右渠还认他这个老长官之孙虽然他俩素未谋面，对他不行朝鲜礼，行汉礼，还有我军子弟等级观念，一见卢他之就说，啥也别说了，咱也不扯藩王、汉使啥的，您就是燕王，我就是校尉，还是你爷和我爷的关系，您说怎么办吧。极力撇清自己，没有阿，巴不得他们和我汉通好，和我汉好就是和我好。斗胆说一句，我在这儿始终就是按汉臣标准严格要求自己，多少回了，过年催他们，你们该给我汉递点东西了，别老弄些小鱼泡菜啥的吃不了搁臭了，弄点人参、玉，那才是拿得出手的东西。您知道哈，您在这边住过，夷人能听我的么，他们怕谁阿就认得胳膊根。东濊现在可怜了，头二年有饭吃的时候也不是这个样子，屌得很。所以我建议还是不要完全不给压力，否则他们就继续混下去不想着投奔我汉了嗬嗬。

上说这个右渠完全东夷流氓假仗义，一点燕人的淳朴没有了。卢他之说燕人淳朴么？燕人内一口燕片子也全是假招子，透着假客气真油滑。上说为什么这胡汉交界地带人民都越混越油呢？

秋七月，匈军一只鞋部两万骑入狗泽都，杀辽西太守，击溃我六十八军，毙、伤、俘二千余人。又围我韩将军营垒，不克。转入渔阳，杀略千人。雁门亦闻警，匈军苦叻拜部万骑入侵，杀略千人归。

命韩将军营垒东移至榆水，做北平、辽西两方向支点。韩将军病重，渐至不起，上听其告病还家，后数月死。上乃复召李广，拜为右北平太守。匈人遍传汉飞将军来也。广当年绳床一跃，在匈地已被神化，称之为"飞"。游骑散牧皆避走，北平辽西局面稍安。

起初，广免官闲居，老去找家住蓝田阿老之子灌疆玩，俩人都好行猎，经常一起去南山射虎。一次带一个骑从，钻到山野人家喝酒，夜深回来过了宵禁时间，路过霸陵亭，霸陵亭尉刚好内天也喝过酒，不许广通过嘴里还不干不净骂骂咧咧。从骑说这是前任李将军。尉说现任将军也不能过，还特么什么前任。

广说那我回去行吗？尉说你哪儿都不能去了，你违反宵禁令，被拘留了，有什么话明儿一早再说吧。

广乃宿于亭中。天明，路上开始有人走动，尉酒也醒了，看亭里倒头睡着一老头，拿脚踢老头，说你怎么睡这儿了，把这儿当你们家了，赶紧赶紧，走！

广乃去。

居无何，过了阵什么事也没发生的日子。事来了，北方事急，上拜广右北平守，问他需不需要带什么人一起去。广说有一个人，需要一起去。乃命霸陵尉速往李将军府报到，去了干什么，到后听李将军调遣。

霸陵尉接到调令也懵罐儿，说不认得什么李将军阿，找我干嘛。媳妇了解老公，说可能是你干了什么好事自己不知道，叫将军知道了，赏识你，你多爱帮人忙阿，别人的事比自个家的事都上心。尉说是是，我是人一叫就走，拿谁的事都当自己家事办，从来没想过让人报答，人都说我是好人，好起来不是个人。

媳妇说要不说人得厚道呢，麻利儿的，赶紧。

尉拾捯拾捯，拿出一较好精神面貌，跃身上马，给媳妇行了个一个干钵儿利落脆齐眉礼，一路小鞭子催，奔了长安马连道将军府。将军府门前一胡同当兵的，都在马上，见他到了，喝了一声：跟上走！

马队夸哒夸哒走起来，很快出了宣平门，上了临华直道，也就是临潼至华阴漕渠堤，当地人叫漕路。

这帮当兵的，一看就是北边的，一个个长脸细目，黑如锅底，双颊两块高原红；布衣皮甲胡靴，斑薄绺裂俱带胶粘镉铆缝衲针脚；弓臂刀把缠着麻丝，五指骨节变形拇哥皆套已然黯褐象牙射决。尉也看不出奈个是将军，都留着三绺胡子，都像二大爷，就上来喝他一声的大马脸看着似曾相识，此人现在与他并骑，因攀谈我怎么瞅你嫩么眼熟阿，咱在哪儿见过？马脸说许是街上吧。尉说不对，咱们一定是见过。你是不是老上霸陵邑老赵家汤饼屋喝羊汤烩饼？马脸说没。

尉说那你认识我们霸陵令老薛薛大人么？马脸说不认识。尉说那就奇了怪了。一路上嗑牙花子，不时瞅马脸一眼，净琢磨这个了，没留神到了黄河岸，听见浪过峡；没留神过了夏阳，远远瞧见魏长城；过了交口，过了吴堡，天都黑了，马越来越快，尉说咱是不是该吃饭了，咱到哪儿吃饭呀，咱还吃不吃饭阿！

没人搭理他，从出家门就憋着泡尿想缓缓方便一下，后边马头就顶马尾啪啪鞭带哨儿。然后就想着这泡尿，一度以为憋炸，三角区疼得不得了，然后就木了，坠石就坠石，反正已浑身热汗、裆里泡水，一会儿干透一会儿叽咕如踩小鸟，听野郎中说尿就是汗，只是排泄渠管不一，也就释然了，已就已吧，松弛腹肌，屏思去念，然后……就没然后了，涓滴未现！再四松弛，冥想，祷告，上下颠腾，再见！这泡尿没了，要么逆行进入再循环，要么化作一身热汗风干了。

天明望见黑峪口，一队马从那里过渡，上了汉直道。中午至雁门，再从那里下雁渔二级马道。天黑天明，过代郡，过上谷，中间倒是歇两回马，人蹭着捶了捶腿，再上马就看见渔阳城，人马绕城而过，折向正北，及看见平刚城，尉已经大脑空白，觉得自己是老行伍了。入得营中滚落下马，拉着架子，罗圈垮得比谁都圆，垮没两步，忽然脸朝地被人搋起来，抬眼见马脸手提长刀迎面而来，还没回过味儿，就觉颈子一凉，脑袋已然不在腔子上。到了没见着将军一面。

广斩霸陵尉，上书自陈谢罪：小怨杀吏，当坐当夺，乞伏汉法。（马迁按：汉法之宗：杀人者死，伤人及盗抵罪。今虽细分万条，万语千言还是内个精神：杀人者死。将生杀权收归国有，可谓万有之先，国之为国首重命要，虽将侯不得免，免也要有个说法。不知道的不说，知道的安道侯揭阳定，坐杀人，弃市；邢侯李寿坐使吏谋杀方士，诛；博阳侯陈始坐谋杀人，免。这个免不是免罪，是减罪一等，免侯。）

上长书作答：将军者，国之爪牙也。司马法曰：登战车不行常礼，父母丧不披衰服。整顿军队振奋士气，以征不服，重点在三军归心，战士听命才能一致发挥，出战斗力。故将军怒则千里恐惧，将军威则万物蛰伏。名声很重要，蛮夷、外国人就听名气，传说也是力量，有大名之将至，未战先怯。以愤怒报复的形象出现，使坏人恐惧，不敢为害，实际达到震摄凶残、减少伤害的目的，正是我希望将军去做的事。摘冠赤脚磕头请罪，哪里是我想看到的。将军辕门应尽量东移，将旗插到塞上白檀山，迎接北平今秋的战斗。

马迁按：不多说了，都是我敬仰的老师。引一段同为名将太守韩安国旧事：韩安国在梁国做中大夫时，曾因犯了点事关在蒙县大狱，狱吏田甲经常折辱安国，安国说死灰难道不能复燃么？甲说复燃我就撒尿浇灭之。居无何，梁内史开缺，汉使者至狱，拜安国梁内史，将一个在押犯一下提为二千石。甲一看，吓得立刻逃走。安国放出话：田甲不立刻返回岗位，灭满门。甲只好回来，光着膀子向安国磕头谢罪：您大人大量。安国笑曰：你现在可以掏出小鸡鸡，撒尿浇我了。你们这些人值得我报复么？说完就走，并没有难为他。

八月，车骑将军卫青率李广一手训练老部队骑一军、二军，补充新建五军三万骑出云中；骑将军李息率新十四军万骑出代。情报显示，匈国各部正抓紧秋熟季节为牲畜贴膘，人、畜、毡帐散布于广大草原。

尤以雁门当面苦叻拜部警备松懈，上个月才入侵我境，抄了一把，回师即解散部队，让战士赶紧回家把耽误牧活补回来，老婆孩子在等在盼，家家过冬干草还没打。苦叻拜本人则正在诸闻泽大帐中喝酒抱孩子，与妻妾作乐，他家活儿自有音色拉、苦也怜怜替他打理。

战役计划即名"诸闻泽合战"。具体布署，李息出代佯动，吸引牵制平城之敌。卫青率主力出诸闻泽，寻歼苦叻拜部。部队动员喊出口号：专打苦叻拜！

卫青夜出西口，破晓天明即全军纵蹄放行，直扑诸闻泽。匈国也有预警系统，沿途草场牧民是也。午时卫青至诸闻泽，苦叻拜已纠集数千骑，据广衍而待。

卫将军遂命前军敲柝，于行进中展开，继而全军展开，包围苦叻拜，各部甫到位，一齐击鼓，同时转入进攻。苦叻拜亦击鼓，吹海螺，全线出击。双方狂暴对攻，一个回合下来，匈骑已被我断为数截。卫将军亲率预备队新五军投入战场，反复突击，匈骑溃散，苦叻拜力战脱围，左右阿克为甚皆战死，一人双马逃往平城方向。我军尽歼余敌，斩首二千级，俘其帐下男女千数人，牛马羊万头，营救我军战俘七百，旋班师回国。平城之敌闻警出动，李息亦班师。

这是真正的大捷，完美歼灭战。战后据我军情人员和俘虏辨认，所斩二千级多为什长、百长、老兵，其中还有千长、裨小王、都尉、当户、且渠各数员，都是苦叻拜部战斗骨干，宗族成员。这一战可谓打断苦叻拜骨头，几年、十几年恢复不过来。

是月，鲁王刘余、长沙王刘发皆薨。分别谥"共""定"。二王都是景帝之子，今上之兄，皆寿不及半百。

九月，东濊春旱夏涝秋雨大风冰雹，绝收。人民多饥馁，途有饿殍。三边皆有警，海上有倭船。军士羸弱跑不动拉不开弓。多地发生缺粮暴动，抄掠富户。

东濊君南闾向辽东太守栾紧急呼救，自请降汉，愿为汉一郡，看在同为人类的份上，给我全国二十八万口人一条生路，粮食！粮食！粮食大大的给思密达。

乃置苍海郡，任命卢他之为太守，涉何为都尉。命六十七军出襄平，渡马訾水，占领上下障走廊，护送卢他之、涉何入东濊地。又命从涿郡、渤海、济南、泰山四个郡征调粮食、民夫，以扁担小推车运往辽东。

右渠亦陈兵浿水，名曰欢送汉军过境。私赠卢他之美女玉帛，说将来与我哥互为大腿，辽东之患解矣。

其后两年，又命东莱、北海、琅邪、东海四郡造船，经海路运粮至辽东障，复转陆路至苍海，接济一郡军民。马韩、弁韩多出快船于海上拦截，挂卫氏朝鲜旗，以示友邦，趁我不备，打劫粮船，其间可能确有朝鲜海贼或官兵充匪。我不得不编练水师，海上护航。陆路亦不太平，高句丽、沃沮亦遭灾，粮不够吃，闻我大批粮队昼夜不息肩挑手推运转于途，群起来攻。

我六十七军分兵防守关要，与之竟日接战，从春打到夏，从秋打到冬，大战十几轮，小战无其数。

肃慎、扶余亦频犯我辽东。我水泉障塞阳安都，白狼水白庚都、酉城都；东北方向侯城、二龙湖城、真番障；东南方向赤坂松、不耐城、猫儿山、长白口列障、列燧、列堡、列城全线告急。我六十九军亦分驻各要点，以新装备部队之大黄弩拒敌，坚守不出。

元朔二年，肃慎入我阳安都，围襄平。栾太守亲登城，以大黄弩与肃慎长箭对射，敌酋落马，围始撤。

同年冬，肃慎复入白庚都，围我襄平。严寒之下弓弩不得张，肃慎兵衔刃爬城，我以凉水灌浇之，城乃成滑梯，肃慎兵皆坐屁墩跌落。

三年春，扶余复入酉城都，围我襄平。三月始撤。

辽东动荡，烽镝不已。部队极疲惫，消耗牺牲亦大。尤以冬日为甚，哈气成凌，泼水成雾，铜铁若枯木，力斫辄脆断。屙屎都要在屋里，否则橛不离体，露头即石化，凝于肛口，非火溜手掰不得化下。战士或有臀尖生冻疮者，终身不得仰卧。就这，夷人还来摸哨，冰淞雾雪，忽倏立起几个雪人，一棒摼晕，背起就走。上下障百里粮道人粮被劫无算，防不胜防。民夫要吃，部队要吃，真应了内句兵语：打仗就是干饭。站着不动比平时多干两碗饭。东濊之民对白来之谷亦不爱惜，冬时常以汉粟喂牲畜，也有巧民滑吏，虚报人口，多次申领，贱价转卖朝鲜、真番图利。这样算下来，从冀、青两地运到苍海的粟米每石费耗七斗，损耗比漕粮都高。年终决算，冀、青八郡岁入不抵支出，士卒车徒所费与征伐南夷几等。人民痛苦可想而知，颇有不堪重赋役使，啸聚林泽，入海为寇者。

上乃命罢撤苍海郡，召亚谷侯、涉何还。这是元朔三年春末的事，襄平围未解，命六十七军还师襄平，扶余撤围。赦天下愚懦昧怯，误听讹惑，逃役避赋入山林草泽为贼无大过犯者。令其具结悔过，补足欠赋，准还乡。免冀、青八郡当年钱粮。

又出政策：百姓凡主动向国家上交奴婢者可免终身徭役。官员交奴，可调整级别增加工资。进而规定：交羊可任命为郎。向朝廷交羊而被任命为郎官的事就从这时开始。（马迁按：这个不太清楚，交几只羊即可获任郎官，只是在县乡见到有吏呼来喝去端茶倒水少年，人称羊官。）

35

起初，元朔二年，冬十月，淮南王刘安依制来长安朝见天子。刘安，高祖之孙，文皇帝异母弟，年五十有二，今上父执辈。他内辈在世的人已经不多，安亦白发衰髯，上以为吉祥，赐几案手杖，说您这么大岁数宜静养添寿，以后就不用拘礼跑这么远路朝见。

中午留淮南王家宴，卫皇后出来照了一面儿，劲儿拿得还没那么顺，坐了坐，还要喂奶，就回去了。

李夫人听说刘安来了，宴前就跟上说能让我见见他么，我特崇拜他，看过他好多书，我是他蚂蚁上树。

上说你又来了，你不是谁蚂蚁上树？李夫人说真的真的，他跟别人不一样，男神。上就叫她和邢夫人参加宴会，作为女宾主陪，陪淮南王后臧荼和刘陵。

席间刘安问李夫人你都看过我什么书阿？李夫人说《颂德》《长安国都颂》。刘安说嘻。李夫人说还有《鸿烈》，我最喜欢《鸿烈》了。当面磕巴背诵《鸿烈》中几段神句：美之所在，虽污辱，世不能贱。恶之所在，虽高隆，世不能贵。正身直行，众邪自息。福由己发，祸由己生。舟覆乃见善游，马奔乃见良御。我觉得特优美，老师你都是怎么想出来的这样的美句。

刘安说嗯，也不全是我想的，《鸿烈》是这个这个我和我朋友一起编的，我顶多只能算个编审。李夫人说老师你能帮我写本专著么，我特喜欢《离骚》，但又不太熟悉作者，你能提供点背景，写点点评，方便我阅读和换位理解么。刘安说呕，你喜欢屈老师，品味不低呀，刚好我和他也熟。上说不要累着老师。刘安说小意思，这点事累不着我，现成的，都在脑子里。餐后大家又坐呢儿聊天，刘安出去上了趟茅房，回来提着一帘墨迹未干竹简递给李夫人，说给你，《离骚传》。

十一月，匈军一只鞋部入上谷、渔阳，杀掠吏民千余人而去。

十二月，卫青率骑一军、二军、新五军三万骑出云中，执行"河南战役"。全军攒行至西河之拱、黄河北流折向东去之韧起；阴山中位阳山、乌拉山两山之隘口，故赵遗亭障高阙墟。从那里山洪冲积泥沙淤塞河水缓流处架便桥渡河，入河南地。逆河而下，越沙衍，向东展开，攻击臣附匈奴胡部白羊王、楼烦王。诸胡皆西走，遂尽占河南地。留五军长史苏建率该军经营河南。率一军、二军对诸胡展开追击，日行千里，至陇西洮水还。斩游牧戎二千三百级，俘三千七十一人，牲畜数十万。留一军继续屯狄道，二军还马岭。

上两战并赏。卫青有功于诸闻泽，封长平侯，食三千八百户；有功于河南，加封三千户。五军长史苏建有功于诸闻泽、有功河南，封平陵侯，食千一百户。一军骑校尉张次公诸闻泽首先接敌，首先斩敌，为全军冠军骑，封岸头侯，食八百户。诸军吏卒无不用力，无不有功，并赏金万斤，铜二百万钱，按等领赏。

上于诸军将吏参加授侯暨庆功大宴发表演讲，因系正式场合正式发言，几同于颁诏，故有司马迁、公孙弘二员一人做记录，一人做文字整理。马迁记录为：

古歌不是唱过吗：小打猃狁，来到太原。战车彭彭，在北方土地筑城。今天你们的将军卫青，又沿着古人走过的路，潢过西河来到高阙，斩杀俘虏胡兵数千，将他们的车辆辎重私人财产牲畜一并缴获，收复河南地。继而重占榆林塞，翻越梓岭，在北河上架桥，攻打蒲泥，击破符离，斩杀敌精锐之卒，抓获与敌作耳目侦窥我军坐探数千，加以审讯都招供了他们的丑恶行径，一并押解回来，同时将他们的马牛羊一百多万头赶了回来，自己的部队却完整无损，连一件甲衣一根断戟也不曾丢失。这是很大的功劳，了不起！可与蒙恬比肩，所以封列侯，食六千八百户。还有苏建，功居次位，也获封侯。这里特别要表扬张次公，过去在军法司犯了过失，下放到部队做校尉，大家都看不起他，排挤他，人家不灰心，此次诸闻泽之战，勇夺冠军骑，获得部队尊重。同时获封列侯，食八百户。这说明了只要各位肯于效力，不管是谁，职务高低，过去有过什么问题，都有机会。你们要好好总结经验，将来仗还有的打，我们还要打到茏城去，下一次在这里开会，就是各位封侯之时。

公孙弘整理为：匈奴逆天理，乱人伦，暴长虐老，以盗窃为务，行诈诸蛮夷，造谋藉兵，数为边害，故兴师遣将，以征厥罪。《诗》不云乎：薄伐猃狁，至于太原。出车彭彭，城彼朔方。今车骑将军卫青度西河至高阙，获首虏二千三百级，车辎畜产毕收为卤，已封为列侯，遂西定河南地，按榆溪旧塞，绝梓领，梁北河，讨蒲泥，破符离，斩轻锐之卒，捕伏听者三千七十一级，执讯获丑，驱马牛羊百有余万，全甲兵而还，益封青三千户云云。

二人交换记录时司马迁还问：你知蒲泥是哪儿么，还有这符离，总不会是安徽符离吧？

公孙弘说不知，我连梓领是哪儿都没听说过，故而含糊其辞。马迁说你问问。孙弘说我不问，要问你去问，我一向是上说什么我就记什么，我估计上也不知是哪儿。马迁遂于散宴时，揪住一个军吏问，军吏说翻过的山太多不记得何为梓岭，蒲泥、符离是白羊王、楼烦王下面将领的名字。

春正月，下推恩令，诏曰：诸侯王或欲推私恩子弟邑者，可各写条子呈上，我将为子弟们定下名号。

于是各藩国开始切豆腐块，王侯子弟皆受封列侯。

郦坚、夏侯赐、大周下到五军帮助部队总结战斗经验，开座谈会时卫青、苏建和一军、二军长史、军司马都到了。卫青首先发言，感谢装备署令周坚将军和曾经的刀科科长今天我的同事苏建将军和今天没有到场的弓科科长李蔡将军。是你们送来的环首刀、大黄弩成为我军制胜的有力武器。我军头一次在装备上全面胜出匈军，刀比他们硬，弓比他们长。马我们相信，也会在不久的将来，比他们快，比他们多。再就是感谢郦坚将军和今天远在北平我们所有人敬仰的前辈李广将军。是李广将军总结了他半生与匈军作战的宝贵经验和惨痛教训，对我军骑兵战术进行了重大改革。李将军说匈人从小射鼠射狐，论马上骑射技术，我军再训练十年也赶不上，若马上对决，以射还射，我们总是会吃亏的。如今我们有了环首刀，百斩而不失锋，不如扬我之长，弃我之短，改射为劈刺。两军骑兵相对冲锋，接敌如撞山，绝杀总在须臾间，一矢一刀定生死，运动中射击，再精准命中亦不过什一，而我长刃擦着即死，撩着即伤，只要提高杀伤率至二成，一个回合下来，敌即比我少一成人，两个回合下来即折半；都不需要三个回合了，匈军骑手说到底还是牧民，两个回合冲下来，能收拢聚合到一起不足什之二三，都跑散了，而匈军一散，马自动跑回家去了。

李将军遂与郦将军共议，将这个想法落地，在一军挑出一个射术最精的曲，一个射术不怎么样的曲，全部换执环首刀，分为红、白军，组织实兵演练。一军的同事都在，就是他们完成的这项改革。郦将军亲自指导，研究骑兵排面，起初定为三十人，后扩为五十，不能再宽了，否则排面难以保持，首尾协同、口令不能迅传至每一卒耳。我一个曲五百人，可分组两个方阵，每阵五列，紧密队形以一骑二十尺计，也是万尺千丈宽大正面，全部展开，冲起来还要更扩大数倍，也是很吓人一座山。在木刀柴矢实兵操演中，两个曲对冲，一个射，一个劈，第一次操演，双方中的者基本持平，弓曲还略占上风；二次、三次操演，刀曲杀伤率就上来了，超弓曲二成、三成，乃至一击即溃。因我方阵五列，错行间隔，纵深亦达五千尺，弓矢优势尽在接敌前，老练者可速射三箭，接敌之际优势顷刻划转长刃，一击不中，接踵还有二击、三击至五击，弓则完全无暇再展，直成引颈受戮。最后一次完美操课，白军一击下来，只余三五骑，可谓全歼。

李将军调雁门后，郦将军还继续往来部队，深化、完善此一战法。如每个排面增设长戟数枝，增加士官、干吏比例，与卒达三比一，前排后队两端悉数安排老兵干吏，以稳定排面，严格纪律。尽量缩短接敌时间，敌动我动，敌不动我不动。规定冲击距离，马跑二百步即止，恢复方阵，后队变前队，以最快速度展开二次冲锋，反向突击，严禁分散纵驰，单骑追杀。

卫将军说我今日得此荣耀，获封列侯，功劳实全拜李将军、郦将军、苏将军、李蔡将军及一军、二军、五军全体士卒用命所赐，须臾不敢相忘，再谢。

老俩回长安路上说：要不说人家能封侯呢，服气！

上闻说亦叹：面面周到使每个人都感到受尊重，这是我所不具备的。因对公孙弘说你们总说人有尊卑，卫青出身奴仆，可知杰出不分尊卑。孙弘说哦，我们说的君子小人也是论德不论爵。

上在担儿挑局跟平阳说你们俩也别密着啦，过明吧，这人还上哪儿找去。平阳说我们内位说了，不当上大将军，不娶我。上说哟喝，这话听了恐怕军臣单于就要哆嗦了。卫青说此次河南之役战果虽大，并没有打到匈军主力，与诸闻泽战比不可同日语，臣不敢有丝毫喜乐自得。上说你再这么可爱，我可要哭了。

二月，去年十一月下诏举荐的孝廉，陆陆续续报上来了，有大几千人。二千石以上官员惧罪，争问亲好故交你们谁家有孩子想进官府做事不要有明显劣迹的。故几千人多为柔怯无害者。上说这样的人为吏恐怕倒要为刁民折辱，这样吧，都送去朔方让边地粗粝风雪吹一年，学些在没人疼的情况下独立做事的手段。

因问公孙弘你推荐的人是几大姑的孩子呀？孙弘说咱不干那事，我推荐的人写的策论去年已经搁您案子了，您忙，想必是都没看。上说噢噢，忙向如山卷册中翻找，说都叫啥名字？孙弘说怕您先入为主，没叫他们署名。上说这个办法好，不会又有你写的混在其中吧？孙弘说都是我写的。指一卷：这个是。又翻出两卷：这还俩。上说望字即知也是本事。孙弘说老书吏了，见字如面，这个话不是瞎说的。上说又都是你们齐国人？孙弘说两个是，一个是渤海人。上就乐。

孙弘说我就不能举贤不避友了？上说我不是乐这个，你朋友，甭看，又是儒生问政内一套，你有见字如面的本事，我也有闻儒即知其心中孜孜在念的绝活。

信手抄起一卷，递给孙弘，说你看我不看，我猜，是不是如我所说。随即信口而言：这个肯定是劝我不要和匈国开战的，一定是从秦聊起，因为北击匈自秦始。儒生作文不数典开不了篇，应该首引一句大话起论，亦为定场辞，是什么我想想再告你，很多大话可选。继而必引李斯当年丑诋匈国的话，匈人如禽鸟，无城郭之居，委积之守，来去如飞，找到他们踪迹就很困难而他们又比鸟聪明没法给他们下套。我军轻装进入，带不了几天粮食，背着粮食走，队伍太庞肿，无法迅速行动。得到他们的土地，也不能都给开垦出来种粮食，得到他们的人民也难以教化转牧为农，中国受很大累净让匈国人瞧笑话了嘚逼嘚逼。每次朝中一聊匈国事内些朝臣就是这一套我都会背了。继而聊蒙恬之多么得不偿失。继而一定拿高祖举例子，高皇帝一生豪迈，最让人念叨的却是平城之围，这跟头栽的。

公孙弘说这卷不是，掂起另一卷：这卷是，基本叫你说对了。上说这卷不聊国虽大好战必亡呃呕这句即可作开篇大话——就该聊与民休憩，民为国之本，载舟亦覆舟。戒縻奢，戒淫勇，国不亡于俭，一定亡于奢；人不祸于谨，必祸于夸富。孙弘说差不多吧。

上说烂熟于心，能不能有点新鲜的，咱先生就教这些？这都属于头一个人说是至理，二一个跟着说就是臭大粪。我瞧瞧这几个的字，字都蛮好，这都谁呀？

孙弘说你要不打算见人家，我就不告你是谁了，免得叫人难堪，见了又不用再呲哒人家一顿。

上说你到底建议我见还是不见阿？

孙弘说不打算用就不必见了。其实你也是太苛求这些愿意为国家服务的人，他们毕竟是在野之民，读书嘛，可不就是大道理，国家事务内些重琐纠结互相踩着脚牵一发动全身不接触、深入到事务本身任谁再有想象力也在想象之外，上来就能深谙机关榫构熟练解锁你希望得到的那样的人根本没有。

上说你说得有道理，那就见吧，我保证用，保证不呲哒他们，绝不让他们寒碜着回去。

公孙弘于是引作者主父偃、严安、徐乐入宫。

上一见他们就说：哎呀你们都在哪儿阿，为什么咱们这么晚才相见，想死我了。主父偃说咱见过，不止一次。上说呕，湿妈，我是看你有点眼熟。主父偃说"生不五鼎食，死即五鼎烹"我说的。上说噢噢想起来了，坐坐你坐，你这一向都去哪儿了。主父偃说我都在，哪儿也没去。上说好吧。遂任命三人为郎中。

三月乙亥晦日，发生日蚀，上说太阳没事吧。

主父偃进言，说新收复的河南地土地肥饶，外有黄河险阻，蒙恬曾沿河筑城塞，从那里出击奔袭匈奴，如今我们若往那里移民，耕种那里的土地，内可省戍卒水路转运漕粮的麻烦，又可扩大中国可耕地面积，这是彻底给胡人断根的办法。

上曰：可。乃置朔方郡，领河南地，以苏建为郡守。发动十几万人夯筑朔方城。又逐一修缮重建蒙恬所留废塞。时，河南地尚一派荒芜，并无出产，这么多人吃饭都要通过水旱两路调运，客观上延长、加重了漕运路线和负担，山东刚歇下来的人民又被累着了。

筑城建塞所需匹费数十百巨万也即数十百亿，文景三十九年攒的内点家底，公府钱库粮仓彻底被掏空，好车手可在国库里驱驷马大车狂奔绕圈。

夏四月，劝募十万无地佃户和失地流民迁徙到朔方居住。跟他们说那儿没人，每人可得荒地二百亩，种子农具官府提供。

主父偃进言，说茂陵初立，天下豪杰，大流氓，大财主，在愚民中有影响能煽惑事儿的人，皆可徙茂陵，内增京师税赋，外销奸猾，此所谓不诛而害除。

上说你还有什么坏尽可教我。主父偃说今诸侯夫人也多，孩子也多，一生就是十几个，爵位家产却只能由嫡长子继承，其余孩子虽是骨肉，爹薨了无立锥之地，还不如一个老农民，跟宣扬仁孝的国家理念严重冲突。请立即下令诸侯推恩分子弟，以地侯之，彼人人喜得所愿，上以德施，实分其国，不削而弱矣。

上说推恩令阿，一月份已经下了。

遂迁天下土豪，家财在三百万以上的人到茂陵居住。其实这也不是第一次迁这些人了，茂陵人口还是不多，可见当时天下民间财富还是比较均平，无巨富，三百万，公卿数岁俸禄耳，财富还是集中在王侯手里。

河内轵县人郭解，关东有侠名，也在此次强制迁徙名单上。担儿挑局上聊起这事，卫青说郭解没那么多钱，到不了三百万。上说谁是郭解？平阳、陈掌皆说大侠，有名。上说一个老百姓，名声能传到公主、列侯耳中，将军都替他说话，家里穷不了。卫青说我跟他确实不认识，只是听说过。上说认识也没关系，只是好奇，这些所谓的侠，是有什么武艺身手很好么，调到部队能不能有什么贡献。卫青说也不一定有什么武艺，只是热心肠帮人家铲事，民间很多邻里纠纷婆媳不和分家析产什么的到不了告官的份儿上，无人调解也越闹越没样儿，就有这么一类人，处事公平，两边有面子，大家都信他，于是就找他居间说合，这些人也爱管闲事，相当于民事调解员。部队用不着，在部队也就相当于一个老伍长，在士兵群众中有威信。

上说不是内些飞檐走壁的家伙？卫青说至少郭解不是，一个老头，可能年轻时举过石锁，玩过摔角，现在也就是早上推推树，半蹲着，练点合气术。您说的内种飞檐走壁的虽也冒称侠，其实迹近飞贼，真正的侠是不屑于与他们为伍的，真正的侠，我理解阿，就是替人扛事瞎出头。上说到哪儿，练身体都是末技。

过了些日子，有司报上来一件有争议的案子，说是轵县一次公私人士杂处酒席上，因为口角，发生斗殴致死人命。一个不知何方神圣客人称赞当地名人郭解仗义，有古贤士之风。本地一位儒生说郭解一向作奸犯科，以私刑取代公法，从哪点说算贤呢？其实这也是正常争论，义、贤、侠这都是义宽释泛，无绝对标准硬杠杠设限，当事方获益即称利，受损即称害，可谓非常主观，如好、善、老实口碑类诸德皆属下下善，其下在于莫衷一是且褶了更多丑。孰料内位客人竟拔刃刺死儒生，尤令人发指竟还割下该生舌头，遂飞檐走壁而去，是飞贼侠无疑了。县吏捉不到人犯便迳至茂陵，向茂陵居民郭解了解情况，郭解称真不知道是谁，我不养小弟很多年。这时茂陵吏和轵县吏发生分歧，轵县吏认为确实与郭解无涉，不应论罪。茂陵吏则认为不能排除郭解间接杀人，事因他而起，而他又是此事唯一获益方，名誉受到恶性维护个人知不知晓均可视为不当得利，应当返利也即受到法律追究。

公孙弘乍听之下还说茂陵邑都是张汤徒弟，继而主张支持茂陵吏。上听到郭解名字因问是内个民事调解员么？孙弘说什么民事调解员，这个郭解绝非善类，年轻时心黑手辣，行走在街上，路人多看他一眼，便拔刀杀人，死于他刀下小民不知多少。千万别信世传所谓大侠急难好义！这些人老了看上去慈眉善目，谦和退让，哪个不是从恶棍过来的，没杀过人如何在江湖立腕儿？细究起来都是旧罪累累，你要是良民决不愿意在路上碰见他，只是过了追诉期又都发生在历次大赦前不与追究罢了。如今发展到不但自己不用动手，甚至都无须动念，任何遥远地方，只要有人对他不利，乃至就是出言不逊，就有人挺身出头替他杀人，这是什么权势？是皇帝您才配得、配享的声威，布衣行皇帝之威，还不该论大不敬，坐大逆无道，还不该族？

上说你们儒侠原来不是一家么，儒以文乱法，侠以武犯禁，现在闹掰了？孙弘说谁跟他一家，内都是韩非子胡说，把我们愣算在五种社会蛀虫里。守旧的人不懂时务，把所有与旧制旧俗相抵牾新进事物都视为冒犯，将变革视为混乱，说是乱法不过是出了他的认知之外，旧的能维持下去谁愿意变。上说你承认你们是新学了？孙弘说您为什么老纠结这事呢？如果能让您舒坦一会儿，行，我承认，我们是新学。

遂族郭解。

后公孙弘特地找上谈了一次，说我觉得您对侠有很多糊涂认识，如您不介意，我愿意向您普及一下侠的兴起、沦丧和底层化。

上说我对底层有兴趣，我愿意知道我不知道的事。

孙弘说起初，世上本无侠，只有国家。

上说呕呕，国家在世之先，确是新说。

孙弘说我说完您再批驳我好么？古者天子建国，诸侯立家，从卿大夫到庶人，各有各的等级，下民服从上人，在下者从未对在上者有过觊觎。

上说坚决不能同意，这是拿道德理想取代历史，传说当论据。天子从哪儿来？古者古到什么时候？一定在汤武周武两个著名犯上者之前，能到立国的份儿上恐怕也只能追到只闻其说不见其墟半遮半掩的夏。之前五帝也好，七十三帝也好，皆是徒有天子名而无其国，都还没定居。当然也可以说四处迁徙也是一种国家形态。匈奴也是一国，毡房也是家。那样的生活很严酷，面对大型野兽、陌生人群，必须采取协调一致的行动才能脱困、转危为安，下犯上会产生严重后果，上对下必须强调服从，近乎军队——就是军队！只有在军队才会形成你说的内种下级服从上级并对上级指示坚决执行不打折扣的纪律、伦理和……文化。说从不觊觎不准确，应当说不容你觊觎，有军法、军纪、开水锅在呢儿等着你。觊觎可以，有合法渠道让你觊觎，禅让其实就是一种合法觊觎的设计。所以我经常想，不知你同意不同意我这个看法，贵宗派学说设若不建立在毫无依托的道德推想指望历史文献全部湮灭才成立的薄弱证据上，而是建立于我刚才向你推荐的论点：军队在国家之先，首领乃全军合法推选，首先考虑的是能力而非血缘，军队文化延续至今，才形成国家文化，或说优良传统。曾经有过那么一个美好时代，从卿大夫到庶人，都是军人，都在编，各有各的等级，下士绝对服从上人，在下者从未对在上者起过觊觎。贵宗派所言忠孝礼义信皆可在战士魂及今天军队仍在执行军法军纪中找到详尽征引。仁是个创造，要讲人道煮义，不剽窃你们的创造。这样基础多扎实，前后关系多顺溜，可一直向前追寻，追到亘古最早围火堆旁，蹲着睡觉，在地上抠个坑趴着舔水的内伙流民，都成立。谁要不同意，我那里有《三坟》《五典》伺候，全套的，有图文有真相，不像你们《尚书》真的只有两篇，我来当你们的总后台——同意么？

公孙弘说不同意！

又数日散朝，上叫住孙弘，说孙老，我们谈谈，上次内个话没说完，我还不知道侠是怎么来的呢。

孙弘说您不用知道。上说那不行，我知道了个头，身子、以巴不知道再急死我。孙弘说真想知道，改天，给您写一篇，从头到以巴。上说不要看就喜欢跟你聊。

孙弘说您是痛快了，我，不瞒您说，左心衰，半夜干咳，气短，大口大口捯不上气，您听，现在嗓子还嘀搂嘀搂着呢。

上说一会儿就留这儿吃饭，羊肉萝卜都是顺气的。

孙弘说吃什么都顺不过来，我岁数大了，上，我七十三了，还一大家子指着我养活呢，我这一口气上不来……

上说这回让你说完，这回保证不触及贵宗派立说之本，说话举手，让讲再讲，如果犯规，你拔腿就走。

孙弘说……周室既衰，礼乐、征伐皆由诸侯决定，齐桓、晋文之后，大夫当了诸侯的家，成为各国权臣。很奇怪是吧？这是规律，强君之后必跟着一个弱君，搞不过强君手下内帮人，强臣就出头了，强臣下面还有强臣，陪臣——大夫的家臣就执掌了国家的命运。胡闹到战国，合纵连横学说出现。——听好，你关心的侠，来了！你非说我们跟他们是一家，我们跟他们才不是一家，他们是纵横家。最早的侠也是大公子，魏国信陵君，赵国的平原君，齐国的孟尝君，楚国的春申君，四大侠。急的是国家之难，好的也是天下公义，没钱没势干不了这个。信陵君窃符矫命，杀害领军统帅，自己带领部队去救平原君之急。赵丞相虞卿，放弃相位，背叛国君，跟也不是多深的朋友，也不是什么好东西的魏齐一起逃难，假装有难同当，是真的急国之所急，出于公义么？我看也不是，只不过是为了传名于天下，在内些无聊看客里博一个侠义名声。

孙弘说：这还是侠中上品嘞，再往后，内些有膀子力气，不甘于务农营商，假装有志向，四处游逛高谈阔论的妄人，都挂了把锈剑，扑向四大侠争为门客，鸡鸣狗盗之徒亦随之而进，侠就杂了，从耍嘴皮子的说客变成刺客、小偷、流氓那样的坏坯，凡是不务正业的玩意儿都拿侠说事。这里还可一提的，也就是刺客了，荆轲、专诸、聂政、豫让者流，总是拿命换来的名声，也是把"士为知己死"这句话糟蹋了，不过是被权贵利用，荆轲还算国仇，内三位全是私仇。

上说司马迁不同意您的说法。孙弘说是，他也很可笑，把正义和轻死重诺言必行果割裂开来，说话算数，说取人性命就取人性命，是值得称赞的事么？我看比拿钱不办事，卷了买凶者钱跑路的孙子，就行为后果而言更不值得原谅。是，现在世道上很多人说了不算，算了不说，拿毕生精力和聪明去追求虚荣和浮财，这也不是今日才有，自古就有，从来就有，人就是这么个东西，看不惯，拿刺客精神比，也是互相比矮，谁比谁更低。高蹈之士有阿，一死报君命，远的有伯夷叔齐、屈平，不用杀人，自己一死就算明志了。伍子胥不太能算，严格说一死报的是敌国之君。近的，我汉死节将相周苛、张尚比比皆是。这话你爱听吧？

上说昂？让我说话了，屈平是死于牢骚，也不太能算。

孙弘说马迁有一个标准很奇怪，就是看这个人是不是死后还享有很大名声，所谓千里诵义。这大概是我们内个宗派给他的影响。有名就可以逆推此人所行皆奋顾所为皆光磊么？在老百姓中享有名声有多么不值钱谁有名谁知道。他身上也还是有内种少年气，私心想往内些快意恩仇的行为，他是不是生活压抑阿？

上说你们之间的互相瞧不上我就不掺合了。

孙弘说再往后就是剧孟、郭解这些人了。他们认识，马迁和郭解，郭解还帮过他，有人骚扰他太太，郭解请内个人吃了顿饭，此人从此便恭而远敬了。认识的人很难做出中道评价，很难不为个人好恶所左右。我跟您这么说吧，我们也是有标准的，判断一个人所为是否正义，是大义还是私谊，是对你是义，对他就是罪，是有绝对标高的，不是什么人出来说说就大家都差不多，都挺仗义的。这个标高就是：对三王来说，五霸所为就是罪人；对五霸来说，六国的做法就是罪人；对六国来说，四侠就是罪人。自上而下论，所有扶危济难，慷慨赴死，义薄云天，都提不进道德层面。世有三游，都是道德窃贼，一是饰辩辞，设诈谋，驰逐于天下以邀合时势者，曰游说；二是脑门写着仁，手心写着鸡贼，走关系，结人脉，互相吹抬互赠廉价口碑，不是弄权就是逐利，曰游行；三，立气势，作威福，施恩于小人，靠磕头拜把子在王法之下社会底层建立共存共荣强大组织，曰游侠。乱之所由生也！

上说我当然是不能再赞成了。但是我能把你说的话告诉司马迁，问问他的看法么？

孙弘说你能，他最怕我，一见我就躲得远远的。

五月，燕王定国与父康王姬通奸，夺弟妻为姬。杀肥如县令郢人。郢人兄弟上书告发，主父偃把这事抖落出来了。公卿请诛定国。上命张汤不要搞推定，严格依律比勘应定什么罪就定什么罪。定国说我从文皇帝九年袭王做到今天也四十四年了，我爸的姬比我小，也六十多了，我收她纯粹是为了使她多一份供养，日子不要过得太清寒。我弟过世亦早，弟媳娘家无人我不管谁管，上哪儿说理去？这在匈奴是事儿么？还别免我死罪，叫我看一天廷尉狗的脸也受不了。遂饮曼陀罗汁死。国除。

上闻之叹息，说挨着胡地就是容易移风易俗，看来我们没有移匈奴之风倒叫匈奴易俗了。

六月，又发生一件丑事，齐王次昌与其表姐纪太后甥女纪翁主有染。两人也是从小玩到大，据称也私许过终身，属梦中情儿系列，后大人考虑还是血胤太近，表姐表弟搞到一起，生俩孩子备不住就出一个血友病、矮小症，你瞧人家皇帝和先皇后就不要孩子（刘彻案：我还真没想到这点）。就说别弄了，命二人各择他人嫁娶。纪翁主婚后不幸福，老公花得不得了，经常回娘家居住，有时随寡母来王宫探望大姨，呆得晚了也胡乱歇一宿。次昌也很同情这个小表姐兼梦中情儿，伺候招待殷勤呵至，一日王府小酒筵喝到半夜，别人都散了，梦中情儿痛诉所遇非人，哭得不能自已，次昌不搭一把直瘫在地，搭上也是酒后，两人就把旧梦敦落在地。就内一次，事后双方也觉得该尬，从此翁主倒不大进宫了。也没人瞧见，也不怎么就传出去了，叫谁知道不好，叫主父偃知道了。

　　主父偃一直蹩着脏心眼，想把闺女扒给次昌，做齐王妃。托人说了几次，纪太后说没听说过这个人，我们孩子不纳无名之辈。主父偃恨得脚后跟疼，得空儿跟上进言：齐国都临淄十万户，菜市场租金岁入千金，人民殷富，不是天子亲弟、爱子不应该派到那儿为王。今齐王跟父亲这边亲属日益疏远，跟母亲内边亲属越走越近，听说还跟一小姐姐搞上了，请治罪！

　　上初闻，若有所触，想起早年阿娇和幼时的自己，生若此也罢彼也罢终不得良局之感念，没说什么。

　　主父偃再四进言，说影响太坏，临淄人都编成歌子了，集诗经演：纪氏有荡，齐子归止。纪氏如水，齐子如雨。纪齐游敖，齐子翔翔。太难听了！临淄人都说咱们齐国又要二次载入世界风流史了。

　　上对主父偃一天到晚揭发这个举报内个也有点烦，身边有了这么个人，好像天下无一日无事，人心都很险恶，按迷信说法，这就是一不吉之人，专报丧帖的。又不能没态度，于是任命主父偃为齐国相，把齐国这些道谤讪毁轻佻不良风气和混乱的关系纠正过来。

　　主父偃到了齐国，立刻就把齐王宫宦者全吊起来，日夜拷取口供，宦者受刑不过，乱讲，谋反的事都出来了。次昌小孩，没受过这个，一害怕，喝药死了。

　　主父偃少时曾游历齐国和燕、赵之地，都没受到友好对待。他以为自己算儒林中人，这些地方的儒生并不这么认为，不接纳他，至于为什么不接纳，不清楚，大概不是一个师门吧，没听说主父偃的老师是谁，也属乱翻书自求上进一类。还爱吹，曾在赵地冒称赵主父支嗣遭到群嘲。偃家穷，有时揭不开锅，到处找半熟脸儒门朋友求告经常连一碗粥钱都筹不到。到他显贵，不去找当年挤得过他的儒生算账，反倒接连把燕、齐两个王搞垮了。赵王彭祖拧恐，说这不是池塘失水殃及城门么。乃上书告发主父偃接受诸侯金钱，为子弟讨封侯，推动推恩令，令天下王侯子弟尽得侯。

这个告发书写得确实没什么水平，把自己都搁进去了，彭祖随信附上证据就有他向主父偃行贿证人证言。上说推恩令在前，主父偃到中枢工作在后，难道他还能利用这个尽人皆知与他无关的事捞钱么？

及闻齐王死，大怒，以为主父偃讹逼齐王致齐王自杀，召他回长安，下张汤审理。偃经受住了拷问，承认收受诸侯金钱，坚不承认讹逼齐王致齐王死。

上迷惑，说做下的不认账，挨不着的倒认了，我是搞不懂这些人的思路，是避重就轻么？公孙弘说不定因为什么呢，打着这个名义。上说那就完城旦春吧。

孙弘说齐王自杀无后，国除为郡入汉，偃首恶。今不诛首恶，天下诸侯会以为陛下夺齐。

上说你有劝过我不杀人么？为什么你们儒门中人一朝权在手一个比一个心硬，手段赛着霹雳，这不是哪个在搞内儒外法吧。

孙弘说齐之以刑免而无耻。

上说承认你们有内一面就行。这回你也别躲在我身后了，你去，亲口跟张汤说，要他死要他活。

孙弘说我去，传的也是上谕。

遂族主父偃。

主父偃合族受刑地点放在临淄城外淄水边，观者皆乡亲，齐唱五鼎歌。偃脑袋落地时，众人皆呼：好！其女本欲荐为齐王妃者，少而美，身着红袄，刀落时众人皆掩面，喊：惨。临淄闲人亦将此情此景编了个小曲，叫《探淄水》：桃叶那尖上尖，柳叶就遮满了天，临淄那个王官巷出了个主父偃……唱遍齐鲁，又随漕运船工唱到长安。上亦闻此曲，因对孙弘说：你小时候在家看过杀人么？孙弘说看过。上说刀落时觉得这人该杀么？弘说一般江洋大盗犯官罪吏，觉得该杀。

上说内心有波动么？弘说没有。上说若遇女人孩童呢，灭族内种，有不忍之刻么？弘说有。上说算恻隐之心吧？弘说算。

上说见犯官罪吏死不动心和见女子孩童死起恻隐之心哪个是你本心呢？弘说都是。上说哪个更多一些呢？弘说分时候，分人。上说是，我知道你分时候、分人，我是问你当你作为一小孩，一领白帛，高高兴兴去河边看杀人你揣的是什么心呐，是冷漠，没感情，杀的反正都是该死之人的不动之心，还是哎呀，又有一条生命行将结束，他谅必也有父母妻室，岁数大没准还有孩子，这些人将来依靠谁，杀头也很疼你懂我意思么？弘生气说我懂你意思。上说到底是哪个呢？

弘说我还不知道是谁呢，我一个小孩，我怎么会那么多想法。上说没想法，平静，就是不动之心了。

弘说我就没带着心。上说没心没肺？你承认也行，你这人就没心，恻隐之心不忍之心都是假的无从而起。

孙弘说我能走么？上说不能！我认为你对我说的话有误解，我说冷漠、没感情并不指该动感情时不动，需要寄予同情时冷漠，是指对象没出现，想法涌现前内种平静、心无所指的我称为不动态，不含任何褒贬叫原初态也成，你有意见么？弘说没意见。上说那你承认不动之心比恻隐之心更是我们平常所具之心了？

弘……上说不光你，我也一样，我们平常都是带着这么一颗原初态、不动态——的心，平静生活，遇到小孩掉井里、大人光屁股、坏人抢东西，才起恻隐、羞恶巴拉巴拉各种心，其实是各种反应，你同意么？

弘说你到底想说什么？上说我要你承认不动之心是我们常心、本心！弘说我承认了。上说那么好了，这样一颗心带着我们从事日常学习劳动生活交友出行，除了经常引起我们恻隐不忍羞恶辞让，也会在与人接触时产生友爱、争竞、排斥、讨厌、羡慕嫉妒恨你不否认吧？弘说我现在什么也不想说。上说不想说就是默认了，本心没态度，遇恶则恶，遇善则善，什么都占，你不能说它本善吧，至少也得说它善恶兼具吧？

弘说我的本心可以告诉你，羡慕嫉妒恨少，恻隐辞让多，我就敢说这个话！上说吃饭身着白色冰纨深衣沾上一粒酱，这衣还能叫干净么，是不是叫脏？一盆清水点进去一滴墨，是不是叫染？本心应该如玉，不沾不染，不对！玉也生沁出冲。应该如镜，不对！镜随景迁，见异生异。一切具有形质的东西均可沾染。本心应当如气，如象，看不见摸不着，穿过去回得来，不对！气、象犹可见。应当如幻，如想，不对！幻亦犹可见，想亦出历受。只能是什么都不是了，怎么描怎么都是错。弘说所以呀，你虽不能指它为善，也不能称它是恶。上说这正是我要表达的，本心不善不恶。

七月，因财政枯竭，无力支撑，将滦水上游、独石口以北、燕长城西起点今属上谷斗辟县的造阳地区放弃给匈奴，将那里的军民撤回口内。

八月，御史大夫张欧免，实际是辞。张老说我真是老了，不想再听到更多不愉快的事，每天朝里朝外报上来的内些事，没一件让人舒心的，我坐在屋里都觉得堵得慌，出门觉得天也昏、地也暗，每个走在街上的人都朝不保夕，我都忧郁了，经常吃着饭忽然痛哭，半夜起来不想活了。上说那您别了，您辞吧，留我一人受这份儿堵吧。张老说我不是不可或缺，您是不可或缺，公孙弘呢，我看他可以接我。上说病了，从六月就没来上班，也是说心口堵得慌，喘不上气。

张老说我说什么来着，这个工作真需要年轻人，抗造的。上说年轻人，我就代表年轻了，还是需要一个有年龄、有历练，见怪不怪，代表稳的。张老指站在御座前负责掌管唾壶的侍中孔安国说：他稳，他们一家子都稳。孔安国忙摆双手哟哟我不行，你们说的我听都听不懂。上说没说你行，张老嗓子里有口痰，劳您驾把痰盂递过去，让他把内口痰吐了听着难受。

九月，在宣室殿召见蓼侯孔臧。上先把他的意图跟孔老交待了一下，说想请您老做个泰山石，镇住我汉桩脚，张欧老……话刚说一半，孔老就使劲摆手，抖胡子，摇头，说我弟把您的美意告我了，真的特别荣幸，真的特别想来真的不能来。比着大拇指和小拇指：高皇帝六年生人，实周七十四，随心所欲四年了，是我们孔家门这十世人当中寿最长的，比祖老爷爷还多吃了两年干饭，没别的想法了，吃什么都不香，问什么都记不住，国家的事看着干着急，一转眼就忘脑后去了。先父、伯父生逢乱世，不得已弃文弄武，伯父命不好，参加了陈涉的伪军，弄得死无葬所。先父幸运，参加了我军，马上得侯，可是家族祖传这份经业就咣当搁下了。先父临终前合不上眼，说我是逆子阿，你祖老爷爷要活着，看到我这样虚掷一生，会掉眼泪的。你，日后不许做别的，我也给你挣下了个侯，吃喝不愁了，把家里这份经业拣起来，好好拾掇拾掇，补缀补缀，接上断根儿，续下去，别家传的是田亩爵禄，咱家传的可是……最后俩字没听清，就咽气了。

上问安国：你在场？安国点头，上说你听清了么？

安国狂摇头。陈掌说道统？上说道统谈不上，最可能是：文脉。

孔老说是文脉，大殓内天，正给老爷子换衣裳，老爷子忽然坐起来了，说：文脉。然后才一头栽倒，彻底断了气。

上说心思太重了，鬼都扯不走。怎么能说断了呢，多少人替你们拾搂着呐，您瞧满朝的臣，天下奔走识字的人，都是给您家续文脉，接来者的。您家经业非但没断根儿，已然萤火相传，赫赫光大了，已然成为天下读书人的公业，弄得好，成为副道统也不是没可能。行了，我也不难为您了，御史大夫干的都是瞪眼竖耳心细如发专嗅别人短儿的脏活，也确实不适合您。我这儿还一活儿，适合您，太常，怎么样？谬忌也是老了，端什么都不稳，端个碗喝水洒地下比喝进嘴的多，端鼎让鼎砸了脚，今年、明年都不一定起得来炕。您家经业，起根儿就在太庙，现在太庙归您了，想啥时候进啥时候进，书上乃个字无解，进庙，看实器。

孔老说我不能再说不适合我了，可是……上说可是两不耽误，您继续在家纲纪您的经业，纲累了，今儿的纪完成了，想出去转转，看看俗人都怎么生活，一单位等着您呢。去也甭搭理他们，转您的，瞅您的，真瞅见哪儿不合适了，摆篮地方摆鼎了，给他们指出来，权且当且这项工作准确说，就是给他们挑礼儿去。

孔老说我弟安国，不过儒者，蒙您抬举，御前执壶，已经天大的荣耀世人争羡了，一家子两个二千石，禄重福薄，我怕消受不起反倒折寿褙了子孙的福荫阿。

上说这我就要拦您两句了，这就不像明白人说的话了，还怎么替儿孙想阿，好的、贵的都留给他们，官还省着让他们做，你怎没说你们祖老爷爷一辈子想做没做成呢，我认为您这是倒了一个儿，不孝敬祖宗倒孝敬儿孙了。您要说正是祖老爷爷没做成，才省了这份福禄让你得了福荫，那你们就辈辈省吧，到撩一个官不出也干净。陈掌掩嘴小声跟上嘀咕两句。

上说我知道，我怎么不知道，他家事也是啥都瞒不住，隔天就传到小菜场。咱不是议论老人阿，我听说你们家族内有个说法，老人若不是东奔西走厄于陈、蔡，成就还能更大，就有时间早一天接触到《易》，就可能有更宏广天地观，再把《连山》《归藏》《听洞》整理出来，就敢言鬼神事，不独止于为人伦设尺了。

孔老说是是，赖我们老爷爷，不认得天，天也不认他，只认最尖儿上内个人，人什么也不说，老爷爷啥也不敢问，净问没用的。

孔安国说哥，您就应了吧，这么遮，他不干我干，反正我内倒霉的蝌蚪文尚书也勘校完了，《论语》本是居家燕语，训解不占手，我豁出去了，哥你来这执壶。

陈掌说瞧把你弟急的，上多少回请他做丞相，你弟都没答应，当个官会死人呀？

孔臧老说没说不答应，只是要三辞，人家给你好处，率坦受之，那叫粗野。陈掌说那您打算接这御史大了？臧老说哦不不不，御史大干不了了，就这太常，不上班，净挑礼，挺好。

上下来说真累着我了。

遂任命孔臧为太常。礼遇、赏赐比三公。

冬十月，任命公孙弘为御史大夫。孙弘正在家中喝萝卜莲藕稀饭汤，陈掌来了，带着银印青绶和车载斗量岁末赏赐三公级魁臣的黄金缯纨、上林苑出产的好粱米、活娃娃鱼、半斤一个的芋头，给孙弘道喜。

十一小长假过后，孙弘就上班了。这已经是元朔三年了。

36

十一月，匈奴军臣单于死。其弟左谷蠡王伊稚斜自立为单于，进攻太子於单，匈国爆发内战。

公孙弘数次谏言，对朝廷四处扩边政策提出批评，说倾中国之财力结交供养遥远的蛮夷，又要派出大量军队守卫那些无用的土地，国力再雄厚，人口再众多，最后也会花光用光，耗尽民力，请停止。

司马迁按：时，西南路工程虽停，乱犹未止，南夷、西夷得不到汉的好处，纷纷来攻。苍海郡未罢，也是打成热窑。朔方城夯了个地基，临河内面起了半截，正是较劲的时候。

上问朱买臣你什么意见？买臣说我也是这个意见。上说你不是这个意见，你写一篇文章反驳他的意见。

买臣下去与终军、吾丘寿王叫苦，说这可怎么写，人家说的是对的。终军说西南、东北确是费而无用，一个热死一个冻死，也没听说一个郡全靠外地输入能持久的。朔方还是有必要，也算是肘腋之侧，黄河以南必须全部占领，我汉才有战略纵深，长安也不必像个肩膀上的瓜，随时都有被人探手摘取的可能。你也不必反驳他，就把朔方的重要性一一列举出来即可。

终军吾丘一起帮买臣想了十条经营朔方的必当性，明儿一早呈送到上那里。上问孙弘：你有何见解？

孙弘展了眼十问书，谢罪说臣是小地方人，外地人，所见有限，对北边的情况不了解，现在知道朔方的重要了。但是还请停止西南的开发和东北的冒进。

时，国家财力在三个方向同时发力确实也难以为继，还有最主要的方向，匈奴，那是一点也不能省。去年的田租口赋随收随支，到本月底，十一月三十号，上一个财政年度结束，大司农账上一粒米一个铜板也没了，修朔方城的钱粮已然尽由少府拨用。大司农通知少府，从本财政年度开始，苍海郡的费用也将由贵府拨付。少府令不但几次紧急约见上，还去太后那儿哭，说苍海郡是个无底洞。故尔也不是上听了公孙弘的进言，苍海废郡势在必行。这年春，遂罢苍海郡。

十二月，匈奴太子於单与左谷蠡王伊稚斜在饶乐水决战。於单战败，在几名亲近阿克为甚卫护下亡入我汉。全家没出来，听说尽为伊稚斜所屠。

汲黯对上说：公孙弘位列三公，俸禄甚多，盖的被子却是里外麻布的，听说他还吃素，从这点就能看出此人不老实，克俭欺世。上说你怎知道他盖的被子是布的，你去他家了。汲黯说我骑马遛弯路过他家，看见他晾在院子里的被货。上说麻布被子触点多，一翻身麻麻苏苏跟被什么胡噜了一遍似的，有人觉得爽，夏天不黏身子，我也有一床，特别烦的时候盖。吃素，他内把岁数大肉已然吃不动了，你还能吃么，你岁数也不小了，吃完不堵得慌、上下不通气、放臭屁么？我一直认为您是我朝唯一一个訾议皆出公心、对事不对人的磊光绅君，今天听到您以吃、穿论人，震惊。

汲黯说我也忽然觉得我很下作，我是太烦他了么，为何会出如此丑态？上说不知道。

但是上还是很欠地去问孙弘：汲黯说你睡布被子、吃素是装波依。弘谢罪说臣确实是装，有这回事。九卿当中再没有谁比汲黯和臣关系好了，他所言都正中臣的毛病。臣以三公之尊睡布被子，和小吏曹史没区别，实在是装得不能再装了，目的就是钓取廉朴的名声，自汉初反装波依运动以来，臣还这么搞，是不自然和故标孤高。汲黯说的都是实话，而且要不是汲黯那么忠，一切出自公，您又怎么能听到这些揭出我本来面目的话呢？上大笑，说：会聊。

时，宫人皆以为东方朔诙谐。上说东方朔最多算个段子手，有一种比诙谐高级的调笑，叫油墨，我朝众臣中真正油墨的是公孙弘。

春三月，赦天下。（司马迁按：就是前文提到过的赦冀、青八郡避辽东役赋入山林为贼无大过犯者事。）

四月丙子，封匈国废太子於单涉安侯。阿老本来准备围绕於单做些工作，上亦安排了接见他的日子。可於单自入汉便郁郁寡欢，不肯与人交谈，为了方便他的饮食，上还派同为匈奴族的公孙贺家厨师去为他煮肉，於单也食之恹恹，有时拒绝吃饭。初以为他只是心情不好，失国丧亲之痛，搁谁也要抑郁一阵，上说给他时间，让他调整，大痛不可彻除，只能慢慢习惯。后发现他是真病了，长时间深睡不醒，以致呼吸浅细，伴寝者常以为已无呼吸，轻唤无反应，需下力连捅，方醒。醒来亦淡漠，勉力扶起坐，坐姿不变，眼珠不动，长日呆坐，意识模糊或说几乎观察不到意识活动，形同枯木。或有短暂醒转，说话交流无碍，还会说我刚才坐在那里不动。问你坐那儿想什么呢？不能回答。张苍公来做检查，全身四肢心跳并无所碍，各种刺激反射均有，号了下脉，说浮浅，开了些柴胡半夏甘草陈皮镇静安神万能汤药，说保持营养，就走了。后症状日见严重，枯坐竟日乃至昼夜不惠，放倒即为挺尸。不进饮食，牙关紧锁，灌服亦不得撬张，人速槁憔，后数月坐卒。卒时一把骨头，只手可拎。

五月，王朔从匈归来，人亦大变，剃着匈奴头，额前留撮儿，后以儿梳两条小辫，眼神桀骜，满脸胡气，喊王朔不应，喊老张回头。说我这十碴年都让人喊老张，张君，我也认为自己姓张了，做梦梦里也是一个姓张的，张骞在么，我跟他商量商量，就别换回来了，他继续姓王，我继续姓张。阿老说你不用跟他商量了，他前年已染时疫没了。王朔说那太好了，我以后就躲着点他们家人儿吧。遂日后以张骞闻于世。

军情署存有张骞在鳌屋培训基地接受审查亲书《留匈十年记》（原文如此）竹稿，现择要刊录如左：

我叫张骞，汉中都固人，建元四年（司马迁注：此说疑有误，建元六年我还在长安见过此人，而此人以军功封博望侯封册历数其功则记首次出使建元二年）受二署署令颍阴侯灌阿派遣出陇西，经河西走廊向西寻找居住在祁连山、敦煌之间的月氏人，执行联络月氏共击匈奴的任务。可是刚走到西营河就被匈奴人截住了。我成功骗过匈奴人并赢得他们的好感，非留我多住些日子，还给我发妞儿，我稍表推拒便拔刃相向，说瞧不起他们。谁说胡人没里儿没面儿，不讲羞耻，胡人也讲面子，也讲羞耻，只是耻点稍有挪移，我们有时活受罪，他们一点委屈不受，为示尊重，我从了。孰料次日便遭百里之内牧人飞马携酒群贺，阿一，匈语月亮的意思，我的匈籍新娘，给我介绍：这是我粑粑，匈语爸爸，与我汉语类同；这是我阿妹，匈语妈妈；这是我卡逮甚，兄弟；克斯卡逮甚，姐妹……

我说怎么他们都来了？阿一说我们这里对婚礼很重视的，要饮酒唱歌吃手把肉跳舞七日，亲戚都要来。

我说没人跟我说是结婚阿。阿一说那你以为我们是在干哈嘞？我说我以为……我听说你们这儿不是都试婚吗？阿一说试了，我很满意，昨天下半夜就把表示满意火堆点了，粑粑阿妹卡逮甚连夜动身，就来了。

我说那我呢，你没问我的意见。阿一说一般不问男的意见，除非女的特别不愿意，男的赖着不走，才会问你想死想活？我说男的特别想走，问么？阿一说问，想死想活？我说你们这都是什么时代阿，还带这么强迫人的。你别骗我了，我出国前学过你们风俗，试婚要一年，能生娃才正经结婚。阿一说现在也还是这样，一年后的今天，没有娃，我连说三声：滚！滚！滚！你就可以滚了。可我要是不说，你滚不了，还得留这儿干活。我说怎么还要干活阿，我在汉国可是贵人。阿一说不管你是什么人，到了我这里，就是我的人，都要干活！之后一张张开心大脸围着我唱歌，一人手里端一碗，碗里都是酒精，我就醉了。醒来又是一张张大脸，一碗碗酒精，我又醉了。再醒来，也不知是人间几日，男人们在哭，唱着忧伤的歌：能带来雨水的云阿，夜一样黑。吹绿草原的风阿，冻死牛羊。留不住人的窝鄂水道阿，阔那亚人生生死死……

上说阔那亚人，难怪，他们怎么跑这儿来了？

对公孙弘说阔那亚人是母族社会，很古老的民族，曾经接待过周穆王，当时是受西王母部落统治，看来现在又归附匈奴了。老张落在她们手里，惨了。

《留匈十年记》（以下简称十年记）曰：……再次醒来，是被踹醒的，阿一扔过来一把木锨，让我去牛圈起粪。起完粪我说饿了，阿一说没饭。我说一顿都没有吗？阿一说一顿都没有，只有结婚、死人、远方来客，宰羊，才有肉。我说饿了乍办呢？阿一指着母牛腹下装二十斤干枣似的乳房说：找她办。我是爱喝牛奶的人，但我不接受趴人身上喝！不接受顿顿喝！

上说还是黄帝时代生活水平，不爱使餐具。

十年记说：我跑！我昼伏夜出，倒着走路，阿一的马比捷豹还快，阿一的手像刀螂，阿一的獒能嗅出百里内每一只汗脚，还是把我叼出来，因为是自家的獒，没下死嘴咬。有一次，我都跑到黄河边了，都看到我汉士卒了，在夯土，卡逯甚的套杆把我拖回去。

上说他不是带着一百多壮士走的，怎么只剩他一人了，大家起来一起跟她们干呀。阿老说内一百多壮士也分配到别的缺姑爷人家去了，也在贺兰山下、石羊水两岸起圈放羊。上说怎么遮，她们内一圈缺人？

阿老说草原上的活儿都是重体力，相当于咱们这儿农村天天上梁，挖河脱坯。平均寿命相当于咱们战国，不到四十，比我汉低将近两个点。为什么他们人口老是三十多万呢，上不去，出生率和死亡率将将持平。男人尤其短命，战争、劳累、大梅花，逢大灾千里无人烟。可怕也可怕在这儿，全是年轻人，都在最、怎么说，盛华之际，咔擦，回去了。成年女人大多是寡妇。我汉边陲多成卒，男女比例亦失调，男的多女的少，对草原寡妇来说，是一个资源。我汉畜字马行动能这么成功，主要因为沿边放牧尽是女牧主，她们把儿马赶过来让我们母马配，惦记之一就是顺便偷汉子。我署设伏逮着过居然跑进我边堡里抢婚的胡女，内娘儿们我至今印象很深，被我们光屁溜捆起来还毫无羞耻地喊：我让你们配马你就得让我配人！我们内个战士我一看也很差么，小皱巴老头一样，这都当宝，小张细皮嫩肉你想想，让她们得着了，决不轻放。

十年记说：一年后我娃落地，我跟孩儿她妈说该让我滚了吧？孩儿他妈说再生一个男娃，准让你走。又是一年抱羊鞭、挨马踢、嗑牛奶。我儿落地。出了满月，他妈把汉衣汉冠拿出来，又拿出我的汉节，说知道留不住你，你是贵人。我说什么贵人，我是使者，有我的国家给我的使命，我拼死也要完成这个使命，所以不能留下来和你过日子，把娃养大，所以只能说严重对不起了。然后我就骑马走了，娃他妈背一个抱一个在后边喊：孩儿他爸，永远记着，贺兰山下有你一个家。

上说小张成熟了。阿老说他没走出多远，才走到弱水又被本大当户勃度赫部所拦截。这次他们发现了他的汉使身份，很重视，武装押解递送至大茏城单于庭，才有了军臣单于内番话：我不可能让你过去，如果我要派个人去南越，你们能答应么？他这个阿一，阏胡太太帮了他大忙，否则作为敌国之使，又是秘密穿越匈国国土，意图联络另一敌国，办他个间谍罪也无话可讲。阿一听说老张被单于扣了，驮儿抱女跑到单于庭替他求情，说他已经不是汉使，是她男人，并育有两个孩子，算阏胡部落的人了。阿一爹地是他们阏胡一个不大不小的头领，每年蹛林大会有资格觐见单于。单于也有民族政策，对这些依附他的杂胡也搞恩威并施，也要尊重这些部落的习俗，不能轻易动这些部落的人，才放了老张，这个面子是给他太太的。遂令老张在茏城居住，不得擅自离去，算限制居住吧。

上说这个老张阿，不知受了女人多少恩惠还在那儿牛吹烘烘搞大男子煮义。阿老说落难的男的没女的搭救基本都瞎了。

十年记说这十年，我无时不思念我汉……

上和阿老、公孙弘都笑了。上说行了，把你蛮子媳妇哄好了比什么都强。

……的包子和烙饼。十年记说。阿一说咱这样老在城里混着，老指着粑粑、卡逮其送肉也不是个事阿，咱还得自个寻个小营生，至少够娃、咱公母俩吃的。于是我就在茏城脏街支了个摊卖烤包子，才知我旁边卖串儿的呼揭客是我军情报员甘父，才知组织上一直在找我，关注我，感动。又和组织接上关系，塌实。在组织资金支持下，我俩不惜赔本低价倾销把周围竞争小贩挤垮，把生意做起来了。二年冬，我在脏街救了个倒卧，是当年跟我一起出塞的通译堂邑父，他也从寡妇家逃出来了，通过他我又陆续和我使团其余逃婚流落茏城人员十余人接上关系，并得到阿老指示，还是要往西走。说这话已经我也弄不清是几年匈奴无纪年以雨雪为季——多年以后了。阿一也变得白发苍苍，胡女如鲜花，过季颜色迅消，我们之间已变成母子关系，我意思是受到她全面呵护和纵容。阿一说希望你终身得归故国。我说我还要西行。阿一说挺你。

于是我们十余人开始烙饼、做灯影羊肉，每天绕茏城跑半马锻炼脚力。这次大家比较有信心，都在草原上过过流浪生活，又都学会了挤奶拢牛粪火，下套绊兔，掏洞子熏鼠，用一只羊的胃把整只羊煮熟，至少会一门胡语，草原野外生存与牧人打交道能力大大提高。大家说我们一定能走到西域。阿一为我们重新规划了一条路线，出茏城北走，以不使匈人怀疑，行半日折向西，即达歌子里所唱窝鄂水道东段鄂尔浑河。再从那里沿河而下，度燕然山口，穿本叉干、额勒各湖谷西行，至扎挥，逾金山、戈壁阿尔泰之间干河谷，折向正南，即达伊吾卢水。再沿烟墩、苦水、马莲井、大泉走上七天，就到敦煌了。沿途都有水，是阗那亚人早年从西北大旷原东迁，世世代代走过的路。至今沿途都有阗那亚人营帐，不管他们今天有什么样的脸盘、肤色深浅，自称蒲类还是车师，只要一提阿一之父牙什库特——老狼的名字，就会得到照应。

十年记说：就在一个草原春绿，野舞草、狼毒花开满狼居胥山谷的日子，我们骑着马吹着羌笛，拉着胡琴，弹着琵琶，假装去草原参加婚礼，出了茏城。当时单于正在城郊举行祭天大礼，茏城各族人民都骑着马盛装打扮往城外走，我们一行毫不显眼，当时的我，和我的同事，都剃了头，穿着左衽开身直襟上衣，合裆扎腿裤，满口滴里嘟噜，看上去就是一帮匈奴爷儿们，遇到广爷会直接拿箭射我。阿一带着我的小骏马阿特、小白杨可秋卡娃送我到额尔浑河，瞅着我笑，说你还是穿我们衣服帅。阿特不说话，可秋卡娃搂着我脖子说粑粑你还回来么？我说当然，我还要在你试婚不同意的时候，带着刀子去问内小子想死想活呢。阿一是女低音我说过么？当我们一票人骑马沿河而去，河上传来她的歌声：鹰一生不离悬壁，狗一生不离火堆旁的阿妹，远行的汉子，再也不回额尔浑河……

十年记说：我们到达燕然山口，并未能穿越，右王哀嫩正在山口举行军事演习——围猎。只得沿燕然北麓西行，渡扎布汗河，入呼揭部。再从那里换呼揭服，剃呼揭头，沿金山北麓西行，绕斋桑泊，再绕夷播海……我们都不知道绕到哪里去了，只记得草原上舞草花开了又谢，大雪过后是大雨，沙漠一夕成湖泊，湖一夕又成黄丘；山峰倏尔白头，转眼又复秃芜。甘父也没来过这边，这边人说话他也听不懂，有一次我们在煮鱼汤吃灯影羊肉，路过放羊的小姑娘突然说：周。可能是听到我们说汉话。我们说你怎么会说汉话，小姑娘只是神秘笑，摇头，再也没说出第二句人话。

上说夷播海古称依波海，是黑娃母也即西王母王庭所谓瑶池所在，周穆王到过那里，不知这个当年超强大、国土从质浑河到喀喇昆仑东西数万里，我周都要去朝觐的女部现在到哪里去了。老张所说沿金山西行，入夷播海，奏是当年穆天子走过的路，不过是回头路，归程。穆老师出西膜奔西荒，走的是天山北路。

阿老说听我们在呼揭的同事说西王母国在我国春秋时代，顶不住陆续东迁西胡各部，退往昆仑，经唐古拉山口入羌塘高原，成为唐羌、牦牛羌的一部分，当然是他们的女人，已经放下弓刀，安心挤奶了。

上说神话传说都是这么结束的，伟大的英雄成为凡夫俗女。当年娜斯大帝也即著名的女娲，伟大的女儿国褒国——西王母国的母国——女帝，也是率残部从唐古拉山口入羌塘，成为藏区最早一批女性，西王母投奔她们也可算归祖认宗了。

公孙弘说这都有记载么？上说有，将来你不开心的时候，我讲给你听。

37

十年记说：我们一致决定不能再往西走了，必须南下，哪怕前面是沙漠。臣等沿着不知名大漠东衍南行，度过最后一条知名的大河郅贞水，看到麦田、苜蓿地、葡萄园、建有坞堡的村落和骑马乘车行走其间的人。这些穿白色长袍面孔白皙深眼隆鼻的人，对外来者敏感又友好，看到臣等发型穿戴便喊阿米搂西斗，甘父说大宛人无疑了，这是大宛话对俺们呼揭的叫法。我说那你们话叫他们什么呀？甘父说也颇那。

上惊叫：也颇那是爱奥尼亚的巴利语转译，这是李耳《西征随志》所记居住在古马提撒戈海岸的希腊人，他们怎么跑这儿来了？孙弘惊叫：这你也懂？

上说噢——，我知道他们怎么来的了，是跟着阿瞳堂叔压力山大叔打过来的。对孙弘说阿瞳是我宫里一个侍女，属于你们常爱说三人行必有我师的内种师。我宫里一万个姑娘，有师三千，有讲爱奥尼亚方言的，也有讲巴利语的，开阔视野多么重要阿。

十年记说：大宛君子见臣等又饥又渴，拿出葡萄酒请臣等喝，他们的馍——皮塔给臣等吃。我跟他说我们不是阿米搂西斗，我们是汉国人——汉。大宛君子含笑摇头，表示没听说过，我说：周。大宛君子即刻离座，掸衣拱手，重新施礼，说久仰，听说过你们的富裕，人人都穿虫子吐丝的衣裳，屋子都拿黄金装饰，耕地的农夫谈吐文雅，士兵出口即诵诗篇。我谦逊地说是这样。大宛君子说鄙舍寒陋、鄙村亦寒陋，我必须立刻护送你们去我国北京贵山城，请我们的王好好款待你们。我说请允许我们沐浴更衣，否则我们这样烂糟糟灰扑扑去见王，他会以为我们是骗子。

于是臣等解囊取出汉衣汉冠，取铁斗喷水熨平，拢了拢头——数月奔波头发已长可挽髻，装扮起来，大宛君子仰睹我汉官威仪，啧啧生赞，曰：有点像了。

臣等乘君子亲驾之双骏篷车，至宛都。其城雄伟，城门宽阔，双向车道，可四车会行，城市街道呈方格网状，与我长安几同。城中央有巨形广场，亦为露天市场，人民叫卖呼唤熙攘于彼，广场一端矗立神庙，旁有王宫，市民会议厅——不知是什么鬼；两侧有敞廊，廊有店铺，青年人老者席地而坐一问一答颇似孔子当年所设乡学。还有公共浴池呕卖爸！（马迁注：此为我汉人民表极惊叹之鄙语，若我的天，额滴娘。典出秦末人民离乱，赵地一慈父，插草标自卖救子于道旁，路人皆惊，自古只见卖儿卖女，未见有卖老爸，故皆呼呕卖爸！后因与我汉官序良俗严重不合，为君子所弃，渐不闻于庙堂雅舍。骞鄙人也，故出此语。）

出广场左行有男女间杂调笑诙谐演绎种种生死情科之圆形露天剧场闻所未闻！裸体运动场呕！卖！爸！

上说穆天子当年路过古马提撒戈海岸，他们还只有如上古炎帝所居大庭那样简陋的会堂，在里面只会喝酒闹事，千年下来，搞得有点样子，只可惜不知礼义，有点过分了，见过爱光屁股的。

大宛王和他的近臣、武士都长着小麦色卷发，而他的妻妾、仆人则一头黑色直发。十年记说。王接见了我，请我吃塞满米饭、薄荷、葡萄干、松仁抹酱烤的青椒和莫萨卡——牛肉茄子圆葱做馅儿，拌入橄榄油干酪敷上面粉奶油烘焙出炉不捏褶的开口笑包子。

上说跟穆天子当年路过那一带腓尼甚人、以撒利利人为他所设筵席上的菜一个系列。国宾馆原来内个奄蔡厨子也能做这个味儿，吃多了腻口。

公孙弘说您都吃过，您都见过，您还派小张去呢儿捣什么乱呀？

上说懂你意思，我不能吹牛是么？我确实知之甚少，所知也不过是东听一耳朵西听一耳朵，正所谓闻风即雨不求甚解，咱们派小张出去就是为了求甚解。

十年记说：王说感谢你远道而来与我国通商虽然你手没拿什么东西是路太远不太好走都丢路上了吧？但是没关系，你可以赊一批玻璃、葡萄酒走，下回再用贵国丝绸与我结账，罗马商人都这么干，拿我们的酒、玻璃冒充他们的货，卖到周，这样几千里路运费省下来了。臣严肃而又恭敬对王说抱歉，我国不叫周，叫汉，是伟大的周的继承者。我是汉天子正式派出的外交使节，不是来与贵国进行贸易，确切的说我的目的地根本就不是贵国，我是派往大月氏国特命全权大使，只是不幸没找到大月氏，才误打误撞进入贵国，引起您的误会及不必要联想鄙人深表歉意，并愿意回去向我国天子传达您及贵国愿与我国交好良好愿望。

大宛王说哦你不是来看我的，没关系，来了就是朋友，可以多住些日子，走一走，看一看，这样，我先开几瓶酒，你尝一尝，再说买不买。

王慷慨提供了上好的酒、便于携带富于营养的肉酪和次一等的马匹。说月氏已不在敦煌，老国王被匈奴人杀害后，乌孙又攻击他们，太子带领残余军队和人民西迁到沩水继位为王。与我国之间隔着一条狭长康居走廊，你们要去那里必须经过康居，我国与康居是兄弟之邦，关系友好，我可以给你写一封信，说你是我的朋友，请他们提供过境方便，他们一定会的。

这里我必须提一下马，大宛王和他的近臣武士所乘皆是皮薄毛细红色骏马，大宛语曰阿哈尔捷金，是最早培育出这种马的人名，相当于我们的伯乐。此马胸窄背长、后躯强健，平地奔跑一千米只需一分零七秒（此皆西域距长、计时单位，约等于于我汉二里地和数六十七下），曾有八十天跑万里（汉里）最快纪录。因其皮薄，奔跑时血管贲张可见，颈部肩部大量出汗，致其枣红愈艳，若沥血而行，故又称汗血马。此马名列禁止出口物种，故只赐给臣等一般人民役用白马。

臣等在大宛军官陪伴或称监护下离开贵山大城，途经另一大城，其国南京压力山大力压，到达其国南部边境。康居骑兵万人在边境等候我们，显然他们已得到通知，至于为什么派这么多武装人员，臣以为是有意炫耀兵威。陪伴我们的大宛军官对本国情况只字不提大概对他有命令，却爱替康居吹牛波，说他们什么都比我们大一倍，有民六十万，十二万户，武装部队十二万。臣以半减，得出大宛有民三十万，户六万，军队六万。此二国显然共有一户出一兵军制。后得康居人证实，陪伴我们的康居军官提到大宛总说他们比我们小一半。臣还观察到两国另一共同点，军官老兵皆金发，士卒、女人皆黑发而栗发者皆幼，显然一代人或两代人之间发生过父系征服。臣曾试探康居军官有没有兴趣和我汉做点生意阿，我汉有丝绸。军官说没兴趣。臣说能不能顺道去你们国首都另一座压力山大力压游览一下？军官说不顺道。军官可能也烦了，与臣说你甭跟我套近乎了，我们跟匈国是好朋友，他们是我们尊敬的上国，我知道你们和他们关系紧张，我国和你们国相隔这么远，是不可能站在你们这边的。非常值得一提的是臣等曾途经入宿一座名曰喀拉的明显具有军事功能的要塞城市。这城有双层城墙，每层厚数尺，高数丈，外墙密布箭孔，三个一组；入城门须迂回曲行五次方可入内城，内墙亦密布箭孔。城内唯一一条大街或曰通道将城市一分为二，两边各有二百个房间，此时虽为平民居住仍可见其营房属性。外敌入侵则可层层据守，或可为我边防屯城塞堡所鉴。

康居走廊很窄，数日可度，大月氏骑兵万人在边境另一边等着臣等。双方军人见面冷淡而客套，康居军人将臣等移交给月氏军人。月氏军官皆褐发或黑发，士兵或金发，见臣等则好奇微笑，能正确发音我国名：汉。臣等随月氏军驰往其都蓝山城。臣与月氏军官攀谈赞其军容严整盛大，万骑纵驰如雁行。月氏军官亦恭维我汉，说听闻你国新败匈奴，出了一位了不起的大将卫大人，匈奴人闻其名而遁，我们听了如同自己得胜。臣久居胡地，时尚未闻卫将军大名，以为是李将军讹传，说是是是，我们这位大将军射箭入石，力道之深自己都拔不出来，和我是好朋友，我俩一向都是素闻贵军精悍力主与贵军合作共击匈奴一派。月氏军官叹说你怎不早点来呢，你早来三年，我们还在和萨迦人、希腊人作战，还未完全攻克巴克特里亚也即我边民游商口中所称之大夏——因其城郭高大方正，田陌纵横，有我关中气象，且我人民普遍持凡西胡皆我黄帝庶子执念，故言之——使其臣服，还有机会合作。我说我早来了，被匈奴扣了十年，耽搁了，又问现在怎么不行了？军官说见了我们的王你就知道了。

马迁案：大夏即希腊旧文献对斯基泰人称呼达奇亚之音转，后于塞琉古王朝时期经西膜各国之口为我沿传，非我人民不开眼。

至蓝山城，城郭布局与贵山、压力山大力压几同，规模大几倍，只是神庙被焚平，宫殿、会厅、民居尚有兵燹之祸所遗熏痕，公共浴池、剧场、运动场遍布马粪皆有战马在吃草料。月氏王身材矮壮、褐发蓝眼，在已烧塌了顶大夏王宫设帐席地居住，大理石地铺着安息地毯摆满烤羊腿、烤青椒、牛肉茄子馅儿开口笑包子、奶皮子、干酪和酸奶、马奶酒、葡萄酒。王说特别恭喜贵国对匈作战首胜，我军民闻之无不欣雀。对匈奴人本王只有一句忠言：狠狠打！绝不要跟他们议和联姻，他们没一句话是真的。臣趁便进言此行正是要与大王商议联合作战东西夹击事宜。王说嗯嗯这个嘛，我国在此存在就是东西夹击了，匈奴亡我之心不死，其右部始终马首向西，不能东顾，就是顾忌我打他一个冷不防。我国连年征战，一迁再迁，士马皆疲，人口不及盛时什之一二，前年打下巴克特里亚费老鼻子劲了，他们城市太多，每座城都是一座要塞，都要流尽血才能夺取，如果再不让我的士兵休息，我也就没士兵了。臣说父仇不报大丈夫何以言休，又有何颜面立身于天下？月氏王很奇怪看了臣一眼，说我是国王不是匹夫，我的责任不是只有为父报仇。国家衰弱没有力量与强敌作战还要蛮干这到底是父之所愿还是敌之所愿？你这么说的笋纪点在哪儿，这个筐从哪儿开始编的呢？我听说你们是有点轴没想到这么轴，为一张脸——别人的看法，宁可不顾及自己生命和全体臣民安危么？这样吧，你先住下来，走一走，看一看，我也再想想，和我的将军们商议一下再给你答复。

上问公孙弘你对这事怎么看？孙弘说文明与否不是看他的城市有多雄伟，人民碗里肥肉有多馋人，而是看他的这个——指心——所思所念是否赖循天常，所行所为是否合乎人伦。孝，绝不止善奉父母并在父母去世后大办丧事穿孝服居家守制这样的表面文章，而是关于一个人的根源问题，你从哪里来？芽自根生，枝自干逸，花开于表，父母遇害，形同刨根，枝系再旺，花开再盛又能盛旺几时？丧失来历的人岂不如断线风筝越飘越没影儿，绝根草木越长越黄终不免枯谢一败涂地——吗？所以报父之仇绝非同态复仇一命抵一命这么低级的反应而是尊重自己的根，以血祭这样的形式完成一次接根、养根、护根象征性、纪念性的自我救赎，以宣示断茬重续，难道不是受害方情感心理所必需也没准儿——至少我这么相信——冥冥中恰与天道精神所契吻，自然法则宇称守恒所必要——纠正的吗？笋纪点在这儿！从这点说，大肉汁还是蛮夷。

上说好吧。

十年记说：在等候月氏王再次召见的时候，臣走访了妫水两岸月氏新占领的土地，确如月氏王所说，大城甚多。有阿瞳她叔压力山大叔所建无处不在的压力山大力压；有波斯名王居鲁士大帝更早修建东瞰药杀水的居鲁士城；有妫水尽头阿拉海河口面向北方草原大漠以塞琉古王朝第二位皇帝安提俄克一世命名的安提俄克城；有以巴克特里亚王德米特里命名的德米特里城和波斯阿赫门王朝时期巴克特里亚首府扎利亚斯普城和同一时期修建位于妫水左岸的索格底亚纳大郡首府马拉坎达——这座城城墙长四十汉里，李耳《西征随志》称其为撒马尔罕坎儿井。这些大城皆有繁华胜迹和历史上反复遭受围攻所遗累累战痕。压叔曾亲入居鲁士城参加巷战，手刃八千人，自己也身受重伤，他经过的那条街即名"血巷"，街石皆为深褐色，人称血石。安提俄克城有五百汉里作为掩体的墙，每块石头上都有剑痕，最新的剑痕是月氏人留下的。扎利亚斯普城有一块倾圮石碑，上面有希腊文、波斯文和阿米亚文三种文字刻写的碑文，是二百年前压叔任命的太守波斯人阿尔塔巴祖斯所立。上面记录着这样一件事，波斯阿赫门王朝最后一位皇帝阿塔薛西斯四世逃到妫水左岸红沙漠深处一个几户人小村子，为追随他的索格底亚纳贵族斯皮达玛所缚，并派人至压叔军营送信请他取人，压叔部将托勒密将阿塔薛西斯四世取回，压叔下令将他鞭打，割鼻削耳，送到（此处碑文不清）公开处死，至此阿赫门皇族彻底绝嗣。

上说不能尊重自己的对手，一个皇帝残杀另一个皇帝是我不能接受的。对孙弘说我同意你说他们是野蛮人了。弘说历史是由年轻人主导的战争开启，文明则是借由宽恕而不是杀害最后一个俘虏萌发。赞美亦应自此而生而不是历数杀人之众将战争暴行作为旷世武功夸耀记胜。这是我对内些所谓名将大帝的看法。

上说咪兔，这是记丑。我开始有点同意贵宗派开山师内种历史观：春秋笔法。对历史还是应该有点态度。孙弘说阿，您原来不同意？上说我原来持一种幼稚的历史观：要真实。

十年记说：巴克特里亚 - 大夏土地肥沃，在希腊人入侵前即采用郡县制，县下面有驿亭，亭各有长，与我汉政体惊人一致。臣在马拉坎达城遇到一个奇人，蓝眼红发却自称中国人，并有一个中国人的名字：杨鉴义。杨先生一见臣等甚为惊喜，说可见到家乡人了。据杨先生研究大夏之郡县制采自中国。臣很尊重杨先生，但不得不指出，希腊入侵发生在周显王四十年，那时我国还是分封制，秦置郡县尚在百八年后。杨先生研究中还有一个有趣的现象，在德米特里王之前有一个篡王名攸提德谟斯，此人同时也是勇王，曾在阿列亚河战役中亲率骑兵冲锋，砍了安提俄克三世嘴唇一刀，使其崩牙五颗。此人也是在位时间最长的大夏王，在位四十年。据该国史书记载，此人在位期间曾东征，差不多在高祖元年我国刚开始楚汉相争之际，将国土扩展至赛里斯国。赛里斯是西域各国对丝的通称，据说音译自汉语，不知是哪国汉语，故赛里斯一般指中国也即丝国。杨先生和他朋友一群当地历史爱好者对此有争议。杨先生认为是指距疏勒不远、莎车以南的蒲梨，因为那条记载同时形容中国人蓝眼红发，杨先生说都长我这样儿，所以我是中国人还有什么可怀疑的么？杨先生的好朋友李约色则认为是在葱岭以北做买卖的西百利亚各部落，内边的人毛色挺杂的。杨先生的另一位好朋友，立志并正在书写《巴克特里亚史》的大夏司马迁罗令逊先生的说法臣最表赞同。罗先生说我国史书的意思是大夏的影响曾经到达中国西部边境塔什库尔干以外而已。臣告诉他你是对的。

该国史书还记载，攸提德谟斯王东征后，始封其子为王。这是古代西方从未发生过的事，攸提德谟斯是第一个这样做——裂土封建的王。后来又影响到其西面的安息。臣也不知道这个古代西方是多大范围，至少大夏母国希腊应在其列。依臣之寡闻，他们原来不就是一帮子么，每个城一只国，再裂土封什么只能封在街道了，若这也是采自中国，只能说是倒着采了。

杨先生的研究还发现，我汉孝道观念，在皇帝谥号前加孝的做法，也在那时传至西域各国以至于埃及。这就远超臣的见闻，就不是臣所能置喙的了。

38

六月，伊稚斜单于本部三万骑反季节入代，向我立威。代郡太守陈恭战死，九十八军阵亡千人。

庚午日，我妈崩。我又要演孝子，每日早晚捶胸顿足向合眼躺在棺材里假装安详的我妈撒泼哭十五声，本来有的一点难过都被这通嚎冲了，并渐生愤怒。

我问公孙弘把私密情感仪式化示于广众和把底裤亮出来当幡儿打有什么区别？这难道不应该叫没羞没臊不知耻么？君子耻其言过其行不正是指的这个么？

公孙弘不能回答。

我说有些标准是不是应该统一一下，君子务本，君子不器，君子周而不比，是不是应该用在生活的每一个方面，不要平时含而不露，一到办丧事就丑态百出，以散德性为美，这算一例。正常死亡不能叫断根儿吧？根儿在生你内一把射精就续出去了，养你就是养根儿护根儿就完成了宇称守恒，不需要在老根儿劈了的时候再象征性、纪念性、救赎性地大闹一场吧？

孙弘说现在是国葬期间，您也很激动，我就什么也不说了，只能劝您节哀。我说行，等这一段过去，咱俩，不行再叫上你们全体，咱们好好聊一次，掰开揉碎聊。我先把我观点端给你：旧说不旧，前人前面有前人，任何伟人思想，都在起哕、透析、缝合还不是后来的衍

346

义、叠架即已混入很多外道契受，其实与本说根本主旨相抵牾，非割股疗肌排异解痉，乃才纯正。我这里所指就是贵宗派自有商以来便是执丧礼业者，把很多本是巫觋主葬特为佞神仪轨植入人伦，譬如号哭，那是全员跳巫集体对神、对灵、对逝者之魂发出的呜呼喜念，原本为歌，行歌绕舞，有辞；曲调亢扬低回，有鼓，点儿疾；哀而不失撕心壮胆，所谓如泣如诉。现在可好，全剩撕心了，鼻涕一把眼泪一把，周人已被拧次得胡说八道，哭坏了天下多少傻子，不要再往下革缠拧次人了。你可以下去纠集你的同门师兄弟细细准备，我们搞一次廷辩，期待你们驳倒我！

上于停丧期召张骞随侍左右，任命其为太中大夫，说这会儿什么也干不了，你再跟我多聊聊大夏的事。

张骞说大夏今天其实没什么好说的，月氏人刚进去没几年，什么建设也没搞，大夏还停留在她的昨天，但是，要了解大夏的昨天，就要了解他们前天——希腊人入侵前波斯阿赫门王朝统治时期。起初，大前天，葱岭以西、妫水也就是希腊人说的乌许斯河、波斯人说的质浑河、当地混血儿说的阿姆河——以东广大草原生活着从更西边喀喇撒戈也就是我们今天说的黑海，哈扎尔撒戈也就是我们今天说的里海，迁徙过来的萨迦牧人也就是周穆王碰到过的在他们呢儿洗过桑拿吃过老头肉内帮塞西安人……

上说你特么太啰嗦了，你这头一句话已经摆我听晕了。骞说这怎么能叫啰嗦呢？一个尊重事实的人，深知回忆不可靠，理解有偏分，就是图像复原现场也难以获知全部真相，当然要把他所知道的一切，一切的一切，全部、无一遗漏都告诉你——没法不啰嗦！

上说行行你说吧。骞说我还没说完呢……也叫东方斯基泰人，也就是穆天子爱妃大美人小事儿妈胡麻衣塔尔家乡人儿，也就是我周马萨亥特远房表叔，其中还有我中国血统也就是新六师被迫入赘战士都是我关中子弟数十人骨血你还记得狮鹰兽格里芬么……

上说我禁止你再说"也就是"。禁止你啥都从头整。我命令你就从波斯人啥时候进去开始说，之前不想知道。骞说这可是你说的，别回头不明白再问我。

上说不明白当然要再问你——快说！

骞说距今大约四百二十四年，大概相当于我国纪年周灵王姬泄心在位二十二年。内年咱们这儿也挺乱的，净出大事，晋国搞内斗，几个大夫传闲话，栾氏最强大力士被暗杀，栾氏发动叛乱进攻国君，自己光顾躲箭没看路，战车撞树掉地下被人乱棍打死，栾氏被灭族。齐侯进攻卫国顺道又进攻晋国，都得了手，回国途中情不自禁攻打莒国，大腿挨一箭，被人一路追打回齐国，大夫杞梁战死，杞梁妻孟姜哭倒齐长城……

上说你非得这么聊是么？骞说求你了！我不这么聊不会说话。上说好吧好吧，念你在匈多年憋坏了。

骞说西方发生了两件小事，一是希腊人在以弗所用大理石修建了狩猎与接生女神但自己是处女并反对婚姻的阿尔忒弥斯女神殿。好奇怪，他们是这样理解纯洁的么？你不觉得奇怪么，箬纪点在哪里？

上说不觉得奇怪，如果我每天给人接生我也会反对婚姻并拒绝性交。头过年我还能听到波斯消息么？

骞说来了来了马上来了。第二件小事就是当时西亚最强国米底被灭国。被谁灭的捏？著名的居鲁士二世大帝，波斯阿赫门家族第三代王，也可以说是第一代波斯王，在他之前两代居鲁士一世和特斯佩斯殿下还只是在家乡安善一块小地方称王，只能算是部落王。你一定不想听他是怎么打败强大的米底王国吧？

上说不想听。

骞说但是我必须告诉你，因为他买通米底军队总司令哈尔帕哥斯，米底王阿斯杜阿盖斯是在战场上一扭脸被自己战士绑起来像祭品一样献给了居鲁士。

上说我国军队也发生倒戈、哗变、投敌，但是素质这样坏，阵前将君主交给敌方你能想起有谁么？

骞说只能想到二世、赵主父和楚国内个想吃口熊掌没吃成的熊什么，也都属逼宫一类，阵前缚献一时想不起人。噢噢春秋有一个司机没吃上饭一怒之下把首长车开入敌方阵中。

上说你觉得因为什么呢，他们是部落军队，缺乏主体民族，还是咱们这个忠孝多少起了点作用？

骞说还是警卫思路出了问题。他们很奇怪，越是近的越不信任。米底、亚述一直到埃及，皇帝、法老亲兵都用外族人，佣兵。包括咱们内个老庆家单于，用发小儿。可能是家族内斗寒了心。据说米底还有一个可悲的传统，新帝继位所有亲兄热弟嫡的庶的一窝端，统统杀掉，像狮子界，新王入群会咬死吃掉所有小狮子，能把动物界传统保存至今也是没谁了。

上说你的话引起了我的思索，除了养老厚葬可直认是反动物传统，其他强者为王、能者多娶、合作狩猎哪一项不是得自动物世代尼？

骞说居鲁士与他的东方盟友萨迦人组成联军于姬泄心二十六年攻占吕底亚王都萨尔迪斯，灭其国。随后征服爱琴海东岸希腊诸城邦与希腊人结下世仇。刘元前398年又攻占了巴比伦大部分行省。

上说什么刘元？骞说您的纪元阿，不想再用周纪年了，姬泄心二十七年就死了，还得换纪年，没两年又死了，太累，从你这儿往前推多省事，又连贯。

上说哦哦。

骞说与此同时居鲁士还对他的老盟友萨迦人连年开战，背叛也属反动物传统你可以记一条。刘元前399年也就是攻略巴比伦前一年，居鲁士攻占了巴克特里亚，并渡过阿姆河，阿姆河中下游索格底亚纳、玛尔吉亚纳两地也随之投降。波斯势力发展至锡尔河也就是我们说的药杀水，临河修建了今大夏城市群中第一座现代城市居鲁士城。在那之前，锡尔河以西、阿姆河两岸、费尔干纳盆地所有的城不过是有围墙的村落。

随后，刘元前389年，居鲁士向锡尔河右岸一支塞西安游牧部落马萨亥特女王托米丽斯求婚遭严拒。人没法答应，刚把人儿子弄死，用的又是很不光明正大战术，假装败走，留下很多酒，儿子赶上来喝醉了，杀了个回马刀，趁人爬不起来站不稳把人宰了。托米丽斯称居鲁士为"饮血者"，誓令其饱饮鲜血。两军在阿拉克赛斯河以东三日脚程草原上列阵正面交战，互相抛矛至矛尽，尔后群拥而上白刃相接，互以短刀铁剑劈刺捅杀。其间同为塞西安族群游牧人不断加入，马萨亥特军队越打越多，战至次日日落前，最后一个波斯武士倒下了。托米丽斯在阵亡者尸堆中找到戴王冠者，将其头砍下放入盛满牛血皮囊里，并蹂躏那具尸体，大概是鞭打、驰马拖行，直至肢体裂解，骨肉分离，碾轧碎凌如泥，遂将盛头血囊交还给波斯人。

居鲁士死了，为自己赢得一座六层白云石所砌光辉陵墓。但是波斯未倾，又出现一位著名战将兼大帝，阿赫门家族立基业者、首代安善王特斯佩斯玄孙，帕提亚统治者、希尔可尼亚太守维斯塔斯帕之子大流士。他的功绩由他自己下令用三种文字埃兰文、波斯文、阿卡德巴比伦楔形文字刻在艾克巴坦纳通往巴比伦必经之路贝希斯顿山崖壁上，史称贝希斯顿铭文。巨长，共有七十六章，比我们西周所有铜鼎铭文加在一起字数还多。大流士在文中以第一人称出现，自述曾在一年中进行了十九次战争。铭文上方浮雕罗列着他俘虏并处死的十个反王，都是按被俘时间顺序排列并削耳剜眼，最后一个戴尖顶帽子老者就是萨迦首领昆哈。大流士在铭文中说他在阿姆河上修桥，渡河进入萨迦人的土地，击溃了他们的军队，俘虏了很多人，并重新任命了萨迦人的首领，这可以理解为重新占领了巴克特里亚和索格底亚纳并在那里建立了自己的政权。

但是铭文没提杀死居鲁士的马萨亥特人。当地普遍传说大流士刘元前378年再次派兵讨伐马萨亥特人，被另一位马萨亥特女王希拉以苦肉计引诱进无水的黑沙漠，至于是什么苦肉计传说没说，大流士的部队基本是给渴死在里面，像居鲁士一样遭到可耻的失败。

刘元前372年，大流士从身毒旁遮普凯旋，结束了对东方的征服。此时他治下的波斯是一个西至埃及、陆间海也即褰国传说中常提的地支瓮大湖；北至黑海、里海；南至波斯湾；东至锡尔河；包含两块大陆、三大洲的世界帝国。他采用中国的郡县制将帝国分为二十六个郡（褰自注：贝希斯顿铭文说是二十三郡，希腊的张褰希罗多德说是二十个郡，都对。帝国的疆域不是死的，而是有弹性的，如我汉，也是设了废，废了设），并任命太守对那些地区实行垂直管理……

上说打住打住，不要再提郡县制了，刘元这个梗也不要再用了，听着怎蜡么别扭。

褰说不别扭阿，我反而认为你应当通知马迁，以后国史编纂都应以此为界别儿，把时间轴统一起来。

上说刘元前15年刘元他爸登基？我很自恋但还没这么自恋。之前还是按之前，之后已然有了年号，还按年号走，咱不愣把自己嵌入时间。至于咱们聊天你嫌累，为了不让你累着，就叫建元前多少多少年吧。

骞说大流士规定每个民族都必须向他交纳贡税。交纳白银的按巴比伦塔兰特计重，交纳黄金的按埃乌伯亚塔兰特计重。塔兰特是两河流域、陆间海沿岸自古通行的质量单位。李耳《西征随志》中称曰塔连特。各国进制不一，巴比伦、希腊都是六十进位，一塔兰特等于六十第米那，一第米那等于六十舍克勒；埃乌伯亚则是十进制，一埃乌伯亚塔兰特为一百第米那。称重亦有区别，一埃乌伯亚塔兰特约重北方蛮族使用的质量单位三十二点五千克，一巴比伦塔兰特约重二十六千克，一第米那四百三十四克上下，一埃乌伯亚第米那正好是一巴比伦第米那四分之三，一埃乌伯亚塔兰特也就正好等于一点二五巴比伦塔兰特。反正就是特别乱吧，换算严重复杂，小数点都出来了，你就记着埃乌伯亚比巴比伦重吧。当作为货币单位时，一塔兰特是指同重金或银。大流士用更重的埃乌伯亚塔兰特计收黄金，交贡各族人民就要多交。而在居鲁士及他之后的冈比西斯王统治时代，并没有固定贡税，只是大家不留神见着了，以送礼的方式交纳，所以波斯人都把大流士称为商人。

上说大帝动这样的心眼，就让人瞧出没劲来了，他又能多得多少呢？我也不是处处、什么时候都不计后果要脸，也会、可说用钱量事，但必须是巨大的钱。

骞说科是不小！我曾在扎利亚斯普一个场合结识了一个老人，从阿赫门时期起就掌管当地税务，可说是税吏世家，他请我去他家喝无花果葡萄干松仁薄荷茶，拿写在羊皮上的历代税务记录给我看，巴克特里亚属波斯二十六郡中第十二郡，每年要交纳黄金三百六十塔兰特，等于一万一千七百千克；换算成我汉质量单位，我汉黄金一斤二百四十七克至二百五十克不等，咱就按足金算，怎么算？

上说不会。

骞说只能用笨办法加了。四斤约等于人家一千克，乘一万一千七。上说你会乘阿？

骞说出去这一路都是我管账，不能不会呀。等于四万六千八百斤。这只是一个郡，索格底亚纳交三百塔拉特，咱也甭算了，这就接近翻倍。二十六个郡你算算多少？乘二十六，四万的十就是四十万，两个四十万就是九十三，近百万，再加上二十八万八，妥妥的百万挂零。我汉一年黄金能弄多少，咱们的金山在哪儿？

上说咱也别替人高兴了，算他合适。

骞说波斯人确实是精明的商人，很多地方值得咱们学习，如果你想弄钱的话。花喇子模也就是今天的康居，所在郡守你知出了一什么损招儿，在其农业主产区唯一河流阿开斯河所流经五个峡谷筑坝安闸，使河水潴留形成山中湖。上说这不水库么。骞说是水库，你听着阿，在需要灌溉的春夏不开闸，使农民的葡萄园麦子浇不上水，逼得农民派他们的女人背着干粮上帝都帕萨伽底大流士宫殿前哀哭求告，大帝才恩准开闸先浇快干透内片土地，使土地吸饱水禾苗返绿，又把闸放下，等下一波人来哭，再提闸灌她们的地。

上说收钱吧？骞说对喽，浇一次水收一回钱，会过吧？上说我不信，不是不信有这事，而是不信每回开闸都要大帝下令，大帝没别的事了，这也管，水利大臣、河漕总督下令不行么？

骞说你还别信，水利是帝国一项主要财政收入，之稳定，之丰厚，有时可超征服掳掠和贡金。建议你也可以在黄河上安闸。

上说我倒想呢，每年净堵口子了。他也就是欺负阿开斯河小，他敢在幼发拉底、尼罗河上安闸么？

蹇说希罗多德也是你这看法，我在康居碰到他时，他正在当地收杏，准备贩运到马拉坎达牟利。我很吃惊，说这是我汉独产，这里怎么会有，还都成了林。希罗多德说还有桃呢，是不是也是你们呢儿产的，我走遍西方没见过这样性感甜美多汁的水果。我们在一片桃林坐下，吃着桃，豁聊。希罗多德说大肉汁人来了，倒买倒卖这活儿没法干了，我准备回老家了。我说你们希腊还行么？希老说早不行了，也就是几千年憋出那么个生荒子，一把将之后几千年好运连带全攘出去了。我告诉你一个规律年轻人，凡横扫过世界的人，其国必衰，其民必也穷塞，如开败的花，烧乏的柴，跑断腿的老马，再也蹦跶不起来。因他毁坏太多、拿走太多，阿胡拉·马兹达要他一口一口吐出来。

上说这是何人胡拉马兹达？蹇说不是人，是神，波斯人信奉的最高神。上说他一个希腊人，不是以笭纪自我捆绑视观念为神为归依么，怎么信了波斯神。

蹇说也不是信，只是按照当地习俗随意举称一个权威在王之上者，就像我们说苍天在上。希腊人跨过阿姆河两百年，当地人还是信奉波斯的神，可能是希腊的神太像人，自己都像没玩够似的，只适合实现欲望时予以托付，真有大伤痛死循环需要慰藉谁敢指望内帮玩闹阿。希罗多德说你尽可以说波斯王贪婪，他们筑坝安闸还是属于兴修水利，花喇子模内块盆地，周边全是沙漠，纯靠自然降水，收一年旱三年，修了水库，年年丰收，老百姓贿赂官府你得让他有钱贿赂。波斯还有稀的呢，下放渠网经营权，鼓励私人掏坎儿井，可世袭五代，这就叫养羊，不信你不肥。波斯人管大流士叫商人，我以为这是很高的评价，天下只有一种人贪婪有正面效果，商人。大流士完成了战士向商人的积极转换，学会拿你的东西拾搂拾搂重新标个价再卖给你，比直接上手抢……进步。希罗多德说大流士是第一个铸造带有自己头像金币的人，他铸造的金币成色极高，重达八点四克，全世界流通（骞对上说你可以考虑考虑，把自个弄上去。上说叫什么人都能拿手抹掸是么），我这里收藏几枚，目前市场价已数倍于原值，我准备再窑几年，老了换馕吃。在他统治下，马拉坎达成了东方十字路口，全世界小商品城。叶尼塞河上游的黄金，身毒的象牙，贵国的丝、铅，本地——索格底亚纳产的青金石、玛瑙，巴克特里亚的天蓝石，花喇子模绿松石都从这里输往波斯，贴在大流士宫殿里。其他民生物资就不说了，身毒的稻米、甘蔗，贵国的桃、杏、柑橘都是我们原来没见过的，都比葡萄个儿大。你瞧我拄这杖，身毒进口的，你再瞧我内里贴身穿这夏布，身毒进口的，身毒人手太巧了。

我说等等等等，您这手杖身毒进口的，怎么刻着俩汉字：邛都？我再瞅瞅您这布，您容我上手摸一摸，介是我国著名的冰纨呀，细绢纺，身毒哪能呢，他们呢儿全是棉花套，当被里确实舒服。希罗多德说我会蒙你吗？这是我多年老朋友桑贾伊·塔阔耳先生特地从他老家我也没记住是哪儿给我捎来的，不收钱是份人心他也犯不着诓我呀。我一想别跟老爷子争了再为这点事打起来，就说是是，您说的对我看走眼了。

上说我一直就怀疑身毒通巴蜀，你没发现身毒的事老是蜀人先知道，譬如我的百千万劫知己史家毛呢先生，一定还有条道我们不知道。

骞说怎么遮您也想弄点甘蔗吃？上说我并不爱吃吃了还要吐渣儿的东西，只是想知道哪儿是哪儿，好比咱家住村子中间，无数条小巷通村子界别儿，咱一家老小挨这儿住，总得知道街坊是谁，路都通哪儿，赵五家、马六家、小河边、打谷场，别回头乃条小黑胡同忽然冒出一老虎。（司马迁按：希腊张骞希罗多德生于刘元前 340 年，卒于刘元前 285 年。而我汉希罗多德张骞先生刘元 3 年使匈奴，遂被拘，留十年，转赴大夏，拟应为刘元 13 年至 14 年间，其间隔近三百年，依理依什么也不应相逢。余以此质骞，骞云我确曾在康居阿开斯河一片桃林中遇一老者，自称希罗多德，如果这里有人撒弥天大谎，也是老头撒的。）

39

秋七月，正式行文罢废司马相如在沫水至牂牁江之间见者有份所设邛、筰、冉、马龙、斯榆、白马等十几个土司县，禁止再提西夷设郡事。犍为郡架子保留，还是两个县，鳖县改称南夷，夜郎还叫夜郎，撤郡守，因为没有人民管辖。叶弘专任都尉，主要精力放在守住南广城，不使百夷攻破。时，上已有意避开匈奴控制之河西走廊，经蜀地至身毒再探一条去大月氏、大宛、康居之路，故留犍为郡为南进基地。上通过驿使给叶弘捎信，说不日将遣一故人去你处共商要务。（司马迁按：叶弘居长安任北军长水校尉时，其弟叶京与张骞前身王朔亡兄王宇同为九三中学同年级同学，其间多有交集，时朔虽幼，亦可称故人。）

八月，国库已尽，朔方河防正式由少府划拨钱粮。

上对少府令陈掌说：建立朔方专户，需要多少拨多少，直到库清。

九月，令天下百姓聚饮五日。

匈骑又入雁门，杀略我军民千人。

在朝堂上议论防御匈奴的事，汲黯和张汤却因一件案子吵起来，没听到张汤说什么，却听到汲黯大骂：天下人都说刀笔吏不可以为公卿，果然！就是因为你这个张汤，老百姓左脚踩右脚站在那儿不敢挪步，看人都斜着眼。

上问公孙弘你对张汤怎么看？孙弘说我觉得他很知礼，每到季节转换、先父先母忌日、岁祀祭祖都会登门随礼，问候起居，周初的淳淳循官也不过如此吧。

问董仲舒，仲舒说：虽为笔吏，谦谦君子。

问在京公侯列卿，列公列卿皆曰：人极谦恭，礼极周到，爱读书，渴慕古义，现在这样的年轻人不多了，不但和我们好，对我们的子弟也很关心，好人。

上对孙弘说我承认我向对贵宗派持古老成见，但现在忽然有了一些正面看法。孙弘说譬如呢？上说生养死葬，事亲尽孝事君尽忠，虽不合自然之道却于人伦可得安顺之效。当然展开话题就大了，人从什么时候出乎自然拔乎自然以逆自然为顺？此一去势必不以自然之归宿为归宿，这一撇要撇到哪里去，终期是逾乎自然还是被自然反噬？还是两家贯以平行互不抢戏共称为大？在自然里谈逾乎自然——点从何出？自然且逆言何不逆？我的想法还很幼糙、粗浅，你们准备得怎么样了，非常期待与尔等早日开展友好磋议。

孙弘说我怎没听出这是对我宗派正面看法，还是把我们放在与自然对立之射角。上说真是正面，至少我目前浅意是正面，至于声辩下来结果是不是正面谁也无法逆料，端看我们双方对正面理解是否得获一致。

孙弘说本来已经准备得七七八八了，今天听你一说，还要再准备，原来你不是以经解经。上说等你们。

冬十月，元朔四年正月，上行幸甘泉，视察开工兴建的别宫。原有散乱民居违章建筑已经破除，二通一平行将完成，大量筑墙木版、穿棍穿绳、夯石木墩运至工地，并已在规划为园池几处洼地试掘取土，烧砖瓦之柴窑也已砌作高大巍峨一排，若一座城阙下列数十门洞，人可猫腰进昂首行于内，不日将点火试烧。

总工匠林洁老人，未央、西晴改建工程均由其设计施工，拿绿图和效果图给上看，介绍这是哪儿这是哪儿哪儿，将来立起来是这个样子。上说很好，不要一下十二个宫都搞起来，先搞一两个宫，可以住人。

林老说一两个宫明年即可入住，不立砖，全采夯土，更快。上说我愿意住土房，冬暖夏凉还能随地泼水。林老说那就给您九重茅吧，土墙瓦顶不是东西。上说甚好，九重茅。

春正月、二、三月，秘密调集新组建部队和粮草至代郡、定襄、上郡，准备对匈奴发起反击战。

夏，事泄。匈军提前对我发起大规模进攻作战，从上郡、定襄、代郡三个方向，各以三万骁骑突入。我军仓促应战，从四月打到六月，鏖战整个夏天，才将匈军逐出，恢复原有战线，与敌相持于长城边口。

各军残破，均报减员千人以上，进攻作战所储弓矢粮秣消耗殆尽，遂决停止执行"上定代攻势作战"。

七月，军情署会同执金吾（即原中尉）所领缇骑及中垒校尉所领北军举行联合抄网行动。按照缇骑负责城里横门商业区和北城、东西城根儿平民居住区一百六十里、四千间。北军负责横门外、厨城门外、洛城门外三个北边外商主要投宿地，也是客栈、商号、娱乐场所集中地。一齐动手查抄非本地居民外来人口，重点在异邦外族人，无问东夷南蛮北狄西胡，一律解往执金吾大狱、北军营房临时羁押。除已侦查确定早在监视名单上匈国情报人员由军情署带回关押审讯。余者逐一登记姓名国籍职业来汉时间长短，确系商客短暂停留有明确离汉日期者一律释回。长期在汉居住无正当职业操贱业横门四马路"天上阴间"及凡胡人所设酒家夜店经营业者堂倌小姐，俟甄别审查确系只售艺色与他事无涉者，一体发往会稽、豫章官中为奴。

同时下禁胡令，颁布《互市法》，永禁胡商入长安。汉胡贸易概限于三边口外指定关市，指定人员交易。长安官绅士民与胡人有一针一线交售，坐资敌，弃市。

司马迁按：汉初长安一闾二十五家，四闾一里，计十万户。这是萧何建城时的规划。所谓一百六十闾里，指的是里。至元朔中，人口大膨胀，民房不敷居住，遂有户中分户，炕上隔炕，混居群租，私搭违建乱象，有司年年进行清理，弗能禁。户早超十万，人不计其数，白日曝聚于市，故长安街头四季熙熙攘攘，咳呛成雷，挥汗如雨。渐延至东、北、西九门外赁地建房自住（南三门因靠近皇城，且有通上林苑之便，故城外地皆掌于皇室手中，为禁地，不与民居住），渐自成里弄。元朔四年清查户口，九门外斜里窄弄牛毛小巷竟数十倍于内城，故有"长安小九门大"市语。

同月，西北各边十五郡由都尉指挥，驻军配合，亦对各郡治、沿边汉胡杂居村庄采取统一行动，兜捕胡人集中圈禁，逐一审核甄别。汉胡通婚家庭所生拌血子女，上溯两代，父母、祖父母、外祖父母六人中，胡血不过半则视为汉，过半则视为胡；恰正好一半对一半则再往上追溯，直至决出种属。或有全家幸免，

爷爷奶奶外公外婆身陷缧绁者。三辅之内、十五边郡缉拿胡裔以十数万计，地方扰攘，颇演哭天抢地生离死别活剧。各郡都有大批边民携亲挈老星夜出奔胡地。一直闹到九月岁末，已拿胡人登记尚未完成。乃命张汤尽遣廷尉左、右监，二十七狱史速赴各郡主持甄审。

成绩也还是有，各郡皆报破匈国间谍网。深潜中国最长者近百年，战国末即已入燕、赵，祖业孙承，可说是间谍世家。廷尉能吏到

达，加大拷问力度，问出有春秋、乃至商周即已入中国潜伏老牌特工者，株连数万人，知天命以上长者几无一人得脱，尽皆入彀，颇有杖下毙命不起者。上闻说这就是胡闹了，商时周还是戎狄，我汉还是江淮夷。遂命停止用刑，凡汉以前入中国年过古稀者皆赦。法不追究既往，况复彼时尚无我汉。审讯重点在现行，凡口供牵连无实据者皆具保释出，令归本乡监视劳动，愿回胡地者悉听自便。

上问张汤可不可以不用刑，只凭实据不凭口供？

汤曰不能，我司目前收集证据手段有限，现场勘验还停留在脚印，间谍案大多并无现场，每为密室勾留，除非口供互证，动刑予以突破，否则顽犯抗拒，坚不吐实，无一犯可证其罪。上说冤情向谁说？

汤曰手段目的不匹配，放之不约则国将不国，无罪推断宁纵勿枉也还是有陈冤，只能慨叹人生从来不公平。我也希望有朝一日侦查手段能发展到不用把人打得滋哇烂叫，往呢儿一坐，微微一笑，即能明了来踪去影儿，洞悉枕边偶语，见滴血而窥全豹只有捉不到而无错拿，可能么？上说听说廷尉有同案不同罪事。

汤曰十大恶之外，臣也是本着得饶人处且饶人，依犯意大小、再犯可能及是否获受害人谅解宽严相济，家里有钱赔偿力度大日后可由家族圈养者得济多，家境贫寒无赔偿能力不犯禁无以谋生者受济少，这个事有。有人说臣上意欲罪，则重决；上意欲释，则轻平。于故人子弟调护尤厚，文深意忌，不专平。臣认。

上说怎么把我也扯进来，我问过你具体案子么？

汤说当然没有！

冬十月，元朔五年正月，京中曝出大案。军情署熬审匈奴长安情报网头子横门珠宝街塞西安面包房老板原国宾馆西点师阿·史坛那不能突破，转廷尉狱当夜全撂，供出其联系人名单藏于面包房夹壁。张汤亲带队把内间面包房拆了，取出数卷羊皮纸，匆匆一阅，即以红漆封印，连夜送入未央。北阙甲第随之传出流言，说名单涉历年来史坛那于国宾馆供职期出入宾馆大堂吧买过西点及其面包房常客买过角包糕饼与之攀谈半熟脸公侯巨勋贵戚北阙甲第几无一家不曾沾惹。

新年团拜，来者之众，列公列卿军功旧勋人家之齐，为历年所仅见，上林苑一日之内竟如市集人头攒动，准备的酒食不够吃，还要现支锅炸油糕。上突然发现自己还有很多人不认识，很多人家孩子也是一表人才，看上去很机灵的样子。上心里喜欢，与之攀谈，小孩腼腆羞涩，问军国事不能对，语多则露市贾行态，辄以新富新贵相询，乐传坊间艺伎获宠忽得千金轶闻。

林虑和这些孩子很熟，老在一起玩，说早不是你小时候内样儿了，你们关心的现在都没人关心了。

上说什么之泽几世而斩，先斩的就是气质，还不如文质彬彬，你关心什么就会成为什么。遂厉声对林虑说：不许你变成市侩！林虑一扬脸：哼，管不着！

十一月乙丑，免薛泽丞相，以公孙弘为相，封平津侯。之前我汉丞相皆以列侯出任，相而后封侯，孙弘为第一人。孙弘因辞曰：始作俑者其无后乎，臣不愿做开风气者。上说您就别客气了，这侯是给相的，不是给你的。从此坊间传令上尊儒日甚。

同日下驱胡令，公侯列卿旧勋贵戚概不得纳胡姬，已纳者限日遣散。各府侍女、仆役、歌舞奴胡种者亦一并清退，给资遣散。逾期不退，禁而再犯，坐通敌。

坊间传大案消弭，法不责众。

十二月，开东小门，方便张骞马迁辈出入，免正阶入呼报引领之琐礼，对外讲是孙弘让开的。弘也每常利用东小门引入文学界人士，与上谈文说古，意在熟悉上语言暴力，约日廷辩文学，群儒舌战时不致因过于震惊不适而掉链子。（马迁按：时，文学仅指儒学，文史哲三肢俱全。赋成大家者止马相如一人，作品尚少，且单薄，未单独成学；小说家自成一家，属稗官，以收集街谈巷议道听涂说为业，敬叨百家末座，春秋后亦俱失业，不堪称学。界指儒门子，与军功、世禄界对举。）

春，三个月未见雨雪，天大旱，江河未开即见河床，三九冰上走冰裂掉窟窿者双脚落地只是像根棍插在冰下吓一跳耳。越冬作物皆干萎。北方各郡备耕试犁刨出来的都是浮尘，春播只能担水点种。四月清明，全国大部分土地尚未完成播种，已播面积出苗亦不足三成，显见要影响夏粮收成，今年减产已成定局。

孙弘进言：十贼扩弩，百吏不敢上前。百贼扩弩，横行一郡。千贼扩弩，非王师莫能制。请求收缴民间兵器，禁止人民携带弓箭。上说什么事都往极端想是吧。交给文学界人士讨论。侍中吾丘寿王对曰：臣听说古人发明弓、剑、矛、戟、戈五种兵器，不是叫人互相攻击，而意在暴不独擅于强者，弱者亦有手段制暴讨邪。秦兼并天下，销毁武器铠甲，折断所有带锋刃的器具，使人民剁肉切鱼只能手撕槌击才有了潮州牛丸温州敲鱼。但人民并没有因此变得和平，需要动手时仍以撅头、马鞭、大木棍互殴。动铁为凶的法令使厨娘、主妇每因烧饭触律而系狱，世遂有"法令滋彰盗贼多有"之叹，非盗贼多而是法令贼视民为盗也已，最后还是以天下大乱收场。故古代圣王提倡教化减少禁止项，因为慇知道法只是收束行为而不能收束人心，越禁越好奇，乃至邀人涉险，故禁愈重则犯愈甚。《礼记》内则记曰：国君世子生三日，射手要以桑木作弓、干树枝作箭射天地四方，以示男子日后将有事于四方。这个事是什么事，《礼记》未讲，意思不出保卫社稷国家，也有劝励人多出去走一走看一看不要只图呆在老窝舒服的意思。此为大射之礼，六艺之三，以德智体论，属体。夏商周三代，从天子到庶民不论贵贱，都要熟习必通之技能。只是射猎的动物有等级之分，天子射豹，诸侯射熊，大夫射麋鹿，士射猪。我这么笨都知道，圣王这是寓教于射阿！神射手或为良将或为良相这是历代记载从未间断的。因为射必正心，然后正身，然后心眼手合一，方可中的。这正符合君子如一的古训。从未听说要禁弓矢，禁弓矢等于禁教化。且弓箭这种东西，盗贼专门拿来攻击他人进行掠夺，攻掠本是死罪，大奸还要搞，是因为不畏死，搞之前横心已下。臣恐怕贼人挟之而吏不能止，或来不及反应，而民武装抗暴却触犯法令，这等于只让贼逞威却剥夺老百姓正当防卫之权利。臣以为大不合适。

上问孙弘你有什么可对的？弘说只能说极为佩服，我这个学弟学识见解都在臣之上，服了服了。

上说你就会来这套，到时候咱们廷辩文学不许来这套阿，敢说服了，一次揪你一根胡子。

孙弘说那不会，到时一定让您喷痛快了。

孙弘和董仲舒关系最好，朝堂上一唱一和，私下也多走动，送鱼赠书。胶西王刘端阳痿，不能御妇人，女的一碰他就病几个月起不来炕，却能欢好于少男，不知什么路子。还有病态之爱好，喜看他人交，常使少年与后宫乱，坐壁上观，观而后杀之。朝廷派去胶西工作的相和其他二千石级别的官员，以汉法约束他，他就收集他们的过失予以告发，找不到过失就投毒，

坑害的大吏可用"众"来形容。朝中公卿多次请诛端，上以兄弟故（端母为程姬），不忍，只是给予削国过半的处分。上也很头疼，

说我这些兄弟没一个成器的，我也不能把他们都杀了，世人就不记他们的罪过而说我寡恩刻险了。孙弘建议可派董仲舒去担任相，仲舒学问大，可称教化本人，或使胶西王收敛。上说可，我们做个测试，看看学问大和教化能力有没有关联。

教化本人去了胶西，刚到任就称病，亲自去田间地头购买还长在风中的粟，亲自割粟亲自脱粒，亲手熬小米粥蹲在屋里喝，王赐的桃梨都不吃。忍了半年，真病了，营养不良至脱相。上怜悯他，将其免职。

汲黯言上：孙弘与董仲老是假好，董老背后讲过孙弘外宽内深，只会附和谄谀，被孙弘知道了，十分嫉恨，提议董老去胶西，是借刀杀人。上说嗯嗯。

孙弘言上：右内史界部中多贵臣、宗室，难治理，非素有清望重臣不能胜任，请任命汲黯为右内史。

朱买臣言上：汲黯经常诋毁儒学言表不究里，价值相对，近于操守，故圣贼通用，是伪君子最好的遮羞布，几次当面给孙弘下不来，孙弘这是借刀杀人。

上说你们能不能不把朝堂变成你们相互检举的场子？为什么你们关系都是这样，当面或师或友称兄道弟你敬我让，背后痛下家伙。是从小到大就这样还是到我这里来才变成这样，你是和别人互踩上来的么？

买臣说不是，是凭友人抬爱君上慧眼提上来的。

上说那谁教你的呢，你从哪儿学的呢，你不会一出生就懂这个，你妈教的？

买臣说哦不不，臣母淳朴乡妇一生只知为家人操劳，从小便教导臣，万事忍让，不要与人争，咱们家穷，一无关系，二无靠山，好事不会落在咱家头上的，你只有自己读书努力，才能熬出头，做人上人。

上说言下之意别人都是靠关系、靠山上来的？

买臣说臣不敢说都是。

上说我认为你这个母亲给你灌输的也不是什么很正面的价值观，先判定别人都不正当，自己见捷径而上，发人隐恶背后诛心也就不以为卑劣，反视之曝奸揭弊之正举，坐构陷而不自知。还有那个人上人，小人之志，恶心！回到公孙弘，你听到孙弘说准备给汲黯下家伙了还是根据他们俩关系臆断的？

买臣说根据他们俩关系依常情推断的。

上说那么，你是希望我因此把公孙老下廷尉治罪，是不是有这个念头？

买臣说只是提请您关注到有这么一层，并无意使公孙老下廷尉，您要认为朝臣只需要办事的才干而不需心端术正，随您。

上说朱老，也许你认为我这里必须是心性纯良德性无瑕之人才配登选之地，我也希望是，只可惜就这心、德二字难以究察，辩才论智可以作文，角力任勇可以比武，惟心德看不见摸不着，你算儒林中人么？

买臣说臣虽半生自修，无名师导引，但是愿意追随孔先生伟大理想。

上说嗯，那就是了。以贵宗派四德孝悌忠信论也就孝可以公议，作为标准。兄弟友爱拿到我这里往往变成互相托庇，朕也有这般苦恼，深不是浅不是，至多算常情，往往走到德反面：怨。忠，国家不出乱子，近于恭，愚民亦可效尤。信——诚实不欺也是要在工作中出了岔子才看得出来敢不敢认这个账担这个责，平时净说大实话迹近轻狂，类等于不负责。四剩一，举孝廉，效果怎么样，你在中枢工作多年也都看到了，不怎么样。在家孝顺长辈和胜任千头万绪管理工作两码事，其作为德标，标准甚低。心，在哪里，左胸室内怦怦乱跳那个是么？意识是不是出自那里我看都值得怀疑，小人赌咒剖开我的心就知道凉热，我看剖开也不过是一团血肉。心思多变女人心海底针男人心浪中砂知人知面不知心才是实话你会相面么？

买臣说臣不习妄术。

上说外道说相由心生，道理大约在于心理支配生理，心底敞亮则五官堂正，心底扭曲则五官错配，五官对五脏不也正合我汉五行说世间万物皆分形套路？

买臣说臣必须指出其中有生拉硬拽，自然物也许皆分形，五则未必，脏就不止五。色，彩虹在天。音，再细听听，为什么五音听着乓嘞乓嘟，中间少点什么。

上说呕，看来你不是惟古是从，自己有想法？

买臣说臣没嫩么实心眼，古人很牛插，古人开创观念，一穷二白跑马圈地有所建树，但要说已把空儿填满，今后我们只在古人圈的这块洼地苟全无须——也不要叫仰望，叫张望，是大辜负古人。自然有规律，常数很总要，臣每于公务之余睡前厕上深入思考，想得脑仁疼，不信万物皆整全，五指八爪尽囊括，目前已发现几个常数皆非整数，3.14159，2.71828，4.66920。别问我怎么知道的，臣目前深为怎么知道的，怎么叫我知道了，这都是哪儿跟哪儿——所困。

上说特别理解，朕也无意、于不可说情况下偶得一常数：137.03599。只知其为精细结构常数，而什么是精细结构一无所知。苦阿！前人无所为阿！还有多少自然的奥秘等着我们去发现阿！所以朱老，咱们管他们心里怎么想的呢，为什么要把自己的才华浪费在他们身上呢？我汉知道小数点的目前恐怕也只有你我了，让他们在五以上闹去吧，撞了墙再笑他们。珍重，爱自己。以后你可以随时来找我，我们坐在一起苦恼，咱们君臣同心，看能不能解决常数何为的问题。

买臣说听您这么说我心里痛快多了，忽有于绝境中见光，绝旅中遇路，绝世中逢知音之亢慨。听您的，不管他们。

40

四月，任命汲黯为右内史。孙弘语上廷辩队伍已经组成，您几时有空，介绍您认识，我们彩排一次。

上说阿，太好了，千万别告我有谁，给我点惊喜，但这个月不行，这个月我有事，下个月，找一天。

遂秘往西畤，下令开始"右拳行动"。起初，拟定组织"上定代攻势作战"时，便同时准备朔方、右北平两个方向的攻势作战，朔方这边代号"右拳"，右北平内边代号"左拳"。经各方面情报汇集，伊稚斜单于篡位后，匈国行政区划发生重大变化，原在我河西贺兰山一线部署面对我朔方、上郡两地大小谷蠡王军臣九弟阿特、十一子尤内湿部均北调至我雁门当面之南大都尉苦叻拜部管区，原防区由右王哀嫩部接管。总提分析，一苦叻拜部遭我歼灭性打击，未及恢复，目前该区无有力部队，从加强防务说确有必要；二可能是伊稚斜以地盘换取实力派右王哀嫩支持，同时加强对阿特、尤内湿两部控制。事后证明这个判断有误，这个情报是匈方有意放出来的，以掩护尤内湿、阿特部集结，参加即将对我发动之作战所进行的战略欺敌。

之后，此二部夜返河西，自中卫渡河，穿越千里羌地，出其不意出现在我上郡当面，破我关隘，并肩打入我境百里，围我郡治肤施。但是战后却也移交防区，北上至我雁门当面，边牧游边不时对我实施侵扰。

总提判断，阿特、尤内湿已走，哀嫩新至，对防区不熟悉，对我也不熟悉，该部在西域称雄多年，打遍西胡各部无敌手，站在匈方角度看我又新遭重创，对我轻视。据连日敌前侦察，哀嫩主力尚在戈壁阿尔泰以北，本人轻率亲兵侍卫数千骑及近眷奴仆万余口牛羊百万头进至贺兰山草场，是提前进行的夏季转场。今年草原也遇春旱，愈往北愈甚，草场迟迟不能返青，

哀嫩南来只顾放羊，对我毫无戒备，右拳行动战机可能还未丧失。且我自去夏以来，为抗击上郡入侵之敌巩固朔方河防陆续增调部队粮草，战役集结已完成。车骑卫将军青二月河开即率幕僚临河设立前进指挥所，测量水文，今年黄河枯水期延长，西河之拱几至断流，处处可涉马渡河。抄网行动及驱胡令贯彻，匈国在我情报网迭遭破获，对我备战概无所悉，卫将军请战。

总提遂修改作战计划，计划使用朔方十个军，由卫将军指挥，自高阙出黄河，闪击右贤王。右北平三个军作为战役佯攻，由李息将军指挥，先一日发动，出长城攻击前进，吸引单于本部兵力东顾。

三月中，已秘密下达杂号将军任命：朔方郡守苏建为游击将军，左内史李沮为强弩将军，太仆公孙贺为骑将军，代国国相李蔡为轻车将军，统一归车骑卫将军节制。都是新一代年轻将领，李蔡为李广堂弟。

初，上欲用李广为右北平方向主将，夏侯郦坚周坚诸人皆谏：广轻进，东方向为偏师，宜用老成持重者为将。遂再次劳请大行李息，任屯骑将军。

四月初一，丁亥日。李息率三万骑出塞，以岸头侯张次公为前将军，当日即抵饶乐水，大掠河左游牧民及畜群，一日数十战，斩虏首数百级。

戊子日。卫将军率骑一军、二军、五军三万骑出高阙。各将计率八万骑自磴口至中卫西河各渡口分批过渡。日驰七百里，多路合击，围右贤王于贺兰山之缺。时，夜已深，右贤王正于帐中饮酒，大醉，闻汉军鼙鼓以为雷鸣，欣喜雨将至。左右阿克为甚告汉军至，仍不解意，为阿克为甚强擎上马，向西突围。

我军本欲破晓发起进攻，见敌有所动作，护军都尉公孙敖先击铎发出警报，未等令下即率本部护军冲踏敌营。卫将军随即亲击鼓，传令全军上马，发起总攻。右王壮骑尽在一处，弓长刀重，我卒不能近，都尉韩说、校尉李朔、赵不虞、公孙戎奴不避刀矢，前仆后继，与之奋力搏杀，俱各带伤，尤力战不退，然顽敌强悍，终于我两军结合部破我重围而出，簇挟右王远遁。余众多妇孺，能战者皆遭屠，天明即全体伏地请降。计得裨小王十七，男女口万五千，畜数十百万。卫将军打扫战场，尽取右王宝器，遂下令班师。

还军塞上，天子使使者持大将军印，于军中拜卫青为大将军，全国军队所有将领皆归其领导。

初八，乙未日，又加封卫青八千七百户。封卫青长子卫伉宜春侯，次子卫不疑阴安侯，三子卫登长干侯。（司马迁按：此三子皆幼，一说为卫青发妻所生，一说为平阳公主所诞，侯门深似海，此又涉皇家脸面，人家不说，没人敢问，搞不清楚。）

青再三辞谢，说军行千里，或功或罪，臣有幸仰仗陛下神灵，军大捷，皆诸将、校尉力战之功也。陛下已加封臣青，臣青子尚在襁褓，不但无功，勤劳苦劳也没有，上裂地封为三侯，以后我没法带部队了。

上说并没有忘记诸将、校尉功劳。乃封公孙贺南窌侯，李蔡乐安侯，护军都尉公孙敖合骑侯，都尉韩说龙额侯，校尉李朔涉轵侯，赵不虞随成侯，公孙戎奴从平侯；各食一千三百户，惟李蔡加三百户，食千六百户。

李沮、李息、校尉豆如意皆赐爵关内侯，食三百户。关内侯食户过百自此始。

司马迁按：合骑非食邑名，全军之意，指称为人，从票之名也，犹冠军。票，通假骠，借马喻人之勇。合骑侯食邑在渤海郡高成县。

五月，大将军卫青命各军归建，率众将凯旋长安，献俘于前殿。同日于前殿举行封侯授爵大会，京中公侯列卿到场观礼。卫青一时宠耀无两，公卿皆以卑礼事之，躬身举手，齐眉而拜。独汲黯待之以亢礼，随便拱手一揖。孙弘对他说：上希望群臣待见大将军，大将军地位尊贵，你不可以不拜。汲黯说怎么遮，给大将军作个揖就不尊重他了？降尊礼士不正是素为尔辈称道吹抬之德行么？卫青都走过去了，听见这番话忙转回来，举手齐眉，拜黯：青年轻，初来乍到，很多事不懂，以后还请右内史多指教。上见之笑：赛着拿大话拘人，小卫青落到这帮老油条手里，有得受了。

上于担儿挑局，每不拘礼，有时蹲在炕沿和卫青说话，还叫人撞见坐在马桶上和青聊天，下人不懂事，传出去，有循官看似高明实为乡愿，以为轻视青。文学界人士听说亦摇头。孙弘有时去见上，上刚洗过头或老没洗头，头皮痒，没戴冠，文学界人士也以为大不妥，属万乘之身自轻于人，蹿抖弘：你应该给上指出来。弘曰：行，下回我叫上你，你给万乘指出来。

上有次去棘门看部队操课，坐在临时搭建武帐里，天热，仰扣冠至后脑勺，因棘门属地归右扶风，汲黯过来打招呼顺便奏事，上闻汲黯至，忙入内正冠。新宠王舒窈王美人头回跟上出来兜风，谁也不认识，说谁呀，怕成这样。上说一个老事儿妈，不想听他啰嗦。

王美人说不能赐死么？上说你能别老拿你们家事跟所有事比么？

汲黯于帐外高声说：臣黯面上，请求宗室贵臣一律交纳车船使用税。

上隔着帐说：准了。

坊间遂传上谁也不怕，就怕汲黯。

六月，孙弘引五十儒子入宫，鱼贯入宣室殿。

上惊曰：果然是一支队伍，要不要这么重视阿？

弘曰：不重视不行阿，数月来我等每日分两队进行抗辩演练，四十九人演您，一人演我，您不是杂么，我们内四十九人墨、道、易、兵家、纵横家、吹牛家诸如此类皆通。

上说结果怎么样。孙弘说互有胜负。

上说为什么你还要人代演？

弘说我做裁判，而且我也需要一个冷静旁观态度重新审视自己，为什么每次三绕两绕会被您带沟里。

上说有用么？

孙弘说有用，还是太老实指我自己，老试图正面回答你并发现你给人下套时一个特点，忽然切入鄙语就开始不正经，下面的话其实就不必认真作答了。

上说那太好了，我也要适度调整自己语言习惯，不使你有所预判。

孙弘说还有一事，目前这五十人食宿均安排在太学，吃教工食堂，太学食堂本来办得就不好，教工颇有啧言，如今多了这一票人白吃白喝，群情扼腕，多次围攻本人，都是来伺候您的，您有义务予以解决。

上说行吧，我掏腰包，拨米拨油。

孙弘说我从老家带他们出来，可都是跟人家老人讲是去参加工作，才放出门。

上说哎呀，还要管一辈子，参加工作程序你也知道，要公示，选任，我们这个事能算公干么？这样，我还是下诏兴礼劝学，你搭我一把，怎么想个辙儿把这几十口子安排了。

遂下诏：老听说在上者应该引导民众学习礼仪，用美好的流行音乐陶冶民心，使民脱俗蛮固陋而近中德。今礼坏，乐崩，朕甚忧心民失教引，一堕再堕尽入下流，勉令礼官劝学兴礼陋中选贤以为天下楷模！

孙弘遂上奏：请为博士官置弟子员五十人，免除他们役赋，根据德才高下，简单任命为郎中、文学、掌故等卒史。特别优秀的，可记名提拔到更高职位。确无向学之能才智属下等者，随请罢免。又，今后凡吏员备选擢二千石以上官，考查条件请列一条，须通六艺之一。（马迁按：汉官品秩，卒史属吏，秩百石。）

上曰：可。

秋八月，匈军万骑入雁门，都尉朱英战死，阵亡、失踪千人。上与卫青彻夜交谈，只谈一个问题，与匈军决战条件是否成熟，满足这一条件还需做哪些事。上把家底透给卫青，我即位以来，继承了父祖积攒的黄金有三十几万斤，这些年用了一些，目前还有二十大几万斤，放在少府不许他们动，都是预备将来赏赐军队的，希望尽快把这些黄金送到你们每个人手里。

卫青说如果君上您指的决战是毕其功于一役，直捣单于庭，臣以为尚需时日。目前军队发展主要还是受限于马匹，当初定下的三十个骑兵军目前只组建完成了十个，且还只是一人一马，达不到最低额配一人双马。这样的畜力不足以完成长途奔袭只能以我边塞为依托短促突击。臣以为目前制敌最有效方法还是择其一部倾我之力重点打击，

374

逐步消耗敌实力。匈奴虽号称大国，人口不及我汉百分之一，我斩敌一人，敌即少一人，坚持十年，每年歼敌万人，敌成年人口即减三分之一，多歼一些，可望减半，新生人口再多还是娃娃。我则三十万雄兵成军，挥长刃奋蹄于塞上。时间对我们是有利的，每过一天，我则强一分，敌则弱一分，到那时我恐怕君上二十几万黄金不够赏的。

上说你说得很对，但是我这二十几万黄金还是想尽快花出去。有没有信心，每年歼敌万人？

卫青说不敢说年年歼敌过万，十年歼敌十万，决非夸口，乃有我军素质及战法提进实战战例相佐应。前我初出上谷，袭小茏城，与匈游骑战，三卒不敌一骑。袭诸闻泽，施新战法，单兵尤三不敌一，结队冲锋则一挡十，百可破千，五百人横行军中，虽万骑莫能敌。再下河南，破右贤王，皆一鼓而定。过去我军兵员多内地农家子，初入草原，遇匈飞骑，未战先怯，非数倍不敢接敌。今我军广纳各边匈族杂胡人入伍，领兵诸将——咱们担儿挑——也颇有匈族世家子弟，弓马皆不输匈军，入草原亦善辨水草方位，且连战皆捷，打出信心，敢战、善战，全军上下主动求战气氛甚浓，争立功封侯气氛甚浓。我拟将十个骑兵军全拿出来，集中于北边，编为野战集团，对雁门、定襄当面阿特 - 尤内湿集团形成局部优势，主动出击，坚决打击，务求歼其一部或大部，再逐次东移，逐次寻战。今后我之作战方针，拟为出境运动作战，专打敌主力。力争于数年之内，扫清我三边之患，夺取战场主动权。

上说同意你的看法，打就打到底，今后你失一卒，我给你补一卒，失一马，给你补一马，二换一，三换一，十换一，拿出三百万人，倾我所有，耗尽匈国。务使我北边长靖，草原风吹粟麦，汉马饮于北海。

乃下奋胡令，招募天下壮士欲击胡者，令从军，有功封侯。长安功臣家庶子、门客舍人，各郡国豪强恶少、社会闲散人员，皆自备弓马甲胄，相率投军，披甲挽弓乘马市街行，受市民喝彩遂成一时风尚。

起初，淮南王刘安，好读书作文，喜欢做名人，家里养了几千个食客、术士，这其中有很多是江淮之间轻薄之士。江淮地处偏远，其俗、方语与中土殊异，历史传说多叛中国，远至蚩尤，近至吴楚，其士或有不臣之心，故曰轻薄。也不是这些人有意挑逗，还是刘安有心结，每与这等人闲处，聊及乃父厉王刘长文皇帝六年坐反徙蜀郡道中绝食死辒车事，始悲鸣，继忿激。这帮人也没一个撤火的，赛着不嫌事儿大，帮垫着说些亢扬抖擞的话。建元六年，天上出现彗星，光华贯于天，被认为是天下将动刀兵的征兆，应在东越王郢击南越，我汉派王恢、韩安国讨伐事上。当时刘安还曾上书劝谏，曰不可暴取，天下不见兵革，民得夫妇相守，陛下之德也嘚啵嘚啵一大通，文章写得雄辩，一副反战的样子。家里却在聊：当初吴王反时，彗星不过数尺，尚且流血千里，今彗星照亮全夜空，天下兵当大起，不是东越这点事。安以为然，命人打造军器，增税积聚军费。但是内年没出别的事，东越很快平定，安也就算了，每天还是和众宾客嘴砲过瘾。

淮南国郎中雷被，古方雷氏后，善用剑，国中有名。淮南太子刘迁亦以剑术夸世，乃召雷被与之戏斗，被格挡不慎，中迁，虽未损及皮肉，却也挑穿衫襟，令迁袒乳赤膊，为围觊姬妾笑。迁本来还好，做光磊丈夫状，拱手谢被：好剑法！被还是背上思想包袱，出入市井每被无聊辈逗闷听说你剑挑太子，终惶畏。

淮南国都寿春，本类其他远离长安三四线聚邑，生活寡平闲逸，每以庸俗肉麻趣谈自娱，其中尤恶虐谑是比鸡巴。太子迁亦属任气争逞之辈，用当地土话讲吃屎也要咬尖儿内种人，这事也要做个首领，于不知什么人多嘴杂酒热耳酣筵席间参与比评，自喻能担水，无赖子传哄一时，列为屎大一族。为时人虐评：屎大无脑。并不知何人卖弄聪明递这个小话，传来传去按雷被脑袋上，被百口莫辩，自觉淮南彻底呆不住。恰奋胡令下，有志从军立功塞外者可迳往长安大将军府报到，遂面王请辞。迁终露小相，语王此为不忠欲事二主。王叱之，不许。以禁国中其他欲击胡者步后。

九月，雷被潜逃至长安，报名参军。也是多事，写立志书表报效心迹，语涉刘安父子阻其听奋胡令，大将军府吏小心，即转侍中。上说安叔反战我是知道的，有意抗诏阻拦淮南子弟击胡，我是不信的，只怕又是小怨衔恨借题发挥。遂下廷尉、河南郡共同办理调查此事，无使流言中伤安叔。河南郡接卷积极，行文淮南国，要求太子迁前去听审。安与王后畏惧，恐其去而不返，欲发兵反，又犹豫，延宕十余日不能决。

这时朝廷诏令到，谓将遣使者来淮南就地讯问太子。这本是皇帝私心体照，唯恐安父子不堪对小吏，有废太子刘荣之祸。淮南地方则压力巨增，以为诏令有责怪其办事不力意。淮南相与寿春县吵起来，责问县丞：河南郡传唤太子你为什么不配合催令太子就行。

寿春县丞说我能做什么，我催了，他不理我。淮南相说你就应该入宫坐催，不理你就应该扭送。寿春县说你说得倒轻巧，你去扭送一试试。淮南相说行，你都有理。遂向朝廷弹劾寿春县不奉诏。

寿春县哭诉至刘安，说我给您面儿人家不给我面儿。安说我今儿也把自己老脸豁出去了。遂为寿春县向相请说：给我一面儿，收回弹劾，大家都是在淮南做事的。淮南相说我不是您家臣，我是皇帝派来的汉官，食的是汉粟，跟皇帝的面儿比，您在我这儿没面儿。把安的面儿嘎巴利落脆——驳了。安怒，使人告发相，说是他拦着不让迁动身。上说这都什么乱漆疤糟的，命廷尉加紧审理。左监约谈雷被，坐实淮南王涉案。刘陵从长安传回消息，公卿已经提请逮捕刘安。

安惶恐。傻儿子迁献丑计，说如果他们来逮您，我叫我小弟（迁亦效其父，养兄弟）换上卫士甲胄，拿戟站在院里，您呢儿稍有不对，喊一声就刺死他们，我这边动手杀了咱国中尉，举兵反，都还来得及。

爷儿俩不知道，上一直回护他们，就这么一个叔，又是学问家，出过书，整个皇族没第三个，没答应公卿们请求，还怕惊着叔，不许廷尉派员，指派认识刘安的中尉殷宏去淮南向叔讯问案情，还当面托付：对我叔客气点。宏到了淮南，叔一见是熟人，心放下大半，说嗐，这点事怎么还把你发来了。宏说走过场走过场。俩人拉手说半天闲话，叔留饭，宏端起碗就吃，叔上酒，宏仰脖搁了。叔也有点酒上头，一概揽上身，说是我干的，我拦着姓雷的不让走，还拦着你内傻侄子不许去河南。宏放下酒盏回来报告：基本事实存在。

公卿奏曰：淮南王安壅阻奋击匈奴者，公然搁废天子诏令，按律当弃市。

上说亲王犯法不与王子同。不许。公卿复奏：请废王爵。上想了想，说：别了。公卿请削淮南五县。上说先过年。

十月，元朔六年正月。过年。

上另一个叔，刘安之弟，衡山王刘赐写信给上，称病谢罪不能来朝。上回信叔您歇着，来不了别来了。

十一月，派殷宏再赴淮南，赦淮南王罪，只是给他削地处分，削淮南国两个县。殷宏脚刚踏上淮南土地，见谁跟谁放话：我是来祝贺你们王的。

安这才塌实，撤去埋伏甲兵，设宴与宏大酒。

宏喝了酒，与安道了珍重，回了。安目送宏远去，回来郁闷，还是个俗人，心思如老地主，只为失去土地伤心，说出哪儿都不挨着哪儿的昏话：我行仁义，反被削地。宾客只知一味捧场，不往宽里带叔，争说余亦深以为耻。

41

十二月，天寒，天下无事。衡山王家闹了点家务。赐叔王后乘舒婥儿死得早，次妃徐来被立为小婥儿。另一位小婥儿厥姬不忿，跟太子刘爽扎针，说当年你还小，其实你妈是徐来整蛊害死的。刘爽因此恨小婥儿。小婥儿她哥小老徐来看妹夫，大家一起喝酒，小老徐也是酒德不好，几口酒下肚闹酒炸，在刘爽面前充大辈，刘爽亮刀子给小老徐扎了。小婥儿不干了，也不查款儿问由，以为又是上演后妈和前妻大儿子互相不对付旧戏码，觉得自己怎么都不得好了，索性恶人做到底，没事儿就跟赐叔枕边说爽坏话，把自己身边一个赐叔用过、会跳舞侍女发给二儿子刘孝，意思把刘孝也笼络在自己一头。爽妹子无采，自小是小婥儿带大，跟小婥儿有感情，婚姻不幸福，嫁人没两天让人休回来，一直住娘家，闲着也是闲着，偷摸和车夫好了。衡山王府也一堆不着四六门客，帮她爸看星象，爱聊军事上用兵布阵的事，其中一个特别能聊的闲得跟无采也聊，摆无采聊骇了，也和人家搞上了。

大哥爽严重批评妹子不摘食儿，无采怒，不理她哥了，抹脸儿就跟小婥儿、二哥一起说大哥坏话。赐叔家暴严重，起小打孩子，老听媳妇女儿二儿子告大儿子状，气上来就扇太子一掌，太子脸上老糊着手印。

扭脸府里进来贼了，是个过路贼，没踩点，净推下人房门，没见着啥好东西，整撞上无采奶妈起夜，坐马桶上喊起来：强奸阿！贼羞忿，顺手给奶妈扎了。

这回还真谁也没说什么，赐叔自己怀疑是太子干的因太子有前科，取马鞭暴挬太子一顿，用力过猛自己腰扭了。太子也真给抽怕了，心说这么下去也不是事，再摆我打坏了。思来想去憋出一很扭曲想法：干脆我把小婶儿办了得了，这样她就不会老说我坏话了。

二天家里喝酒，喝到末了就剩他和小婶儿俩人，刘爽凑过去说妈我敬你一杯，就势儿坐小婶儿大腿上（小婶儿可能盘着腿），具体细节不聊了，反正就是扑了小婶儿一道，小婶儿也是一万个没想到，仓促起身搏斗俩人酒全醒了，砰乐乒啷睡下的人也全起来了。

赐叔气得吩儿吩儿的，自己身上还不是太逮劲，叫人执绳子，执马鞭，传太子，跟小婶儿说待会儿，把逆子捆起来，你抽他！太子来了，知道今儿是过不去了，索性跟他爸翻车，说刘孝和您用过的人有事，无采和家奴通奸，您好好吃饭，我要去朝廷告他们！说罢就往外跑。赐叔喊快拦住他。刘爽边跑边喊：谁拦我记住谁。接连推倒一系列下人。还是赐叔亲自起来，扶着腰叫车，乘车追上刘爽把他逮回来，关在个人房间。

这些话都是司马迁说的，下雪天和上一起吃烤腰子赏雪，扯的闲篇儿。上说你是怎么知道的这都人家关起门的事。司马迁说嘻，我不是要写东西么，这些事就往耳朵里跑。上说婚姻就是个害人的东西，如果大家不是非这么生拘在一块儿堆，就不会出这些事。

马迁说都在社会上耍着单儿？你确定你希望的理想社会是这样？上说对呀，还能坏到哪儿去，谁也丙惦记谁。马迁说那要是某人犯了错误，你族谁去？

上说哦对对，忘了这个了，还是让他们在一起吧。

春一月，草原野战军（暂定名）组建完成，下辖十个骑兵军及一个强弩纵队。任命合骑侯公孙敖为中将军，太仆公孙贺为左将军，翕侯赵信为前将军，卫尉苏建为右将军，郎中令李广为后将军，左内史李沮为强弩将军，皆归大将军指挥。目前全军已整补完毕，齐装满员集结于辽水之上定襄郡治成乐城下。

　　二月，野战军出定襄，以右将军部围平城，吸引匈军来援。匈军阿特部数千骑突至诸闻泽以西沃水之阳，为我野战军主力所围，激战竟日，尽斩于沃水之野，河为之粉酡。大将军遂撤平城围，率全军还，休士马于定襄、云中、雁门。

　　三月，赦天下逃避更役、欠赋税无力缴付，入山林草泽为寇者，令从军，欠赋可免。

　　四月，我野战军再出定襄，围平城。匈军两路来援。大将军亲率野战军主力于大黑河西赵长城塔利堡墟与尤内湿部接战，各军轮番冲锋，昼夜不息，战至次日，最先投入战斗几个方阵全部打光，只有战马跑回来，大将军数入敌阵，也似带伤，满脸血污，遂命全军总攻，将每一名战士、每一匹马悉数投入战场。

　　第三天日落，匈军左翼矢尽，全体战死，斩首数千级，我骑抄掠其后，匈军崩溃，尤内湿率残部数百骑北逃，我军伤亡惨重，亦无力追击。

　　前将军赵信、右将军苏建率所部三千骑，于大黑河东、南池西遇伊稚斜单于亲率本部主力三万骑，接战一日，我军伤亡大半。单于命人阵前喊话：降可封王。赵信，胡父汉母，通两国话，为人多谋，曾任匈奴左谷蠡王相国，与我二署有情报关系，元光四年事泄，亡入汉，封翕侯。此次出动，初期作战颇积极，发展最快，卷毡拔帐，驱羊赶马，肆掠最甚。今见不得脱，遂率余部八百骑降单于。

苏建且战且走，至大黑河，部队打光，只身匹马投河，凫游过岸，一人独归大将军营。

议郎周霸曰：自大将军出，未尝斩裨将，今苏建弃军，可斩，以显示大将军之威。（马迁按：议郎，属郎中令，秩比六百石，后世谓高参是也。）

大将军行军军正闳、军长史安皆曰：不然！兵法曰：小敌之坚，大敌之禽也。今建以数千骑抵当单于数万骑，力战一日余，部队打光，不敢有二心，自归，而斩之，是告诉以后的人再打成这样就不必回来了。

马迁按：凡军行置军正，掌举军法以正军中。军正不隶属将军，将军有罪亦要上报。军长史平时领军，秩千石。兵法曰乃孙子兵法，意思是小不敌大，小部队虽可坚决作战，终为大部队所擒。

大将军曰：我有幸作为皇帝亲属在军中效力，是不必担心威信的。周霸劝我斩将立威，非常不合我心意。虽然我的职务授予我斩将权力，恰因为我得享专宠不敢也不应擅行诛戮于境外。现在也没到军情紧急需要当机立断的时刻，军队、将领都是天子的，应当归还天子，由天子自己裁断。我们能通过这件事表现一种身为人臣有权而不滥用的戒慎态度，不也是件好事么？帐下军吏皆曰：特别好。

遂将苏建囚禁于车，带回国，移交至西畤总提。

上向苏建仔细询问了当日战斗情况，说这样的形势军队不受损失是不可能的。遂赦苏建亡军之罪，令出金二斤八两赎为庶人。

这一年，野战军两次出击，有战果，牺牲亦大。失两将军，一个投敌，一个废为庶人，他们带领的军队也都损失了。所以没有再加封大将军，止赐千金。

但是还是出了个人，也不是外人，咱们担儿挑陈掌夫人，上二大姨子，著名的卫少儿，做姑娘时和平阳县吏霍仲孺霍老师生的孩子，大将军外甥小霍，起小有病，因名去病。时年十八，家常眉眼，等闲身高，含傲带臊，白里透黄，见人不大说话，也不怎么跟前凑。上在担儿挑局见过一面，隔天出门銮驾前后骑着马跑。陈掌说咱家孩子。上去棘门看操课，孩子混在军士队中运动中射击移动目标，竟得骑射第二。上说你这个能力应该去部队呀。于是就叫小霍跟上他舅。

这时，长安功臣家次子、庶子、侄子在大将军帐下任军容、侍卫的孩子已多达数百，几次跟大将军出去，表现还不错，就是放到基层部队，部队不太爱要，觉得管理有难度。大将军便将这些孩子单独编为一营，称票鹞营，任命小霍为票鹞校尉。不列入各军战斗序列，平时作为警卫，战时充当斥候，放出去执行一些特种作战任务。部队私下管这帮孩子叫飘摇大队。

二出定襄，小霍和他的飘摇大队每先发，离开大军几百里，深入匈国腹地寻找战机，打了不少便宜仗，斩单于祖父辈人物籍若侯产以下二千级，俘单于三叔罗姑，相国、当户等下贵人数十员。自己牺牲很小，在各军战损缴获比排名第一。上封小霍冠军侯，食邑两处，一为南阳郡积县卢阳乡，一为宛县临兆村，计一千六百户。上谷太守郝贤四度追随大将军出征，捕斩首虏亦达二千余级，封众利侯，食邑在琅邪郡姑幕县，千六百户。

自元光六年汉军首次出境作战，至元朔六年二出定襄，六年间，我汉几乎年年出动十几万部队打击匈奴，斩杀消灭匈军甚众，对我威胁最大，匈军最强部苦叻拜、阿特、尤内湿基本已被打残。我军累年计算下来，牺牲的战士、亡殁战马也有十几万。弓矢刀戟甲胄等军用物资损耗还未计算在内。所费粮草，动员地方民夫支前，筑城修塞，赏赐吊抚支出金铜何止百十巨万。上一直以为自己还有硐窖黄金二十几万，这次准备拿出几斤赏赐小霍，找陈局要金子，陈局说没了，早花出去了。上说不对呀，我数着花的，应该还剩二十几万。陈局说我能瞎说么，我这都有账，去年右拳行动大赏，家底就抖落干净了，要不您去库里看看。上说我还真逮去看看，否则我说服不了我这记忆，明明一座金山码在呢儿。陈局引上去少府金库，进门看见全是墙，地面扫得倍儿干净，能照出人影儿。

上蹬着门槛发愣，十分郁闷，说特么太不经花了。

陈局说自己孩子，什么金不金的，我个人小金库还有点，扫扫够两斤，还有几匹绢和绫，您甭管了。

上说没这个道理呀，孩子为国家立功，还让你们自家掏钱犒赏。我这当姨夫的，啥也甭说了，我也回家凑凑，先过了这关再说。回宫翻箱倒柜，卫子夫挺着大肚子出来说干嘛呀，这会儿找什么秋裤？上说你怎么又怀孕了？卫子夫说你问我呀？上说你身上还有什么用不着的手饰，我有急用，不要玉、宝石，就要金子——金砸！卫子夫说我就剩玉和宝石了，金砸早让你敛光了。上盯着子夫耳朵，说耳朵戴着什么？

子夫护耳后退：这是我妈给我打的，就剩这一对了，不给！上摊开手掌，说拿来，给你换珍珠的。子夫说不喜欢珍珠。上说金子俗。子夫说就喜欢俗的。

六月，发生财政危机，大司农颜异报告当月部队军饷无铜发放。上与公孙弘商量办法，孙弘说只能加税了，国家要搞钱，唯此一途。上说加税是一个很不受欢迎、说人民痛恨也不为过的手段，征缴期又长，今天宣布，拿到手还要等明年，这个月就过不去，我需要一个能立见现金又不招人民反感反而人人踊跃乐捐的办法。孙弘说您是说羊乐意把毛薅下来的办法？

上说你们呀，只能做太平丞相，生在高祖打天下的时代你连参军都不够格。孙弘说我是做不了萧何，我也不想做晁错。上说你这样，你回去想想，两条路，要么想出个让民众主动掏腰包的办法；要么代表我去前线部队向战士们宣布，朝廷没钱了，发不了你们军饷，你们可以解散回家了，我看看你能不能活着回来。

次日，上还没起床，侍中送来丞相府连夜研拟写就的报告，上面写着：昨天皇帝讲：五帝治国的策略各不相同，但天下得到大治。夏禹商汤执政的手段各不相同，也都成就了王道。走的路不一样，建树道德的心情是一样的。如今北方边境不安宁，人民生活痛苦，我很难过。前一阵，大将军反击匈奴，杀死捕获敌人一万九千人，战士们流血流汗，牺牲也很大，可是由于朝廷没钱，应该领的抚恤、奖赏到今天没能发下去。不能再让战士流泪了！你们商量一下，是不是可以恢复古已有之，文皇帝、景皇帝都实行过的纳粟拜爵制，设置一些华而无实的爵位，允许老百姓拿钱买。家里有人判刑关在监狱里的也可以定一个价格，允许犯人家属出钱赎罪或者减刑。根据这一指示，我们请求设置十一级武功爵，为与朝廷任命正经官员区别，建议叫赏官。起步价十七万钱，全拿下来三十余万金。（司马迁按：此处疑有误，以官价一斤金万钱计，十七万乘十一，应为一百八十七万钱，也才一百八十七斤金，差哪儿去了。可能是后半夜算的，丞相府没一个会乘法的，一项项加，位数加乱了。要么就是话没讲清楚，级与级之间不是等差，还有巨大位差。我替他们算了下，要是最后能拿到三十余万金，每上一级不能少于三万万钱。还有一算法，谓武功爵十七级，起步价十七万金，每级加二万，顶格正好三十四万。这就是为算而算了，我汉中产之家不过百金，皇帝家底不过三五十万金，十七万金非豪富不能有，都豪成那样了，为何要买一区区武功？不取。）

上嘻笑曰：虽然我没有讲内些五帝禹汤的话，但是我愿意这些话是我讲的，他们能够承认每一代自有每一代治理国家的方略我也很欣慰。遂高高兴兴去参加朝会。当天朝会洋溢着超级乐观情绪，君臣聚在一起掰手指头算小账，一家取三十万金，也不要多，我汉一百个豪富总有吧，加在一起就是三千万金，再打五十年仗都够。上表示担忧，钱多了花不完怎么办？孙弘建议免天下钱粮一年，这可是亘古未有的大恩，就凭这一点，我拍板定了，您可与黄帝同光。上难得不好意思，羞答答说过了过了，身后不要骂我就好。

大家共同表现出惜福的样子，不建议一下子把十一级武功爵都开放给老百姓购买，因为考虑到购买最热情的可能是商人，只许老百姓买到第九级"执戎"，留两级，赏给真正立有军功的人，也别弄得军功都成了买卖。但是也有鼓励措施，真有意为国效力而不只是为发丧老人添些名头好看的人买到第五级"官首"，同等条件可优先选拔为吏。买到七级"千夫"，可比照二十等爵五大夫享受免役待遇。有武功爵者，犯了罪减二等处理。（司马迁按：武功爵序：一级曰造士，二级曰闲与卫，三级曰良士，四级曰元戎士，五级曰官首，六级曰秉铎，七级曰千夫，八级曰乐卿，九级曰执戎，十级曰政戾庶长，十一级曰军卫。）

七月，武功爵令正式发表。造士卖得很好，仅在长安一地就售出几十份。陈掌羊肚手巾包头，装成小贩推一车白杏到横门九市寻摸一圈假装推销，见到卖布的南阳人和卖玉的右北平人歪戴进贤冠，在街头拱手互称造士大人早上好。卖肉摊儿后也有一位屠夫，杠着刀跟顾客说今儿伺候您的可是一位造士哈！蜀郡卖出一份执戎，获金二十万，是卓文君给她爸买的。

八月，匈军忽然放弃平城，从我塞前各要点全线后撤。我各边派出匈裔侦察员，化装为牧人沿边放马，发现黄河以西、贺兰山缺、阴山之阳广大地区已无成建制匈军，经向当地牧人打探，大队匈骑已过漠北。

后又从公主小组传回消息，赵信降匈后，恢复其胡姓本名：自豪依思敏；颇受单于重视，将其寡姐嫁与自豪依思敏，封为毕林自次王，翻成汉话是尊荣仅比单于低一等的意思。自豪依思敏向单于献计，曝露我战略意图及战法战术，谓我组建强大野战军，依托边塞对匈军各部实施定向打击，意在消耗匈军有生力量，每于匈军分散搞生产时出击，形成短时局部压倒性优势，故匈军连战皆北。汉对匈，拥有百倍人口优势，骑兵作战三要素：弓、刀、马；汉已于弓、刀胜于匈，惟马尚不如匈，至今一线骁骑尤一人一马，也即长距离、大地域机动弱于匈。今若破汉，惟有诱其脱离边塞，拉长交战距离。匈国国土辽阔，地势复杂且单一，气候严峻且多变，常一日四季，汉军不耐草原饮食风寒，畜力有限，补给全靠国内徒步运转是其致命短项，补给线延长一日，则军力减一分，延长三日，则三餐不继。军愈众，行愈远，则担负愈重，消耗愈大，我军（这里的我军是指匈军）不与之战，亦不得全师。今我移主力于漠北，汉军要打我，必涉大漠而来，到达战场亦疲累不堪，减员严重，那时我军以逸待劳，可轻取。单于曰：善。遂移师。

九月底，清点三个月武功爵销售情况，还不错，全国卖出近千份，扣除推广费、网点费，上缴财政八十万金。

42

冬十月，元狩元年正月。上在西畤举行军事会议，研判敌情变化，决定调整战术，还是要打出去，部队难以远征这个问题迟早要解决，否则直捣单于庭就是一句空话。卫青建议拿出一支小部队进行试点，依匈军编制，每卒三马，进行长途拽引并驰人不下马换乘训练。同时改变饮食，取消汉人熟食热食习惯，士卒皆按匈人习俗先是按旬继而按月发放生肉奶酪，不集中开伙，怎么吃、分几顿吃不管，到月底没的吃了自己想办法，培养士卒自我管理忍饥挨饿能力。

会上决定，以票鹞校尉霍去病带领的飘摇大队为试点单位，过完年即开赴草场条件与匈国相近陇西开展训练。训练署派员跟进，俟基础训练完成后，总结经验，拿出符合我军特点从军到分队各项作战、勤务条令。再投入一个全训军，争取用一年时间，集中我草原野战军全部畜力，编训三个远征军。以我亭马年入役量不少于三万匹计，则每年可增一个具有远征能力的军。若降低标准，一卒双马，则两年可增三个军。四年之后我十万野战军可初步具备匈军那样不要后方、长程远途机动作战能力，则可与单于在漠北一决高下。

开完会，陈掌建议来都来了，是不是可以去五畤照一面，真的假的主持一次祭祀，让老百姓远远照一眼，这几年每回都是太常代表您献祭品，百姓中已有闲言，今上什么也不信。上说你觉得有这必要么，闲言也听，别干别的了。陈掌说闲言止于说什么不是什么，车去车回，到地方您就下去站一阿秒，让老百姓觉得您不嫌弃他们胡乱信的东西，会觉得，会觉得……上说别说了，我成全他们。

于是上就去五畤转了一圈，也没有只站一秒，还是仔细看了看五畤建筑、泥塑，每座神前献了份太牢，扫了眼围观群众，才登车，回长安。

十一月，朔方郡一个拾粪老头，早起出门摔一大跟头，起来见地上躺着一头已经死去多时独角犀牛，这是犀牛在华北灭绝千年后首次现身，谁也不认得，牛有骈胁，人哄传为足有五蹄。郡守心里没底，不知是吉是凶，没请兽医，请太常派人辨认，是瑞兽还是煞神。太常丞报告令孔臧，孔臧老不以为然，说吾家之学，重在究理明义，天人感应阿附鬼神，非君子敢言者类。太常丞复问老令谬忌，谬忌说别听他的，这个也不是制膏药、酱猪头，闻世之学皆公器，不以嫡传为宗本，天人感应再不讲了，难道任人自托为大么？遂定犀牛为神兽。上奏曰：陛下严肃对待神明，恭敬进行祭祀，如今上帝回报来了，赐一角兽，可能是麟。

司马迁按：麟，麕身，牛尾，马足，五色，圆蹄，一角，角端有肉，音若钟吕，行中规矩，游必择地，四处嗅一遍觉得安全才住下来，不踩虫蝱，不踏幼草，不群居，不结伴而行，不入陷阱，不钻罗网，王者至仁而出。今并州界有麟，大小如鹿，生活习性并不像传的内样儿。

上亦疑惑，说至仁是我这样么？因问孔臧老：是乃个上帝搞清楚没有？孔臧老生气说我怎么知道，还乃个上帝，好像上帝也是一大家子哥几个似的。上说您不太信这个是吗？孔臧老说我现在什么也不能说了，说了就是坏人家好事。还有比这个更荒唐的么，捡到不认识的动物就说是上帝奖的，你能告我这其中的道理么。上说可能来自天地万物都是上神所造古老模糊的拗知。孔老说今天都到我汉八十四年，您十一年了，官民觉知还停留在遥不可及的古代您不觉得可悲么？

上说觉得可悲了，所以希望用一种新的、更积极、对人的处境更关注的理念代替旧的传统观念。您作为新理念、新思想的当然代表人物，愿意到朝堂上来和其他新思想代表人物一起，对新思想进行梳理，对传统观念进行去芜、泼扬，以期汰旧布新，使我汉得获一个更适配于当今这个朝代，新的朝代……精神么？

孔老说我们怎么成新思想了？我祖爷爷……

上说您祖爷爷也很年轻，岁数不大，连生年带冥寿归乐包齐也就四百多岁，跟遥不可及比，只能算人芽儿吧？人类了解世界、认识自己思想活动开始很早，早到没一个我们听说过的思想家出生。

孔老说可是……

上说可是你想说你祖爷爷也不是平地抠饼，懂你的顾虑，生怕新、个儿创跟没根基是近义词，您不觉得这也恰是一种古老模糊拗见么？凡事必引古，因为未来不可知，当下皆荒芜，古您怎么说怎么是，也是一种不可证伪，就拿来打掩护了。这我必须批评您老了，老爷子已经很圆满了，可能他自己都没意识到，至少在咱们这一片，他是第一个不言鬼神只论人事的学人，这就是新阿！这就是亘古未曾得见阿！往大了说，古今就此分野，人神从此异族。咱就别愣往三代挂了，他们内时候包括周都还战战楝楝，敢做不敢当，遇见不能克服摸不着头脑的局象——忙着向上推责呢。

孔老说行，听懂了，我是新思想代表人物，谁是旧、传统观念代表人物，跟我……泼扬阿？

上说我。

孔老……

上说您想想，您先别忙着推辞，咱们泼扬不是为争个谁是谁非谁更高明，大家都高明，都对，咱们坐在一起，畅欲所言是为各征其本，互取其妙，在新的认知上达到新的和鸣，为刻下亟需施行之官民一体教化提供一总章指要。也不光要您一人。指公孙弘：孙大人您认识吧，你们内头的。孔老点头哦哦，你好。

孙弘问太常丞：可能是麟什么意思？太常丞说可能是麟，未见得是麟，因为谁也没见过麟。司马迁说我理解至仁的意思是对动物也实行人道煮义予以护育，所以珍稀动物才会出现。上说是不是的，乃个上帝做的好事也不管了，咱们统一给老大们回个信，也别显得厚了乃个薄了乃个。于是命五时一齐扫地燃灯庆祝，给五位上帝祭奉牺牲各增加一头老黄牛，做成烧烤，让熏香味儿直传到天上，告诉五上帝：收到了。

马迁说所以你并不认同我内个对至仁的理解。

上说尔今还不到把动物全保护起来不与杀害的时候，人先要停止杀人，才可论及不伤动物，还要调整饮食结构，改变观念，为肉食癖者寻找代肉，还早嘞。

十二月，大雨雪，有民冻死。作《白麟之歌》。

谬忌听说上当真了，又研墨舔笔写了本奏章曰：君主纪年没有比以天瑞命名更合适的了，今年开元得到瑞兽，应命名为狩。

上说原来不是叫狩么，我怎么记得这俩月报日子已经叫元狩年几月几日了。

陈掌说原来是叫元授，授命的授，听上去差不多。上说行吧，随你们怎么叫吧。这就是元狩年的来历。

春一月，各地听说上得天瑞，纷纷上书遣使来贺。济北王刘胡听闻此事没太搞明白，以为上有意封禅，暗示他有所表现，他也是淮南厉王这一枝下来的，对刘安、刘赐两位叔不安分也有所耳闻，又不好刻下冒失举报两位亲叔，又生恐日后吃瓜涝儿，故益发挣扎，上书不但有谄辞还有实际行动，说他认为上的德行齐全了，故天降祥瑞以示认可，燎一头牛礼薄了，应来泰山金泥银绳登封报天、降禅报地。他个人也有点表示，请上接受将泰山及所在邑泰安县献给皇帝为贺。

上也有点高兴，非给我是吧？不接着不合适是吧？遂受。以东海郡两个县予以补偿。

二月，淮南王事发。据事后揭发整理的材料看，早在上刚继位，还是个少年时，淮南王刘安就有不臣之心，听说上没儿子，不太理政事，就很高兴，说一个小孩，弄不好。后听说上生了儿子，开始处理政务，而且办得头头是道，就很生气，说不可能，岁数在呢儿摆着呢，年轻人受欲望之狗追逐，还把交配视作第一推动力人之为人存世大乐子每日不搞一下难受呢。

淮南王最倚重的两个亲信，也都是名人之后，门客左吴，《左传》作者左丘明之后；中郎伍被，两国名将伍子胥之后。刘安也是常见内种解不开，以为名人似良种，其籽必也壮，多少名人混了一世，临撩跟子女说科别学我，寻个安稳营生，默守度世。刘安内个专收迷信妄言的《淮南子》少收了一条冷僻迷信：名人都是树妖花精来度劫的，异能魅力不传代。文人之后左吴每天跟安聊军事，画了一无比例尺全国青绿山水，研究从哪条路进攻长安，好像他家祖上有人写过战争故事他就懂打仗了。武人之后伍被祖上两次遭灭族，深知厉害，慌得一匹，每天跟安动之以情，反着劝安，说您好好当王，别人羡慕都来不及，为何忽出亡国之念？您光看到高皇帝得天下易如反手，忘了吴楚军力十倍于您，到头来落得个身首异处子孙绝祀，自己成了孤魂野鬼连口冷饭也吃不上。我已经看到大王被天子赐死，在群臣一同灭族前拧次死在东宫，今日奢丽王宫遍生荆棘，露水打湿夜行路人衣摆景象了。

把安说哭了，说你太给我添堵了。回屋哭了会儿，出来命令把伍被父母关起来。伍被说我说话招您不爱听，您关我爹妈干嘛，您把我一刀宰了不更解恨么。

安说我不宰你，我还留着你给我出主意呢，不信扳不过来你。

三个月后，伍被去探监父母，父母说你是又打算继承咱家传统，拿父母的死成全你的忠义么？伍被回来对王说服你了，你放了我爹妈，我给您献条计。

刘安说你先说我再放。伍被说现在诸侯无二心，百姓对朝廷也无深怨，您可以挑唆他们，假造丞相御史奏疏，请求迁徙郡国土豪有钱人去朔方，再派咱国部队去各国催促他们启程，假造诏书廷尉文件，逮捕诸侯太子亲信大臣，这样不但能激起民怨还能使诸侯恐惧，再派左吴去游说他们像游说您一样，可能、有十分之一侥幸，大家伙能跟你一起反。

安先说好主意！过会儿说要不要这么麻烦。又过了会儿说你这是计么，我派部队假传诏书去各国抓人抄家不等于公告天下反了么？你告我怎么去鲁国、胶东国？再关伯父伯母仨月，你给好好我想条计。但是可是，想到了伪造公章重要性，命官奴私刻皇帝印玺、丞相、御史大夫、将军、中二千石、周围几个郡守都尉印信和汉使者所用符节，说将来我坐天下也用得着。

还异想天开，惦记给卫青下套儿，照着雷被演一出，派壮士假装受到苛待，逃亡京师，投靠大将军，赶明儿咱们这儿一起兵，上肯定还是用他内几个担儿挑，大将军没动身，便被咱们的人刺杀于帐中。后来懂的人跟安说军队最讲资历，您现上轿现扎耳朵眼这会儿派人往大将军跟前混，混到能瞧见大将军长什么样最少二年，给人提鞋、洗马拽蹬还得二年，遂罢。

安评价上周围几个近臣很有意思，上事后特意拿给孙弘看，安说汉廷大臣，唯独汲黯是个直肠子，死心眼，想游说他办点法外事不可能。至于丞相孙弘等人，煽惑他们就像上炕掀被货秋天摇树叶哗哗往下落。

孙弘说由是可见刘安是个糊涂人。

安聊得起性，越聊越往当真去。一天和伍被聊怎么对付国内这帮汉吏，应当趁其不备把相、内史、中尉这些二千石都收拾了，一激动扭脸叫人立刻传这些人入宫，伍被也惊着了，说您这什么意思准备发动了？

安说去他爹的，不管内些个了。一会儿相来了，说啥事？安说没事，想你了，老没聚了，一起吃个饭。

然后和相聊长安扒褂，上准备和群儒掰齿人家文遗，听说还有人加傍，下了注，长安赌档开的赔率是一赔五百，都不看好上。相和安意见一致，未见得，应在押群儒同时押上一手，一比五百，赢了大赚。

聊了半天内史、中尉没来，带话说工作忙。安也不等了，留相真吃了顿豆粑煮鱼和虾米蛋汤，吃完饭送相出门。太子在厨房磨快刀准备杀人，等了一顿饭，人走了，气得横刀抹了自己脖子，也没打算死，又是惯用手右手握刀，一沾皮儿腕软了，据说真抹脖子不能用惯用手，得用反手，反应慢，切得深。还是流一地血，弄得王宫人飞狗跳，一帮女的冲出来乱哭。

伍被一看，忒不是事儿了也！爷儿俩把造反这么凶险大事弄得跟儿戏似的，我别瞎跟着他们起哄了，回头再把我勺上，老伍家已经赶上过两回灭族，剩我这一枝儿不容易，再弄一回，真没人了。遂连夜求见淮南中尉，向中尉报告了安父子图谋造反详情。

中尉即刻发兵，入宫逮捕了脖子缠着麻纱正躺在太子妃怀里仰脖喝红糖水的刘迁和失眠搭上焦心睡不着正跟花园溜达散荡的王后臧荼。刘安听见动静出来查看，被门口围着的兵手拉手圈了回去。刘安跳着脚骂，当兵的也不吭声，就是不让您跨房门一步。中尉捧着刚起获的皇帝印玺说：大王省省吧。遂命彻底搜查王宫，起出更多私刻汉官印信、符节等谋反铁证。

遂下令尽收王府内臣、奴仆，只留刘安一人坐困宫中他住的内个房间。封闭国境，追捕所有曾混迹于王府吃喝蹭饭宾客、术士。寿春城内凡与王有过交际，酬酢应和过的名人、土豪亦一并记名捉拿，枷入大狱。同时将谋反证据及重要证人伍被即刻解往长安。

上正在家里逗孩子，扛着儿子在屋里够梁。陈掌进来跟他报告出了这么档子事，上扛着孩子听，越听越糟心的样子。子夫忙说你把孩子放下来吧，我怎么脚着你想摔他似的。上放下孩子说我还怎么对他好阿？嫩么大岁数了，弄这些事，叫天下人看我们皇家笑话。

陈掌说您知孔先生内句名言女子小人难养原来是说亲戚的么？上说呕，不知道。陈掌说听孔安老说的，孔先生四姨奶老来借钱，烦着孔老了，别人家女人小人也不归他养阿。子夫说那是你们大户，我们小户人家亲戚不团结，老人生病都没人搭把手往郎中家抬。

陈掌说你们不请郎中阿，为什么往人家抬呢？子夫说不是没钱怕人家不来么，人抬去再跪求好歹讹着把病瞧了。上说你说得有道理，看来问题不是出在亲不亲上，还是出在有没有上，没别的急着了就惦记上这个了，越有越想有。陈掌说也出在亲戚上，也出在人性上，我怎么不惦记您阿。

遂命宗正召集宗室诸侯王、列侯四十三人组成合议庭，审理老刘叔案，说你们定就是定了，不用报我。

三月，合议庭长赵王刘彭祖约见上，说还是得报你，案情实在重大，根据"见知法"，见过听说过的皆坐明知不报，与案犯同罪。目前已坐实衡山王确知。其他牵连到的各地列侯、二千石、土豪名人数千人，这数千人密接者应该还有十倍不止，是不是定个框框，到乃一步为止。臣听说两个素昧平生的人只要通过五个人就能连上一个共同朋友。臣恐怕再追下去，天下种地的、卖笑的、要大刀的、要饭的都要受到牵连。

上说什么时候又有了一个见知法，我怎不知道？

司马迁说刚颁布的，自公孙弘做了丞相以来，拿春秋大义要求大伙，光说不管用，张汤配合他，将《春秋》所列非礼行为全引出来，申援为法律，故有见知法、违逆法、诽谤法诸法问世。上说什么是春秋大义？

马迁说对是非曲直善恶正邪态度鲜明予以褒贬。

上说正邪由谁定？

马迁说倒是也有厘定，下犯上为邪。上违制则以隐恶彰善法处之。上说听着没毛病，你们觉得呢？

大伙说听您的。上说衡山王就不要连坐了，诸王都是亲戚，连坐一个也活不了。其他人你们根据所涉程度，比照刘安定罪论处。体力劳动者、操贱业者、文盲就不要追究了，量他们和刘安也不是深交。

同月，合议庭拿出一致判决：淮南王安甚大逆无道，谋反证据确著，当伏诛。王后荼、太子迁及其他参与谋反者皆族。淮南国二百石以上及相当于二百石的官吏、宗室成员、宠幸近臣即使没参与谋反，也以平时没能教导劝谕安迁父子论罪，一律免官削爵为民，今后概不得再任官职。本来就没有职务的，罚金二斤八两赎死罪。其余各地涉案线索交廷尉继续办理。

上命宗正刘胡伤执皇帝符节去淮南处置刘安。胡伤出长安即一路放话：我是来监刑的。未至淮南，安自刭于宫，据说是中尉递的刀。

上认为伍被有自首情节，虽与谋实受胁迫，出的主意也不像样子，无可操作性，可考虑减罪免死。

张汤不同意，说伍被一开始就是参与者，与安谋措多年不举发，后见事不秘，行将败露才出首，不能宽宥。上说那就不要族了，这家也太倒霉了。遂诛被。

还有一个人，上欲为之说，即长乐、未央两宫永巷令庄好庄嫩姊妹之兄，邢夫人之舅，当年援东瓯有功，现为侍中的庄助。此人素为刘安至交，是安每至长安必过府拜访一起喝酒三俩人之一。虽安死，已无人可证都聊了什么，助自己也说没聊什么，都是收藏上的事，助是良渚古玉收藏大家，家中藏有於越亡国后宫中流出大量玉琮、玉钺，每次安来都是看他藏品，也是他重要买家，曾从他手里千金买过一条抬头龙和一条俯首龙两件玉饰，这次彻底裹进去了，家中千金被认定为安的厚赂贿赠，人系于廷尉狱。上说这个人我了解，老实人，是不是可以不死。张汤争辩：尤其这个人不能不死，他的位置太重要，可以随便出入禁中，是天子心腹大臣，却在外面和诸侯私自交往到这个程度，不杀，以后我还怎么要求别人。遂判助弃市。

汤兴大狱，逮捕各地涉案列侯、二千石、土豪名人过万，深究穷治，牵出另一大案。去年底衡山王刘赐曾遣使上书请废太子刘爽，立次子刘孝为太子。使到长安，上正忙于军事，人在西畤，请求书便留在侍中，未与答复。内头刘爽扑徐来扑炸，被他爸毒打一顿关小黑屋，一直关到来年二月才放出，才听一向跟他好的门客白嬴说他爸要废他，立他弟刘孝。爽一听急了，也特么不过了，回小黑屋写了封黑信，揭发刘孝私造兵车弓弩及与他爸打通铺等事。倾其所有凑了数百金，交予白赢说你帮我把信带到长安送给上，我爸总得嘎儿你信吧，我袭了王，衡山国就是咱俩的。

白赢也是古玉爱好者兼藏家，原来专玩红山玉，最近好上良渚玉，到了长安没急着投书，揣着数百金奔了庄助家，坐下没聊两句，庄助说有会稽玉贩新送来的货，转身进屋拿货，一帮廷尉狱史进来了，白赢连说误会误会，廷尉还管你那个，扛上枷一起拉走了。

进号里先脱一精光，搜嘚儿扒眼儿探一遍够，然后扔进黑牢，里边全是列侯、二千石。二月阿！屋里没火，冻得嘚哩嘚瑟，衣露着肘，裳露着蛋，最轻的挨了四十个大耳帖子。一会儿栅栏门外进来一狱卒，举着火把，喊白赢名字，说你就是白赢，你出来。把他带到一间询问室，让他先蹲呢儿，一会儿进来一白面无须微胖眼袋很大中年人，手里拿着内封黑信，火漆已然拆开，问这封信是谁给你的。白赢把事儿来回来去这么一说，中年人命狱卒给白赢换重枷，换了间囚室单独关押，就拿着内封黑信登车直奔未央宫。

上看了张汤送来白赢口供和衡山太子爽上书，说还是按程序，先交沛郡处理。

沛郡都尉派吏员迳入衡山国，先按廷尉交办淮南案涉案人员名单挨家搜捕，竟无一人得获，全跑路了。继而搜检王子刘孝家，座中一人竟是刘爽信中告发刘孝委任监造兵车弓弩者前江都工官陈喜，遂枷回。并于次日弹劾刘孝首匿陈喜。

沛郡尉、廷尉这时还不太清楚这个陈喜的重要，刘孝清楚，陈喜是他爸近臣奚慈介绍而来，而奚慈正是元光六年以来围绕他爸身边蹿逗他爸造反割据江淮重要谋士之一。陈喜入沛郡狱，深知吐实也是死，也不知从哪儿听说扛十二堂就算扛过去了，还寄望衡山王能出手捞他，扛了三堂，打成烂茄子也未供一人，坚称是受雇造车，并不知道王室家事，只知孝是王子。

刘孝不知道，平素座中客也有法吏、也有涉案入监前辈，说起狱政黑暗，狱吏手段酷烈，皆说只要是爹妈生肉长的没有能扛过去的，不用动刑，让你坐三十天光板凳，屎尿迸流你就得崩溃，除非你是死心眼，一怒先跟自己急了，咬断舌根我就这样了，或是心理异常于受虐中快感如潮，招供决非贪生而是但求速死。

刘孝心说我心眼既不死心理亦不异常，我别考验自己人性了，跟衡山中尉打听，是不是有自告免罪律条，衡山中尉说确有。刘孝说那我现在就向你自首。

遂供出衡山王刘赐自元光六年皇帝夺去他任免二百石以上官员人事权后便心生不满，与奚慈、张广昌等人讨论军事形胜，虽无意问鼎中原，却有独立倾向。后又引入陈喜、救赫这样的军工生产专家和周丘之类所谓壮士其实是军迷，大谈当年吴楚伐汉计划不周密及路线选择得失，基本属于嘴砲却也实打实刻了皇帝印玺、将军丞相及各级军吏印信。衡山中尉很慎重，立即将案件移送廷尉。张汤亲阅卷宗，呈报皇帝，请求逮治衡山王。上说先不要抓人，进了你那里没罪问出罪，小过问成死罪，我就不信我这些亲戚都怀反心。

于是派中尉司马安、大行李息去衡山国质询刘赐。

司马迁按：时，大狱纷起且颇涉宗室，宗正手下无警力，主管京城治安中尉及其属吏多为宗正用，中尉便成执法吏，专案专任，并置多人。

司马安、李息到了衡山，出示刘孝白嬴等人口供，刘赐很痛快，一一认下。安、息遂命衡山中尉围王宫，一人不得出，遂返长安复

400

命。宗室列王列侯合议庭又被召回，议决衡山王有罪，请派宗正、大行与沛郡杂治王。刘赐听到消息，即自刭，据说用的是厨房剔骨尖刀。刘孝因有自首情节，免谋反罪，坐与王御婢奸，弃市。王后、太子均未定谋反罪，徐来坐蛊杀前王后乘舒，太子爽坐王告不孝，皆弃市。其他参与谋反者白赢、陈喜、救赫、周丘、奚慈、张广昌辈皆族。

张汤欲罢不能，草蛇灰线皆成窝案，淮南、衡山两案株连列侯、二千石、土豪名人以十万计，死数万。还在深挖广掘。天下震动，大小官吏无不股战，公卿上朝亦闻簌簌裳响，老赶脚屋里在下小雨。孙弘语上不能再搞下去了，再搞下去我怕张汤疯了。

夏四月，诏令淮南、衡山两国除，设九江郡，衡山郡。赦天下因淮南、衡山两案见知系狱未决者。

刘陵时尚在廷尉狱待斩，蒙赦释出，已鸠形鹄面苍苍老妪耳。她最后一个老情儿是岸头侯张次公，也因她家事受牵连，坐与淮南王女奸受财物免侯。陵也没脸再去找人家，无可依傍，为庙前广场"元宵刘"淀儿哥收留，帮着摇元宵，睡街边，未几郁郁而终。

孙弘上奏：淮南刘安起贰臣心，觊觎大位，口实之一便是上斯时无后，今不立太子，恐他人日后效尤。

丁卯日，立皇长子据为太子，年七岁。赐中二千石右庶长爵，百姓当了父亲的赐爵一级。

五月三十晦日，日蚀。

匈军万骑入上谷，杀掠数百人。

六月，上贪吃白杏，染时疫，腹泻不止，又于服药期间饮酒，产生双硫仑反应，几昏厥，缠绵病榻多日。马迁张骞带西瓜来看他，上说最不爱吃这种甜不嗖嗖贱不唧唧的东西。马迁说冬瓜行。上说冬瓜行。因问张骞你最近干嘛呢？骞说我还能干嘛，呆着呗。

上说这些天没事躺着胡思乱想，上回说内身毒的事还得办那。骞说什么身毒的事我都忘了。上说你记性比我还不好，就是你说在康居还是哪儿见到人拎着蜀郡拐棍穿着中国细绢纺，人跟你说是身毒产的。

骞说噢噢内件事阿，你不是不爱吃甘蔗么我发觉你对内种大量的甜、纯甜不感兴趣。上说还真是，红糖、白糖论堆儿吃能吃几口阿。马迁说什么量大了都受不了。上说我寻思着他们呢儿老没人管也不行阿。

骞说谁呢儿老没人管？上说他们呀，你不是说波斯人走了他们呢儿挺乱的，互相打来打去为点水浇地还饶世界哭。骞说我什么时候说没人管了，人呢儿有人管，波斯人走了希腊人又来了。上说然后呢，阿瞳都上咱们这儿来了。骞说噢噢还真是，我发觉你对别人的事特别上心，你打算管管人家？上说就是说说，还不知道人愿意不愿意呢，反正就是让匈奴管我觉得对他们特别不好。骞说你啥意思，让我去说说？上说你觉得行么，不会惹人不高兴吧？骞说我发现你现在说话很有意思，想说什么不直说，兜圈子，让别人猜。

上说有么，我不觉得阿。骞说有，有，好几回了，老用一种暗示的口气说话，你过去可不这样。马迁说跟孙弘学的，孙弘就这么说话。上说可能吧，老和谁在一起就容易互相受影响，你不觉得这叫客气么？

骞说觉得是客气了，也觉得挺装的，听着累。

上说不能和谁说话都一个口气，不是所有人都跟你一样。骞说没不同意你，我也愿意别人和我客气。

马迁跟骞说你给我内卷羊皮纸我找我们呢儿匈奴研究员看了，说不是波斯语，是西胡内边一种方语文字。骞说对对，卖我这卷纸的人说是阿拉米文。马迁说我们内研究员是粟特人，他们平时用的粟特文就是用阿拉米字母拼写的，比阿拉米二十二个字母多了还是少了几个字母我也没记住。上说颛顼文也二十二个字母诶。马迁说老先生说这卷纸里也不全是阿拉米语，其中有些章句拼读出来不知什么意思，可能是一种更古老的语言用阿拉米字母拼写的，老先生叫嘎杂。据说也是一种没有文字的语言，他们内边古时候人用来唱歌，也可以叫诗吧，因为读出来琅琅上口，有韵。

骞说讲的是什么呢？迁儿说老先生认出里边有阿胡拉·马兹达的尊号，结合上下文，认为是牙什拿赞颂文和哈泼坦哈以提七章诵一些段落，相当古老的文献。上说什么什么？骞说老到什么时候他认为？迁儿说老先生说，初步判定阿，不一定准，应该是阿赫门王朝时代的东西，那个时代正是阿拉米文取代楔形文成为西胡各国通行文字的时候，很多方语口传经典都可以通过阿拉米字母注音记读，所以才有了内种几种语言混编在一起的文书。可能内些用古老语言唱诵的经文被认为有神圣的力量，用现代语转译出来就失去内种力量，就不灵了，和咱们国一些地方巫师术士念的咒一样，真译出来也没什么，都是些很直接的话。

骞说也不是很老阿，四五百年前。

上说你从西域拿回来书为什么不给我呀？骞说你看么？我看你挺忙的，再说内都是外文书，你也不懂。

上说我不懂我可以找懂的人。骞说你们宫里内些宫女？就怕给了你又涝宫女手里，三传两传再给字摸没了。上说你这么说就不好了，是，我最近忙，没怎么看书，跟你们比显得有点落后，好多事不知道，但是你也不能看不起我呀，你对不如你的人应该好一点，更多一点耐心，我们怎么一摸字儿就没了。骞说没看不起你，书给迁儿是让他找人翻译，我也不懂没看过。

马迁说我最近又翻了翻李耳老师的《西征随志》，没有查到琐罗亚斯德这个人，其中提到所经地区部落人民信仰倒是基本都是二元的，有主神和他的影子或称对手，但主神的名字也没有叫阿胡拉·马兹达的。胡麻伊塔尔讲的塞西安人民的信仰我有点糊涂，不知是二元还是一元，在塔别缇和巴博斯之上还有个时间之神赛敏，好像是超然于众神之上绝对领导一切的。

骞说穆天子经过埃兰高原时当地部落人民还没形成主体民族，米底王国还没有呢，波斯是诞生于米底王国废墟上，是希腊人叫起来的。我在巴克特里亚确实去过琐罗亚斯德的家乡，锡尔河边一个布满葡萄园到处是丁香的小村子，老房子还在，住着琐老后人。

马迁说对对，你还见过希罗多德呢。骞说你要这么说咱们就没法聊了。上，你给评评理，许不许我说错话，认错人。上说必须——许！骞说可不嘛！我一个旅行家，慌慌张张，他们说的话多一半听不懂，连猜带懵，听岔了，记错了，还不是要多正常有多正常，正确的认识从哪里来？还不就是从一个个听岔了、记拧了——来。错认之先是空白，没有错认，何来正见？

上说你说得太对了，我们反对的不是错误，是坚持错误的态度。骞说这个态度我有！我现在宣布，我所说的一切都不一定是真的，欢迎纠正，谁较真儿瞧不起谁。上说你这个态度又不对了。骞说没说完呢，谁纠正得对，算谁的。不管历史上有没有琐老这个人，琐老是不是个传说，以琐老名义传唱的嘎杂也即圣歌早在居鲁士开国前便已在西胡各国广为流行，信仰阿胡拉·马兹达的人相信自创世以来宇宙间就有善与恶也即阿胡拉·马兹达和阿赫里曼的争斗，而世间的苦难饥饿、战争将由一位处女于湖中沐浴感孕而生的救世主终结，嘎杂语称为苏斯亚特；波斯语称苏斯姗；粟特语称斯围乌斯亚特。居鲁士曾获得内个封号，他征服巴比伦后释放了在那里为奴的各族人民，其中一支民族人民称居鲁士为"受膏者"，而这也正是内个民族方语救世主一词原义。当然更多的人不承认这一点，因为居鲁士本人也是战争英雄，杀戮的人远超解放的人。嘎杂里唱到苏斯亚特降临之日便有末世审判，死去的人统统都要复活，归于土地的肉体、散在风中的寿命、进入太阳的属性和灵魂重新结合在一起，接受烈火的洗礼。善者如洗牛奶澡，并不疼痛。作恶者则活受罪，真做烧烤了。然后大家都要走判别之桥，善者由美少女带路入天堂，第一步入善思居，第二步入善言居，第三步入善行居，第四步就是无限光明之永在了。这座桥对善者而言有九根长矛那么宽，可轻松通过。恶者上去，桥即变成一把刀刃，不掉下去永远走不完，一定要你坠落地狱。如果一个人不善不恶或善恶相等，那么有另一个地方等着你，就是阴曹地府，在那里，灵魂像影子一样存在，没有快乐也无悲伤。

骞问上：有经的人，什么感想？上说昂，问我呢？

骞说你是我们这儿惟一有经的人，《三坟》在你们家砸窑砸得死死的，也不让我们看，跟你商量一事行么，你放我进去看一眼《三坟》，完了出来你把我处死。

上说处死你不用找那么多借口。我对凡天堂地狱说都不太能接受，想象力实在不出色，我要求这世外之物只有一条，不能像人间。我国也曾是酷刑大国，文皇帝、景皇帝皆知，酷刑不是慑伏人的有效办法，只能让受刑者、施刑者、观刑者一起变得野蛮。至于怎么叫高尚美好的生活，你拿景色壮观、美少女、吃喝不愁说事儿，不知你们，对我这个皇帝不构成吸引。至于永生，真的不能理解，大概没有真正生活过的人，我指好也没见过，苦也没大受，一辈子都是错过，才阴盼有机会重来，才有这个诉求，是十足的贪心，依凡给天地添多余皆为恶自然伦理观照，不可称善。本人从来就不相信满足人类贪心是神之为神必要条件。

骞说：有一天神居天堂上，生如是邪见：此处有常，此处有恒，此处长存。

上说哟喝，听谁说的？

骞笑说在巴克特里亚遇一要饭秃子说的。

上说是不是的，就爱听这等厉害的话。

骞说你就从没有过长生不死之念？

上说特别弱的时候，对生活完全无知的时候，有过，早不那么想了。如果现在有神蹦出来说，也不要你信我，也不要你奉我的名给我长行市，白给你长生，跟我一样永远活着，我会说：再见！

马迁说你对颛顼以前我国高古信仰比较熟悉，太昊太元是不是都是一元论？

上说应该是吧，凡嫡长子继承制不管起初是几元，最后总是趋于一元。

骞说五个上帝怎么说？

上说老百姓怎么想咱就管不着了，确切词义革分，此五上帝都是有名有姓之人死后升格，严格说算鬼。

骞说一个人搞一个教很累吧？上说这就是你们无经之人无法想象的，经不是给人读的，是给人留念的，因文字生信在哪里都属小信，你想文字才几年，上神若在，所行多少嗯……万万年。严格说听闻亦是小信，可以肯定地说创世之初，没语言。每一个灵体——注意我说的不是生命阿——都是神的分身，大经在心里。

马迁说你看你又给他吹的机会了。骞说你所行皆是神迹，你敢这么说？上笑我当然不能这么说了，我现在并不能确定本人是不是属灵，不瞒二位，在这个事上我采取完全放任自流，蒂根就不去操心，因为这事不取决于我，我只要别被人的妄言蛊惑带偏就行。一元二元都是人论断，在上内位若果有，一定大于这些人设定，超乎人理性所能一切指。我听说史家毛呢先生就破了一元论，往外扩了一圈。我有意请你去西边再走一趟，也不全为贪图他们土产，操内份闲心管他们，更深意思是要你访访，他们都到乃一步了，我关心的是宇称！碰碰壶之后能否化得一干二净。我粗判阿，一元之外，空寂广大，史先生初来乍到，全凭内观，只得见形量，也只能就现象而现象佯述，亦不免比兴。无常是对的，没有贯穿主体我也这样认为，寂静还是为人而说，落在人境了，描半天就四个字：只能形容。也不怪您，文白语言也就说到这儿了。也许未来，有一种精扼演术，不涉文字，才可简直勾勒非人非物之能态，众生俱灭万物尽销还是有存在，真空不空，只是瞧不见，其究里嬗机，还要靠后人不死不休一崩子扎进去。所以，别惦记着读经了兄弟，这事特别残酷，您要不是——我指属灵，读破头也就是做个顺民，经里都有那么一章，讲德不论道，专为上驯下讲，严重怀疑智者乱入。是，回去候着，别瞎起劲，把你内点人间义务尽完，有老婆不要离婚，抛妻弃子不信你能得了脱！终有一日，怎么也不过去，今儿就要搁这儿了，你心底最深那阡儿，会有声色唤你。

骞说先宽敞着。上说是这意思。

马迁说有什么征兆没有？上说据过来人说，你看这世上之人所行一切事都很可笑，就快了。

骞说你看自己可笑么？上说你猜。

43

　　七月，再传张骞入宫。上说你准备得怎么样了，夏天都过去了，再不动身大雪一封山，西南道就更难走了。骞说您是真的呀，我以为你就那么一说，你不没钱了么。上说你得到的消息晚了两年，我又有钱了，这二年武功爵购销两旺，一路冲高，今年前三季销售已超去年全年，你要想买，赶紧，明年准备调价。关东地区风调雨顺，夏粮丰收，各地征购普遍超额完成，秋粮老天不出幺蛾子，也是大丰收，多年跑车的粮仓今年有望充实，还要再兴建一批，建立国家储备库。漕渠和朔方城塞修建工程均已竣工，当年缺钱下马的一些项目可以考虑重新上马，西南道就在首批名单中。我替你想了，西路不能走了，你在呢儿混了太多年，认识你的人太多，当年你从茏城跑出来，单于还发了通缉令，到今天没撤销。你还是走西南，我给你配备最强班子，一定把西南要津险隘摸一遍，需要走多远就走多远，多背些绢帛，对当地部落尽可儿许愿收买，不修路，就是最大的省钱。记住，我们的目标是身毒。

　　骞说我也没什么好准备的，您的话就是我的信心，你说走，今天就能走。上说家里安排了么，太太在这边生活还习惯？骞说就是觉得柴火煮奶不如牛粪煮得香，羊肉没羊味儿，冬天太潮，出门都是房子堵得慌，还是想回草原，住毡篷。上说朔方新开发，人烟稀少，可以找一块草场，太太城里住烦了可以去那里散散心，遛遛马。这样，你这趟差出完回来，我寻摸着给你封个侯，也算让你一辈子有个落脚的地方。骞说你还真别给我封太远，我不愿意住没人地方什么都得自己干，在匈奴插队这么多年，够了。上说你可以不住，两头跑，男孩子怎么样，多大了，要不要我这里安排一下。

骞说就别让他上这儿来搅豁了，再长几年问他自己想干什么再说。上说武功爵你真不考虑买一个，出去吃饭，一座人，都有武功，就你没有，多没面子。

骞说你跟我说实话武功爵卖得到底好不好，为什么你这么使劲向我推销。上说怎么卖得不好，卖得非常好，我这是给你便宜。骞说我不贪便宜，我是老派人，要军功就去部队真刀真弓打一个，买一个，丢不起内人。上说行，就喜欢你对自己有信心的样子，等你回来，给你一个军带。骞说别别别！一个军真不行。

上说那你挑一个部队，跟着走一圈，能全须全影儿回来就算有功，内头不好封侯这头给你封侯。

八月，张骞轻车简从去了成都，入住赵国饭店，请当地商界巨头介绍去过身毒知晓路径的行商。卓老、程老皆不知有此等人物。后经多次去织坊、竹篾市打听，探知有一伙人专做南路生意，皆是曾从汉征楚，高祖五年复员，因功封五大夫那一大批军功地主子弟。南路难行，没有武装出不了僰道就得让人劫了货，弃尸赤水河，所以敢走南路的都是强人，说是半黑道也成立。骞放出话，请这伙人赵国饭店相见餐聚。开了桌酒席，等了几日无人赴宴，每天菜肴都折了泔水。

有知情人跟骞说你得去南广找犍为都尉叶弘。骞于是奔南广拜见叶弘。叶弘一见骞说嘻，我还以为是谁呢，等好几年故人，你不是蛇在匈奴了么我听说。

骞说我是蛇在匈奴了，又自个爬上来了。这次来是因为这么这么嫩么嫩么……把来意交代了一遍。

弘说你也甭打听了，这伙人都在我这儿，说起来有的人你可能还认识，家里原来都是北军的，后来大人回蜀，孩子还留在长安念书，都在九三学校住校，跟你哥同学，大了后才回这边。言罢请出王然于、段毅、建平、杨力文、北海等人。骞说就一个王然于不认识，别的都熟。弘说我也是没办法，元朔四年朝廷就不拨钱粮了，让我自收自支，我收谁去？我这儿说是一个郡，只有两个县，夜郎不说了，跟我没什么关系，不找我要钱我就给他磕头了。南广就那么几户人，还不如巴中一个大村人多，种罂粟的比种粟的多，见我就跑好像我要抢他们似的。我得养兵，夷人三天两头围城，爬城跟爬树似的，一个没留神夷兵已经堵了街，早起出门都得拿刀抢出去。只能找哥几个，剿匪时捎带脚运点东西，全靠哥几个在这儿苦苦撑着呢。

骞说特别理解，也特别赞成。我在匈奴都听说你们特别成功，卖的货都到我手里了，我朋友都特别爱用你们的东西。弘说不会吧，问段毅，咱们的货走到匈奴了？段毅说没有阿，匈奴在哪儿阿，不是北边么，咱们的货都是往南走。骞说可能是你们的货走到身毒，身毒运到大夏、康居，康居运往匈奴这么一物流过程。

段毅说那太有可能了，身毒确实是我们一特别大的客户，尤其对咱们这纱、细绢，喜欢！有多少要多少，可能是他们呢儿太热，自己纺的布太厚，听说国王王后原来都光膀子，现在可有的穿了。骞说我说什么来着，我就是看见咱们内细绢了，他们假装是他们自己产的，还有拐棍，他们也特喜欢你们临邛的拐棍。

段毅说这为什么呀我想不明白，我们也不往呢儿销阿，谁拿拐棍当出口商品阿。杨力文说你忘了，上回咱们去他们呢儿，一人手里拿一拐棍，爬坡使，他们头人谈完价，指着咱手里内拐棍，嗯嗯哼哼——想要。段毅说哦对对，他们住山上，上山还行能扒着点什么，下山手里没抓挠老摔跟头，这他们也给转手了？

骞说住山上？他们不是都跟河边大平原住么？

北海说别听段毅瞎逼逼，什么他妈身毒就是一帮住山上的猴子。段毅说你懂个锤子！我问多少遍了，人这山这寨子叫太深，内山内寨子叫太独，人是一家。

北海说去你妈笔多少遍，你他妈能听懂人家什么话呀，每回去都跟人比划，说你他妈笔一堆鸟语数儿都数不过来。段毅说赌什么的？北海说赌你妈乐隔壁。

骞说哎哎骑不骑大象我就问。段毅说明儿我就带你去，你自己去看是不是身毒，我要瞎说我是孙子！

骞说是是我是要亲自去看看。建平说确、确实骑大象，摘香蕉，拉木头都、都骑着大象。

叶弘说那可有点远，你得带三天干粮。

骞说三天？三天够吗？

力文说现在走行，雨季一来，三天到不了。

骞说我能再核实一下么，身毒人都挺黑的。力文说黑，也有白的，还有青的。骞说有孔雀？力文说有。

骞说都吃素？力文说这好像没听说，养猪，黑猪，瘦得跟狗似的，来客请吃生猪肉小茴香鱼腥草沙拉。

骞说不对呀，怎么还吃生的呀，你们是不是搞错了，小茴香对，还有胡荽子、芥末子、丁香、姜黄，不放肉，光这些，煮一块儿，叫咖喱，拿手拌一切吃。

杨力文说我们是不会错的，我们去多少趟了，你听说的那都是没去过的人瞎传的，天下哪有不吃肉的人，不吃肉长不了这么大。骞说那行吧，咱们就走。

叶弘说不急，你先住下来，咱们好好聚聚，我们还得备货呢，等货齐了叫你。当天大酒中，建平告辞说我还得赶回矿上。骞说你们还开矿呢？叶弘说光这点哪够阿，要想富，逮开矿。第二天酒醒，骞跟北海去了盐井镇，建平在呢儿督着人往骡子背上装麻袋。

骞说哦你们是贩盐。上回唐蒙开西南道是不是就是你们，被他扇唬了，跟他到了牂牁江。建平说内傻笔，完、完全就是一傻笔！差点我们给丫扔江里。

这一年最后两个月，张骞随私盐马帮四出犍为。一路经永善西渡金沙江，至邛都，入大小凉山，这时已经走了三天了，骞说身毒在哪儿？力文说还要走三天。三天后为诺苏人所阻，骞说这是身毒人？力文说身毒还要走三天。骞说到底还要走多少天？段毅说我们这儿对里程只有一个计数单位：三天。全西南通用，到哪儿都是三天。骞说我发现你们完全蛮夷化了。

诺苏人挥舞棍棒弓箭拦路叫嚣。段毅力文前去跟他们交涉，瞅着他们席地而坐，拿出酒肉请夷人吃喝，说说笑笑，互相拍胸脯竖大拇哥，段毅几次笑倒在地。

骞说为什么不冲过去？北海惊讶看骞：我们是做生意，不是来杀人。一会儿内边来一帮戴银项圈姑娘，力文和姑娘跳起罗索舞，摆手踏脚，边跳边喊：哟喝喝罗！段毅喝个大红脸回来说卸货，他们全要了。然后牵骡子一个个掉头，大家就轻装愉快回来了。

二路经僰道至朱提沿堂琅江南下，也是走了几个三天，为昆明夷所阻，卸了货回来了。

三路还是经僰道至朱提沿堂琅江南下，在郁邬折向北盘江，沿北盘江南下，绕夜郎后边来了。北海说不能走夜郎，他们丫完全没信誉，拿了货不付账，耍王八蛋，叫傻笔唐蒙惯坏了。走了几个三天，货叫什么夷接走了。骞说合着我陪你们送货来了。力文说你别急阿，早晚让你见着身毒。

　　第四回出发走得比较深，还是经僰道、朱提下堂琅江。走了不知几个三天，看到一池浩淼清波，寨子都建在水边，有华丽九头鸟漆饰和当窗帘的中国丝和波斯地毯。一个断发纹身头插孔雀翎晒挺黑土王，从大象上让人搀下来，说出令骞深感意外的话：汉与滇哪个大？段毅说国王国王。带领大伙深深下拜，替骞回答：滇大。北海跟骞说别跟他们认真，什么也不懂，认真你就成傻子了。骞说这就是你们说的身毒？

　　力文说不是没关系，咱问呀，跟他打听，咱们不知道他哼不能也不知道吧。段毅和土王聊得热闹，咯咯笑，回头说这哥儿们觉得他说的是中国话。问骞你知他七世祖是谁吗，楚国上将庄蹻！骞说哦哦听说过。

　　力文说你问问这哥儿们身毒在哪儿。

　　段毅跟土王掰齿，一个字一个字往外蹦词儿，反复说身毒、审读、深度？土王阿咦呜艾欧说了半天。

　　段毅说哦哦，回头说很近，三天的距离。

　　北海问骞你还打算去么？骞说心里没底，三天是多远阿。北海说要不咱们走三天？骞说行，就走三天。

　　土王接了货，请大家吃火腿折耳根和汽锅鸡，大家说这个伙食放在我汉也算是讲究的了。吃完鸡往西南走了三天，渡过礼杜江、阿曼江和把边江，都是人马货吊在竹索上一推——在惨叫声中溜过去。又走了三天，到达澜沧江，澜沧江像无数只雄狮张口怒吼，骞哑着嗓子说不想再往前走了。大家就回了。

44

冬十月，元狩二年正月。上祭五畤，驻跸西畤。

同月，行在移往狄道，观飘摇部队一卒带三马行进中换乘操课。时，骑一军已全部投入单骑多马训练，全军万人铺开于百里草场，单骑数马、数骑十马、数十骑百数马，或放逸、或徐行，乃至千尾万蹄列阵横行，声若河决，所扬烟尘形同沙暴，百里之外坐家里攘一脸灰。

十一月，张骞带段毅回到长安，在西畤受到上的接见。段毅暴侃一顿，将西南道聊得风光无限，西南人民热情美丽好客，滇国王尝羌是他朋友。上被聊得撒呓，也问出那样令骞意外的话：滇国与身毒哪个大？

段毅毫不含糊说滇国大，拥兵百万。身毒只是与滇国接壤的一个小国，我们控制了滇国，也就等于控制了身毒，所以主要工作方向我以为应该放在滇国。

上同意段毅判断，遂任命段毅为滇国经略史。重点做他好朋友工作，既然都是中国出去的，还希望尝羌先生能接受我汉策书诏命，有什么要求都可以提。

上亲手交给段毅两卷盖了皇帝印玺细绢，说把空白诏书给人从来没有先例，但是我信任你，知道你不会乱来，你可以自己定抬头，在你朋友愿意的情况下委任他，方便的话也给身毒王一个名分，说我盼

414

着他们都能来朝觐我。段毅说没问题，应该可以办到。

十二月，段毅回到成都，在赵国饭店开房，设立滇国经略使驻蓉办事处，办事处每天工作就是呼蜜引朋类，开大饭，每于酣饮中欢聊开滇、开身毒大事。

一日正在暴搓怒侃中，接壁儿包房正在开同乡会二十七位蜀中名绅实在听不下去，过来与段经略使交换看法，提出西南道不可开、毋须开、开——于国于民皆无益的主张，遭段某摇唇鼓舌长篇宏论痛灭之。

时，马相如正在成都探亲，与夫人文君同为段某人当日大局座中客，靓聆全过程，回长安后借段公言浇自己胸中块垒，以使者自谓，一挥而就写成雄文《西征论》呈于上。现择要录于左：

汉兴八十有五载，一连六代皇帝道德崇高，威武纷纭，清澈的恩泽像春雨一样及时，凡生命皆得淋濡沾润，洋溢于四方化外之境。乃命使者西征，随流而攘，风之所被，罔不披靡。冉、马龙二部归顺朝廷。平定笮、邛。安抚了斯榆，争取了苞满。完成了史无前例的任务，即将返回长安向天子报告，来到蜀都。

时，二十七位有高爵当地老绅士，头戴进贤冠、身着曲裾深衣昂扬造访，客气一番后进言：我们听说自古以来天子之于四夷，一向都是稍加约束和他们保持距离。可是你们却发动巴蜀广汉三郡士卒人民，修筑通往夜郎的险道，三年下来，工程不能完工，士卒劳倦，本来富庶的巴蜀人民经常揭不开锅。现在你又要通西夷，百姓已经没有力气再让你们折腾了，恐怕同样是个烂尾工程，将来对你个人的前途也会产生不利影响。邛、笮、西僰这些地方作为中国邻居，年代之久远，查阅历史记载也说不清，从来都是仁者懒得道德化育，强者也不曾想武力征服的贫瘠之地，现在你一时性起要去经营它，绝对是白费劲！割取本国居民利益去结交蛮夷，这是兴弊以事无用之功，我们这些边鄙粗人见识浅陋，实在不明白为什么要这么做。

使者说：怎么能这么说呢？如果真像你们说的那样，今天蜀人也不会穿汉服，巴人还会崇拜虎蛇、打仗前先对歌跳尬舞。我实在是太烦你们这种说法！这件事太大，本来就不是一般吃瓜者所能明白的，我这次还有事，马上要走，没工夫跟你们细说，就跟各位民爵大夫简单聊一下吧。这个世上阿，只有先出非凡的人，然后才能出非凡的事。有非凡的事，才有非凡的功业。非凡的人，意思就是眼界超于凡人。所以圣人说：只要出现新事物，凡夫都会感到害怕；大功告成，凡夫们又都会表现出很佩服，一直很期待的样子。

一个贤君即位，怎么会只抓琐碎细小的事务，拘泥于陈习惯例，因袭旧的学说，只从眼前角度看问题，世上人喜欢什么就拣他们爱听的说呢？他一定会在旧的传统基础上做新的阐发，创立新学说，开创一个新格局、新事业使其成为新的传统，为万世作楷模。他追求的是无所不包、无所不容，想的是与日月同光，六合之内，八方之外，但凡一个生命没沾润到天子的恩泽，贤君耻之。今封疆之内、穿中国衣冠的人都已经获得幸福，基本没有遗漏。而那些与我国风俗迥异的夷狄之国，辽远孤绝的异乡，不通舟车、人迹罕至的地方，还没有机会蒙受天子教化，我国礼乐文化的影响在那里微乎其微。如果不拿他们当外人，他们就会蹬鼻子上脸毫无礼义廉耻侵扰我国边境。如果置他们于不顾，他们也会自己乱搞，无恶不作，放弑犯上，君臣易位，尊卑失序，使本国百姓父兄无辜就刑，幼儿孤雏卖作奴隶。那些被捆绑的人，日夜痛哭的人，就会眼巴巴望着中原埋怨：听说中国有至仁天子，他的德行如海洋恩泽普施大地，万物皆因他的照料而各得其所，为什么偏偏把我遗漏了呢？他们踮着脚尖眺望中原，像久旱盼甘霖一样，这种饥渴绝望的情景真叫铁石心肠的人看了也为他们掉泪，何况是天子内样的圣王，又怎能撒手不管呢？所以才出兵向北讨伐匈奴，遣使向南问责南越，结果四面八方都传颂起汉天子的恩德，西夷、南夷两个地区的君长也都一齐仰慕我汉，愿意归化接受封赐者以亿计。也正是在这种情况下，天子才把边关设到了沫水、若水，把哨卡建到牂牁江，开凿零山，在孙水上架桥，开一条道德教化通途，垂仁义道统于边陲，博恩广施，远抚长驭，使任何偏远地区不再闭塞，一切黑暗角落得见光明。中国休甲兵于此，蛮夷免诛伐于彼。遐迩一体，中外提福。这不是对大家健康都有好处的事情么？夫拯民于水火，让他们奉行一种最美好的制度，改变域外之世那种无处不衰坏乱象，继承我周断绝的伟业，斯乃天子之急务也。百姓虽然有些劳累，又怎么能不去做呢？

再者说，圣王要办的事情没有一件不是始于痛苦劳累，而最后归于彻底安乐的。天命降临的征兆，是一块刻着字的石头么？不！正是显现在这种辛劳里。天子马上就要去泰山祭天，去梁父祭地。马上就要兴办礼乐，歌颂圣德，使当今天子上可与五帝并列，下笃定超过三王的地位。你们这些吃瓜围观者眼睛看不出个门道，耳朵听不出个声响，就像鹔鹴已飞上天空，粘鸟的人还瞪着眼睛往灌木丛草棵子底下找。可悲！

一番话，数落得这些老绅士一个个茫然若失，完全忘掉了他们是为什么而来，本来想说什么。不约而同一齐感慨说：我汉的道德实在太高了，您说的这些，正是我们这些鄙陋的人所愿意听到的。百姓们尽管劳苦，我们情愿亲自领着他们去干。于是一个个失魂落魄，六神无主，谁都不知再说什么陪着小心退出去。

上阅后说现在我知道为什么人都说我尊儒了，都是你们给我散的，我有那么说过么，开教化通途，垂礼义于边陲，还有什么什么与日月同光，你这个、这个难道不是给我垫砖么？

马相如说您可别给我扣这么大帽子，我就是这么理解这件事的，有些事你只要去做，实际造成的影响、其中的意义就会超过最初的盘算，这是即使您，贵为天子，个人意志也难以左右的。

上说好吧，不管怎么说我觉得你的文风还是有点浮夸，让被论及的人心里忽悠忽悠的，感到不是很塌实，让人觉出被夸了，是不是也不能算很高级？

相如说我能说实话么，内些给您往高架的话其实不是我说的，是张骞朋友您任命的内位滇国经略使段毅段先生说的，当然说出了我的心里话，我只是借用。

上说哦那就不奇怪了，骞的朋友都是侃将，都有逞口舌之快、过甚其辞先声夺人顽习。因问相如你这老在家呆着闷不闷得慌呀，要不要还是出来做点事。

相如说我这消渴病受不了累，国之要务办过一回才知道，成坏标准在人不在我，我也不善跟人打交道，人多我就结巴，您允许我当个闲人，您去上林苑、长杨宫内些野地方玩叫上我，我喜欢去有山有水的地方。

上说你不打算自己弄一园子么？

相如说哎呀我不想费内劲，还得设计、盖、挖池堆石种草一堆事。

上说行了，你甭管了，我给你找一园子去就能住。

遂拜相如为孝文陵园令。

上跟相如说还记得么，你欠人一篇作文，答应了没写。相如说谁呀？上说阿娇，你是不是答应过帮人家园子来篇赋？相如说噢噢还真是，内什么不是……她搬家了么。上说她整搬到孝文陵旁边，离你不远，你上班路上就能瞧见，咱们不能人家好的时候就往前凑，人家不行了面儿都不照，传出去显得咱这人不地道。相如说我就知道白给的不白给，准有事等着我。行行，您别说了，我代您去看她，把欠她的补上，咱不让人挑礼儿。上说这回咱就别来西征论内样的雄文了，你真正强的还是骚体，我想看你骚。相如说一定。

遂有《长门赋》面世：……刻木兰以为榱兮，饰文杏以为梁。抚柱楣以从容兮，览曲台之央央。白鹤噭以哀号兮，孤雌跱于枯杨。忽寝寐而梦想兮，魄若君之在旁。惕寤觉而不见兮，魂迁迁若有亡云云。

春一月，张骞以校尉随飘摇大队出陇西，向河西走廊搜索前进，对沿途山川、水源、羌胡各部分布情况进行武装侦察，一直走到弱水才回来。上以骞知水草，使军队、军马没渴着，封骞为博望侯。（司马迁按：食邑在南阳郡邓县，食千一百户。）

二月，在西畤召开军事会议，决定飘摇大队与骑一军合编，正式更名为征远第一军，由小霍指挥，近期出去搞一次野战拉练，在实战中检验一下训练成果。

总提新成员、大将军卫青亲自找小霍谈话，交代他此次出去，一定要坚持一切决定于条件的原则，坚持效果原则，凡能占便宜的仗，坚决打。没便宜、取胜把握不大或损失亦可能很大乃至与敌损失相当的仗，断然不打，不装好汉。凡是不从战场实际情况出发，仅凭良好愿望和主官意志而下的决心，无论美其名曰果敢或无畏，其结果都会造成被动或失败，是你应极力避免的。这次出去，你不再是一个战术单位指挥员，而是全军统帅，你的责任是组织好部队，积极有效地运用战术，禁止你放弃指挥位置，带队冲锋。一军是我们的老部队，每一个战士都很宝贵，你带他们出去，就有义务带他们回来。记住，你们首要的任务是锻炼部队，即便毫无斩获，把部队完整带回来就是胜利。

三月初八，戊寅日，平津侯公孙弘薨。上得到消息人还在西畤，愣了一下说什么病？陈掌说不知道什么病，听家人说头天睡下还好好的，早起人就没了，也没听见扑棱，是在睡眠中无声无息没的。张苍公说是老死的，均衡地衰竭，虚岁八十，也算寿终正寝了。

上说知道他很老没想到这么老。怪我，本来这个岁数是静心在家护生，思忖身前身后事，参生死，了恩怨，积极准备告别人生的年龄段，还叫他套上国家这盘磨转圈儿操心，不得一日闲，孙老有什么遗言么？

陈掌说也不能叫遗言，临睡前写过两个字，家属说是读孟子"独乐乐与人乐孰乐"有感。上炕后还惦记着向您建言，跟侍寝的姜说该提醒上早日进行廷辩了，否则记性一天不如一天，好多本来烂熟于胸的见解都忘了，上的策略就是拖，欺负我老，拖不过他。

上莞尔，说两个字是什么呀孰乐有感？

掌说：皆乐。

上叹：以后再没人像孙老这样可以一起口无遮拦地谈文学了。孙老的一生，是把自己喜忧永远摆在别人需要之下的一生。遂赐谥号：献。

二十二号，壬辰日。任命乐安侯李蔡为丞相，张汤为御史大夫。

二十三号，癸巳日。我征远军万骑三万马秘密渡河，前出小皋兰。同日，发布命令，任命霍去病为票骑将军，率征远军出河西，击匈奴。

次日，甲午。军逾乌鞘岭，濒西营河，对河右匈奴速濮部展开进攻，将其部一举击溃，不要俘虏，不掳牛羊，马不停蹄继续向西攻击前进。（马迁按：乌鞘岭又称乌戾山。西营河，谷水支流，又称狐奴水。）

乙未日。军渡删丹河，破浑邪部，俘浑邪王子嘎马丹及其相国、都尉。本来总提指定此次出击折返点为焉支山，票骑霍将军从嘎马丹口中得知伊稚斜单于子乌维此时在居延泽，遂决心突击居延泽，捕其子。

丙申日。军出焉支山，沿黑河左迅驰至合黎山口，遇匈卢侯王、折兰王二部合军万骑拒我。（马迁按：合黎山又称大皋兰山。）

丁酉日。军发起进攻，大破卢侯、折兰二部，斩卢侯王、折兰王。军亦伤亡过半，无力追击。

戊戌日。军还，一日千里，至谷水北流入休屠泽河口，掳休屠部人民数千口，缴获休屠王祭天金人。

己亥日。军度沙衍，经羊湾沟、大直沟、黄草川、庙儿岔至黄河，还渡入汉。是役，我征远军转战六日，穿过匈奴五王驻地，出焉支山千里，斩、俘匈军民八千九百余口级。我军损失亦众，战斗、非战斗减员十去其七，战马三万出河西，还渡不满四千。

夏四月，加封去病食邑二千户。以新训练部队补充一军。同月，调雁门五军、六军入北地，与驻马岭二军一起编入征远军战斗序列。抹脖子环节还是马，数量不够，不能开展单骑多马训练。霍将军去病亲赴陇西、北地、上郡各边亭字马群挑马，赶回三批近万匹儿马，全部补入一军，征远军军势复壮。

去病于担儿挑局献休屠祭天金人于上。金人尺余，袒脐闭目，盘膝交叠手坐于方蒲团，眼凹深陷似髅，一脸络腮卷髭，锁骨、肩胛、肱骨、尺桡、胸肋历历可数，腹下仅垂一布皱褶累累尤不蔽体，可谓褴褛，可谓形销骨立。其母少儿惊怪，说怎么搞个乞丐来。

上说不然，这等行状郑重造像不是圣人便是隐士。

陈掌说莫非是神，祭天么。公孙贺说我匈族所拜长生天非人类，无形无像，造像即是渎神，不可能。

去病说听休屠巫讲叫阿格乐兰，又叫马纳加大，翻成汉语叫醒人。上若有所动，说什么醒人，觉者吧？

去病说您译得对。陈掌说醒什么了觉什么了？

卫青说人生大梦醒了，觉得此世不真。我也是听部队里呼揭战士说过，他们西胡各部不少人信他，视为导师，当作教主，好比我们这里孔先生、李先生。

上说名字叫个什么知道么，此觉者。

去病说萨嘎毛尼。

上一握拳，说嘿！我就知道是他。史家毛呢！快让我好好看看他。掌说您认识？上指指心口：我朋友。

将金人置于案头，细细端详。赞叹说：你瞧瞧人家，这就是追求真理奋不顾身的样子，哪像我们，脑满肠肥。因问去病：休屠巫现在哪里？

去病说依律一概没入官奴，现大概在北地放羊呢。

上说叫什么名字，马上派人去找，传此人入宫。

去病说叫什么名字还真不知道，当时月黑风高，战斗还没结束，我们抄了他们，刀指胸口随便问了几句主要追问休屠王下落，突然又冒出一股残敌向我反击，此人撒腿就跑，……噢想起来了，我把他抹了。

五月，军情署自余吾水购得良马一匹，辗转偷运入关，为我各边亭马做种马，遍与之配，精尽而废。

南越献驯象、能言"胡虏殄灭天下服"鸟。（马迁按：疑似鹦鹉。）

张骞去邓县视察他的领地，打算盖所宅子当侯府，将来儿女靠不住，还有一帮乡亲可以使唤。对匈作战以来，军功封侯者渐多，封到哪个县就切出一块，当地就少一块税收。南阳，人口大郡，村庄稠密，小霍、辉渠侯仆多都封在南阳。小霍生从襄县、宛县切走两个富裕乡，直接改名叫冠军县。邓县也是大县，郡都尉治所所在，听说又空降一侯，心里不乐意，封侯制书写到乡，没写村，南阳都尉邓县县令这几个坏人打听骞也没什么背景，奏是出使匈奴叫人扣了十几年挣来的侯，于是在制书给出的内个乡东拉西拽给骞凑了千十来户鳏寡孤残绝户，分散在刁河两岸百十个村子。

骞叫上蛮子闺女儿子说走！瞧瞧你们爹给你们挣下的祖业产去。赶上辆骡车，带孩子来到邓县，眼见村村都有瓦房，猪羊满圈，粮食满囤，高兴。跑了一圈下来，每个村都给带到村里最穷，屋里如大风刮过连个碗都没有，穿不上裤子的人家去，说这户归您了。

炕上一帮裸体瞅着他，目光如烛，伸出一只只嶙峋如爪的手。骞熟悉这手，这眼神，他在草原逃婚也曾一次次爬向牧人火堆伸出这样的手，这样看着人家，不由抬手伸给闺女，闺女从怀里掏出锅盔，放他爸手里。骞咬牙瞪眼放膝盖上撬，掰成几块，撒炕沿上。

小半天转下来，闺女胸前瘪了，骡车空了，一家三口身上就剩一身绢。儿子央个他：大，不转了，再往下去，光膀子咧。闺女也说：大，前心贴后背咧。

领他们转的县吏也不涝忍说不看了，再看也就这样了。

骞说这是咱县所有困难户么？县吏说嗯，还有。

骞说还有更惨的么。县吏说也还有。骞说就是死球的吧？县吏不嗳嗳。骞说你们是打算让我带他们致富么？县吏说侯爷，您这话小的接不住，我就是一班头，啥也不是您消消气。骞说行吧，不难为你，回吧。

扭脸回到长安，几天猫屋里不出门。马迁饼妹来贺喜乒乒拍街门，对闺女食指摁唇嘘——，忍着不开。哐哐砸门，绕到房后喊：老张！老张！在家么？还是不开，接着听到拿脚踹，咔！咔！咔！胡人太太叫大白天关门作甚咧！闺女忙跑出去给她妈哗啦抽出门栓。

阿一拎一挂羊蝎子俩葱头三根胡萝卜跨过门槛，往里让人：来就来吧还带啥东西。吩咐闺女快接一下你叔你婶儿手。马迁饼妹站门外把一小筐红皮鸡蛋、一弯角系红绸子水牛头、一篮子点了红点的蒸馍一样儿样儿递给闺女，说这重，你别了，并肩抬一檀座贴囍字铜镜一齐迈进院。张骞立台阶上，揉着眼，说刚醒。你们这什么路子，贺新人来了。马迁一膀子拱开他，哼哧哼哧和饼妹把镜台抬进屋，咣当撂地上。说不知道送什么好，送金送玉也没有，平常空手来，今儿说怎么也得给您带点东西，现上横门买的，说去贺人，店家给选的。怎么样阿？热泪欢迎吧？几抬大轿阿？喝上人奶了么？骞说嗐，别提多坑了！千十来户俩村，夹着一刁河，都比河低，每年过水都上堤赛着垒堰，都怕自个冲了盼着水过对村去。每年都有一倒霉的，谁倒霉谁不干，都逮打，世仇，姑娘老屋里死屋里也不嫁过河。这不我去了嘛，都争，跪求我把宅子落他们村，侯府嘛，有势力，谁敢开堰冲？那就不是全村老百姓跟你不干了。哭着喊着，俩村全乐意拿出最好宅基地，俩村乡亲全乐意自带料白出工替我盖，家具陈设什么的都不用管，到时候您就提一包入住，我想住高点视野好点选个垄岗——不答应！非让住河边，水景房。为难呀我！都是我的百姓，条件一毛一样我不能向着这个臊着内个，实在不行只能全答应，盖俩侯府，大家一碗汤端平。

马迁说你决定盖俩了？骞说决定了，到时候我住不过来，你来，你住另一个。我可不跟你开玩笑阿，现在我就正式通知你和饼妹，邓县刁河有你一宅子。

饼妹说那多不合适阿，那是朝廷给你的待遇，你熬煎熬煎挣下一个侯俄们劈走一半俄们啥也没干呀。

骞说这话俄就不爱听，咱们谁跟谁呀，就这么定了，赶明儿，宅子弄完俄叫上你咱们一起去乔迁之喜。

阿一也不择菜也不切肉，坐在厨房小凳上竖着耳朵听，内边哈哈一笑自个也跟着傻乐。闺女哐哐拿斧子剁着羊骨说有啥好听的，俄大就会吹。阿一说你不滋道，俄和你大当年咋相上的，就喜欢他内张嘴。

45

六月，发动河西战役，史称二次征西。票骑霍将军去病并合骑侯公孙敖率远征军四万骑七万马从北地分两路出河西，攻击匈奴。作战计划：

一阶段：霍将军率一军三万马为先遣支队，走北路，从中卫过渡，经干塘、石峡子至休屠城，对该城可围而不打威慑监视敌前通过，迅逾茇岭抢渡删丹河，某日之前到达临泽，完成从北面包围浑邪王部同时封闭其西撤之路。

合骑侯率远征军二、五、六军走南路，从小皋兰过渡，经乌鞘岭迂回青石嘴，经大斗拔谷出扁都口入河西，占领大马营，驱逐扫荡当面之敌，从东南两面包围浑邪王部并遮断其与休屠部连接通道，与先遣支队建立战场联络。侯我远征军各部就位完成合围，战场指挥权即移交霍将军。由霍将军统一指挥，对浑邪王部展开围歼，围住多少，吃掉多少，务求尽歼该敌。

二阶段：一阶段战役达成，霍将军一军居黑河右，合骑侯二、五、六军居河左，两军协同共同向西攻击前进，深入发展，打击肃清沿经要点匈奴各部。过合黎山入弱水段，亦保持并肩北上协同作战姿态。至布格，木林河、纳林河分流，霍将军部转向沿木林河攻击前进，并最终夺取居延泽；合骑侯部继续沿纳林河攻击前进，夺取苏泊泽。至此，二阶段战役目的达成。

三阶段：各部迅速回师，围休屠城，合军，克之。

上于战役发起前，特找霍将军谈话，说此次征西，再战休屠，遇巫觋神女，务必刀下留人，活口带回来。

战役发起，霍将军率票鹞营先发，于中卫夜渡，一日越干塘、石峡子抵休屠城。休屠王闻票骑至，弃城而走。票骑追击休屠王逾茇岭，休屠王遁入冷龙岭，其众消失于大马营广袤草滩。大马营为合骑侯划定作战地域。遂渡西河，再渡删丹河。次日，渡黑河。当日进至临泽而军主力尚在删丹之左半渡。

票骑派出斥候，侦知临泽以东并无匈军大队，拦截西来粟特商队得悉，浑邪王率其众日前已过合黎出弱水徙往居延泽，且有进一步北蹿动向。遂派出两路骑通员，一路折回与军主力取得联络，严命他们速至临泽；一路寻找合骑侯部队，告知他们情况有变，浑邪王已不在删丹、黑河之间而在居延泽。根据新的战场形势，他决意改变原有作战计划，放弃第一阶段作战，直接发起第二阶段作战，请合骑侯立即向我靠拢。

第一路骑通员在东园遇到军主力，向军长史龙额侯韩说传达了命令。军当夜不宿营，强行军，于次晨赶到临泽。票骑已走，留下骑通员要他们立即跟上。军不吃不睡，人不下马，沿黑河岸马粪蹄迹向西疾进。

第二路骑通员按原计划规定路线寻找合骑侯，至大马营听到鼓角军吼，知前方有大军交战，遂加鞭攒行，至大黄沟遇十数匈骑突出，三人皆被俘。这小股匈骑正是休屠所部，为避票骑追击进入草滩分散隐蔽，闻票骑去，出来找部队，也是听到前方鼓角，循声而往。前方大草滩，两军骑兵正在对攻，一方汉军，一方重新纠集起来之休屠王部。汉军白刃如练，阵型严整，移动如方城，所过皆碾压。匈骑似湍流，乘势而来，顺势而去；又似泼水，这一摊，内一摊。流水遇方城，不免粉碎。宽大正面上，汉军并列六个方阵，每前进一个波次，又出六方阵；渐次推出数十方阵，数万骁骑全部展开。匈骑亦如渠缺，大水漫灌，散了一股又来一股，俱是远近闻讯赶来参战游牧民，一度有越打越多之势。日暮，忽然尽散，偌大昏黄草滩只剩下阵框轨齐行行列列汉军。入夜，作一排排火堆。

翌日，打扫战场。二军长史涉轵侯李朔报告合骑侯，在一干沟发现屠杀我军战俘现场，除我各军战场失踪人员，还发现三具穿橘色套裤腿战俘尸体，据判应为骑通员。询问五、六军均告未有骑通员失踪。请二军骑通长辨认，称是一军的人，去年远征军组织骑兵通信考核，他们曾一起参训。一军骑通员跑到我们作战方向，会不会霍将军有事通报？公孙敖想了想，说：许是在他们作战方向被俘，带到我们这里杀害。

合骑侯遂按原计划，提军西行，爰草滩而下，渡西河，次日至黑河左。所过无敌踪，亦不闻友军消息，遂驻军河上，派出数批骑通员往临泽、河右方向寻找友军并与之建立联络，归来皆报不见人。遂席卷河右，大掠河左，占领并控制临泽至删丹浑邪王所属领地。

这时才从被捣毁牧民帐中陆续搜出我军装具铠甲、弩机、弹丸、盔、玉佩及环首刀；发现帐前拴马烙有朱文"票骑萃马"印；发现我一军掉队人员，伤兵伤马。经查询方知，票骑已于数日前蹑浑邪王踪西去。

合骑侯拔军，二军河右，五六军河左，夹岸并向西进。沿经所过不断收容我一军掉队人员，愈往西愈密，渐至如列成行，有带伤的有全身完好的，都在往回走。出合黎入弱水，竟见成伍成什散骑，满眼灰心坐在路旁，见合骑侯大军至，复振作，皆指向居延泽。

合骑侯催军，令速进。李朔率轻骑飙行，未入居延即见天空群隼寻绕，闻伤马哀嗥。即入居延，由岸及滩，遍地满目死人死马，尽插矢戟，尤有秃旄斜帜，跛马走动，是一处尚未及打扫即遭遗弃之大战场。

合骑侯至，已从死人堆抬出我军重伤员数十人，一一仰置草坡止血包扎给水。其中一人孙敖面熟，乃是同为义渠匈族一军奋击校尉仆多。孙敖问你的部队在哪里？仆多告敖：击浑邪入漠。敖说馍？什么馍？仆多胡乱一指：大漠。随即扭脸昏死。

孙敖亦向四周胡乱画了个圈，命李朔：多派斥候，务必找到票骑去向。

居延泽四野滩涂，皆为人马践踏，似刚犁过松土，草根新土翻上来，湖滩地水位高，新土潮如泥，深踩一脚即出渗水，趟出垄，墩出坑，蓄了卧子所在，处处汪着水。初，还有刨出沟蹄迹，掩于烂泥弃械，隔五差七磔次不绝伏尸断臂。再往前行，土越来越紧致，地越来越干，渐渐能蹚起烟儿，蹄也成印儿，成碗儿了，行距也能数出来，由杂乱倒错变成只只蹄蹄向前，是行军纵队了。再往前，马下塞塞窣窣，洗刷刷洗刷刷，出沙了。蹄子浅了，蹄子稀了，蹄子印没了……

李朔抬起头，沙漠在脚下，落日在眼前，像一颗出油咸蛋黄，他最爱吃了，还有家乡趁热的小米饭。

李朔郁闷折返，报告孙敖：一军失去踪向。

孙敖先是皱眉，继而大骂：特么的回回搞这事，就显他能！

霍将军去病此时已在千里之外，行于崇山阔谷之间。地势越走越高，两边山崖林木已由山杨、白桦变为油松青扦，进而变云杉，变圆柏。低谷草滩忍冬蔷薇渐变鬼箭锦鸡、金露梅，变紫花针茅、线叶蒿草。

荒漠、高寒草甸接替出现。阳光恍弗失去穿透，六月大中午晒得冒油，躲树荫蹲一小会儿山风一吹浑身鸡皮疙瘩。温差越来越大，太阳下山，裹着皮袄还打嘚嗦。风刮得嗷嗷的，一块云彩一场雨，下的都是凉水，滴脑门杀痛，要么核桃大冰雹，捂着头砸一手包。前儿个遇见溪，几个兵洗马连带自己搓嘚儿，忽来一场冷水澡，马没事，兵失温，死了一个伍，都是最好的兵哇！

连日慢说敌，连个活物儿也没瞧见过。前面出现一个山口，山到呢儿咔擦没了，一大坨哇蓝匝地接云。

霍说这哪儿阿，山呢？韩说正做着梦，说卜儿道。连三抖脑袋，喊：内谁，单恒牵来，他不懂汉话么。

一獭帽狐裘匈奴贵人两手扦绳儿跟着一战士马后兜兜拽拽小碎步紧跑，喘说当当当金，当金山口。

韩说说山呢？单恒说山就到这儿，没了。

票骑乃归。合骑侯军陈黄河西，见票骑军至，共入汉。

战后论功，曰：票骑将军深入二千余里，逾居延，过小月氏，至祁连山，得单恒、酋涂王，及相国、都尉以众降者二千五百人，斩首虏三万二百级，获裨小王七十余人。天子益封去病五千户。鹰击司马赵破奴斩遫濮王，捕稽沮王、千骑将，得王母一人，王子以下四十一人，虏众三千三百三十人，前行捕俘千四百人，封从票侯，食千五百户。句王校尉高不识，随票骑将军围捕呼于屠王、王子以下十一人，以桡钩勾其下马受缚；单独捕虏千七百六十八人，封宜冠侯，食千一百户。校尉仆多有功，封煇渠侯。

马迁按：单恒者，粟特巨贾，重金买匈奴王号，为行商出入方便故。会我军西征，为票骑掳，虽强烈告白，不能辨伪，以王牵回汉，列献俘册，后我汉多名勋臣贵人提供证人证言，敕出。故仅留名于彼。又：鹰击司马赵破奴，故深泽齐侯赵将夕曾孙，父赵修，孝景三年袭侯，七年有罪免。破奴以军容入大将军帐，后入票鹞营，以功迁司马。高不识，故祝阿孝侯高色孙，父高成，孝文五年袭侯，后三年，坐事国人过律免。不识以侍卫入大将军帐，后入票鹞营，功迁校尉。票鹞营多功臣后，家世倾覆者亦多，只身投军，期与续世复家。二出定襄，三出河西，每役必先发，作战英勇，居延泽一役，七百骑折损太半，得封侯者止赵、高二人。叹！

又：合骑侯坐行留不与票骑会，畏懦，当斩，赎为庶人。

同期，右北平方向发动夏季攻势。上果真给张骞一个军带，任命他为驻右北平六十六军军长史，为使军方便特加卫尉衔。这个任命是一个月前、五月份发表的。上从马迁呢儿听说骞在邓县的遭遇，先是乐继而不安，说赖我，事儿办糙了，我已下令南阳都尉、邓县县令及其班子一窝端，发往右北平军中效力，同时发表你为六十六军长史，人交给你，当你的兵。

骞先说过了，没事我。继而惶恐：一个军，开玩笑，我连自己家几个人都管不好。上说你行，我也管不好家里人，两回事。卫青怎么样，过去管牲口，我看人很准的。骞说不是这么回事，我就不爱管人，上回带内一百个人出去就把我烦着了，这还没打仗呢。

上说你是不愿意得罪人。

骞说我得罪他们干嘛，他们跟我有什么关系呀，就他们内些破事，乃一件也不值得我过心，我哪有那闲工夫阿一人呆着挺好。南阳内个事你处理也不对，我没觉得怎么样，亏他们内个德性，万一对我好，紧张罗，就怕人家对我好，一过意不去真把家安呢儿了不定怎么后悔呢。最怕一帮小人以为我会跟他们争，把我想成跟他们一样还不够恶心的呢。

上说内个事跟你没关系，不要往自己身上瞎连连。六十六军你还是去，任命刚发表也不能马上撤，你呆上一年，实在干不了，挪个地方也好有个说头。没嫩么可怕，广叔在呢儿呢，还用你操心。真是都替你想到了，广叔大好人，不会难为你。万一你干得不错呢，是真男儿志在四方，你也该从你舒适区出来走走了。

骞说我要哪儿都没去过，真信了你这套奋胡令里的鬼话。志在四方到处奔就是为了找舒适区，我舒适区找到了，就是家，家里蹲。上说不行！必须把你从家笛出来。骞说真服你了，朝里有人没人呀认识一个就笛啦一个。能不能叫南阳内帮别去右北平，见了面怎么说呀，还不够尴尬的呢，再特么一顿认怂赔不是。

上说让你见不着行吗？

张骞遂带三千响应奋胡令自备弓马投军恶少星夜赶至右北平郡治平刚城。夏侯赐也在那里，正在郡守治所和李广研究作战计划。张骞把自己委任和特命李广加郎中令衔比九卿诏书一起交给广爷。广爷看着骞瞪眼，说操！你们真是不砬空儿，看我不忙是么。

骞说就是帮您忙来的。广说欢迎，先把你内帮小哥们儿带营里认铺，回头我再跟你介绍军里情况。

骞说不是我哥们儿，是国家的哥们儿。广说行行。

骞入城前，既见一队队骑步兵往北开，还有运粮大车一架接一架，壅塞了道路，便知部队有行动。

当晚军里开小范围欢迎会，也没像通常搞一地菜，只是切了些熟羊肉，拌了个木耳，提了罐薄酒，一人半盏也就没了。代理军长史军正李夫人、李广利之弟李季说：不好意思就这个条件，伙房已经装车走了，好在博望侯也不是外人。遂为骞介绍军里几个主要干吏：军司马成敬候董罢军侄儿董孝全；主力一部部校尉都昌侯朱晖强妻弟朱丹

（因其夫人也姓朱）；二部部校尉妻弟之弟朱臣。骑校尉李敢。六十六军也是老部队了，马邑之后调到这里就没挪窝，大仗没打，小仗李将军来前也是年年不断，这几年好点。干吏换了几茬，生活艰苦，发展前途不大，有想法、有点办法的都调走了，要么去一军二军，要么细柳当教员。没办法的，身体搞垮了的，离职回内地养老去了。李季说。我们几个也是这二年才调来，全儿哥早点。董孝全说我早点，马邑我就在下面当军候。李季说部队情况也就那样，战士老的少新的多，去年开始步改骑，老兵又淘汰一些，到现在改了一半，丹哥内个部全改了……

说到一半，李广来了，大家连忙站起来，向将军行抱拳礼。李广也不坐，就那么站着说：情况都了解？骞说都了解了。广说现在说部署，明天卯时一刻出发，我带一部走狗泽都，你带二部、补充营辎重队走阳安都，我们在濡水北流处会合，路不太好走，但是我要求你当日必须赶到。然后还是我走前边，你走后边，沿流北上，寻歼濡水之左至饶乐水之南广大牧场可遇之敌。我们保持角鼓可闻距离，鼓声就是命令，一旦你听到前军鼓连击角长鸣就是发现敌人了，立即向我靠拢，你鼓角长鸣我亦复如是。还有什么问题么？

骞说部队在哪？董孝全说已全部集结于二都障下。

骞说我带来那三千义勇兵要不要一起参加行动。

广说全部拨入补充营，你带上走。还有问题么？

骞说没有。

广说现在我们对漏刻。

明日，广将四千骑，骞将万骑，齐出右北平。

广部先至濡水，时未至午，休士马以待。骞这里号称万骑，也就朱臣部三千人是整建制可以投入战斗的骑兵，武器主要还是轻骑兵配备的二石制式弓和楚汉之争时即已使用的老式短梃，新列装的大黄弩、环首刀全给了他哥朱丹的一部。补充营两个曲有马，武器是一部汰换下来的弓刀，使用时间较长，弓臂拿了龙，更了弦，弓的射程、准头还是有所下降；刀缺刃比较严重，新淬了火，刃有了还是有点脆，切瓜行剁腔骨有飞刃，拎着手感轻。剩下两千人是今春新补的兵（马迁按：汉法：新兵十一月入伍，到营集训一个月补入部队。路上走一个月也许俩月一般到部队已是春），还未熟悉武器，也无马给他们，一人发一带棱木杆，也是兵器，春秋时叫殳。乘坐临时征用老百姓马车，老百姓赶着，竖一片杆，旗多，自己的，缴获的，拣的，手巾把、裤腰带也挑着，呼啦呼啦以壮行色。

再一千是辎重兵，一色军用带蓬马车，驮着帐棚、毛毡、竹席、被货、笤帚都是捆儿；猪肉、鸡蛋、面粉、粟、盐都是袋儿；蒜苗、豆角、苤蓝都是筐；酱、油、醋、酒都是缸；还有厨子、琵琶、营伎都是人。

再就是三千义勇兵，骑着五花马，穿着五色绸，背弓的也有，仗剑的也有。有的马从长安骑来已然瘸了，现从平刚买的骡；还有骑叫驴的，背着沉甸甸鼓揣揣塞满散碎金锭干肉甜枣炒黄豆零食袋，夹着铺盖挎着剑，两脚接近垂地；高高低低，仨一群俩一伙，嚣嚣嚷嚷，人笑驴叫呕哇呕哇，隔十里背身听如一集市搬来草原，却也有万马千军蒸腾暴攘滚滚不绝之势。

广在那边等骞，骞在这头等骡子大车。辰时出动，现在已近午时，后队还没出阳安都。骞不认识底下的曲屯长，曲屯长也不认识他，说话没人听也找不着说话的人，虽然身后跟着杆出来前备好的将旗，红底黑字绣着大大的"张"，过往队伍盯着他好奇，听说上面新派下一卫尉接替去年离休的老长史，卫尉，守宫门的，瞧内斋、瞧内甲，噶倍儿新，没准儿鎏了金，瞧着就是个摆设，样子货。冲他们嚷嚷立刻全别过脸假装没听见。全儿哥、季哥跟骞一起立在马上，神色恬然，也没个着急样儿，看来早已习惯部队这个屌样儿。

辎重队大车过来就听篷子里一通锅碗瓢缸叮乐咣当乱响，还有娘们儿笑。一戴尉缨骑白马瘦小伙跟在一挂掀了帘靠帮坐俩糙妞儿大车后倚儿，走马笑聊。

骞正要训斥，李季喊：李炎李炎。把小伙叫过来，给骞介绍：辎重副掌，我妻弟（季夫人亦姓李）。这是咱们军新来的长史，骞哥。李炎说骞哥好。骞转怒为和悦，说回头聊。

全儿哥说你是你们队最后一台车么？炎说差不多。回头一瞅，马后还真没马了，只剩一路车辙和散乱蹄子印。几个人登时伸长脖子，季哥问穿绸儿的呢？骞说什么穿绸儿的？季哥说你内帮兄弟他们不是穿绸么。

炎说一直跟后边阿，刚还聊呢。

全儿哥说你就没回头。对骞说现在已出国境，任何情况都可能发生，前边部队走得太快，不能没人掌握，只得拜托卫尉大人在此等候。言罢拱手，与季哥打马加鞭而去。季哥马上拧腰，迎风喊：前边等你！

日暮酉时，骞将旗断后，连吼带骂，前后驱策，赶羊般轰着三千穿绸儿的循车辙蹄印赶到濡水北流处。

濡水岸，炊烟绕绕，人、马、车铺得一眼不可尽望。炊事兵正在大锅炒蒜苗、焖豆角；马在吃草；人都歪着、岔着赖地上，兵器扔一地。骞再看！全儿哥季哥臣哥围着一热吊子，伸长筷子捞厚五花肉片。

季瞅见他张大嘴带比划，短着舌头喊快来热乎的！

骞滚下马，垮裆螃蟹步，说怎没见广爷阿？

季说我们也没见，到这儿就一片烂泥，留下一骑通员，说不等了，前边等去。骞说：说好的当日到，咱们到了。季说广爷的当日一般指白天，白日当头，日落山就算第二天了。骞说击鼓！吹角！季、全儿哥、臣哥全停了筷子，全儿哥说干嘛呀？喊住迈开一条腿准备转身跑的传令兵：你稍息。骞说说好的鼓角相闻呢？全儿哥说击鼓吹角是接敌，你这一弄不全乱了。天马上黑了，部队不能晚上走，追阿撵阿也逮等明天。

朱臣说以我跟将军出去几回判断，将军已在百里外。季哥说明儿，一早，臣儿你先派轻骑，向北，带着角手，一路吹，角联络上了，就算咱们全跟上了。

明儿，这边正在集合、点名，吃早点。应骞哥请求，朱臣特从本部紧急抽调老伍长、什长数十员派往义勇营将他们重新编组，按屯曲分队，临时任命头儿，一组跟一组走。全儿哥说把他们放臣儿、补充营两个之间，赶着走，这样这帮绸儿就不会掉链子了。

内头，三百里开外，日头也是刚起，可遥望饶乐水河床满盈岸滩牛马遍地，其中一些马在跑，初蠕蠕，渐如蝗；初一线，渐如堰；渐如织，渐如砌；堰破了，声若崩，是几万骑持弓挥刃在冲锋，顷刻间，若海汇流，山合围，一杆白毛大纛嗫嗫索索耸动军中，近看绣着狼，乃是匈国左贤王伊稚斜单于太子乌维王旗。

广军士皆畏。一些新兵没见过这阵势，身颤手抖握不稳刀，胯下马亦咴叫捯蹄，拧次后退。跟广已久老人儿那些见惯杀场老兵亦惊叹：将军点儿背，一出来就让人围。

广乃命骑校尉李敢：带上你的人，冲他一哈子！

敢遂与数十骑，撞山一般直怼遍地匈骑而去。匈国骑士，本是牧人，独活于大草原，一马一杆驭万千牛马涉水跋山，左绌右突，来回驱策，胎里带的就是自在自如心态。把这些人编在一起，叫他们组团冲锋，心中还是有无形牛马，跑着跑着都让开了，全成自个了，远看一堵墙，吓人，冲进去净是胡同，宽敞得很，人和人对着抡刀还差着八丈远，转眼之间就不见了。故敢与数十骑一通乱钻，弓未张，梃未举，穿左而入，贯右而出，毫发未损驰归本阵，只是引起匈军一通混乱，前马后马纷纷转向。告广曰：胡骑容易对付得很！

广说：全看见了？军士齐喊：吼！乃安。

广乃厉喝：全体，下马，以马为盾，环形列阵，锋镝一概朝外。朱丹亦拔剑，猫腰喊：全体，听我命令，操弓……

匈骑已至阵前，只见一张张弓圆，一排排锐镞如星，飕飕飕！嗡嗡嗡！叩弦若风琴齐鸣，天大阴，矢下如雨，我军如遭风摧，一行行倒伏。我军阵中亦嘈嘈切切，铮铮空空，以连把速射还之。战至日中，匈军攻势不减，我军死者过半，丹哥亦带伤，口不能言，且矢将尽。广命军士持满毋发，自取大黄弩，射敌踊跃向前戴獭帽胯下骏马者，杀数裨将。匈军攻势稍懈。

这时已是日暮——交战中不知日头飞逝，歇下来顿感分刻煎熬。军吏士卒皆无人色，体力透衰，而广意气自如，检查战损装具，收集剩余矢石，吊抚救治伤员，压缩调整阵角，奔走呼喝如常，战士皆服其勇。

明日，复力战，死者复过半。匈军亦伤亡惨重，阵前遗尸粗估过于我军。日中矢尽，广命尚能站立余卒，弃弓横刃，仍以环阵面敌，誓曰：今日与等同死！

这时闻鼓连击，角长鸣，一片男生呐喊，如：哈——；细听为汉语：杀！只见远近汉帜如云，汉骑如潮，个中尤有一路汉骑，于烈日下斑烂如霞最是踊跃。

朱臣一骑当先，入我军残阵，语广：广爷安好？

广曰：只管杀敌！臣曰：诺。遂驰射而去。

全儿哥、骞、季哥亦各纵马提刀入，观敌瞭阵，命相继涌入各部接管防务。这时再看广，已颓然坐地。

日暮，匈军解围，徐徐东撤。我军亦无力追击，各部均残破，义勇营牺牲尤惨烈，其员轻进且绣衣鲜明，每为匈军善射者狙杀，死者多美少年，虽浸血污不掩颜格，刚强如广亦深叹息，乃命罢军。当日我军亦折一将，董司马孝全观敌瞭阵为流矢所中，不治。

军归平刚，部队入营房，会餐，放假。军主要干吏开检讨会，评估是役得失。复次，廷尉派员会同军正组成军法会，依检讨会结论并汉法审决各将功过。

判决如左：博望侯留迟后期，畏懦，当死，赎为庶人。

太守广军失亡多，杀敌亦众，功过相抵，无赏。

马迁按：是时，诸宿将所将士、马、兵皆不如票骑，票骑带领的军士都是经过挑选的精锐，他也确敢孤军深入，每与壮骑走在大军前面，运气也好，有天佑，从未遭困陷入绝境。而诸宿将经常赶不上，受到迟留失期处分。由此票骑日益亲贵，可与大将军相比。

起初，去病初入军中为票鹞校尉，随大将军出定襄击匈奴，路过河东郡平阳县也即平阳侯封地，特去拜见生父退休县吏霍中孺，入其舍跪拜曰：去病不早自知为大人遗体也。中孺大惊，对拜曰：老贼得传命将军，此天要我这样做也，其实我和你妈不是很熟。

去病说我还不是将军呢现在我，熟不熟的那是您二老的事。中孺说像，你像，早晚是，我把话搁这儿。

去病乃去。二出定襄得侯，再过平阳复拜中孺，为其大买田宅奴婢。说别为我省还有，下回接您去我内封地做老太爷。中孺说这怎么话说的，我算扶了正了，见过男小三得济的。此番去病加封五千户，当真去接中孺，说我内家里没人管，几块封地撂在呢儿一块砖都没立，好几年了，一颗租子没见着，您算帮我一把，把这点事管起来，看着哪儿好，帮您儿子把府盖起来，瞧着乃村姑娘顺眼，替你儿子做主许一门亲，日后娶过来我在不在的，孝敬您。中孺真是被说热了心肠，老泪差点下来，说你这孩子心善，胎里善，随你妈，看来你是真没把我当外人，我也不说两家话了，我是真想去，真去不了，年轻时不检点，把身子淘空了，哪儿都不寒，腰寒；哪儿都不酸，腿酸，睡一觉醒两条腿断了也似；撒尿不正，老斜着出去，滋脚面。看着是个人，其实是放仨月的萝卜——糠了；捂半夏的西瓜——瘘了。没法见人！去病说哪至于呀。中孺说至于至于，你这么遮，你要真心疼你爸——我就这么不要脸自称了？去病说该着的，你不是爸谁是，您站稳，我这就呼您三声：爸爸爸！中孺当场泪就给催下来了，说感动的话不说了，有你这一出，你爸这辈子算没白来。你要真心疼你爸，地不地的你爸一辈子没指过这个，好歹是国家的吏，吃官粟的，你这儿还一弟，你现在这妈哦不后妈生的，在家不学好，你给带皇帝跟前去，受点拘束，将来像你一样，有出息。

遂将霍光唤出，指去病说：喊哥。霍光说：哥。

去病说嗯嗯。遂携光至长安，荐于上，任为郎，稍迁诸曹侍中。时年光十碰岁，还是少年。

46

七月、匈骑入代郡、雁门，杀掠数百人。

起初，广陵第一美人淖姬，东南半壁有艳名，江都王刘非、赵王刘彭祖还当时江都太子刘建哥儿俩爷儿仨一起惦记上了，说好文明泡妞儿序年齿排队，先紧着刘非，刘非瞎了彭祖接着，彭祖瞎了后尾儿归刘建，也是都不拉控的意思。没两年，刘非瞎了，挺硬朗一汉子，临了血尿，各国都传是淖姬催的。人还棺里躺着等着入陵——正往里进东西鎏金鹿灯、长毋相忘银带钩、铜祖也即铜鸡巴什么的；另一爱姬淳于婴儿正大闹，说银带钩是送我的跟我毋相忘，你们要发葬干脆连我一起入陵得了。府中乱，刘建趁乱加塞儿，把淖姬叫小黑屋给办了。据说淖姬也曾力拒说咱爸可还接壁儿躺着呢，建对她脸大喝一声：收起你内套假正经吧！也不知是停灵期间闲的还是受了什么刺激，捎带脚还把自家已出阁嫁给盖侯子亲妹子徵臣及所有来奔丧姊妹亲的庶的块儿堆办了。老叔彭祖，揣着小心思赶来吊唁，凉皮都凉了。也是豆腐宴喝高了，到处给人说不镉器不带这样儿的。还是刘胜跟他说哥这不是什么露脸的事，才把事儿摁下去。还是把影响造出去了，时人都说：刘家哥们儿没一个好东西。

还有很多恶劣的事，传得天下沸沸扬扬。某日刘建到雷陂游玩，使郎二人划扁舟入水塘作采荷科，天起狂风，舟倾覆，二郎落水，手抠船帮乍没乍现，建在岸看得有趣，令不许救，遂使二郎溺亡。宫女

440

姬妾犯错误，令裸立击鼓，或置树上，久者三十日乃得衣；或剃光头，以铅杵舂豆，一杵不中，就用马鞭抽，或嗾狼啮杀之；或关禁闭，不给饭，饿杀。像这样无辜丧在建手里人命大概有三五十条，皆因其淫肆酷虐变态行为所致。尤令人发指是乐见人与兽交，强令宫女裸而四据，与公羊公狗交。国中告发他的上书很多，汉公卿数请捕治建，天子不忍，也是不全知道不爱听，张汤刚报告淖姬事便说：别说了！止传诚敕令收束。

建也是一颗纨绔心，不识好歹，谁管他恨谁。王府有熨绸越婢，阴事鬼神，礼雨师妾，善鸡骨卜，驱鬼物，人病，立坛场，跳掷喝呼，为摇头舞，振铃禳之，病自愈，吃人一顿酒，收几文小钱，不治则诿以故，夙债、历劫归仙云云。府中婢妾多信，也找她驱鬼也找她寻物，王后成光找她寻过丢失玉簪，扭脸在床底下找着了；王孙夜啼她给上坟圈喊趱魂，不哭了。遂荐于王，请雨师妾，咒诅上明儿出门让鬼捉了去。

会逢淮南、衡山谋反，建早有听闻，也无意从贼，只是与淮南国邻近，恐一日淮南兵发，先攻占本国，要有防备，乃阴作军器，武装门客舍人。建父刘非，早年击吴有功，先帝赐将军印、天子旌旗，这回也都佩上，张扬开，全身披挂去果儿家串门，校场巡阅家丁家将，放出豪言：壮士不坐死，欲为所不能为耳！

及淮南事发，治其党颇及江都。上命中尉殷宏、宗正刘胡伤前去询征。建使人满铺金条于二人下榻卧褥下，待之以诚悔，每临询必伏地自请罪，痛泣彻腑致翻白眼昏厥，胡伤殷宏亦迫窘，参与抢救掐人中撬牙关，说王不必若此事情还没坏到这步田地。二人归报谋反无实据，造军器实为闻淮南有异动而备警，盖因不曾坐实未敢唐突举报或有触《见知法》之嫌；佩乃父家传将军印、张天子帜确涉僭越，亦可从其向贯慕虚、浮夸、不知惧行状见心机一二。时，正值诏令淮南、衡山两国除，设九江郡、衡山郡。赦天下因淮南、衡山两案见知系狱未决者。江都一案算压下去了。

至本年，江都案复起，动因尤在建，上天若要谁亡必先使其癫狂。上回宗正中尉质询着实惊着建，虽未询及下神咒诅事，建深知此事未了，一旦说破身家难保，虽已命将熨绸越婢严密看管于后府浣房，不得往前面来，想起此女心便咯噔一下大热天出一身冷汗，思来想去遣其归、留于府早晚都是祸根。乃密与其后成光谋，假命越婢至王寝，为鸡骨卜，占吉凶，赐酒，婢久卜不饮，不得已，出壮士强仰之与之喂，婢饮下不死，握颈吐沫坐蹬腿，嘶吼：王杀我！王诅上！建、光皆骇，迭令壮士：搞死她搞死她！壮士擒越婢于膝下，跪其颈，俄顷，婢不复言，僵死。

乃命壮士夜埋婢于后花园废池。次日，赐前夜当值王寝妾婢七八人酒食，妾婢皆不饮不食抱头痛哭，出壮士，强与之食或饮，皆鸩死，埋后花园。

复次，命壮士夜至浣房，传越婢亲近同工老乡十余婢至后花园，逐一扼死，埋于池。

壮士复命，不见王，乃见另一壮士，执铁锤，转身跑，颅后中锤，瓜裂而亡。

铁锤壮士复命，见王眼红，似煞神，未及王开口，转身跑，逾墙出，沿街狂奔并疾呼：王杀人！王诅上！

王亦逾墙出，仗剑红眼奋追。时，天已明，满街妇女倒尿桶，引车卖浆者皆错愕回首，齐睥睨以视之，乃驻步，乃回。

上命张汤复审此案，汤未至广陵，建挺立仰药死。王后成光等六姬弃市，国除。地入于汉，为广陵郡。

同月，胶东王刘寄薨。谥：康。

秋八月，匈奴浑邪王来降。我军二次征西，浑邪王、休屠王二部为我杀伤、俘获数万人，单于怒，欲召二王诛之。二王恐惧，密商投汉。先派使者至边境，找汉方能负责者向天子报告他们的决定。大行李息率士卒正在黄河上筑城，见到使者，用快马驿传向人在西畤天子报告。上听完报告，也是没想到也是太突然，二署情报没有一点反映，为慎全计，命票骑率一、二军迎之，以备匈人诈降袭边。

票骑军至河，休屠王见票骑帜，生恐生悔，跟浑邪王说我算了。浑邪王说哎你等会儿，抽刃斩之。命人传休屠王头颅于营，吞并了他的部众。

票骑挥军渡河，与浑邪部骑众彼此相望，这都是近日才在战场生死相搏对手，多数匈军裨将见汉军发根尤硬，不愿意投降，只见一拨拨人马哄散而去。

票骑率壮骑迅驰入浑邪军营，驱散浑邪王帐前侍从，才得进帐与浑邪王相见，说怎么遮改主意没？

浑邪王说没。票骑说那么好，命令你的人立即下岗，我军换岗。遂纵军入，占据控制浑邪大营各要点，斩杀欲走欲反抗不听命者八千人。将浑邪王一人独盛于驷马驿车，飞送过河至西畤天子行在。自己率军督后，尽遣浑邪余众渡河，计四万余口，号称十万。

上携浑邪王至长安，颁赐他金帛数十巨万，封漯阴侯，食万户。（马迁按：漯阴县属平原郡。）封其裨王呼毒尼为下摩侯，裨王应疕辉渠侯（马迁按：此处疑有误，辉渠侯前已封仆多），裨王禽黎河綦侯；大当户调虽常乐侯。加封票骑霍将军去病千七百户。

起初，浑邪部入中国，报告说有十万人，汉于三辅之内动员马车三万台前往边境迎接，各县无钱，只好跟老百姓赊马、赊车，一些百姓把马藏起来舍不得，马不够，剩大几千辆车没马拉，堆在雍门外大道旁。

上于柏梁台宴浑邪王（马迁按：柏梁台，位于长安西北角，雍门、横门之间，孝景后元年始建，元狩六年地基下沉坍一角，元鼎二年修复），扭脸俯瞰见，怒，吵吵着要斩长安令。右内史汲黯挡横儿，说：长安令无罪，要斩斩我，老百姓才肯出马。再者说，匈奴人背叛他们的君主投降我汉，只要下令沿途各县接力派车把这些投降的人慢慢传过来就是了，何至于令天下骚动，搞光中国物力民力，而去事奉夷狄之人呢？

上不嗳嗳。回头跟浑邪王说哈酒哈酒，今天天气很好哈哈哈。东方朔很欠地问上：您怎不回他呢我这都替您想了一肚子话。上说懒得理他。

二万多台车到了黄河边，才报上确数儿，四万人，一车俩人，还有富余。请匈奴朋友上车，一半登车一半死活不上，说您这是要给我们拉哪儿去呀，我们这儿还有牛羊呢，牛羊不能没人管呀。再动员死活劝，说是去长安，住大房子，见皇帝。好多女匈奴吓哭了，说不进城，怕皇帝，城里套路深，就想挨农村。再劝就急了，拔刀，说你们这什么意思阿，不乐意还不成了，刚进你们国就这么强迫我们。只好说好好好，不乐意不去，乐意的上车，回头别说有赏赐没想着你们。故二万车回来皆成专车，一人一车，还不少放空。

浑邪王部至长安，受到横门小贩、市民热烈欢迎，贱价求购其所佩索格底亚纳玛瑙、巴克特里亚天蓝石、花喇子模绿松石、波斯金币大秦玻璃珠子和狐裘羔皮。因触犯《互市法》：吏民不得擅持兵器及钱物出关；逮治坐当死五百余人。犯者家属齐聚有司喊冤：我们孩子哪儿也没去就跟家门口买点东西怎成携财出关了？

有司法条科爱特全体市民统一回复：关，胡汉大防之间阻。胡人到哪里，哪里就是关。浑邪者，胡人也，入长安，长安即是关。到你们家门口，你们家门口就是关。

汲黯请求上得空儿接见。上正在高门殿看《三坟》，自陈氏去后，上便将高门殿辟作书房，没事也不往后宫去，有时晚了就铺张席子歇在这儿，听说黯求见，说现在就有空儿，命传黯。黯见上，慷慨激动，曰：夫匈奴攻我，把进中国的路都堵了，绝和亲，执行敌视我汉政策，我汉兴兵打击他们，死伤士卒不可胜计，支出军费以数百万万来算。臣愚昧，以为陛下得到胡人，不管捉来的还是投诚的，都应让他们做奴婢，赐给那些从军死于战事的战士家属，所有缴获财物也应用来救济这些烈属，以向天下父母所受的痛苦谢罪，满足一般百姓不平衡心理。今不止做不到，浑邪率数万之众来降，还要搬空府库来赏赐他们，发动良民侍养他们，就像娇惯不听话的孩子。愚民怎知在长安市场上买的东西，会以擅带财物出关论处？陛下纵不能得匈奴之资以谢天下，又以微细法令条文杀无知百姓五百人，是所谓爱护叶子伤其枝也。臣窃为陛下不取。

上依旧沉默，不接茬，半晌说：很久没听到汲黯发言，今天他又在胡说八道了。

东方朔说其实我想的也和汲黯大人想的差不多。

上说我要是你，也会那么想。

没过多久，上谕将投降匈奴人分别迁往沿边五郡陇西、北地、上郡、朔方、云中，令居于故秦蒙恬所筑障塞之外，皆在北河之南。听其保留本国风俗，而接受我汉羁縻，作为我汉属国。自此金城河以西，依南山至盐泽，空无匈人，时或有匈侦骑出没，少见。

司马光按：金城河，河水出金城河关县西南积石山，东流迳金城

445

郡界。自允吾以西，通谓之金城河。渡河而西，则武威四郡之地。然金城郡昭帝元始六年方置，史追书也。

司马迁于当街酒垆闲坐小酌，听买醉匈奴汉子唱胡曲：失我祁连山，使我六畜不蕃息。失我胭脂山，使我嫁妇无颜晒……乃录于左臂。

起初，霍将军征西，上嘱他格外留意休屠部巫，捉一些活口回来问话。霍将军一路深入，并未与休屠部接战，亦无下文。后浑邪降汉，休屠王中途生悔，遭诛戮，所部为并吞，清点人口，并无休屠士民也矣。

事变当日，休屠诸大子皆受诛，太子日磾，时年幼，止十四，因免诛，与母阏氏、少弟伦为浑邪王降为奴（马迁按：草原各部并无嫡长子继承，或兄终弟及，或立幼），渡河之初，即发卖临河筑城大行李息入官。息返长安，将这批胡奴作为战利品献给上，分送太仆、少府各内廷官署充役，日磾被分到黄门养马。

这样过了很久，一日，上游宴，就是连吃带玩，忽然想起看马，严妆宫人遍立上两旁，日磾等数十人牵马过殿下，没有不偷看宫人一眼的，惟独日磾目不斜视。日磾身长八尺二寸，容貌有威严，马又肥好，上异之，叫住他，问他哪里人。日磾把自己情况陈说一遍，说到本系休屠太子，上立刻说你把马交给别人，现在去洗澡，换衣裳，再到我这里来。当日，任命日磾为马监，太阳没落山，迁侍中。（马迁按：侍中得以出入禁中。）令入高门与彻夜谈，破晓旦出，任为驸马都尉，时人谓一日三迁。（马迁按：驸马都尉，今上始置近侍官，皇帝外出时掌驭副车马，多由宗室外戚、公主子孙极亲信人充任，故曰驸马；秩二千石。）

马光按：后世皇家姑爷称驸马自魏晋始。亦可征凡托古言汉以前事出驸马二字皆为伪说。

日磾既亲近，未尝有过失，上甚信爱之，赏赐累千金，出则为副车，入则侍左右，每与作长夜聊，后宫诸美皆遇冷，担儿挑局也见不着人，陈局窃怨：陛下胡乱得一胡儿，反贵重之。上闻听，对日磾愈厚，再迁光禄大夫。以金人出休屠故，赐日磾姓金氏。

据说二人长夜聊多为日磾为上说金人之学。此说出司马迁，司马迁又是听李夫人益寿说的，此女善诙谐，语锋凌厉，常以刻薄损博上一粲，专长接即将落地话渣儿于地砖，什么为壶醋搭斤饺子，为一八仙桌搭一四合院。在宫中有女方朔之称，故多奉召，系常伴高门二三人之一，上每屏退左右，她可以不走，奉茶促谈或隐于帐后，尹婕妤送别号：高门行走。

日磾初夜谒高门夫人即在，上问你了解什么叫终极么？夫人说不懂。上说量你不懂，你可以留下了。

夫人为马迁饼妹老街坊，又是大嘴巴，故每于节假省亲探望老母之余，拐个弯去马迁家闲坐须臾，与他扯些闲篇儿偶尔聊起不懂的日磾只言片语：

真心一切皆周遍，密藏所有众生中，一切因中果先有。

各支各自成因果，前支不成后支因，后支亦非前支果。

解脱主体不存在，解脱事实存在，这样显然不合理。追求者达到解脱前一定持续存在。

如果不承认事物具有自性而结果又被前因自性所染，故因果成立，这是对因果关系的不当扩大。

前一刹那亡，后一刹那生，亡即是无，故无因果。

自在天王是世界主，造一切物，万物灭时还摄取。

问马迁你懂么？马迁说想来是金人之学了。对益寿解释：这金人是西方圣人，所见未见得有我东方圣人高明。

究且到底是没头没脑不明不白，马迁日后巨著亦未见此语录入，或有为日碑作传之想，只是寿不及日碑，止作为素材与《太史公书》原手写竹册窑于本家。

司马光按：终两汉朝，多有好事者为释教何时传入中国聚讼不已，一说为武帝之时，一说为明帝之时，

武帝说即举休屠金人并《太史公书》外卷所辑日碑语录。此外卷一直藏于迁婿杨敞家，两汉交替，由杨家与《太史公书》原册共献甫落成之洛阳石渠阁馆藏。明帝永平七年，遣使西域求法。十年，身毒胡僧迦叶摩腾、竺法兰携经书佛像至洛阳，敕建白马寺。石渠阁赠书白马寺，间有日碑语录为汉久闻佛说证。竺法兰稍阅即言：俱是外道邪见！乃弃。

47

元狩三年春，有彗星出于东方。

夏五月，赦天下。

起初，淮南王谋反时，胶东康王刘寄微闻其事，私下作战争准备，制造弓矢，也不知冲谁。后来审理淮南案，有流窜门客供词牵涉到他，有司并未传讯，自己忧焚脑溢血薨了。寄母王夫人儿姁，皇太后王娡女弟，与上最亲，也知道儿子有掌儿也觉得对不住姐、外甥，眼看这亲戚做不成了，悲伤加惶恐，里外一催，家族三高，跟着薨了，连后面谁接班也未来及安排。

上闻听也很悲哀，臣子可以近，可以远，亲戚没得选，遂立康王长子刘贤为胶东王。又封其少子、老姨最宝贝孙子刘庆为六安王，领他叔爷故衡山王地。

秋八月，匈军入右北平、定襄，各数万骑，杀掠千余人。看来匈军主力从漠北下来了，本来计划调集军队进行反击，崤山以东秋汛，多条主要河流发大水，很多地方老百姓房子被冲垮，财产耕牛被卷走，刚入仓粮食也被洪水吞没，大水退去，百姓缺衣少食，中等人家皆沦为赤贫，只得停止战争准备，组织救灾。

上派出使者赴灾区提倡种冬小麦，打开郡国粮库将所有存粮拿出来赈济饥民，还不够。又劝募当地家有余粮富人、官吏、住宅地势比较高未被水淹百姓多少拿出点钱粮借给乡亲，名字可以报给皇帝，让他们出名。还是不够，救得了急救不了天天急。于是迁徙灾民到函谷关以西五郡陇西、北地、上郡、西河、朔方安置，还一部分迁往江南会稽，共迁出灾民七十二万五千余口。迁徙之路衣食皆由沿经各县供给，到安置地亦由所在县提供土地，建房砖木，发给种子农具，助其置业开荒，开垦出土地算官家借他们的，再用收获一点点还。几年下来，有的发家了，有的还是一贫如洗，吃饭等靠要。天子使者分头进行管理，往来奔走，协调地方，操心受累，所费以亿计，数也不数清。

上乃为减膳，平时八个菜减为四个菜，一荤两素一个汤。又减乘舆六马为四马。

马迁按：移民比较成功惟徙往朔方以南故秦蒙恬退匈奴所获千里之地所谓新秦中。那里土地肥沃，百年无人迹，鸟兽作巢，野马野驴满地跑，可谓处女地，只要肯出力，未见得大富，丰衣足食庶几可期，没过几年，阡陌纵横，菽麦逐浪，果成模范大邑。

马光按：新秦建设还是很出了些富户，其俗流远，以致三百年下来，东汉俚谓新富贵者由是称：新秦。

浑邪王既归，其地空旷无人，陇西、北地、上郡久不见胡骑寇边，士马皆肥胖。

九月，下诏减三郡戍卒之半，以宽天下百姓徭役。

马迁按：戍卒指守堡守亭之边防军，野战军不在其列。

同月，经略使段毅遭滇王递解出境，行李卷扔路旁，不许他再入滇国一步，什么原因不说，就是烦了。

上欲讨伐昆明，听说昆明有三百里滇池，乃于长安西南四十里上林苑中划地三百二十顷，掘土为池，曰昆明池；教习楼船水师，演练水上勾撞靠帮技法。

是时，法令益加严刻，吏多废免。军队频繁出动，更役年龄一再放宽，下至十五，上至五十五，武功爵销售大旺，人民中资以上竞买可免更、徭役七等千夫爵，可征发人口愈减少且优秀兵源体能机敏度皆有降。

于是将凡购买七等千夫及赐爵九等五大夫者一窝端，一体任命为吏，令去各部队及各县报到。实在身体有残疾，年龄太大干不了的，令出马，百马抵一人。

又传诏：凡因过失官旧吏，不问高下，皆不令居家，谪贬为力伕，罚去上林苑伐树砍灌木，凿昆明池。

这一年，得神马于渥洼水中。起初，南阳新野县有小吏暴利长，弄法失官，获刑六年，髡钳城旦舂，自愿前往敦煌屯田流代城旦。（马迁按：时，初定河西，故休屠、浑邪地千里无人，国家劝募士民前往屯田，刑徒愿往，屯田一日可抵刑期二日。）利长抵敦煌界，居渥洼水，掘土为穴，汲水为饮，日出而作，日落而息，虽名有边吏管束，边吏亦如处流刑，是凡有个来头皆愿结交，日后返内地或可是条路子——却也自在。

渥洼水出当金山，北流至敦煌西南汇为泽，复北流没入沙漠，晨暮有野马群来喝水。利长数次见群中有马赤骏异于同类，乃使当地羌人持勒绊于水旁，跟随马后玩习，久之，马见怪不怪，利长自持勒绊，收赤骏马，献于上。欲神化此马，吹嘘水中出。得除刑。

起初，上始置乐府，收集民歌使之为雅乐，有唐山夫人作安世房中歌十七章，谬忌作郊祀歌十九章，使童男女七十人歌之：大孝备矣，休德昭明；高张四悬，乐充宫廷。浚则师德，下民咸殖；令问在旧，孔容翼翼。孔容之常，承帝之明；下民之乐，子孙保光云云。

马迁按：唐山夫人，姓唐山，高祖姬，有文采，为汉初第一，史上第二女诗人。奉高祖命作《房中祠乐》歌，初为楚声。惠帝二年乐府令（原文如此）夏侯宽审定新辞合乐改名《安世房中歌》。女子诗多带妖魅，唐山典奥古严，专降伏文章中一等韵士，效庙大文出闺阁，使人惭服。

复按：史上第一女诗人，战国旧宋有死志诗两首"妾是庶人不乐宋王""河大水深日出当心"名句传世之宋康王舍人韩凭夫人何氏是也。"当心"不是小心的意思，是太阳代表我的心剖心明志的壮烈。

又使司马相如等骚客造诗制赋，命协律都尉李延年为新诗新赋作曲，挢次弄弦以合金石丝竹匏土革木八音之调。诗多翻《尔雅》之文（马迁按：《尔雅》三卷二十篇，文帝时列于学官。尔，近也；雅，正也），晦涩艰奥，只通一经之士不能听懂，一定要集合五经专家给大家逐句讲读、领诵，才能大概其知晓说的是什么。

这回得了神马，必须有歌，上乃自作歌云：太一贡兮天马下，沾赤汗兮沫流赭；骋容与兮迣千里，今安匹兮龙为友。相如延年皆赞：冠绝！乃作合唱曲。

恰甘泉宫草成，林工请验巡、试住。上欣然往，流连竟日，说好，是会仙的地方。适值望日，入夜月出，大而圆，乃命七十童子队咏新歌于祭天寰丘。

随队有汲黯，偏在此时添堵，说凡王者作乐，上以承祖宗，下以化兆民。今陛下得马，诗以为歌，在宗庙歌唱，先帝和百姓又岂能知道您唱的是什么呀？

上又给噎住，说不出话，一腔雅兴化作不高兴。

上延招士大夫，常感杰出卓越者不多，一般中才亦不凑手，往往招来志大才疏者，偏又不视人才为宝贵，近臣都是他看得上、信任亲爱的，平时说话尽可直言，或小有犯法，或欺罔，辄按律诛之，无所宽假。

汲黯谏曰：陛下求贤甚辛苦，未尽其用，辄杀之。以有限之士供陛下无尽之诛，臣恐天下贤才将会死光，陛下能与谁共治天下呢？汲黯越说越气，说完已是一副怒相。上反而乐了，辩解说：哪个朝代无才，难就难在没有识才慧眼而已，看着很像，聊起来也很像，用起来不是。若有一个会识马一样识才的人叫叔乐也好侄儿乐也好甭管叫什么，何患无人？所以我这个识才办法比较粗暴，就当人才是拐棍、剪刀内样的器物，合用就用，不顺手、锈了钝了，就弃。天好的东西，用不着，等于没用，我从来不攒东西，留着他干嘛？

黯说臣虽不能拿话说服陛下，心里认为您说得不对，愿陛下今后能自己改正，不要以为臣是傻子基本道理不懂。上回头看群臣，说若汲黯说自己是阿谀小人，那不可以，若说自己不懂事，那不是很准确么。

下来，上问东方朔：我今天是不是说得不太好？

方朔说不好，听出有点急了。

上说我也觉出来了，一时没搂住。

48

元狩四年，冬十月。有司奏言：关东贫民徙五郡，县官衣食振业，用度太空，而富商大贾趁机囤积财物奴役贫者，赶着成百上千辆车到处倒买倒卖，列侯封君都要低头向他们借钱，冶铸、煮盐，财产累积到万金，不佐国家之急却加重百姓贫困。请变更钱币以满足使用，打击那些取之天下用之自己浮淫奢骄的家伙。

是时，禁苑有白鹿而少府多银锡，就剥下白鹿皮，裁为一尺见方，饰五彩花边，名皮币；每块等值四十万钱。王侯宗室朝觐、嫁聘、祭享，必以皮币托衬玉璧，才算成礼。又将银锡合铸曰白金，分三品：一等重八两，圆形，文采饰龙，值钱三千；二等五两，方形，文采马，值五百；三等二两，椭圆，文采龟，值三百。取天地人，天莫贵于龙，地莫贵于马，人莫寿于龟之意。（马迁按：也是强词夺义。）

令各地收缴销毁半两钱，重铸三铢钱。提高盗铸刑罚：触律皆死。而吏民盗铸白金者不可胜数。

十一月，以东郭咸阳、孔仅为大农丞，主管盐铁事。桑弘羊为总会计。东郭家族是齐国最大盐场主，孔仅是南阳最大冶铁商，家产都积累到千金。桑弘羊，洛阳商人之子，算数天才，凡计数皆心算，十三岁擢侍中，少府进出账目全由他审核，作报表。这仨人凑一块，谈钱、谈利，秋毫虽小亦可分而为二也。

同月，诏禁人民敢私铸铁器、煮盐者钛左脚大脚趾，没收非法所得。（张汤按：钛，踏脚钳也。状如鞋托，置于脚下，咔擦合之，重六斤。）

十二月，公卿请征商业税，手工业资产税，曰缗。

马迁按：缗，丝也，以贯钱，一贯千文。

命工商业者各估算自家财产所值，凡易物流通，低买高卖，囤奇取利，不管是否在市场注册为商，一律按税率百分之六走，二千文纳缗一算，计百二十钱。

各种出卖劳动力手艺人可减免百分之三,四千纳百二十。除高爵比官吏、掌管教化县乡三老（马迁按：此职虽为吏，秩二百石，多为老胥吏、老学究、有乡望宗族长出任，故名之）、在北边骑兵部队服役战士外，百姓凡有小车一辆，纳缗一算，百二十钱；商人每台车加倍，二百四十钱。有船长五丈以上，也要算缗。

隐匿财产少估算、不估算、不报税者，戍边一年，由有司估算计缗，没入官。有举报偷漏税者，经查属实，没收缗钱之半奖予告者。又：凡已在市场注册为商者，及其家属，皆不许在乡购置田地，以保护农民，不使其因贫或贪小利失去土地，沦为雇工或流民。违反此规者，田舍奴仆没收入官。（马迁按：商人买地多为建巨宅、造园林，改变土地用途，农民失地为流民亦是国乱之始，往小说，致朝廷税基流失。）

这些法令大多出自张汤，汤每朝奏事，谈论国家财税收支，都到太阳落山，过了饭点儿，上也经常忘了吃饭。丞相李蔡，武人出身，一听钱、数字就晕菜，坐在一边哈欠连天。上其实也不是很懂，尤其再叫孔仅桑弘羊算半天，也晕，这些事一般就由张汤决定了。

百姓受到骚扰，日子不安生，心里都怨恨张汤。

起初（这个起初是三年前，元狩元年，公孙弘还活着），河南人卜式，多次捐献家财给县里资助边防修亭筑堡、改善边防军人伙食，曾经包过其所在县黄河北河段一个屯边防军仨月伙食，每餐有鸡有蛋，当时部队刚进驻河南地，粮秣补给未完全到位，多亏了他才没饿肚子。其县境内一个边亭亦由他投资兴建，被命名为卜亭。还一个堡也出了一半砖钱，被命名为卜堡。卫青出北河击匈奴，他也在路边设立汤水站，免费为过路军人提供热饮。这些事迹传到长安，进了上耳朵，上甚感稀罕，问孙弘你听说天下还有哪个地方有过这样的事么？孙弘说没有，军队过境不跑，能从自家井里提桶凉水给马、战士喝，就算好老百姓了。

上说我也觉得纳闷，这人怎么想的呢？孙弘说猜不透，应该有想法吧。于是派使者去河南地访老卜家，跟使者交代你去打听打听，这人什么情况，做的事好奇怪哟。使者到了当地县，县令讲了他所了解卜家基本情况，卜家原为河南郡殷实户，因病致贫，我军收复河南地，劝募士民屯田以充实边防，卜式随父母徙往本地，是第一批移民，在此垦荒牧羊，渐竟置起一份家业。后父母去世，式下面还有一幼弟，式抚养其长大，即与弟分家，家宅田产全付予其弟，自己独身出户，止带走一百只羊。式风餐露宿，游牧于边十数年，羊群增加到千十头，又添置了田产，娶了太太。而其弟不善农事，尽破其业，式又一连几次切分田产牲畜，助其弟恢复生活，至今。情况就是这么一情况。

使者说那也没多少钱阿。县令说说得是阿，每助捐一次近乎倾家，我都劝他您少捐几个，别回回从头干，人有几个从头阿。不听，拦不住，就这么实诚。

使者说不明白。遂迳奔老卜家，进了卜家门也很愣，没说几句就直给：你是想做官么？老卜说我从小种田放羊，不懂做官的事，没内想法。使者说那你一定有什么冤情，可以跟我说说。老卜说我是有钱人，一辈子没急着也不跟人着急，我们这儿乡亲谁赶上事急用钱都找我借，我添俩借给他，话说头里，有就还，没有拉倒。从没跟人红过脸，不就这点事么，钱，兹我有，不能让您干瞧着，穷人都跟我关系好。碰上品行不好的，小混混二流子，靠讹人过日子，我就教导他：你这样弄不了一辈子，日后有的哭，听叔的，上叔圈里挑二十只羊，不愿意放羊，叔给你二十亩地，跟地较劲去，赶明后儿的叔再给你起两间房，再有逃荒来傻丫头叔给你寻摸一个，生俩娃，村里出出进进腰杆多硬阿，死了也有人给你摔盆打幡。不瞒您说，乡里人都叫俺卜大善人，说我冤，如果您问的是这个，有。

使者更不明白了，说那您老到底为嘛许阿，捐这捐那，好容易挣点家业都攘出去。老卜说大道理我就不跟你讲了，就说眼下这事，天子打算剿灭匈奴，按我内糊涂想法，靠他一人办不成这事，逮大家一起上，有钱的出钱，有本事的上边境拼命，都使劲，都不偷巧，才能办成这事。我做的多么？我做的其实不多。

使者说行，我也不打算弄明白了，我就按您说的回去禀报。

上听后叹：这就是舜内样不教而有天德的人阿！

使者说您是指天壶么？

上说是，我是这意思。必须承认，德不自圣人出，教自在人心。不好意思我生攒一词：良知。

因问公孙弘：你以为如何，我有意任他为官，我渴心求贤，想得到的正是这样天性纯良无任沾染之人。

孙弘说此非人情，小人物，以圣人自邀，可谓不轨。你又不打算派他去天上做官，都按此标准要求百姓，是置百姓于凌空，竞步于蹈虚，其必也是德未见涨反失常法，使天下本分人、藏讷守拙者无以自安。老子"不尚贤使民不争"斯谓若此也。不要任命他。

上说谁的风、谁的草、谁必偃怎么说？

孙弘说说的就是您的风，您刮内边，内边就倒，咱们就别让一般老百姓背这忒大道德包袱了。

上说你说服我了。遂不复聊卜式。（马迁按：这个使者即时任大农令颜异子颜愚，时为中宫谒者。我与愚少子颜逯熟，这些话都是听颜逯说的。）

说话又过了小二年，军队屡次出动，浑邪王部来降，国家挑费巨大，仓府再空。到了去年，山东发大水，大批灾民迁徙，都仰仗国家供给，国家实在兜不住。上再次减膳，四个菜减为两个菜，一荤一素，不要汤。卫皇后说哎呀你这样不行的，营养不够的。

上说别再拿吃说事了好么，咱们都属营养过剩，四个菜也不能都吃光，经常吃一半剩一半，两个菜很好了，有几户人家平常能吃到两个菜。

皇后乃亲手治膳，两种食材拼一碗，一条小鱼半只鸡；半瓜半绿蔬；皆为羹，汤也有了。

卜式及伙计背二十万钱送到县里，请协助安置移民用。所在县上报富人助贫名单，上看到卜式名字，一下想起他，说这就是之前捐家支边内个老汉。于是下令赐卜老四百力夫劳役费为赏。卜老又全捐赠出来。

时，富豪皆争隐瞒财产，少纳缗，独卜老每向国家捐钱。上以为卜老长者，确是个实在人，跟新丞相李蔡说我不认为标榜这个人会败坏风气。说会让天下本分人难受，我看内些人也并不本分。遂任命卜老为中郎，爵擢左庶长，赐田地十顷。并布告天下，抬举他，也不要天下人个个都像他把家捐得过不成日子，只是为这种行为正名，是义举，是美德，高尚行为。

颜遽按：初我和迁儿哥闲谈此事，说到卜老籍贯或指河南郡，可能迁儿哥解错，以为日后所迁亦在郡而不在地，作《太史公书》有河南守云云。河南郡处中国之腹，既不临边，也不在元狩二年大迁徙移民五郡之内，卜式所为隔空助跑，盖无因起。今从本文改。

班固按：不然！鹪鹩觅于棘，尤巢高枝；孤臣虽处远，心系庙堂。河南固腹地，式敢眺朔边，国之穷窘，念兹恨兹，有此义举，亦在情中。排除包伙建亭舍汤劳军漶漫无根蜚语，事亦大成立。吾从太史公。

司马光复按：吾从太史公。

初，卜老不愿为中郎，还是内番话：我就是一老农民，只会耙地放羊，不会做官，让我做官难为死人。

上始劝：做官不难，别人怎么干你就怎么干。继而说那好，我上林苑据说也有羊，我从来没见过，你去，把羊的事搞起来。卜老这才说好吧，我就当个放羊的郎吧。李益寿在旁一乐。上说怎么拉这话有毛病？益寿说没有。

自此，卜老还穿着他内身行头布衣草帽在上林苑放羊。过了一年，也就是今年，上去上林苑胡逼转，忽出一群羊，又肥又白，沿马路快跑。上既惊且喜，喊咩。群羊回答：咩。上又追着喊：咩。群羊又一齐作答：咩。上大笑，说小羊真有礼貌。跟着卜老钻出来，扛着羊鞭，破衣拉撒，晒成炭样。上说说你行你还真行。卜老说木啥，放羊跟放人一样，按时起居，按点吃饭，有调皮捣蛋的，把他搞掉，不叫带坏一群。

上说是阿是阿，其实道理很简单叫人说复杂了。

遂拜卜老为缑氏县令。说这回您老就别再推辞了，就当放羊。

卜老到了缑氏，政绩也没听说有啥新奇出鬼的，朴素的作风，满口大白话，深得缑氏人民欢喜。

乃迁成皋县令，当年成皋征购漕粮跃全国之最。

上语群臣：这就是榜样的力量，此人忠厚，不教而化，不是我一人说了吧。乃迁齐王太傅，后迁齐相。

春三月，有彗星出现在东北。

夏四月，流星雨出于西北。

起初（这个起初是元狩二年，山东水灾未发之前），陈掌家担儿挑局，卫青去病孙贺孙敖皆在，上酒间与诸将说：翕侯赵信给单于当参谋，总以为我军缺乏度大漠保障能力，每次入匈国不敢久留，我们就利用他这个自信，出动大部队搞他个突然袭击，必擒单于。

卫青说还是马，当初定下十万骑三十万马基本配置到今天不能实现。每次出动最痛心是独马难支，一匹马累倒，这个战士就可能掉队，而在草原、敌国领土掉队，就意味着死亡，此生再难见到中国。我军每战必胜却不能避免重大伤亡，最大部分在非战斗减员。

上说若条件具备，我看再等十年也不一定具备。十年过去，这一批战士、你们、我，也已经老了。我们这一代事还是在我们这一代解决。独马难支，还是在体力，光吃草不行，我来想办法，给马加料。你们认为我们现在能出动最大部队我指马，规模在多少？

去病说现在么，此刻，明天就出动？

上说现在，明天就出动。

去病说现在役战马，各军加起来不到十万。各边亭马足岁今年可补入部队料应还有三万不过要等秋后。

卫青说一军马多一点还保持在一人双马水平。其他各军马多不足额，五军一半人没马，六军亦不足半。

上说集中全军战马，多余的调出来，保证十万骑。你讲的内个掉队减员我以为要重视，这次出动就不要再搞一阵风，打了就走，要把供应链延伸到匈国境内，没马的部队也出动，配合你们，作步兵使用，你们走多远，保障到多远。不能再搞杀敌一千自损一千三的惨胜，要像老农民，丰产丰收，颗粒归仓。这次必须下这个决心，这个匈奴阿，也是属虎的，东咬一嘴毛，西咬一嘴毛，不解决问题，必须拔了他的虎牙。

乃命夏侯赐制订战役计划，会同五署计算用兵数量，动员集结时间，战役方向定为面对单于庭的定襄。

夏侯作完计划，报告说十万骑兵，将供给线延伸到漠北，步兵协同作战，转运粮草，守卫供给线，最少还要五十个军、五十万人也就是我们现在能拿出的全部现役部队。最短时间动员，完成集结也要三个月。

上说五十万就五十万。

专门找六署令萧婴谈：六十万部队，十万马，都要吃粟，你去准备。

遂下达动员令，调拨国库战储粟米千万石。将驻马岭、狄道的一军二军北调。这时，山东发大水了。

到了今年，部队集结早已完成，各军战马号称十万，叫他们往外拿，都喊困难。虽三令五申军马不得参加地方赈灾济难活动，军粮一颗不许往外拿，有的部队身处灾区或移民郡县，老百姓饿昏死在你面前，孩子妇女抱着你腿不放，哭得惊天动地，还是要拿出点粮食，派出几匹马，套上车，把人送过山送过河送到安置点，再、起码这一路的饭要管，还要再撂下点。

这样下来，扣除因参加救灾致伤致残致不复再堪骑乘病马，保障军吏用马，各军实际拿出的壮马不足七万，加上亭马补充勉强凑够十万。上乃尽发太仆下皇家六厩之马，乘舆减至双马。又命王侯、宗室、贵戚献马。百姓献马一匹可抵更役一年，三匹赐爵一级。家有刑徒，马一匹抵鬼薪白粲一岁，三匹城旦春减一年。贾人献马十匹，许置地。这样又凑了三万马，都拨给步兵部队乘挽使用。

粮食，上一拍手，对萧婴说：你也别告我亏多少，只能是可着这碗剩多少吃多少，我是一粒粟也拿不出来了，上上个月就开始戒碳水，叫宫里女的一律生酮饮食，只吃肉猪油。萧婴说哟，您可别瞎吃，内也就适合消渴症，您要本身血脂高、胆固醇高，这么吃等于雪上加冰雹，我认识一姑娘就这么胖死的，她们家还想保存尸体，一切开血管，都是油，还有肥肉丁呢。

总提开会，卫青问打不打？上说单于也知道我遭灾，粮食不够吃；赵信也认为我不能打，至少不能现在打。我决定：打！

乃命大将军卫青、票骑将军去病各率五万骑，各将私人驮负衣帐食物家马、志愿从军征胡恶少自备马四万，计十四万骑；并掩护运送辎重车辆步兵五十万，齐出定襄，击匈奴。（马迁按：此中未计入步兵乘挽所用役马，实际出塞马匹不止此数，当在二十万上下。）

作战命令刚下，二署报来最新敌情，据各条线情报反映汇总并连日越境敌前捕俘多人口供，伊稚斜单于不在茏城，而在饶乐水，也即其起家之左部。

乃更改命令，命票骑所部东移，自代郡出，突击单于。票骑所部一、二军为我全军精华，凡敢力战、敢深入、赴敌如仇不死不休之强兵悍将皆在其中。其军前锐，每战必先发之票骁营，在训练署郦坚蹲点指导下，听取战士实战经验，操演出一套新战法，首先是改革了武器，从我军原有短戟、短梃，实战中主要用于骑兵冲挑敌骑坠马基础上发展出长枪或称长梃。梃长一寸接敌快一步，长一尺则敌少开一把弓。锋不必锐，木必需长且重。在每一骑兵方阵前布一排、或两三排长枪兵，端视敌群多寡，跃进时举木为林，当敌时木横若排槌，撞着倒，抡着坠，端的是以一敌百。

试操战士普遍反映，不如把枪尖改为圆槌，打击面更宽，受力更深重，槌法亦可由撞、抡加一个：拍。

上去秋应票骑请，去票骁营观操，亲命名此法为：突骑。票骑遂将此法在一军推广，自命突骑军。

郎中令李广多次请战，强烈表达这次出征必须有我。上说这次部队走得远，年岁不饶人，各军五十以上干吏都不要他们参加，下回。广说就因为我岁数到这儿了，再下回，就没我了。我从弱冠即与匈奴作战，就想撞见一回单于，当面冲老汉放一箭，必须有我！

上不许。广再请，以郎中令之便，每于上銮驾出入，低首抱拳默立道侧。上承压不过，乃许。命为前将军，属大将军。私下跟卫青讲：老爷子老了，点儿背，你关照他，不要让他孤军冒进，几次效果都不好。

乃命太仆公孙贺为左将军，主爵都尉赵食其为右将军，平阳侯曹襄为后将军，皆属大将军。公孙敖新失侯赎为庶人，亦自请随军征，跟在大将军左右。

匈奴内头也得到情报，汉军大部队出塞，有度漠与我决战意图。赵信与单于商定谋略：放汉军进来，汉军既度漠，人马必疲敝，我们就等着抓俘虏。乃尽迁饶乐水以南毡帐，将所有牛羊赶到更远北方弓卢、余吾两河之北，纠集精锐部队，陈兵漠北等候汉军。

马迁按：一直不明白匈我何以为大漠难度，他们说的不就是浑善达克沙地么。据小栾讲那里并非寸草不生之地，而是半草原半荒漠，有大片灌丛、沙榆疏林和上万亩常绿乔木沙地云杉和真正原始森林——杜松、油松混交林；众多小湖、水泡子和沙泉，泉自沙地出，汇聚成小河，小河汇流，形成季节性河流、内流河和宽阔大河——高格思台河；还有大泽，扎格斯台诺尔、浩可吐司诺尔。这些诺尔、小湖、水泡子长满芦苇蒲草，是无数候鸟产卵栖息地，每年仲春孟夏，成千上百万候鸟从南方归来，日为之晦，振翮拍翅，声势如天塌，也真往下掉东西，飘羽如雪，坠粪如淋，正赶上在下羊群有被粪活埋的；万鸟降于湖泽，争鸣鼓噪若暴雨，正在湖岸饮马牧人有被耳朵吵聋的。

小栾讲，我们不熟悉，毕竟两地隔绝，风土殊异，一想到漠就满地黄沙，渴死人，先吓个半死。匈人不了解么，他们管浑善达克叫什么你知道么，塞外汉中，花园沙漠。这么一好地方，慢说骑兵可以快速通过，无断水绝道之忧，瘸子、瞎子，住呢儿都没问题。老夏侯也是糊涂，五十万步兵，拍脑袋算出来的吧，五十个都是累赘。老头最近身体一直也很不好你听说了吧？几次在院里碰见侯颇，说是来替他爸取工资，拿署里分的东西，我看是惦记接他爸的班。妈的赵信还给单于出主意，让他躲在漠北等我军度漠而来，乘我受累一鼓而擒。真特么馊主意！我军既度漠，吃得饱喝得足，又逛风景，比在家过的还美还恣儿，都特么吃得上火，遇见单于，正好拿他败火，这大傻缺！

我说你跟上反映呀。栾说反映了，几回递上去说漠可度，漠有水，漠是花园。没下文，都叫金日磾给我挡了。李敢不在了，韩嫣没了，咱在上呢儿没人了。

我说我找东方朔，他还能说上话。栾说他？别了，什么事到他呢儿都成玩乐了，我就因为认识他署里人都以为我不正经。时，阿老已过世，灌疆袭侯，接二署令。疆是个散漫人，好饮行猎，对策划于密箱，下套于千里之外，夹缠忍耐非长情不得起效，忠叛敌我反侧皆在一念间情报作业没兴趣，以为非君子之为，家在蓝田不搬，有事才到长安来。栾有苦衷，理解。

大将军既出塞，分左中右三路沿锡拉木伦河、大黑河、南池推进，公孙贺居左也即西路，前将军广及大将军居中也即中路，右将军赵食其居右也即东路，各自后随十万步兵，旌旗千里，向北迤逦而行，沿途设置兵站，供应热饮热餐，军行一日不过数十里。

前军捕俘侦知敌情有变，单于不在饶乐水，主力已移至浑善达克西端乌日格塔拉，正在我军前方千里处。大将军乃决心甩掉步兵辎重，自带骑兵分进合击。

乃命前将军广部五千骑转向东，与右将军赵食其八千骑合军，自土牧尔台、朱日和度漠，直插查干诺尔，从东面攻击乌日格塔拉；命左将军孙贺部万骑沿锡拉木伦北流段疾进，至吉尔嘎朗图转向偏东，至郭尔本井度漠，从西面攻击乌日格塔拉；任命公孙敖为轻车校尉，率三千属国骑兵为前军，大将军率中军主力万骑，平阳侯曹襄后军四千骑及义勇兵三千骑、义从兵三千骑，向供济堂跃进，穿千里无人草原，越赛罕塔拉度漠，向乌日格塔拉发起攻击。并与各将约：谁先到谁先发起攻击，抓住单于首功。（马迁按：属国骑兵即浑邪部归降我汉分与北边五郡居住之匈奴人，因分五部故称五属国。我汉出兵多征召其族人充役。义勇即自愿从军社会青年。义从则为北边依附我居塞上羌、乌桓及各杂胡小部，其民贪利每乐从我汉征。）

众将接令而去。独广不走，对大将军说我的任命是前将军，今发现单于却命我转向东路，东路远且水草少，部队到达定迟于各军，我与匈奴作战四十余年，大小七十战，青丝打到白发，今有幸当面与单于对决，却把我调开，我不服气！大将军好言说：并没有哪条路更好走，都要穿过无人地带，度大漠，东路还有几个居民点，更便于补给，相信你们可与各军同时到达。

广只是说愿为前军，先死在单于手里！大将军再三相劝：你根据什么认为会比别人晚到呢？广顽固一句话：先死单于！大将军留饭，说先吃饭，慢慢说。

广腾站起来，不打招呼拂袖而去。帐外啸聚打闹青年校尉见广怒目贲张出，皆立正，面面相觑。

49

翌日平旦，步兵吹角起床，吵吵嚷嚷排队打粥，却发现前方骑兵宿营地一片阒然寂然，人马皆不见，只遗遍地营火余烬、人矢马粪。开拔号角彼伏此起，步兵背上沉重的盾扛起长矛，趁着日出前清凉开始一天的跋涉。上边忽下命令：跑步前进。

供济堂只是一口湮废水井，半截倾圮泥墙和几棵高大、因长年受风皆往南倾的老榆。据说秦末汉初曾有户胡汉混合人家，男是汉女是胡带几个孩子在此凿井筑屋居住，牧羊种菜，兼为过往牧人提供饮水、热炊、避雷电风雪处。内几棵槐亦是内对夫妇当年种下，不止这几棵，是一圈，有二年也曾见嫣嫣幼林，活下来就这几棵，当年还是年轻的榆，蹿起来又高又直，在一望无物平荡大草原是显著坐标，数十里外即可遥见，往来牧人叫七棵树，后又叫五棵树。前些年二署派人出去绘图，只剩三棵。内户人家也早不知去向。井还能淘出水，人不能喝马能喝，墙根还有荫凉，二署的人觉得叫树以后可能就没树了，于是自作主张起了个很汉民的名字：供济堂。也只有我军军用地图上叫供济堂，问当地胡汉人民，皆不知，还叫五棵树。

大将军来到此处，三棵树还在，叶片在阳光下闪闪发亮，不见绿只见白，像三棵银树。井已然全是沙子，都堆出尖儿了。有渴极战士还试图淘沙，大将军说别费内劲了。随军望气每日面对落日彤云平伸双臂校正方向，左是南，右是北，分三队各距一箭之地，跟着右走，乃队靠向一侧，友军箭落脚面，就是偏了。

草原月低，星灿如河，夜间能见度如阴天戴茶镜，只是脚下暗沟鼠洞看不清，或常有马失蹄崴了蹄子战士摔断腿，那也顾不了那许多了，大将军命部队利用夜间清凉加快赶路，白天日中酷晒可就地支帐小憩。

二日行千里（汉里），日昳忽见金光灼灼，眼前千亩野黄花菜田，大将军说我这是不是累花眼了？左右说不是，确是可炒木樨肉做打卤面之黄花菜，我们都瞧见了，到漠了。大将军难以置信说这是漠？指着远处平沙落鸭，处处湖沼，沙蒿茅草，依依红柳，说我再确认一下，你们也全看见了？我先不说我看见了什么。左右说我们也不说我们看见没看见，就跟您讲一个道理，海市蜃楼什么都有，就是不能有公孙敖，他不能在海市里趴呢儿喝水。大将军说我必须说，赵信是我们的人，单于——缺心眼！

乃命全军就地休整，饮马，饮人，夜月出，开始度漠。次日隅中，忽飘一阵太阳雨，雨后大漠草深一寸，水亮一度，空气如酒，饮之欲醉，大将军说想吃羊腰了。左右说不是想，是真闻见羊腰味儿了。此刻风向由一上午小东风转为西北风，全军都闻到了羶。

大将军面部汗毛一凛，再看前排骑手，后脖颈子毛儿皆炸。乃命击铎，传令全军，成战斗队形开进，弓挂弦！自己催马，越过前排复前排，跑到第一个。

前面天高云低，地平如弧，近乎二百七十度，才看出草原大漠色差，酽齐如切，内边大绿，这边浅褐。

匈军如白堰从西围到东阵脚没入天边。前军三千骑在这道堰前就像一窝马蜂滴溜乱转，数欲进又止。

再往前，听到胡角呜咽，继见白旄林立，万马踏步，一杆白纛为众簇拥，纛下皆白马甲骑，当中一小人头上有金，身上有绣，左手持杖，右手持剑，杖剑齐举，尖帽铠衣匈军骑士弯弓勒马齐声呐喊：窝喝！

汉军风烟滚滚开进，每至一方队即将连发弩车解马推至前排，开弦于牙，装排矢于槽，望山定于百二十步，材士单膝跪于弩后，指扣于悬刀，瞄往正前。

车依次排开，并不似匈军一字长蛇，而是渐远渐变向，渐出弧度，面东面西，后军方队赶到，向后转，两弧合龙，呈环形阵。这是我军经典战阵，曰象齿阵；取弩射长似象斗狮皆长牙向外意。

匈军鼓噪，尤窝喝不止。我军一片静默，只闻操弩装矢切切喊喊，材士私语：嚼鸡巴哟兮嘎……

时，已至日夕，远处有沙尘起，似巨猩猩，弓腰抬爪攫人。大将军须髯飘飘，亲率两千骑从，皆提刀在手，出本阵，与公孙敖合，遂鼓大作，冲向小金人。

胡鼓亦大作，出万骑，边驰边射。就在两军接敌刹那战场全黑，人声、鼓声全被风声闷住。人失明，就听呜儿——，喵儿——，就像猫在驴嗓子眼里。接着披沥啪啦，就像脸是筛子，有人扬锨往你脸上过砂子；像你在听窗根，一排窗玻璃碎了，全溅你脸上。

据乌日格塔拉战役幸存老兵回忆：就像天黑无月，蒙着被货你跟你媳妇打架，你想干那事她非不让，一扑一个空，哪儿也不知又被掐一下，迎着上全是乱拳，好容易捉住一条胳膊，满炕找脚找不着，摁住人了吧，当胸挨一脚。打着打着就觉得这屋里不光你俩，还有好多人呼噜呼噜往里进，呼哧带喘还有马，一把摸马脸上。你就成你媳妇了，进来的人都想干你。我操菜刀，我抢，砍着的都是铁器，杠杠响；我跑，撞着的都是墙；我爬墙，七八只手攥你拽下来；我咬，吃进嘴都是舌皮子，牙差点锛了腮帮子还特酸。怎么也没怎么你就光着了，马也没了，刀也丢了，两手攥空拳，左挨一大劈斗，右挨一大劈斗，人也踩你，马也踢你，躺地上都不安生，还得爬起来扒拉腿往外钻，噩梦阿！

刘彻按：大劈斗，大嘴巴子。代地方语。小时候带我保姆即是代地人，小孩子淘气，经常说：给你个大劈斗！这位老兄应该是代郡的兵。

马迁按：大将军赴敌时，上正在入浴，点支蜡烛，闭着帘子，洗头，满脸胰子沫，李夫人给他扎水浇洗，蜡烛无故倒地，上抹去胰子水，睁眼，眼前全黑，抱头喊：我眼瞎了！后与青对漏刻，正是沙尘起刻。李少君圆曰：此正所谓君臣同心；双胞胎人在两地，也常有同天被绊着、被噎着蹊跷事出。这是李夫人归省到我家跟我说的，聊以备记。

战场全黑时，单于也在被货里，被人过砂子。大阿克为甚喊：因赛姆地，因赛姆地，主人，你在吗？听到单于小声——实际是大声——咕哝：这仗没法打了；遂伸手冲咕哝方向一把抄住一人，抱上骡车。这时候就显出骡子比马行了，骡子老蒙着眼拉磨，习惯不看道奔走，匈人有经验，不是头一回被沙尘暴卷，每回出动白马队中总跟着挂备用六骡套车，奏是为了大家伙都迷瞪有六头骡子不迷瞪，还那样，和夜遁。

风就一口气，吹过戛然而止。天像加了黄滤镜，人全灰了一层，都站地上，披头散发，盔、帽、甲、衣都不知哪儿去了，胳膊脸、肘子后背挠得全是血道子，刀剑弓梃扔地上，脸皆露出我是谁，我在哪里谜之表情；马东一群、俩一伙远近站着，垂头吃草。

大将军也光着膀子，赤手空拳满脸土，混一帮同样满脸土徒手

470

人堆儿里。人们开始走动，开始说话，大将军听出身边皆匈人，低头不嗳嗳穿人群挤出，顺手从地上散乱刀剑捞起一把，是匈军短剑径路刀，紧握手中，向……也不知该往哪儿走，四面都是大光膀子，记忆反方向睃见黄土埋辐辏弩车链，就往内头走。

这时一套骡车闯进人丛儿，六头骡子抽得都像惊了，哪儿人多往哪儿冲，大将军紧急一闪才没被骡蹄踩着，骡车在人群中兜了一圈又从来的方向跑出去了。万人如梦醒，俱各惊骇，汉鼓、胡鼓齐鸣，人群忽分众，各向相反方向蜂拥奔去。（马迁：汉鼓肚如墩，击之若东东，如夯桩。胡鼓广首而纤腹，击之若乓啷乓啷，似敲缸。初临沙场者亦绝难错会。）

鼓点愈来愈疾，才分开人众又高举断梃片刃，呐喊着相对冲去，扭缠在一起，血腥肉搏。左右两向再起长烟，我左路军孙贺部赶到战场，边开进边投入战斗，纵骑大杀手仅寸铁只能叫流氓匈人；右方向是我后军曹襄部义勇兵、义从兵包抄而至，与才未投入战斗，装备尚完整，也都立于马上匈军左翼展开激战。

天完全黯下去，胡鼓不闻，汉亦鸣金收兵。黑暗中，尸积如山，匈人已不知去向，战场走动皆是我军人员，只听脚下劈阿劈阿响，若涉浆，间有撕一大劈叉滑一仰巴饺子，起来浑身满手拔丝儿，越抹越浓。

贺部左校张云在远离战场方向抓到一脸蹭破皮、腿一瘸一拐匈奴兵，自称是骡夫，从骡车上摔下来，经严审，承认是被人端下来，骡车上坐着大阿克为甚和单于，嗔着他舍不得打骡子，骡子又跑回战场，单于把他端下来亲自挽缰猛抽骡子带大阿克为甚跑了。

人送到大将军处，大将军说我还弄不太明白，你说骡车走的是乃个方向？张云代骡夫答：职从西北向进入战场，抓到此人亦在同向，骡车去向应在西北，当时天还没黑。乃命贺：立刻发动五百骑兵，只带武器，一人双马，你亲自带队，向西北方向追击。随之召集本军尚能战士卒三千骑，连左路兵七千骑尾其后而进。夜行二百里，至天明，不见骡车辙，却见一座山，山下有城，引兵至，城门大开，城中狼藉无人，有数十大谷仓并列，开仓堆满陈粟，皆汉粟。尽付与士马饱食。左右说这大概就是传说中的赵信城。大将军说湿吗？那这座山就是寘颜山喽。问军中士卒：你们谁知道？皆曰：不知。孙贺所带轻骑亦返回，部队在城中休息一日，令将不能运走余粮尽焚，乃归。

马迁按：赵信城，信降匈奴，封毕林自次王在其领地所筑，位于匈河东、燕然山南，距浑善达克、腾格里、巴丹吉林诸大漠皆上千里。大将军夺占之城，可能为匈军屯粮之城。寘颜山，亦为燕然山南脉一支。大将军所见之山，不知何谓，或为一积羽山，或沙丘。

乃命打扫战场，清点敌我战殁者，虏尸皆割左耳以代首，计敌一万九，我万八千。首阵赴敌属国骑兵、骑从尽没，义勇、义从兵亦凋零，中后军各折半，多带伤。遂掩埋尸体，设坛祭以慰亡灵，告四方神，告曰：呜呼！我汉匈国各为一方主，惟天生人有欲，战于漠。忿烈猛于火，士马率仆。然士何辜，俱各良家子。马何辜，本善兽，不理人间事。惟命有骞，千里赴难，受此破身之殃。夫闻天道报善祸不善，今之所见皆非！非当先不得伏尸，非忠勇不得歼殪。无以报，惟折三惭谢，薄酒礼尔众，灌地以眷后福，祈尔众：瑕地而升天，绝想而自由，视远惟明，图惟厥终，寻一个好去处，得一个好结果，永不复蹈人间颠倒。敢不告天、四方神、万物主，乃告！

班师。

孙贺建言：咱们可以不走沙漠，走我来内条道。

大将军说不，姐夫，你跟我走趟漠，特好。

472

乃引兵出大漠，贺一路数忘言，只说喔草喔草。

南行至温都尔庙，遇遮道而来广、食其军。大将军命长史：你去问问他们什么情况，怎么才走到这里。

长史亦在乌日塔格拉战负伤，脸挨一钩臂中一矢，吊着膀子，同时失二子，皆为大将军骑从，见右军军容盛大，甲兵鲜明，兀来气，说话歪着嘴，语气带责问：你们绕哪儿去了，仗都打完了你们才到，收尸阿？

食其解释：我们没有向导，发给我们的地图还是蒙恬的，也没标朱日和，标的是哈尔德勒山，我们找到杭盖登吉去了，就呢儿地势高，爬上去全是丘陵。

长史说你们也不用跟我说，大将军营就扎在前边，请二位上大将军参议幕府，军正、议郎正在那儿恭候二位将军。

广说食其、所有校尉都没有责任，是我判断错误，走错了道，罪全在我。我去，现在就去幕府听候审查。

长史拨马而去。广对麾下校尉说：我从文皇帝十四年参军，提干，抗击匈奴，绕着西、北、东三边打，算上景皇帝三年追随周太尉援梁抗吴，四面都打到了，打了一辈子仗，打老了，今年整六十三。今次击匈奴，幸皇帝、大将军不弃，恩准我随征，而且派我前军，首当单于，莫大的荣誉！最后一次机会，再打也打不动了。我是讲过这个话，死在单于手里！跟皇帝、大将军都当面讲过，家属也讲过，不必葬我。就有这个决心，战鼓一响，老汉我今天就把老命搁这儿了，不是单于死就是我死！结果嘞？自己跑错了路，转这么一大圈，白溜一趟腿。你瞧人家部队内个兵，无甲裳不染血，无额面不挂彩，滚得都跟泥猴儿似的，咱们是跟人家一起整整齐齐出来的，三天没见，咱们一根人毛没少，人家十停去了七停，比叫花子还惨，都不成个军的样子，可你瞧人家瞧咱们内眼神儿，那叫优越，瞧不上你。也许这就是天意吧。我老了，无法再面对刀笔吏，也特么够了，我要用自己的方法了结此事。言罢抽出腰佩匈奴短剑径路刀，昂首照自己脖下一插，大蓬鲜血迸射而出……

将军死志，部队为之痛哭。将军生前廉洁，每得赏赐便分与部下，吃士兵灶伙食，做二千石四十几年，家无余财，至死，前回赎死欠账还没完全还上。带部队出去，士兵没喝上水，他决不先喝。士兵没吃上饭，他决不进食。每战必当先，撤退自当后。胳膊长的人很多，善射者也很多，惟将军得百发百中大名，法宝无他，就是把敌人放近了射，故亦常受伤，身上大小伤几与出战次数相当。他的士兵爱他，愿意为他死。

将军死后，素衣敛于部队统一配发柳木薄棺，棺上覆甲，安放于弩车，由他所在部队骑兵四马牵引，侍卫骑从十六马封弓封刀挟持将旗护送，经平城入塞，运回长安，入清明门经清明东、西大街至直城西、东大街，过两宫、北阙甲第出直城门，再转陇西成纪县将军老家安葬。诸王侯贵戚在各宅门口设路祭，皇帝亦在未央宫北宫门外设祭，由卫太子领一干大臣亲祭。

灵枢所过之处，不断有曾在将军麾下服役老兵加入，颇多将侯高吏，更多平头百姓，送丧队伍浩浩荡荡，沿途百姓听说没听说过的，也都跟着叹息抹泪儿。

马迁按：《论语》说：其身正，不令而行；其身不正，虽令不从。其李将军之谓也。我平常看李将军，谦恭诚实像乡下人，口呐不会说话。及死之日，天下知与不知，皆为尽哀。彼其忠实心诚可代表士大夫也！谚曰：桃李不言下自成蹊。此言虽小，可以喻大。

灵枢抵成纪李家堡，孙李陵斩衰括发率李氏族人迎，借厝李氏宗祠。广祖世世为将，家眷随迁，秦时已搬至关中长居，老家已经没人，止一些远枝旁亲，祖屋久湮，祖坟尚在，冢墓累累，代代男丁多战死，当地百姓每闻军鼓，战车载棺归，便知李家人还乡。

时，广长子当户、次子椒已先后病故、阵亡于军中，三子李敢此时于骠骑军中任大校，尚在塞外征战。

二爷之子堂弟李蔡，时为侯宰相，最为显赫，为李氏做主，天热尸不可久留，由长孙李陵代孝子，牵马移灵，以军礼葬广于其父母墓左。

50

票骑既出塞、也分西、东即左右两路，自当左路，出桑乾。兵力辎重与大将军同，配属步兵二十余万。军中有两个侯，从票侯赵破奴，昌武侯赵安稽，都是他用惯的人。再一个职务高一点的就是原广手下强弩校尉路博德，马忽之围力战假死独得生还，时接广为右北平守，当右路，出阳安都。其他悉是居延泽一役后各军补充选调壮骑，无裨将，乃以李敢、邢然、老吴八等为大校，充裨将。原匈奴因淳王复陆之，楼专王伊即轩，皆前为我所繄，归义，率所部胡兵从征。

行军次序，李敢带票骁千骑，伊即轩胡兵千骑为前军，先一日出发，沿濡水北上，至河水东流处转向偏西，经哈比日嘎、宝邵代度漠；票骑、从票侯各将中军主力上下军万骑、复陆之胡兵千骑；邢然将左军七千骑；老吴八将右军六千骑；昌武侯率后军五千骑尾其后；分别度漠，度漠后指定集结地点为达来诺尔。

右路，路博德七千骑，沿费纳什河指向西北，经臭水井子、东干沟子抵浩来呼热干井子，绕行越漠夺占达来诺尔，在那里坚持，等主力。

部队甫出发，票骑即至前军，接管前军指挥权，与伊即轩并辔走在队伍前面。中军交从票侯代行指挥。

票骑所选度漠路线，为浑善达克沙地最深厚处，也是出奇兵，隐蔽战役意图，突其不意出现在漠北之敌当前的意思。这条线沙丘连绵，几无显著标识物，中途虽有深泉数穴，多隐于沙丘侧无红柳苇草等近水物标记，远望如日影，水至清无鱼，亦无飞鸟指点，且沙丘多流动，一日三变向，非沙漠居民难以觅现。

票骑亦有所预备，命各军多带净水、山楂片秋梨膏等生津物，及瓦罐熟制密封焖羊肉、焖鸡、各种豆泥等湿粮，曰罐闷。上所赐柑橘、梅子、杏枣数百袋则由太官令派出食监属吏数十乘携之，紧随票骑行动。

然大军度漠，日灼风烤，沙陷马足，涉沙丘则要下马牵行，队形无法保持，千骑即拉开数十里，前军所设草标、蹄迹亦风过即平，或埋。入漠一日，建制俱即打乱，前军渺无踪影，中军、左军、右军连成一片，数万人齐头并进，拉着马顶着烈日蹚沙海，前边坐下一个人，后面卧倒一条线，无以遮阳，都卧马肚子下，喝水、吃罐儿闷，有疼马的，还把吃完豆罐递与马舔。老吴八肩搭一手巾边走边抹脸，过一蹲马阴影下等尿战士，笑骂：你内个德性更尿不出来。

邢然、复陆之踞坐两马间，四角倒插梃戟，上绷老毛毡，下铺骑毯，仰脖喝马奶子酒，低头掰羊干酪，喊他：老吴八！别瞎走了，过来坐会儿，你都快熟了。

老吴八牵马过来，蹲下瞅半天，说邢然阿，从亮处到阴处啥也瞧不见。老复，你很会过呀，你的部队嘞？老复也没太听懂他说什么，皮囊递过来：解暑。

老吴八爬进去，跟老复挤着，灌一大口，抚着胸膛说舒坦，过去觉得是一种豆汁，现在，可通了！俩大眼珠子瞪着邢然：你觉这叫事儿么？我进过一回开水锅，煮肉方，尝咸淡，调羹掉进去，手跟下去，也没这么热。邢然说许你皮糙肉厚。又看复陆之，说不信，怎么可能是头一回呢？复陆之说我是河套的，在家也种地。吴八说你们呢儿几儿耢地阿？

昌武侯骑着马打着蒲扇前边两匹马拉着他，后边还跟俩战士拿锹、肩搭一摞破布等着马陷了往外刨。

吴八忙挪屁股扭肩，双手捂脸说都别看他都别看他他怎么走这儿来了。

昌武侯马上叉腰打扇环顾四周，说：特么瞎胡闹，传令部队，停止前进，哪儿凉快阴哪儿。

三日后，首批部队走出漠。这首批部队说的就是票骁千骑、伊即轩胡兵千骑，都跟老猩猩似的，额头三道纹、厚翻嘴唇，唇上都是干口子、没血，嘴角皲裂，挂霜扣印一样，两圈白。四十位食监属吏火腿式的，玫瑰红，紧实。袋子全瘪，空袋顶脑门上。梅、橘、杏俱已成核，就剩人手一把干枣了。

票骑拿一枣扔嘴里，咔擦咔擦，满牙床堆白沫儿。眼前是绿，天边有浑黄，独不见澈蓝。天边黄见苍，渐起，大展于天，似巨猩猩伸腰抬爪，天地骤黯，帜、缨、髇皆舞，李敢急掉脸，已不见票骑，脸上过沙子，强忍凌迟，兀立不动。及睁眼，旋风已西去，西边草木皆舞，票骑尤在右旁。随风送耳，远东天外有乒嘟乒嘟鼓响。票骑拉马说走！看看去。敢说：马！众军才翻身上马，这是在沙漠里走傻了，都忘了马能骑了。

达来诺尔草滩，一片昏黄，胡鼓汉鼓交错作响，一帮尖帽冲过去，一帮方头杀过来；尖帽如皑雪落满半湖，方头如流云，一会儿飘向东，一会儿复窜西；雪占云头，云自缭绕，左右不离湖。票骑率部踏雪，雪浪四溅，乃见路博德，其部残破，止余三千骑，俱各被创，刃缺矢尽。博德拱手谢票骑：我部尚能战。

票骑说将军请下去休憩，你部任务已完成。乃命突骑列阵，复往匈军阵中。

匈军势大，逆之若逐浪，一排粉碎一排又起；亦如逾岭，一岭才过又见一岭。汉军则若洪流，主力纷至，自西向北、东北，多向突击，一阵未休复入一阵，诸大校、司马、尉、卒无不向前，吴八、邢然皆高呼：活拿单于就在今朝！山崩、浪开，乃见左贤王狼蠹。

狼蠹白旄皆北掩，汉军紧咬不舍，接踵展开长距离追击。追至额尔顿高登，抓住匈奴屯头王部，尽歼其部三千二百骑，俘获屯头王。追至巴彦图嘎，抓住韩王部，斩杀俘敌四千四百人，韩王就擒，缴获军旗战鼓。追至达里甘夏，抓住敌大股散骑，斩杀俘敌七千零一十四人，获将军、相国。追至布彦特，抓住敌主力，斩三千、俘万二千，小王、当户、都尉数十。

再往北，沿途皆溃敌，少半骑马，大半步行，已无抵抗意志，见我军至，皆伏地降，计收容俘获三万六千三百一十二人。我军战马亦多累垮，士卒多蹒跚，

还是坚持往北追，跑不动走，走不动互相搀扶，拄着梃戟——爬！稍微坐下歇会儿，就有大批匈人举手加额，围拢投降。校尉徐子优，腿部中矢，躺在路边，俘敌二百人，匈人抬着他，在他指点下列队往南走。

追到达尔汗，票骑身后还是二千骑，但是谁跟谁也不熟，都是校尉司马曹及各军屯曲什伍长，干吏马好，马瘸可等刻调换卒马，所以跑得远，跑成军官团。

左贤王已无踪影，前方久不见敌骑敌旄，四野茫茫，连缕儿动物掀蹄扬烟儿皆不见，响晴净空连碧，马还是停不下来，也不知是第几天，军官团票骑等下个个不吃不喝两眼发直，跑魔怔了，只知向前。

遥可见左前弓卢水盈盈北来，迁延东流，似一银闪闪天使弯弓豪

掷于草甸，内片草甸天上有云，河上在下雨，可闻河雨腥潮。跑着跑着，从弓臂跑到弓弦，长河又在右后了。云飞走，露出一脉阴影。又跑一天，还是一脉灰，不涂不减。伊即轩说：内就是狼居胥了。

又有一趟云来，遮去山影，轰隆云至，浇下盆雷雨，军官团个个甲衣淋透。云去雨收，青山豁然在远。

再往前，又见匈军当道，皆甲骑，剃头挂貂，人马强壮。我军一鼓将其击溃，复见新军，皆披发文身腰围犴皮袍，使狼牙棒。我军将其击溃，溃而不散，聚而复返，与我死战，致全部倒下，非死即伤乃休。

票骑使伊即轩提伤俘见问，知是北大将所部南下增援。据伤俘交代：西大将、上下大都尉所部三万骑正从东西两向赶来，目前已侦知票骑所部在达来诺尔至茏城一线二千里撒豆子，部队失去控制，各行其事，忙着抓俘虏，票骑本人率数千骑孤军深入，正是我军双向侧击截断票骑归路极佳战机。伊稚斜单于数日前乌日塔格拉为汉军所败，至今不知下落，右谷蠡王乌维已就单于位，传檄草原各部，速往茏城集结，合围票骑。我们就是奉乌维单于之命南下狙击你部，给我部的命令是一定要拖住你们，多拖一天就是胜利。

从票侯说大哥不能再往前了，不是我们几个人的安危，后边部队再不收拾就来不及了。票骑说茏城在即，不进去看一看我意不甘。从票侯说下回，茏城跑不了，下回来还在这儿，咱们进去烧杀个痛快。

乃至狼居胥入山口，登丘望茏城，茏城不见，北望瀚海，瀚海亦不见。抽刀掘地，添一刀土，曰封。下坡拣一喧腾地，踢踢土，踩踩实，蹲会儿，默念：我来了，我看见了，我走了。曰禅。

马迁按：瀚海，即北海，又名贝海尔湖。群鸟解羽之处，也即老鸟换毛新雏脱绒所在。春夏初交，水面若浮酥，纷纷扰扰，广大无边，海空望不尽，故曰瀚。北海距狼居胥近千里，故曰不见。又：积土增高曰封。平土夯地曰墠，为墠祭地曰禅。军行倥偬，以蹲代祭。汉俗：军队克敌大获，必登山致远，有海处必临海，以示完胜，所望无余孽。

班固按：添土取增山广地意。

乃率部疾归，沿途收拾士卒，是哪个的兵就叫哪个接走，归还原建制。士卒已无马，又押解俘虏，步行移动速度极慢。战前匈奴已将牛羊畜群全部转移至弓卢、余吾两河之北，我军无缴获，骑兵行动快，步兵辎重甩在漠南，出漠多数屯伍已无余食，达来诺尔激战方酣，已出现战士体力不支射雁鸭充饥，现经连日战斗，长途追击，缺粮断食情况更严重。各军皆下过杀马令，虽是敌马、伤马、死马，很多战士宁忍饥饿也拒食马肉。归汉路上，已陆续发现长时间未进食战士奄奄一息倒在路旁，虽经进水补食，终有不治。

部队走到布彦特，东西两向已见敌尘。票骑下令集中所余军马，交予已完成组织部队，在两翼以临战队形展开，掩护步行大部队及俘虏，止数千骑耳。

入夜，东向可见敌营火点点，长数十里。票骑命全军点火百里。

次日，尘柱渐升，老吴八率三千骑护卫左翼，与小股敌骑有接触，敌稍触即回。日昳，敌骑复至，有数百大几，吴八与之战，互有死伤，敌遁。

复夜，东敌营火尤连数十里，只是距我更近，火群如绕链，角螺可闻。西向也出现敌火，连数十里。

复日，老吴八全天与敌交战，敌骑仍以中小股为主，渐增至千骑，反复侵扰，我全力出击则退。

右翼我邢大校所率四千骑亦遇敌，皆稍触即退。

就这么打打停停，走了五日，才到巴彦图嘎，遇昌武侯军，部队较完整，加上收容散骑，约六千骑，票骑才多少放下点心，命昌武侯就地转前军，自己带他们走。起初，票骑欲循旧路，回达来诺尔，短暂休整，再逆路博德北进之路东行，避开大漠，经费纳什河、东干沟子、臭水井子，走阳安都，从右北平入汉。

可据昌武侯讲他从达来诺尔出来，后路即为匈骑遮断，也不知打哪儿来的这股敌人，劲头还不小，上来就攻，他们边打边走，到额尔登高毕，才摆脱追敌，估计达来诺尔已为匈军重新占领。三个侯碰了个头，判断东敌比较强，上下大都尉有两万骑，我军一路向东，走老路，意图可能已为匈军察觉，这几日伴行我军，不断侦袭，从我吴八军反映情况看，交战力度越来越大，可能已为我预设战场，待我疲师再行数日，体力再消耗多一些，主力出击，给我致命一攻。这个战场目前无法判断，可能是额尔登高毕，可能是西林谢也什，或达来诺尔之前任一地点，不能再往东走了。

而西敌虽也连日与我伴行，求战意图并不大，西大将部兵力较小，远道而来料也疲沓，对东部地形地势亦不很熟悉，应是新单于做偏师使用，主要用于防备我西去，尽量向东驱赶我，战役发起从侧后对我实行卷击。西向路远，我军若不想再涉大漠就要多走数百里，对我们这支久战疲劳军队讲是很大困难，有利条件是敌军较弱，比较好对付，只要打过去，漠西至锡拉木伦再无敌人，漠南可能还能找到我军，大将军所属步兵正络绎回撤，兵站剩余物资可能还可向我军提供支援，找不到、他们全撤光了也没关系，乌日塔格拉至南池之间料应安全，西大将部相信不敢深入。

乃决计西去，绕漠西走大将军出塞之路南下，经定襄入汉。遂决心集中昌武侯、邢大校部万骑，克日对当前位于甘珠塔铺西大将主力发起进攻，史称甘珠塔铺战役；力争歼其一部，溃其一部，打开西进通路，全军相继跟进，要保证不丢一个伤员、一个俘虏，全部顺利安全回国。遂决以吴大校部为全军殿军，在巴彦图嘎组织坚强防御，阻击可能尾追之敌，不使追敌一骑过巴彦图嘎，一个伤兵一个俘虏没走完，不许撤离。特将失去战马突骑五百人改编为一个长枪方盾重装步兵曲，一个弓刀短斧轻步兵曲，交由吴大校统一指挥。特别交代吴大校：部队走完，若西去无可能，可自行决定突围方向，向东、向南，再度大漠亦可。

是夜，马摘铃人衔枚移军于甘珠塔铺匈军大营野外。翌日日出，战役发起，军不击鼓，以二十个方阵宽大排面，背光发起突然攻击。匈军正在喝早茶，马还放在甸子里吃草，忽闻马蹄轰响，众人一齐烫了嘴，扬手扔了木碗，赶着下甸子拉马，逆光也看不清杀来多少人马，刚爬上马就被一刀劈下来或一杆子挑飞。

西大将亓思刻也烫了嘴，初还镇定，命亲随收了珍贵斯泰基鎏金茶炊，迎着彩煦焕然旭日眯觑眼观察黑骏骏举金刀冲杀过来汉骑。一队队匈骑迎上去，走马放箭，汉骑纷纷落马；汉骑刀落，匈骑纷纷落马。

朝日愈来愈夺目，汉骑越来越近，渐成阴阳脸，军中闪出票骑旗号。西大将挺身上马，拨马而去。

汉军再次展开追击，接连在娜仁宝拉格、达日罕乌拉击退匈军反扑，在额仁谢也什顶住匈军最大一次反击，攻占额仁淖尔，将西大将残部驱入曼达赫干河床地带，彻底肃清锡拉木伦河以东广大地带，通往定襄之路完全打开。

票骑单骑先至关下，关城之上欢声如雷，关门大开，定襄守义纵亲带骡马大车数百出关迎票骑，载运伤兵及体虚脚软人员，沿途十里设饮水热食犒劳士卒。

票骑并不入关，蹲在关下啃馍清点入关部队，三日后见到昌武侯，说我后面没人了。惟不见吴八军。

起初，战役发起时，吴大校即将所部骑兵与配属给他步兵重新编组，以六米长枪执盾重装步兵为核心，十六人一队，分四组，每组四人，面向四面，敌矢至，则扛盾覆为龟盖；敌骑进，则以长枪出盾刺挑，曰龟堡；其后又有十六轻步兵，敌骑堕马，俟以刀斧加之；又有十六骑兵，出两翼，敌步兵群至，蹂躏之；又或有敌骑漏入，格当之；层层结构，若筑垒地带。这是防御阵形，进攻时另有队形，长枪皆向前，此不赘述。

吴八老，雁门忻县人，世为军伍，其先人战国即在赵将李牧军中为卒，属著名秀容兵。（马迁按：秀容，忻县之古称，高祖平城解围，还秀容口，六军欣然，乃改秀容为欣，通假忻。）时，胡骑多叩关，此龟堡战术即为牧创建，又称李牧方阵，多次大破胡骑。原方阵只为步兵制，无骑兵配属，今为吴八老二度创作，

甘珠塔铺打响，东敌反应很快，我全军尚猬集于巴彦图嘎寸步未移，上大都尉兀吐思部即开始向我试探性进攻，日中，即开展全面进攻。我吴八军顽强防守，阵地多处被突破，我大军虽已开始西移，后行大队人员还在原地，皆挺刃返斗，突入敌骑悉被拉下马快刀斩为肉段。一些俘虏趁乱跑散，有跑去兀吐思军中夸张敌情，说我主力尚在，兀吐思亦受迷惑，观阵见我军众多，度测我军设伏打他，乃吹角收停攻势。

次日换下大都尉苦叻拜部来攻。该部诸闻泽一役受我严重打击，多新兵半大小子，虽皆不畏死，打法不讲究，对我龟堡没办法，持续反复围攻，遭我战术极大发扬，多死于长枪短刃之下，攻了一阵

就歇了。

又次日，我大军虽尽撤，旗帜尤铺张，遍立各处，兀吐思复来攻，步步为营，逐个拔我龟堡，遇突破则迟疑，莫敢深入。吴大校从容组织反击，恢复阵地。

又次日，天晴无云，观测条件良好，兀吐思心中疑团越来越大，若我军设伏那也伏得太神了，半日不见旗下有人活动，乃派骁骑破我一角，突入拔旗而回，报称旗下确是无人。乃大发军，全力来攻。我军死战，一日数反击，吴部仅余千骑日未尽皆殁，龟阵残破，杀伤匈骑亦大过当。因战场为匈军打扫，无以计算。

入夜，吴大校尽撤龟堡，收拾残军，得尚能战卒三百，命按我军步兵操典列阵，少年兵、轻伤兵站第一排；老兵、壮兵、伍长什长站第二排；尉曹司马屯曲以上军官站第三排。烧毁军旗，尽饱食，枕刃待旦。

复次日，四面皆敌骑，首次引弓，第一排百人皆仆。敌骑抢进，我二排百人砍倒数骑，皆仆。三排下落有三种说法：一，呐喊冲入敌阵，尽殁于敌阵；二，岿然不动，遭敌走马齐射，形同处决；三，就没有当日决死，夜儿个吴大校即带三百残军向南突围，再入大漠，消失于漠。复有传言，有人在忻县街头看见老吴八了，摆个卦摊儿，左手五指缺三指，且失一眼，为路人卜财运断吉凶，自云部众皆没于漠，己独侥幸脱还，亦受伤残，碍难再从军征，且无颜对葬身漠北同侪属下，又惧丧师受汉律治，故返老家吴家堡务农为生，民生艰难日不敷出，农闲出来摆个小摊儿挣个油盐钱儿。有司、吴八战友邢大校皆派员数往忻县查访，坐实皆故事，算命的一见官就卷包袱跑，吴家堡并无一人见吴八归来，实话他们从来也没见过老吴八。

票骑将军既还，入宫面上，当面报告战果，上大悦，现场予以大赞及封赏，金口御言：票骑将军去病率师，既慎重又放手使用归义荤粥勇士，轻骑勇进，绝大漠，涉大泽，力擒单于近臣章渠，扑灭比车耆，转击左大将，斩获旗鼓，翻越离侯山，强渡弓闾河，俘获屯头王、韩王、休离王三人，将军、相国、当户、都尉八十三人；封狼居胥山，禅于姑衍，登临瀚海。执虏获丑七万有四百四十三级，自己减员十分之三；取食于敌，行殊远而粮不绝，以五千八百户加封将军。

随又下制书，大封票骑军诸将：右北平太守路博德属票骑将军，会于泽，不失期，追随将军打到梼余山，斩首俘虏二千七百级，以千六百户封博德符离侯。北地都尉邢然追随将军捕获小王，以千二百户封义阳侯。故归义因淳王复陆之、楼专王伊即轩皆跟从票骑将军有功，以千三百户封复陆之为壮侯；以千八百户封伊即轩众利侯。从票侯赵破奴、昌武侯赵安稽跟从票骑有功，各加封三百户。校尉李敢，得旗鼓，封关内侯，食二百户。校尉徐子优有功，晋爵大庶长。

诸如此类，票骑部下吏卒封官受赏还有很多，共计花费黄金五十几万斤。

马迁按：皇帝金口与部队战后经回顾撰写战报略有出入，所过地域、所遇敌番号或有不一，比较大可能是票骑将军汇报较局限，比较故事性，翻山过河具体抓内个人讲得比较多，整个军作战地域、地图上标示地名讲了皇帝也不知是哪儿。章渠就是左贤王下面一个管课校人畜小吏，祖父还是父是汉人，粗通汉语，达来诺尔被俘，恐惧被杀，夸大自己重要性；比车耆是一个依附屯头王在达来诺尔讨生活杂胡小部，大战初起便临阵畏逃，为我追歼百余，亡走百余，几百人耳，部队统计未将其列为单独一项，概计入屯头王名下。至于转击左大将云云，据部队同僚回忆，确实看到左大将白旄，傍依左贤王大纛，说转击也没错，都在，有出入，出之不远，还是可以看出是同一

486

场战役。

大将军卫青没有得到加封，跟随他出塞部曲吏卒有赏而无一人得侯。公孙敖复封侯愿望亦落空。

定襄、右北平边关出入境管理部门统计，两军出塞，骑出去官马私马十四万匹，拉回来，不足三万。

乃增设大司马一职，任命大将军、票骑将军为大司马。又颁规制，令票骑品秩、官俸与大将军等同。

马迁按：司马主武事，军中有军司马、郡司马、部司马，故特加"大"，以区别之。自此票骑将军与大将军同为最高武职，等双太尉，比三公，位阶仅次于丞相。

是后，大将军日退而票骑日贵。大将军故人、门下士、舍人多去服侍票骑，辄得官爵，唯任安不肯。

马迁按：任安，河南荥阳人，我好朋友，好倾听者，爱聊。人微视高，有面儿，遇事多替人想不惜自屈，遇强者生摘面儿，亦有割席之忿。知之者谓之耿直、忠；不知者谓之耿直就是简单，忠就是自己没主意。后果败在简单没主意上，反落得以滑头盖棺。

票骑为人寡言嘴严，只有聊军事话才有点多，有胆气敢作敢当，性情也相当耿直。上几次推荐孙子、吴起兵法，劝他读，说军事是门大学问，平时积累掌握知识越多，越系统，战时，特别是复杂紧张情况下，就越沉着，越有办法，急中生智的"智"，才有基础。

票骑对：从小没读书，看不懂古文，读两行便睡。

上说不懂没关系，我懂阿，我来教你。票骑对：打仗是活的，事先只要判断最坏情况是什么，能不能承受，能承受，就干！打起来总有新情况、新问题出现，不可能一次都想到，有办法，只能在整个战役、战斗进行中，不断发现问题，解决问题，敌变我变。古之兵法都是死的，无非趋利避害，怎么犯坏还不让人逮着，是个人都懂的道理，学鸡贼太不用他们教了。

上讪然，说孤家何其幸，竟与这多天壶同时代。

乃对去病言：你这样的天才应该有后代，听说你还没对象，我给你介绍一个。去病说就、就不必了吧。

上说必须必，不是好的我不会介绍给你，我闺女，当利公主，还行吧，配得上你吧？去病说有富余。

于是也没挑日子，隔天就在宫里替俩人安排一相亲局，皇帝皇后眼皮子底下，生摁着俩人同案吃饭。去病始终没抬头，干三大碗饭。公主先还逗两句，话接连掉地上，也不吱声了，一个劲往屏风后边瞅，冲爹妈瞪眼。好容易局结束，去病告辞，臊着快步离去。

上问公主怎么样阿瞧上没有？公主说你说呢，人家正眼都没瞧我，我瞧得上瞧不上又有什么用？上说当然先听你态度啦，你瞧得上，咱们再去做他工作。

公主说我谢你了，我就够不爱说话的，再来一个没嘴葫芦，我跟空气过去？皇后说我没瞧上他，没你说那么帅，怎嫩么爱出汗呀，坐的垫子都湿了，我们姑娘图他啥呀，图他年纪大，图他不洗澡。上说他年纪不大，才二十三，只是显老。对闺女说你不要挑花眼。闺女说我挑什么花了，这是我头回见男人，之前谁老说男人没一好东西，猫都不让我养公的。上说你不要跟你小姑学，一天到晚瞎扯，看汉医，养方士，这么小点年纪纹什么眉呀。闺女说你好好仔细看看，这是我自个长的，就这么黑，像谁呀？上说你学点好。闺女说我正在看孙子兵法。皇后吼你看那干什么？

上将覆盎门内靠近长乐宫原陈氏所有内所园子盘下，扫了扫落叶，新油了一遍，约去病去看房子，说给你置的，你也不能老住单位，这儿离宫里近，没事你去宫里看公主也可以把公主约出来玩，都挺方便。闺女说了，对你印象不错就希望你勤洗澡勤换衣裳别的也没啥了。去病闷半天，说匈奴不灭，无心考虑家事。上说哦，你是这么想的。是啊是啊，住得太舒服是就哪儿都不爱去了。由此益发重视喜爱去病。

张汤上奏：有人举报票骑不知怜恤士卒，此次出塞，士卒缺乏给养饿得站不起来，而皇帝赐给他的美食车回国入关还有黄米猪肉剩余，他还在塞外踢足球。

上说不可能，我赐的我还不知道什么叫美食，就没猪肉黄粱。张汤说我再去细问。上说你也不用去了，车由太官派员押运，我现在就把太官令叫来，你就在这儿问。太官令风风火火赶到，说票骑果子车确有几袋枣没吃完，都干透了，枣木伊了，咬不动，还扔在我署过道，你要要我给您拿去。上说没事了，你可以走了。对张汤说你要能做到霍将军做的一半，我就允许你每顿饭吃一半糟跶一半，粉蒸肉吃一口全扔了。

此次会战，史称绝幕大出击（马迁按：幕，通假漠，书面语）；汉杀虏匈奴加一起有八九万，而汉士卒物故亦有数万，伤残无算，详尽数字在大司马府抚安宣恤司，绝密。（马迁按：汉以来谓死为物故，意思是人死同于鬼、物，过去时。书面语。后约称故去。）

是后，匈奴远遁，幕南无王庭。（马迁按：这个王庭是指左右王、谷蠡王、诸大将、大当户、大都尉行在。冒顿世代匈奴强盛，尽取蒙恬所夺匈奴地，诸行在列置于幕南，今为我所攻，尽去也。）

乃发吏卒六万，渡黄河出朔方，在皋兰至令居一线开挖水渠，设置田官屯田，蚕食匈奴旧地，移民开发河西自此始。然亦以马少，不复大出击匈奴矣。

51

伊稚斜单于驾骡车向北跑，跑到六头骡子全躺下吐白沫，才停下来，自己累得也是两手抽筋，拎着五爪抖落，环顾脉脉山麓问大阿克为甚：这是哪儿？

大阿说俺也不认识，瞅着眼熟，许是咱国内地。

单于一步迈下车哪知腿脚全麻一出溜跪地上，大阿紧着给搀起来，说一路上净累您老了，该换我了。

一猫腰摆单于撮上背，说您指道儿，该往哪儿走。

单于说介里、那边，先出山……

爷儿俩深一脚浅一脚顺着干沟往坡下走，当间歇了一起儿，全晒着太阳睡过去了，醒来发现帽子、射决都叫人摸走了，脚也光着，帽子摘走可以想象，射决这都戴在手上，叫人从手指头上撸走生没醒，还有靴子，平时脱都费劲，这回叫人挨只拔走，睡死成什么样！好在金冠金权杖套了袋抱怀里死也没撒手，单于醒的时候脸扣地可能让人翻了个个儿，再翻不回来，就放弃了。单于大骂这都什么人呐还是我的音色拉么。

大阿闻了闻地上羊粪蛋，指蹄子印说放羊的，可能是小孩，从把您翻过去再翻不回来判断。大人不敢，大人不认得你人，认得靴子，小牛皮烫压金狼，没走多远，粪蛋还温乎着呢。单于说抓住卖为苦也怜怜。

君臣相互搀扶着走出山，回头一望认出来了，哟喝，燕然呀。远处有座土围子，飘着旗，没别家，自豪依思敏谢也什，可燕然南就这么座半永久建筑物。

马迁按：谢也什，匈奴语：城。

自豪依思敏正大开城门，跪迎新单于乌维，口口声声：因赛姆地。乌维双手摆他搀起，说礼毕，自次王请起。俩人进了帐子，放下帘子，乌维给依思敏剃头，乌维说老赵，逮有个办法呀，眼下这烂摊子咋弄。

乌维之母是汉女，一种说法即为南宫公主所诞，今上亲外甥。南宫正经嫁的是军臣，嫁过去军臣也老了，未生育，军臣死，伊稚斜继位，按匈国风俗把老爹未生子女小妈都接了过去，头胎生了乌维，跟妈亲，二婚得子公主也跟心头肉式的，能抱着不让下地，能拉着不让骑羊射鼠，三岁还痕着妈奶头，五岁还拿手喂肉，全按汉家风俗溺着宠着，伊稚斜单于没少跟公主急，说我们这孩子将来是要骑马打仗的，你这算怎么回事，难道让他念书么？公主也不是吃素的，跟单于闹：我就这样，我儿子！打仗打仗你们特么打得过谁呀，叫我弟的兵追得满视野跑。单于说汉人娘儿们真特么凶，不讲理，就欠鞭子抽。喊人扒马鞭，抽公主一顿，公主又哭又闹，恨不绝口：等着我弟来的。

把儿子难过的，小声跟一直带他也是汉族保姆说：我爱我妈，看我妈这样特难受。草原部族打老婆，但是爱母亲，母位之尊与天地近，并列伟大，凡长歌必诉恋母情，几胜于乡愁，成年男子提起母亲每痛哭流涕，没父亲什么事。用中行老师的话说：草原人民出母族社会不远，历只知有母不知有父弥久，母尊统绪未衰其来有自。今草原男人亦是高危性别，草原孩童十之七八没有十之五六也有为母独自抚养成长，有爹的爹也不老着家跟没爹差不多，故一生辜负、一生所痛尽付于母，不教而孝，较之汉家纲常更近天真。

这都是传说，起头谁传的都不知道，还有说乌维是军臣生的，跟伊稚斜是哥们儿，比较为坊间普遍接受的是乌维确有一半汉血，能说较流利汉语，认得几个汉字，比较亲汉，或者也不能叫亲汉，叫知汉。爱吃烙饼，见饺子没命，与汉降将常用汉语交谈。自次王本不是汉人，汉话说得也不好，还不如乌维，最恨人家叫他老赵，可眼下面对的是新单于，又是剃头效忠仪轨进行中，一点不服不能露，这会儿头也剃完了，该文面了，扑撸扑撸满头头发渣子，胡乱擦把脸，把脸伸出去，恬着，说听您的，无非是战是和两条路。

正此时，帐外一声高过一声：单于到、到、到！二人皆一惊，乌维手一哆嗦，老赵哎妈一声，低头滴血。

也顾不上那许多了，二人齐往外跑，才闯开帘就见俩亲兵擒手为轿，抬着光脚、满脸沧桑苦痛伊稚斜单于，迎面而来，大阿克为其后面一瘸一拐跟着。

伊稚斜单于复位，接受了赵信以计谋名义提出的建言：是不是打不动了？是，就不要装好汉，那不是咱们胡人风格。坏又能坏到哪去？无非赔上一堆好话，继续给人家做姑爷，寒碜么？白得人家一姑娘。

单于说俺们字典就没寒碜这俩字。

乃遣使入汉，挑选全匈奴最会说吉祥话专在迎客、婚丧嫁娶流水席上唱歌祝酒把人灌趴下一位老哥，带着手鼓胡琴几百张皮子就来了。老哥眼神不好，一目眇视，一目全盲，说话斜着瞅人，见到上说尽好话请求与我汉恢复和亲，话说得特别质朴，因而感人：就别老派男的了，派点女的来不香么。还真把上逗乐了。

乃交朝臣议。还是两派，一派主张和亲，女底有滴是；一派说他们这是没辙了，锅瓢见底，何不将他们降为臣国，叫他们派女的上咱们这儿来，归您使唤。

上说我不要，我不希得他们呢儿女的。

丞相长史任敞是后一派，说匈奴新破，指不定怎么困难呢，不同意打不过男的换女的瞧把他们惯的，单于要真心表示畏服，就应该自个到边境上，咱给他指定一地点，譬如雁门，譬如九原，以外臣礼朝见您再说咱们怎么让他合适。

上说也行，你去跟他说说呗，他要真来，我还真愿意见见他。任敞说昂，我去呀？上说你去，叫他把我姐顺便带来，听说我都有外甥了，到底跟谁呀，我到底是谁的舅阿，这次必须说明白。我还听说他没事净抽我姐，跟他说，再敢动我姐一根毫毛，不答应！

任敞说好吧，我去说。

任敞到了茏城，见到单于，这是汉国很久以来第一次有使节到访，单于很重视，手把肉、酸奶都端上来了，听到任敞说让他巴结着去雁门见汉天子就有点不高兴，这还是国事，还在互相开条件阶段，还有的聊，听到见外甥、到底跟谁什么的就已经怒了，管家里来了！再后来听到再敢动、不答应，反倒冷静了，起来摸摸肚子打个饱嗝儿，说您慢用，转一圈出去了。

任老自己坐呢儿吃，刚才净顾着说了，嚼着满嘴肉对伺候局匈奴姑娘竖大拇指：好吃！一会儿问陪酒大哥，单于怎还不回来呀，你们这次所远么。大哥说你要去么，你要去我带你去。大哥带任老到帐子后边，一指地：就这儿。任老冲草撒了泡长尿，草都滋绿了。

回来帐子，肉奶都撤了，一排人在卷地毯，一个挎着刀矮胖武官对他说单于不回来了，临走撂下话，让你在这儿多住几天，走一走，看一看。任老说住几天阿？那我说内事呢，他有留下话么？武官说没说，也没说住几天，您这边走。引任老出了帐子，再一扭脸，帐子倒了，一帮人又开始卷帐子。现在任老是在大草原了，才刚一座连一座胡同带拐弯儿，家家煮着锅子飘着奶香人声鼎沸的毡幕谢也什闪没，全不见了。

武官也往马呢儿走，任老喊：那我住哪儿阿！

胖武官上马，回头，拿短粗手指往大草原这么一画，啥也没说，踢马走了。

博士狄山，是主和派，说军出固威，获胜亦喜，还是有匹费，省事不如和亲。上问张汤你以为如何。

汤说这是愚儒小家子气的话。狄山说臣固愚，愚忠。不像张汤，以诈为忠。狄山新人，初次参加廷议，不了解上生性，最恨议事转为诛心，把解决问题变成互相攻击，于是问狄山：如果我任命学生你为一郡太守，你能做到不使胡虏入盗保一郡平安么？山答不能。

上说一县呢？山说也不能。上说一障呢？山心想：辩穷也要下吏；勉强说：能。（马迁按：障，谓之塞上要险之处，别筑为城，曰候城；因置吏士，而为蔽障以御寇也，又称障。汉律：与廷议，见诘辩而辞穷，下吏治罪。这一条主要适用于与上争论，问题没想好没想透，徒逞口舌之快；或上问话，完全无准备，主管之事不了解不熟悉，耽误上宝贵时间。）

于是派遣狄山去辽东水泉障白庚都镇守，没出一个月，头被沃沮夷砍去。

这一年，汲黯坐法免。任命定襄守义纵为右内史。河内守王温舒为中尉。

还是这一年，新晋夫人丁舒窈生孩子，产婆拿剪带鱼剪于蜡烛苗燎两下就算消毒去剪脐带，夫人感染产褥热，卒。上微拧，想起其父王恢，拧又上了一转儿，觉得这家人命不好，每次登上高枝攀不牢，老掉下去。于是给新生儿起名：闳；意思孩子将来格局宏大一点，自成高门，就别老靠谁了。齐国又出一骗子，叫少翁，一听就不是本名，少白头，生下来就显老，就拿这混江湖，自称少字辈，能招鬼魂，想谁见谁，以术自荐于上。上说好阿，我最近整好有一朋友过世，叫他来，都别告他是谁，让他弄，出来不是，弃市。

少翁还就来了，说您千万别告我是谁，一会儿人出来，再说是不是，但是我逮布置布置。乃于月明之夜，高台广阁之中，设重重纱帷，面面铜镜，遍地灯碗，引上入，说默念您想见那人，往深处走。自取鼓，隐于幕后，东趴东趴徐击。上始不屑：跟我玩这套。待步入灯镜频闪人影叠现流湅陆离之地（马迁按：陆离，始见于古本《庄子·则阳》，曰：姑妄随世舞而心不在自甘堕，乃陆离者耳；与"方且与世违而心不屑与之俱是陆沉者也"对举，今本不见。后为刘安《淮南子·本经训》僭用，转义为色彩繁复"五彩争胜，流湅陆离"云云），心渐起荡，还是取乐心态，默念王舒窈三字，哪知意起不能自恃，念念不休，竟见重重镜像中浮现一女，其形也草率，其神也虚黯，并不能见五官亦无从见衣饰，是心驰电想，乃生菠萝蜜（马迁按：菠萝蜜，又称木菠萝；生岭南，为南越王进贡佳果，果肉有止渴通乳益中补气之功效。北地人久闻其名而不可得，乃成俗比，喻虚妄之想，例句：你说半天其实就是一大菠萝蜜），上忽起大哀伤，自我感动，乃至涕下，久立泪干始出。封少翁文成将军，赐碎金、有冲之玉、细小珍珠、断烂珊瑚总之就是珠宝令采来内些不堪制作手饰头面瑕疵品，平常也用来赏下人寸功微劳、也能换钱的玩意儿，撮了一斗给文成将军。

几天之后下劲，上才悟，中了文成将军的道儿。问方朔你闻着什么味儿了么？方朔说你一说想起来了，是有一股异香。问日磾你闻着了么，日磾说我胡家降神，巫或燃迷香，拿一薰笼这么甩着，就是那味儿。

上说你知成分么。日磾说杂以乳香、丁香、沉香、曼陀罗、麻黄、罂粟、死藤研末，具体配伍不知。

方朔说没瞧见他点香阿。日磾说灯油灯捻儿是他带来的，说是他自家秘制，必须用这个，我也没多想。

上说那就是了。方朔说那你到底是瞧见人没瞧见人。上说瞧见人也不算他的，日磾说这个我们那里有个说法，叫象由心生。方朔说要不要现在传旨拿人？

上说传出去丢人。

司马迁来看他，说听说你最近骇了一场。上忙摆手：不提内个，我最近忽有一心得，正想跟你聊，人不到死，不知所爱阿谁，活着的时候，这也好，内也好，心怦怦跳，幸福至晕眩，三天不下炕，一日不见抓心挠肺，都不算数，非到这人死了，才可下断言，是爱，还是什么。一直不知怎么给乃情下定义，太多关乎此类胡扯，瞎连连，如今可为爱注脚：一种失去而不是获得。马迁说有心了。

甘泉宫大成，上爱那里山长林茂，庭园疏阔，无风送凉，百里无民居，出入隐秘方便。孟夏，先是总提搬过去，在那里指挥了大出击，战争结束，总提人员陆续返长安，上还住在那里避暑，到仲秋，也没回来的意思。文成将军的幻术表演就发生在通天台阅世阁。文成将军还劝上在甘泉中轴另辟台室，画天罡地煞、太一诸鬼神，陈放祭祀所用鼎簋俎豆牢，使诸神知是为其所置，闲了没准就会来坐会儿。上说紫殿、泰时殿之间正好闲着一解颐阁，本来准备做聊天室，后来发现聊天哪儿不能聊阿，你先拿去做你的天文馆。

文成将军就去忙乎，把解颐阁匾取下，自书招仙阁挂上，阁内斗拱架糊为穹顶，爬上爬下彩绘满天星。

方朔说您干嘛让他这么胡闹阿？上说就爱看骗子自以为聪明，当着咱们干傻事。咱就等着他，看他什么时候露马脚。我跟你们说阿，今儿起什么消息也不准透露给他，他要找你们算命，问什么什么不是，算对了也说不对，不给他丁点顺竿爬机会，——憋死他。

文成将军干完，方朔对他说：上让你就住这儿，值日夜班，两顿饭送屋里吃，什么时候鬼神到，及时通知上，别耽误了与鬼神相见，一会儿给您拎一马桶。

文成将军说我能回家换身衣服么，您瞧我这身，多半拉月了，全是糨子、油漆泥点，都能立起来了。

方朔说没跟我交代允许你回家，万一你回家这一会儿鬼神来了呢，没人担待得起。您们是不是准来？

文成说准来，这个您百分之一万放心。

文成在招仙阁住过秋天，每天早午一碗饭送进去，一只空碗放门口。临时来甘泉办事的人路过都问这改班房了，关的什么人阿？陪同说昂昂，据说是一个仙儿，怕他飞了。

方朔说要不要我去看看，别臭在里边。上说不用，每天吃饭呢臭什么。

有巡夜宿卫听到夜半有哭声，循哭声摸到招仙阁，里边又没动静了。

年前，坐在紫殿真闻见臭味儿了。上正接见义纵、王温舒，升他们做二千石，忽问二人：你们俩谁放屁了？二人皆惊，连忙离座边扇边闻，皆曰不是我，厌弃互瞅对方。一旁方朔说臭是招仙阁传来的。

上说谁在那里不讲卫生？方朔说您忘了，附耳嘀咕两句，上说哦他呀，快放出来吧，太影响环境空气质量了。

文成出来还嘴硬，说你这不是功亏半铲么，就在这几天了，我都算准了……那我可真走了，神来了见我不在不高兴，不嗳嗳又闪了可别赖我没说在头里。

方朔捂着鼻子说不赖你，你快找地儿冲冲去，你快成粪坑本坑了。

上说你瞧他这种人吧，稍让他一步，他就进七尺。

众人皆以为文成这一去不复敢再来。哪知过了一年，此人又出现了，手捧一只牛百叶，几片碎帛，甘泉宫门前求见，说他改卖爆肚了，在剖一只牛胃时发现内藏帛，上书金文，预言未来五千年，疑似天书。

方朔说要不要请太学博士勘读到底是何内容，再请有司勘验笔迹。上说不必了，天上哪来的绢帛，致书必也江石、龟盖等天成物，这种人就是不嗳不死。

命日碑带几个人把他请进来，好好吃顿饭，埋了他。（马迁按：此事甚机密，李夫人过年串门逢我家便酌，饮了几口，欲言又止，后趁饼妹出去热菜，只说与我一人听，嘱我跟谁都不要讲。）

52

元狩五年，春三月，甲午日，丞相李蔡为自己修墓附骥龙脉，墓址选在孝景陵园空隙地，坐盗占皇陵龙脉动土，下吏治罪，吏围李宅，蔡于中庭白玉堂春树下自刭，血染落花。自此玉堂春有了一等粉色品种，长安人称丞相粉，又称将军粉。盖李蔡本系将门之后，又因军功封侯，得相。玉堂春花抱如杯，色明且艳，初放累累满枝，不见绿叶，盛开即谢，有如人生轰轰烈烈，盛极而衰，时人多以为不祥。

天下马少，公马价格昂升，平抑公马价每匹不得过二十万钱。

三铢钱私造甚多，皇宫买菜也收进假币，诏命停止流通，重新铸造五铢钱。天下百姓又开始盗造五铢钱。楚地多大小铜矿，盗造之风尤猖獗。上以为淮阳是楚地要冲，南北物流关枢，乃复召汲黯，请他做淮阳郡守。汲黯老病，伏谢不受印，上连下数道诏令强迫他，黯才奉诏。乃为黯提高待遇，增秩真二千石，比诸侯国相。黯居淮阳十年，卧而治之，后十年卒。

马迁按：时，国家粮食短缺，官秩禄米亦不能足额发放，郡守秩中二千石，月得百二十斛，岁得千四百四十石。真二千石，月得百五十斛，岁得千八百石。斛，量器。汉初，一斛可容十斗，等一石；武帝末，一斛减为五斗，官秩亦腰斩。

同月，诏令迁徙奸猾吏民充实边地。奸猾标准由张汤厘定：游走于法德边界屡有小犯，罪不致系狱；并无实体店铺居间跑合拼缝掮客经纪人;失地失业游民;上门女婿不安于室在外另有相好与本妇闹婚变;城镇流浪乞讨者;及买爵为吏并无实任逢人自诩图巧取便迹近招摇撞骗者类。实际操作由各郡守自行掌握。

夏四月,乙卯日,任命太子少傅武强侯庄青翟为丞相。庄青翟,武强严侯庄不职孙,不职以舍人从起沛,至灞上,以骑将入汉,还击项籍,属丞相何,以将军击黥布,有功,三月庚子封侯,二十年薨。子婴嗣,十九年薨。孝文后二年,青翟嗣,也是老侯了。

长安东边京兆辖地弘农县有个湖,叫鼎湖,是当地著名风景名胜,传说黄帝曾在此铸鼎,鼎成乘龙升天,是泰山之外黄帝第二个起飞地。因离京畿近,秦时便是王侯贵人携家出游一个去处,看看当地匠人迎合公众心理新铸八百斤大鼎,坐坐小船吃吃船娘烧的侉炖鱼头,也是一天。有时晚了就住一宿,沿湖历年兴建一些公家私人别馆,平常也对外提供餐饮住宿。

天子小时候随家人去过一次,印象很好,鱼头巨大肉嫩刺少。这次再去,发现湖也不大,景色单调,尤其不能忍是内个鼎,三条腿大瓮一样,是捏惯锄头把子烧缸制瓦粗手丧心之作,铭文也是乡绅捉刀不三不四尽显乡愿"洪福齐天崇升罔显"云云。倒是湖边一家弘农县家别馆食屋煎的肉饼很好吃,皮儿焦肉嫩,上贪嘴多吃几张,当晚便犯了胆结石,疼得死去活来,当地所有巫医都喊来了,现捣药现支锅煎汁,还有冲上身上洒水念咒,取出大小铁针准备往上肚脐眼扎,现烧符现沏水准备灌上的,方朔拦着大伙说我也不懂医,我也不懂巫,但我丑话说在头摞,是凡动了龙体,龙体但有不适,龙打个喷嚏,龙拉肚子,龙肤起个红点,族。众巫说那就没辙了龙不让碰。这时上已疼得失控,必须喊出来:哎哟,哎哟,哎哟哟哎……你就让他们碰吧,符呢?我喝!针,我扎,赦你们无罪。

有个叫游水发根的本地老巫说：我有一同事，最近也生过同样的病，百般疗治无效，最后请下一个神，说是叫巫咸，百病之神，神到病除。上说快把你同事请来，只要能让我不疼千金致谢。发根说我还得问我同事，神还在不在，别病好了神送走了也起不到治疗效果。方朔说你傻呀，神走了再请阿。发根说哦对对忘了。日磾拉发根往外走，说我跟你一道，坐我的马。

日磾发根前脚走，上瞬间不疼了，没事人一样坐起来，说好了。大家发愣，说这神这么灵，一提名邪灵就吓跑了。方朔说快喊老金回来，不用了。几个人蹿出去，早没影儿了。才在一旁汗流不止心肝哆嗦的弘农县说鄙县偏僻，缺医少药，还是请陛下趁这会儿龙体复健，移驾回京吧。上也说走，下地蹬鞋，说刚才我呀，死的心都有了。领头奔出门外，就听夸哒夸蹄响，老金匹马前边坐一老头后边一老头抱着他，仨人一马颠儿颠儿回来了。日磾说您起来了？后边发根老脸紧贴日磾背也忘了松手，瞅着上一个劲眨巴眼。

前边老头不认得上，出溜下马往里跑，满口酒气高喊：上在哪里，我来了。

方朔伸手拦他：你谁呀？老头说我是神！

弘农县喝住老头：不许胡闹！对上说还是赶紧回吧，小地方人说话没准谱儿，不能当真。

上问老头：巫咸老师还在不在？老头说本来今晚上准备走的，我说哪能不吃就走阿，硬让我留了一顿浆饭，才端起酒，我这老弟弟就来了，差一点赶不上。

上对弘农县说来都来了，不差这一会儿，别的神不知道，巫咸老师我还是有所耳闻，不是小地方妖孽，让巫咸老师给瞧瞧也不耽误啥的别对老人家厉害。

弘农县说不是，我就是心疼您。

上说我这不是很好嘛，问老头：咱们哪儿阿老神仙，有什么讲儿么？老神仙说也没什么特别的讲究，只要是室内，肃静一点，无关闲杂人等一律请出。

上、老神仙一前一后返回室内，掩上门，就他们俩，就听屋里鸦雀无声，一会儿冒出一侉里侉气第三人，方朔小声说：像是渔阳郊县口音，跟王恢有点像。

渔阳口音吞字儿化音滔滔不绝，一会儿声高，一会儿声低，与上有问有答，过了脚蹲麻还没到一起来就眼发黑工夫，门开了，上乐呵呵搀着老神仙出来，老神仙两眼无光，满脸发灰，站立不稳，一步三道弯。

上把老神仙交弘农县手里，说仔细送回家好生照料，家里有什么困难跟你提，一律照办。又对方朔说去我内车上后备箱，看还有多少金，全拿出来，赏发根。回去想着，去库里提千两黄金，你亲自过称，一两不许少，跟弘农县要地址，赶明儿送老神仙家去。

回城车上，方朔说看来是靠上谱了。上说到底是得过这病的，说的全对，你扒门缝儿没听见阿？方朔说净是医学名词，听了跟没听见一样。上说也没啥新鲜的，就是让注意饮食，少吃油腻东西，多喝水，尽量不从事剧烈运动，早饭必须吃，疼就对症吃止疼药，卧床，有时不吃药也能自愈。倒是给我开了个方子：大柴胡汤加减，三棱、莪术、香附、郁金、大叶金银草三两、海金沙三两，问御医酌量使用。老神仙说他家还有自制特效止疼药，到时候送我几丸子，你去送金子想着跟他要。方朔说这是神？这不就瞧大夫么？

上说我宁肯他是大夫不是神，他这么一说我倒放心了，不是要命的病，只是疼起来比牙疼百倍。

502

方朔说花千两黄金瞧一大夫，行，你觉管用就行。

上后来在甘泉宫也犯了几回，每次都把老神仙接到甘泉，在寿宫摆酒款待他，不让别人进，就他们俩，说来也怪，老神仙一来，上的病立马就好。底下人不懂，都说老神仙给上请神，神治好了上的病。李夫人还去跟司马迁学舌，说上如何如何，神如何如何，时来时去，来则风萧然云云，司马迁信了，还去找方朔核对，方朔说不太清楚。其实方朔知道，老神仙每次来都带着他的特效药，上不让他说，直到上出现幻听，或言巫咸私语他，当年黄帝升天曾留下预言：三千年后再降世称帝，使人间得万年太平。上说：三千年之限正应在我出生那年。言罢眼神微笑俱诡异。方朔惧，才偷了一丸子，拿给张苍公检验，张苍公拿舌这么一舔，说喔赛！全是阿芙蓉阿。

那时上经常往来长安、甘泉之间，每次经过右内史界内，路上治安都不好，居然有人拿绷弓子射上辕马，还有刚被抢险被奸妇女坐地上咧嘴哭。上说义纵以为我不会再走这条路了么。

53

　　元狩六年，冬十月，赏赐丞相以下至郡守二千石一级官员黄金，重量没记载。赏县一级千石以下及随行人员帛、南蛮西南夷织锦帕子各不等。赏赐到随从这一级即便一人几尺亦应海量，想必是这些年与南蛮西南夷朝贡贸易换回来的无用之物，宫人瞧不上又卖不动积压在库里，有处理清仓的意思。

　　是月，下雨，不结冰。（司马光按：这条记载很奇怪，十月就结冰么，可见汉当时正经历极端气候，比正常年景寒冷。）

　　起初，上下令收工商税同时推出一个捐家助官的榜样卜式，以为天下多少会有一些义人效法他，结果一个义人也没有，老百姓观念交税就是助官了，反而千方百计瞒报漏报。受理举报瞒报漏报事所谓告缗事务的税务稽查史杨可上书言：现在的税法漏洞太多，减免对象太宽泛，很多人为了免征漏税就把车船登记在亲属好友有高爵、属三老和在北边骑兵部队服役的孩子名下；或主动投奔不在征收范围诸侯王、列侯愿为附庸，财产挂靠主家宁为主家充役不为国家交税，致国家税基大量流失。建议重订税法收窄减免云云。

　　义纵莫名其妙大概本人或亲属也有上述挂靠、假名登记事，税吏上门登记信息遭义纵使部吏拘捕，形成大司农计缗司与右内史两署相争，互以乱法诋告。

　　上将义纵下吏，坐废格沮事——搁置废阻诏令实施，弃市。并没有修订税法。

郎中令李敢深怨大将军致其父抱恨死。二人同朝，朝散，大将军入便，独出滞后，遇李敢迎面行，忽施一大辟斗，大将军机敏闪过，止红一耳，敢未语一声，大将军亦未语，各自肚知，反向而去。事后大将军也未张扬，只家属略知。过了阵什么事也没发生的日子，敢从上至甘泉宫行猎，大司马去病亦在行猎队中，从人赶出野猪奔鹿，众人驱马驰射，去病一马当先，敢紧随其后，去病忽拨转马头，圆弓瞋目，大吼一声：看箭！射杀李敢。上与骑从至，去病自下马除盔请罪，上命其拾盔自去，告左右：就说郎中令为鹿触击杀。乃重抚敢母及妻儿。李夫人说我为李氏不平。上说一足已跛，再断一掌么？

夏四月，废郡复置齐、燕、广陵三国。乙巳日，在太庙立王夫人遗腹子闳齐王、李夫人子旦、胥为燕王、广陵王。首次制作敕封诸侯王诰策，使张汤告庙，诰曰：呜呼！小子闳，受兹青社。朕承天序，惟稽古，建尔国家，封于东土，世为汉藩辅。呜呼！念哉，共朕之命。惟命于不常，人之好德，克明显光云云。

三子尚幼，刘旦年稍长，不过八岁，皆就国，跟着乳母师傅去封国居住。

自造白金、铸五铢钱后，吏民坐盗铸金钱死者数十万人，超过历年征匈奴死亡人数。而那些没有被发现的人恐怕更多，天下大抵已形成爱谁谁风气，有条件铸钱，没条件创造条件也要铸钱，私钱流行天下渐有驱逐官钱趋态。淮阳以南各县乡，民多认假钱为真，市集村妇小贩每拒收官钱。南郡铜绿山、丹阳陵阳县等主要铜产区，户皆有小冶炉，吏民逮治一批又起一批。有宗族势力强大村庄，武力抗法，遭官府派兵抄剿，男人皆伏诛，妇孺卖为奴，村子十室九空。以乐杀人暴虐治乱著称王温舒、周阳由、尹齐等皆上书，曰：犯法的人太多，不能尽诛,尽诛则本郡无人矣。

六月,诏遣博士褚大、徐偃等六人,分头巡视各郡国,纠察检举那些强取豪夺兼并良民财产的坏人和违法乱纪郡守、相国等下官吏。诏曰:不久前有司由于钱币重量轻又多伪造,伤害了农业,而从事商业和手工业的人增多起来,又要防止巨室富户兼并弱小贫民,因此更换钱币以加以限制过往存钱过多的人。考查古代,制定今天合用的办法,废除旧币已有一年一个月时间,而山泽之民还不知有这回事。究竟是奉旨执行命令的人宣传引导不力,还是百姓换钱有不同对待,而不良官吏妄托上命乘机侵夺民财所造成,怎么这么杂乱烦扰呢?今派遣博士褚大等六人巡察天下,鉴别审查奸邪狡猾为害百姓的人,凡放任农田失垦为政苛薄官吏,一律揭发上奏,都要报丞相、御史大夫。

秋九月,大司马票骑将军冠军侯霍去病薨。据报是薨于赴辽东外障看地形行旅途中。自任大司马后,去病一天没闲着,西北、北边皆定,惟东边不靖,还有匈军活动,还有肃慎、扶余、高句丽、沃沮、朝鲜诸夷环伺。上给他的新任务就是去东边五郡整顿边防。

去年多半年,去病就沉在下边,走遍上谷、渔阳、右北平、辽西、辽东,多次出塞,约见乌桓各部酋长,允其南徙至我五郡塞外放牧,与我建立匈奴情报共享机制,定期通报,特设一高级军职:护乌桓校尉;秩二千石,持节行监领事,不使其私与匈奴交通,督各部大酋长每岁赴长安以外藩礼朝见。当时去病就有几次自述头晕、颈部板紧。与乌桓大酋长见每次必遭敬酒,外交礼节不得不喝,去病不好酒却也有酒量,虽不致醉,酒后亦感到胸闷、乏力,二天早起尤感疲劳。

多年征战,去病生活习惯可谓不良,晨昏颠倒熬夜是必须的,战役进行中几天几夜不睡也是常事,饮食不规律,一天下来顾不上吃饭，或匆匆吃一顿，这一顿就是暴饮暴食，且以肥甘厚味为佳。战况瞬息万变，情绪大起大落，战斗惨烈，部曲好友死无完肤，杀敌众，敌尸枕籍，血流成湖，虽胜亦伴有长夜无眠，大悲难抑。亲近去病几个人破奴、安稽都有所察觉，小霍性格越来越孤僻，原先几个人在一起还说说笑笑，绝幕大出击后，老一人呆着，上给他介绍对象，要去宫里交际，别提多紧张或叫多烦了，与当利公主相亲当天，回来累得直接睡倒。杀李敢内天，人也绝对不正常，回来极沮丧，跟破奴说我真没想杀他，他跟在我后边，我只知后边有个人根本不知是他，脑子里忽然出现一个声音：射他！射他！回头开弓就像不是我，另有一双手在操弓，我根本不知他和我舅内些事。

今年去辽东，破奴安稽都看出他不好，至少一个月没怎么睡，脸腔红得发黑，眼睛瞪得像铃铛，坐在呢儿就喘粗气。都劝他跟上请个假，休息几天再走，不听，非坚持走，说在大司马府呆着烦，看内些人也烦，就愿意下部队，听营房吹角，吃部队糙食儿舒心。

还是带几个骑从一个人天没亮走了。到辽东当晚就不太好，坐着胸闷，呼吸如叹息、吹气，辽东内些人也不太懂，还拉着他喝酒，酒后完全坐不住，呼吸急促如潮汐涨落，就连夜去真番障。在路上极为少见地主动提出休息，下马坐地上想喝口水，水囊举起来还没喝进口，身子一歪，人就没了，手还紧攥着水囊。

上甚哀伤，甚悲悼，流泪赐谥号：景恒；惟愿其英灵化景，永在。准陪葬茂陵，造大冢以祁连形之。

去病少贵，不食人间烟火，论门第算一公子哥儿，却无一般公子哥嗜好，不著华服，不好酒，不近女色，对美食无感，也没听说喜好摆弄弓马，家里都不是干这个的。十七岁从军，弓马不教自专，两次深入敌后，功冠全军，封冠军侯；十九岁任票骑将军，两定河西，歼灭收降匈军近十万；二十二岁绝幕大出击，逐匈奴于漠北，歼敌七万，封狼居胥。匈奴三十万骑，他打掉一多半，自此漠南无王庭，大功厥成，功成身退，二十四岁走人。汉朝人皆说：这是个为战争而生的人。

且非周公、王翦、白起、韩信那样的谋定之帅，又非孙子吴起那样既能带兵又能写兵书具有军事理论素养的军事家，根本不看兵书，凡战必首攻，带头打冲锋，最大乐趣是战斗，历史上可与之比肩战神只有两个王周昭王、楚霸王。李广的蚂蚁上树不同意，对对，还有一个我朝将军李广。我朝军迷常为李将军霍将军谁更能打、谁最牛掰争得脸红脖子青，共识是：都是战士，都有一颗战士的心。此谓古战士，古之二士之一，二德一缺，俭、慈，敢为众人先。天生种子，不世而出。于今还有一缺，用术士王朔的话说：杀戮太重，不得享年。

去病身后遗有二子，长子霍嬗，次子霍子侯，皆其生父仲孺为续去病一门香火从其兄伯孺、弟季孺两家各过继一子而得。乃命嬗嗣侯，子侯为奉车都尉。

同姓异母弟霍光，任诸曹侍中，相貌其实与去病也不像，儿子随妈，两个妈长得并不一样，但是上怎么瞧光都觉得如见去病，看见霍光就红眼圈。李夫人说你也别上赶着每天去找人家哭，想哭调身边来哭。

乃格外加恩，并迁霍光奉车都尉，与子侯同掌皇帝平常乘坐几辆车，秩比二千石。没过几天，又提拔为光禄大夫。光由此侧身近臣，参襄国事。

这一年，大司农令颜异获诛。起初，异以廉洁正直官声很快升迁到九卿。上与张汤造白鹿皮币，曾经征求过颜异意见，颜异说今时逢岁王侯朝贺皇帝都是用黑玉，价值只有几千钱，一块鹿皮反倒值四十万，这是本末倒置，货币价值可以这么随口定么？上听了很不受用。后来皮币就这么推下去了，引起市场很大反应，起初有很多人收皮币，很快币值应声而落，再出手十万钱也兑不出，有投机客因此跳河，还有人愤而绞砸手里鹿皮糊墙。有客人与颜异谈起此事，语多抱怨，异不便多说，只是微撅上唇以示无奈。客人不懂事，张扬出去，说大农令也很不赞成。张汤以道谤逮捕了客人，牵出颜异，弹劾曰：异九卿，对诏令有看法，不当面讲腹中讥诽，当以谤讪论罪。遂诛异。

自是后，汉有腹诽法，不复见假耿直，公卿大夫多以柔和恭谦自保，汉语自黑、生猛怒赞句辞陡增。

54

元定元年。夏五月，赦天下。允许百姓不干活，杀牛聚会，饮酒五日。李夫人说正是最后耪一遍地的时候，干嘛让他们干这个？上说前几年太紧张，如今太平，大家放松一下，手里活放不下，也可以继续干。

济东王刘彭离骄悍，日暮黄昏，与家奴及亡命少年拦路劫财杀人为乐，遇害者有百人之多。坐废王，迁徙到上庸监视居住。

六月，汾阴县久旱，女巫锦在后土祠为百姓祈雨，打着伞闭眼转圈，差点掉沟里，睁眼发现才还是平地硬土拱裂一道弯勾大缝儿，扒缝儿一瞧，里边有东西闪烁，招呼看热闹乡亲一齐刨土，起出一只千斤大鼎，有半条船那么大，可以煮整牛，文镂有古趣而无款识，没见过，很奇怪，报告乡卿，乡报县，县报河东郡，郡守齐胜上禀皇帝。上派使到现场查验巫锦得鼎事有无赚哄，经查整个汾阴县也凑不出几千斤铜，是实。

上便自告奋勇带队去汾阴，同行者有光禄大夫侍中以博闻著称吾丘寿王。到了汾阴，吾丘验了鼎，擦擦敲敲，尝了鼎上锈，说认识，从前伏羲大帝曾造一只神鼎，不是鼎很神而是准备献给神，大帝止造一只，不是大帝缺铜，而是取其数吉，一者一统，天地万物出于一，终于一，大帝是一元论者，也可说是一神论者。后黄帝造三鼎，也不是缺铜，而是象征天、地、人，第一次把人提到与天地相等位置，当然那个人是指天子，不是所有人。禹收九州之金，造九鼎，真是不缺铜了，但是把鼎降低为实用器，器形甚大，有半条船那么长，当锅使，可煮整牛整羊整猪以飨诸上帝鬼神，禹是万物有灵者。夏入商，鼎还在。商入周，周自制九鼎，禹九鼎便安置在承续殷祀的宋国社庙。周德衰，宋社栽种的柏树不翼而飞，禹鼎乃沦伏不见。有识之士皆说：此九鼎遇圣人而兴，天下大乱则潜。我研判：眼下咱们跟前这只鼎，即是禹九鼎之一。

上听了很高兴，说不管你说的是真是假，咱们就当真的听。我准备还原造鼎本初之义，献给上神。近年黄河泛滥，连着几年收成不好，祭祀后土很有必要。

乃以长车为祠，将鼎搓了洗了，使六十四力夫加杠抬上车，率众唱《周颂·丝衣》选段：自堂徂基，自羊徂牛，鼐鼎及鼒，不虞不骜，胡考之休。（马迁按译：从庙堂到墙根，从羊到牛，从大鼎到小鼎，不吵闹不傲慢，才使咱们得长寿。）以为礼。乃载鼎归。

路上，吾丘跟上聊，说您怎么挑这段儿阿，要祭祀后土祈祷粮食丰收我觉得《天作》：天作高山，大王荒之；《思文》：思文后稷，立我烝民；都比这合适。

上说想过这两首，还有《臣工》，都是开荒种地的，后来想到做什么事都要有人，人不在，什么也做不成阿，就用了做寿的。

方朔对霍光说：令兄过世，上心里内劲还没过去。

车队至云阳中山，天空有云气缭绕，阳光透出云层，使云如镀金，一直罩在上空，随鼎移动。众人皆遥拜：知道了，您瞧见了。这时有一只水鹿跑过，上射之，左右说这真是天送来的祭天物，上说祭天太薄了，祭云吧。乃拾柴架火燎烤，分而食之，都说鲜美。

快到长安，上还没想好把这鼎搁哪儿，宫里杵这么大一家伙，好像也挺不是事儿，宫成庙了。于是就说先送甘泉吧，甘泉宽敞，有的是地儿摆它。

百官听说宝鼎到了，都想瞧新鲜，一大早就全扎清明门口，等到日暮，也没见皇帝车队，有随行人员陆续回城，告銮驾奔甘泉了。

又复日，朝会，天下太平，也没啥事可聊，就又聊起鼎，大伙一会儿说这鼎应该放在宫里，一会儿说应供在太庙，一会儿说应该就放在甘泉，单为鼎造个台，或个堂，既是天赐，就叫天堂。最后汇总大家意见，先进献到高祖庙，再移至甘泉，造不造天堂另议。

上新鲜劲也过了，说：可。

谬忌听说此事，上本奏曰：君主纪年没有比以天瑞命名更合适的，今年仲夏得到宝鼎，应改年号为鼎。

上说他就关心这事。李夫人说人家说得对。

乃改"元定"为"元鼎"。

元鼎二年冬十月，张汤有罪自杀。一堆烂事赶到一块，老是给别人挖坑，夜路走多了遇见鬼。这次杠上整个丞相府，先是好基友属吏谒居窥伺汤心意举报丞相中史李文作奸犯科事，汤把李文做成死罪。上问事发原委，汤推说跟谒居不熟，居为李文故友，可能是好朋友翻脸。扭脸在办公室给居做足底，被赵王彭祖撞见，奏曰：汤大臣，乃与吏摩足，疑共谋大奸。事下廷尉，谒居病死，事连其弟谒安，长安二十六所监狱皆满，临时羁押于少府主采购粟米导官闲置米仓。汤送其他囚犯去米仓，见安一身糠蹲在仓里，打算回去私底下运作捞他，表面就当没看见，安不知，生怨，告汤与乃兄共谋诬告李文。事下御史中丞减宣，减宣还没把这事整明白，又发生贼人盗掘孝文陵园地下所埋送葬钱事，汤以丞相四时行陵园负有责任，欲以"见知纵放"罪加丞相。青翟患之，乃与三长史朱买臣、王朝、边通商议，三长史以

512

前官做得都比张汤大，后犯了错误，降级使用，汤数次代理丞相，拿三长史不当东西，当面折辱，三长史深恨汤，愿以死扳倒汤。乃使吏拘捕长安巨商田信，立案侦查，拷掠指导口供，密报曰：汤每次向上建议重大经济政策，信辄先知之，囤积管制物资，价涨而沽，致大富，获利与汤半儿劈。

上看了密报，点汤：每次我打算出台新政策，总是有商人提前知道，大批买入，很像有人把我计划泄露出去。汤其实不知上指什么，他办的事多，也认识很多商人，一时想不到谁、哪里出了问题，就说：很像有。这时，减宣也把谒居事整明白了，案卷报上。

上以汤怀诈面欺，一连派出八批使者手持举报信质问张汤，汤也很强硬，不认任何罪名，对所有指控均告不服，一条条反驳。上对赵禹说：你去。赵禹一到，就责备汤：你也太不顾自己身份了，被你宣判杀头灭族的人有多少，今天别人对你的告发都是证据充分的，皇帝不忍将你下狱，给你留面子让你自己了断，你搞什么一项一项自陈呢？汤这才给上写了一封谢恩书，曰：汤无尺寸功，起刀笔吏，幸蒙陛下垂用位列三公，我没有完成好陛下交给的任务，愿意承担失职应付的责任。陷害臣者，三长史也！遂头套袋自窒息而死。

汤死，天下百姓没有一个人怀念他。

赵禹亲自带人去张家对其家产估值，所有浮财加起来不过五百金，逐项核实，全都来自工资和赏赐，没有其他收入，除任茂陵尉时所购一处宅院，更无其他田地及不动产。他的兄弟个个都比他有钱。他的兄弟和孩子们想为他举办一场隆重葬礼，老母亲不干，说：张汤作为天子大臣，受诬陷冤死，还搞什么隆重葬礼。就用素帛裹张汤遗体，有棺无椁装上牛车，不举幡不鼓吹，只有家人跟着，天没亮送到墓地下葬。

上听后感慨：没有这样的母亲生不出这样的儿子。乃释放田信，使吏按三长史，论罪尽诛。十二月壬辰日，丞相庄青翟下狱，吞金自杀。张汤的儿子张安世时任郎官，因写得一手好毛笔字，供职尚书台，人极老实，记忆过目不忘，提拔为尚书令。

春，维修柏梁台，于台顶添置承露盘，高二十丈，周长七人合围，整体铜铸，李夫人说可以泡澡了。

老百姓都管内叫仙人掌，说所接仙露拌玉屑喝可以不老。上说你们谁都不往我国整体浇铸水平提高那儿想是吗？

二月，任命太子太傅赵周为丞相。

三月，大雨雪。辛亥，任命太子太傅石庆为御史大夫。起初，元光六年，石庆以母殡告丁忧，辞廷尉。两年另三个月丁忧期满，又因伤心过度生了一场大病，迁延不起，病好了身体一直也弱，就没急着复职，在家燕居。太子立，延为太子太傅。这次丞相、御史大夫同时出事，三公去了两公，朝中真没人了，才勉为其难与赵周一同过宫补缺。经此一别，已十四年矣，复入朝乃叹：皆新张儿也。

时，上亦逾不惑，春秋四十有一，当属盛年，亦不复二十啷当岁唇红齿亮，神采飞扬，这一来一去的，还是那个人，却也面阔背厚，稍一腆胸也出小肚子。上对石庆说：咱们都老了。

夏五月，大洪水，潼关以东地区饿死人以千计。

秋九月，诏曰：仁不异远，义不辞难。今岁京师虽也不是丰年，还有山林池泽出产可与民共享。而水灾南侵，且凛冬将至，我怕江南百姓没吃少穿难以存活，刚从巴蜀运出粟米到江陵，派遣博士萧大中等人分路前往巡视，晓谕所到地方不许加重百姓负担，吏民能有救助饥民使其脱困者，名字报上来叫我知道。

这一年，擢升孔仅为大农令，桑弘羊为大农中丞，开始试行均输法。起初，桑弘羊看到各地官府都自己做买卖，交相争利，导致物价腾跃，而各地出产输往长安抵充赋税很多货种没人需要，运到长安也卖不动，积压在库房还抵不足运费。于是向上建议，由大司农派人到各郡国任均输使，将各地所出最受市场欢迎名优特产一概作为赋税输往长安，由大司农设平准司接收，全部垄断起来，市场贵就大量抛售，市场跌就大量收购，不给巨商大贾操纵市场牟取暴利机会，这样他们就只能做回老百姓本分，回家务农，而物价也会稳定，输运者方便，国家受益。

上当时就觉得好，批示先在小范围试行，逐步推扩到天下。这回桑弘羊做了大农中丞，位在大农令下，盐铁二丞之上，可说是常务副部长，就先在河东、河内、河南、颍川、南阳几个富庶大郡试行均输，暂命五郡盐铁专卖官兼理此业。还扩大了范围，命五郡工官制造车辆及其他器材采购原物料费用盖由大司农拨给，成品亦全部运往长安统一发售，不得在当地私售。

时，白金价暴跌，民众谁也不拿这块杂合金当宝，不留神收了就花不出去，最后竟如废锡只能给小孩当玩具串九连环或出殡赚吆喝往天上撒听响儿之铃铛片和上坟送给死者阴间使的冥币，已无疾而终，退出流通。于是下令禁止所有郡国铸钱，有铜山铜矿也不行，专任水衡都尉属下上林三官钟官、辨铜官、技巧官铸钱，钟官负责铸，辨铜官主理成色，技巧刻范，足两实重。令天下非三官钱不得流通。而民之铸钱益少，因均输使铜不可得，私铜价昂，官钱精美，仿作不值开销，只有真工巧匠和大奸大盗才有工夫和能力私造。

浑邪王降汉后，汉军击逐匈奴于幕北，自盐泽以东空无匈奴，西域道途开通。张骞进言：乌孙王昆莫本匈奴臣，后兵稍强，不肯复事匈奴，匈奴攻不胜而远之。今单于新困于汉，而故浑邪地空无人，蛮

515

夷俗恋故地，又贪汉财物，今应趁此时厚币贿赂乌孙，招他们更往东来，居故浑邪地，与汉结为兄弟，看情势他们能听从我汉，听从我汉就等于断匈奴右臂。既连乌孙，他们西边康居之类的国家皆可招来而为外臣。

马迁按：昆莫父难兜靡本与大月氏同在敦煌、祁连间，小国也。大月氏攻杀难兜靡，夺其地。而大月氏又被匈奴所破，西击大夏王夺其国。昆莫报父怨，西攻破大月氏，留居现乌孙地，在龟兹西，天山北，距敦煌二千里。故骞有"恋故地"说，指今浑邪地实为旧乌孙地。乌孙虽蛮夷，同为天下人，亦有恋故心。

上说你内啥，不家里蹲了，不是就觉得家里舒服，哪儿都不要去了么。张骞说家里蹲不住了，上回赎死把喝粥的钱都贴进去了，妈的以后判刑就判刑不要加拧次人的话好不好，什么畏懦，我内是失期，条件制约，没赶上，跟胆大胆小有什么关系？上说哦，他们还加了这句，我批的时候单子上没有。你也别太在意，内都是格式公文，并不针对你个人，情理上讲判过死刑心胸也应该更开阔，今后活每一天都是赚的。你怎么样，决定出动了？骞说决定球了，活一天算一天。

上说好，我让你失去的全赚回来。于是任命张骞为中郎将，问：低不低？骞说无大所，反正我出去就自称将军，跟外国都叫大使，他们也没地儿查我去。

叫日磾过来，三个人一起拉单子。日磾比骞熟，去乌孙走乃条路，沿途有乃些国家、城池，出敦煌第一步还是走蒲昌海也即你们汉人说的盐泽，盐泽南有楼兰、且末、扜泥，北有山国；然后沿昆其河、海都河西行至敦薨浦，途有渠梨；继续西行有龟兹；折向北有焉耆、车师前后国和乌贪訾离国，都是乌孙属邻，小国，不足虑，带几百人即可唬住他们。也好客，可以提供饮水、食物，所带炊饮足以支撑到盐泽即可。

骞跟上要这要那，上皆倍之，计三百人，人各两匹马，牛羊以万计，金币丝帛值数千万万，主要是丝帛，都拿牛车拉着。上跟骞说你也别到哪儿都跟人要饭，咱们是去赏人家的，多带东西，叫人羡慕，才愿意跟咱们好。骞说是是，我也是这意思，就是牛车寒碜点。上说就这个不好办，我缺马你又不是不知道，连自己都减乘，你到那边，十牛换一马，我愿意你们都骑着马回来。日磾说丝就是硬通货，有丝何愁无马。

又给骞一百多把汉节，说拿着拿着，小国也别慢待了人家，遇到了，都有个表示，你懒得去，叫手下作为副使，去拜访一下人家，给人家搬两匹布，别叫人挑礼，说咱们只结交大国，也没准小国藏着宝呢。

说这话时是孟夏，四月，小满芒种，骞就出发了，也戏称自己二次征西。牛羊在北地，现分群，现赶上，边牧边西行。一路无人迹，苜蓿巍巍若微型森林，一壁延延，一壁漠漠，惟中道萋萋葳蕤，骞由是说我命名了，以后这道就叫河西走廊。走到敦煌已是五月，也就骑马的几位先到了鸣沙山，牛车还沿着氐置水晃晃悠悠蛇行，羊还在籍端水以东吃草。骞说现在明白小霍心情了，这么走明年也到不了乌孙，带牛羊走路不是事儿，我决定还是咱们几个先走，不管他们了。

六月，张骞等到达乌孙，因为空着手，乌孙王昆莫不重视，接见这帮人时甚倨慢，没有任何礼宾仪式，就一人坐着，让张骞他们几个站着，样子十分倨傲。

张骞以上国礼见，拱手三点头，说我后边跟着车马千辆，战士上万，黄金丝帛数千万万，都是我大汉天子打算用来交好贵国，协助贵国光复旧地的，如果你们愿意回到东方，与我汉结为兄弟之邦，共拒匈奴，匈奴不足破也。见昆莫不为所动，又擅加一条：我汉还可以把公主嫁给你，两家做亲戚，你觉怎么样？

昆莫当然是觉得这小子有点吹牛，论吹牛西域人比东方人会吹，这么多小国城邦勾肩搭背混在块儿堆，谁也吃不掉谁，主要靠外交，拍唬，昆莫自己就是吹牛大王。千万万，等千亿，没听懂，乌孙就没万以上数词，最大到千，说万是十千，千亿，以为一千零一夜呢。（马迁按：这个千万万可能真是有误，考查石渠阁所藏少府档案，元鼎二年拨张骞使西域物货清单，原公文写的是"丝值千万万"。当时物价是很高，也没高到这份上，我汉产丝能力强大，也没大到这么吓人。以千亿钱计，可买断天下数年丝产量。西域诸国人口，大不过百万，小数千，这么多丝运过去，且不说需要多少畜力，凡人尽可喂饱，一代人不用再买衣裳。合理判断，应该是书吏笔误，多添了个"万"。）

更主要是这个土鳖就没听说过汉，东方在他概念里就是匈奴，再就是一些"拔拔"，翻成汉语叫蛮夷。

汉和乌孙谁大？话到嘴边没问出来，都懒得问。

吹牛大王都有一共性，不轻易得罪人。就说那你先住下吧，走一走，看一看，等你们一千零一夜到了，咱们再聊。骞也听得稀里糊涂，再想说什么人先走了，也累了，只得找客栈住下，正好西瓜葡萄下来，街上成堆成筐在卖，先搬俩西瓜坐路边一拳砸开，怒吃。

以后天天上赤谷城外手搭凉棚向东眺望，盼牛车。盼了俩月，死的心都有了，头一辆牛车来了，瘦得跟鹿似的，角都掉了，但是很精神，还能走，跟车的骑兵校尉陈锐两匹马帮着拉边套，说不能再快了，牛一死，我这俩马都不是驾辕的。骞说曹都都他们呢？陈锐说还在后边，应该过了渠梨了。骞登车翻检货物，陈锐说天天喷水，人舍不得喝给货喝，怕成蚊帐了。

这之后，每天都能到一两辆，骞腰杆也硬了，扛着丝帛去王宫，一匹匹展开给昆莫看：随便使，做帐子做被面都可以，有滴是，在我汉都用来绷窗户糊天花顶。之前昆莫只见过一双丝履，穿在匈奴阏氏脚上，单于高兴赏给他，包回来谁也没舍得给，供着，每天赞赏匈奴女工心灵手巧，羡慕匈奴地大物博，给起名叫金不换。但是还是没吐口跟汉做兄弟。也跟手下几个亲贵大臣议了，要不要走回老家去。大臣们都不乐意搬家，在西方也住两三代了，都有孙子重孙，生活习性也改了，建城，住房子，种葡萄酿酒，老家有什么呀，不就一地草么，再搬回去还得住帐子。没说出口心底想的还是怕匈奴，没招他没惹他就来跟你过不去，他豁得出去你豁不出去，不想再打仗，也并不信国家大、富，兵马就一定强，巴克特里亚、波斯都大、富，又怎么样？汉要是干得过匈奴勾搭咱们干什么。

骞在赤谷城住得腻味，又不敢走，昆莫每天糊弄他，说明天，明天准给你准信儿。请大使吃饭，不聊别的，老打听你们呢儿女的长啥样儿，盯着骞问：是都你这样儿么。骞说比我好看多了，简单说就是你们姑娘尖儿都拓圆了，凸起熨平了。昆莫说一定领教。

骞离不开，就派随行骑校尉陈锐、曹都都、焦尔力等分别持节拉两车丝，走访周边国家，先是当天去当天能回来的小国：姑墨、温宿、尉头；再后走得远点，大宛、康居、大月氏、安息、于阗都走到了。

骞跟哥几个说到呢儿提我，我跟他们熟，没人不知道。陈锐回来委婉说：提你了，你上次是不是没带什么东西。骞说昂，我是半截腰从匈奴跑出来杀过去的，命差点丢了还东西，东西都让匈奴扣了。陈锐说嘻，他们西人就是一帮势利眼，只记东西不记人。

焦尔力走得远，到了安息，是上次骞没到过的地方，回来说安息真大国也，出来迎我人马即有二万骑。

都都走得更远，出大月氏有点转向，不留神走到身毒，也没见着谁，就见一帮人在河里泡着，洗脸蹲便所，还有人在岸上架火烧死尸，有裸汉坐一火堆上假装没事，聊天，死扛。很多大象，穿金戴银的人出门都坐大象，跟上面搭一小亭子，都都在下面跳着脚喊：你们这儿谁负责呀？上面人根本听不见，叫大象鼻子一甩，蹭一身鼻涕，热得差点中暑，赶紧回来了。

混到九月，昆莫还是内句话：明天，给你准信儿。

陈锐说不能再信他了，我认识一人，借我一条裙子，说了两年明儿还我，后来还是我跟他说不用还了，送你了，说了一年，才不提裙子。骞就去见昆莫说我与我国天子约，年去年回；现在快到我们年底了，你也挺忙的，我先回了。昆莫说别走阿，明儿就给你准信儿，咱们说好内事呢，我真挺感兴趣的。骞说知道您是一痛快人，我也是痛快人，说的事啥时候都有效，明年，后年，您什么时候想回敦煌看看了，一定通知我，我还带这么多东西，草拔了，地扫了，鸣沙泉边候着您。昆莫说必须的必，我一定去，咱们很快就能敦煌见。言罢招呼手下：去，上我内马厩，把我内好马都牵出来，我要送给张大使，再派你、你、你，替我给张大使开道，别让大使瞎转了，走咱们老走内路，把大使送回家，半道上磕了碰了，跟你们急！

骞出王宫，跟焦尔力说我觉得我就够假的了，没想还能碰到比我还假的人。

这年底，可能过了一两天，骞回到长安，千万万散尽，带回二十几个乌孙人，四十几匹劣马。跟上说这帮是考察团，考察我汉比乌孙谁大。上乐：怎么都这么说呀，要不要我摆一场仪式接见一下，整好过年家伙什还都没撤。骞说别给他们这脸，你就臊着他们，让陈锐领着他们转去，我都不陪他们，太不实诚了。

后来陈锐与乌孙人处久了，才听说他们王的苦衷，乌孙太子早死，托孤父王，王爱其孙，欲立为太子。太子弟大禄，拥兵万骑，一根心思争太子位，王恐孙遇害，分兵万骑令孙离赤谷到别处居住，自带万骑以备大禄，所以乌孙名为一国，实已分裂。张大使来谈东归拒匈奴事，我们王何尝不想重回祖地，实在是年老国乱，不能专制。乌孙使者说我们那儿有句谚语，翻成汉语大概意思"狡兔三窟非出己谋"，说的是一个人看着滑头，可能有他的为难。

上说你瞧，是咱们小心眼了，对人有所期待，不能实现，就下论断，不但是你也是我常犯的毛病。应无所期待，才可得全豹。乃拜张骞为大行，继续经营西域。后一年多，当年得过两车丝好处的大小国纷纷遣使来汉观光顺便贸易，卖点啥换点啥。还开发出很多当初不曾涉足闻所未闻微型国家：桃槐、休循、捐笃、子合、西夜、依耐、无雷啥的，计三十六国，很多怀疑就是某国一城，都往这边奔，看啥啥新鲜，都对他们好，西域与我汉交通贸易由此开端。张骞老师接待他们天天喝得晕头转向，人送雅号：大忙人儿。

喝了一年，张骞老师在酒席上端着酒碗脑卒中，临终遗言一个字：喝！

乌孙王既不肯东还，上乃于浑邪故地设酒泉郡，后又在休屠故地设武威郡，皆征发迁徙内地人民充实之，彻底断绝匈奴与羌通道，使其牛马不过祁连。

是后，汉使者也开始往人家呢儿奔，前一批刚出发，后一批跟着出发，一年当中少说五六批，多达十几批，少者百十号，多的几百人，前后都看得见。每到一个国家都自称博望侯。每拨儿携带的东西也跟张骞他们当初带的差不多，以丝为主，致国内生丝价格飞涨，整个行业产值真差不多够几千亿，超过主要出口大宗商品粟米猪鬃什么的跃居第一。后价暴跌，西域各国都由穿貂改穿丝，盖丝被，丝手巾，货走不动，产区砍桑树，蚕宝宝被喂鸡。使者就越走越远，最少几年才能回来，有的八九年回不来，有的一去不复返，人货失踪，回来的说见到罗马了。上比较高兴的是，大宛主动送汗血马入汉，万斤丝换一匹。上自己不愿重复创作，乃命司马相如即席吟一首同题天马之歌。

马相如消渴症已经很重，大脚趾溃烂不能套袜只能赤脚蹬趿拉板，眼睛近乎失明，没精打采吟道：天马来，从西极，涉流沙，九夷服。天马来，出泉水，虎脊梁，化若鬼……上说你这个，有点没道理呀。相如说臣，才尽了。

55

元鼎三年，冬，迁函谷关口到新安县以扩大关中土地，人民随迁。旧关所在地划归弘农县管辖。

十一月，诏令加重对偷漏税犯行科罚，可处没收全部财产，凡举报坐实者可获受举报者家产一半奖励。

一时，告缗成风，天下中产者大抵遇告，一旦被告，案子很少能翻过来。朝廷还派御史、廷尉正、监分赴各郡国专案专人审理告缗案件，罚没财物以亿计，收各家小保姆老阿姨入官以千万数（马光按：从这个数字看，汉奴籍人口庞大，说几与民籍人口相等或超出并不是过分推测。据不完全统计，汉初，编户不足三百万，民口千五百万至千八百万；至武帝，民编户五百八十万，人口近三千万，连年征战，人口略减，一说还保持在二千万以上。而加上奴婢，全国总人口当在四五千万之间）；收田产大县数百顷，小县亦达百顷，房屋宅院不计其数。中等以上商人率多破产。有钱人吃好的穿好的买贵的过一天算一天，不再积蓄添置产业。而国库因盐铁专卖及税费收入日见充盈。

正月戊子，孝景阳陵园失火。

夏四月，下暴雨冰雹。关东十几个郡国发生饥荒，出现人吃人。

常山王刘舜薨，谥：宪。子刘勃继位。坐宪王病不伺候及无礼废，徙房陵。后月余，改封宪王另一子刘平为真定王。常山设郡。自此五岳皆归天子领土。

五月，徙代王刘义为清河王。

九月，匈奴伊稚斜单于死，子乌维单于立。

元鼎四年，冬十月，行幸雍，祠五畤。赐天下百姓民爵一级，特别表彰妇女在这一年表现，赐百户一头过年牛，杀来吃，年酒十斗。诏曰：诸上帝，我亲自在郊外祭祀，而后土无祀，礼：郊天祀地。而今不登对。命令有司商议！祠官王宽舒说：查阅古籍，禹祭祀后土在沼泽中小岛。上说他们不是同时代人？

宽舒说古籍上说是后土，未必指后稷，拜托土大约自农耕始便存在，后才有神。禹时代洪水滔天，土尤难得可贵，也许就是他指定稷为土神，生人祠也不是不可想象。今天立祠不必非找沼泽，临水堆高即可。

于是上率众从夏阳渡河向东出发，没打招呼进入汾阴境，河东太守没想到皇帝突然到达，供应大队人马住宿吃喝，干净房舍上等饭菜来不及准备，自杀。

宽舒在汾水东岸选址，令县民掘土堆丘，长四五里，宽二里，高十余丈，堆上建祠，重塑后稷泥像，悬匾：敕建后土祠。十一月甲子，上亲望拜，如上帝礼，只是不燎牛，献五谷。礼毕，幸荥阳，还至洛阳，诏曰：在冀州祭祀后土，展望黄河洛水，巡视豫州，在周王室旧址参观游览，一切都成过去不留痕迹也没有继承人。询问当地老人，才找到旁枝孽子姬嘉，封嘉为周子南君，以奉周祀。（司马光按：根据汲冢古文纪年记载：卫公子姬郢字子南，其子弥牟以子南为氏，曾为卫将军，其后有子南固、子南劲。秦并六国，卫最后亡，疑嘉为弥牟后人，故封君号有其氏名子南。）

春二月，中山王刘胜薨，谥：靖。葬保定市满城区西南一点五公里陵山主峰东坡。

起初，上给当利公主介绍小霍，小霍没接招儿，公主有点不忿儿。后小霍猝死，皇后说幸亏没成，要不过门就得守寡，今后别找军人了，军人看着结实，不定遭过多大罪，身带几处暗伤。小姑林虑说王侯家也不好，都太花，一大堆姬妾，等你过去，身子早成秫秸杆。上说你自己什么想法阿，想找啥样的。公主说我也不想找啥样的，能平安过日子就行，家里关系别太复杂。上说就这样的咱们这种家难找，除非是孤儿。后说外国人不行！小姑说纯地主最好也算了。公主突然发脾气：哎呀不找了，好像我嫁不出去似的。

乐成侯丁义，曾祖丁礼以中涓骑从起砀中，为骑将入汉，定三秦，封正奉侯；以都尉击项籍，属灌婴，杀龙且，更为乐成侯，食千户。父丁吾客，孝文后七年嗣侯，侯了四十二年薨。丁义两年前才袭侯，正在追上四女鄂邑公主，老往家约，当利公主有时就给妹妹当灯罩，陪着去丁府约会。丁家上下多好卜占，尤其女眷，痴迷方术异能。老夫人信鬼神，小时候生过大病，喝药针灸熏艾草还是起不来炕，家里已经备下棺材，一个巫剪张帛啐两口吐沫烧成灰喝了当天就坐起来，二天就出门跳房子去了。青春期也老做噩梦，被鬼追，女鬼坐炕边摸她脸，男鬼无脸长手经常上身。深信万事皆有定数，都有鬼神安排，且是一些很腐败很穷苦鬼神，会因金钱介入促成或转变运势，热衷贿赂鬼逢迎神，向是凡自称能招鬼通神的人物打听鬼神下一步对她们家安排，带动全家疑神疑鬼，迷信至虔诚，什么左眼跳财右眼跳灾，卧室不能放镜子，大门不能对路口，都信，没事就改门楣，改窗户，里外折腾重新摆家具。一家子特别具有招骗子体质，全长安骗子都知道有这么一老太太，缺钱花了就上她们家，吓唬一通老太太，让老太太掏钱买破烂给儿孙消灾。

她们家门口顺墙根一溜，全是摆碗猜豆、摆残棋、家人有病认识名巫的，都知道这一家子好糊弄，怎么说怎么有，上多少当二回还来，最受骗子爱戴品质是尤热衷向亲朋好友推荐，把骗子领人家信誓旦旦用自己曾经上当范例担保特别灵，绝对真诚。外地方士到长安两眼一摸黑，就有同行指点先上老太太家歇个脚，闹出名气，就能混入公侯贵戚真阔气人家。真到这一步这饭碗就算端稳了，这些人家事做得大，担心受怕程度那是街上内些打醋遛弯儿平头老头老太无法比。

两位公主去丁府，没进门头面手饰就让猜豆的、下棋的给摘光了。两位公主也不在乎，觉得好玩。进了府，也是一屋子器宇轩昂或淡然笃定巾帻汉子，聊的也全是紫九阿白六阿，土旺金相木休阿，听不懂，就直接看相拉着手算命，说二公主近期全有正桃花。

其中一位胶东人栾大，人极高大印堂发亮，捧着当利公主手心眼睛直勾勾贼着公主说你其实需要一个懂你的人，你其实特孤独，人海茫茫众星捧月你其实一个交心朋友也没有。如花童颜如画岁月转眼即去镜中的你还是那么美丽皱纹已细细镂刻你心底。但是你命中有，你期待内个人已然出现，我闭眼看一看阿，是个大高个，人极敞亮，在海边，身后有海潮翻涌，有白鸥，有远帆，有旭日，正万道霞光大步向你走来。

丁义在旁边说：熟。公主抽回手，坦然说我喜欢海，但是没去过，只在昆明池划过船。栾大说哦那很不一样，你知人一生会遇到很多人，最后回首往事，发现真正重要的只是几个人。公主说我认为只有一个人。栾大说我也这样认为，其实人不管住雕梁玉栋还是草棚泥屋，最重要是保持爱的能力，爱不是占有，而是失去。公主说这话好熟，好像听谁说过。栾大说湿妈，我一直以为只有我一个人这么想呢，一般人只能想到付出就打住了。公主说我肯定听人说过，但是想不起来了。栾大说那么你同意么我这个观点？公主说我以为不冲突，先拥有再失去。栾大说不能再同意了。俩人聊了一把，走的时候公主说很高兴认识你。

出来她妹问你觉得这是你的正桃花么？公主说不至于吧。

一来二去俩人混熟了，什么都聊，人生阿，时间阿，世界阿，什么叫美，发现三观严重一致，栾大说我还不知道你名字呢老叫公主我觉得别扭。公主说我这名还真没几个人知道，不过可以告诉你，我叫刘璇。

可能是鄂邑公主打了小报告，告诉她妈盖姬，盖姬给后吹了风，后有一次吃饭，假装不经意问起：听说你最近认识一方士。公主当时脸就撂下来了，说什么方士，人家是书生，正经人。上说现在还有正经人那，哪里的书生，带回来让我瞧瞧，真正经，给他个官做。公主说官、官、官，就知道给人官做，好像谁不知道官是咱们家开的，人家根本不希得做你的官。

上说那太好了，不希得做官的人我喜欢，那也可以带给我们看看嘛，我们家又不是老虎，不吃人。公主说就是一个朋友，很正常的朋友，在丁义家认识的，带回家算什么，你们能别拿内种眼神看我吗，好像我怎么了。后说关心你。公主说不要！上说我有办法知道他是谁。公主说你不许去打听人家，你的办法什么朋友也把人家吓跑了。上说好好我不打听，我现在正式向你的朋友、不光他，随便什么人发出邀请，欢迎他们到宫里玩，绝对热情接待，管吃管喝，不跟人瞎搭葛刨根问底，不干涉你们玩什么，不给你丢面子。

公主说那我得问人家愿意不愿意来。

没过多久是一个什么节令，公主问栾大，说有一个小聚，在我家，很小范围，丁义鄂邑他们也去，你要不要过来。栾大说不会碰见你爸吧？公主说不会，我们住的隔得很远，可能我妈会过来，她很烦，我的朋友来玩，她都要找借口过来看一眼，不过她也不多事，就是看一看，假友好跟大家打一招呼。栾大说不想去。公主说你怕什么的，有我在呢不会让你难受。

栾大说我不是怕，是不想见你们家人，你很好，我不把你算在你们一家人里，但是你知道吗，你爸害死过我一师兄，一想到他我就难受。公主说什么师兄，跟你有什么关系？算了算了，不愿意去别去了。栾大说你是不是生气了，你别生气，如果你坚持要我去……行！我就去，要不要带什么东西？公主说什么也不用，带着人就行。

到日子栾大去了，公主在小西门等着把他接进去，七拐八拐进了一小院，一排屋子点着灯，丁义已经到了，站在台阶上和一看上去品秩很高的女的说话，不是皇后。皇后在屋里，正在拌凉菜，大丰收，各种新鲜时蔬切丝伴以三合油和芥末，见了栾大点头说你好。

栾大有点紧张，说我干点什么。公主说你什么不用干，就坐着等吃。栾大说我还是干点什么吧。正好另一女的拿着一盆馅儿过来给皇后看，说你闻闻，咸淡够么？栾大说我祸馅儿吧，这个我行，在家都我。

后说都放过盐了，你非想干活就把面再光一遍，大小伙子有劲，刚才内面是我们几个女的揉的，有的光，有的还有点黏，没全醒开。栾大撸胳膊挽袖子，说全交给我了。把几团面劈阿劈阿摔成块儿堆，连揣带扒滚成一大团，揉至小孩儿脸蛋嫩么光，搁呢儿醒着，说老面发的，碱使得合适。后说没什么特别的，就是家常普通的，别的不让弄。栾大说就爱吃馅儿。

公主又去趟小西门接人，回来见笼屉已经揭了，一屋子人捧着热包子站呢儿嘀搂着吃，她爸也混在人堆里托着半拉包子边吃边点头，对面站着栾大，正在跟她爸聊。一屋人见她都翘大拇指，大舌头：成功。

她也没顾上去听内俩在聊什么，只听了一耳朵"马肝"什么的，就忙着去招呼别人，屋子一会儿进来一帮，院里也全是人，说说笑笑，别的院女人孩子猫也过来凑热闹，要包子吃。笼屉揭了一笼又是一笼，蒸汽跟云似的一会儿蒙了窗户，一会儿又透出人。等她想吃一口的时候，包子没了，只剩大丰收了。

她也不知她爸什么时候走的，她妈也不见了，就剩栾大一人站在灯架子前发愣，过去问：怎么样感觉？栾大说：挺好。

后坐在灯前卸妆，问上：你觉怎么样？上说你觉呢？后说是个朴实孩子，就是不摸底呀。上其实已经摸了底，说这个人不简单，不是你想的那么朴实，在胶东康王刘寄底下混过，很见过些世面，有手段，咱们孩子搞不过他。后说你不看好他？上说就怕孩子当真阿。后说那你去跟她说去呀。上说不知怎么说，重了，怕伤着孩子。后说我去跟她说。上说你别说，说不好，起反作用。

自此后，栾大就经常在宫里出现，宫门警卫也都认识他了，渐至后来，就不用人接了，警卫一看他的车，就抬手放行。有时公主不在，他也来，蹲到上内边，跟上聊天，说我经常出海，蓬莱、瀛洲、方壶那是每次必登的，安期、羡门都喜欢我，愿意收我为弟子，传授我一些仙术。上笑笑，也不接话。栾大说您不要以为我微贱，不信我，仙术高明，不配教我知道。

上说这是说到哪儿去了，可信不可信当然不必以出身决定。栾大说我老师说了，黄金可炼，河决可塞，不死之药可得，仙人可见。上说那好阿，正好黄河决口几年堵不上，你叫你老师想个法子给堵了。黄金我有的是，你老师来了我还能赏他点。栾大说不是我老师求您，是您求我老师，您要真想见我老师，那得对他学生好，都知道您架子大，谁也不放在眼里，仙人也有自尊，比凡人还强，怕来了让您当下人使唤，您没个表示，我也不敢跟我老师说呀。上说好，咱们一言为定，你负责把你老师叫来，你开条件，我没有什么舍不得的。栾大说让我自己说多不合适阿，好像我很贪式的。上说我来安排，到时候可别说不称你心。

当即研墨铺卷一口气连写四个委任状，任命栾大为五利将军、天士将军、地士将军、大通将军。递给栾大，问：行吗？栾大说我试着跟我老师沟通一下。

内边后宫，凡是见过栾大的，李夫人、邢夫人、林虑，包括站在台阶上只瞅过一眼的尹婕好，都跟后说：这人不行阿，一看就是一大忽悠，可别让咱孩子犯傻。后沉不住气，终于跟公主码了，说：这人以后不许再来往。公主本来也还真没想太多，只是有好感，觉得和此人在一起有话说，听他聊聊胶东乡下童年事也有趣，妈一反对，顶上牛了，说为什么不能来往？

后说不许就是不许没什么为什么。公主说我偏来往，我还要嫁给他呢！后抄鸡毛掸子就打公主，公主替她数数：一下、两下、三下……把公主活活抽出悲壮感，觉得是在为爱牺牲。后扔了鸡毛掸子，哭说：你太不孝了。

上赶来，已经不可收拾，公主说我已经是他的人了，就要嫁！后说你要嫁我就不认你这闺女，一毛钱嫁妆你也别想得！公主说不得就不得，我睡马路去。

上先安抚姑娘没那么严重没那么严重。又拉走后说回屋，咱回屋说。后回屋大发作：她怎么这样对我？都是你惯的，惯出忤逆来了。上说打是不对的，打是笨办法，一打必然对立，想想你小时候爹妈打你，你怎么想，你会恨他们。后说我也不想打，可她太气人上说所以你就发泄情绪了，本来还可以挽回，现在彻底把她打到内边去了。后说你说怎么办？上说我也没办法，我要阻拦她呢，她就会把我当成和你一样压迫她的人，咱们俩不能都当坏人。后说你就会装好人，都这时候了，还在装好人。上说冷静，咱们冷静想想，还要不要这姑娘，要，有要的办法，不要有不要的办法。后说当然要，我亲生的，不能看着她跳火坑。上说也不是火坑啦，最坏就是嫁错人，误一时，现在咱们可以说这个话了，初恋很扯，初恋嫁人少有好下场，真正稳定的婚姻是二婚，都懂事了，知道成家、一辈子是怎么回事，可这个话你怎么和一次对象没搞过，还是个被妈打急了的姑娘说？这不是讲道理的事儿，是要经历。后说这就是你的办法，由着她去，等二婚？上说二婚怎么啦，咱俩严格说也是二婚。

后说我不是，你三四婚都有了。上说你也别把自己说那么清白，你当初就没和你们同事偷摸好过？

后说没有！上说喜欢过、暗恋的人总有吧？后说那不一样。上说至少我三四婚，你瞧你现在多稳定。

后说你这纯粹是男人的混蛋箩纪，耍够了，找一小姑娘稳定了。我不愿意我姑娘上来就涝这么一油子手里，哪么找一同龄、跟她一样头回搞对象的人，初恋就像个初恋，这算什么，我听说这栾大乡下还有媳妇。上说还有仨孩子。后说这不办他欺君还等什么？

上说他，我根本不关心，我关心的是咱们孩子，你就没这么想过：就因为此人来历复杂，人又极端不诚实，不要讲做老公，做人都很不够格，咱们姑娘又不傻，很快就能看清这厮本来面目，一般也许要拖很久，几年、十几年女的才能看破，倒霉的一辈子也看不破，而咱们这机灵丫头，三五个月，也许三五天就能从梦里醒来，甩了王八蛋的，主动、轻松愉快走上二婚康庄大道。后破涕为笑：

要不要这么快呀。

上说煮过粥吧，快开锅时怎么办呀，再加一把火，让粥潽了。后笑没你嫩么煮粥的。上说所以我希望你，如果她坚持，怎么劝都没用——也不是说咱们就放弃最后一点努力了——如果都没用，你就头婚二婚一起准备，二婚对象早有了吧，现在看不上，将来未准才觉得人家好。后说已经攒一大摞了，可我这心里……

上说我也不好受，谁让咱赶上了呢，事已至此，我的态度从来就是不要让它再坏了，咱不当笨爹妈。

夏四月乙巳，封栾大为乐通侯，食邑两千户，赐北阙甲第头等住宅，僮仆千人，全套装修、家具陈设、帷帐及豪华车马。隆重嫁女，陪嫁黄金十万斤。天子亲送女至栾大宅，在呢儿喝了喜酒。以后每天派使者送过日子的东西过去，皇后亲手做的好菜也一趟趟送过去。从窦太主、将、相往下都到他家大摆酒席（马光按：汉旧俗，最诚恳请人吃饭是到人家摆酒席，您别出门，我带着酒菜客人来，坐你家堂上吃），赠送新人贺礼以千万钱计。上又刻"天道将军"白玉印，派使者穿天鹅羽毛衣，取飘飘欲仙意，月圆之夜到五利将军宅，白茅铺地，授印。五利将军亦穿羽毛衣，立于白茅，受印不拜，以示不以臣礼见，以神仙礼见。

栾大结识上不过数月，得公主，佩六印（马光按：五利、天士、地士、大通、天道五将军、并乐通侯六印。又：乐通侯食邑在安定郡高平县。又：羽衣，缉禽羽毛为衣，今道士服也，天鹅难得，或用鸭、大鹅），贵震天下。于是燕、齐这些临海多生妄谈地区人士皆扼腕，发誓要学栾大，一夜富贵，纷纷上书自称有秘术，可见神仙。

世人不知道，内些天天去送菜的使者还有一项使命，每次见五利将军都会问：你啥时候去请你老师阿？

公主不快乐。

秋，立常山宪王子刘商为泗水王。

时，吏执法皆以严峻惨刻为风尚，中尉尹齐素以敢斩伐著名，他做中尉期间，社会风气愈加败坏，官吏百姓皆以恶意度人，戾气深重。这一年，尹齐以不胜任抵罪，被革职。上再次起用王温舒任中尉。调赵禹为廷尉。禹在少府任官时，执法比九卿酷急，至年老，反变得宽和公平。后四年，禹年纪太老，就降级使用调到燕国做相，也是叫他静心养老的意思。

左内史儿宽，是张汤推荐起用的人，却不像一般官吏那样刻忍为能，在左内史任上，扶助农业，减缓刑罚，整饬狱政，务在得人心。所用多为仁厚之士，对使唤的下人亦待之以礼，不求官声，获得属下小吏、百姓信任敬爱。他在征收租税时，注意贫富缓急，农忙需要用钱当口则缓征，还借钱给农户，故所收租税不多，左内史在人眼里是个穷郡。到军队出征国家需要用钱的时候，左内史因为欠缴租税太多，考核排在最后，按规定应该免官。当地老百姓听说，怕失去儿宽，大家大户用牛车，小户贫民肩挑，紧着把所欠租税送到府衙，道路上赶来交租税的人车像绳索一样连绵不绝，考核结果变成第一。上由是很欣赏儿宽。

可是但是，也说：不能都平时不交，用的时候现交现补。有他郡郡守说怪话：不求官声反得官声，是求也。上说儿宽是奇数，你们不用学他。

56

　　起初，南越王赵眜派他儿子婴齐入长安为人质，到宫里做宿卫。老头还是有故土观念，给儿子交代的一个任务就是回老家娶房媳妇。上也很支持老赵给儿子娶家乡姑娘为妻的想法，就在长安找了个原籍邯郸姓樛的姑娘，指派给婴齐，生了儿子赵兴。文王薨（马迁按：赵眜谥：文；而他本人曾僭称武帝），婴齐归立，藏其父武帝玺，上书皇帝请立樛氏女为后，子赵兴为世子。后数岁不朝，汉数遣使以委婉言辞劝告婴齐你还是得去，一回两回不去，老不去别人会有看法。婴齐在长安管束多年，好容易回到岭南自己地盘，撒了欢地释放邪恶天性，喜欢杀人乱搞男女关系，其实名声传得也不远，只限于番禺和受害者亲族之间，他以为传得很远，传到长安去了，天子可能也知道，所以老催他去长安，他在长安住了十来年，屡见内地诸侯王因为乱来被汉法制裁，生怕自己去了也按内地人对待，故每次称病，撒弥天大谎，血吸虫麻风什么的，赖着不去。老方自己，后果生淋巴丝虫病，薨。

　　子赵兴立，尊母太后。谨记父王临终之言：千万不要相信汉人。还是不朝，说脚气，登革出血热。

　　时间来到今年，上终于弄烦了，说这个南越什么情况，有没有人搞得清楚，命二署找一个了解南越内情的人做使者晓谕赵兴、樛太后，再给南越一次机会。

二署南蛮处找来一个叫安国少季的霸陵人，年轻时大家都管他叫小季，长安有名，樛太后做姑娘时和这个人是情人关系，后来小樛嫁给婴齐做了王后，还和小季一直保持联系，给他寄芒果干老婆饼什么的。

小季如今成了老季，还在街头混，南蛮处找到他，问他和老樛关系，老季说最近还寄过虾酱，慨然同意出使南越，向老樛和大外甥传达天子指示，使命必达。

上在甘泉接见了老季，指示他见了赵兴和樛太后，主要讲这么两点：一必须来朝；二提高南越规格，不再视为外藩，准其比照内地同姓王享受一切待遇。同时派辩士谏大夫终军老师随老季前往，作为宣讲上谕主讲人，这个是考虑老季多年混迹江湖，对雅言、书面语不太熟悉，恐宣谕时舌头拌蒜，出方语。南蛮处还给他配了个保镖，处里的保卫干吏魏臣，真名魏东，遇重大问题辅助其决策。上还为此做了军事准备，命符离侯路博德领卫尉衔带精干人员赴桂阳郡，调集整顿那里的地方部队，前出临武、南花溪，以策应使者。

老季、终军一行人年初离开长安，整是回南天到了南越。一路在雾里，太阳出来只是一圈黄晕，空气潮得能洗脸，身上从早到晚都是黏的。番禺城也尽锁雾中，影影巢巢迎面而来全是打赤膊的人，一人一双呱啦板如入塘沼蛙鸣震天，妇女倚门笑谈如鼓噪，街檐滴水道路滑泞行人如织不留神就蹭一身汗。转个拐角就有模糊人众嘯攘裸聚，穿过条陋巷便见两壁板屋男女老幼坐卧起立吃喝浣洗，鱼腥气、汗馊味、阴沟味、浓雾，不得闲的耳朵，终军竟晕街了，蹲路边呕。

王宫像丛林，也就四角能瞅见几根柱子似檀梨，周遭板障上不达顶下不及地留着过风气口，且全裂，薛荔、五叶地锦、木香、叶子花从缝中爬出要么沿地蔓生开枝散叶，要么攀援而上于梁拱间垂吊下来，开着蓝紫妖冶串串花，无不在滴水。窗就是门，四面推开就是露天，可以看到远近椰子树、油棕榈和水牛。

王、太后坐大理石座上，不停有人起立跪下擦水，座旁环立一圈打扇子宫娥，扇叶取自芭蕉，根茎长数尺，可杵于地，当地人称落地扇。就那样，打扇的和王、太后仍汗流浃背，里外湿透，跟冒着大雨刚从外边跑进来一样，不停喝凉茶，一副困倦懒起的样子。

天子策书拿出来全是霉点，终军写的终军不能辨认，凭记忆胡乱宣读一遍。王还是少年，南越汉文教育显然也不太跟劲，一副没听懂的样子，扭脸看他妈。

老季就跟太后用河北话说了一遍，奏是让恁们归中国，跟刘姓爷们儿一个逮待，你脚着可是八是？

太后说可是好，俺称后几年，奏是蒸笼几年，家火雷子喝是使得荒，窄憋得很，归中国，俺怪喜罕滴。

终军说你们还是说汉语，你俩这么说我们又全听不懂了。老季说就是都同意，太后说咱们不来她也要给皇帝提意见，嫌皇帝忘了南越，如今又是一家人了。

当日太后留饭，王说我确实不能陪了，把赤脚板亮给老季终军看，说真是脚气，痒得钻心，我得去敷药了。说罢爬上一健壮宫妇背，宫妇背负他飞奔而去。

太后说这孩子真真可怜，生在北方到今儿不能适应岭南气候，就跟那水大得小白菜似的，一天比一天黄，拉拉秧了。老季说你也黄。太后说我也该黄了，我也不适应，每年回南天都逮大病一场，这也是你们来，硬撑着出来。老季说你打点粉底。太后说你是说往脸上祸泥么？老季说你喝内是什么黑漆漆的。太后说你要喝么。碗递过来。老季一口下去低头乱看捂嘴说我能吐哪儿么？太后说你就吐地下有人擦。说就这养人。内边终军哎哟蹿起数尺，说蛇。左近宫娥眼疾手快二指捏起花蛇抖一下，蛇成一条棍，太后说做汤。

当日国宴都是汤，一盅接一盅，也看不清煮了什么一片灰浊。太后说同姓王几岁一朝阿？终军说三岁一朝。太后说我能年年朝么？老季说你干脆住长安得了。太后说没地儿了，老房子都卖了。老季说再买呀。

太后说没钱，上你们家住去行吗？老季说不怕挤就来，我们家还一条板凳闲着。太后说你们家原来不还一院呢嘛。老季说院都加了顶了租长漂儿了。太后说什么长漂儿？老季说就是原来的你呀，漂在长安。

魏臣问宫娥还有菜么？宫娥说菜上齐了。魏臣说没吃呢还。宫娥说等着我给你拿去。扭脸把几道汤底料端来，有猪鱼鸡鸭。魏臣说你们真浪费这都扔了？

终军说我是吃不下什么东西，我先撤了，你们慢慢聊。老季说别走阿要走一块走。终军说你出来我跟你说两句话。到门外说搂着点，咱这可是出来办事，别让人挑礼。老季说没那么回事阿，您塌塌实实的。

终军半夜热醒，爬起拎木桶到外边水塘冲凉，听到窒息般伴有噎嗝吞咽可怕呼噜声，把木桶翻了个站上去，从客舍板墙气口探头俯见魏臣一人紧抱自己婴儿一样睡在硬地席子上，哐哐摇板子一壁逛悠，对惊恐醒来老魏说老季呢？老魏半天才反应过来壁上内颗人头是谁，说知不道，走的时候还聊呢。终军说这个老情儿回锅、老火例汤、老坛泡菜、老牛吃青草真是四大没道理，全是反操作，严重违反不时不食、少不进补老不出妻男不吃姜女不倚门自然而然天序良俗。

二天天明，出去吃粉，一街人侧目而视，粉档老板娘竟叫嚷不卖北佬。终军感到周围人的不友好，在魏臣护卫下来到王宫，宫里没别人，只有老季一人蜷在大理石王座上困觉。终军把他吼起来：你怎么睡人王座，太不讲究了。老季睁眼伸腿下来，打着哈欠说：就这么一凉快地方，睡下不起汗。终军说太后呢？

老季说睡觉去了吧，生不叫我走，生拉着我聊，说可找着人说家乡话了，在这儿没人说话可憋死她了，家乡话怎恁好听，耳朵、从头到脚一下全打开了，还就爱听屌毛话，非让我数叨她，傻奔儿、搅和毛子，一说就格格乐。终军说你们老俩的事我们也不搀和，别把朝廷的事搅了就成。老季说我这么费筋拔力熬夜干啥咧，不就为朝廷顺顺顺当当的，您瞧我干了多么大的一件事，指一边书几上摊开一铺竹简，给皇帝请求归附告书写完了，我捉着老樛手一笔一划写的，你再给改改，让皇帝看得懂。终军蹲下瞧了两眼，兴奋说关隘边防也都撤了？老季说你瞧，我就说咱们做什么事都逮有个决心，不留以巴梢，让人看出有诚意。

终军翘大拇指，说回去给你请功。

当天终军就把南越王、太后请求内附上书添笔润色改为汉雅言，誊抄在随身带来汉朝廷格式公文用帛上。等太后起来，盖上王、太后印玺，叫魏臣快马送到南花溪符离侯军中，再由军邮驿马速递长安。

夏天最热的时候，诏书回来了，天子准予南越请求，在南越推行汉法，废除黥、劓、刖、宫等肉刑，一切比例内地诸侯王体制，赐南越相吕嘉银印，及内史、中尉、太傅印，其他官吏可由南越自行设置委任。

马迁按：汉制，诸侯王国二千石以上官吏皆由朝廷委任派遣。南越新附，未便仓促派遣，故止授印耳。

同时诏命诸使者皆留下，协助南越顺利过渡，内定终军、安国少季、魏臣为将来内史、太傅、中尉，暂不发表。

538

57

　　冬十月，上祠五畤于雍。之后出陇关（马迁按：陇关，丝路西行第一关，处陇山东阪因得名，属右扶风郁夷县。《三秦记》曰：其阪九曲，上陇者七日乃越），复沿丝路至狄道，登崆峒山以观洮河。陇西太守因天子猝至，随行官员伙食来不及筹办，很多人没饭吃，饿肚子，惶恐，自杀。于是上北出萧关，随从数万骑在新秦中行猎，集合边防部队检查战备情况。新秦中有的边境千里无亭燧障塞，也没有日常巡逻，乃诛北地太守等下一班人。

　　上返甘泉，立太一祠坛，型制规模与长安郊谬忌所立太一坛相同；祠坛所用一切器物亦与雍五畤同，只是长供祭品另加了枣、甜米酒和肉脯。

　　十一月初一，辛巳朔日，冬至，天将亮未亮，始祭太一，在朝日出来的时候作揖，然后回去歇着，吃碗素面，安静眯会儿，实在困也可以拿一觉，到傍晚将暗未暗才出来，向新月作揖。

　　司马迁说您这是拜谁呢，怎么不拜北斗拜日月？

　　上说这是你爸教我的，告诉我天上具体分工搞清楚前，还是要周全，一个不能少，太昊太阴都要照顾到。我觉得他的想法是天下百姓的想法，我祭天本来也是为了祈天照应天下百姓，我怎么想不重要，就这。

　　祭祀时，祭坛周围码一圈劈柴，白天黑夜点火燃烧，形成长明火廊。还排列数只烹饪大鼎，煮白牛白鹿白猪。白天日光强烈，火苗不显，只见锅汽、柴烟黑白交缠，腾腾往上蹿，底下站着熏眼，王宽舒流着眼泪喊：有黄气升上天！夜间火光冲天，月光下泻，坛顶熠熠生辉，王宽舒喊：祠上有光！大家都觉得很好看。太史令司马谈当时也在随祭人员队伍里，看着很感动，就和宽舒一起向上请求：以后请每三年这样搞一次吧。上说行阿，我也喜欢火，就当过冬至了。

春二月，岭南又到回南天。南越王、主要是太后忙着缝制礼服裙装，挑选宝物特产，为首次入汉觐见做准备，太后说赶紧的，快躲了这回南天。南越相吕嘉，年纪非常老，与赵佗是一辈人，原先也是秦派往岭南小吏，赫者是子弟，因为他要一百年前就参加工作也太老了。祖籍肯定是中原，到底是中原哪里没人知道，因为他自己不说，也不告诉儿孙，对儿孙说我们生活在岭南，就是岭南人，别人问你籍贯就说是番禺，忘了你们来自中国吧。就这么嘴严，因此也有传说其实他是罪犯，七科谪充军来的。但是无法证实，当年知根知底者都已死绝。老头是这么说也是这么做，上朝穿赵佗胡乱发明既有秦服大款又有河北老农布纽襻细节薯莨染不紫不黑莨纱南越官服，戴船冠；下班在家披头散发光膀子，腰间围块粗麻纱布。还有传说其面门纹有一只大鹏以掩黥字，以呼应充军说，也无法证实，见过他的汉使都说老头太老了，面如枯裂树根，皱纹深刻且黑若鞋底，看不清纹过还是岁月风霜。

就这么上街，蹲街头吃粉、煎芋饼、猪脚饭，喝红豆冰杨枝甘露姜撞奶，满口越语，还是叫老番禺听出口音，是越东北龙川乡下出来的。老头对所有居岭南中原客包括汉来使都讲：你们要尊重当地人尊重越地风俗，否则不要说混不下去也活不长。赵佗当年正是看中小吕这种愿和越人打成一片积极态度和努力去做实干作风，做龙川县令时提拔他做主要由山地越人组成县土兵队百夫长。做南海郡尉任命他招募训练规模更大有千人之众土兵营，做千夫长。赵佗发兵吞并桂林郡和象郡，率先摸进城趁夜黑兵不血刃缴了当地秦军守备队械的就是小吕指挥的土兵营。赵佗称王，就任命小吕代理南海郡守。佗称帝，小吕封将军，带兵攻打长沙国边境城镇，一口气拿下几个县。我汉当时是吕后当政，派隆虑侯周灶率军讨伐，也赶上回南天，隆虑侯连湿疹带喘不上气，热死于军中，汉军普遍生股癣当地人叫烂蛋皮磨裆举步艰难，又遭蚊虫叮咬生疟疾、黄热病，喝脏水生痢疾霍乱，连南岭都没过就趴下一大半。击败汉军功劳就全算在吕嘉头上，佗任命他为相，到今天，辅佐了祖、父、子三代。在南越宫廷王、太后、百官都尊称他吕公。当地越人则亲热喊他吕伯。远地山海生番不知有越王但知有吕伯。

吕氏宗族遂成南越王族之下第二大望族，与王室世代联姻，男子尽娶王室女，女儿都嫁王族子弟。宗族子弟做官到长史一级相当于我汉二千石有七十多人，可说满朝文武皆姓吕，在番禺有吕半城之名。

今王、太后上书汉天子打算内附，吕半城很有看法，几次上书王进行劝阻，没有得到王的回答。半城在宫廷耳目众多，知道这都是太后主意，请求见太后，太后托病不见，于是在家中发牢骚，说些不满、近乎谤讪的话，别人传太后和老季闲话，他也兴致勃勃跟着聊，再扩散。太后也有耳目，三传两传扩散到太后耳中，认定吕老贼就是谣言源头，跟老季说我都绝经了老吕头给咱俩传这个，按汉律法应当哪么办？

老季说我找他谈。几次约老吕头，老吕头不见。老季和老魏谈，有没有可能把老吕头办了，我意思找个地方把他做了。老魏说你是说行刺么？老季说你要有办法使他显得像病死我也没意见。老魏说我出来前，处里跟我交代了几条纪律，第一条就是不许搞暗杀，你要非要做，我必须请示处里。老季说终军不行么。

老魏说终军不行，我跟他是两条线。老季说那算了，我另想办法，这一来一去的，明年了。

老季翻回头与太后商议，吕府警卫森严，我去踩了道，上门斩杀几乎不可能，最好想个办法，把他调出来，他不是想见你么，见！咱也别指着别人，我亲自动手，不就一百岁老头么，我掐也摆他掐没了气儿。

于是太后就设了道蛇宴，提前去请吕公，听说你要见我，整好，我也想见你了，明儿个我请汉使者吃席，也许你也有话对他们说，那咱们就明儿见，等你。

吕公回话：不见不散。

明儿个，有台风，下暴雨，番禺被灌满，整条街只露出房顶，人都在房顶或树上，鸭鹅蛇游在街上。王宫虽然地势高，也进了水，几棵高大木棉树被风吹倒，横七竖八搭在宫门口，王、太后寝宫都见了天。

吕府也漏了，老爷子被风雨霹雳吹袭惊着了，发烧烫得能熨衣裳，手一摸呲啦啦起泡，请客的事儿只能延后。过了几天，风走了，雨停了，天又热得像澡堂子，蛇宴的蛇游走又被叉回来，剥皮剔骨切成一段段炸了椒盐、炒了子姜，炖了龙虎斗。太后通知老季，日子定了阿，明儿个。老季几天前是一股热血顶脑门，慢说杀人，造反也说干就干，这二天血凉了，事儿不提都忘了，又交了一当地女朋友黑珍珠，正在另一股邪劲上，太后一提心里这个悔，我答应她这个干嘛呀，事儿成与不成我的命都有可能休在明儿个。又不能不去，不去谁都不答应谁，进灶间摸摸菜刀，牲口棚理理绳套，觉得都是自尽上吊用的家伙什，思来想去还是抄了根宫里喂孔雀、华南虎、大象拌料棍子，假装上莲花山遛弯崴了脚当拐杖，挂着一瘸一拐进了王宫。

这说的已就是明儿个了，吕老瘦得俨然一副骨头架子，太后坐在这里，王坐在那里，吕老坐在那里，跟老季挨着，老季过去是一个不认识的大臣，再过去是另一个不认识的大臣，再过去是终军，魏臣被安排在顶头，两边各有一个不认识的大臣。老季心想嗬这座位安排的，看来就非我一人动手了，连喊个人帮忙都挺老远。大家就开始聊，谁跟谁也不太熟，聊的也都哪儿都不挨着哪儿。太后和老季有个约定，她说个什么就是信号，老季就在此刻动手，可是老季一紧张想不起来了，这几天脑子想的都是别人，心没在太后这边。太后说南越内属，对国家有利，而相公你为什么死说活说不答应，非说不合适呢？老季想是阿，为什么不答应呢。吕嘉说没说不答应阿，我意思是不要急，慢慢来，好饭不怕晚。太后拿眼贼着老季，又说南越内属，对国家有利，而相公你为什么死活不答应，非说不合适！老季端盅喝汤，吕嘉有点纳闷怎么又来一遍，还是说没不答应。太后说第三遍时，眼睛冒火盯着老季好像要吃了他，声音也变得恶狠狠，吐字发音咬得特别重。同席人都觉出不对，一起往这边看，以为太后跟老季起了感情纠纷。吕嘉好像也恍悟点什么，忽捂嘴连声咳嗽，说不好意思上个便所。像年轻人一样敏捷起身，匆匆而出。出门就喊吕海！吕岩！

吕海是他弟，时为南越将军，吕岩是吕嘉少子，时为南海尉，叔侄俩带兵在宫外等着他哥他爸，一见他哥他爸出来，连忙上前搀扶托架上车轰隆隆跑了。

里边太后正跟老季急，夺过旁边卫士一支矛要捅老季，老季以拐棍格挡之，俩人谁也不吭气，一个气汹汹突刺，一个百般无辜一边腾挪一边用眼神求放过。

还是王说妈你别闹了，有什么事好好说。内头魏臣喊了句：老季你还不快跑！老季才扔了拐棍健步如飞，抱头急转，背撞板壁，板劈，穿壁而去。

事后两边都没动静，朝中哄传，太后和他汉人老情儿打起来了。吕嘉披甲按剑坐在屋里也有点不知所然，我是不是有点反应过度了？也不好意思、好像也没必要、也不知跟谁道歉，就说真病了，前儿个受凉感冒内根儿没全好，又犯了，转肺炎了。

终军向老季进行调查，老季已想起来，太后跟他约的是听见话里带"死"，就是动手信号。终军严厉批评了老季，这么大事不汇报，轻言许诺，又缺乏执行力，差点把大家都搁呢儿。随即写了密报，封了火漆，让魏臣星夜送往桂阳郡治郴县，交桂阳郡守，通过国家驿站传车送至长安。因南越宣布归附，备战令解除，符离侯已解散部属，令各归建，自己带幕僚北返了。

终军这份密报既使上了解了情况，也严重误导了上，使上以为王、太后决意归附，止吕嘉一人有不同看法，之所以闹出事，乃是太后孤弱，使者懦怯不能当机立断，只是南越宫廷小范围个人冲突，不必动用大部队解决，准备派二署南蛮处长庄参带二千人去南越加强使者队伍。庄参说：好着去呢，几个人就够，准备动武呢，两千人少了。上说行吧，那你就别去了。

颍川郡郑州人韩千秋，涅阳严侯吕腾曾孙妻弟，为人勇武豪迈，曾在票骁营当兵，跟小霍一起打过仗，因伤退伍后在济北国做过国相，和庄参吃过几次饭，听说了南越的事，通过霍光关系自告奋勇上书说：区区南越，又有王、太后内应，独相吕嘉为害，愿得勇士三百，必斩嘉以报，上说三百人太少，还是多带几个人。乃任千秋为正使，又命寻来樛太后之弟樛乐为副使，从北军调二千精兵随他们一起走豫章下岭南。

听说汉军旌旗过横浦关，吕嘉料定这是冲他而来，遂决计起兵反。传檄通告全国：王年少，太后，中国人也，又与汉使有不正当男女关系，一门心思出卖本国与汉，尽持先王宝器入献汉天子以自媚，还打算贩卖人口，将跟随她去长安的越人卖为僮仆，自己挣钱，无顾赵氏社稷，也不为我大南越万代子孙考虑云云。

乃使其弟吕海，子吕岩发兵围王宫，老季、魏臣与王宫卫士奋起抵抗，吕岩攻入，杀老季魏臣，屠南越王赵兴、樛太后及终军等汉使。立婴齐越族夫人所生长男高昌侯赵建德为王。又使人分头联络国中各郡县及不属越族而是另一蛮族百濮所立与南越眉眼相依也是吕嘉老亲家苍梧国王赵光，谋与共同起兵抗汉。

而韩千秋，啥也不知道，入境即开打，连下数小邑。吕嘉命沿途各城镇不得阻挡，开放直道，供应汉军炊饮。千秋以为此皆王、太后旨意，南越畏汉，无抵抗意志，乃纵兵大进，每过一邑，向上发一捷报，至番禺四十里，吕海吕岩分兵大出，断腰尾，尽灭之。

吕嘉使人函封汉使者节置于塞上，其中有嘉亲笔书，尽是些欺诳虚伪故作谦卑近乎讥刺的话向上谢罪。

同时发动军队扼守阻塞横浦、阳山、湟溪三关。

春三月，天子见捷报骤断，知事不祥。后接桂阳郡报，知南越反，另立新王，赵兴、太后及汉使团尽陨，韩千秋部就歼。上说韩千秋虽丧师无功，亦是军人勇往直前敢为众人先伟大精神代表，是英雄。乃追赠千秋骑校尉，封其子韩延年为成安侯，食千三百八十户，封地就在他们老家颍川郡郏县。樛乐姊为王太后，首先表示愿意归附，及身陨，可视为死节，追赠乐校尉，封乐子龙亢侯，食六百七十户，封地在沛县。

夏四月，赦天下。丁丑晦日，有日食出现。

秋，有蛙、蛤蟆斗。

八月，任命路博德为伏波将军，出桂阳、下湟水；任命主爵都尉杨仆为楼船将军，出豫章，下浈水；归义越侯阮文严为弋船将军，出零陵，下漓水；归义越大酋长黎文甲为下濑将军，下苍梧。征调江、淮以南楼船数千艘，罪犯十万，四路进击南越。还有第五路，越驰义侯范文遗率巴蜀罪犯二万，征发夜郎兵万三千，下牂牁江，从西南方向攻击南越，各军在番禺会师。

齐国相卜式上书请战，书曰：臣听说君主受羞辱臣应该去死。臣为君死是最大节操，身有残不能亲上战场作战的人也应捐财助军，人人这样做才是周边强国不敢侵犯我汉最大保证。臣愿与子男卜树率临淄善使弩、博昌善使船勇士一同前往南越效命，死在那里。

上说难得阿，有这么一个人，事事带头。因下诏褒奖卜式，曰：我听说报德以德，报怨以正直。今天下不幸有事，我没瞧见郡县诸侯有一个人主动从征奔走在通南越直道上。今齐国相卜式，带头奋起，虽尚未参战，可谓义形于内也。其赐式爵关内侯，黄金四十斤，田十顷，布告天下，使你们明白我的意思。

布告出去了，天下还是没有一个人响应。时，列侯数以百计，率多马上封侯，都不嗳嗳，没有一家请求孩子从军。很多当年叱咤疆场老人私下说真干不动了，能骑马开弓的儿子都献出去了，孙子也没剩几个，总要留一个传香火，捐点钱可以。汉尚武风气始衰。

九月，尝新酒，祭宗庙。王子侯献酎金助祭本是义务制度，列侯因褒卜式诏令有所暗示，各家也主动拿出黄金若干以助祭名义上缴，概称酎金。少府负责枰称黄金斤两，检验成色，发现很多金块不合黄金比重，成色淡黄。上颇鄙视，令皆以不敬弹劾，坐献酎金不如法夺爵失侯者凡一百零六人，其中包括王子侯。

辛巳，丞相赵周坐明知列侯金轻不足，下狱自杀。

吾丘寿王说卜式每以忠直自邀，据德绑架群臣，田不见少反多，禄不见减反增，却令百侯失爵，是深明射覆之义第一等智人。上说恶意度人，书生本相。从此不喜欢吾丘。

丙申，以御史大夫石庆为丞相，封牧丘侯。时，国家多事，桑弘羊等掉进钱眼里，王温舒之流一味严刑峻法，而儿宽推崇儒家宽仁学说，都做到九卿，执掌朝廷大事，都很强势，大小事皆有主张，不问丞相，石庆临朝不过淳淳貌貌，百事慎言，点头称道而已。

是月，五利将军栾大行装终于收拾好，准备出海去找他老师，临行跟公主说年前一定回来，别太想我。

公主正在逗猫，正眼都没看他一眼。栾大回到老家胶东，可劲儿炫了一通富，过了把衣锦还乡瘾。到海边看到海波大涨，黑云摧顶，探脚海里，海水冰凉，就缩回脚，恬脸转登泰山，拜岱岳神，默祷：神阿，保佑小的过这一关。跟上派来与他同行官员却说：我老师告诉他要来泰山看朋友，刚才我问山神了，山神说昨儿还见过他，假扮挑夫给他送来一担瀛洲种的秋梨和冬枣。岱岳上山道尽是挑担走之字形挑夫，栾大望着挑夫乱喊：老师！老师！每一挑夫至则失望叹：又不是。官员说不急，咱们就在山上等，你老师他哼不能连你也涮吧。当是夜，大与众官员宿于山庙，夜半荒鸡，大独起，走夜道摸下山，平旦，正雀跃脱身可投奔自由，最末一节石阶横立一排挎刀绣衣使者。

使者说整座山我们都围了，就怕你小子插翅飞了。抬手就是一大辟斗，大遂一溜滚，俄而束手就擒。

年前，速审速决，坐诬罔，处腰斩。大说我能见见我妻子么？王温舒说：不能。从元鼎四年春二月大在丁府初见公主，到元鼎五年秋九月横门十字街头一刀两断，整一年七个月。乐成侯丁义坐同罪，弃市。

九月三十日最后一天，西羌十万人反，与匈奴通使，攻安故，围枹罕。匈奴入五原，杀太守。

58

元鼎六年，冬十月，年都没过，发陇西、天水、安定三郡驻军骑士及中尉所领地方部队，河南、河内驻军，共计卒十万，由将军李息、郎中令徐自为带领征讨西羌。十二月，平之。

春一月，楼船将军杨仆入越地，先攻陷寻陜，再破石门，连挫越军锋锐，率数万士卒等待伏波将军路博德军至，两军合众，楼船行驶在前，水陆并进，打到番禺城下。南越王建德、相吕嘉据守城池。楼船将军从东南面攻城，伏波部于西北面围城。到日暮时分，楼船部士卒攻入城中，放火烧城。伏波部连营数十里，封闭城中守军逃路，派懂越语者城下呼叫，劝谕降者，凡长史以上越吏降皆授侯印，释放回去令复招降。

楼船力攻，火遍全城，驱赶守兵入伏波营中。黎旦，城中皆降。建德、嘉已趁夜逃亡入海。伏波派出水师追赶，校尉司马苏弘跳帮捕获建德，越郎官都稽叛变活捉吕嘉。三越将弋船、下濑将军及驰义侯所发夜郎兵未下，南越郡县及苍梧国皆下旗降，已平矣。

捷报传到长安，上没在，出函谷巡视东方，正在河南郡境内，快走到缑氏县，未出左邑桐乡，听说南越兵败，改左邑县为闻嘉县。刚到汲县中乡，吕嘉人头送到，改汲县获嘉县。遂分南越地为南海、苍梧、郁林、合浦、交趾、九真、日南、珠崖、儋耳九郡。

五月师还，这个师还，不是罪犯都回来了，而是主要将领，军方派出职业军人军候司马、校史尉曹，——不可能让罪犯自己管理自己；及俘获伪南越王赵建德，苍梧王赵光，投降南越将军、郡守县令，也是浩浩荡荡大几千人，回来了。罪犯去哪里了，不知道，也许留在部队，在南越做占领军；也许受到遣返，回原受刑地服余刑，部分有功人员可获减免刑期奖励。

上加封伏波将军路博德食邑户若干，具体户数功臣表没有记载；楼船将军杨仆推锋却敌有功，封将梁侯，食邑、户数无记载；苏弘以伏波司马得南越王建德，封海常侯，食邑琅邪，户无记载；南越郎都稽为伏波得南越相吕嘉，封临蔡侯，食邑河内，千户。

伪王赵建德以故南越王赵兴兄，封术阳侯，食三千户。苍梧王赵光以闻汉兵至，降，封随桃侯，三千户。南越将军毕取，以南越将军降，封瞭侯，五百一十户。南越揭阳令史定，闻汉兵至，降，封安道侯，六百户。南越桂林监居翁，闻汉兵破番禺，晓谕瓯骆民四十余万降，封湘成侯，八百三十户。南越左将黄同，以瓯骆左将斩西于王有功，封下鄜侯，七百户。

余者有功军吏皆有赏。

起初，公孙卿在河南郡等神仙，乱讲曾见有物如雉往来缑氏城上，疑似仙人。春，上幸缑氏，也是闲的，亲上城头检视足迹，没看出什么好歹，问公孙卿：你不会是想学文成、五利吧？卿曰：仙者非有求人主，人主有求于仙，神仙这种事，没有耐心多等些日子，是请不来的。聊神仙好像很迂腐荒诞，只要年头够，我还是内句话，谁活着谁就能看见。上说说的都跟五利说的话差不多，但是我喜欢你最后内句话，谁活着谁就看得见。讲这个话时，河南郡、缑氏县及一大群跟班都在旁听着，之后这话就传了出去，于是各郡国都修路，修缮营造宫观、名山、神祠，盼着有一天上能行幸到他们那个地方，在地方官眼里，上就是神仙。

皇后听到这个话，说上你怎么还跟这些人拉拉扯扯，把我们坑得还不够么。上说逗着玩，现在的人都太实在，也不好，他有一百个脑袋，敢来，我就奉陪。

司马迁听到这个话，跟上说看来你对有神没神心里还是没准儿。上说这个就不能是我有准儿没准儿了，这个还是要看，一万遍假，一次真就足以推翻内些假。

去年秋天，为伐南越，曾在甘泉太一祠坛举行告祷，以牡荆画幡日月北斗登龙，象拟太一三星，宽舒建议画成中国老头，遭上严拒，说那不成福禄寿三星了，上界之事岂可人形乱入？乃不许绘人，仅以花草托衬，称此幡太一锋，命曰：灵旗。太史令司马谈举幡不断向南挥指，为军队祈祷：旗开得胜，马到成功。

今南越平定，拓地万里，为酬太一，筹备举行更大规模祭典。协律校尉李延年，携二十五弦瑟、箜篌面上，说民间过节尚有鼓、舞助兴，郊祀无乐与如此盛大场面不相称，我给您拨两下您听听，再说用不用。

上说我懂音乐，你不要把我当乐盲。延年说你听听。始弄弦，上就说好听，用了。

于是庆祝得南越暨酬太一灵佑大典用乐队，还增添了舞队、歌队，随乐做无词人声合唱：阿阿阿……

祝者皆反映，此时有声胜无声，能感到天地广寥有灵在，莫名感动。舞队也好，使人心徜徉。

宽舒建议正式颁谕，立太一为国家神，此次全胜还不够证明太一有灵么？上说你别老给我瞎出主意，打一次仗就信一个神，我还没那么没见识，下回你是不是出门拣宝也要告太一阿，我认为你对神有大误解。

宽舒立刻凌乱了，说那您这一来一去是干嘛呢？

上说我干嘛非得都告你么？你们呀，除了表面看人还会什么？

是后郊祀始用乐舞。二十五弦瑟及箜篌瑟自此在公侯家宴流行。

起初，驰义侯动员南夷诸部出兵，随汉击南越。且蘭部是当年唐蒙、马相如开西南道，因夷设县其中一部，所居地就在牂柯江边，改称且蘭县，接收汉缯絮衣物最多。此次汉用得着他了，且蘭君却生顾虑，恐部族青壮男丁远征，旁国趁机掳掠妇孺，老弱不能敌。有顾虑可以理解，为避远行之弊而造反置自己于更大危害中就不知这些夷人怎么想的了，还是简单，嫌饭碗费事干脆吃饭不用碗了。且蘭君忽率部众反，杀汉使者及犍为太守。汉军刚好完成对巴蜀罪犯整编基本军训，北边调来八个带兵校尉也全到位，为万全计，又加派中郎将郭昌、卫广接替驰义侯指挥，率部平叛。昌、广部所到之处，大杀大砍，犁庭扫穴，也搞不清谁是谁，见夷就灭，不但斩了且蘭君还顺手把邛君、莋侯老几位宰了，遂平南夷，乃置牂柯郡。

夜郎王原先依附南越，唐蒙开僰道，始与我汉通，颇得我汉好处，接受我汉委任，设县称令，话说得很满，其实背地里还是坐家里称王，在汉、南越之间摇摆，叫他们发兵征南越，没说不去，拖拖拉拉，内边仗都打完了，这边队还没站齐。南越覆灭，夜郎震动，当真晓得了我汉兵威，啥也别说了，夜郎王一改往日轻慢，克日赴内地朝上。上以好言抚慰，策书授印确认他为夜郎王，永为我汉藩屏。冉、马龙、斯榆皆震恐，请为外臣，置汉吏。乃以马相如原案略加调整，将邛都一带划为越嶲郡；莋都沈黎部，与冉、马龙撮为一堆儿，合为汶山郡；广汉西武都仇池白马部为武都郡。自此西南区又添四郡，与后二年灭滇所设益州郡合称西南五郡。

派司马迁使昆明,恩威并施,无果。归报曰:段毅已将滇王侃颓,听汉语捂耳,看来光聊是不行了。

还是起初,东越王馀善上书,请率八千水手跟随楼船将军击吕嘉。上准可。东越舰队登陆揭阳,揭阳令史定降。馀善以海上风波大连日不停,不再东行执行入珠江口,从海上包围番禺任务。并阴遣密使通吕嘉,观望,顾首两端。汉军破番禺,海上无舰队,致建德、吕嘉蹿亡海上,现找船现抬艇入海,进行追击。

杨仆对馀善很有意见,以其失期,贻误战机,请予解除武装,移送军法审判。上以士卒劳倦,不许。命实际掌握部队诸校史、司马屯豫章、梅岭以待命。

馀善听说楼船要把他送军法,也很生气,说这真是帮忙抬轿把自己抬进坑了。又见汉军不撤,重兵屯境,乃反。派兵阻断汉军入闽各道,任命将军驺力为吞汉将军,挥军攻入白沙、武林、梅岭,杀汉三校尉。

上说这也是一个避轻就重拿自己脑袋开玩笑的人,你知夷人脑回是怎么长的么,问日䃅。日䃅说不知南人,我们那里很多人是过了今天再想明天。

时,汉南方驻屯军由新委任大农令张成和因酎金失侯原山州侯、城阳共王子刘齿指挥。二人都没有实战经验,本来以为只是来担任占领任务,不敢出击,反而主动撤退,转移到更便于防守的地方。后皆移交军法,坐畏懦,诛。不许赎。馀善称帝,号:武帝。

上还是想到杨仆,想让他再次出将,把上次没做完的事做完。考虑到这个人不稳重,很多人反映上次得胜回来到处炫耀吹嘘,光听他说给人感觉仗是他一人打的,功劳也全是他的。于是下诏敕责之,敕曰:

有诏，赦主爵都尉将梁侯杨将军仆。将军之功独有先破石门、寻陿，非有斩将夺旗之实也，何足以骄人哉！前破番禺，抓已降者为俘虏，掘死人以充击杀，是一过也。使建德、吕嘉得以东越援手走避海上，是二过也。士卒连岁暴露于野，将军不念其勤劳，而请驿站传车开进边塞，用来尽快接你回家，怀抱都尉银印，侯、将军金印，胸前挂三组绶，夸乡里，是三过也。失战机未能扩大追击，老想着回家见老婆孩子，却以道路险阻为借口，是四过也。问你蜀地刀价多少，假装不晓得，用虚伪态度面对国君，是五过也。在兰池宫授旗出征，别人都到了就你不到，二天又不来解释迟到原因。如果将军你的属下，问问题不回答，下命令不服从，该当何罪？你要怀着这样心态带领大军在陌生、从未去过之敌国江海之间进行惨酷战争，能得到不要讲我——士卒的信任么？今东越深入，将军能率众以功掩过不？

杨仆惶恐，对曰：愿尽死赎罪！

上乃于渭水岸兰池宫举行授将旗将印仪式，拜韩说横海将军，令出会稽句章，桴海从东方往；楼船杨将军仆出武林；中尉王温舒出梅岭；越侯弋船、下濑二将军分出白沙、会稽山阴若沙溪。还是五路，共击东越，会师地点：东越国都瓯城。大家都去准备吧。

起初，博望侯既以通西域得尊贵，及其死，曾跟随他一起去过国外的吏士争相上书，讲国外奇风异俗珍宝名产，表示愿为汉使前去求取。上以国外绝远，非一般人所乐于、敢前往，这些人的话就听进去了，还认为他们有勇气，到底是经过锻炼的人。对这些人的背景也不仔细审查，不问他们从前是干什么的，哪里出身，有些是私逃出来家奴也不管，只要请求去，又能招募到手下，像支队伍，就授予他们汉使节，派出去，以形成人人都愿意去远方建功立业豪迈风气。

这些人来来回回，不免发生侵吞公款不是为朝廷办事而是自己从中取利，乃至公然违背天子与各国交好意旨大话连篇到处揩油把脸丢到国外去事绝非鲜见。

天子为使他们习惯做体面人，办体面事，几次三番对有这样行为的人治以重罪，但并不一棍子打死，目的还是教正他们，激励他们，使他们知耻而后奋勇，还去，用实际行动弥补他们造成的损害。这样周而复始，这些人并未表现出接受了教训的样子，一旦出了国就不是他了，使者闹出的外交事端层出不穷，而且越来越轻视法律。这些人的手下本来可能是好老百姓，这样的事见多了，也有样学样，背弃主人自己向上请求出使，口儿正、话说得大的或被委任正使，嘴笨、说话谨慎的或被任命副使。如此一来，去西域的人是多了，净是些好吹嘘品行有缺的人，还有很多无赖子，出来闯是为捞偏门，官家用来贸易的货变成他的私物，到国外市场贱卖全落进他口袋，在外国造成恶劣影响。所到之国人民皆厌恶汉人，每个人嘴里都没实话，估量路远汉兵也打不到这儿，就不卖吃的给这些人，处处刁难他们。这些人没吃没喝与当地人也无法沟通，经常自己打起来。楼兰、车师作为汉通西域必经之道，也经常发生拦路打劫汉使事件。汉使王恢（马迁按：此王恢非彼王恢，同名但不是同一个人）屡受其害，多次向上报告。而匈奴也屡派轻骑袭击汉使，杀人越货，受害者不止有混西域无赖也有朝廷派出正使大吏。

这样的报告多了，上又对匈奴极敏感，恐匈奴再度为祸，于是，就在本年，取匈奴中一口水有浮石深井为名，任命公孙贺为浮沮将军，率一万五千骑出九原二千里，至浮沮井而还。（马迁按：九原，赵武灵王二十六年始设建置，秦设县，后改郡，今五原郡治。）

同样以匈河为名，任命赵破奴为匈河将军，率万骑出令居数千里，至匈河而还。目的都是清剿匈奴，保护汉使不受打劫，两军所行之地皆不见一个匈奴人。

乃分武威、酒泉地置张掖、敦煌郡，迁徙内地贫民六十万充实之。国内向边防修路，给屯民运粮，远至三千里，近的也有千里，所费一切皆由大农支付。

这一年，缺马情况益发严重，浮沮将军、匈河将军出塞很多马都是现征集民马，没有受过训练，行军跟不上队伍，掉队因而造成减员现象很普遍，没有发生战斗就损失很多战士。于是官府又制定新法令，将亭马制度推广到内地，凡三百石以上直到有土封君官吏，都要按品秩高低向当地派出所也即乡亭交纳多寡不一母马，由派出所负责繁殖，生下小马归国家。

还是这年，以齐相卜式为御史大夫。式刚到任就大发议论：天下百姓都非常不喜欢官家造的铁器，不爱吃官盐，因为质次价高，还强迫老百姓购买。车船使用税造成物流运力减少，是物价居高不下主要原因。

上由此不喜欢卜式。

59

起初，司马相如临死前，留下遗书，颂功德，谈到如今天下频出祥瑞，劝上去泰山封禅，好歹对上天有个回应，别太搭架子。上很感动，说我也不是只能听好话，只是想到相如这么一个平时很懒散感觉什么都无所谓的人，临死还能想到我，替我操心，我就是为了实现相如遗愿，也要把这事当件事办一下。

正好那时得了宝鼎，就交公卿太常诸官太学儒生议一下如何进行封禅仪轨。大家热烈讨论一番，互相批驳，最后得出结论，说封禅礼仪秦以后就不用了，旷废湮绝已久，到底怎么搞还真是谁也说不清楚，要不要问问方士？上说这会儿你们又想起人家了。自己也不好意思出面，就托老闺女找丁义，那时丁义还没出事，还没招栾大内个丧门星，正一切大顺，等着袭侯，鄂邑公主找他办任何事都非常积极，听说想找方士问封禅，就意味深长说行了，你甭管了，我也不说你打听，就说我感兴趣，问清了立马回来禀报。

二天就把方士的话带回来，正好皇后蒸懒龙，让鄂邑公主请丁义来宫里小聚。上正在揉面，没办法，谁让家里都是女人，力气活必须有个男的，假装忙着使碱、醒面，再揉，再醒，擀大片，一直支着耳朵听小丁在内头和几个女的白活儿，到皇后替下他开始码肉丁香葱，才搓了手上干面，还是坐挺老远竖耳朵听：

……封禅就是集合所有长生不老的法子叫的内个名。黄帝以上，封禅时都会招来怪物，其实不是怪物，是神幻化所至。神和人猜想的不一样，并不是衣袂飘飘，相貌庄严，像个贵人。神没有财富观念，也不需要人尊重而显得有地位，因为祂就是最高的，最大的，这个不需要格外强调，在祂的领域没这些，甚至也不知何为美，在祂看来万物都一样，只是形态各有不同，都可爱，都可以由他去。或有些在我们看来不值一提、低下丑陋、传染疾病、朝生夕死的害虫苍蝇蚊子老鼠或其他小动物才会令祂多看一眼，心生怜悯，喝不上水的下点雨，快饿死的刮阵风吹落点果实，也就到此为止了，并不过度施予。老子说圣人善救物故无弃物，所以圣人捡垃圾吃剩饭，很高尚，可还是站得低，没神看得远，是凡物终究会变弃物，至无一物。一定要上山封禅，就慢慢地上，如果无风又无雨，就意味着上神应许了。见到怪物，就是见到神了……

丁义说完，回头看，懒龙灶上冒汽，上已然走了。

司马谈问上：方士都说什么了？上说嘻，方士依据都是传说，凡事都往他们内套引，没有什么可供参考。于是还是命诸儒从《尚书》《周官》《王制》中采集相关文字，草拟一个封禅仪轨，谁说哪代就必须要跟哪代一样了？太学当一个重大课题进行研究，几年下来，还是不得要领，一个像样的东西没搞出来。

今年想起这件事，正赶上儿宽来看他，报告今年税收还是不能完成，请宽限。上说你不能老这样，都做好人，谁来做恶人呢。接着转而问他：对封禅怎么看。儿宽说：其实也简单，封禅本是帝王事，在秦以前都是秘密进行，不给人围观，所以经书只闻其名不知其详，孔子也不晓得。诸生都是循蹈之人，这么大事更不敢胡来，你再叫他们憋百年也憋不出你想要的东西。既然你觉得自己已足够资格封禅，你就自己来呗，编得像与不像谁又能说什么，总之就是死无对证。

上有点不好意思，说你觉得我行？儿宽说除了你再没行的，还能怎么闹，人想显得隆重就内两下子。

上说别急走别急走，最后问一句，你觉我够格么？

儿宽说说句内什么的话，你比秦始够格吧？他都好意思，你有什么不好意思的。上说行，那就听你的。

于是上就自己憋在屋里几天，参考儒家文献主要是《尚书》对舜封禅语焉不详记述，舜是信史所载封禅第一人如果《尚书》算信史的话，黄帝什么的不可靠，及《礼记》所载一般祭礼规制，再加上想象——真搞起来确实很难，每个细节都要想到，攒出整套封禅礼仪，挑了玉、帛，还按自己心意画出封禅所用祭器样子，现有铜器不能用，舜若用器只能是陶，特别交代：不用彩陶哈，就是土黑陶。交尚方令建窑烧制。

烧完很得意，尚方令劲儿使大了，加了煤，新陶竟有一层自来釉，幽冷中若有寒星，瑟瑟含光。专门展示给太学诸生看，请他们提意见，也有等表扬意思，有人说跟古代的东西不一样。上说你从哪儿看到的古代东西？诸生不能对。从此再不给他们看任何东西。

儿宽提了条意见，说古者封禅，先检阅部队再解散部队，所谓振兵释旅，然后封禅。上说就这么遮！

元封元年，冬十月，诏曰：南越、东瓯咸伏其辜。西蛮北夷还有很多地方算不上太平。我要巡阅边防，亲掌军令，置十二部将军，作为统帅与部队一起爬冰卧雪向蛮夷发起出击。于是出发，从云阳开始，经过上郡、西河、五原，出长城，北登单于台，至朔方，观临北河，勒兵十八万骑，旌旗连延千里，俱听号令，威震匈奴。派出使者郭吉，通告乌维单于：南越王头已悬于汉北阙。如果你还想继续战斗的话，我在这里等你。如果不敢，立刻南面臣服于我。为啥要跑那么老远躲藏在大漠之北，北方寒苦无水草，不要这样！

郭吉话音刚落，乌维大怒，拔刀一扭脸，斩了带郭吉进来知客官，血溅一人一身。对吉说你也不要走了，有个老熟人想见你。命人牵马，强迫郭吉上马，两脚系绳连于马腹，一骑引缰，一骑马后加鞭，驰越千里，踏雪有痕，至北海，见抱鞭放羊须眉尽白老任敞，说你俩聊吧。敞说你也来了。吉说我跟他不熟。

然乌维终不敢出。

上乃还，在桥山向黄帝冢献祭，在须如解散了部队。上说我听说黄帝不死，何以有冢？公孙卿说黄帝成仙升天，大家怀念他，这里埋的是衣裳帽子。上感叹说：将来我升天，想必群臣也会葬我衣冠于东陵。

十一月，以卜式不通文墨，写不了、也看不懂雅言公文，降官秩为太子太傅。以儿宽为御史大夫。

十二月，汉军入东越境，各关口都发生激烈战斗。馀善派徇北将军守武林，楼船部下卒钱塘人辕终古斩徇北将军。原越衍侯吴阳早年归义，今汉使其入东越军，劝谕馀善降，馀善不听，阳乃率其城邑七百人反攻越军于汉阳。越建成侯弃敖与繇王居股杀馀善，以其众降。东越各关告破，各军将侯降，全国降，报捷。

上封终古御儿侯，吴阳卯石侯，居股东成侯，敖开陵侯；又封横海将军韩说按道侯，横海校尉沈福缭嫈侯，东越降将多军无锡侯。上以闽地险阻，数反覆，终为后世患，乃诏各将军悉数将东越民众尽迁江、淮之间，闽地从此无人。（马迁按：夏禹功业太伟大了，疏九川，定九州，直到今天中原地区还托他的福过安生日子。他的直系苗裔勾践继承其余烈，也曾成为一代霸主，不可谓不贤。虽然后来倾国，那些遗民又建立许多国家，闽越、东越包括南越。百越认真讲起来都是禹的后裔。可见一个人的遗德会泽被多少代子孙。每当读史读到此处，不由不心生怵惕，检省约禁自我。）

上说不好意思禹泽尽斩于我手。马迁说国亡余荫尤在，恭喜陛下，日后江淮定人才辈出。

春三月，上行幸缑氏，礼祭中岳嵩山太室祠。随从官员在山下听到好像有呼喊万岁声音，上问跟随上山的人：你们喊的？这些人说不是，我们喊还用他们听见。又问山下的人：不会是你们自己喊的吧？山下人说真没喊。上说那是神喊的？这也不像话。这些人说真不知道谁喊的，但是真真听到了。

乃诏祠官加增太室供果，禁伐嵩山草木，封山下樵农三百户为太室属邑，名崇高邑，供奉太室。

遂东上泰山，泰山高寒，草叶未生，命人推石上山，立于山巅，未著一字。方朔问这是啥意思？上曰：我为泰山增三尺。

遂东巡海上，一边走一边路祭天主、地主、阴主、阳主、日主、月主、兵主、四时主八大神明。齐人上书言鬼怪、献长命奇方者以万数，无一证明有效，献方者家族盖无长寿史，很多鹤发者胡子眉毛都是染的，苍老的样子都是干活累的，实际年龄不到自述一半。

上与方朔笑谈：这些人都疯了，真拿我当傻子了。有司请治欺上罪，上说你跟傻子较什么劲阿。于是大发扁舟，令内些号称去过海上仙山的人都上船，出海去把仙人请回来，赶进海的有数千人。岸上也有数千人在访神仙，公孙卿手持皇帝赐节走在队形前面，挨个爬东海各名山。走到东莱县，大家都累坏了，席地而睡，公孙卿忽大喊：刚看到一个巨人，身长几丈，你们一醒，转眼就不见了。众人笑他：做梦呢吧，跟我们还来这套。卿说你们不信我，且看足迹。有当过猎户的人说这是老虎足迹，老虎扑人站起来虽不到数丈，可是给人感觉不止数丈，你刚才差点被虎吃了。

随上出行臣子也受这股疯狂寻仙风气影响，有人惊梦，说见一老夫牵狗，说要见巨公，忽然又不见了。旁边人拍拍他：孩儿，接着睡吧。

夏四月，从海边回来，到达泰山郡治奉高，在梁父县祭地主。乙卯日，令侍中儒者打扮成古人，戴长七寸高四寸、前高后低鹿皮帽，当时就叫船形帽。腰系三尺绅带，腰粗者勒得慌，腰细者尤有余就垂下一截耷拉着，人手一支竹笏板，皆插腰侧，古之所谓搢绅之士也。桑弘羊体胖，也不属儒者，偏要凑这个热闹，申请著古装，三尺绅带缩肚亦不能合围，引众人笑。天子上下打量弘羊累累肚腩，说听说古代没什么审案好办法，就以绅带为尺，管岁入的官不能挽，辄治贪渎。弘羊汗下，结巴说看来古代没啥、啥么胖子。

上亲挽弓，命人牵白牛于前，不搭矢，控弦空鸣，此为射牛礼。古之天子，国家有战事，必自射牛，以示亲杀也。这都是上乱翻古书，个儿攒的封禅礼。

同日，在泰山东麓建坛，祭天，仪轨与郊祀太一同，只是用玉牒写了上的心思，对天求告的话，埋于坛下，这些话都是机密，没给任何人看。这就是封禅的"封"了。之后独自登山，只有侍中奉车霍子侯陪同。在山顶亦有封，怎么封也是机密，可能是添土。

二人在山上住了一夜。丙辰，从泰山北、阴面下山，转到东北方向萧然山祭地。仪轨与祀后土同，皇帝穿黄衣，亲自跪磕，祭坛铺特从江淮采来三脊白茅，整个过程有二十五弦瑟伴奏。仪轨当中还有放生，将各国进贡珍禽异兽与本地白野鸡一同放飞放走，但是没有犀牛大象，也是怕放走了不知去哪儿再进了城。

这就是封禅的"禅"。在皇帝举行封禅这段时间，四面八方赶来观此盛况好事者没地方住，很多就在山下生火做饭依偎过夜，夜晚山体似被幽光打亮；白天下过雨，有白云从山间封坛飞过。

丁巳，自萧然还，至奉高西南四里坐明堂，群臣以做寿名轮番敬酒，贺更始新生（马迁按：上生日七月十四，此为贺封禅谄辞）。诏曰：朕以眇身承至尊，兢兢焉畏德菲薄，不明于礼乐，故用事八神，遭天地赐瑞，赫然见景象，屑屑若有闻，震于怪物，欲止不敢，遂登封泰山，至于梁父，然后升坛萧然，决意自新，好好与士大夫重新开始，譬如新生，就以十月为元封元年。赐天下百姓百户一头牛酒十石，八十以上孤寡老人加帛二匹。所有花钱买爵者免费晋爵一级。大赦天下，其所赦对象范围与元朔三年赦同。凡我这次巡行所经地方：博县、奉高、蛇丘、历城、梁父人民今年徭役全免，租税也不用交。正在服刑人员一概释放。截止到两年前，犯案嫌疑人不再追究。

又下诏曰：古者天子五载一巡狩，用事泰山，诸侯有朝宿地。其令诸侯各治府邸泰山下。

天子既已封泰山，都是晴天，未受风雨侵扰，出海寻仙人众受一圈颠簸安全回来，争说上了瀛洲、方丈、蓬莱，遇见仙了，仙儿说天子老说来老不来，都等几千年了，今儿天子是谁呀？敢来么，来——欢迎。

于是天子欣然复至东海，凭岸望焉，果见海市，说我特么还就真去了，看我敢不敢！乃命备楼船，自桴海登仙山。群臣狂谏：使不得。上不听。眼瞅小破船划过来靠岸，上也换了草鞋，每天早起练习旱泳。东方朔说：夫仙者，得之自然，不必躁求。仙人若有道，想见你，不用担心他不来；若其无道，你跑到蓬莱见到无道仙，恐无益反有祸。上说怎么还有无道仙？

方朔说当然啦，神有邪神，鬼有恶鬼，仙有无道仙，专以法术摄人魂魄，迷人心志，支配役使如奴，偷自家财宝与他。我认识一老财，求仙被无道仙所控，搬空自己家不算，为灭口仙还令他跳崖，最后落个葬身谷壑，家人想收尸都不知去哪里找。你想你贵为天子，多少无道仙惦记你，你在宫中自有上神、祖宗、南北卫士虎贲羽林臣等保卫您，近不得身，如今你送上门去，他们等了几千年就等这一刻，如果你为仙所控，那就不是图财了，臣不敢想，臣为我汉社稷战栗。您还是回宫，庄静自处，不请自来之仙才是上仙。

上看着海想了半天，说你还真吓着我了。乃止。

正好侍中奉车霍子侯暴病，一日死，上甚悼之，亦以为不祥。而之前从中岳太室下来，司马谈突发高热，连车都不能坐，只能留在洛阳养病，前日听说也故去了，如今想起来，都不是好兆头，不定替上挡了什么。乃遂去，离东海，北至碣石，也未观海，逐巡辽西，从东到西贯穿北方边境，至九原。五月，乃至甘泉，复返未央。凡周行万八千里。

进了自己老窝，看见熟悉的人、物，妻子儿女，上无意松口气，才发现这些日子揪着心。对东方朔说以后你不许吓唬我，现在我都不敢一人睡觉吹灯，晚上起来蹲厕所还得叫个郎陪我。过了会儿又说不过，你的提醒还是很有必要，想起在东海内几天，我觉得我可能已经被什么迷了，说的话做的事根本不像我。

皇后说以后你还是离内些方士远点，你还逗人家玩呢，叫人家逗你玩了。方朔说也不见得被谁迷了，人群就是无道仙，几千个人一齐起哄，不离远点，谁都可能被裹进去。皇后离去安排接风扁食。上对方朔说不瞒你说，我曾经有一次不说毁三观也是令我心头暗惊大感震动体验，原来咱们这儿有一小孩楚服你记得么？方朔说记得，虽然没怎么见过，老听你说。上说一次楚服为皇后发功就是原来内个陈皇后说是治颈椎劳损，我在一旁观看，见阿娇在楚服手势调动下没了骨头似地飘来转去耷拉着脑袋，觉得可笑，一会儿阿娇从功里出来摇晃脖子说舒服，又劝我试试，说你不是老落枕么，让楚老师调调。我先婉拒，后力拒，遭二人耻笑，后不想显得盲目不信，也确不大信这小丫头能拿一小手指把我像陀螺一样转起来，其实也有点怕，怕是真的。还是答应了，牢牢坐在那里，外表坦荡内里却做千般心理建设调动种种孤傲预以铜头铁腹拒邪气于体外。可是她那里一抬手，您猜怎么着？

方朔说您转起来了？上说也没有，就觉身不由己，手跟着兰花指，心中飘荡，一个劲想动、想站起来，连忙就走了，假装还有事。这事我跟谁都没说过，但是每逢碰到有神人说神事，就想起这一出，很挣扎，不愿意信，但是也不能否认，超自然能力还是有，只是他们说的内些归因解释不能说服我，所以我就挺愿意看这些人演，潜意识可能也希望得见二回，有人能提出令我心服信解，而不是内些古老简陋蛋扯附会。

起初，桑弘羊为大农中丞，主管试行均输，效果很好，后来孔仅因为有病不怎么来上班，本来准备调一个外人接替大司农，可这位军队文职出身叫张成的老兄未到任就被派往东越前线驻军任指挥，因失地坐畏懦诛。很长时间大司农位子空着，就由桑弘羊代行大司农职事，又为他新增一个吓人头衔：搜粟都尉。

桑弘羊有了这个权力，即在全国推广均输法，并把平准司想法落地，在大司农下面成立一个二级单位，自己兼任单位首长即平准令，坐镇长安把持全国货物定价，卖出买进。随之扩大编制，手伸向天下，派出干员赴各郡国专任均输官，继而发展到县，每县设一个均输官、一个盐铁官，把天下物资统统垄断起来。

又推出奖励办法，凡各级吏员皆可用交谷物换取升职，犯人亦可交粮减刑，老百姓自己运粮到甘泉仓献给官府，交够一定数额即可终身免劳役并自动豁免告缗也即查税，不受稽查。跟卖军功爵一个道理。

这些办法推行下去，一年间关东运往长安漕粮激增至六百万石，太仓、甘泉各仓装满粮食，各边驻军屯民也颇有余粮及其他各类日用物资。各均输官储存在库绢帛有五百万匹。百姓没有加税而国家用度宽裕。

番禺以西至蜀郡南，新设郡有十七个，都按照那里习俗治理，并不向那里人民征收租税。而南阳、汉中以南各郡因与新设各郡相邻，就令他们向朝廷派去新郡任职官员提供钱粮、邮传车及所需一切费用，不吃当地一粒米。而这些新郡经常爆发小规模叛乱，杀害汉官汉吏，朝廷也不得不派遣驻屯南方部队前去镇压，每年怎么也得去个万把人队伍，这些军费也都摊入大司农开支，大司农由于有均输、盐铁两项收入，支出没困难。而军队所过之县，地方官吏只负责提供实物保证不致短缺，再没有巧立名目借机搜刮口实。

此次上巡视天下，一路上光用于赏赐就散出绢帛一百多万匹，铜钱以亿计，皆取自大司农。还是内句话：支出没困难！于是弘羊赐爵左庶长，黄金二百斤。

这一年，有小旱，上令太祝组织求雨。卜式说国家收入主要应来自租税，今桑弘羊派官员坐在市场上开店，贩货求利，拿大锅把这只羊煮了，天才下雨。

秋，有彗星划过天之南门、东井八星。之后过了十几天，又有彗星划过三台魁下六星。望气王朔说：我一人观天之时，发现土星出位好像木瓜那么大，一顿饭工夫，又不见了。太祝、太卜各司皆曰：陛下建立汉家封禅制度，上天以德星报之。（马迁按：此王朔非彼王朔，同名同业但不是同一个人。王姓人口众多，同名现象普遍这是大家都知道的，在一个单位工作同名也非罕有，我在石渠阁多年，一段时间曾有三个王小柱，喊一个人三个人回头，只得分为小王、老王、小柱王才不致混淆。）

　　九月，齐王刘闳薨。闳幼，上伤怀，谥：怀。怀王无后，国除。

60

元封二年。冬十月，上行幸雍，祠五畤。回到甘泉，祝词太一，拜德星也即土星。

起初，元光二年，黄河在濮阳以北瓠子口决堤，二十三年堵不上，梁、楚之地尤被水害，年年种麦年年淹。今年，上使汲仁、郭昌发卒数万再去堵口子。

春三月，上亲临瓠子口，沉白马玉璧于河以祭河伯，令群臣、随从官员自将军以下皆抱柴，参加填口子。东郡历经水患，林稀木少，乃尽伐淇园之竹，编扎为排，投入河中，减缓激流，积末为巨，聚枝成垛，决口遂被堵塞。复将剩余木材、石料在堤上筑宫，曰宣房宫。又在贝丘、漯川各挖一条行洪渠，引水北流归海。梁、楚之地复见麦浪。乃作《瓠子之歌》：瓠子决兮将奈何，浩浩洋洋兮虑殚为河；殚为河兮地不得宁，功无已时吾山平云云。方朔说您这是一叙事诗。

起初，元朔年间，辽东多事，设苍海郡旋又撤销，朝鲜王右渠多在其间周摇，北南逢源，面目可疑，口称我汉外臣，却从未入朝面上。今年处理完南越、西南事，上忽然想起他，涉何苍海撤郡回东夷处做他的朝鲜科长，乃派涉何去朝鲜问右渠：你还打算来么？

右渠还是内套虚八功夫，先说无比想去，人参鹿茸早备下搁十几年参又发芽茸又再次分叉，接着摆困难，马韩最近老来牵牛，沃沮的狗啃了他们国白菜，今年泡菜产量下降，他烤肉也只能以桔梗、拌豆

568

芽、海带丝佐餐。涉何懒得跟他废话，说机灵抖三遍就叫犯傻，你自己考虑吧。右渠乐呵呵说我考虑，我一定好好考虑，每天深入细考一遍。遂派与涉何地位对等裨王长送涉何返汉。涉何也是个莽撞人，从一郡都尉回到长安做署中三等吏也感到仕途受挫，憋一肚子郁闷，今又出使无果，想起右渠内副嘴脸就气不打一处来，走到浿水两国分界处，积怨转为羞忿，爆发，命车夫突刺恭谦有礼裨王长于长揖作别低头躬身当刻。

同时杀朝方摆渡舟子，夺楫渡河，岸上朝卒猝失头领，无令，未施一箭，眼睁睁目送涉何驰入汉塞。

涉何归报，夸功：杀朝鲜上将。上最近也是连三处理战争事由，有点恍范儿，忘了叫他办外交，一听杀将就高兴，也没追究涉何擅杀之罪。说你既然对他们有办法，就在辽东东部单划出一个分区以备朝鲜，任命你为东部军分区都尉。涉何领命即赴辽东武次县号房子开设分区衙门，分区成立不久，武装还未落实，即为朝鲜军偷袭，砍了涉何头提回去。

六月，甘泉种养兰草灵芝斋房产出一株九茎灵芝。有司奏曰：王者慈仁则芝草生。上说又是祥瑞么。乃下诏曰：甘泉宫内产芝，九茎连叶。上帝博大恩泽降临，对种草养花下房也不区别看待，赐我大美姣好之物。应赦天下，赐云阳都百户牛酒。乃作《芝房之歌》，荐于宗庙，歌辞失传。

今年雨水少，上时为天旱焦虑。公孙卿说黄帝封禅，也遇到天旱，封土干了三年，黄帝也没说什么。

上把王朔、公孙卿叫到一起，说你们俩当着我面说明白，上天对我封禅到底什么态度，你们一个说报以德星，一个说报以干旱，谁说得对，还是都是胡说！

王朔说都对，都说的是上天晓得了泰山发生的事，也感到受用，做了回应，只是在下雨不下雨之间选择了不下，因为土星游近地表得到了咱们礼拜，也知道咱们以种庄稼为生，视土为生命、为收获，是为德，还专为土设祠崇拜，以为咱们喜土不喜水，故不下。

上说你意思是上天不知道种庄稼要浇水？

王朔说这话我就不好说了，说了涉嫌诬上——这个上是天上；我以为天上只晓得自然事，人间事看得多，了解没那么细，可能真不知道种庄稼需要浇水。

上说那他下雨浇谁呢，只为河流更丰沛，湖泽水更大？林草花木在他眼里就不算植……物了么对不起我这里有点混乱，我意思是，就和庄稼不一样了么？

王朔说林草花木一时半会儿不浇水并不着急。

上说也说得通。乃下诏书，其中有怨辞，曰：天旱，想要晒干我封的所有土么？

秋七月，扩大营建泰山奉高汶水之上明堂。

八月，招募天下死囚为兵卒，派遣楼船将军杨仆从齐地浮渤海，左将军荀彘出辽东，讨伐朝鲜。

起初，也就是去年，上使王然于乘破南越及诛西南夷兵威入滇晓谕滇王入朝。滇国情况也摸清了，地虽广东西数千里，却不强，并非传说拥兵百万，全国人口不过几十万，赤脚士兵数万，武器也很原始，主要是吹管弓箭，射程很近，靠针尖箭头蘸毒杀人，自己不能生产铁器，矛大都是竹矛。滇东北有两小国劳深、靡莫，与滇同姓，互为依仗，都是庄蹻一脉下来，从衣冠之士退为蛮夷，因没见识而勇敢，拿犯浑当个性，不爱惜自己生命也不在乎别人生命，经常打杀过路汉使汉吏，这次王然于入滇，还被靡莫人抢去几骡子缯絮。

滇王与劳深、靡莫头人商量入汉事，两家都不同意，说我们过得好好的，又不认识他，凭什么认他做大哥？他若来犯，大哥你别管了，我们兄弟收拾他。

说罢立刻拔刀要去砍了王然于，切片与笋同做汽锅人。滇王忙拦着，说这个使不得，主要是不好吃。

王然于抱头蹿回，到成都就因受惊饮食不周躺下不起，写报告耽搁了些日子，年底才由邮传车送回长安。到今年这时候，发兵讨伐朝鲜调遣事毕，才安排将军郭昌、中郎将卫广再赴西南，将他们带过内批巴蜀罪犯现转为卫戍部队镇守西南各郡、最为蛮夷惧怕刁兵悍卒纠集起来，再出犍为，扫荡劳深、靡莫。

昌、广部克日出动，一举扑灭劳深、靡莫，大兵临滇。滇王举国降，交出行政权，请汉派官吏接掌，自己表示愿携家入朝称臣。于是将滇地改为益州郡，实行双轨制，一方面比照西南其他各郡派出郡守都尉内史；一方面赐滇王金印，还叫他管理自己人民。

这一年，以御史中丞南阳人杜周为廷尉。杜周表面宽厚，内心却很严苛，用法深刻至骨，他的工作方法大抵效仿张汤。时，奉诏查办案子比过去增加很多，二千石以上高官被押入廷狱者，前后加起来不少于百人。廷尉一年处理告劾案有一千多件，案情重大，受递捕同案人、拘传作证者每达到数百，少的也有几十。与嫌犯交往多，互有利益关系，需要提供线索，进行取证案外人，不管家住百里、千里之外，都要本人到长安廷狱接受法吏面谈、质对或审问。廷尉、中尉及京师各府临时约谈、拷问者更多，达六七万。由于法吏深挖牵附，所累及另案受到刑事处分人则达十余万。

元封三年，冬十二月，打雷，下冰雹，大如马头。

屡有汉使报告，在丝路楼兰、车师段遭打劫，被夺走财物，拦路者俨然官军。于是上又派出第三支队伍，由将军赵破奴带领，王恢为前导，冒风雪出动。

破奴颇有去病作风，率七百轻骑先发，突袭楼兰，俘楼兰王。马不解辔，军不卸甲，连夜往攻车师，破前后国，二国王皆走避乌孙。破奴继耀兵威于姑墨、温宿、捐毒、休循等依附乌孙、大宛诸小国，口头警告其日后不得侵犯汉使。回来报说兵困乌孙、大宛。

春一月，封破奴浞野侯。王恢领路击楼兰有功，封浩侯。（马迁按：破奴原封从票侯，坐酎金失侯，今以功复封。）好言抚慰楼兰王，让他还回去做他的王，约束国民，仔细善待过路汉使，有好东西大家可以卖来卖去，不要给自己找麻烦。楼兰王千恩万谢而去。

后数岁，发卒数万大兴土木，酒泉以西皆筑城置亭，布列障塞，一直延伸到玉门，设天下第一关。

二月，初作角抵戏，鱼龙曼衍之类把戏。三百里百姓来观。（马迁按：角抵，两两相当，袒腹露臀，或推或搡，角力。鱼龙者，艺人宽服藏物，先舞于庭，百般转移人耳目，蹦跶至殿前，出比目鱼，跳跃漱水；俄而化黄龙八丈，散戏于阶，炫耀日光，此为曼延也。）

三月，汉兵大入朝鲜境，朝鲜王右渠发兵据守海港及山道各要隘关口。楼船将军率万卒千帆成山角入海，东渡至白翎岛附近洋面击败朝鲜舰队，收拢余众七千，登陆列口，再败凭岸伏射守兵，先至王险城。

时，我左将军荀彘部尚在浿水右，浿水江船皆被朝军烧毁或拖走泊于左岸，一时不得渡。右渠登城观楼船军少，决计先断我一足，即尽发城中兵击楼船。

楼船军败，大溃，四走于山中。后十余日，才渐次收回散卒，复又集合成队，只是不敢再去围城，群踞山头观望，翘盼左将军兵至。

左将军强渡浿水，遇万箭，未能破河上朝军，自退回，与朝军相持于两岸。

上闻两军皆受挫，乃使侍中博士卫山持节，往王险城面谕右渠。右渠开城迎，跪磕谢罪，曰：我从来都想投降，只是不能相信两位将军，怕他俩阵中使诈，赚取臣项上人头，今见信节，就请接受我的投降吧。

扭脸把儿子叫出来，说：你，跟着这位老师叔叔，去中国，代我，你老子，向天子谢罪。让你回来，你就回来，不让回来你就留下，好好学习汉文、汉家制度，再去密云咱老家卫家庄，买块坟地，将来我死了，你太爷他们，都要归葬密云。又喊身后骑从：你、你们都下来，把马给老师。对卫山说不成敬意。凑五千匹马，筛谷万斗，三揖：算我对贵军劳苦一点表示。

乃使太子领万卒赶马挑粮各持兵器随卫山同至浿水左，其尘甚嚣广，其势甚浩大。左将军见疑，令全军引弓待，只许卫山一人单楫还渡。将及岸，疾问什么情况？卫山说经我一番苦口婆心，已然表示降服。

左将军说右渠滑奸，前言不抵后语，后语辄覆前言，是常事，我不得不防，你回去告诉他们，既已降服，应该放下武器，徒手过渡，我军可保他们生命财产安全。卫山说你的话有道理，小心使得万年帆，我回去跟他说。遂掉转小舟左一桨右一桨，渐去对岸。

左将军苟彘命全军不得稍懈，迎光翘首瞭望彼岸，见著汉服者兀立良久，著朝鲜服者一人叉手数躬身拜，料定谈得不错，扭脸闭眼歇了一眨，再展眼，见朝鲜服人皆背向，竞相上马，烟尘复起，越来越缩微，竟全——颠儿了。

彼岸只余汉服者一人，尤伫立，复踽踽独行，涉水登舟，左一黑，右一亮，初如蝇，复如蜓，渐俱人形，欻乃背光，鹅呀行来。乃泄气，颏问怎么走了？

卫山小脸俱是怒气，说你不信他，他不信你，把老汉夹在当中，跟你们这帮无信之人，没法儿办事。

卫山还报天子，天子斩山。

荀彘整军再战，辽东郡支援门板厚棉被牛皮亦至，尽垛门板于船首，覆以湿被牛皮，复令各舟中置鼓手，卜占吉日，拜蚩尤旗，各种迷信搞起来，于某日日出，敌迎光我背光之时，千艟百舸尽发，近岸俱击鼓，齐呐喊，于鼓噪矢石横飞中蜂拥上岸，大破浿水朝军。

二鼓作气，向前推进，围王险城西北。楼船部亦闻鼓下山，与左将军会师，屯城南。右渠坚守城池，两军会攻险城，几次爬上去几次打下来，相持数月，城不能破。左将军所部燕、代之卒多劲悍。楼船手下齐卒历经军败、逃匿、受困山中、忍辱挨饿，遭敌军友军耻笑，士心皆丧，将尉也无斗志，闻夷鼓色变，他们围在城南，击鼓不攻，反持白旗招降，城上人皆看出他们畏战。左将军极力攻城，城头挂满攻守两军卒尸，面目丑狞，怔愕若晒天。朝鲜大臣亦动摇，数次多人派密使夜间乘篮坠城，与楼船约降。谈了几次没谈拢，主要也是密使来路不一，有称可杀右渠献城，有保右渠不死才肯献城，杨仆也搞得迷糊，不知哪家何人说话算数。

荀彘几次与仆约定日子，两军联手攻城，仆也满答应：必至！到日子北城头几上几下，血肉横飞。南城一点动静没有，或有南城朝卒赶来，持长戈将登上城头左部卒逐一挑落，堵上突破口。

彘几次去楼船营赴会，杨仆小饭桌摆着酱汤打糕石锅拌饭，便知他受朝人接济，必与朝军有默契。后彘也派人招降朝军，朝军使乘篮坠城答曰：我们不能一个姑娘许两家，已经和楼船将军在谈，再和你家将军谈，有违我朝鲜做人做事准则。

荀彘怒欲具状报上，楼船前有失军罪，今又私下与朝鲜通好，坐食朝军标配石锅饭大酱汤，致朝鲜顽抗不投降，可能计划反叛。为左右拦下，说：证据不充分，给咱们办伙食朝鲜大妈也煮大酱汤，也拿咸菜丝拌饭，您也没少喝，也说好吃，等楼船充分暴露再报不迟。

军中无机密，当兵的最扒褂。左将军怒楼船事由辽东支应前线矢盾粮秣输运卒口口相传，迅飞入辽东郡守都尉耳中。没过多久，风闻长安闾里，上回家吃饭闺女问朝鲜怎么回事阿，怎么咱自己人打起来了？

上回答：不该你问的不要打听。回到朝堂勃怒：我竟从我闺女口中听说朝鲜战况，长安卖脂粉卖栀子花小姑娘都知道了我还不知道我这皇帝当的。

堂下大臣皆知是哪一出，说正想向您汇报。上说你们谁，去走一趟，看看是怎么回事，我军出征还从没发生过这样的事，两支部队主将闹意见不能配合。

大臣皆说我们都挺忙的，您定，我们谁的乃件事能放下。上扫了一圈老几位，乃个手头上事都是急茬儿。石庆说我能去，我没事。上说您这老胳膊老腿儿的，就别上内箭杆不长眼、有时可能还真需要反应快、撒腿能跑的地界给部队添麻烦了。查查，最近乃个郡国事少。儿宽说最近递捕的二千石济南郡人数最少。

于是传济南太守公孙遂到京，持三重牦牛尾节往朝鲜，便宜行事，调解两将之间龃龉，理顺两军关系。

公孙特使遂至，先见到荀彘，左将军曰：朝鲜当下，久攻不下，问题出在楼船，几次约日会攻，他都不来。我这里每顿饭喝国内送来小米汤啃凉饼子，他那里天天喝酱汤吃拌饭，隔天还有西葫芦烙蛋饼烤牛舌，一五一十把他对楼船猜测添油加醋，倾诉特使。

孙遂曰个笔养的，这是阵前投敌！毚说这事要不处理，恐为大害。遂说可不是咋滴。遂以节召楼船往左将军营商议军事。杨仆匆匆赶来，入帐即被拿下，摘了剑拔了盔抽簪散髻两手反剪绑成粽子，仆欲呼叫，塞入一嘴马粪，囫囵扔在帐角。遂、毚持节，并肩驰入楼船军中，集合部队，宣布楼船已被解除指挥，各司马尉卒俱听左将军号令，不从命者，斩！乃并其军。

左将军既并两军，又得国内新运来攻城槌、云车、抛石机等重型机械，重新调整兵力，四面同时发起总攻，昼夜不息，打残一支部队，又调上一支部队。又命士卒人人背一筐土，填壕堆丘，渐成大坡，可容数十人并肩跃上城头；又命材官开十石弩千张，弩矢裹缯絮浸豆油，俱点火，射往城中，城中四处顿腾烈焰。

朝鲜左相路人，右相韩阴，尼谿相崔参，将军王唊本属同一权臣集团，又是前次与楼船密接欲献右渠开城降阴谋小集团，此时事急，又阴聚路人府密商，路人胡子哆嗦说不能再等了，听说楼船已被拿下，生死不明，现在全由左将军一人指挥，这厮打疯了，破城之日不在今宵也恐在明天一早。王也疯了，谁的话也听不进，坚持打到底，与城、全体军民及我等偕亡。你们啥意见，你们不走我可要走了，不能坐以待戮。

言罢夹起小包袱以纱掩面从小后门蹒跚而出。阴、唊也各散去，急回家收拾细软，化装为妇人，混入街头逃难人民大队。东门为汉军所留出城受降之路，凡卒皆令其缴械，往战俘营报到，民则任其自去。阴、唊遇汉卒，皆亮身份，向汉军投降。往左将军营中去道中，见路人死于烂泥塘，似遭人割喉小包袱不见了。

夏七月，尼谿相崔参杀右渠，以泡菜坛盛右渠人头，来降左将

576

军。朝卒确凶悍，国王、相、将军非死即降，尤坚持战斗，城头一昼夜数易手，数又拼死夺回。从仲夏五月二十七打到季夏六月二十一，整三十八昼夜，左将军各部俱残，四九城飘的还是朝鲜旗。

孤竹外臣成已不知右渠死，又举旗勤王，率所部吏民向王险城开来，至沙里院，杀我南下宣抚小分队，攻我派出临时维持汉吏。左将军派右渠子卫长、死国故左相路人子路最，往成已来路拦阻劝谕。成已不听，其众哄散，遂诛成已。六月二十二，王险城破，守城卒俱亡。朝鲜遂定。

秋七月，部队主要领导及归降朝鲜王子、将军、诸大臣回国。封崔参濊清侯，韩阴萩苴侯，王唊平州侯，卫长畿侯，路最以父死颇有功，封涅阳侯。

左将军荀彘，坐争功相嫉背离友军阴使乖计，弃市。楼船将军坐兵至列口，当待左将军，擅先行，失亡多，当诛，赎为庶人。公孙遂，坐执楼船不法，诛。

乃分朝鲜地，置乐浪、临屯、玄菟、真番四郡。

同月，胶西王端薨，谥：于。（马迁按：谥法：能优其德曰：于。）

八月，武都氐人反，把他们分批迁徙到酒泉。

61

元封四年，冬十月，上行幸雍，祠五畤。经回中道出萧关，游历涿郡遒县北独鹿山，鸣泽，自代郡还；又到访河东郡。

春三月，祠后土，赦汾阴、夏阳、中都死罪及以下因犯。免三县及杨氏县今年租赋。

夏，大旱，江河干，民多渴死。

匈奴自卫、霍度幕击逐大败以来，一直盼望重振士马再返幕南复与中国为敌。从元狩四年至元封四年，远徙余吾水、郅居水以北，蕃儿马，生孩子，教习骑射，休养生息十二年，一代牧骑新人成长起来，跃跃欲试几探汉关。其间也搞一手硬一手软，放低姿态，使尽柔曼身段，数遣使往汉，好辞甘言请再做亲戚——和亲。汉也始终保持警惕，遣北地人王乌出使，一方面礼尚往来各以虚招支应；一方面窥伺匈奴近况。

王乌入匈奴，尊重其风俗，把五尺汉节留在外面，以墨涂脸钻进穹庐与单于交谈。单于喜欢他，还是没实话，跟他说我想派太子入汉作人质，重建我们两国信任。天子听了说好哇，单于有这样的态度，欢迎。

于是派侍中博士杨信去匈奴，谈匈奴太子入汉行程安排、礼遇诸事宜。杨信与前出使朝鲜卫山都是当年公孙弘为与上廷辩文学以博士弟子员名特招进来内五十个孩子，也是十年倥偬，合眼即过，廷辩似也无期，孩子们都成长起来，也不限于文学、掌故，分布禁中外朝各执事府署为吏，成为出任入禀办事骨干。

杨信严肃，素以古正方谨做事一板一眼，从不节外生枝亦不则外宽假见称。入匈不肯失节，只在穹外蹭蹭靴底泥，举着竹竿子就进了单于庐。单于翻脸不认账，也端起架子，说你小孩不懂，自古以来我大匈奴与汉就有城下之盟，汉派公主，给足上等缯絮食物，我大匈奴才肯与汉休兵，这叫和亲知道么？今天你们推倒承诺不尊重历史，反要我儿子去当人质，甭想！

杨信一路掂量默习的都是场面上公事公办的话，一句对不上，愣了须臾，如入见礼拱手三作揖，持节倒退而出，从始到终一个字没说。回报天子，天子问你怎么应对的？信亦无语。天子一摆手：退下吧你。

复用王乌，单于又是一盆火，拉着王乌手搞三同：同座同饮同食。给他灌迷魂汤，说我想入汉，与汉天子当面聊，和他结为兄弟。王乌还报。天子说好哇，兄弟就兄弟，也别老麻烦女的了，男人的事儿男人潦。

遂又批了块地，在浐河边为单于新建一所大宅，圈了很大一块院子，比诸侯王。对王乌说他不是喜欢你么，也别换人了，还是你去，跟他说房子都给他备下了，什么时候来给兄弟透个话儿，出城八里迎他。

王乌到余吾水，被匈奴边吏拦下，说我们老大说了，不派个像样的贵人来，没诚意。王乌说我不算是么？边吏说上边交代了，贵人的标准是皇帝老亲戚。

这时边吏身后冒出一老牧民，说我、我，是我。

边吏隆重介绍：我们单于老亲戚。王乌说好吧，遂带老牧民回汉。

老牧民一路咳嗽，不吃不喝，骑在马上直打晃，入了汉关就病倒了，人烧得跟火炉子似的，身上皮袄直冒烟，有糊味，一路拿冰镇着物理降温好容易挨到甘泉，还剩一口气。上说怎么弄一病号回来？王乌说我也搞不清，愣塞给我的，说是单于老亲戚，在他们呢儿算贵人，来跟您谈拜把子事，还把我寒碜一顿。

上说那可别死这儿。令传张苍公，赶紧开方子。

张苍公没来，他闺女张蜜晃晃悠悠来了，说我老爹已然下不来炕，喝什么药也起不来了，不能奉旨，只好我来了，我们家绝技单传我了，有什么需求请讲。

上说苍老高寿阿？蜜说十年前过完百岁生日，就没再记日子。上说那真是，真是，药确实解缓解不了没缓。实在不好意思您这本来应该侍奉炕前不喝药也得递个手巾把个尿却把您请这么大老远来，回头没赶上再耽误个啥我这心哪能过得去。蜜说行啦，有没有事儿阿，我们医家不像你们凡夫，把个死当作不得了，遇上了真的假的都要大闹一场，我们，听说哪里有个人不死才要大闹一场。上说那我就放心了，这儿有个快死的，死了要出事，拜托你把他、也不要不死，最好不马上死，够我们把他送回家就谢天谢地谢您了。

蜜看了眼老牧民，说就再活几天是吧，好办。随手开了个方子，说去抓药。又跟上扯了会儿别的，说分人吧，我们老爷子是不忌口，什么都吃，活那么久干嘛？永远二十岁我同意，八十活万年活个什么劲儿。

上说其实我是赞成你的，分怎么活，光喘气还不如风箱呢。又说无论如何我要去看老爷子，千万别拦着我。蜜说若说给人添麻烦，没比人家生病还非要去探病更给人添麻烦的了，本来病得抬不起头，死的心都有，还要应酬您，您饶了我们吧。上说我也没打算真去，是份人心，咱们都不是靠人前热闹挣面子的人。

当夜药抓来，给老牧民灌下，当场咽了气。上瞪眼直视王乌，说怎么搞？乌说也只好我去一命抵一命了。上说他是贵人你不是阿，你一命抵不了他一命。

蹲呢儿想，又说你们同学还有谁没出过国谁都不认识的？乌说谁都不认识？也只有小路，路充国了，他上学没几天就肺痨休学回家，前几年听说病情稳定准备复学父亲又死了丁忧三年出不来，二年没到母亲又死了，今年头上才回长安，我们班早毕业了，各自工作在自己的岗位，哪儿还学可复，别说外人，我们一班同学睡上下铺见了他都不认识，老的跟您、比您还不显小。只能到处到老同学家借宿，希望老同学引荐找个活儿干，同学没法说什么，家里孩子都很烦他。

上说就他了。

于是把小路找来，洗个澡梳个头，找两身衣裳扮上，给他挂上二千石绶带，捧颗银印，又装了两箱子金子几百匹绢，说是天子送的发丧费，跟他说到呢儿就说你是贵人，就打发他护送老牧民棺木去匈奴了。

乌维单于见老牧民棺木，打散头发挠破脸大哭，呼喊：七叔，是汉人杀了你，杀了你呀！路儿还想解释，被人推搡到一边，二凶汉提刀不许他乱说乱动。

一会儿单于哭完，抹抹泪走了。一凶汉牙叼细绳牵过匹马，双臂一曲把充国举上马，又从牙缝儿取下绳，半蹲掏过去，把充国两脚繫于一股，一骑前面引缰一骑后边加鞭，牵拽小路往北跑，没日没夜跑了也不知几天，见一眼望不到边浩海静水，天空有鸣禽，岸边躺着海豹，才把小路解下来，路儿直接瘫地上。

远外，两个须发尽白牧羊人漠然眺向这边。

自此，匈奴骁骑又出没于塞上，数犯我边。乃拜郭昌为拔胡将军，与浞野侯破奴屯朔方东，以备胡骑。

元封五年，夏四月，长平侯卫青薨，谥：烈。起冢茂陵东，与陵西去病冢相对，造型如匈奴中庐山。

青后期，虽风头、名气均被小霍盖过，封赏褒奖也大不如小霍，而世论皆云，战功不输小霍或更高。部队是他先带出去的，打出一个局面，积累经验积累教训，因而战术战法得到改进，日后才做到敢于深入，将卒有信心，敢于胜利。硬仗也大都是他打的，匈军主力包括单于本人带的几个最凶悍部队都是他消灭的，虽然牺牲很大，战果虏获没有小霍那么突出，没有这几场硬仗，当前我汉塞外万里无战事，对匈具有全面、压倒性战略优势就不可能建立起来，小霍也不可能跑那么远，可说小霍是他舅舅扛在肩膀上成长起来的。

青出身微贱，显贵后不失退忍本色，对下人不假以辞色，遇冒犯亦多容让，没有一个人说他私德有缺，算君子了。只有他的老战友老部下苏建曾私下批评他：大将军至尊贵，而天下贤大夫无一人称颂，希望将军像古代名将那样招贤进能，多举荐一些人为国服务，请再努力一点吧。青谢曰：魏其侯窦婴、武安侯田蚡厚招宾客，天子常切齿，亲切对待士大夫，招贤罢黜不肖是皇帝权力，人臣奉法遵职而已，何轻言招士。

话虽这么说，武帝中晚期伐四方所用边将郭昌、荀彘等还是他带出来内批校尉，也不能说一人未举。

晚年据说亦不忍见刀盔，从不与人谈及自己战功，偶有回忆，口中倒是常提几个名字，都是死于阵前抛骨异国帐下卫卒、老部下、小战士，记得他们是哪里人，几时入伍，哪次战斗，因何死于何处。从来都说慈不掌兵，悲不使军，此人心中有慈，眼中有悲。

可惜生的四个儿子没出息，襁褓封侯，长大皆成纨绔子，在长安胡闹得有名。卫皇后惮畏太子受牵累，数涕泣请上削青四子封。上说我心里有数，他们是他们，你们是你们，不必过分担忧。后青少子坐奢淫诛。上派人对后说对不起，通削余三子封爵，每人只留千户。这是卫青死后的事了。

秋七月，始置交趾、朔方州；与冀、幽、并、兖、徐、青、扬、荆、豫、益、凉十一州并称十三部。将原来只是大区虚名的州落地为一级组织，设刺史一人，只是个应名听差的中吏，秩六百石。

上以建元以来文武名臣相继下世，几乎去尽，数与日磾感伤言：能感到时代巨枢在转动，大幕缓缓落下，这些人走光了，我的时代也就结束了。乃下诏曰：盖有非常之功，必待非常之人。其令州、郡察访吏民有茂才、异等可为将相出使外国者报上来。

62

元封六年，春三月，作首山宫。幸河东，祠后土，赦汾阴待斩死囚及以下等犯。

汉既开五郡，西南夷路俱通，还是当年张骞留下内个执念，认为西南接身毒，身毒通大夏，这边走是条近道，尽管滇王已再三说我们不挨着身毒，身毒在哪里我们不晓得，根本没听说过这个国。还是接连派出十几批使者，出益州深入蛮荒地，以求通身毒。

都一去无消息，生不见人，死不见尸。益州太守派人沿使者失踪原路搜索，越走山越大，林越深，江越湍急，受到林中大动物跟踪，粮食吃完就回来了，报称千里没发现一根人毛，惟有虎猿。后在郡治滇池县市集发现一个生番扛根竹竿，竿头倒挂几条灵猫，在集上转悠，想用猎物换一小袋盐或一面镜子，这竹竿很眼熟，追看认出是杆撸了旄的汉节，迅即扑倒，捉入官中。经拷问供称是在弄栋一个寨子外边拣的，拣的时候就光杆，以为就是根竹竿便扛起挑东西走。

太守即押生番奔弄栋，叫他指认是哪个寨子。上山下山，逢水涉渡，连日累断腿，穿数坳口，眼前一个坝子，诸峰皆巨木，环抱有岚气，依山半坡黢黢竹楼，不闻人声只闻犬吠，引路生番遥指：就是介里。

官兵一进寨子就拔刀杀人，家家干栏悬挂人头，有的已成骷髅，有的皮干肉紧双目垂闭发须蜷蜷如丝，能看出汉人嘴脸；数张人皮四肢俱全钉在篱壁之上，还有风干人腿、串串心肝；笤晒寸寸丁物，细看竟是睾丸男根；蹲踞二楼吹火煮炊妇女腰缠汉官深衣，街头奔跑裸童个个歪扣汉冠。太守疯子一般挺刀冲在前面，见人就砍不问老幼，口中高喊真特么不糟践东西！

官兵屠尽人猪狗鸡，放火烧寨。孰料火烟一起，近外吹起夷角，初是孤角，继有和鸣，昂昂鸣咩，呼喝致远，山谷彻应，或似林涛，间有夷鼓小锣，锵锵棕棕，使人皮麻。太守急收队欲出，未至坳口，只见漫山站满夷人，手握锄棍弯刀，发一声喊便冲下来。

昆明夷反，五郡驻军数往清剿，军皆没，无一人还。上乃赦京师在逃犯，令从军，从朔方召回管理罪犯有经验且熟悉西南形势拔胡将军郭昌，带队往击之。

昌部抵益州，屠弄栋、胜休、贲谷、来唯、比苏十余县，斩首数十万级。昆明之后数十年平坝无人烟。

后复遣使求身毒，路还是不通，去者杳杳，了无踪音。

夏。京师民众观角抵于上林平乐馆。

秋，大旱。越冬作物皆未出苗。

起初，元鼎二年，乌孙遣使随博望侯入汉谢天子，见汉广大物饶，归报乌孙王，昆莫开始重视我汉。

丝路通，其旁大宛、月氏诸属国皆与我汉交易，互各有利，伊亦欣然加入，频频与我往还，人员货物不绝于途。匈奴乌维闻昆莫通汉，盛怒，放言：早晚要你好看！昆莫惧，与大臣议：光指咱们自己是不行的，国不大还分三下，汉匈两强咱们必须靠一头，匈奴穷鬼，净弄些奶酪皮子，咱们都有。汉，不可描述，听说也把匈奴打了，我意咱们靠汉，怎么想个法子能把关系再拉得近点，万一有事能替咱们跟乌维死磕。

大臣中一是前次去过汉的,说上回内个满嘴跑马车的大使不是提过,说汉特想给你发一妞儿,您没接茬儿,就这个便宜,您尝个鲜儿,多点床笫之乐,国家也获益,乌维再来讨厌,您就说我老丈杆子是汉。

昆莫连摆手:别跟我提床,提床晕,我都多大岁数了,国家有事还光要我一人,想点高级的,咱有什么是汉羡慕、想要的?大臣说我给您数,掰着手指头:葡萄、苜蓿、马,要不咱把咱的妞儿发一堆给他们?

昆莫叹:真是都拿不出手,这样吧,还我吧。

大臣说也没有那么吓人,成事在男,您就是不灵还能愣上,愣上能上哪儿去?还是有办法既不开罪人又能护住身体躲过这一难。昆莫说你就别教我这些了。

于是就叫这位大臣做求婚特使,带上点葡萄、葡萄干葡萄酱路上也没人爱抢较安全的货,做聘礼,弄几匹劣马驮上,风风火火奔我汉。

上亦感突然,没说要把姑娘许他呀,怎么好么当跟我提这个,莫非我汉姑娘艳名远播?还是很客气,说我们国的事不是光我一人说了算,还要大家商议,这样,我们商量一下,再给你回话。遂交公卿议。

公卿皆说无可无不可。遂下宗室罪臣家遍问:谁家有女失婚或恨嫁,今有一外国王求亲,可以公主事之,陪嫁归我,丰厚。废江都王建女细君回报:愿去。

上见细君,年龄与当利公主相仿,到底是老刘家姑娘,眉眼间也有几分当利公主气韵,心生怜爱,说今起你就是我女儿,那个地方很远,国王年老,风俗饮食大异于汉,去就回不来,你现在说不去还来得及。

细君说愿去。上说你再想想，终身大事不要冲动，很多情况留在这里也可以改变。细君说不想了，愿去。

上叹息。乃与乌孙使说几袋葡萄干是不行的，我们虽然不缺什么，也讲诚意。使说还有还有不止这些。

遂返乌孙，复驱千匹骏马以来作聘。上以千数车驭金帛千万，锦被百床及卧榻炊具酒器，奴婢千人，军三千骑扈从，送乌孙公主西行。临行还特请李延年制一乐器，曰阮，赠与细君，路远国绝，以解愁寂。

昆莫原有匈奴老妻，命为左夫人，细君新至，称右夫人，发给毡帐，拨与火盆钩铲奴婢，令自去居住。

公主与汉婢、乌孙奴亲动手，垒石为台，夯土为墙，覆枝草为穹，曰宫室。一岁与昆莫见两次，置自酿干白红葡萄酒及汉式煲煮进补羹汤把欢，曲身奉迎，极尽体贴，然昆老风中残烛，稍纵即逝，终不得合。

上闻公主处境，说作孽。又与公卿说终我之世，不得再言和亲。每有汉使西去，辄以帷帐锦绣馈送。

昆莫也说我老，耽误你。乌孙人讲"老"就是死，其俗讳死与汉俗同，欲使其孙军须靡娶公主。公主不从，托汉使传书，或言：一女不事二夫，无颜见汉。

上回书：到人家那里，就尊重人家风俗。你没有什么对不起汉，何言无颜。

公主遂在只剩一口气昆莫见证下，再嫁军须靡。

当日昆莫死，军须靡代立，王号昆弥。公主生一女，汉名少夫。后四年，病卒于赤谷。有哀歌传世：

吾家嫁我兮天一方，远托异国兮乌王廷。穹庐为室兮毡为墙，以肉为食兮酪为浆。居常土兮心内伤，愿为黄鹄兮归故乡。

是岁，汉使西逾葱岭，抵安息。安息王报以使，以鸵鸟蛋、黎轩国魔术艺人献于汉。上把鸵鸟蛋拿家去蒸蛋羹摊了一盆黄花菜，还剩很多，吃了都说腥。

魔术师问我什么时候表演。上说你，先歇着吧，等什么时候全民乐，你再去糊弄他们。魔术师遂往厨房帮厨，没事给厨子变个手绢飞鸽、大变活鱼，后厨房丢了食材，都说是魔术师变没的，黎轩国大师遂不再卖弄，默默洗菜摘菜。

汉使往来于葱岭西东，那些万里之外西方小国嬧潜、大益、姑师、扜罙、苏其等皆随汉使竞献不可名状方物朝见天子。天子大悦，每巡狩海上，都跟着一帮外国人，哪儿人多往哪儿去，赏别人时候也赏他们，金币玉帛给得比谁都多，以显示汉富厚有的是金山玉坑。还将珍禽异兽炮制为象形美味，广陈于金盘玉碗，让他们敞开吃，那他们倒是不敢乱吃，问清才敢下箸。

西国使节更爱来了，又请他们看大角抵演出，展览五足马、三眼牛、双头人诸怪物，引无数小市民围观。多多赏赐，酒池肉林，又带一众外国客参观仓库府藏堆积如山铜钱粮米，见汉之实力，俱各骇然称羡。

大宛左右多葡萄，可以酿酒。多苜蓿，天马最爱吃。汉使采了种子回来，上种之离宫别观旁，一眼不能尽望。

可是西域近匈奴，各国还是最怕匈奴，匈奴使节到这些国都跟大爷似的，这些国对匈奴恭敬超过汉。

皇后说这就叫使人爱不如使人怕。上说我就不同意你这种很消极的想法。

还是这一年，乌维单于死，子乌师庐立，年少，号：儿单于。自此后，匈奴更向西北迁徙，左方对云中，右方对酒泉、敦煌。

儿单于既立，汉使两使者，一人吊单于，一人吊右贤王，欲离间其国。汉使入右方，右贤王一听不是话，立缚汉使送单于庭，儿单于怒，两拨使者全扣下。

这些年，汉匈两国时互派使者，都不太讲外交礼节，一言不合就扣人，匈奴扣汉使者前后十几批，汉原则你扣一批，我也扣一批，来而不往非礼也，双方各扣使者人数大致相当，使者遂成高危职业。

63

太初元年，冬十一月乙酉，柏梁台被雷劈，发生火灾，建筑被毁。

春二月，在甘泉接见入朝诸侯，审计他们财务报表。在甘泉为诸侯建府邸，说以后咱们相见就这儿了。

越人勇二说：越地风俗，雷劈之后再建屋，必须比以前更大，以大胜小压不祥。建章宫从卫青才出道便嚷嚷造，卫青立大功，卫青已死还没造，于是令作建章宫。还是林老设计：千门万户，东有凤阙，高二十余丈。西有庙中路，广阔如堂，曰堂中。虎圈数十里，可谓野生虎豹园。北凿大池，临池筑梯台，亦高二十丈，命曰太液池。中置三岛方丈、瀛洲、壶梁，拟海上仙山。池北有石鱼，长三丈，高五尺；南岸有石鳖三枚，长六尺。有玉堂，基座与未央前殿等高，去地十二丈。一座由整块玉石雕琢璧门及一座条支也即压力山大部将塞琉古建立塞琉古王朝进口非洲鸵鸟千斤铜雕。立神明台五十丈，上有九室，曰九天；可容道士百人。积木架高为楼，曰井干楼，五十丈。各景观间有六车道马道相连，总之一切都是以大为美。

太中大夫公孙卿、壶遂，新任太史令司马迁等进言：历纪坏废，至今仍使用秦历，创业改制，咸正历纪，宜改正朔，以夏历建寅之月也即每年一月为岁首。

上诏儿宽与博士方赐等共议，宽等皆说当用夏正。

夏五月，诏令卿、遂、迁等共造汉太初历，以一月为岁首，色上黄，数用五。（马迁按：时参加讨论人士都认为汉以土德旺，土色黄，五行排五，故最贵重颜色为黄而用字五为吉。譬如丞相印原来就仨字：丞相印；现在要加俩字：丞相之印章。凡公卿及太守、国相印文不足五字者，皆以"之"字足之。之还不足，加"章"。章还不足，没听说过，官印不可能发生。私章有可能，这人没姓，名就一个字，蛮夷有这么叫的，元、源、远。私章没人管，非要凑数，怎么也有办法，把老家名、官称加上，有功者或赐姓。）定官名，协音律，定宗庙百官进退礼仪，以为典常，垂之后世。

是岁，草原有暴风雪，牲畜大量冻饿死。而儿单于年少，头脑简单，遇复杂问题辄以霹雳手段杀人解决，小孩当了王都这样，以为这样省事。匈奴上下人人自危，民心浮动不安。左大都尉使人密告汉，曰：我欲杀单于降汉，汉远，如能发兵接应，我即发。

派因杅将军公孙敖在朔方高阙北数百里戈壁阿尔泰绿洲筑受降城，以策应。

秋八月，上出行到安定郡。路人皆知上并不贪西域所产各类名物，念兹在兹一向馋的是西域良马，马是制约我汉扩疆拓土至今不能尽灭匈奴惟一动因。故凡使者去西域头一个向人打听的是哪儿有好马，卖么。

西属各国皆说大宛国贰师马最优，卖不卖你逮问他们，反正我等他们是不卖的。也有使者上门求购，均遭婉拒，说这逮我们王批，而约见王，永远约不上。

上说这是嫌你们职位低，不配和他们王说话，来，我来，不信拿金砸不动他。于是派壮士车令携千金和一座以渥洼水神马为原型等比例浇铸九九黄金马，持皇帝节去大宛拜见宛王，求购甫多，就一匹这样式的贰师马。心里打的小算盘是载回做种马，渥洼马人工受孕失败，生下小马没法看，还把种马身子糟蹋了。

车令至山城，烫金帖子递进去，一直等在王宫门前，晚上睡台阶上，一副见不到王就不走死磕的样子。

王在屋顶花园俯看这小子也有点犯愁，跟几个近臣商议，要不我就见一下。臣说一点口子不能开，这还没见呢，就这样放刁，见了更得赖上来，你既不打算应人家，见了又能说什么呢，还不够累的。对这种人就要起头封死，一点念想不给，让他耗，看谁耗得过谁瞧这德性不定什么人惯的，在咱们这儿没这事！

王说我这不是怕他们急眼嘛，汉人从来都是软的不行来硬的，硬的不行，跟你结一辈子梁子，记仇。

臣说过去你没答应过给他们，也没见他们来硬的，汉与我相距万里，中间又隔着戈壁、盐泽，水不能喝，汉使者一批几百人，每次过来断粮都要死一半，过来的人风一吹就倒，大部队又怎么过得来呢？他们拿咱们没办法。上次打楼兰内几号骑兵，到咱们国境没敢进来，我都看了，马跟驴似的，骑着两脚都能耷拉地，还能帮着蹬土，根本不是跑，是走，进来也不足虑。

于是就不搭理车令，每天在宫里开派对，香烛鬓影，砰砰开酒。还拿水管子冲台阶，假装不留神滋车令一身，就等着你急好轰你，车令只能忍。蹲了快一整秋，风开始见凉，梧桐叶也簌簌往下掉，车令衣冠褴褛，蓬首垢面，过往路人经常往他脚下扔小铜镴儿。

某夜，宫中开舞会，门窗都敞着，弦乐飘飘，很多大宛仕女、贵人喝得半醉跑到门外大露台谈笑调情。

昏暗台阶下忽然立起一浑身破破烂烂人，指着她们用外国话大叫大嚷，虽然听不懂也知是难听话，骂她们。都是王宫常客，也知这是位汉使，因为什么跟自个过不去，拧次了，一直赖这儿不走，都当他是一笑话，也没太在意。之后就听哐哐巨响，女士们吓得尖叫，汉使举铁椎猛凿内匹一直立在台阶旁以为是王宫新添一雕塑之大金马。一帮贵人怒了，说这是破坏我国艺术品，拔剑欲下台阶，王端酒杯踱出来，喊住他们，说别，内是他自个东西，想献我没要，由他去。

其中一位王叔回家越想越气，以为王这样忍让，将来汉人会更看轻大宛。听说汉使已经连夜走了，就派快马赶在汉使前面先到达东部边境大宛属国郁成国，命令那里的王截杀汉使，黄金宝物尽归郁成。郁成王杀车令及全部随行人员三百，夺黄金及窟窿金马。

上大怒，脱口脏字：特么的好好说就不行是吗，每回都这样，非要打出脑浆子才算塌实。

明日在朝堂议伐宛事。博士姚定汉在大行做中丞，因工作需要多次出使西域，对宛有一些表面印象，说宛国军人很不堪，从将军到士兵，人人做生意，挣钱多了就胆小，只要三千人，强弩射之，全部做俘虏。

上说人性分析七分同意，三千人就能搞定是把战争当儿戏了。博望侯曾对宛有深入观察，当时军队有六万人，现在人口增加，可能还多一些，料敌从宽、御敌从严一向是我汉作战指导方针，还是要当六万人打，不能指望每次敌人都像楼兰，七百人一鼓而下。

时，李夫人几次跟上闹：那不管！老李家必须出一个侯。上说无功不侯这是高祖立下的规矩。李夫人说卫青四个儿子没断奶三个封了侯。上说那后面怎么样了？你放心，我替你想着呢，早晚让你们家得侯。

这次伐宛，还是觉得把握比较大，心里早有人选，乃拜李夫人兄广利为贰师将军，发属国匈骑六千及郡国恶少数万，赵始成为军正，浩侯王恢为导军，李哆任校尉。李哆是个职业军人，参加过奔袭楼兰战斗，专从浞野侯部队调来，协助李广利主持军事，一同征大宛。

十二月，中尉王温舒利用职务为个人捞取好处，坐为奸利，罪当族，自杀。合家还是族了。他两个弟弟和两弟妹娘家都是同案人，王温舒收钱主要是借这四家人之手，同日被族。光禄勋徐自为感叹：悲夫！自古只听说诛三族，而王温舒罪至同时而五族阿！

关东蝗大起，西飞至敦煌。

64

太初二年,春正月戊申,牧丘侯石庆薨。谥:恬。(马迁按:恬,谥法不载。也就是说没这么谥的。)

闰月丁丑,以太仆公孙贺为丞相,封葛绎侯。(马迁按:贺始以功封南䚡侯,元鼎五年坐酎金免,今以相再封侯。)时朝廷多事,督责大臣,自公孙弘后,三个丞相接连坐事死。石庆难得以慎戒善终,也多次受到严厉批评。公孙贺被引导到上座前拜相,不接受印绶,只在那里痛哭伏地磕头不肯起来,上起身而去,贺不得已接受印绶,出来跟儿宽说:我今儿起危了。

三月,上出行到河东,祠后土。命天下百姓聚饮五日,举行祭祀活动,祭自家宗族祖先灶神门神黄鼠狼蛇仙等宅神还可以酿酒,祭完祖、神撤下的酒可接着喝五日。仪式比照腊月祭,可举行驱傩大型巫术。

夏四月,下诏曰:朕用事介山,祀后土皆有光应。其赦汾阴、安邑死罪以下犯人。

汾阴因有后土祠,天子连岁去那里祭祀,免田赋赦罪人,人民颇得利,邻县视为福乡,故多往迁,汾阴人口大增,不法负罪在身之徒亦沓来,争向官府自首,都希望在汾阴服刑。

五月,登记吏民养马数量,从中征调一批看上去彪壮的补充各官府署衙工作用车辕马及部队战马。

秋，蝗虫复起。

贰师将军逶迤西行，通过盐泽，当道小国各闭城守，不肯供给饮食。因轻装行，属国匈骑擅野战，恶少闾里英雄，群架骁将，不习阵仗，攻城多不下。偶有得手，吃光喝净，打不下来，饿上几天，大多散去。

走到郁成，跟上来士卒不过数千，大都饿得拉不开弓。攻郁成，被人家杀出来，打得大败，连退数十里，死伤甚众，在那种野外受了皮外伤跟死也差不多。

贰师与李哆、赵始成商议：郁成这样的小城都打成这样，真到贵山恐怕大家都回不来。乃引兵急还。

入敦煌境，暂时驻扎在玉门关外，部队所剩不过十之一二，马尽亡失。派军邮传书长安，报曰：路太远粮食带得不够，士兵不怕打仗担心吃不上饭，部队还是带少了，宛军强大，不足以拔宛，希望暂时停止战斗，等部队得到补充增加更多人手，再去攻打。

上见书大怒，派使者竖刀横于玉门关前，传上谕：军有敢入者辄斩！贰师恐惧，留在关外不敢回来。

九月，上久等匈奴左大都尉起事而无音讯，认为受降城还是太远，乃拜破奴为浚稽将军率二万骑出朔方西北二千里，计划到龙勒水匈奴东浚稽山，没有左大都尉消息就从那里返回。浞野侯到了浚稽山，引起匈奴警觉，左方各部进入临战状态，左大都尉发动，被镇压，本人受诛。单于尽发左方兵分路突击浞野侯。

浞野侯行进中击败最先到达战场一支匈奴部队，斩杀捕获数千人。随即向南徐退，边走边组织抗击，区域机动防反，退至距受降城四百里，为单于八万骑所围。部队尚完整，食未尽断水数日，浞野侯步行夜出找水，为匈军斥候偶遇生擒。单于见获汉军主将，天未明即令各军急攻。汉军其他将领畏失主将坐诛，彼此埋怨，未能及时稳定部队，进行有效抵抗，致我大营为匈各路劲骑突破，战士没有指挥，人自为战，很多人自行突围，小股或单兵往受降城方向退走，为匈骑逐一追逐就歼，二万久征惯战之卒尽没于乱军。

时天已大明，两军拉拉打打，获胜匈骑已迫近受降城，城头守军眼睁睁看着我军士卒或死或伤或被拖走，不能出城接应。儿单于命匈军续攻受降城，遭城上强弩排矢猛烈倾泻，乃止。绕城入塞，大掠而还。

冬十二月，御史大夫儿宽卒。

65

太初三年，春正月，任命胶东太守李延广为御史大夫。

上东巡海上，考论神仙出没之类异象奇迹，无一坐验。也懒得再爬内些没名堂的山，命祠官宽舒礼琅邪朱虚东泰山。

夏四月，从海上返回，修补增高泰山祭坛，禅泰山脚下石间。匈奴儿单于死，子年少，宗室贵族拥戴他三叔右贤王呴犁湖为单于。

浞野侯军灭是我汉击匈奴以来从未有过大失利，两万强兵整建制被歼对我士气打击之重，影响之深远，虽不能说当前我对匈已失战场主动，匈奴不堪击、匈奴强弩之末、匈奴再无力犯我之乐观情绪为之一扫。

上亦在总提会上小范围认账，我的责任，使浞野侯孤师轻入，过去从来没有这样不议而出，还是形势好就以为一切无虞，麻痹，痛心，你们也没人拦我一下。遂令已撤守北边各戍堡、亭燧全部整治修复，已撤编缩编边防部队恢复原建满编，戍卒登塞。调大批内地新军充实临边各野战军。遣光禄勋徐自为出五原塞数百里，最远千余里，西北至卢朐山，筑城、障、列亭等要塞屏障，而使游击将军韩说，长平侯卫伉屯防其间；又使强弩都尉路博德筑城居延泽上；提高警惕，整顿武备，从前匈奴逢秋必来犯情形可能重演。

秋，匈奴大入定襄、云中，杀吏民数千人，击败我两郡之守所带领地方部队，大掳而去。撤回路上还将徐自为新造城、障、列亭尽行毁坏，涂写骂人话。

又使右方轻骑度漠入酒泉、张掖，掳掠数千屯田民，引起民众大恐慌，扶老携幼十数万人向东逃难。

武威驻屯军军正任文、敦煌都尉任海发兵营救，夹攻右贤王，居延泽路博德部亦南来逆击，右贤王恐去路被遮，丢弃所掠汉人及大部财物，度漠而遁。

是岁，睢阳侯张昌坐太常祭太庙无故不请假不到，助祭酎金亦常拖欠以次充好，免侯，国除。

起初，高祖封功臣列侯百四十有三人。时兵乱方息，名城大邑民亡人散，推开门还能见人民户，十余二三。一百四十三家功侯，大不过万户，小五六百。其封爵誓曰：使黄河窄如鞋带，泰山小如磨刀石，我国永存，爰及苗裔。颁红字地契为信，杀白马歃盟。到此前，百年间，只剩酂侯萧家、缪侯郦家、汾阳侯靳家、睢阳侯张家四户，如今张昌又去，止三户矣。

汉既失破奴军，公卿皆请中止对宛军事，专力对匈。上以宛小国，伐之不下，则大夏等国会越来越轻视汉，而宛马不来，汉马得不到改良，我对胡永远短一截腿，我国使节出去，乌孙、轮台这样愿意与我亲近国家也会疏远，不乐接近，付出大牺牲打通西域将前功尽弃，完全断绝也不是不可想象，为匈奴腾笑。

乃命廷尉按讲过伐宛不便、语辞尤激烈邓光等人，治妄诽罪。

又赦囚徒，动员社会闲散人员及东方各郡边骑，经过一年准备，陆续派往敦煌六万余人，自备弓马志愿从军少年还有不少。又各军抽调带兵多年、久历战阵校尉司马五十余人令俱去贰师将军处报到。动员畜力牛十万头，马三万匹，驴骡、骆驼上万；调拨粮食以千万斛计；刀梃弩弓数十万件，盾矢如垛不问其数。

又派出多批情侦人员扮作行商、力夫随使团出西域，对宛境各城尤其国都贵山进行详尽考察，发现贵山城内无井，饮用水源或高空架槽从冰川雪融湖辗转接引，或从附近河流掘暗渠当地俗称坎儿井地下汲取。又调关东善疏浚河工数千，计划围贵山时开挖暗渠别道，改变水流向，使城中断水，槽比较容易破坏。

再大发戍甲卒十八万屯酒泉、敦煌北，威吓匈奴右方兵。又于河西走廊东段张掖、武威二郡北临大漠线各新置一县居延、休屠，皆屯兵以戒北而卫酒泉。

再大发天下吏有罪者、负案在逃者、上门女婿、游商、以前在市集登记做过小买卖、父母登记做过小买卖、祖父母登记做过小买卖凡七科人，谪为戍人，令各往本县司自首报到，入伍，或为役夫载运粮秣、武器给贰师。又从少府马监抽调两名专为皇帝选马驯马老马官，人称当代伯乐，一拜为执马校尉，一为驱马校尉，令去贰师军，为日后宛国破挑好马未雨绸。

一年间，徒步、拉车、赶车转运贰师征宛军所需军备物资人流车流从函谷东排到玉门西，万里如织。

天下骚动，户户沸腾几与十七年前元狩四年绝幕大出击盛况等。上修书致贰师：我只能帮你到这儿了。

贰师举兵再往西域，此次人多势众，所过小国莫不开城恭迎，要什么给什么，杀牛宰羊搬出酒食劳军。

至轮台，轮台王不知哪根筋搭错了，本来一向对我使者客气，此次误判情况，以为我军远道而来攻打他，上次确实也有所怠慢，去的时候还借麦粉与我军，我军溃逃路经则砸门不应，见贰师至，闭城不出，举国上城戒备。贰师城下呼喊：我，是我。城上以乱箭报之。贰师怒，攻数日，城下，屠之。自此而西，一路无阻到贵山，还是很多人掉队，脱水中暑而亡，六万兵减员三万。宛兵列队出城迎击，我以大黄弩超距离远射之，未接触宛兵即败，溃走入城，闭门坚守。

城高，油锅檑木预备充实，小试略攻，滚滚而下。王恢建议先围而不打，转攻屠我使团劫我金马首恶郁成，拿下余孽，再拿主犯。贰师不听，说宛人多诈，又听说康居已出兵援宛，目前尚留于都赖水上观望，

我们这里打得坚决，康居或别的什么有意援宛周边坏朋友就不敢妄动。咱们也别犯傻，干内冒死攻城徒令军士折损蠢事，传后军，咱们带内几千河工到了没有。

赵始成说到了八百。贰师说叫他们上来，上回他们不是全靠渴着咱们才使咱们哥们儿栽了跟头，这回咱们也让这帮孙子尝尝没水喝嘴里全是干沫子滋味。

于是敲破水槽，在坎儿井里筑坝，反向掘进开出回流渠，安排水车，使军士昼夜踩水车，提水重入高山湖。又使随军巫师跳傩，祈日不下雨。又使军士城下裸身盆浴唱歌做种种爽状，四下泼水，可劲儿造，气城上。

围城四十余日，城中水尽，百姓为争水械斗死，少女为一口水卖身。贵人仕女最后一滴红酒喝下，浑身发臭，满嘴白沫子，嫩牛排刚煎好切开全是血，贵人干咂叽嘴一点进欲没有，有女一把躬起伸长舌舔血。

一帮贵人立城头看汉军士卒玩水，举杯一饮而尽杯中尿。曾经不能忍阴使郁成王杀车令王叔毋恤靡说都怪咱们王毋寡，一匹破马舍不得，又杀汉使，招来一场无由祸，瞧瞧咱们如今过的是什么日子，今还有尿明天不敢想，要去祸，只能杀王出马，汉兵自去。

众人始惊，继而长考，终有曾劝王阻见汉使近臣解离靡开口道：

也只能如此了，一人再重未有国重。

众人即慷慨陈言：要是这样还不行，咱们一起力战而死，未晚也！

毋恤靡说那么谁去、动手呢？

众皆不语。

解离靡说这种事要做，也只能大家一起做，免得有人干净大家不塌实。

众贵人遂歃血盟：一人一刀，哪个不做，第二个就是他。各自割破小手指，自左向右挨个吸吮他人血。

是日，汉军忽发力攻城，覆盾扛梯爬城，校尉赵弟首登外城，宛军第一勇士煎靡战死，余众退回内城。

毋寡惊恐，问众贵人：康居兵何时到？解离靡说要来早来了，突抽刃刺毋寡，众贵人骑跃争上，只听噗噗噗啊呀！毋寡卧于血泊，临终吐言：恨千里马。

是夜，满城举火，汉军积薪烧城，毋恤靡俯内城手提毋寡头示意汉兵，高喊王已死，你们停止进攻，我尽出好马任你们随意赶走，还管你们饭，不答应，我把马全杀了，康居大军马上就到，我们里外夹击，跟你们拼！答应不答应，两条路你们选，走哪条？

时，康居军已至，见汉军强盛，不进，陈兵城西三十里，作跃跃欲探状，这也是汉军忽发作攻城肇因。

贰师问李哆几时可下内城？李哆说今时不行，明儿也未准行，后儿还要看情况。贰师遂奔火堆，借火光跳脚喊：应了我应了，走管我们饭马随便赶内条路。

宛人开城，尽出城中马，整车小麦粉牛羊肉胡萝卜洋葱任汉兵自取，而兵不出。贰师守诺，亦不入城，在城外大营与宛贵人团会商，订城下之盟，取上马七十匹、中马公母各三千余匹。王恢指认贵人昧蔡过往使宛遇劫落魄曾与他有一饭之恩，遂立昧蔡为宛王。

康居闻贵山破毋寡授首，军还。校尉王申生收容掉队散卒千余人，岔道，走到郁成城，向郁成王求饮食医药，郁成王佯许，化装奇袭，尽屠我病疲体弱人员，只走脱数人。贰师命搜粟校尉上官桀率强弩劲卒往攻，老账新账一齐算，郁成王亡走康居，桀追至康居，康居不惹事，将郁成王盛大篮子吊下城。桀亲手绑郁成王，顺手给俩大劈斗，问我们内金马呢？王说化水花了。众军士围殴郁成王，唾骂真特么不是东西！

王半死，桀说将军要活的。乃令止，遣赵弟以帛背缚王，并三骑士送贰师。一路王在弟背哼唧，不时吐汉语给我一痛快的，还呕吐，弟终不能忍，停蹄解缚，掼王于地，抽刀说成全你！劈郁成王，头送贰师。

66

太初四年，春，贰师凯旋回京。将军所过诸小国闻宛破，皆使其子弟从贰师入献方物鸵鸟狮子，朝见天子，愿为人质，学习汉文化。贰师部入玉门，关尉点验：士卒万余人，马千匹，余者皆殁于戈壁盐泽。

部队并不缺粮，沿途又有小国供给，战斗死亡亦不多，部队匆忙组成，人员良莠不齐，军吏临时调来，上下彼此不熟悉，管理不到位，纪律松懈，又缺乏训练，求战愿望高，对战争残酷却无基本认识及心理预判，临战手举刀落，人头落地，很多新兵吓破胆，没打就跑一半。加上路途遥远，环境陌生艰苦，很多部队没经过战斗，自己就走散了。以上诸条是造成部队大量减员物故者众主要原因。上以万里而伐，这些问题都是可以想见的，还是看成绩，故不记主将之过。

封李广利海西侯，赵弟新畤侯。任命上官桀为少府令，其他军吏九卿者三人，诸侯国相、郡守、二千石百余人，千石以下千余人。志愿军所谓奋行者得所封赏皆超过其本自期望。七科谪参加远行者，吏有罪免余刑，在逃犯免追究，商人、祖上曾从商者删除市籍，免终身役，概不另行赏赐。上门女婿没交代，下回还找你。其他士卒赏赐财帛虏获杂物值四万万钱。

朝臣齐贺上：征宛军真是出干吏。

起初，匈奴风闻贰师征大宛，欲出奇兵，击其半道，后又听说汉全国大动员，转车人徒相连属万里，盖视之开往前线军队，以为又是大出击，不敢挡路。

遂改变作战意图，派小股骑兵夜入楼兰隐蔽城中，俟贰师大队过后，打我辎重，劫财劫物以自肥，还是响马作风。（马迁按：响马，典出丝路，时丝路多浮财，各国盗贼云集，其中不乏官军扮匪，专劫过路财，俱各骑马，下手时放响箭为号，故曰响马，响马子；又称马匪。）为打击马匪，保护过往汉使，将玉门关升格为玉门巡防区，管辖范围西至盐泽，日常派巡捕马队在玉门盐泽之间道路不定时临检，关尉高配与郡都尉等，秩二千石，首任关尉李哆，后由武威军正任文接。

巡捕马队夜间临检在盐泽东捕获一伙蒙面马匪，经带回拷问，发现是匈奴右方骑兵，已在楼兰城隐藏多日。任文将此事报上。上命任文下次巡检顺道把楼兰王捕来，送到长安对薄朝堂。楼兰王正搂着妃子睡觉，被汉兵从被窝里提溜出来，蒙上一黑头套夸哒夸哒上马带走。扯下头套已在长安，面前站着天子和一班朝臣。天子说你这是第几回了？上回放你回去叫你好好干，你就这么干的，把匈奴人藏被窝里。楼兰王窝囊得都快哭了，说不是，您不知道，我们是小国，您们都是大国，我不跟您们两边处好关系，得罪了哪头我都活不成。要不这样得了，我和我的国、国民一起儿迁内地搬您这儿来，这样您就不会瞅着我生气了。

上想了想，也是，小国不容易，说我就喜欢说实话的人，你回去吧，原谅你了，但是可是，有一个小请求，你既然能替匈奴打掩护窥伺我们动向，也请您劳神，也替我们打探一下匈奴动向这样说公平吧？

楼兰王说公平，总之我就是两面派当定了呗。

楼兰王回去，匈奴人找他谈话：都跟你谈什么了，怎没打你一顿阿，你小子是不是已经把我们卖了。

楼兰王说你这么说我就特别不爱听，汉天子确实比你们尊重我，我是一个王诶，人家见我就塞东西请吃饭，说理解你，处在那样一个位置，谁也不好对付，谁来了都要支应，没事，匈国人想打听我们情况你知道多少尽可以告他们，千万不要使自己为难，我只对你有一个要求，好好爱护自己身体，你一切好，就是我希望看到的，可以向我保证么，不管遇到什么情况，多糟心，绝对不寻短见。楼兰王说着被自己感动落泪，抽抽噎噎：瞧瞧人家，再瞧瞧你们，净逼我！

匈奴人被说得也有点臊，说汉人有你说的那么好么。起而离去。自此也不大信任楼兰。

自宛破国后，汉在西域威望得到极大提高，派往西域汉使也越发尽职，欺哄蒙赚之辈日见减少渐至无踪。

马迁按：这与国内深推均输法有关，西域贸易已过凿空传销阶段，正进入繁荣期，汉产丝绸逾葱岭行销安息、贵霜、身毒及罗马等域外大国，获利甚巨，桑弘羊不可能任这块肥肉一滴油入别人嘴，已将进出口货物纳入平准司统一定价、统一内外销管理，那些风尘仆仆奔走于丝路衣冠之士名称汉使，实为官商。

汉为保护这条财路安全，开始在玉门巡防区辖内也即玉门至盐泽间建立列亭，派巡捕蹲班值守，首尾相望。又在轮台、渠犁设立屯田办，文职有田郎、武有田尉，统一管理，每办有屯田卒数百，平时耕作，战时操弓，打下粮食除了自己吃，还可招待汉使胡商。

后岁余，宛国贵人又闹事，把国破王死责任推到昧蔡头上，放出谣言昧蔡觊觎王位，谄媚汉，使我国遇屠。还是内帮人，角色都没换，叨恤靡蹿兜，解离靡领头刺杀昧蔡于神庙外台阶，当时昧蔡祈神刚出来。

群贵立毋寡弟蝉封为新王，以其子姑挽入汉做人质，并告天子：汉与宛盟约不变，还是尊汉为上国。

上说胡人的事搞不清楚，不变就不变吧。派出使者厚赂赏赐新王，蝉封重申对汉忠诚，与汉约：每年献天马一对。

秋，长乐宫房子不够住，在后倚儿起明光宫。

冬，上重走回中道。调弘农县都尉治理武关，收取关税供守关官兵吃饭。

匈奴呴犁湖单于死，宗室贵族立其弟左大都尉且鞮侯为单于。天子欲乘破宛之威拍唬匈奴，对匈奴搞心理战，乃下诏曰：高皇帝留我平城之恨，高后时，单于写信侮辱她绝壁悖逆。昔往齐襄公报九世之仇，《春秋》给他很高评价。吾有民有天命，敢不效从？

且鞮侯，老人儿，乌维单于内一辈，经历过大出击匈奴人叫大奔散，有恐怖记忆，初立，闻汉诏，畏汉再来袭，致书上，话说得寒碜：我儿子，安敢望汉天子，汉天子，我丈人行也。

上问御史大夫李延广：这个且鞮侯也是我姐生的？延广说看这封信可能是这么回事。上说不对呀，那为什么又称我丈人，又把我姐娶了？这个太没道理了吧。

司马迁说看来单于身边汉文吏水平也下降，是燕地村人，说的都是燕地老乡话，这个儿子指的是晚辈，丈人指的是长辈，并没有被公主生还娶公主。

天汉元年春正月，上住在甘泉，郊祠太一。

三月，去河东郡，祠后土。

同月，单于尽归汉使不降者路充国任敞郭吉等，派使者入献朝上。上嘉许这届单于懂道理，事儿干得还算漂亮，遣中郎将苏武送汉扣留匈奴使节回国，厚赂单于，报答其善意。苏武与副中郎将张胜及临时随团汉匈同传水平很高通译常惠等一起从长安出发。

在草原上走了十几天，经过数个当年卫、霍鏖战旧战场，往时战云已散，狼烟不再，惟见茵茵绿草场。

到了茏城，就将上馈赠单于黄金丝帛一车车交给匈方接待人员，自己迳去客帐休息，睡不着，还与常惠对了半天，怎么用典雅汉文与单于交谈，既要让单于和他的通译听得懂又要小心不要让他内个不知哪里出身的通译带偏，大家都满口鄙语，而且最好不为其察觉侧面引导单于讲话不要那么卑微，礼敬上国态度很好，话说得大家都不好意思，不符合他的身份其实也降低了我们的身份。常惠说最怕大白话夹着乡俚。

第二天，武等觐见单于，发现单于倨傲，根本没拿正眼瞧他们，嗯嗯哼哼听武滔滔陈辞，常惠字正腔圆翻译，然后一摆手，表示笑纳，抬屁股就——走了。

武问知客官：完了，这就？知客官说完了，我们单于从来就是没废话，什么事一听，知道个意思就俩字，行、还是不行。他也忙，一天见八百个人，什么事都找他，我们给他算了，一天要做七百个决定，这也就是你们，让你们絮叨半天，搁我们，早骂了。

武很郁闷，不知往下做什么，自己这差事似乎再往下也无事可做，似乎已结束，现在回去，刚到就走似乎也、连个回话都没有，似乎也……回去该说他不会办事了。常惠说要是没我什么事，我就出去转转了，老听说茏城没来过，上街上看看有啥东西能往回带，听说皮子很便宜，一件貂才几串钱。武说你去吧。

时，茏城表面平静，私下暗潮汹涌。一些原是匈奴人，后归汉，与涅野侯一起出征被匈奴俘获，现居茏城汉老兵如故浑邪王姐之子大外甥猴王，长水胡骑校尉虞常等经常聚在一起喝酒聊天，聊起在汉过的日子，觉得还是汉好，有铜有地位，而在这里，因为曾参加汉军做了战俘，虽宽大处理没有深究，释放出来也没给任何待遇，令自去谋生，日子过得紧巴巴，有时连酒都打不起，由于穷，思汉，渐生归汉之心。

他们这个小圈子还有一些当初跟汉使卫律来匈公干汉人。这个卫律，也是祖籍长水匈奴族人，因与王温舒有关系，是朋友，受王温舒推荐做了汉使，出使期间，王温舒五族被诛，主动投降匈奴留了下来，跟他的人也一起被留下。卫律很受单于重视，封为丁灵王，国有大事也找他问计。跟他的人没人关照，也是属于自去谋生一类。这次匈奴遣返拒降留匈汉使，人家都高高兴兴回去了，他们回不去，心里难过，本来可过的日子过不了乐，简直一天都呆不下去，是积极策动、鼓吹大家一起想办法，结伙私逃回去主要分子。

这圈子里还一个神秘显赫人物，当今单于之母大阏氏，汉女，不知是二署哪一期学员，入匈数十年，如今年老，思乡心恸，想最后看一眼汉家山水，吃一口面条，叶落归根，埋骨故土。猴王与她熟，能接近她，知她心意，归汉首倡其实是老太太，决心带她走。

虞常在汉时，就与张胜好，两个人是过心的朋友，这次张胜来，就去看望他，两个人聊起往事，巨感慨。

张胜说你要是还在汉，地位在我之上，应该已经封侯了。虞常说不能提，你们回去能不能把我捎上，不声张，就作为你私人随员悄悄跟上走。胜说不好办，匈奴人对我们人数、行李都有严格检查，来几个人几件行李，出去还是几个人几件行李，多出一个人，混不过去。再说，你是匈奴挂了号的人，谁都认得你。

虞常说挂什么号，我一个小不拉子，谁认得我？

张胜说我是副使，还要请示苏武，谁知他同不同意。虞常说老弟弟，不瞒你说，我们是一伙人，一组织，我们有大计划，卫律你还记得么，当初在这儿卖了很多人，我们准备把他干掉，做见面礼，其实只是希望你配合，我们现在主要缺行动经费，将来功成算你一半。张胜说卫律呀，这是上最恨的人，正使降匈第一人，还出卖二署深耕多年几个情报网，很多已居高位老根子都被拔了，要能对他执行制裁，是件好事，很多方面会很高兴。虞常说我是做好必死准备，若我牺牲，我母亲、兄弟还在汉，希望他们能得到奖赏。

于是胜私拿金帛给虞常购买马匹弓弩，为他们设计得手后潜逃回汉路线，都是二署人员进出匈奴秘密管道，沿途有部落提供掩护和饮食。虞常说你还是二署人。胜说不是。这些事都是瞒着苏武暗地秘密进行。

虞常回去并没有打算暗杀卫律，拿着张胜给的金帛和交的关系准备他们自己的事，与缑王说卫律算什么，咱们把单于老妈带回去那是什么劲头。张胜每次问他细节、进行到哪一步了。他都说快了。

后月余，单于出去打猎，家里只剩大阏氏和一些年幼子弟。虞常等人准备发动，跟老太太也通了气，明日天儿好出帐晒太阳，缑王借口去看她，扶她往外多走俩步，虞常等人牵马带车在背静处候着，老太太一露头就赶车过去，接上老太太就走，最好不惊动人，惊动了，一帮孩子，也莫怪老子们不客气，给老太太换装扮作民妇袍子毡帽也全备下了。明日，整是阴天，早起太阳没出来，上午开始淅淅沥沥下起小雨，接着就是暴雨。虞常等七十余人已扮作杂胡老客各藏弓刀散在单于庭附近一条脏街，马集中在就近一家大车店，本来准备就着食摊假装吃早点，时机一到一哄而起，牵马驾车谁在前谁断后已分配到人，一条龙赶过去，一阵风杀出去。未料赶上这场雨，卖早点的全没出摊儿，人人躲进泥屋毡房避雨，这七十来人个个站在街头沦雨就很招眼。内边缑王进去半天没出来，料也是找不着辙搬老太太出来，大伙也是又凉又饿等得焦心，渐渐凑成块堆儿，问非等老太太么现在走还来得及。

虞常说非等，老太太是咱们后半生荣华富贵基本保证，光咱们几个跑回去到了家也得提出来问咱们失军、叛逃等事，最次完城旦舂。这时就见缑王一人从单于庭毡房区客马进出口出来，站马道旁抱肩东张西望，瞅见这儿一堆人，三蹿两跳穿马道奔来，差点让一冒雨疾驶马车撞了。虞常急问什么情况？缑王说还能什么情况，一直陪老太太聊天磕葵花籽等雨停。

虞常说看样子这雨一时半会儿也停不了啦，哥几个，现在就要下决心，干，现在就进去把老太太抢出来，不干，回家等明天，解散。哥几个说没家了，昨儿就吃光舔净把老婆踹回娘家了。虞常问缑王：帐子还有谁？缑王说几个小孩在翻跟斗折饼骑马打仗。虞常抹下一脸雨，说牵马！

一杆子人纵马直入毡房区，拣最大一顶足有三亩地白帐子，挑帘迳入，一眼还没看见人，二眼才见大盘干酪堆、鲜酪堆、奶油堆、黄油堆、干果堆、鲜果堆、果仁堆、羊骨堆、牛肉堆、金奶碗、金茶碗、金茶炊什么的一地吃的用的……后面，坐着的老太太。

虞常蹚着一地盘碗也不顾脚下叮乐咣啷响一脚踩奶油差点滑一跤，下手捞起老太、只有几两重他感脚，夹胳肢窝就又滑一下、趔一个、依立歪斜往外蹚，就听小孩子尖叫，出来发现袍子全扯了，大襟也奔拉了，头还出了血滴一脸，腰眼钻心疼也不知拿什么打的。

出来就喊走走走！催着赶车缑王起驾，自己上车转身放平老太，您坐安稳了，老太微笑说走不了乐。

这才瞧见帐子里小孩全拿着真家伙出来，张弓瞄猴王，嗖嗖排矢射来，猴王才扬鞭就一头栽下车去。

前面毡房区，各户半大小子妇女老人苦怜音色拉全冲出来，刀举着，弓圆着，这时雨倒停了，云还没散，太阳从乌云中射下一道光，人人指间闪闪发亮。

到大人、内些喝得半醉营区警卫驱马提刀赶来，七十来人已全躺地上，大都没了气，只有几个在哼哼，虞常脸扣地被几个小孩踩在脚下，浑身血，在哼哼。

下午，单于庭被抄，反贼皆伏诛消息传遍茏城。正在街头骑乘用品档口挑鞍靴马鞭、马佩簪缨张胜听到店主议论心头一紧，连忙放下手中马鞭转身出了店。

赶回客帐似乎也无什么异样，苏武还在帐中看《论语》。他出门只带一卷书：《论语》；说读经就读圣人原文，那是圣人真心真谛，其他易诗书礼，根本也不是圣人原创，圣人不过编勘校注加按，可着别人碗拣点小菜，也重要，总是差一级；《左氏春秋》比较特殊，算合著，一半是左丘明，谈的是政治、兵道，老年人看了有教益，少年读多了也能从中不学好。余生也晚，余脑子也不够使，五经全通也不是内块料，择其要耳已矣。

张胜进帐子说老苏，我有一件事必须跟你说。就把虞常怎么找他，他怎么应了，现在听说有人闯进单于庭被反杀如此这般抖落个底儿撂。说一定是他们举事未成，如今只能祈太一他们全死，不致牵连到我你。

武说不要抱幻想了，就算人全死，循迹捯根儿也能找到你，我都见过几次那姓虞的小子没事就往你帐里钻，都猜出你们俩在捏咕事，周围这些匈奴警卫拢火送饭扫地浇花草苦怜就算没注意，回头内几位曝尸示众还不都去瞧热闹，还认不出当中一位老来找你。

张胜说我死不承认，反正谁也不知道他跟我说过什么。武说可我知道，谁让你告诉了我，他们还千万别问我，问我就不能撒这个谎，说不知道。胜说苏老！咱们读书可都为了知原委，通达变，万事可圆可抟，遇到事别一根筋，当进则进，当退则退，泰山崩于前要躲，沧海横流要跑，充好汉要看跟谁，你可别坑我！

武说我也不知你读的都是什么书，也没见你翻过书，我读的书不多，就教我仁字：主忠信！敬而信！言而信！五个字：人无信不立。从小我就认为太阳不是红的是绿的，小葱不是绿的是黄的，茄子不是紫的是蓝的，我妈这打我，我从不改口因为我看到的就是这样。胜说你是色盲？武说就说这事，我不可能为你改了为人立世的根本，你也不要担心我坑你，我现在就死让你塌实。说罢拔剑就往喉咙上抹。张胜一把擒住武手腕不使他发力旋而一个翻腕，剑哐啷掉地上。

常惠慌慌张张从外跑进来，脚下忽弹起一剑吓一大跳，说你俩干嘛呢？二人都说没事。常惠说我有一新闻告诉你们。二人都说不必了。

这时又进来第三人，獭帽插匈奴王者白孔雀翎，遍身金绣，行汉礼拱手对武、胜说二位兄长，许久不见，到茏城也不来看我。武、胜皆不语。常惠说您是？

来者说：丁灵王卫律。和你们长官是老朋友，也没分别多久，才两年，没别的事，就想和二位叙叙旧，你们不来看我，我来看你们，请你们去我府上吃饭。

苏武长叹一声：我就说嘛，事必及我，就不必非等到叫人侵犯再死，折节辱国，虽生，何面目以归汉！

旋迅拾剑倒握刃直刺下腹，正中阑尾。律大惊，一步抱住武，跪持于胸，高呼快来人！快快请巫医。

匈奴甲士一拥而入，各各控制帐中人。武血流不止，片刻律襟前袄袖亦尽染血，倾倒后坐，一屁股血。

巫医背小药筐提小铁铲急入，割开地毡，钦钦凿地，修土做成一饼铛状浅坑，又去炭盆取热灰，尽倾于坑，使武反扣，伤处近热灰，赤足蹈于背，使其大出血，曰放淤。武气绝，惠暴哭，被甲士捂嘴掮出。

至日穷，武甦醒。律命甲士出，再唤惠入，嘱小心看护服侍，巫医口嚼草药，烂覆于武腹，言三日可愈闭，五日可起，七日复如初。律命甲士收繫胜而去。

归报单于，单于壮其气节，朝夕使人问候武，送爆肚羊汤大红枣，也是以形补形以色补色同一大养生观。匈奴左伊秩訾辟谷他说单于：此汉人杰，有古义士风，或可为我用，踞中行之上。单于说我也这么想。

武伤情一天好过一天，七日虽未复初确也能按腹缓慢行走。单于使左伊秩訾与苏武交底：情况已经搞清，虞常已交代，他刺杀丁灵王几次都是去使团驻地与副使张胜预谋，资金也是张胜提供，与你从无瓜葛，素未谋面，这点也得到我方洁卫人员证实。张胜亦自供，从未向你提及，首次告知你已是事发之后，我们乐于相信你不知情。使团人员勾结既叛匈又叛汉双叛人员谋刺单于近大臣、王，冲击单于庭，是严重罪行，为审判公平见，现在我邀请你，与我一同会审叛贼。

武随辟谷他同去丁灵王府，进帐见一凌乱人形悬双臂吊于左近，旁跪张胜，看上去还好，止面颊有指痕，垂首凝思。辟谷他指人形：虞常。卫律坐中堂，请武上座，武说我就站在这里。律说单于判决已下，虞常本匈人，为汉张目，叛而复叛，欲使伏弩射杀匈王，复使兵击单于帐，杀单于子弟，劫单于母……

武惊骇怎么还有这事？辟谷他说这些事我们都没对外讲，性质实在恶劣。复听律言：……神人俱骇，天也不许我赦，斩！旁立匈奴甲士旋以高超刀术，空中取虞常人头，无伤咫尺两臂，血喷溅，头滚至武脚前，瞪眼看他。武色变。

律复言：汉副使张胜，身为汉大臣，国之倚干，出使我国，谋两国息戈缔和千年计，亦为单于所重。惟招降纳叛，出金帛以助首逆，假使成，两国元首惺惺善意谅必付之东流，两国必复见刀兵，永无宁日。天容你，单于容你，汉也不容你！今奉天诛，斩！

锵仓，甲士抽刀，胜高喊：愿降！伏乞单于开恩，赦不赦之罪，胜愿残生尽付单于，效犬马，为赎罪。

辟谷他喊：刀下留人。随令甲士架拖胜出：且听单于上谕。转对武说不好意思，使正使大人受惊。

武目瞪口呆，面涨红，潮汐喘，惟喘，不语。

辟谷他说给大人酒，同时示意卫律及甲士出，展毡于地：请大人坐，要不要请巫医？武摇头，并拒酒。

辟谷他说有什么想法？武说仅以个人对此事发生表示歉意，归国一定据实禀报我国君上，定酌以报。

辟谷他说你觉得你还回得去么，有些事当着卫律不好对你讲，单于很生气，单于可说是暴怒，你想想，一国之君，家差点让人抄了，儿子孙子可能让人宰了，老母亲被人劫走，拉到不知什么地方去，汉，法治国家，有这样的事么？武说确也出乎武想象。辟谷他说可天下都没有这样的事！在汉不可能发生的事，在我大匈国竟发生了，下犯上，暴力犯上，在汉，也是不可饶恕天罪，掉的可能就不止当事人一个人的脑袋。

武说是是，是一家，合族。辟谷他说你们作为一个国家派出的使团，一个整体，你的副使，这样高位置一个人做出这样的事，策划了这样久，又出钱又招人，还帮阴谋者规划撤离路线，顺便说一句，张胜为虞常提供的潜逃路线，你们二署秘密管道各联络点、交通站都被我们起获了，站点所有潜伏特工、线人一网打尽，克日押赴茏城，不出意外可能就在近日密审处决。——你作为总负责人，说一点不知情，我们信，贵国君上他信么？就算不知情，就没一点责任么？

武说有责任，责不可卸。辟谷他说我为大人担忧。

武叹气：真要问责，还真可能也是灭族的罪。

辟谷他说有件事我一直没告诉你，其实单于很欣赏你，武说欣赏我，欣赏我什么？欣赏我御下无能，昏昧失察，给国家捅这么大娄子，别开玩笑啦，若有地缝儿我恨不得现在就钻进去。辟谷他说哎——，你钻什么，要钻也该张胜钻，虞常钻。长生天保佑虞常游荡无归之魂，来世做个安分守己的人、与世无争的人，张胜还有机会，可怜虞常今世已了，再无机会。

武说如果没事了，我要回去了，好好想想怎么给上写这份报告。辟谷他说我的建议你会考虑么？

武说什么建议，没听你有什么建议呀。

辟谷他说我还以为你是聪明人，我国单于很欣赏你，你回国吉凶难卜，几乎肯定是凶，如果你愿意留下，我国愿意收容，愿意继续从事两国友好事业，卫律职位让给你；不愿意，不想再面对故国，匈国广大，不在汉之下，想去哪里给你封个万里之王；想留在中枢，赞襄国事，为两国永久和平献策我的职位让你。

苏武始愕然，复惆怅，终泰然，起而拜：感谢贵国单于赏识，感谢左伊秩訾大人忠言，恨不身为匈国人，不得报。辟谷他说这是怎么话说的，国籍还是问题么，没想到正使大人这么一知书明理高瞻远瞩的人，还这么狭隘，执着于族群分别，难道没听过四海之内皆兄弟，普天之下共人类这句也不是圣人言而是各国君子、读书人皆必具有的常识么？否则还自夸什么追真理、求智慧，直与乡妇村夫一个地道黑箱何谈与国君分忧，与天下共命运，彰显贤名于万邦、传万世阿？

苏武说您批评得对，武既不贤亦不慧，就是个乡野村夫，站得不高看得不远，也没读过什么书终生只翻一卷书，不过一知半解，曾经自诩君子，如今叫你一说，还真含糊，也罢，就做我的粗人，只知父母之邦不可违，故土乡音不可改，国君不可违，国事不可违，他国虽好，他国可得富贵，故土虽荒僻，故国虽有凶，再难，再凶险，回国必一死，亦必赴难受死！就这么狭隘，这么不开窍，这么村，身死名陨，乐意！

辟谷他说你再考虑考虑，正式通知你，回国不再是参考项。

归报单于：这小子是个死心眼，估计没戏。

单于说就喜欢死心眼，我偏要他有戏，随便搞一下就上手倒叫我轻看他。于是又要卫律去劝降。

卫律说你瞧，过去我与你一样同为汉使，不过役百人，往来奔驱如犬马，看上去体面，回朝谁都比你大。律是没节操，有负汉室投靠异邦，幸蒙单于不弃，大恩赐，号为王，拥众数万，马畜弥山，富贵如此你是不是觉得很羡慕呀？苏君今天降，明天就和我一样，不然的话，踢踢脚下土：不过去肥土，使草更绿。

苏武说老卫，你这套就算了，太次了。

卫律说老苏，你过来，咱们都是汉使归义将来可共图发展，我认你当哥，咱们结为兄弟，互相罩。

苏武说阿呸！谁要做你哥，回去我妈非抽死我，不让我进家门。

卫律说哥，消消气，你是真不知道这世上最爱你、最关心你的是你弟，你这么不听劝，要不是弟脾气好，跺脚一走，今世你可就想死弟弟也再见不着你弟了。

苏武说我吐！快走吧你谢你了。

卫律说一会儿想吃点啥哥，涮羊肉如何，要不要给你发一本地妞儿，出来这么长时间，嫂子不会怪你。

苏武说哎哎我跟你说阿，卫，你这么弄下去会出事，我肯定是不会降，你讲话结果就是肥土，长草，可你记得么，南越杀汉使结果是什么？国亡被分九郡；朝鲜杀汉使，结果国破，被分四郡。今天我就等着你杀我，看日后匈奴分几郡，到时候匈奴亡国责任就在你头上，汉要通缉你，匈奴遗民也要追杀你，你这区区几万人不够抵挡，吕嘉、毋寡、右渠都是你先驱。

卫律说你也甭盼我不好。回报单于：劝不动。

单于说可能是咱们对他太好了，我听说饿能把最坚强汉子饿成狗。于是下苏武大窖，不给一口水一口饭。天下大风雪，雪花飘进窖，武舔雪代饮，窖有脏旧毛毡，武撕毡以代食，数日不死，单于以为神助。单于真是没挨过饿，即使无毡无雪，几天也饿不死人。

有人请杀苏武。单于说就知道杀，不知还有一条路叫生不如死吗？于是流武北海无人处，给他几只公羊，说啥时公羊有奶了啥时放你归汉。通译常惠等随员分别流放到其他地区，使各自隔绝，不得相见。

四月，长安等地飘柳絮，史官莫名其妙，记为白氅，造成后世误解，以为异常天象。怀疑史官公羊学传人，有意造谶纬象，以呼应天人感应说。

天大旱，已是连续几年干旱。民间有闲言，年号不吉，天汉，与天旱谐音。

五月赦天下。

六月，长安忽起建房风，一家比着一家扩层增高，画栋饰楣。贫贱皆以穿绸挂丝为美，商人多佩玉。

七月，关城门大搜违制建房穿丝佩玉等过奢侈者，皆谪为戍卒，发屯五原。

八月，浞野侯破奴自匈奴逃回，形同乞丐，入城为守城军士呵叱。

是岁，御史大夫李延广不胜任，免。还是从山东调能吏，任命济南太守王卿为御史大夫。

67

天汉二年，春，上行东海，再走回中道。

夏五月，贰师将军广利以三万骑出酒泉，击右贤王于天山，斩胡首捕虏万余级而还。匈奴追击，大围贰师将军，汉军断粮七日，死伤惨重，代理司马陇西人赵充国与壮士百余人溃敌阵于东打开突破口，贰师引兵紧随，乃得归。汉兵物故什六七，充国身被二十余创。贰师奏状请功，诏征充国至皇帝行在。上在西畤接见了躺在担架上的充国，察看各处伤口，嗟叹之，壮其勇，拜为中郎。

汉复使因杆将军公孙敖出西河，强弩都尉路博德出居延，会高阙北千里涿涂山，不遇匈奴，无所得。

起初，李广有孙李陵，当户子，广父子先后谢世，为家中长男，以世家子任侍中，善骑射，爱士兵，常在士兵中嬉笑打闹，同吃一灶饭。上以为有其祖广之风，拜骑都尉，秩比二千石。派他率领丹阳一带楚地健儿五千，在酒泉教习骑射，屯酒泉、张掖以备匈奴。

到今年，贰师击匈奴，上直接下令给李陵，要他带他的部队参加行动，负责护送转运贰师后勤辎重。

李陵专门乘军邮驿车跑了趟西畤总提面见上，看门风大爷已垂老，还记得他祖父李广。李陵进门就给上磕头，说我带的部队都是荆楚勇士，多奇材剑客，力能掐住虎脖子，每次打靶五千人都是十环，我愿意自成一军，到兰干山以南分散单于力量，千万别叫我管贰师后勤，给那些货车当马弁。上说你那五千人虽说按骑兵征召入伍，因为缺马，至今只练过步射，步兵单独到草原活动很危险，我现在也拿不出马配属你，这次出击派出部队很多，也没有更多骑兵调你使用。

陵说没事，不用骑兵，我愿意以少击众，以步代骑，打到单于庭转一圈。上壮其勇，说你要非这么说我还就答应了，不过还是要小心，不要走太远，单于庭就算了，几百里搞一次拉练，也算锻炼一下部队。

李陵得令高高兴兴当天就乘邮车回去了。上下来有点不放心，给驻扎居延城路博德传一道令，通报李陵将出，要他注意李陵行动，随时准备出塞接应。

路博德居居延，与酒泉李陵训练总队部一箭之遥，快马半日即到。路又是李广老部下，做校尉时随广参加诸闻泽战役，以九死一生闻名全军。广在右北平做太守，路博德接其后任，在其任立大功得侯。只是旋又因治军不严，属下两个县新兵因老乡受辱大规模械斗，死伤多人，一时轰动为全军丑闻，坐渎职失侯。

于今见老长官孙来到河西，隔不三五日就要看望一下，小聚一下，喝个小酒，关系十分密切，陵亦尊博德老叔，事事请教。得上谕命他关照李陵，博德立刻去看地图，心里还是不以为然，觉得李陵少年逞强，上不该令他孤军出塞，还是步兵，新部队，没跟匈奴交过手，连胡角都没听闻过，这几年与匈骑交手，深感今日之匈奴绝非昨日之匈奴，打仗越来越狡猾，每集中重兵突袭我孤军，浞野侯就吃了大亏。他这里守备任务也很重，贰师出征又把他几个最能干校尉抽走，万一李陵遇重兵，他这几个人几张弓能不能救回来也还两说，没准儿把自己也搭上。越想越不塌实，连夜上奏，奏曰：今时已近秋，匈奴马肥，跟他们打仗占不到便宜，不如等到来年春，我和李陵一起出击。

上这里是一盘棋，知博德言之有理，但是可是，不能采纳，心里也不认为李陵敢跑多远，就在家门口转一圈谅也不会出什么麻烦，于是索性撤销路博德援陵命令，改使他出居延，向戈壁阿尔泰以北涿涂山方向搜索前进，去配合公孙敖将要开始、会师目的地同一的行动。但是还是，暂时搁置了给李陵的出动命令。

说这话时是五月末，贰师很快……说败退回来也可。孙敖、博德两路出击，梭巡月余，千里无功，六月末、七月初也各自返回出发地。

博德回到居延，李陵还在等出发令。酒泉驻军各单位为博德举办洗尘会，会上陵酒后问博德听说老叔不赞成我的兵出塞，给上写奏阻拦。博德一瞪眼怎么啦，有这事，你小子别不知轻重，出兵不是围猎，匈奴也不是虎狼走兽，只有牙，任你射杀，没有骑兵伴随，各部队协同，现在问我，我还是内句话：不妥！

小李陵碰一鼻子灰，回总队部生闷气，心想加幻想，什么特么骑兵，还别叫我出去，别叫我遇上单于，我万箭齐发，一次齐射就是五千骑，两次就是万骑，每人三十发，匈奴没兵了，匈奴问题解决了，到时候拿酒去敬老叔，看他怎么说。想到这儿自己也觉得好笑，洗洗睡了。第二天继续投入步射训练，喊出动员口号：大伙好好练，晚上有肉吃，骑兵瞧不起咱们，咱们可要给步兵争口气，看他们马快还是咱们箭快！

秋九月，河西屯区一片麦黄，训练总队的兵分散于广阔田野帮助同样也是兵的屯田卒收麦子。除上门女婿小商人包括犯罪分子多数兵在家也是农人，只是种的是稻子，脚经常要插在水里，腿会爬上蚂蟥，好多兵割着麦开始想家，总队各曲屯连续会餐几天，吃着新麦蒸的馒头烙饼掉眼泪。命令下来了，著令李部即日携全部装备向居延塞遮虏障集结，前出龙勒水实行域外跨沙漠、戈壁、干河、草原不同地质条件机动实兵实矢演练暨武装侦察、巡边，熟悉战区地形地貌，了解掌握民情敌情。你们须对敌右方兵保持极高警惕，遇小股扰边马匪坚决打击歼灭。敌骑多，有主力样子，则以保全部队为首要务，坚决转进我边强弩射程内，依托我边与敌交战或迅撤入塞。绝不可浪战！绝不可渡龙勒水！著叫李都尉切记，切切！！！大汉皇帝印玺。

李陵迅速收拢部队，未等秋收人员全部归队即征调运麦草大车数百辆装载士卒二千轮蹄化向居延城开进，余者令随集中随跟进。抵居延已是次日夜，路博德出城相迎，见李陵虽疲惫精神尚饱满，说你行动很快呀，我这儿刚接到命令你就到了，以为怎么也得明天到，营帐正在布设，大批正在出库，恐一时安排不下全部。陵说不麻烦，我部入夏即全员拉出野外露营，入冬才回营房，住宿可以自己解决。吃饭也根据总提要求，隔月吃冷食，平时就储备有干肉干馍，这次出动已全部分发至个人，所以一切不劳地方，只要告诉我们水源在哪里即可。博德说你现在这些人是你全部实力么？陵说我一接到命令就出发了，其他各部将在今夜陆续到达，明天完成集结。博德说你准备什么时间出塞？陵说现在是丑时六刻，我准备辰时六刻出发。

博德说两个时辰以后就走，不是明天才完成集结么。陵说我先走，在塞外等部队。博德说嗯，我辰时六刻来送你。陵说其实也不必，我只是简单休整一下，也许还提前走，我们回来再叙吧。博德说也好，皇帝命令你也看到了，老叔就不多说什么了，眼下秋熟正是匈奴积极求战季节，出去多加留意，我会派骑兵一直与你保持联络，狼粪多带一些，必要时可升烟报我，我的部队也从今夜进入戒备，随时可出动为你后援。

陵说老叔放心，我会结阵宿营，远放斥候，不越龙勒一步。博德说一切顺。遂与陵击拳撞肩作别。

博德回到营中，夫人随军也还未睡，说见到孩子了，一直想出去今天遂愿了。博德说口气很大，已经管我叫地方了。年轻人，热情高，想得很周全，困难估计不足，把步兵当骑兵带，什么都背在身上，我观察了一下他的单兵全部负重，刀弓矢弩加上二十天口粮水囊其他零碎，至少七十斤。这个天虽说已入秋，白天走起来还是很热，背这么多东西体力消耗很大，我看他也走不了多远。夫人说年轻人，哪有不热情的，周全就好，你年轻时不也这样，睡吧，再不睡天亮了。

博德躺下刚睡着又醒了，还是放心不下，一个人上了城，天已由黑变灰，闪耀星河反倒暗淡，天边渐露鱼肚白，一队军人兵器铿锵疾步攒行出城北去。

李陵率部至龙勒水，沿河流走向曲折迂回，忽西忽东，忽退忽进，演练各种情况下遭遇战，全员始终保持临战姿态，弓挂弦矢在握，刀戟横于前，徘徊眺望莽莽北方，除隐隐似卧浚稽山，那是涅野侯兵败的地方，余概无所见，连一只羊、一匹马也没瞧见。

二十天拉练结束，向东返回受降城，只有几个脚打泡的，在那里放士卒歇脚。公孙敖设五里烤全羊犒劳李部全体士卒，陵欣然入席，说与孙敖：我亲眼所见，龙勒以南无匈奴一马，可放心出入，我要向上请求，再走远一点，到浚稽山，祭奠殉国将士。其实我以为我们可以把障塞再往北放，放到龙勒水，那才是我与匈奴自然国界，天生屏障。我要找几个会画图懂勾勒的人与我同去，把那里地形绘回来，你造城有这样的人吧？孙敖说有，我手下一个叫陈步乐的人一直负责工程，回头我叫他找几个人，工匠就可以吧。

李陵回营给上写奏状，报告太平无事，上也很愉快，回书嘉勉李陵办事小心，不但具乃祖之勇兼具程将军审慎，未来可期。将边障北移数百里，不是一个点的事，是一条线，一个面，要动都要动，不过可以先把地势画回来，再议。

陵蒸馍晾肉，积极准备二次出塞。这边居延城路博德终于松口气，部队秋后一直戒备，很多家在乡下军吏秋收假没放，现在可以放回去看看了。士卒也辛苦，夏天远征涿涂山，回来又为李陵备勤，神经一直绷着，虽说改元，把年挪到冬至后，大家还是习惯十月是年，九月心气儿就散了，部队养的猪羊也肥了，到日子不宰，伙房菜单要改，很多曲屯根本没预备十月料草，猪羊嗷嗷叫。行吧，就算秋收祭吧，在家为民，这日子口也要锅里有肉，肚里有油，就给部队放了大假，许喝酒。

十月，陵出受降城，一路西北行。浚稽山距居延、朔方各千十百里，受降城只是一半之程，陵部下皆为步卒，急行军十日可到。绿洲之上，满目秋阴，出戈壁干河，胡地草原蜡黄如梳，人行其中，似闻牧歌长调，风向一转又失音了。倏尔面颊一凉，胡地已飘雪。

陵行二十日，至浚稽山。

浚稽山，远看似卧女，近觑乱石堆，山不高，大概是燕然余脉，且风化严重，在内地只能算个峁，一道梁子，中间有隑断，宽阔可列兵，东为东浚稽，西为西浚稽。梁上无树木，止乱石中生出簌簌丛丛荆刺矮草，时已秋深，皆枯败。

陵在两山间连大车扎营，一部驻水上。与部众登东浚稽，极目四眺，所见皆天极，浮云若腻脂。

陈步乐将所过山川戈壁绘青绿山水画，展长卷与陵通观，陵觉上佳，命步乐乘马独返，尽快送图画回国，面呈君上。自己则与部卒拣碎石，聚砾为塔祠，洒水浇奠，合十向北遥祭，祝曰：战友们，我们来看你了，今四夷皆平，四海安宁，你们可以安息了。礼毕下山。

步乐马上数日，至西畤，面呈戈壁阿尔泰形胜图，报曰：陵率得力之众登浚稽山，死效天子国家。天子甚悦，拜步乐为郎。

就在步乐返国二天，部队晨起跑操，陵领跑，竞登东浚稽。几个战士脚健，中途超陵，先一步登顶，上顶皆木立。陵喘淋后至，笑说你们傻看……后半句没出口，人亦木立，昨日荒邈无垠广大空天地，眼下遍布牛羊马，只只白帐到天边，女人弄烟，孩童狗在跑，男人牵马持弓在集合，有数十骑已向浚稽山驰来。

陵急返身，挥手低喝欢腾笑跃迎头奔来漫山徒手卒：全体！下山！准备战斗。

士卒蜂回营，持械列队毕，断隘北已烟尘蔽日，马蹄如鼓，匈骑大入，源源滚滚。单于将三万骑至。

陵引卒沉着出营外，横列简易李牧阵，前行持戟盾，后排持弓弩。匈奴见汉军少，直冲过来，陵为首持戟搏击迎战之，千弩齐发，千骑倾倒；二发，再倾千骑；三发、四发，无不应弦而倒，顷刻积尸如丘，余者纷走避，前急退后更后退，各各掉不过头挤成一疙瘩，旁溢四上山，悬梁走马数千骑。汉军连击鼓，全队扑出向前，戟戮刀砍，顿刻斩首数千级。单于大惊，说左右：汉兵凶强如此，万骑不足当。乃召左右方兵八万骑，往浚稽山，会攻汉军。

陵且战且南行，连日连战，卒中矢伤，伤三处乘车，伤两处推车，仅得一创，持兵器战。打得单于不敢近前，只在一箭之外，勒马招摇紧咬不舍。数日，陵退无名山谷中，左方兵至，复与大战，射杀三千人。

引兵出山谷，转向东南行，循小茏城故道，欲往受降城退。四五日，失道入大泽芦苇中。苇密多泥沼，匈骑不得入，数千人隐于内，马上观不见其踪，失去前进方向。单于乃命上风纵火，陵亦令军中纵火，烧出空白地，其踪乃现。匈骑主力机动，结阵东南。

复南行入山下胡杨林中，为匈奴围，单于立南山上，命其子率甲骑冲击陵，陵军步卒绕树与甲骑斗，复斩数千人。发现单于白旄白马显著目标，瞄白马发连弩远射之，单于惊下山。当日鏖兵，捕得匈奴骑将，供曰：单于动摇，说这是汉精兵，久击不能下，日夜引咱们南行，别是有什么埋伏。有退兵意。诸王当户大将皆不甘，说：单于您亲率咱们大伙数万骑击汉数千步卒不能灭，这要传出去，以后没法再拉音色拉去汉边打仗，汉也会更轻视咱们。现在距山口还有四五十里，再加一把劲，实在打不下，出山到平原，再撤。

匈军吹角联络，催促各军加紧进攻。匈骑攻势如潮，一日涨退数十波次，复遭杀伤二千人。匈军各部势颓，已有失去战斗力裨王自行退出战场。这时陵军内部出了叛徒，曲军候管敢丢弃伤员受部校尉成安侯韩延年拳击，威称归汉必交军法治罪。管敢畏诛，乘乱伏身尸堆作死状，部队远离，起而降匈奴。尽告军情于单于：这个部队不是正规部队，原是驻酒泉训练总队，全是新兵，指挥叫李陵，是李广的孙子，小孩子，军崽儿，靠祖辈功劳才得到这个位子，自己也没打过仗，就知道蛮干，才使我们这些倒霉跟他的人落到这步田地。这次出来是也不是什么作战行动，只为窥伺贵国边境绘地形图，本来已经打算回去，碰到你们，也没有什么援兵策应，就区区五千人，打了这些天，大部分兵已带伤，勉强行走，而且箭已经快用完，只有李陵所带八百人及成安侯韩延年内个王八蛋手下还剩八百人，能战斗，二人并为军先锋，以黄白旗相识别，应派骁骑神射手专打黄白旗，汉军即破矣。

单于得管敢复振，又得右方兵数万骑新至，皆生力军，使新军全部投入战场，占据两面山，迂回南向鞮汗山口阻断陵军归路，居高临下，四面急射，矢如雨下。并使叛徒管敢至前沿喊话：李陵、韩延年快投降吧，单于优待俘虏。成安侯韩延年，南越死国事韩千秋子，因父功封侯，脾性劲头也像他爸，不在家里当小地主享福，偏要追随好哥们儿李陵出来打仗，属他能咋呼，敢骂敢罚，带兵也确实需要这么一个人，听出管敢声音不敢相信自己耳朵，与李陵说：完了，都喊出咱俩名字了，咱们这点情况匈奴已然了然，也只能追随我爸，来年让我儿子祭我周年了。说完仍奋力格挡，带队冲杀，未到鞮汗山口，出受降城全军所携一百五十万箭、人均三千箭皆尽。四围匈军见汉军不还射，山呼雷动，皆欢曰：汉兵矢尽！围攻愈踊跃。

陵即命弃车，士卒连伤员尚存三千余人，刀皆卷刃，拆车幅直木为武器，军吏持所佩尺剑逃入峡谷。单于从后面杀来，匈军从两壁悬崖推巨石落谷塞汉军去路。士卒尤奋斗，不敌劲弓快刀，仆伏多死，部队寸步难移。天入黄昏，陵便衣独步出队，令左右止步，说：不要随我，大丈夫独取单于耳！消失暮色中。

良久，乘月独还，叹息说：兵败，就剩一死。于是下令烧毁所有军旗，部队所携用于赏赐士卒收买外国边民金帛、军官所佩勋绶、扣、勾、挂及射决等金玉骨器、都尉银印皆掘地深埋。再叹曰：要是再多三十支箭，我就能打出去。赤手空拳，再打下去，天亮只能坐等被人绑起来。现在做鸟兽散，分头突围，也许还能有人侥幸逃出去，向天子报告我军最后情况。

于是令仅存军士每人分二升干馍，山间早寒，夜间温度下降可使血凝，溪流沼池皆存冰，各取一片冰，约定丑时一刻各自入山，如能突出去在遮虏障集合。

夜半荒鸡，击鼓叫起床，鼓破不响。陵与韩延年俱上缴获胡马，壮士跟从者十余人，踏石逾垒出鞮汗口，向南疾走，匈奴数千骑追赶，近塞百里，为匈骑复围，里三层外五层千层饼一样包得严严实实，皆引弓待。延年怒与壮士共赴之，万箭穿身马倒死。馅儿中只剩陵一人，陵三叹，无面目报陛下！遂下马降。

后经步量，鞮汗口距遮虏障百八十里，那里发生战斗，塞上可见半边阴天。分散突围陵部军人逃还障者四百余人，皆报陵与成安侯战死。博德以战死上报。

上甚悼之，亦深怀之，赞曰：两个人都是祖孙、父子相继殉国，两代英雄。正酌定如何恩赏后人，匈奴内边祝捷消息铺天盖地而来，闻陵独活，降匈奴，怒甚。问陈步乐：你说的死效天子国家呢？步乐无以对，自裁以谢。问群臣，群臣皆云：当以叛国论罪。

太史令司马迁挺身出，放言：陵事亲至孝，与同样地位朋友交往也是诚实有信，人品没问题。常奋不顾身以殉国家之急，万死不辞，这是他素来以往给人的印象，像他祖父一样有国士之风。今为国远征，为贰师分兵，解贰师之患，独孤求败，丧五千子弟，身陷胡尘，此军人之大不幸也。而全躯保妻子之臣遂群起而攻，构诋夸大期陷重罪，无外欲使其人不仅身败而终名裂，被扫进历史狗屎堆，诚可痛也！让我们来看看事实：陵提步卒不满五千，深入蹂躏戎马之地，抑控格当数万之师，匈奴救死扶伤应接不暇，不得不悉举引弓之民，倾一国精锐共围攻之。陵转斗千里，破单于师，丧单于胆，矢尽道穷，士张空弩，尤冒白刃，俱顾北，争死敌，这是什么精神？这就是伟大的战士精神！能使蛮乡之民，上门女婿、小商人、犯罪分子、朴讷短见视野不出老婆孩子一头牛惟图小收坐丰年之世代农人一变而成死士，国之大腿，虽古名将不过如此也！今其人虽身陷，然其所摧败、所建之功，亦足彰表天下，当兵就要这样当，打仗就要这样打，只会打胜仗，优势之下乘其危席卷其师不是好将军！其实我跟他不熟，只是同在侍中点头之交，我也看不惯年轻人张狂拿性欲强当有豪情，臣今虽为文吏，班列卜祝，祖上也曾使军，也曾有光荣和耻辱，深知军人不易，战士尤危，今天鲜花笑脸，明日钳发枷身，哪个军队不打败仗？哪个战士不曾忍辱求生，万矢阵前，求死易，求生难，若军败即为叛国，被俘不死即为失节，那就等着看吧，陛下百万雄师，皆是今日之干城，明日之叛贼！在家蹲着当然好说硬话，遥指千里当然用兵如神，臣万般能忍，实不能忍往军人头上扣屎盆子，千罪万罪，罪不在军人。踌躇再三，不得不出来说几句公道话，虽然明知讨人嫌，请治诬妄。

马迁话音甫落，群臣叽叽喳喳前仰后合皆戟指忿言：你你你我我这这这那那那……

上说都闭嘴，我来回他。老马，你今儿算是把所有人都骂了。你为军人说话，很好，但也不能理都让你一人说了，先让我们讲清楚，这事无关军人成败、战士荣辱，不要上来就扣大帽子，好像我们不为军人着想，不知军事万难，只有你一人为军人鼓掌，为军队喝彩。我们只摆事实，看你说得在不在理，你说李陵独孤求败，乃是救国之急，解贰师患，我且问你，贰师五月出兵，李陵十月远行，中间隔着小半年，贰师早就回来了，奖也奖了，罚也罚了，分兵解患从何说起？你们家打仗头半年出一起，后半年出一起，后半年是为前半年铺垫？你根本是不了解情况，李陵出兵之时，贰师无患，国亦不急，纯是练兵再有为匈奴浚稽龙勒地区绘地形图，自己强烈要求。这个屎盆子扣不到任何人头上，只能扣你自己脑袋上。此其一。

二，兵无常势，胜败唯其常。敢打败仗，败而不馁，屡仆屡起，也无关好将军坏将军，每个人既决心从军，拿军事生活做一辈子事业，都要过这一关。打败仗也分情况，执行上级指示，按上级命令行动，面对优势之敌不动摇，坚决打，丧师亡军，全部打光，好样儿的！他们家老爷子几次遇到这种情况，比他打得还惨，我说什么了？你也不要讲人家是以优势之兵乘其危席卷什么，人家内个优势是自己打出来的，拼出来的，没有几个硬仗，流血牺牲，身被重创，全军残破，就没有最后你才看到的席卷！永远打败仗的将军在你眼里就是好将军吗？为败将讲话，勇气可嘉，其心也可对天地，昭日月，那也不能踩一个抬一个，就事说事，就人论人，别扯别的，在你们为什么就嫩么难！此其二。三，别人都是全驱保妻子，就你不是，满朝小人，就你一个大公无私，就你公道，就你光荣，连我这个皇帝都是只会用小舅子，拉别人做垫背。

马迁说我没有这么说。

上说这还用说么，还要怎么明说，你就别不承认了。李陵打得顽强，以一己之勇对匈奴全国之兵，身陷重围，力战不屈，屡围屡出，以步斗骑，不落下风，确是战争奇迹，老实讲，比他爷爷打得好，卫霍遇此也不会比他做得更好。我都看到了，我不是睁眼瞎，坐在家里讲大话用兵如神，使军如数钱，只看赚赔。

马迁说我说的真不是你，你老往自己身上扯别人还怎么讲话。

上说但是可是，一码说一码，功是功，过是过，功不掩过，过也不是一无是处，我从来就是这么看待事物，看待自己，和对人。李陵的行为在这里我先不评价，兵败不可耻，被俘亦不可耻，可耻的是什么，你我心里明白。不是你一人对李家有感情，我和李家关系比你深，我、不说了，说了伤感情，换你，嘻！也不要光我们俩说，大家都说，把问题讲清楚，对事不对人，谁也不要蒙混过去，最后又是一笔糊涂账。

马迁说我以为李陵不死，是为了将来适当时候，还是想以什么方式、用他的方式回报我汉，他的故国。

上说喊。

群臣说：喊！请下廷尉。

上说这时下廷尉，好像不让人说话。

68

十一月，下诏禁止在道路上烧符、摆树枝、石子阵等巫术。关闭城门，在京师大搜奸人。

渠黎六国使来献，没有请他们吃大宴，参观府库。

泰山、琅邪群盗徐勃等占山攻城。东方盗贼蜂起，吏民益轻法，巨匪群至数千人，攻城邑，夺官府武库兵器武装自己，开牢释死囚，绑缚郡守、都尉游街示众，杀二千石。小贼或百人，掠掳乡里，不可胜数。

关东水旱路一时不通，漕粮、均输皆中断。初使御史中丞、丞相长史督导郡县派吏清剿，弗能禁。乃使光禄大夫范昆及曾任九卿张德等著绣衣，持节、虎符，发野战军击巨匪。斩匪首等下万余级。为贼坐探、提供饮食住宿等通贼连坐者，贼情严重州郡也诛杀了数千人，著名匪魁皆伏法。小贼顽匪窜逃险山僻泽复聚党，群居盘踞肆出打劫，则无可奈何，剿不过来。

于是出台《沈命法》，其中有法条：群盗起，不发觉，发觉而不去追捕，超期才捕到，未能尽捕有走脱网漏者，二千石以下至小吏，所有承办人员皆处死。

此法一公布，小吏皆畏诛，虽有盗不敢报告，怕捉不到，坐科触法牵连到郡州，郡州亦并坐不敢说，隐瞒不报。故盗贼益多，上下相瞒，以文辞避法焉。

上委派暴胜之等为直指使者，著绣衣，执斧杖下各州郡逐捕盗贼，杀坐法瞒报刺史郡守二千石以下尤多，州郡震动。济南人王贺亦为绣衣御史，在魏郡捕盗，因许多盗贼原是良民，生计破产铤险走为盗，虽不是犯法理由确也有值得同情案由，故每轻纵，违规释放一些人，以奉使不称职免。贺自嘲说：我听说活千人，子孙有封，今我活万人，后人看来要发达了。

下诏关都尉：今豪杰多远交，依东方群盗，其谨查出入者。

日碲报太史令求见。上说请他进来。马迁本来消瘦，如今憔悴。上说怎么样阿最近。迁说还能怎样，压力很大，饼妹家里天天抱怨我乱讲话。哭，不愿见人，觉得街上人都在议论她老公，议论她们家事，我说我没那么重要，不听，夜里不睡觉，也不让我睡。

上说该讲的话还要讲，夜里不睡，是睡不着还是不想睡？迁说睡不着也不想睡，一合眼四壁浮动，说这个家眼看要散。上说这个要重视，睡不着有可能是焦虑，要不要我推荐一个方子给你，本人亲测，有效。

迁说邻居介绍了一个道士，推荐了一道符，化水喝了能睡一会儿。上说你告诉饼妹，问题不大，能解决，我给她打包票，脑袋掉不了。迁说最好你亲自跟她说，我说什么她都不信最近。上说行，乃天你带她来，我当面跟她说，整好小卫想问她，烙葱花饼面到底是用温水还是清水，她胡弄几次效果都不好，不是咬不动就是不起层。 马迁说不起层是没刷油，一半清水一半温水这个我知道，面要软。上说最好当面示范一下，否则永远学不会。下个月，还是再下个月，你定日子，就咱们几个，到我这里来，任安你认识吧，北军护军使者，说跟你很熟，再叫上一个他，没别人。

迁说叫谁都行，我跟谁其实都没什么见不了面的事，都挺好，我现在也想开了，干嘛呀。上说不叫别人，人多不好讲话。迁说能不能就最近呀？上说最近我比较忙，你大概也听说了，关东出了一点事，大部分已经解决，还剩一个尾巴。迁说我这次找你，其实也是饼妹逼我来，就想问一件事，我的事到乃一步了？

上说最近真是没再谈这个事，你干什么了，王卿怎么对你嫩么大意见。迁说我都不认识他，朝中见面只是简单打招呼，底下都没喝过酒。上说按说这个话我不该跟你讲，没想到这么多人不喜欢你，坚持下廷尉，我都很意外，原来以为你碍不着他们，当然我都给挡了，下廷尉，好人也要问出事，暂时留廷议。

迁说只能说我自己很多地方原来做得不到位。

上说只跟几个人好，合得来就往一起凑，合不来就不搭理，可能也是问题。

迁说是是，没想那么多。上说我意思还是再放一放，当着人都讲了，不许混过去，立刻就收回，好像也不太好。可能我主意有点馊，你现在去走走，上人家里去看望一下人家，给人提点东西，我也不太懂这些事，没干过，不知怎么叫合适，是不是会起点作用。

迁忽有点忸怩，说我写了点东西，想给你看看，当面实在不好意思，说不出口。说着从袖子里拿出一卷竹简，放在上面前：你抽空看看，行不行，意思到了没有。上说给我写的？什么东西还要写不当面说。

迁说你先看，看了再说。我告辞，还要买菜，最近做饭都是我。迁未出司马门即被日磾唤回，说上有话说。迁复至，上面前摊着内排竹，说这算什么，自贬请谪书？我还没见过这种文体。马迁说是我对问题一点认识，算是对自己言行剖析、检视查举发微书。

上说检查？迁点点头。上说也是饼妹叫你写的？

迁说我自己也想写有这个冲动，感觉苦闷，写出来也等于梳理一遍。上说首先说写得好，文采斐然，自马相如后，未见如此好文章，金句琳琅，"人固有一死，或重于泰山或轻于鸿毛"，名句，可传于百世；"究天人之际，通古今之变"，金句，传百世；"士为知己者用，女为悦己者容"，金句，百世；"猛虎在深山，百兽震恐，及在槛阱中摇尾而求食"，银句，十世；"勇者不必死节，怯夫慕义，何处不自勉"，铜句，三世。再者说、哎呀，我都不敢说了，一说好像是待你苛严，挑剔你，我们俩的关系现在很不正常，话出口就变味。

迁说你说，我愿意听。

上说你是很顽固的人我发现。迁说哪里有，我都做了检讨，自己毛病也都提到了。上说是啊，"绝宾客之知，忘室家之业"，这其实也没什么不好，我倒希望你们全这样呢。"一心营职"，这个大家都看在眼里；"亲媚主上"没觉得，我也不需要。我说你顽固你也不要往心里去，内件事其实还没定论，也许你说得对，我也从未怀疑过你出此论全系公心，暂时先放下不做处理我已经决定。迁说我的事么？上说李家的事。我们这会儿全都是就事论事阿，把未来想得太悲观了，已经跟你交底，不会不可收拾，你可以继续完成你的伟业，顺便问一句，已经完成本纪十一，是不是就差我这一纪？世家二十、列传五十，你打算写多少篇呢？

迁说看情况，能活多久，才最后有多少篇。

上说必须活，你不活我也要生拉硬拽逼着你活，大家都等着看呢。你千万千万不要往心里去，我们私下讲的话只是对文理摘句即兴评论，决不代表我对你个人评价，我现在说话也特么够累的。迁儿说你说。

上说我发现你人生观还是有问题，特别不喜欢"古者富贵名磨灭而倜傥非常之人著称""一个人最重要的是不辱祖先""取尊官厚禄，以为宗族交游光宠"这几句。还是太想出名，还是有人前显贵之想，这和"藏诸名山，传之后人"其实有一点冲突你觉到么？

迁说所谓传藏其实也是为出名，臣确实这点俗念不可免。上说我好像是跟你还是跟谁聊过，百世又怎样，万古又怎样，万古之后嘞，人类不存在之后嘞？

迁说你到处讲，不止一次听过。

上说我的意思是人活着是要有追求，当世出名那就基本等于逐利，今世无名传之后世，略高级，也没高级到哪去，都不属终极既往。何谓终极，今天不展开。文章重精魄，辞句再精淘亦不过俏饰，吃饭交游有味道，无外故人隽语，灶台油烟；长者气短，用字俭省，不著一字尽得风流没那回事，不过庸人外行捧场。精魄以壮阔见稀，愈阔愈致远，远到旁人无从下嘴，是以文章立，咱们说的是技巧，马相如代有而你不世出，你以为如何？迁说除对某谬托，不能再同意了。

你大爷！上转而怒喝一小黄门：叫你绕廊子走，别从窗下过，你非从这儿走是么？

是岁，以匈奴归义介和王成娩为开陵侯，领楼兰兵击车师，匈奴右贤王数万骑救之，成娩见形势不利，全楼兰兵返。

69

天汉三年，春二月，御史大夫王卿有罪自杀。以执金吾杜周为御史大夫。（刘彻按：执金吾即原中尉，太初元年我把名改了。）因对马迁抱怨：你现在也不加按了，都得我自己写，你写史还是我写史？迁说都写。

因催上：王卿死了，杜周任命刚下，还在熟悉情况，赶快趁这个空把我内事办了行不？上说马上办。

未几日，兴冲冲把马迁叫去，说妥了，辩穷诬罔，殊死。可赎。比李广。怎么样，赶紧回家叫饼妹把攒的私房钱拿出两万五千铜子儿，这事就算——平了。

马迁面如墙灰，半晌说：没钱。

上说怎么会，这点钱拿不出来，你比李广还穷，他们一大家子，你们家没老人，孩子都大了，出去了，就你们两口。

马迁说李广二千石，月俸六千五，我六百石，连他一半还不到，他还有其他进项，我清水工资，我们还得吃饭呢，两万五，我这辈子都没见过。

上说你新令，老爷子三十年老令，加上年资，十年前我记得就涨到八百石，就你一个儿子，没点积蓄？

马迁说我们还得修房呢，我们还得穿衣裳呢，还得娶媳妇聘闺女，还得换衣裳，还得买被褥，买鞋、买帽子，还生病，买药。我不交朋友就因为人家请我，我没钱请人家！饼妹多少年了想再要个孩子，不敢应。

上说没想到太史令这么穷。这样，我想办法，你别管了。

马迁说如果你的办法是你掏钱，这钱我不能要。

上说算我借你的。

马迁说借也不能要，请你给我留一点自尊，我就这点可怜的不值钱的东西了。

上说自尊重要还是你的大著重要？

马迁说我翻来覆去想过了，如果这点可怜的自尊都不许有，什么史记，大著，传之后世，可以不写。

上说你说了不算，你回去跟饼妹商量，我听她的。

马迁说我们家小事听她的，大事我说了算！

葱花饼局说了几个月都没下文，上对卫后说你去请饼妹马迁两口子，明儿我就要吃葱花饼。后说任安叫不叫，原来定的有他。上说不叫了，就咱们两家。

明儿，马迁两口子来了，饼妹眼皮子浮肿。饼烙得很成功，层多焦糯，话题很沉重，上把二斤八两黄金，两整块一半块，码小饭桌上，说拿走，一风吹。

饼妹瞅了眼金子，没伸手，说我们不能要，昨天我和迁儿唠了一夜，我同意他，别的钱能拿，这钱不能拿。后说我不是太明白，这钱和别的钱有什么不一样。饼妹说不一样。上说这钱拿了就欠别人一条命了。

饼妹说也不是，他的命早就是国家的。上说那就是士可杀不可辱，无功不受禄，可以封，可以赏，低头讨要，拿钱打发，不受，拿这钱就算侮辱他了。

638

后说这不是打发呀，这是借，有借有还，我还是想不出有什么不一样。上说换你你拿么？后说当然拿，拿得理直气壮，换你呢，你拿么？上说我？啧儿，不好说，可能也拿吧，我没那么跟自己过不去。

饼妹说你让他自己说吧。

马迁说也没什么更多的，就是觉得一无所有，没有什么可坚持的，就挑了这二斤八两金子坚持了。

上说秦人阿，咱们都算秦人，我妈是，就特么死倔，不知碰到他内根筋了，这弯儿就转不过来，什么利害关系都不讲了，把自己将呢儿，要不叫倔驴呢。

后说听说楚人也这样，叫倔骡，两个楚人对面挑担走在一条田埂上，谁也不让谁，就这么挑担站一天。

上说这是优点么？问马迁。马迁也微笑，不语。

上说这是蛮气不散。你到底要怎样，非要当街去挨内一斧？这我可以帮你疏通，不给祖宗丢人，密室处决。

饼妹说我们这次来，就是想问您，还有什么法子可想除了拿钱买。

上说还有更寒碜的按你们内古怪观念，我特为你老公开后门，单赦你老公一人。要是这么做，我当初干嘛不拦着他们不让他们判呀，任谁都可以咆哮朝堂。

饼妹说这个我们也想了，不接受。朝纲要维护，我们有这个觉寤。迁儿愿意承担责任，作为他太太只是希望能轻一点，咱们还有什么刑罚人不死，他内个小身子骨还能受得了的？

上说我给你数阿，死刑之外最高徒刑是髡钳城旦，上茂陵挑砖头五年，完城旦四年，也是挑砖头……

饼妹说挑砖头不干！别说四五年，四五天他就得死，还不如一斧头痛快。剃发也不干，我老公头发多好阿，随他奶奶，这岁数一根不白，黑得跟染的似的，丢不起这人。上说那就剩砍柴了，砍柴可以不可以，砍三年柴。你们家平常柴谁砍？饼妹说我们——买。

后说不是还有一个附加刑么，可免死。拿手在裆下一横：宫。上说那叫骗！你别胡扯了，骗人早在文皇帝时就废止了，我都不知道你知道。

后说我胡扯什么，我就认识被骗的人，你也认识，李延年，因为偷东西坐死罪，自己主动请宫，得免。

上说湿妈，从来没问过他，看上去很自然阿。

后说我们从来没有那个当啷挂，我们不也很自然。

饼妹说不早了我们回去了。于是起而告辞。

俩口子走后，上说后：你这话有点伤人。

后说你们在呢儿说这说那，我不过随便一说。

上说这事在你们女的呢儿是随便一说，在我们男的这儿，比掉脑袋还严重。

后说喊！黄门嫩么多啥也没有的，不都活得好好的，还能扛米包上房捉贼呢。问你要脑袋要当啷挂你要内个？上说你们是不是就瞅着我们这当啷挂有气阿。

饼妹马迁睡到半夜，饼妹捅马迁：睡着了么？马迁翻过身说没。饼妹说不是不能考虑。马迁说嗯，我在想，砍柴三年也许能熬过来。饼妹说三年，你今年四十六，是不是还瞒了岁数我也不知道，已经算老年，文皇帝、景皇帝你这岁数已经宾天，你还有几个三年？谁呀？平常每天不涂几个字就嚷嚷虚度，三日不写就说手生，两个月不摸笔到处喊失去语感，写出东西自己拿不准好坏，竟日抱怨记性不如前，进厨房早立忘了来干嘛，常用字揭笔忘字，东西就在眼前找不到，拿这个当借口什么活儿都我干。如今三年，说不要就不要了，又不是去学习增长见闻，是去服刑，当犯人，犯人你知都怎么当么？你就是孙子的孙子，见狱卒你都要磕头，让你冲墙蹲你就不能冲门跪着；你知天天跟你挤一起睡都什么人么？杀人抢劫强奸个个二百多斤，翻个身就能压死你，听说他们还自我强奸。你再砍三年树，你撅过一根筷子么？三年过后还是你吗？

马迁说那我去搬砖头不是一样么？饼妹说这就是个长痛和短痛的问题，短痛和长痛之后也废了的问题。

马迁说你说什么呢？饼妹说我说你要哪个废的问题，身废还是人废！

马迁说内个不考虑，你不要打它的主意。

饼妹说其实你已经废了，从孩子大了，它就在呢儿干呆着，不晒太阳还挺黑，瞅它就一肚子气，要它干嘛，你说你留内没用玩意儿干嘛？谁爱要谁要！

马迁说你混蛋！

饼妹说我一点不混，我都替你想了，实际损失最小还真是这个，不占地，不耽误工夫，耽误工夫同时你还能写。其实你知你最需要一什么吗？你最需要栽一大跟头，你还是太顺，看过你写的东西，平！谁呀？老羡慕屈平孔子，孔子厄而作《春秋》、屈平逐而赋《离骚》挂在嘴边，羡慕人家人生有坑，痛苦不能使人升华也能使人深刻，深刻成圣贤。你生活平淡，娶了我这么一个不给你添事老婆，每天坐班，不愤怒无意外，天天差不多，一日看一生。如今你的坑来了，老天给你机会深刻，说到哪儿，比谁都不次，听起来骇人，其实代价并不高，四体五肢让我挑，我还就挑这个不挑瘫痪失明。大痛之后是大起，你笔力不涨头割给你！

马迁下炕摸索。饼妹说你嘛呢？马迁忽立起手举鞋帮子：我抽你个败坏娘们儿！

之后几天，家里小的都知道老俩打起来了，饼妹住闺女呢儿去了，都知道老人摊上事，但不知道事多大、啃节在哪儿。儿子媳妇都去看妈，说得也都不在点儿。姑爷杨敞家里是个侯，跟官场有交集，认得霍光，从他呢儿听到点信儿，知道大概其，跟杜周儿子杜延年也是饭局常见外围酒友，端起杯就认得，从杜延年口中打探些杜周动向，去跟岳丈说：死改徒现在从严，基本办不了，必须天子批，批就是赦，让你去跑天子赦。饼妹也去找卫后哭了一场，托后去给上说，让上劝迁，我们认骗。上说这事儿我怎么好劝人家。

但是也同意饼妹理论，说你对痛苦理解比我深。饼妹说这个就是女人性别优势，男人不吃亏不知痛，我们每月痛一次，痛不欲生，熟；看到男子每常小痛呼抢，笑。上说哦这样阿，痛苦本人。后说你再生一回孩子试试。

还是找了个托辞，让霍光去石渠阁借孤本《尚乐》，孤本出馆石渠阁有规定，须史令亲自送到借书人那里，再检查完好抱回来。马迁来了，上拐弯抹角跟他扯了些别的，其实人器官有很多是多余的，譬如阑尾扁桃体都是可以割的，留着可能是祸害。五脏六腑重要吧，除了心肝肺肾不能动，胆、脾都是贮存器官，一个贮胆汁，一个贮血，其实胆汁是肝分泌，而造血胎儿时期是肝，生出来就是骨髓，所以这俩脏器说摘也就摘了，功能都可由肝、骨髓代偿。你不会是身体发肤受之父母，头发指甲剪了都要留起来，牙不刷内种人吧？

马迁说我还真就是内种人。上说好吧。没再说什么，乐经也没翻，让马迁抱回去了。

可是但是，张蜜来给上拔罐，透露一个消息，马迁前几日去她一个老相好专看男科卖大力丸江湖骗子呢儿挂过号，做了回体检，问诊内容检查结果骗子都没说，但是给开了一堆专治阳痿不举、举而不坚假药卖了个好价钱，而且说再不来就是没效，再没来。

上征询饼妹意见是不是可以搡他一下。饼妹说搡！

隔日，迁正坐小板凳喝粥，杜周及众吏昂入，使吏收繫迁，下廷狱。半碗粥及陶碗破摔在地，饼妹拾碗茬儿，坐地怅然，继起，收拾地，收拾屋子。姑娘姑爷带孩子来探望，拒开门。夜独寝，闻饮泣声。

这个月，初次实行酒类专卖，禁止民间私酿。

三月，上行幸泰山，修坛台，祭天，祠列祖前四帝于明堂，审计各郡国呈递租税钱粮簿账。公孙卿复言海上仙山，巨人足迹，见上厌恶脸色，退下。

这期间，驿车传邮，有杜周书，止二字：从了。

丁巳日，返长安，路祠常山。（马光按：即北岳恒山，避文帝讳改。）始悔，快马加急传诏，赦司马迁。快马还报：手术已矣。

马光按：司马迁为武帝朝宫刑第一人，终武帝朝止宣帝后许平君父许广汉步后，广汉少为昌邑王郎，从武帝上甘泉，误取他郎鞍以被其马，吏弹劾从行而盗，当死，有诏募下蚕室。也即刑余人所住热不通风密闭室，形同育蚕室。再无来者。

自孝文废五刑，宫或曰腐，作为大辟附加刑与赎同为可减等不死救济之措，以汉法论当属恩刑。适用范围极有限，据当下信史西汉二百年止司马迁、李延年、许广汉、石显、弘恭五人受此刑。除前三人，后二人坐何罪，史无载。孝景中四年，赦徒作阳陵者死罪，欲腐者，许之。也就是那些被判死罪的人愿意以宫代死，恩准允许。也许石、弘二人受刑在此年。李延年腐亦在孝景年，坊间有传说，坐盗求腐为虚，实为阉割后嗓音高丽可拟女，为执念献身，姑妄听之。

辛酉日，入未央，派遣使者慰劳颁赐李陵余军得脱还塞四百卒，这些人大多已伤退回丹阳，找人很费劲。愈自怨：当初李陵出塞就应该还让路博德迎他。

夏四月，大旱，赦天下。

秋，匈奴入雁门，太守坐畏怖弃市。迁司马迁中书令，每日当值在天子书房，掌朝中大臣、各郡国、使者密奏封揭并皇帝私人书信及内廷全部文书档案，少府掌传宣诏命谒者尚书令张安世亦归其属吏，故又称中书谒者令。秩比二千石，权漫浸近丞相，一跃居内朝三令尚书、掖庭、内者之首，有内朝相之称。

这个职位秦曾设置，亦为内朝官，宦门中人领掌，汉设中书令自司马迁始。故朝野有阴谋论者以果导因不当论，上特为马迁设职，欲令其就位，发李陵事使就刑。其论至乖谬，颇见小人心。亦至恶毒悖逆，密友至亲偶有人言，座中客皆掩耳不敢听，离座叱之欲使同席者灭族。其实内朝官亦非盖由宦人出掌，尚书令张安世非宦身，其父张汤，或可称世家子，后继马迁接掌中书令，任谁不任谁皆决于皇帝一人心意是实，内朝吏亦可由外朝官出任亦是实，其论不攻自破。

70

天汉四年，春正月，诸侯朝于甘泉。

三月，发天下七科谪及勇敢士，大出击。贰师李将军广利将骑卒六万、步卒七万出朔方；强弩都尉路博德将步骑万人出居延与贰师会中道，掩护其西向左翼；游击韩将军说将步兵三万出五原，因杅公孙将军敖将万骑、步兵三万出雁门，并为贰师右翼强大屏障。

匈奴且鞮侯单于闻警，悉将牛羊辎重转移至余吾水北，亲率十万骑走马余吾南以待。贰师兵至，出万骑与汉前军战，挫汉军兵锋。贰师见匈奴军容盛大，俱各骁勇，自己带的这帮人，昨天还是老百姓，今天换张皮拉出来还是老百姓，赴阵像赶集，乌秧乌秧，行不成队，列不成排，手中兵器亦杂乱，长短锈钝不一，勇敢士只是不怕死而已，又不是叫他专门来送死，人虽众，不堪用，大打起来十人未必抵得过匈一骑，恐遭屠军，小接触即引兵还。单于发动追击，贰师骑卒断后，皆老兵，交替掩护，日暮短促出击即回，缠斗十余日，互有死伤。单于见贰师东西各有大股汉军，亦不敢深入，近朔方百里即停止追击，贰师全师还。

游击韩将军无所见，亦无所得，全师还。路博德全师还。因杅公孙将军遇左贤王，小打不利，引兵还。

此次大出击，兵力规模不及卫霍一半，斩获折损可忽略不计，当兵的吃饭，按新标准提高到每月三石，日人均一斗，所费粮米超过卫霍。司马迁把统计上来总耗粮数报上，上郁闷：仗没见打，吃得比谁都多。

马迁说这种情况很普遍，一般农人平时吃饭量入为出，当此时节春荒更是数着米下锅，冬春征发入伍新兵到部队，每放开肚皮吃，头三个月口粮都超标。

上说能吃不怕，就怕只会吃。孙敖老矣，博德亦不复当年之勇，韩说一直平平，贰师打胜仗是他，打大败仗也是他，今世恐不复再得卫霍辈。马迁唯唯。

自马迁复健入职中枢以来，精神固不比前，行事唯小心，谨遵臣本，每日梳理文档，据实报奏，事或有态度，对人从不发论置评。上亦小心，二人皆避言李陵，日供干鲜果品，渍李子为杏干桃脯代；茂陵、阳陵事凡提及以茂邑、阳园指称。君臣之分于此定矣。

起初，浞野侯甫逃回，上未与之见，只派谒者优抚，令归家休养，来日方长。有司请治失军，皆驳回。

此次出击前，特召浞野侯至西畤，详问陷匈遭遇及脱逃经过。浞野侯言：匈奴自乌维单于起即改变凡捕获汉人皆掠为奴旧法，对我军历次作战被俘人员一般卒概采取给药食宣慰就地遣散令自去，认为这样的兵即使重回汉军为卒，再遇匈军气必馁，亦不惮复降。对军吏、材士、有特殊技能职业兵则多安抚优待，期为匈所用，为匈练兵，增匈对汉军战法战术熟悉应对认知。不能用也不勉强，以示单于大度，实为胡天子。

儿单于不是草包，能汉语，臣浚稽山寻水遇擒，捉逮至儿单于前，儿单于当场喊出破奴名，对臣是哪里人，从军履历，打过什么仗，军中评价如何了然于胸，看来匈人对我情报收集也很到位。破奴在匈期间一直受到礼遇，并无恫吓拷掠问军情事，只令臣独居，其间有匈国贵人探望，略问愿否降，出任匈国吏，为臣严拒，也就无人再提。每日照例供给肉脂鲜奶，划定活动范围令不许出。初，帐外尚有守卫，儿单于死，且鞮侯单于立，一时间乱哄哄，守卫亦不见。匈奴风俗，单于并不时时居城中，每月大多日子在外行猎，或居别处行在，每出必携众，亲贵侍从俱出。单于不在，茏城几无军骑，多为平民妇孺、外国人。臣见奶食酪浆日供缺稀，有时几日断供，料匈人已不再视我为重要，也许把臣忘了，几次有意出指定区域多走几步，一直走到脏街，吃烤串烤馕，与胡客搭讪闲聊，也不见有人干涉。便决意出走。择一日单于不在，偷出城迳往南行，晓宿夜行，观星指路，如此这般，走归我汉，其间颠沛饥劳，时以为命将绝，不提也罢。

上说就是说有意归汉，还是有办法。破奴说办法多得很，首先一条不要让匈奴人太重视，太重视，围着你转，也没空隙。再就是要会找时机，臣的时机还不算上好，其实很悬，早一天从茏城出来，第二天就发生虞常攻单于庭劫大阏氏暴动，我是不知道，再晚一天全城戒严大搜捕，也就出不来。臣以为最好时机是边境有警，单于带走者就不止是亲贵近侍，举国引弓之民即全部能骑马男人都要带走，就更容易脱身了。

上说明白，你回去休息吧，养好身体是第一要务，需要什么，找司马迁要。

总提召各将军部署出击匈奴事，会后留下公孙敖，只上、孙敖二人谈。上说你这次出去还有一个任务，打听李陵下落。李陵降后音信全无，二署起动所有关系至今也未得些微准确消息，很不正常。我已命灌疆派一小队壮士随你行动，你送他们到弓卢水，他们自己走，你在弓卢水南等他们，他们安全回来你才能走。

孙敖出雁门，在弓卢水等二署小队梭巡不去，才遇到左贤王万骑，摆开大打架势心中万分焦急，所幸战斗才开始，二署小队归来，左贤王兵力不占优势亦左顾右瞻，未全力攻击，孙敖得缓，引兵还。小队取得何种情报也未与孙敖讲，直接归报上，说与卫律身边人接上头，据此人听卫律讲：李陵深得单于宠信，以汉军阵法为单于练兵于余吾北，以备将来应对汉。

上大怒，语马迁：咱俩全错了！遂下令族陵家，其中有陵母，当户夫人及其数子。

不久传来消息，茏城发生轰动刺杀案，李陵于单于母大阏氏寿宴席间亲持刃刺杀另一汉降将李绪，而这个李绪正是为单于汉法练兵于余吾北内个人。大阏氏怒，欲令左右杀陵，单于挡驾，说儿子带回去处理。

连夜送陵至郅居水北近北海荒僻处藏匿，对大阏氏说已经杀掉埋了。大阏氏年衰，贪食奶油肥羊数十载，体瘦血脂高，激动过后中风，寿宴过没几天，睡梦中二次中风升遐，终未再见故土，埋骨草原。有人说她因寿宴被搅当其面杀人而怒非欲置陵于死地。也有人说老太太始终厌恶汉降将有一个算一个，虞常事变后尤不能见汉人面目听汉语，觉得他们都不是东西。

而李陵杀人前日，汉族其家消息传到茏城，有人见陵终日泪长流，南望长拜叩首不起。

大阏氏升遐，单于迎陵回，以女妻陵，立为右校王，贵比丁灵王，陵三拜南，受之。由是自此，单于大事小事卫律常在左右，陵居外，有军国事乃入议。

二署消息说前次为行动小队提供消息者实为卫律指使，小队入茏城一举一动皆在卫律掌控中，保证小队安全入，安全出，提供那样的消息是反间计。

上说马迁：你也不拦我。旋又改口：算算，与你无关。遂问杜周：卫律在汉还有亲属么？杜周回答：皆已伏法。

或闻陵藏匿北海时，曾百里走马去探苏武。四月北海，尤千里冰雪，武与羊俱卧地穴拢火依偎取暖。

武四年未见人迹，未闻人声，几不复能言人语，口齿反应皆苶迟，与陵在汉亦不是很熟，差着辈份，也不是一路人，只是彼此知道有这么个人，今见陵裘服胡帽而来，大概心知是怎么回事，也无话可说。

陵亦无话，只在火前默默相对，后出刀笔竹坯，各自刻诗数首，互表心声。日暮雪大，陵即离去。

后诗传入汉，马迁检视，语上：苏诗四首恐是出使前留作，与妻、兄弟、友别，无一与内个人有关，好事者附丽耳。内个人三首确是斯情斯景，诉苏武。

其诗一云：径万里兮度沙漠，为君将兮奋匈奴。路穷绝兮矢刃摧，士众灭兮名已隤。老母已死，虽欲报恩将安归。

其诗二云：良时不再至，离别在须臾。屏营衢路侧，执手野踟蹰。仰视浮云驰，奄忽互相踰。风波一失所，各在天一隅。长当从此别，且复立斯须。欲因乘风发，送子以贱躯。（马光按：一片化机，不关人力，此五言诗之祖也。音极合，调极谐，字极稳，然自是汉人古诗，后人摹仿不得，所以为至。唐人句云：孤云与飞鸟，相失片时间。推为名句。读"奄忽互相踰"，高下何止五倍乘五倍！）

上说不念了，剩下一首留下自己看。马迁说还有别的事么？上说没有了。马迁长揖退下。

夏四月，李夫人产子产褥热薨。临死说最后一句黑笑话：以后族我们家这孩子就可立嗣了，没外戚。

上说你胡说什么呢？李夫人已宾天。上痛哭，怀抱襁褓，泪滴婴儿脸，为取名：髆；肩膀的意思，或寄望年老可靠一肩？立为昌邑王。夜梦李夫人，哭醒，作《李夫人歌》：是耶非耶，立而望之，翩何姗姗其来迟。（班固按：后世多误会此歌为齐少翁设迷局使上睹亡者逝魂所作，谬传李夫人早死。其实另有《王夫人歌》，歌云：幻耶像耶，目之所及，心中所忆。）

秋九月，因赎死价格太便宜，大富人家两万五千钱拿出来跟玩似的，中户人家咬牙凑一凑也能拿出来，有败坏子弟数犯死罪数赎出，越来越不把法放在眼里。

下诏一人一生只能赎死两次。又提高赎刑价格二十倍，掏钱五十万，减死一等，完城旦舂，并不释放。

中户以下人家教育孩子：这回可不敢犯罪了，把你爹你妈卖了也救不了你。

71

太始元年春正月，因杅将军公孙敖因明知妻子下蛊害北阙甲第街坊李夫人之母，致李母沉疴不起，不举发，事后还串供隐瞒，湮灭证据，坐妻为巫蛊腰斩，不许赎。妻枭首。

上说不像话！自己人之间搞这个，把鬼招到家里来。给几个担儿挑打招呼：管好自己家属。又请卫后约其家族姐妹妯娌来吃春饼，给她们开会，说你们几个特别要注意呢，不要再搞巫术，养小鬼，一经发现，谁也救不了你们。卫后说你看我干吗，我又不信。上说那最好。卫少儿说我们都不信。上说就你搞得凶就你不信，不要将来连累你一家。

三月，迁徙郡国吏民豪杰于茂陵。

夏六月，赦天下。

是岁，匈奴且鞮侯单于死。有两子，长为左贤王，次为左大将。且鞮侯发丧日，左贤王因连日暴雨河水上涨不得渡，未及时赶到。宗室亲贵诸王大将大当户以为国不可一日无君，以左贤王吃肥豚鼠染烈性传染病，病势沉重，无望践临单于大位，变更继位顺序，拥立左大将为单于。左大将不受，说不要陷我于不义。

左贤王绕行至茏城郊，听说宗室拥戴他老弟做新单于，不敢进。左大将使人请老哥入，说他们是有这意思，可我没答应，爸留下这位子还是你的，你快来我让给你。左贤王更不敢进，辞说我还真病了，虽然不是传染病，也没吃什么特么肥老鼠。你当就你当吧。

左大将不听，说必须你，咱哥儿俩谁跟谁呀，他们都是白扯，你要心里真有弟弟，将来你死，再传我。

于是亲自出城，赤手空拳，来迎老哥，怀抱老哥手，相携同入城。宗室亲贵列班欢迎，送上热笑脸和深深致敬。左贤王遂立，号孤鹿姑单于。让老弟接左贤王，也就是储君位子。后来，孤鹿姑单于遵守了自己承诺，死后没有传单于位给儿子，而是传给了弟弟。其子先贤掸不得单于位，去西方，另立为日逐王。

太始二年，春正月，重走回中道。

三月，铸麟趾金、马蹄金以协祥瑞，班赐诸侯。

秋九月，还是旱。去年颁布赎死新价后，民赎死人数陡降，京师、各郡国执行死刑大增。今年眼看要入冬，又到死刑季，各郡大狱待决犯数量可观，杜周桑弘羊进言：是否可降赎价，或临时给个折扣，本来是项收入，现在基本收不上来，贫穷即罪恶，犯罪的还是穷人多。上说已经定了事就不变了，提高赎价本为使人望法生畏，为钱枉法不能从我这儿就开口子。

因问杜周：你是不是已经应了什么人了？杜周说绝对没有。考虑到可能不止他二人有这个想法，也知狱吏有多么胆大包天，为不使远地边郡徇私授受，黑开口子，于是再下诏严申：募死罪赎钱五十万减一等！吏有私议不足数，坐同罪。

杜周睡梦中猝死。次日，任命光禄大夫暴胜之为御史大夫，令查近年死赎旧案。

中大夫赵白公上奏说等老天下雨不是办法，还是自己动手，解决一点是一点，请开渠引泾水。上曰可。

于是发罪人数万挖渠引泾水济渭中。渠道首起谷口，尾入栎阳，凡长二百里，预计灌溉农田四千五百顷，当年动工年底完工，渭中久旱地区明年可能得丰收，人民很期盼，管渠叫救命渠，恩渠，白渠。上问为什么不叫赵渠？白公答不是臣无耻自我命名，是老百姓白得了好处，乱叫的。上说哦是这么个白呀。

太始三年，春正月，天寒，滴水成冰，伸手生冻疮。上猫在甘泉宫被窝里不起床，没举行任何祭祀活动，说我也烦了，年年说拜年话，年年旱，天地不通人性我信了，公羊学破产了。起而宴域外黄毛碧眼髯须客，有司说这谁谁谁，内谁谁谁。上说爱谁谁。

让天下百姓饮酒五日。

二月，还是坐不住，往东海巡游，射海鸥得赤雁，作《朱雁之歌》：绝空临海，振摇万里，何以为归。

复去琅邪，登东莱成山，当地人说这是俺们拜日的地方。上说你们还拜日阿，天下大旱是不是就你们拜的？当地人惶恐。马迁说跟你们开玩笑。

登芝罘山东望大海，雾锁不见。说我这辈子没坐过船，要坐一下。令东莱县找来渔船，与马迁手拉手走跳板登舱，坐船中，说遇到仙儿先别说我是谁阿。

艄公跪磕，起而摇橹，船无风起颠簸，上晕而合眼，更晕，睁眼见马迁泰若，说你不晕阿？马迁说也晕。东莱县怀抱一大嘟噜渔网踢历跋拉迈步俟问您撒一下么？上说我不是来打鱼的。马迁喊艄公：差不多行了。艄公猛一通又掏又搋骚操作，渔船画了个圆，咯噔，触底搁浅。七八只手搀上落地，上说没意思。

赏赐所经过地每户五千钱，鳏寡孤独帛一匹。

驿车传邮，皇子弗陵生，母子平安。上说真生了，以为是个瘤。弗陵母河间赵氏，年少入宫，有姿容，初为夜者，侍甘泉。上夜不成眠，要水喝趁幸之。须臾有孕，连提十三级，子未诞，已成赵婕妤，视上卿，爵比列侯。这是去年的事。孕十月预产，没动静，该吃吃该喝喝，十一月还该吃吃该喝喝；十二月还没动静，十三月，还没动静；十四月，也就是本月，上等崩溃了，所以出来游东海。前脚走，后边开始宫缩，惨叫如揭皮，闻者莫不怀疑人生，死去活来一夜，生还是很顺利，遂快车报喜。半道驿车翻了，这也是很少发生的事，邮差摔背过去，荒郊野外，被瞎眼跛足无牙老独狼嘴痕一只脚往更黑暗处拖，遇一伙劫道歹人惊走狼，搜走邮差身上汇款邮包，邮递员都没醒。

俄而天将晓，一趁夜赶路奔丧孝子路过，见路边有伏尸，一摸人是温的，摇醒邮递员，邮递员才觉得脚疼，才喊出口：快背我走，我是官差，有天大事要面呈报上。孝子说我家就在前面，我爸死了，我哭得没劲，要不你等我喊人来背你。邮差说你不背我，你们家还得死人。孝子无奈，只得背上体重有自己俩的邮差走，只够紧紧抓住邮差袍子，脚全拖在地上，邮差喊疼——，你成心么？奋力往上一蹿，袍子扯了，光不出溜单腿立地上，孝子卧于尘埃。这时第二辆驿车驰来，发现前车翻了，人、邮件失踪，疑似遭人打劫，绕过去赶了几步，见路当间一裸体男，一弱男昏死道旁，似曾发生撕打，抽刀在手尖叫：什么情况？裸体男喊老宋，是我，小王。这才各自从容。老宋搭上小王继续赶路，孝子置于身后管他死活。三折腾两折腾，本日，今天，皇子诞生囍帖子才叫上——听到。

回京师路上，上喜滋滋问迁儿：你就没兴趣打听我这岁数怎么还能一马得子？马迁说有兴趣，你说。

上说有的方子还是很灵，长生不知道，简单解决一下刻不容缓亲测有效。马迁说你……上说我什么，往下说。马迁说吃药对身体不好。上说这话说给年轻人听吧，我身体已经不好了，没有的东西还怕损失么，吃点药等于诈尸，建议你也……内什么，你说十四个月有什么讲头儿，老秦始几个月？马迁说好像十二个月还是多少，没你多。上说我听说唐尧十四个月。

马迁说谁跟你说的？上说瞎看书看的，这小子不会是个异数吧？马迁说还能怎么异，正常十个月全成不对了，为什么对不正常那么大兴趣。上说也不是，就是好奇，不相信世间就是眼前看到这点事。马迁说还是不相信局限性，希望自己是那个跳出规律的人。

上说还真是，这算妄想吧？马迁说有妄想的人有福了，我们是望妄想兴叹。上说一直想问你，你是儒家分子么你自以为？马迁说自认为不是，儒者还是书生论国，空有人道关怀，一方面迷信好的制度，从头到脚管起来，一方面确信人心可教，又只强调表面，以为表面做到了，内里也跟上了，则社会问题都不成其为问题。落到实处，具体政策就是一个与民休息，与道家无为无不为同出前国家世代记忆，一时可行，长期推下去，国家不是靠道德正确运行，人心无底，费力不讨好。但是他们列君臣父子之礼，序长幼夫妇之别，我是赞成的，到什么时候都是重要的。积极进取的态度，明知不可为而为，我是赞成的在此之前。

上说现在也可以。公孙弘你还记得吧，对你有一个评价：唯有德名忘不了。

马迁说他？死人为大，我就不说他什么了，做丞相六年，我想多收录些他的政绩，找来找去，只两条：强烈要求杀了几个人，把自己一批小老乡带进庙堂。

上笑：这才是你，前些日子不像你。

马迁说名，确是我俗念，一时半会儿克服不了，也许再老些会看淡些，不会急得做梦。德，如果不是指获得，而是指对自己行为负责，只行善事不问回报，思来想去，是我愿意坚持的，不能放弃，也放弃不了，这纯出乎于我内心对我绝对要求，我乃自愿或说受自我强制遵守道德，而没有其他目的。不这样我难受，活不了，哪怕因此受制、遇损也没办法，拗不过内心内杆秤。从前我不知道我是这样人，也做过为公序良俗不容事，做了，表面占便宜，身体合适，随后日日夜夜才知有多难受，几乎全盘否定我这人。是的，我是一个有道德、守道德的人，也尊重那些公认史有大德先贤，尽管我不愿用尊崇这个词，实际是这个意思。

上说但是，道德标准可以与时俱进，相机调整。

马迁笑：是的，高古生吃人心肝，三代以前血亲交媾都无关道德，现在不可以。

上说你笑起来明朗，不显得那么苦，你应该多笑。从前单身母亲很普遍，殷有简狄，周有姜原，人们不以为怪反而把她们记载在史书上，毫不隐讳谤讪。今天一个女子未婚先孕就要受到众人鄙视，乃至群起而攻不给活，你不觉得这不是道德进步而是退步吗？

马迁说我说的德是我自己的坚守，而你说的那个是所谓公序良俗，那个是另有所谋，为维护所有家庭血胤纯正不被污染、不为外姓人分得家产而采取的基于维护家业完整的集体行动，至少不在我的德范畴。

上说未来有一天，也许所有女子不再受父母之命媒妁之言，而可以自由和任何男子交好，发生男女关系，哪怕是头天黑才见面，谁也不知谁名字，聊得挺好，就睡了，而当时的人都不以为意，你能接受么？

马迁说未来，乃一天阿？

上说就是未来，也许还完全倒过来，女的娶仨俩的，男的都得在家守贞，要不就给轰出街，像高古，女人当道的时候，那时的道德是那样，你能接受么？

马迁说到时再说到时的，如果大家接受我也接受。

上说所以呀，你的道德、你的坚守其实受公众态度影响，会发生偏移，也没那么绝对，说什么绝对，不过随大流，您内个坚守不是来自内心，是习得。有人以神名义规范道德，我看也不出公众偏好，是衡平社会、确保公私利益举作。道德不可靠，我从来都这态度。你说只行善事，却连何为善还没搞清，彬彬有礼，到处施舍点小钱就算善？无私利他，史家毛呢都没做到，尽管他舍一切布施，你们这些佞世之人又何称对自己负责？太古，人皆无德，只赖循本能生活，是互相红眼狗咬得互相都活不下去一齐灭亡么？看看猫狗就知道，人家自有界限，你活我也活。我看你还是随便挑一别的什么坚守，哪怕就是两万……不说了。

马迁说你太虚无。

上说虚无有什么不好，坚持没有的才叫虚无。无知人常以为虚无者人生就是吃喝等死，而真正虚无者非常严肃。犬如你听说过吧？就是一种度世态度，近似但又不是采菊自耕养鹤种梅高山隐士陆沉者流，不避闹市，游街狗一样生活，放弃所有世俗美、诸神圣追求及人所称品位、道德，藐视其传统。但也不意味甘居下流偷鸡摸狗胡整乱来，只不过不跟你们玩，财富、社会地位、名望、翔受，不存在！只在最低水平维持生存，不接受施舍不拒绝捡破烂，过不下去就死，饿死、冻死、穷死！是我心中最彻底、最无畏善行者。禽兽一样如果你了解禽兽就知那是极高评价，或可称有德。而就因为我做不到，望而生畏敬，那样的人才是我所尊重、仰望的，就像你仰望、尊崇史有大德者。

马迁说你在哪里见到这种人？

上说七科谪当逃犯悉征入伍，不肯军训触刃，军法坐畏懦，都斩了。顺便说一句，你真认为德如日月，不但自己发光还可泽被子孙，今天富贵安逸者能过上好日子封侯燕居是因为祖德余荫在其中起了作用？

马迁说我这么说过么？

上说你老说，上回灭东越你就说过，大禹余烈什么的。

马迁说我不坚持，如果你说本人努力更重要，贵人提携赏识尤关键，祖上余荫在其次，我不能反驳。

上说但是你承认德是人获得正当体面生活咱就不说多发财了，的根基或叫托底。无德之人可能也富贵但是不体面。赫者把正当改叫正直，德是正直压舱石，无德之人如公孙弘——开玩笑阿不是说他真无德只是打比方——即便说话做事被认为对，符合事实，对朝廷有利，如他建议杀内几个人，当杀，也不能叫正直。

马迁说我不能反对。

上说也就是说你对德看这么重，这么坚持，尽管出于不可遏制、发乎内心善良且被这善良所强制你讲话，其实也多少抱有一点期许过一种正直体面生活这里一点不包括钱、车、大房子、到哪儿都有人巴结什么的阿，哪怕三顿不继，破衣拉撒，也清清白白不怕鬼敲门到哪儿都昂着头，的内种干净体面，和正直带来的普遍尊敬——尊敬也不要！就是自己问心无愧。

日磾转过头说：马上到甘泉了。

上说哦。

马迁说差不多。

上说那我要说所有人的生活都不干净、不体面，包括你这样有德自甘清贫者，和内些无德瞎造譬如我这样，这是咱俩私下说阿，都不正当，谈不上正直。以人类千百年过往，到今日仍在继续生活方式，回头看，无一例外，都是深陷罪恶，无一例外！你同意么？

马迁说倒是听过这么一句，在无道社会发财出名都是不道德的。

上说有道社会也一样，不发财不出名也一样，因为你之为人，生活方式本身，哪怕再穷苦哦不！穷苦不能做例，如世之谚贫穷即罪恶，穷人都在渊薮里；哪怕再本分，再节制，洁身自好，傻缺修身养性，也是罪孽深重，人活着，就是犯罪，人，万恶之源。

马迁说这个，嗯，实不能表同意。

上说这就涉及立场问题了，如果你站在人立场，那当然，一目了鹅，罪恶者是内些强取豪夺杀人放火坏逼，平头百姓老实巴交受尽欺压，无辜。可你要放大一些，挪一步，站所有生命立场，老虎狮子犬马牛羊立场，再回头看，人干过一件好事么？祖祖辈辈，有一个算一个，我说动物祖祖辈辈，有一物种算一物种，受尽人迫害，杀戮、奴役。还有万物界，草木土石，江河湖海，天空，招谁惹谁了？人长那样非给人掰成这样，人埋山里非给刨出见天日，冲天放烟，冲海滋尿，有这么不讲理的么？人每一次进步，对万物都是一场塌天大祸，每一次，全是灾难。还不够叫万恶之源么？人反对下犯上，首先应反自己。人不是万物之主，人是大自然僭越者，干犯者，狂悖不道阿！

日碑说：到甘泉了。

上说先不下车，再聊会儿。过年进各家厨房看看，最普通老百姓，梁上挂没挂新腊火腿，锅里有没有爆炒腰花剩的油，那都是动物惨遭杀害不得全尸铁证。

马迁说吃素的算么？

上说全素是吗？也破坏环境。草刚发点春芽就叫你揪了吃，好好的豆子磨得人不人鬼不鬼。只有罪轻罪重，没有无辜。住的是房子吗还是露天，树哪儿砍的？你妈吃没吃过鲫鱼，喝过你妈奶就算喝过鱼汤。

马迁说就是没好人呗。哎，内些人接你来了。

上说让他们再等会儿。一个好人没有，全是罪人。什么叫罪？未经他人允许，以暴力或软暴力手段剥夺他人生命、财产及自由。这就是人干的事，对其他动物，千百年以来。你能说只有养猪的、养羊的、屠夫、厨子有罪么？他们所作这一切，都是以人类名义进行，故而责任也应当由全人类承当。柳絮飞满天，每一棵柳树都不无辜。故而所以，天地不仁眼全睁着，你所有善良，积的德，哪怕什么也不图，不成立！

马迁说十四个月的来了。

上朝窗外招手：嗨，我在这儿。拍拍马迁膝盖：聊得很高兴。就抬屁股下车了。

72

起初，赵国人江充，原名齐冲，妹子善歌舞，结欢于赵太子刘丹，后给刘丹做妾。齐冲因此得以出入王府，给赵王刘彭祖留下印象，在其门下做宾客，在彭祖面前扯闲篇儿是个能说的，后来话说冒了，把妹子呢儿听来刘丹什么事当他爸说了，爷儿俩尴尬，刘丹准备弄他，只身逃往长安，落魄街头，改名江充，在北宫门喊冤，被当场拿下送中尉收容递解回原籍。

将近邯郸界介绍吏嫖娼，趁不备撤身脱走潜回长安，继续踟蹰街头，转向小西门、南宫门俟时阻街拦贵人车马呈情，为禁军驱赶。后道逢同为赵人黄门监苏文，与攀谈，苏文告充上在上林苑，为引见，语上：有赵王宾客欲举报赵太子丹不法事。上正在逗狗，遂准予犬台宫见一阿秒，充请穿自个衣裳来，上说行。

及充至，身被绉纱襌衣，曲裾后垂，交掩如燕尾，黑发束帛顶禅纚步摇冠，斜插蓝鹦鹉飞翩，一步三摇，似仙儿似面首，身材魁伟眼神迷茫也不知哪儿有点像小霍，面容精致嘴唇单薄阖阖欲吐时有羞怯掠其颊似相如初见。上心说怎么遮勾搭我来了。神态不由变得慈祥，身子也略倾，亲切说什么事阿瞧你把你愁的。

充小嘴儿吧嗒吧嗒一通叽叽，把刘丹与同胞姊及王后宫妃妾奸乱，交结郡国豪杰、刁猾之徒，攻商旅，剽取财货，赵吏畏其势管不了有的没的一股脑端给上。

演绎能力很强，讲述吠影吠声，代入感很强，不由上正义感不起，嗔怒：搞什么搞！即令马迁草诏，派谒者传诏魏郡守发兵入邯郸围赵王宫，收捕太子丹，移送魏郡一处廷尉自管监所羁押，与廷尉杂治之，共同办案。基本事实清楚，初步审理意见，法务死。

彭祖知事不好，上书代子讼冤，曰：江充是逃亡小臣，决心编造苟且谰言激怒朝廷，以确保万乘相信他，从而报私怨，日后受烹煮、剁成肉酱计尤不悔。臣愿选赵国勇敢士，从军击匈奴，极尽死力，赎丹罪。

上意稍平，也觉得死刑太过，时，上已春秋六十有二，过耳顺之年，年少峻急、眼里不揉沙子气血稍凉，时念及身后事，连年赦天下，兄弟子侄独不赦，或被认为寡恩。不许彭祖击匈奴，赦丹死罪，废赵太子位，圈禁王府，非有诏不得出。尤视充燕赵奇士，令从行甘泉，问政于彼：你觉得当今政治还有什么可改进的地方？充说我觉得都挺好，就是匈奴搞不定。

上觉充蛮天真，因笑问你有什么办法搞定他们？

充说我愿意入虎穴，看看虎子虎妞有什么纰漏。

上说那太好，现在就是没人愿意去匈奴。于是赐充节，派他出使匈奴，简单礼节性拜访一下，问他你见了单于怎么说呀？充对：因变制宜，以敌为师，将计就计，没去不知道。上笑且去将计就计。充旋一阵风而去，也不知怎么糊弄了一下孤鹿姑单于，没有为难他，安全返回。回来对上说匈奴不足虑，一塌糊涂。

上喜欢他说话没头没脑，胆大敢混不晓得厉害的样子，也没什么可笑的一听就笑，由是有宠。拜充直指绣衣使者，督导缉拿三辅地区盗贼，禁止纠察贵戚、近臣违反制度、过分奢侈行为，为肃正社会风气仗绳。

时，奢僭风气尤盛于侍上左右贵戚公侯子，上班一副样子，下班一副嘴脸，充检举弹劾无所避，见一个劾一个，奏请没收车马，犯者皆令去北军待命，有警随时出发攻打匈奴。上批复他的奏请。充即发文给光禄勋中黄门，捉逮侍中、近臣违制应当送北军者入营，其中不乏巨室贵子弟，并把弹劾文书移送各门守卫门侯，禁止受弹劾者再入宫。各子弟惶恐，还是有办法见到上，叩首求哀，愿出钱赎罪，不想离开上。

上也只为给这些孩子一点教训，并不真打算送他们戍边，就同意了他们请求，准按个人级别把钱交到北军值班室，就可以回家了。值班室一夜收钱几千万。

上以为充忠直，执法不阿，所提出处理办法宽严相济，也颇合上意。

充专盯只许皇帝銮驾通行快驰道，看有无违制上这条道的车。馆陶长公主刘嫖自女陈氏废后势微，出入小心，走驰道被充拦下，喝问你怎在禁道行车？

长公主说我有故窦太后诏命，许我走此道。江充说：只许公主走，随从车骑违规。遂将随从车马尽没收并弹劾举报。上住甘泉，卫太子每日派人问候起居，有时其他道堵，图快也走这条道，被江充抓到，把太子家使、车马一并扣留。太子使人向充道歉：并不是舍不得车马，实在是不想上听说此事，以为我平时对手下人不知管教而多烦恼，希望江君宽大处理。

江充不听，连太子求情事，一块抖落给上。太子受到批评，大窘。而充得上表扬：人臣当如是矣。

在上那里再增信用，迁水衡都尉，秩二千石，威震京师。公府侯邸一片交头接耳：又一个韩嫣，瞧着吧，这面首长不了。

果没多久，在其职权所指范围，任用私人，大力提拔亲朋故交，还是个仗义人儿，受弹劾，坐法免。

上因叹：不争气。

太始四年，春三月，出行泰山。壬午，祠高祖于明堂以配上帝。审计郡国租税账簿。癸未，祠生父孝景帝于明堂。甲午，修坛台。丙戌，禅石闾山。

夏四月，又去琅邪东莱，登不其山。在当地素称灵验村庙交门宫拜神，好像神位真坐着个神，作《交门之歌》：巍巍峛崺，拜之嘻之，献之纳之，求之不应。

五月，回到京师，入住建章宫，大置酒，宴宗室。赦天下。

秋七月，邯郸有大蛇逾城墙爬入，与城中蛇群斗于孝文帝庙下，城中蛇死。

冬十月，甲寅晦，日有食。

十二月，出行雍，祠五畤。西至安定、北地。

征和元年，春正月，自北地还，入住建章宫。

三月，赵王刘彭祖薨。谥：敬肃。彭祖娶故江都易王遗爱淖姬，生男，号淖子。淖姬兄在建章宫为宦者，上召问：淖子这个人怎么样？回答：为人多欲。

上说多欲不宜为君，临子民。又问彭祖另一子武始侯刘昌，对曰：无咎无誉。没人说他好也没人说他不好。上曰：如是可矣。这样也就行了。遣使者立昌赵王。

夏，大旱。

上居建章宫，大而无当，风声鹤唳，树影成疑，每于静中闻屋瓦梁栋嘎吱噼剥响，屋大压人，帝气亦不能支，睡一觉特别累。一日午睡起沿堂中路散荡，晴日有风，太液池柳枝纷扬，水生涟漪，一圈套一圈，天上云竞走，奄忽互相踰，一会儿阴一会儿阳，地上物影忽杂沓忽俱隐，人迷离，见一男子带剑入中龙华门，服饰穿戴不似宫中人，甚至不似本朝人，不像人！

上问马迁：你看到那儿有个人么？马迁张望：哪里？眼睛看向玉璧门。上说反了，那里。继而惊叫：有异人持剑入，还不快拿下！霍光、金日磾拔剑四顾，皆茫然，上尖叫手指：中龙门！中龙门！霍金冲向中龙门，未几又止步，张望茫然。中龙门侯见一帮人慌张过来，出门阴行礼：见过陛下。上惊魂未定，问刚才是不是有一男子入内？门侯说没有阿，臣一直站这儿，无人经过。上怒：难道是我活见鬼！我诬指你？

此言一出，门侯还未来及下跪求饶即被左右架走，南军军法处问斩。上又问其他守门士：你们看见了么，一男子，还带着剑？士皆惶恐，说看见了，臣等欲阻，男子扔了剑跑了。上说你们也是废物，没把他阻在门外，倒让他钻进园子跑了，还不快关门搜捕。于是闭建章各宫门，大搜，每一扇门后都看过了，没有人。

冬十一月，发三辅骑士入上林苑，人挨人，马挨马，拉网大搜，把上林苑周回数百里，所有鸡脚旮栏过了遍篦子。继而关长安十二门，入户查户口，搜了十一天，抓了数百在逃犯，才解除禁令，重开城门。

上语马迁：你相信眼睛不会骗人吧，我确实亲眼见有人仗剑向我走来。马迁说我以为你是有幻觉经验的人，知道眼睛也会无中生有。上说那是在规定场合规定条件，即便见人、物，也与晴天白日有所差异，正因我有经验，所以不会搞混。马迁说你还记得文成将军么，叫你生见王夫人。上迟豫：你是说有人给我下蛊了？马迁说我可没那么说，我是说不能太信眼睛。

见上不语，在呢儿琢磨，又说：一向不信的东西，不能小有遭际，就倏尔推翻自己，反倒比谁都信了。

665

上说不会，还没那么愚直。

上年老，机体衰退，各种不适找上门，先是眼花，睁眼有飞蚊，闭眼有频闪，看什么都带着一簇簇小黑烟儿。继是浑身浮痒，花香猫走过，胳膊、背、大腿一片片起红疹。脚趾生足癣，一层层蜕皮，痒得钻心，拿手挠，传染至十指，指甲生霉，剪一次厚两层，酥若黄齑粉，闻若臭奶酪。四时交替，秋入冬，冬入春，咳呛至无眠，血鼻涕，怀疑肺癌。躺下两腿皆断，起要重整骨骼。撒尿久站不出，出似断流溪，一股截儿一股截儿，总有一滴潴留不出，堵膀胱眼儿似的，放弃欲去，滴脚背。血脂高尿酸高血压高，吃肉脚红，喝酒脸酱紫，肩背躇疼，手常麻木，忽一阵眼前起雾，有手在脑仁画圈绕毛线。这都没有特效药，都逮自己耐受，赫者喝七虫八草黑药汤子。宫中太医大不过整个行业水准，也就内点见识，拣难得稀有之物喂饮。

既然都不贴谱，还是信用私人，至少张蜜什么都不瞒他，本事不大，胆子不小，没事还能逗个咳嗽。

张蜜尽献秘方，自制小膏药，哪儿痒贴哪儿。亲煎小砂锅，说你这就是阳衰，湿太大。小膏药丝丝拉拉拔得上红肿热痛如揭皮，黑汤汁喝得上喷呕厌食。

上说你也别给我瞎整了，就让我不咳不痒，夜里能睡觉，其余病根、固阳去湿、养收之道，去他妈地。

蜜说那就只能解表了。上说就解表，本不管了。

蜜说解表容易，但求速效，不是没狠药，只是伤肝肾，你肾还行不行？上说我明儿就死了，还管肾行不行。蜜说也对，肾就是拿来用的，很多缺临死还留一副好肾舍不得用，本医家赞赏你这种物尽其用大无所精神。遂取洋金花，研末煎水浴手足，内服。果收痒止咳，背疼亦解。无尚明昏昏欲睡，沾席入梦，见静水深流，舒舒长草，上唔叹：原来你们还在阿，可怜我世上竞走一圈，忘了还有另一世外。大恸，睡梦中啜泣不止。自此愈加沉溺，居甘泉不出，终日抱着药罐子。后药性转，安神镇定服下反兴奋狂躁，连日不睡亦精神矍铄，眼炯炯如灯。命马迁去石渠阁搬数车《三坟》来，每日服下，只拣此中数卷翻看，时而大笑，时而大悲，必以伤怀涕下继以长坐静思，人极萎靡。对马迁说你不是一直想看么，看吧，随便看。

马迁随手检索，说原来你都是从这里得道识，怪不得。上说你说，能给一般人看么，看了还不全疯？

马迁说一般人民还是要给希望，君上一人知悉根论也就够了，或少做无益之事。我倒觉得五经和三坟是一对搭子，一是臣道，对下；一是君道，对上。只有君道而无臣道，若颈断四肢瘫，人民昏噩噩如檐下风雨铃，谁摇谁响，难得万世之安。我听说域外有神之国，也是上诉诸神，下诉诸德，完整一套驭民术，在咱们这里，讲德讲得丝丝入扣，可操作，也就非五经莫属了。上呲牙一乐：你说得也有道理。

丞相公孙贺夫人卫君孺，卫皇后姊也，与妹子走得近。子敬声，与表妹阳石公主是情人，代父为太仆，骄奢不奉法，擅自挪用北军军费千九百万给公主买首饰珠宝，年终审计发觉，下廷尉狱。是时，有司诏捕阳陵大侠朱安世甚急，安世匿河东郡霍仲孺接壁儿街坊亦是霍家故交曾同为平阳县旧吏别宅深院中，故各处求索不得。霍光偶得线索，私语孙贺。孙贺遂上书自请逐捕安世以赎敬声罪。上许之。后果得安世，破门而入按繋安世时，安世昂首笑：丞相祸及宗族矣。

遂从狱中上书，告曰：敬声有婚与阳石公主私通，畏上知降罚，与巫谋，作偶人，恶鬼相，埋于甘泉必经驰道，诅咒上，有恶言，卒不忍听。巫是我找的。

上见书对马迁叫喊：他们都希望我死，他们都盼着我死！

73

征和二年，春正月，下公孙贺狱，案情得到验证，贺父子掠死狱中。合家族。以涿郡太守刘屈氂为丞相，封澎侯。屈氂，中山靖王刘胜子，刘家人。

二月，浞野侯赵破奴坐巫蛊，族。

夏四月，大风，摧屋拔树。

闰月，贺父子同案阳石公主、诸邑公主及皇后弟卫青子长平侯卫伉皆坐巫蛊诛。暴胜之报送殊死议决至甘泉，马迁进言：或可睡一觉起来，明日再批。上正在劲儿上，以一种可怕平静冷漠说：现在就批。

暴胜之走后，上说她都不在乎你了，你在乎她干嘛？你和你闺女关系怎么样？马迁说还好，平时不住在一起。上说你内姑爷我看不错，平时见人很有礼貌，管你叫爸么？马迁说还行吧，嗯，我们俩都尽量躲着，不叫内迎头撞上非叫人不可场合出现。上说不是亲生的叫起来是麻蝇，不知你做到做不到，我是做得到，你不理我，我还不理你呢，你心硬，我比你心还硬。

马迁说你情况比较特殊。上说姑娘就是贼。停了会儿又说：现在她们都恨我，包括皇后。马迁说不能那么说。上说我知道。马迁说没道理。上说她看我眼神我就知道，我无所谓。马迁说这个不能猜的，怎么说是一家人。上说什么一家人，她们早把我摘外头了。

马迁说你还有儿子。上说儿子和他妈是一头的,儿子早瞧我不顺眼。上又去弄药,自个研末,自个沏水,摇晃玛瑙小盅使其均匀,手法极纯熟、老道。

马迁说你别再弄了。上说医生让我弄的,我是遵医嘱。没事儿,我头脑清醒得很,醒得跟王八蛋似的。

马迁说要不我今晚不走了,让他们谁去跟饼妹说一下。上说你别,我真没事,你还是回去,别回头饼妹再恨我,她是不是已经有点恨我了?马迁说真没有,说起你都是感激,替我们想办法,我们内都是自找的,现在想,还不如听你的。上说其实我早就想跟你说了,老没机会开口,真是觉得对不起你,想跟你说声对不起……说着抽抽噎噎哭起来:请你原谅我,太不给你台阶下了。马迁忙说这是怎么话说的,是我不给自己台阶下,台阶您都给我铺好了……上哇一声哭出来:太混蛋了我!今天你必须让我给你磕俩头,你要不许就是不原谅我。说着就往地下趴。马迁比他还快,嗖一下过去架住他:我原谅,我没不原谅,我早原谅了我根本就没生你气,你要磕我也磕咱们对着磕你这不要我盒钱么?(马光按:盒钱,汉俚,指棺材板钱。)

霍光日暐听屋里闹起来,忙按剑冲进来,见老俩一个往地上坐,一个费劲往起搁,都快坐地上了,拿眼看马迁,马迁摇头闭眼意思没事。上坐地上大骂:谁叫你们进来的,出嗾!霍金欲走还留,继续拿眼神征求马迁意见。马迁无声张大嘴说没事有我呢。上一只拖鞋拽过去:还不走,等族呐!霍金左右一闪,敏退出,带上门。

日暮,马迁从屋里出来,一脸灰,说已经睡了,五天五夜没合眼。霍光说您还回去,我叫车。马迁说我回去,早上再赶过来,今晚上有什么急件都先别送进去,留我早上过来再处理,人也别往里放甭管谁,让他好好睡一觉,我先上趟次所。

起初，上年二十九生卫太子，甚爱之，只是不常、不惯流露。及长成，性仁恕温谨，随其母。上嫌其材能少，只知读经，受儒者影响过深，不像自己兴趣广泛，什么都搞一下。转而偏爱内几个小的，王夫人生子闳，李夫人三子旦、胥、髆。皇后、太子感到宠衰，加上卫家内几个女的都不是省油灯，没少敲边鼓，渐生不自安。上亦有所察觉，对当时尚健在大将军卫青说：汉家建政，万事草创，很多法规都是临时应对举措，加上北南不靖，四夷侵凌中国，我不修订调整制度，后世无法可依；不出师征伐，天下不安；为此不得不劳请民众。若后世像我这么干，是重蹈秦亡覆辙。太子敦重好静，必能安天下，不使我担心事发生。欲求文治守成之主，谁又能贤于太子呢？听说皇后、太子有不安意，岂有此邪，去跟他们说，什么事没有。

大将军顿首谢。天子当晚回家，后给他烙葱花饼，满脸是笑纹：老公，辛苦了。上说：瞧把你开心的。

太子数谏，请停或缓征四夷。上笑说这些劳累得罪人的事就让我替你做完，你坐享其成，不好么？

上每出行，必将政事交付太子，宫内付皇后。每次出行回来，太子处理决定的事情，比较重大都会向上汇报，上一般无异议，有时汇报也省了，不听。

上用法严，多任深刻吏，已决未决案到太子手里，太子宽厚，多所平反，虽得百姓心，而用法大臣则很不高兴，就显得我们是坏人。后担心日久三人成虎，常叮嘱太子，应该多听你爸意见，不应擅有所纵舍。

有时当着上面就数叨，上支持儿子不同意皇后，说儿子需要攒人品，我其实也不是非要哪个人死。

群臣宽厚长者多阿附太子，而深刻用法吏皆败坏之，毁称其无明。谗佞多结党，尤善布手脚于上左右，深耕于宦者中，故上每日入耳，太子誉少而毁多。

卫青薨，太子在朝臣中失去重大娘舅支持，那些对太子不满的人竞相在上面前说太子处置失当事，有些平反人后来证明确有罪，也不是所有案子都是冤案。

上久恙不愈，日见屡弱，深居甘泉，几个儿子闳早夭，旦、胥外放，髆尚幼，而太子又在长安主持政务忙得抽不开身，膝下只有一个婴儿弗陵，赵婕妤每日抱着在上眼前晃，以作承膝欢，在外人眼里看来，是与诸子疏远。

皇后居未央，长乐改作太子宫，娘儿俩也不是每时每见面。太子忙完朝政，好整以暇，抽空过去展一眼，后就紧着给弄吃的，叫喝的，拉着太子手眼睛全在太子脸上身上，问这问那，絮叨起来没完，早走不高兴。后也寂寞，与上会面比太子还少，娘家亲戚死的死，法办的法办，两个闺女杀了虽不是自己亲生，看着长大，也伤心，亦心寒，老头子心太硬。还一个二妹少儿，曾受上点名批评，亦为近来事胆战，素常无事也不大敢往宫中行走，就剩一儿子还能把在手中。

一日太子过宫去见妈，在妈屋里慎了很久，喝了妈熬猪肝粥，吃了妈蒸蜜汁藕，老太太问起太子一家媳妇良娣、皇孙皇女就没个完，惦记长孙小刘进婚事，听说也是和家里舞女叫个王翁须的好上了，姑娘俩月月事未来，可能有了。后很兴奋，说有了就扶正，咱家不讲内个，只有抬举人，别人想跌咱家份儿也没处丢，家养姑娘知根底，说起来也是老刘家传统。

太子进未央是日三竿，出来日影斜，有心人给掐漏刻数着呢。黄门苏文给上浴足捏脚搓趾时说：有人看见太子临朝不办公，上未央找宫女玩下午才回。上说湿妈，他不跟女的玩还跟你玩么？看来我给他宫女少了，从我宫里挑好看的给他凑够二百，女底有滴是。

苏文也是臭不要脸，挨了啵儿该给太子上眼药照上。还他几个好基友，小黄门常融王弼等给上倒尿盆、放洗澡水，搓泥擦胳肢窝轮着给太子扎针，说太子虽好，比您可差远了，您玩都是正经，太子正经像玩。

上气乐：滚蛋！我们家儿子我瞧着好就行，等你们下辈子有儿子再操内蛋笔闲心。这帮孙子说我们，内什么，不是把您这儿当家，把您当自家老人了么。

皇后在上跟前也有人，话都传后耳朵里，后切齿，牙关咬得非捏腮帮子才能张嘴，跟儿子说这帮人留在你爸身边早晚坏事，你跟你爸说，把这帮阉人都宰了。

太子说我怎么说，好像手伸到爸身边管起爸的事了，我自己小心不犯过，为什么要怕苏文？爸多聪明阿，小人想糊弄他太难了，用不着担心，你认为苏文能得好报么？后说你爸是看着聪明，没少让人糊弄。

上一日忽然头晕眩，平地摔一大仰巴饺子，头差点磕床框，抬床上缓着，闭眼捯气，自我感觉没大事，旁边人吓得不轻，小常融、小王弼都吓哭了。马迁说你们不要在这儿哭，速去通知太子皇后要他们马上到甘泉来。小常融小王弼分头通知太子皇后，话儿带到赶紧回来，进屋见上已无大碍，坐起来跟马迁说这说那：……同意你的想法，臣有臣道，体系才完整。我们不提，人家也在那么搞，自汲黯去后，九卿等下文吏无不出胡毋子、董子门下，很厉害，兴教五百载，从一乡一地抓起，抓到遍天下，上一篇策论，就敢说我尊他一家，到处说，我还不好声言没这回事，一说就打击一大片，一张嘴说不过他们百千万张嘴，那么好，我们就借坡下驴，与其人家提，不如我们自己提。本来有意廷辩，去浮见，取凝华，如今名老硕儒凋零，跟学生辩，也没意思，不如咱俩鼓捣鼓捣，五经全部修订也没那个精力，听说苏武只看《论语》，同意他的方法，咱也择其首要，把《论语》调整调整，你意下如何？

见小常融鬼头鬼脑进来，说你见着太子了？小常融说见到了，没敢说您有大不好，只说跌了一跤，没爬起来，现在有出的气没进的气，太子闻听有喜色。

上笑骂：这还叫没大不好，你理解的大不好逮有多不好？你小兔崽子狗嘴里吐出太子从来不是象牙。

马迁说真有必要调整人家已成旧著么？《礼记》《春秋》易调整个别文字一般人注意不到，《论语》早已深入人心。

上说哟，退考三代礼，修《左传》而制《春秋》不是修订阿？韦编三绝来回翻还不是调整？仲尼之言，子舆述之，子夏传公羊高，高传地，地传敢，敢传寿，寿乃共弟子胡毋子著于竹帛。几百年口传，口传之挂一漏万会聊天都知道，其中还没损益呀？公孙寿胡毋子使得，老刘司马使不得？二婚新妇见姑婆还要再开次脸，旧坛装新酒是不是还要刷刷坛子？我不是桃，他也不是李；他那里就算是个雀巢，我这个鸠，自己有窝。你有顾虑你把关，总要老黄瓜刷漆，才好出去见人。

班固按：汉俗：新妇出嫁，娘与女以丝绞面部汗毛，以求光洁，曰开脸。后转喻面子，曰开面儿。不给面子曰不开面儿。

外面马嘶轮轧砂，太子急匑匑进来，眼皮红肿脸蛋有泽似曾涕泣，见他爸好好坐呢儿，谈笑风趣，才收步，面露欣欣然，说您没事阿？上说事儿是有，你老爸身子骨硬朗，没能咋地。说着下床伸胳膊蹬腿：要不要给你走一趟八爪拳？小常融忙上前搀扶哎哟诶，您老可慢着点，见了儿子高兴。上问你妈呢？太子说出门听见内头正在备车，许是在路上，应该马上就到。

上说都别说阿，我还躺回床上，咱们吓你妈一大跳。太子说那多不好阿，回头我妈再有什么不合适，我这当儿子的两头急。上说对对，不能给孩子找事儿，整好今儿咱们三口都在，晚上就在我这儿吃道食合，新来个北地厨子，匈奴人，过去给单于做饭，咱们也尝尝单于家饭。老马不走了，一起吃，咱们内事还得聊。常儿，去告诉呼韩师傅，石头烧起来，今晚一、二、三、加上皇后，四个人吃羊。常儿欢快应：好嘞。

班固按：道，匈奴语石头；食合，烤。

小常融出去，上一个眼色把日磾叫过来，附耳低语交代几句什么，日磾随后跟出去。

晚上吃羊肚口袋焖烤羊，上眉飞色舞，太子亦快乐，赵婕妤还抱小弗陵来凑热闹，上张罗给添双筷子。

皇后有点拘着，上亲搛头块石烫肉布后碗中。

专吃剩饭小黄门内桌未见小常融，小王弼苏文都有点丧，垂眉搭眼。马迁问日磾小常呢？日磾说埋了。

74

自公孙贺父子案后，朱安世接连于狱中揭出涉巫大案，他这个侠，不过大流氓，别的流氓把持粪场、殡葬、码头装卸、建筑用沙用土，吃佛爷（班固按：佛，动词，有收、迅速摸拿之义，举例：把人东西佛了。直喻三只手，佛爷，道上专指窃贼），倚门挨户收小菜贩、小商户保护费。他控制医巫卜祝街头算命打卦猜石子下残棋者流，凡到长安撂地挣钱口儿犯，必须在他指定地点行骗，挣不挣钱一天抽地租八十铜子。

自文成将军、栾大兴妖禁中，短暂辉煌迅疾陨落，各地方士群聚京师，其中不乏身兼神巫淫祝，率皆左道惑众，变幻无所不为。（班固按：汉俗：道尊右，人行皆靠右。军行右为上，贵者居右。闾里巷列，富户居右，贫户居左。谚云：右贵左贱，右贤左愚。故正道为右，不正道为左，若巫蛊及俗禁者。）能登上宫门者寥寥，迷倒贵妇贵小姐富婆贱丫鬟者盈街摩接无以计。女巫终日往来北阙甲第公府侯宅，渐侵入后宫，教美人度厄，每屋辄买木人祭祀之，因妒生忌微恚小罥，移过芳邻闺蜜。都以为自己搞得很机密，不为人知，哪知巫者皆受控于安世，从根儿上把她们摸得一清二楚，今陷大狱，杀头是免不了，就是哪一天绝命问题，拖一天是一天，每举发一名媛，就能混几天，狱吏也奖以酒食，吃两天好的。贵妇贵小姐事败，拖入秽圈，初上公堂，更相告讦，互无限上纲，竟指诅咒上，非拖好姐妹一齐落水，万劫不复。株连父兄，按大臣、后宫良人少使数百人，皆坐无道，殊死问斩。

一时丑闻满天飞，空气中充满邪恶诡秘味道，不晓得巫蛊的人也能街头坐论埋木偶扎小人，亦产生强大暗示，很多人夜梦被鬼追，巫虽铲受魇者反巨增。

上于梦中亦见木人数千持杖欲围殴，惊寤醒。由是躁狂症愈甚，语多颠倒，日见幻影，忽忽觉身处异境，记性大减退，见马迁竟结舌喊不出名谁。马迁私与张蜜正色谈不要再给他内些药了。蜜遂断供避不见上。上既知药名，遂命太医寻进，尤痛服不止，受迫害妄想日添，看人侧目，闻树响疑伏寇，心病重重。

一日马迁惊见江充复现甘泉，活语快言与上论病，说您这焦虑不适明显巫蛊所为。心症还得心医治，我就是心医，专克妖巫。上只是笑，见迁至，充自请退。

马迁说你怎么还招这人阿？上说无事听他胡扯闲着也是闲着，上回说哪儿了？二人各自展开手中论语。

马迁说上回就在头一句争执不下，后来暴胜之来了就没往下说。上说我说什么来着，你坚决不同意争执不下？马迁说你说学而时习之不亦乐乎，有朋自远方来不亦乐乎，可以抽象为人逢喜事精神爽，我坚决不同意。

上嘀嘀：行吧，我不坚持，听你的。这话也就是大家都是文盲，普遍不爱学习听起来珍贵，是句话。

马迁说你觉得现在还不够文盲么大家？还是乐游走马逗狗者多，把那当喜事。

上说人不知而不愠，人不关注也不生气，不亦君子乎。像对小孩子讲话。

马迁说民众可不就是小孩子么，为求关注出洋相，求关取辱互相取关这些年还少听说了？

上说热锅别摸，这样的忠告很必要，但是隆重推出净是这样内容我不愿意与此有关。其为人也孝弟，而好犯上者，鲜矣。不好犯上，而好作乱者，未之有也。孝弟也者，其为仁之本与。公孙敬声事君孺至孝，母未食不食，母未寝不解衣，结果把父母一道送入忘川。不犯上专犯下踢寡妇门挖绝户坟乡间无赖子优长。

马迁说咱们不是给人挑掌儿、按注人家来的，这点我想我们一开始就已讲明。

上说没有按注，是补憾，附丽以续貂：虽鲜矣，亦偶有闻。而好作乱者，唯乡间无赖子也。孝弟也者，为仁之本，本之所本，爱人，恭宽信敏惠。都是他原话，咱不把他没想过的强加他，这样就全了。我以为世传本编辑有大问题，因人见论东一嘴西一嘴支离破碎，应以话题定篇，如仁篇、礼篇、君子篇诸如此类，一个问题讲深讲透，不要摁下脑袋抬起脚，两手还在乱扎猛，循环起论倒叫初习者左支右绌，你以为如何？

马迁说再议。回头说哟，太子来了。太子与张安世一前一后，微倾上身频送致意含笑而来。自上跌内一跤有惊无险后，太子每日亲来甘泉问安，再忙，留中饭，父子把欢。有时工作未尽，带着兼理中书令之尚书令张安世，饭前饭后拣便处理，有疑难处面询上。

上指安世说你瞧这孩子，与他父完全不是一个人，恭谨内敛，与人为善，可见血胤也不全起作用，处境经历可得其反。

马迁说三年无改于父道，可矣。

上说我看这孩子可也一天没像过他爸。又说老啦，儿女不跟进，是最大糟心。又怕太子吃味儿，连说你没有，你特别好。太子、安世皆尴笑。

上又叨唠一遍：老啦，始觉人伦交关重大，老人家用心良苦，公道讲，他讲的内些话，为老人著想多，年少时读之无味，老来如饮陈皮汤，愈品愈见滋味。

未几日，忽闻江充重被起用绣衣使者，专治巫蛊狱。以剧毒攻毒，将收捕胡巫老辣资深者及江洋名盗飞贼数十人释出，任为左右。夜间飞贼上房，蹿墙踰垣，倒挂金钟窥伺百姓家院，见有人掘土倒花盆，提灯逮蛐蛐及夜深不睡，妻为夫手帕舞，夫击掌助兴，忽妻出，再入面具扮鬼吓夫等事，即立于房上尖嗯匪哨传信，吏及胡巫寻声赶到，破门而入，收捕小夫妻、逮蛐蛐少年、倒花盆老伯入狱以夜祠、种蛊、视鬼坐验。大刑伺候，烧铁钳灼拔指甲，莫不屈服认罪。再究其党，即告街坊。民转相诬以巫蛊，吏辄劾以大逆不道。数月内，自京师、三辅连及郡、国，坐而死者前后数万人。一时百姓夜不敢出，天黑就吹灯，大小便置马桶解于室内，闻瓦上猫过，瑟瑟抖。充即命飞贼，夜侵入民宅，自带偶人刻咒诅语埋房前屋后树下，奠酒以标方位。复上房含指吹嗯哨，吏及胡巫破门入，四嗅掘发为证，收捕屋中人诣狱受刑，莫不屈服。

到后来，老百姓房前下夹子，屋后挖陷坑，树上蹲孩儿守夜，街坊四邻联防，有飞贼上房辄敲盆举火呐喊，闾里家家户户男女尽出，人人抢棍舞钉耙放狗，争上房围堵，颇有飞贼遭撒网落网，为市民痛殴，虽吏力救，保住一条命双腿俱残，骨节尽粉碎，骨郎中妙手接不上也不敢接，闾里传檄贴门上，谁接抄全家。

充后来也丧了心，近污者染说的就是这道理，且又是自污，染人清白，比谁都黑，黑到临深渊不自知，一脚踏将下去。每天转腰子，长吁短叹，就怕无事可做再撤了差事。复去诏狱找朱安世，要他报几个人，一个人名一只猪头五斗酒。朱安世说缺德的事也有底线，弄弄差不多得了，我只举发确败坏有阴损自陷之人，黑吃黑，纯构陷他人，无中生有，对不起，我这个坏人还真做不到，猪头我也吃腻了，再不想见猪头，你馋不着我，没见过坏人有底线吧，今儿你见到了。

充夹起安世，烈火烹钳拧他奶头，说不报，撕下来。安世大笑：操你妈！老子恶贯满盈正不打算好死，背着罪孽受阴间火烤油炸，今儿你不撕下来你都是我孙子，你撕下来还是我孙子，替爷免一回阴间滚油锅。

充遂热钳现揪，每揪下一丸肉，安世必大笑：痛快！又遮五秒油锅。至身上凸起皆拔下，安世已成红糖葫芦，奄奄不语。狱卒说哥你别给弄死阿，这我怎么交代？充扔下钳子掉头出黑牢，脑中深嵌安世内句话：你怎么都是我孙子。到底是奸佞小人，不是血腥暴徒，肢解人也是头一回干，弄这一身血，蹲阳沟哇哇吐。

回队泡了个澡换几缸水还是粉的，指间人油搓不掉，恶心，闻伙房炖肉欲吐，中饭晚饭都没吃，坐院子里乘凉过风，指戳众巫说：我撤了差也就回家歇着，下次有事再去上那里卖乖讨个便宜，你们却要回狱中等杀头，一个跑不了。胡巫檀何因进言：有鼻涕不怕找不到地方醒，有曲别针不怕钓不上虾，现有一大虾，就卧你眼跟前，就看你敢不敢下竿。充说没爷不敢的我还告你，虾哪儿呢？檀何遂说：宫中有蛊气。充一拍腿：明白了，你看我敢不敢。明日即入甘泉，语上：根儿找到了，我司专家夜观长安，见蛊气如吐信赤花蟒十数丈起于城南，频频西北顾，作欲啖人势。上说城南，具体方位搞清楚没？充说臣不敢说。上说到我这儿还有什么不敢说的，说！充说只怕是两宫当中。

上说两宫当中，上回就牵出数百人，看来还没起干净，这帮女的疯了，就因为见不到我，就对我这么下家伙。充说您定，怎么弄？上说怎么弄，刨地三尺弄，不管牵涉到谁，再搞不干净，别来见我。

这回没什么好说的了，响晴白日，什么也没弄，饭后俩时辰，小憩才起，才跟马迁聊过巧言令色鲜矣仁不如改作鲜矣所有，吾日三醒吾身除了改作业、朋友约吃饭正点儿到、帮别人做事替别人想还应加一醒：今天你为国家做了什么？头脑很清楚，后果应预知，虽然事后与马迁说料到会有事，没料到出这么大事。一世圣明，成住坏空后人可评可点，基本还属事出有因，利弊两说，有不得已，有代价过当，总在掌握衡平中，临了临了，还是在清醒状态下放出一大昏招，生命难以承受之痛。过往成也罢，坏也罢，代价总在别人身上，疼不到自己，这回到底轮到自己钻心了。

充说擎好吧您内。就一溜烟儿跑了。

充带领胡巫，昂首入未央，先撬了皇帝座，把座儿掀到一边，挥镐刨基，掘地三尺。宫中大乱，有无数车奔甘泉，求见上，要当面亲听御口，说这是真的。

上说是我让他去的。遂又命按道侯韩说、御史章赣、黄门苏文：你们仨，去协助江充，人家不认他，说是我的意思，一切听他的，不得阻挠。

充遂转战后宫，拣长期不受待见尹婕妤、邢夫人等年老妃嫔许舍开挖，家具全挪出去，土攘得哪儿都是，问还没好脸，挖出一偶人，即瞪眼拍唬：等着掉脑袋吧。三大员跟屁股后头，护驾一样，也不嗳嗳，只在有人求证时，点头说是，是上旨意。邢夫人怒而悬梁，被韩说眼疾脚快一把抱住腿踩凳子解下来，说姐，别呀，还不知谁先掉脑袋呢，等水出泥再死不迟。

尹婕妤搬个胡椅坐外头看这帮人忙活，翘着二郎腿嗑瓜子说我是什么都想到了，没想到有今儿这么一天，太不像明白人干的事了。江充满身臭汗举一偶人过来问尹婕好这是你的吗？尹婕好说我的妈？你的妈送我的，赛墩布送我的。你不就是江大腔眼子小儿子二坏么，你妈靠卖大炕供你们全家，外号赛墩布。你内点坏我还不知道，跟我来这套，插我赃，你还嫩点！你爱给谁说给谁说去，我还告你，二坏，你好不了，你全家好不了，你信不信，这事我能过去你过不去。

江充撇嘴啐，朝地下吐口痰，搔墨大眼回工地。

一巫探头喊大妈有墩布么，归置完了，给您擦擦。

充一脚蹬巫后腰上：我去你个墩布大爷！

江充等辈接着去了皇后许舍，把皇后屋里挖得跟地道似的，纵横交错，再把床抬回来想放平，都没四条腿一边齐整块地，只能三脚落地，一脚悬着，一坐就往一头倒。江充对皇后还相当客气，给找点碎砖头垫上，说不好意思，奉命而来。皇后没拿正眼加他。

进了长乐宫，太子一家太子妃史良娣、皇长孙刘进、孙媳王翁须手里抱着刚生没几天皇曾孙和几个更小皇孙皇孙女及众宾客几百人都院里站着，冷目横对。

韩说紧着上前给太子行礼，说一会儿就完一会儿就完。太子还礼没说话，还是一路盯着江充。江充不与太子眼神相对接，进了屋喊：给我挖！

把几个殿掀起来，逮用筐把土一趟趟抬出来，堆成一座小山。日沉月出，从殿里出来，手握一把桐木偶人：高喊：就数这儿挖出得多！另一只手抖落着一张皱巴巴白帛，喊：都是不道之言，这就去回皇帝！

太子少傅石德新月之下见太子脸比月色还白。太子问石德：怎么搞？德说无法搞，前丞相父子、两公主及长平侯都坐这罪名不赦，今巫与使者掘地得这么些可作证据玩意儿，不知是巫插赃，还是什么有心人埋的，廷尉狱不是讲理的地方，真搞到那里无以自清。

太子说那就是坐以待毙了，那就坐以待，不信我爸杀了闺女接着又杀儿子。石德说你以为你和你爸近还是你爸和他自己近？还记得前秦扶苏事、今上之兄临江王的事么？太子不语，又说我现在就叫车，去甘泉，当着我爸面和这贼人对质，没有的就是没有，不能变成有。石德说上能派这贼人来，把你这儿等于抄了家，就说明上信他不信你。上最近精神状态你比我清楚，这是到了这会儿，有些话我不得不说，上已经严重不正常，正常不能干出这事，我以为上被这些坏人控制，丧失判断能力，或说丧失理智，你去跟一失去理智人讲理智，你自己说胜算能有多少？我怕你去了就回不来。太子说说来说去就是没办法。石德说也不是全无办法，还有一下策，反正上在甘泉，与这里地理隔绝，皇后请安都不正经回一句，群臣、三公九卿、我等不见上已久，都快忘上长什么样了，就这几个贼人来来去去，说上已不在，这几个坏逼隐瞒不报，假传诏命，我也不敢信也不惊怪。太子说上在。

石德说我知他在。可是你说怹今儿不在了，昨儿刚走，我也不敢说没这回事，还就没理由不信。既然我都这样，别人、离你们家远的，可想而知。与其去甘泉自请其罪，不如矫节——咱宫里有阿——发兵收江充等下。我敢向你保证，宫里朝内，有一个算一个，上到三公下到站岗把门的卒，没一个不讨厌他们，说讨厌都轻了，是特别讨厌，没一个向着他们，瞧把这宫里弄成什么样了？咱们就打这时间差，上是不是得晚上睡觉阿，白天才能找这几个坏逼，就说他们亲，每天不见面难受，咱就趁夜间，先抓了坏逼，哪儿也不送，就摁咱这大土堆后边严刑拷打，我亲自打，不信问不出奸邪诬枉欺上，问不出也生把这帽子扣坏逼头上，打得他肝胆俱丧说不出整话，真急我把舌头拔了十指剁断，让坏逼说不出写不出，诬枉死罪坐实；真急，惹毛我把坏逼打死算毬，省得日后费事。追究下来我去，我顶这缸，大不了杀我一人，谁都不用记念我，将来你有一日登上大位，记念我，给我追授一忠怼侯，九泉之下，我一家老小感激您。

太子说真行么？我人家儿子，怎可以不经过上擅行诛杀。

石德说你要这么说那真没办法了，您歇着，我回家洗脖子，作为你老师，估计我这脖子也够呛能长肩膀上了，今儿、明儿，不出半拉月，就得一挥两断。

石德摸着脖子往宫门走，快到门，太子在后喊：老师老师。老师一回头，太子手有力往下一挥：留步！

说这话就是秋七月，天还很热，夜黑较晚，太阳落山，月牙渐显，天还亮着。江充还在长乐挖宫，非把每个殿刨个底朝天不算完，上回内是唬太子，那些桐木人帛书自己身上一直披着，真拿去给上看，也含糊，上不是傻子，多少骗子文成、五利将军全栽上手里，上今儿对你好，明儿就可能翻脸，挑拨人父子、皇帝太子阿！的关系，可逮真加把劲，至少假货里有一真的，才有的说，至少自己掉脑袋，不至连累全族。

辰时四刻，人渐模糊还能看清脸，韩说在院里随意溜达唉声叹气，这倒霉差事，帮这么一坏蛋坐镇，有家不能回，有炕不能睡，这么大岁数还得天天陪着熬，不定招多少人恨呢，皇后现在见他都不说话了。

一行人摸黑走过来，刚才面对面还能看清脸，现在只能看见眼睛嘴。领头的脸生，也不是全没见过，大概有印象是太子门下客，经常鞍前马后跟着，此人手持汉节、另一手拎一张帛，说：按道侯接诏。

韩说心说什么情况，宣诏不是谒者，什么时候轮到太子门客宣了。门客说：按道侯任命解除，可以回家，钦此。

韩说乐了，说哎，兄弟，我不是头一回接诏，忒不讲究了你这也，自个跟家想的？你这是矫诏，死罪阿。话说到这儿突觉得不对，伸手拔剑，已被对面冷光一闪，砍翻在地。门客附身说对不住，本不想这样。

一行人迅速跑向工地，两个抬筐往外倒土小巫忽然扔下杠子筐分头跑，旋僵立，各自软面条倒下。

殿里发一片喊，人影晃动，火把摇曳，没多大工夫，一全裸浑身油汗脸上淌血汉子被双臂反剪扭出来。

太子、石德站在阶下，汉子被扭至太子面前跪下，太子指骂：赵虏！害了你们国王父子还不够，又来害我们父子，今天你的日子到头了！旁立人举刀，太子说刀给我，今儿我开杀戒，不亲自宰了这小子不解恨。

遂接过刀，兜头带脑抢过去，江充哎哟一声，挺着脖子一通呼喊爹呀妈呀，众门客乱刀齐下，充仆倒在地，没声儿了。石德说把头割下来，别没死透。

一队带伤被缚胡巫驱赶过来，门客说这帮货怎么处理，埋哪儿？太子说别脏了这块地，带他们去上林苑，烤熟喂动物吃。

当夜，太子舍人无且就是刚才领头内位，持节夜入未央宫长秋殿，与长御倚华你一言我一语把才发生经过原原本本跟皇后讲了一遍，皇后说事已至此，还有什么好说的。于是持皇后印玺发平时担任皇后车驾护卫中宫马厩车载射士百名，打开中宫武库搬出兵器，武装太子宾客舍人，调动长乐宫卫卒，关宫门上墙守。

长安一片混乱，闾里哄传太子反。黄门苏文趁乱迸蹿出城，强夺民车马，奔甘泉。上已睡，被叫醒，告太子杀江充起兵反事。上初还镇定，一言定性，说不是反！一定是江充掘宫，太子惧，又忿恨江充所为，故有此变。不用发兵，父亲攻儿子像什么话？我派个人去，一定平息。遂派宫中使者去长安召太子至甘泉。

这个人也属小常融一党，来到长安，见老百姓都家门口站着，街头水泄不通，皆兴奋议论，眺望两宫方向，城南似火光冲天。及到宫前马道，见两宫门皆紧闭，卫卒墙上持械，各擎火炬。不敢入，掉马头回车，归报添油加酱：太子反已成，欲斩臣，臣逃归。

上始怒。丞相刘屈氂居家闻事变，挺身逃，印绶在办公室也不敢去拿，赤脚徒步走到长史李某人家敲门，叫老李快去甘泉报告皇帝。长史赶自家小马车到甘泉，向上报告长安生变。上问丞相在干什么？长史答：丞相怕事传扬出去不好，正在设法把事压下去，在找人。

上说找什么人，为什么不发兵？他内颗印事急是可以找北军护军使者共同发兵。长史说印在办公室，没去拿。应该也是畏太子，不经您同意未敢擅自请兵。

上说事已闹成这样，还保什么密？丞相一点没有周公胆气，周公当年不是不请杀掉管叔、蔡叔了么？

于是取出备用丞相印玺，另下诏书一并交付长史，令回去给刘屈氂，交代事无巨细，诏曰：捕斩造反者，自有赏罚。以牛车掩护进攻，多射箭，尽量避免短兵相接，使士卒少受杀伤。关闭城门，毋令反者得出。

太子这边也向群臣发出文书，宣言告令百官知晓：皇帝病困甘泉，疑有变，奸臣欲作乱，故我接管中宫，俟事清，归政皇帝。令俱各居府自安，毋惊扰从乱。

城中更加混乱，吏民莫衷一是。苏文跪请上：您必须亲去长安处理事变，现在谣言满天飞，有说您被臣等扣押，有说您已传位太子，还有说您已崩。太子发通告给各大臣，说他已接管政权，百官也得不到您真实消息，各在观望。丞相发动的军队不敢作战，进攻据守两宫反叛分子。您再不露面，事将不可收拾。

上于是备车马，亲往长安来，亮相建章宫，在那里召见群臣，连下诏令，发三辅近郊县兵，各部队二千石等下，俱归丞相统一指挥，围两宫，敉平反叛。

太子亦遣使者矫诏赦长安中都官囚刑徒，组成军队，命少傅石德及宾客张光等分头率领。使囚徒中曾为军吏亦是胡族人如侯持节，往长水、宣曲发动驻扎那里精锐胡骑，携带全部装备到长安会合。如侯赶到长水，上派来发动胡骑侍郎马通也整好赶到，马通在中尉处任吏时曾参与追捕犯罪在逃如侯，认识他，立即对胡骑校尉说：他内个节假的，此人是罪犯。遂抽剑斩了如侯，引导胡骑入长安，加入丞相围宫队伍。

上又发渭水、漕渠两河漕船楫棹士，给大鸿胪商丘成，命他将这些桨手组成陆战队，上岸入城作战。

既往，汉节纯赤，今太子亦持赤节，故以雄黄染牦牛毛编穗加上以识别。

天明，太子亲驱车往北军，立车北军南门外，召护北军使者任安，给节他看，令发兵。安拜节受命，入营闭门不出。太子引兵去，威逼驱赶东西南北四市踞街看热闹人民，凡数万众，发给兵器，以壮己威。

饼妹亦在街门窥伺，见太子兵沿街抓人加入叛军，忙退回，推上门栓，又拿木棍顶住门闩得紧紧的。

外面鬼哭狼嚎，马迁在院里说叫你不要看热闹，不听。饼妹说抓老百姓顶缸，太子要败。马迁说你快进屋吧！人家的事少多嘴。饼妹进屋说太子身边没高人，杀江充立刻去请罪，没多大事，现在收不了场，你什么见解？马迁说没见解！你让我多活几年行吗。

太子杂牌军数万会长乐宫西阙下，逢丞相军胡骑、郊县兵、水兵至，合战五日，大砍大杀，死者数万，血流入道两旁阳沟，脏腻为之红，愈恶臭。人民皆云：太子造反，儿子打爹。故附太子者日少，而丞相军新加入部队一支接一支，细柳、棘门驻军也陆续赶到。

庚寅，太子兵败，南奔覆盎门。丞相司直田仁闭城门守，见太子至，叩门叫城：城上人听着，我父子一时误会，旁人不要借手，今不开门，一头磕死。

田仁语门尉：倒霉！左右是祸，死太子终不免，赌一把老人怜子。遂开城门，走太子。刘屈氂引兵至，见田仁放走太子，欲斩仁。御史大夫暴胜之说丞相：司直，吏二千石，当先请示，奈何擅斩之。屈氂释仁。

上闻之，直问到胜之脸上：司直放走反叛，丞相斩之，法也，大夫何以擅止之？胜之惶恐，扭脸自裁。

诏令宗正刘长、执金吾刘敢奉策书收皇后印玺。卫皇后自裁。黄门苏文、姚定汉停后尸于公车令空屋，盛以小棺，葬长安城南桐柏亭。后追谥：思。是史上第一位有谥号皇后。初，卫氏显贵，一门五侯，长安有无子多女小市民眼眶子浅，作《卫皇后歌》自勉：生男无喜，生女勿怒，独不见卫子夫霸天下。今一门皆败，复改歌词曰：生男生女浑等闲，还是人家天下。

上以为任安老油条，见兵起，坐观成败，胜者合从之，两心，与田仁皆处腰斩。此二人皆马迁友，任安于狱中待斩曾投书马迁，希望为之缓颊。马迁延宕多日，始回书，卑言报惭，援李陵事，以身残处

687

秽，稍有举动便会引起注意，本来帮忙可能帮倒忙，刑馀之人大的德行已亏缺，即便怀才，像许由、伯夷那样与世不争，人家看你还是个笑话，不值得重视。谢托。

上以马通斩如侯，长安男子景建随马通参加巷战捕获石德，商丘成力战擒欲水遁张光；封马通重合侯，景建德侯，商丘成秺侯。诸太子宾客，只要进出过宫门，皆坐诛。追随太子发兵者，坐反，族。被太子裹挟参加叛军吏士不论是否参加战斗，一概发往敦煌看边。因太子还在外逃亡，长安各城门开始屯驻军队。

长安残破，九户一户破家，最爱凑热闹围观内批闲汉暴死曝尸渠沟，街道畅通似空城；两宫亦被发掘兵燹，奄如弃战场，八子少使脏脸脏手苦哈哈如难民。

上怒甚，群下忧惧，进退失据，不敢讲话，不知万钧雷霆之怒哪天炸响自家脑壳，马迁嘴如缝上也似。

上党壶关县三老令狐茂上书曰：臣闻父者犹如天，母者犹如地，子女犹如万物，故天平、地安，万物茂成；父慈，母爱，子女孝顺。今皇太子为汉嫡嗣，承万世之业，体祖宗之重，亲则皇帝之宗子也。江充布衣之人，乡间之贱臣耳，陛下抬举而重用，衔至尊之命以凌迫皇太子，造饰奸诈，群邪错谬，是以亲戚之路隔绝而不通。太子进则不得见上，退则困于乱臣，独冤结而无告，不忍忿忿之心，起而杀充，恐惧逋逃，子盗父兵，以救难自免耳，臣窃以为无邪心。诗曰：营营青蝇，止于藩篱。快乐君子，无信谗言。谗言罔极，交乱四国。往者江充谗杀赵太子，天下莫不闻。陛下不省察，深责怪太子，发盛怒，举大兵而求逮之，三公亲率兵，智者不敢言，辩士不敢说，臣窃痛心之！唯希望陛下宽心慰意，稍微关心一下亲人，不要老想着太子不是，立刻罢甲兵，不要使太子长久逃亡！臣不胜拳拳之忠心，出这一席唠叨，待罪建章宫下。

上见书，始感瘪，继感慨，对马迁说：平定叛乱需要勇敢的年轻人，安抚天下、收拾人心还要老年人；老年人经历过，见过，是后半截人，对人的了解，是前半截人哭也想不出。你最近老不说话，我连你声音是粗是尖都快忘了。马迁说家有一老，如有一宝。

终感伤：太子这一害怕，不知躲到哪里去了。

太子这时走得不远，带二幼子躲在京兆湖县泉鸠里一户姓张人家，也不认识人家，就是走到那里，随从散尽，又饥又渴，上门求食，老张知他是落难人，并未多问，即留食宿。张家贫穷，穷得娶不上媳妇，只老张及老母二人，平日以打柴编织为生，今骤添三张嘴，老母纺布，老张打草鞋，夜不成寐供养太子三口，太子或以日后富贵相许，遭老张冷对。后有好事者评说：这是个义人，今王法如网，唯僻远旷地稀复得见，见尤不免夷其家，终绝迹矣。太子有故人在湖县，曾为宾客，往来有共语，亦常出希言惊世，太子以为贤，有点田，有点钱，退隐泉鸠水上做终生闲。

太子久困，吃不上肉，粟米粥饱腹胃，放下碗就饿，尤怜小儿女，天天哭闹，隐忍日久，终于憋不住，商请老张找老朋友借几文钱割二斤肉，谅不至遭拒。

老朋友给举报了。八月辛亥，周遭几个县县吏围捕太子。太子自度不得脱，即入室闭门上吊自绝。山阳男子张富昌为卒，一脚踹开门，新安县令史李寿一步上前抱解太子，解下来人已没气儿。老张格斗死，母、皇孙二人皆遇害。太子妃良娣、长子进、子媳王翁须俱在日前兵乱中遇害，惟襁褓子病已幸存，坐收系狱。

葬卫太子于泉鸠里。后十三年，其孙病已立，是为汉宣帝，置园邑，设长、丞等官，周卫供奉守护，岁时祀，赐谥号：戾。谥法曰：

不悔前过曰戾，不思顺受为戾，知过不改曰戾。后八年，增戾园采地民户满三百家。（班固按：戾，曲也，从犬出户下，戾者为小人所抑身曲不得展也，故"戾"应取蒙屈意。卫太子死于湖，戾加三滴水为涙。）

上为太子一家落涙。封李寿邘侯，张富昌题侯。

癸亥日，地震。

九月，任命商丘成为御史大夫。

十月，立赵敬肃王小儿子刘偃为平干王。平干即冀州广平县。

匈奴入上谷、五原，杀掠吏民。

75

征和三年，春正月，上出行雍，至安定、北地。

二月，匈奴入五原、酒泉，杀二都尉。

三月，派遣李广利将七万骑出五原，商丘成将二万步卒出西河，马通将四万骑出酒泉，击匈奴。

夏五月，赦天下。

孤鹿姑单于闻汉兵大出，悉徙其牛羊辎重郅居水北。左贤王驱其牛羊人民渡余吾水北六七百里，在兜衔山设帐。单于自将精兵南陈姑且水，以备汉军。

商丘成抄一条牧羊人小道到达浚稽山，不见匈骑，军还。匈奴使左大将并李陵将三万骑追击丘成军，转战苦斗九日，至龙勒南蒲奴水，近我塞，军完整，杀伤胡虏甚众，李陵未见出色表现，左大将引兵还。

马通军至天山，匈奴右大将偃渠将二万骑邀战汉军，见我军倍于其，未战即成半围势，未接兵急引去，通无所得失。

是时，汉恐车师出兵遮马通军归途，遣开陵侯成娩将楼兰、尉犁、危须等六国兵共围车师，陷其国都，尽得其王、民众、珍宝牛马还。

贰师出塞，匈奴使右大都尉、卫律将五千骑邀击汉军于夫羊句山峡谷。贰师大破之，乘胜北追至范夫人城，右大都尉、卫律竞奔走，莫敢拒我。（班固按：范桃，本汉将，韩王信骁将，随韩王信亡入匈奴，筑城于此。桃卒，杂胡来攻，妻率部众完保之，因以为名也。后范夫人率部众归汉，城湮废，有牧人帐。）

起初，贰师将要出征，丞相刘屈氂在城外为之饯行暨祓山川道路神，送至横门外渭桥，广利托付：愿君侯早请昌邑王为太子，如立为帝，君侯日后何忧？

屈氂说行。昌邑王，广利外甥，广利女嫁屈氂子，二人儿女庆家，故这事儿聊得来，有共同点。会逢少府内者令郭穰，也是一宦人，也不知从谁呢儿听说，俩人私聊，道旁有耳？应该还是夫人那里走漏消息。

出头告丞相夫人祝诅上早死，及与贰师共祷告邪神，欲令昌邑王为帝。江充虽死，巫蛊狱未息，还是一股风气，要毁谁，就告这个。廷尉换的都不知道是谁，江充之乱后，满朝新人，按丞相及夫人廷尉治。

按验。口供、旁证、物证全部取供合法，所供属实，丞相、夫人、贰师三人形成闭环。坐大逆不道。

六月，用野战厨房辒车载刘屈氂游街示众，腰斩于东市。夫人枭首华阳街。贰师妻儿老小亦收系狱。

贰师在外，麾下三辅战士率众，多人从家乡军邮书信得此消息，不但贰师有闻，其下长史、校尉亦各有闻。贰师忧惧，其掾吏胡亚夫亦是负案在逃，避罪从军，久怀叛意，说贰师：夫人、家室皆在吏手，归汉，稍错会意就将与夫人狱中相见，到那时，即便想一睹郅居以北风光还能见得到么？贰师说不要胡说，我不是李陵那样人。驱军继续北上，深入匈奴境，饮马郅居水上，卫律等辈已不见踪影。贰师遣护军及各大校将二万骑渡郅居水，遇左贤王、左大将将二万骑来

692

战，汉军急与合战一日，杀左大将，捕获杀伤匈军甚众，自己也伤亡不少。军长史与决睢都尉煇渠侯雷电私议：今将军陷巫蛊案，家人收狱，心思早不在部队作战上，拿战士生命冒险，为自己求功免罪，这样下去，浞野侯、李陵就是咱们前车。应立取消他指挥权，扣押他，递解回国，军队、咱们也能安全到家。

煇渠侯不置可否。军长史又与多人说，图谋为军正得悉，告与贰师。贰师斩军长史，引兵还至燕然山。

孤鹿姑单于知汉军劳倦，就在等这个战机，亲率五万骑遮击贰师军。两军战于燕然，互相杀伤甚多。

入夜，汉军疲极，尽入睡，哨兵亦困乏不警醒，匈奴虏获汉降卒及农人组成工兵营持锹潜入汉营前土方作业，掘堑壕，深数尺，长数十里，汉军哨兵竟无一人觉知。天未晓，匈军以有力一部自汉营后急击之，汉营传鼓，兵懵懂紧急上马，出营列阵，纷纷跌入堑壕。军大乱，司马找不到军候，军候找不到什伍，无法组织有力抵抗，各据车与匈骑战。天明，匈主力长骑纵入，践踏我失马卒，最后一道防御圈被击破，各卒步行四散突围。匈骑环伺马刀指贰师隆中，贰师降。

单于素知贰师汉大将，心向往之，今得贰师如宝，大加笼络，以女妻之，尊宠在卫律、李陵之上。

匈奴释放战俘陆续归汉，破军消息野火般传遍长安，朝野震动。上已没有力气发火，说浞野侯已失我精华，贰师今朝将我数十年练兵家底一把赔光，国势枢转就在须臾一错那间。遂族李广利合家。

九月，前城父县令公孙勇，与门客胡倩等谋反。倩诈称光禄大夫，言使督捕盗贼，来到淮阳，诳入淮阳郡守田广明府，坐在堂上大言不惭，封官许愿，为广明觉知，当场拿下，斩于阶下。公孙勇衣绣衣，乘驷马车至圉县，冒称直指使者到各乡亭听汇报，付不出租车马钱，为车夫告到县，圉县守尉魏不害以谋反诛之。其实就是俩缺心眼，骗吃骗喝攒大事，不聚众不举旗身无寸刃，没听说这么谋反的。封不害当涂侯。参与扭送公孙勇圉县二小吏，江德封寮阳侯，苏昌封蒲侯，小史姚二嘎关内侯，食邑都在圉县遗乡。

时，吏民多以巫蛊、谋反相互揭发举告。商丘成主御史，既不刻峻也不宽平，审慎唯谨，大小案必反复考验，并不轻信口供，务求旁证充分，物证闭环，一连串要案问下来，多不属实，太多拿这当发财升官捷径挟私报复。上亦深知太子案前掾江充等所告俱不属实，到太子诛充、发兵这段亦疑点重重，有人其中有手脚，自己受煽惑不在事发而在之前众口毁谤太子其刻，那些蜚语还是在自己心里栽了刺，深为自己无明痛悔。可毕竟太子是反了，发兵数万战于市，吏民血流浮渠，矫诏是实，矫节是实，这个坎儿横在这儿，轻易说误会，一风吹，向天下、自己这儿交代不过去。

这个夸说心硬老人，如今合眼即见儿子、儿媳、孙子孙女成行，皆血迹斑斑，不得好死丧尸样儿。

大难过是酵面，不在当时起多大，而在日后一天天、一夜夜于心里涨个，旁人看你是无端泪下，其实你已被伤悔撑得喘不过气。真正熟悉还是儿子，一夜夜入梦，刚出生，小脚丫；第一次迎风跑，头发飘飘；依偎母亲腿间小手紧攥母亲手，羞怯一掉脸；在笑、在哭、在痛哭；一遍遍演给你看，都是活生生样子。午间小憩也来，好像唯恐生怕你忘记他曾活过。

天人永隔感觉很奇怪，他那里是黑白你这里是彩色，这黑白与彩色同框，就像天忽阴忽晴。他是那么像你，你其实早已不是自己，而他，才是那个清晰版的你。远远站着，嘴一咧，法令纹，笑时睁大的眼，眼中含所指，虽不知斯情斯景斯面对，但你知他在笑什么，因何笑，就像记忆中你自己一次笑。他突然一副告别的样子，什么也没说，但你知道他要走，拦不住，有势不可挡的东西在等他，再看你时一脸无情。

高祖寝庙卫郎田千秋忽上急件，讼太子冤，曰：子弄父兵，罪当笞。天子之子过失误杀人，当判何罪？臣一日梦一白头翁教臣这么问。

老头崩溃了，痛哭一场，大感寤，知太子冤在哪里，罪罚不相当，无论如何罪不至死，中间任何阶段若有人点这么一句，收一下缰，哪怕事后及时追发赦令，祸不至如此惨烈，不可挽回。

召见千秋，极感激，说父子间情感综错与公私之别，一般人难以分清，讲明白，公一句话分得清清楚楚，讲得明明白白，谁哪里不是。此高庙神灵使公教我，公当留下为吾辅佐。立拜千秋为大鸿胪。启孝文废百年夷刑，夷江充父母妻三族。焚苏文横门外渭桥上。泉鸠里加兵刃于太子、二皇孙名陈广文者，初为北地太守，后族。

法理疏通，首恶者族，情感还在那里，孤零零，与外力救济无涉，谁痛谁知道。上骤老，走路颤巍巍，流口涎，每用上唇裹下唇。乃于甘泉别业辟室名之为思子宫，置太子遗物，日间常去独坐。又在湖县泉鸠里太子殒身处张家茅舍废址建台，曰归来望思台。秋春独上台四望，见荒川趣野，炊烟耕牛牧童，唯不见太子魂魄。天下闻而悲之。

76

征和四年，春正月，行东莱，临东海，执意入海。群臣谏，不听。而大风晦冥，海水沸涌，留十余日风不停，楼船不能靠岸，乃还。

二月丁酉，雍县无云，响三声炸雷，掉二陨石，划过天空，四百里可闻巨响，黑如痣。

三月，耕于巨定。还，登泰山，修封。庚寅，祀于明堂。癸巳，禅石闾。见群臣，乃言：朕即位以来，所为狂悖，使天下愁苦，不可追悔。自今事有伤害百姓，靡费天下者，悉罢之！

田千秋曰：方士言神仙者甚众，而无显功，臣请皆罢斥遣之！

上曰：大鸿胪言是也。于是悉罢诸方士候神人者。

是后，上每对群臣自叹：过去愚惑，为方士所欺，天下岂有仙人，尽妖妄耳！节食吃药，少生些病而已。

丁巳，以大鸿胪田千秋为丞相，封富民侯。（马光按：千秋无他材能，又无伐阅功劳，特以一言寤上，数月取宰相，封侯，世未尝闻也。）

起初，江充乱前，搜粟都尉桑弘羊和当时的丞相、御史曾联名上书，言：轮台东有可灌溉土地五千顷以上，可派遣屯田卒，置校尉三人分别管护，广种五谷。张掖、酒泉派出骑兵拓通往轮台之路，沿途绥靖有敌情及时报警。招幕内地人民壮健敢远徙置产兴业者到屯田

696

所，扩大种植。同时兴建列亭，从酒泉城到轮台栉比一线，以威西国，也可收连通友邦乌孙，必要时施以援手之便效。久之，西陲如秦中就像内地一样了。

上今时始回书，深陈既往之悔曰：从前有司奏请增天下民赋每人三十钱，以补助边饷度用，听上去不多，实际推行下去，却加重了老弱孤独者困境。而今又请派卒屯戍轮台，轮台西于车师千余里，前时开陵侯击车师，虽胜，降其王，以辽远粮食不够吃，死于道途尚数千人，何况再往西那么远呢？从前，欲取西域马，打算派贰师将军远伐，匈奴亦以马绑住四蹄置于城下，诱使我出兵，说秦人，来赶马吧。古者与卿大夫谋国，尚不敢专决，还要参问蓍龟，不吉不行。乃以缚马为图谶广泛征求丞相、御史、二千石、诸大夫、郎、为文学者，乃至郡国都尉见解，请他们言凶吉，皆说匈奴人自缚其马，兆应在匈奴自己身上，不祥甚哉！也有说弱者示强，不足视有余。意思匈奴弱，才那样炫耀，装作无惧，其实内里空虚。又下公车方士、太史、治星、望气及太卜龟占蓍数，占《易》得卦《大过》，爻在九五，匈奴困败。皆曰：吉；匈奴必破，时不可再得。又曰：北伐遣将，于釜山必克也。给每个将军都打了一卦，贰师最吉，所以我才派贰师领军，叫他不要太深入。今天回头看，卦兆皆反缪。

匈奴人常说：汉极大，然不耐饥渴，失一狼，走千羊。意思是我国太大，饮食殊异，士卒都从天各一方百姓中征集而来，南人饭稻羹鱼北人饭粟饮浆，一旦少了粮食，失去军吏带领，就像群羊各自走散。果如人言：浞野侯败，贰师败，军士或战死，或被俘，或离散，这些景象悲痛常在我心，今又请远屯轮台，欲起亭燧，是扰劳天下，非所以惠民，朕不忍再听。

大鸿胪又出怪主张，请招募亡命死囚冒充使者派往匈奴，行刺单于，这种事春秋五霸都觉得可耻而不肯为，真不知道出这种主意的人心里是怎么想的！

当今刻下，要务在禁苛征暴敛，停擅增赋税，与民休息，大力扶助农本。亭马制度还要落实，现在很多地方空有亭而无马，也只是补缺，保持边防基本武备有马骑而已。各郡国二千石要把养马计划报上来。

马光按：此为《轮台诏》，言辞恳切，历数前非，后世多以为开皇帝罪己滥觞。

由是自此，汉不复出兵伐四夷。而封田千秋富民侯，顾名思义，是申明国策，思富养民也。

又免去桑弘羊搜粟都尉职务，改由农科专家赵过担任，从搜粟入府库一变教民增亩产。赵过懂得轮耕代田，尤善改良耕耘农具使其便巧，把这些方法技术推广民间，用力少而得谷多，民都说好使。

与马迁坐谈：这些事本来打算留给太子办，如今只能我亲办了。

秋八月，辛酉日，日有蚀。单于母大阏氏病，卫律指使胡巫言：先单于显灵，怒说：从前我国出兵，坛下告神，常誓言生擒贰师祭，何故不用？又说大阏氏有恙，是神怪罪。单于畏天罚，遂收贰师，裸缚仰置于坛，贰师骂：我死必灭匈奴！遂开膛剖心祀神。

77

后元元年，春正月，上居甘泉，祀太一，出行安定郡。

昌邑王髆薨。

二月，赦天下。与马迁坐谈：今日始知觉寤是一条路，非一夕醒，醒无非开门，开门见路就会走下去，先走回头路，镜观往日之非，一件件览过，知其非，才得向前之勇。自此亦非坦途，还有岔道无数，须一趟趟辨迹认踪，走岔早回头。旧我如影，紧紧追随，亦须时时回身格挡，才不致如新如旧。周而复始，周而复始，哪里是一世之功，遑论一夕一际，此路无方便。今世我就这样了，不要说向前，旧崇未清理完只怕人已下世，哪儿说哪儿了吧。

马迁说《论语》不调整了？

上乐：就那样吧，那样挺好，我也是多余。我这岁数，基本道理，算了，就是文盲，这一路跟头把式折过来，也了然了，谁是我老师呢？做人很重要，未做事先做人，同意。人正，事也未必成，两码事。我是看不到了，希望未来之贤把万事成因捋清楚，老讲做人没意思，个人比较悲观，只怕万事败有根据，而成，一时之想矣。

这些话马迁都默记回家抄录于简，藏于卧寝床下，每就寝辄以足尖探试，物在才放心上床。一日探之一虚，惊附身，床下空荡无余物，似被清扫墩布擦过。怒回首，饼妹泰然面对，说：我都给烧了。

夏六月，御史大夫商丘成坐代丞相巡行陵园，祠文帝庙，醉歌堂下：出居安能郁郁！出来玩就得高高兴兴。大不敬，自杀。

起初，侍中仆射马何罗与江充是好朋友，及卫太子起兵，何罗弟马通以斩如侯，力战太子封重合侯。

后上夷灭充宗族，究其党羽。何罗兄弟惧祸及，共谋为逆，做就做个大的，惊天动地，阴图刺上。

如此一念生，心自狂荡，虽强守亦不免色异。侍中驸马都尉金日磾其实也是个胡巫，从小习法术，能读人心识，深藏不露，视何罗眉宇间晦黯有煞气，陡生警觉，刺主上，我们这里罕闻，匈奴那边虽不说家常便饭时也偶有，日磾父休屠王即遇刺于军帐，故有这根弦儿。从此格外留意，一个人私下观察何罗动静，每出入必偕行共进退。何罗亦觉日磾疑他，也不止日磾了，疑所有觊觎其之眼，惟小心隐忍，久不发。

时，甘泉宫重新粉刷装修，上就近移往复建旧秦林光宫暂住，警卫措施不如甘泉森严、制度化，外紧内松，身边止几个随身侍卫，往来进出宦人近臣也少。

何罗以为天赐机与他，近日上视他目光也越来越冷，简直一刻也混不下去，遂决意动手。

一日，日磾感冒咳嗽，怕传染上，自去许舍卧床喝热水休息。马何罗马通及小弟安成矫诏夜出，共杀甘泉禁军护军使者。马通、安成发动禁卒，俟何罗得手，围捕甘泉林光诸臣、宿卫郎等。下一步干什么，没想，走一步看一步，或挟持重臣，拖队伍投匈奴。

何罗匆匆返林光，平旦，上未起，何罗东绕西绕不知从哪里冒出来，近上寝殿。会逢日磾正在蹲次所，不是一般感冒是肠胃型感冒，感冒引起肠胃功能紊乱，腹泻，这会儿已是连着第四趟了，听到软木地板吱呀、吱呀响有脚步賊溜溜，这也是防刺客手段，特别铺的会叫地板，光脚走上去也叫，就是这吱呀、吱呀踩了活耗子也似声响，心说不好！屁股没揩一步蹿出去。

见何罗赤足高抬腿、轻落脚、慢动作正向上寝门摸去，闻声疾回头，脸色一变，出袖中白刃一头向日磾扎来。日磾没地儿没地儿闪，直要被他刺中，孰料何罗宽袖一扫，先拨壁上悬陈宝瑟，铮一声，二人俱僵，何罗心差点没跳出口，再把心咽回肚子，前襟已被日磾双手揪牢，先一拉，再一推，右腿入裆勾左腿，一个大得合，送何罗入数尺开外高阶殿下，一溜滚，日磾亦是匈奴摔角黑带高手，随高喊：马何罗反！

上惊起，执衣架颤巍巍敞怀出，何罗已被宿卫数人叠压身下。

穷治，何罗拷掠死。骑都尉上官桀单骑入禁军，诛马通、安成。

秋七月，地震。

九月，上初次中风昏迷，以大活络丹撬牙灌服急救醒，左半身不遂，继以白花蛇、乌梢蛇、虎骨、全蝎、黄连、天麻、人参、龟板、麝香、犀角、牛黄、朱砂、安息香日煎服。渐能起坐，行走须搀扶，右目失明，左目视力微弱，视物模糊，语言功能无碍，从此不再临朝、阅奏章。各大臣、郡国上奏留中书令，急特件听马迁或张安世诵读，转田千秋照章酌办。

燕王旦自以为兄弟排行，该轮到他当太子，上书求入宿卫，言在此意在彼，上怒其跟失能老人使心机，斩其使于北阙。又坐藏匿亡命在逃犯，削良乡、安次、文安三县，由是嫌弃旦。旦有口才，小聪明冒烟儿，读书不少，什么破事都知道一二；其弟广陵王刘胥，有勇力，脑子不够使，两兄弟法律观念都很淡薄，行为多逾界而不自知，也不赖他们但是，上皆不立。

时，赵婕妤之子弗陵，年六岁，个儿不小，看着像七岁，多知，热锅不能摸，跟妈要不来跟老父亲要，必得；躺地上蹬腿，爹妈俱服。上奇爱之，心欲立为太子，以其年幼，母少，犹豫久之。欲以大臣辅之，察群臣，唯驸马都尉日磾、光禄大夫霍光，忠厚可任大事，乃以黄门丹青妙手画周公背小成王朝诸侯图以赐光。后数日，赵婕妤吃饭没洗手染时疫卒。

上终日独坐，绕膝、坐膝皆猫咪，抚猫若抚幼子。嗫嚅自语人皆不解其意，惟猫知。

78

后元二年，春正月，上朝诸侯于甘泉，摆了一席酒，日磾搀扶出，与众亲戚见面，拱手贺新年，未发一语，亦未动箸，坐了一坐就回去了。

与马迁仰卧谈，口齿已不清，需费力倾听：……世间无神，人死有景象，今生带不走，再来亦非故人，如此而已。

二月，忽然说要回未央，走到盩厔二次中风，紧急就便在五柞宫下车，再进药，无大益。

上病笃，久昏睡偶醒，霍光涕泣曰：如有不讳，谁当嗣者？上曰：君未理解前画意邪？立最小的儿子，君行周公事。光顿首让曰：臣不如金日磾。日磾亦顿首让：臣，外国人，不如光，且使匈奴轻汉矣。

乙丑，口授诏立弗陵皇太子，时年八岁。丙寅，以霍光为大司马、大将军，金日磾为车骑将军，太仆上官桀为左将军，受遗诏辅少主。又以桑弘羊为御史大夫。皆拜卧内床下。

丁卯，上崩于五柞宫，寿七十一，入殡未央前殿。

戊辰，皇太子即皇帝位。帝姊鄂邑公主共教养于禁中。霍光、金日磾、上官桀共领尚书事。

三月甲申，入葬茂陵，庙号孝武。

起初，百物模糊，就像平地起雾，望向哪里，哪里生起一片障，好像世界有意拒绝你，把你当作不可接触物，隔离你。特别清楚事情将这样下去，从前内种奇迹，睡一觉起来一切不适云消气散再不会发生，睡一觉起来还是这样，这就是现状，只会更坏。听闻已久，几经猜测，或说一直等待那一天正在赶来，终于轮到自己。是整个世界先一步远去阿！渐渐晦暗，把你圈禁在原地，人身咫尺之围，是久病老人之福吧？与这样一团混沌不明作别，好像更容易一点。并没有感到恐惧，好像很熟悉呢，这样一个人被隔离在世外，默默地存在，心里的内个人醒了，一直是这样，与自己在一起，而派到外面去说、去笑，去扯的内个人，只是他的遗蜕物，像蛇蜕或蚕织起的茧。腿上的皮又在痒，像蚂蚁爬；头昏沉沉有点疼，是没睡好还是想太多；胃满口恶逆，满口臭，这身体已衰朽，像沤糟的老木头，潮的乎的发臭。他好像从来也没爱过自己的身体，从小就感到这身体的负累，要吃、要喝、要拉、要撒，稍有不满足就给你出洋相，使你极不舒服，为此不知多少次不顾脸面向别人求索，大哭大闹，为此给别人添的麻烦现在想起来一直是心存惭羞、并不视之为理所当然，大概是太不好意思，无法自我面对，才显得冷漠、喜怒无常、拒人千里的吧。那个瞧不起、藐视，是藐视、瞧不起自己。长大也如是，为身体各种内需驱赶着跑，生出那样一张厚脸皮，一直在设法麻烦别人，好像就是为了麻烦别人才出来活这么一世。

　　如今身体这个坏人终于扑腾不动，趴架、自顾不暇了，可以松口气，自尊自爱地活一会儿了。突然对别人没有生理请求真的很清闲，很自在，哦或可说得更重大一点，自由，也莫过如此。老木头开始自己折腾，过去犯的坏，使的浊劲儿，现在都来找后账，哪儿都堵，哪儿都在杠油，哪儿都缺榫，哪儿都在噼里啪啦掉渣儿，折腾吧，一想到这架车马上就要散架，就觉得可敕，难受到底有个头，差一点就算幸灾乐祸。

活着变得毫无乐趣，没有比这更好的谢世心理准备调适期了。正乐着被打断不免愕然不甘，叫回来问一定痛不欲死。已在痛痒辛苦挣扎不堪中打断不叫打断叫了结。信仰赖活的人只是还没赖到那份上，天天给他上刑看他还赖不赖。看着别人很赖还叫人活不是东西。生命有无价值活人说了不算，垂死于兹可证。

亲友最好远点，不要过来以幸运者同情者姿态表示廉价关怀。打算活下去的人没资格在这事上说三道四，除非你对死亡、灵魂、来世有了解，哪怕全是荒信儿，胡几把扯淡。此时方知大家都是偶遇，今生带不走，再来亦非故人。已成大事都不重要，谁耐烦旁人历数你留下什么什么，死亡面前人人平等，信哉斯言！待办未办之事都可以不办，我这儿都要死了，你来跟我说这个，怎么把小日子再往滋润了过，谁要听此世蝇营狗苟，鄙视！两重天，人未去已成两世人。

之后就是一阵醒一阵糊涂，醒也不过是很厌恶地听懂了周边人废话，糊涂只不过人不在这儿，醒在往事中，往事如花车载哭载笑一趟趟开来，好像一生漫长，其实也不过几件事，要紧的几个人。哭的都是你在乎、最心疼，也曾对不起的人。笑的是欢乐时光同在的人。还有一些面目不清的人，是你忽略的人。结交认识的人太多，结果是对谁都不好。还有更多黯淡如鬼魅的人，是你殃及、祸及，或因你失去生命的人。

这时蓦然发现这一生竟无一人对不起你，都是你对不起别人。一个人一辈子所行之事都是叫别人不舒服，过不好，乃至误了此生，这在无耻活着的时候或自以为叫顺，没挡儿；此刻，苟喘行木，一边倒显露出丑恶，都叫无颜以谢世。曾经充分的理由现在全不成立。曾经的忿怒如今全叫多余。重头来过，还是这些人，这些事，同一过程，是不是可以不这么办，非置他人于难堪，死地，怎么想怎么觉得没什么不可以。

难过，像胸口捂着的一块冰，渐渐化了，化作一片寒凉，热天盖厚被也暖不过来。油锅不存在的，炸油饼受的启发是吗？有够拙劣。倘有灵魂，销毁需核反应。天堂，按最迷信说法，上去的也没俩人，其他都在阴间候审。大概率事件，心识抽离，转念成空。

那门槛早知不高，只是心底一条线，也飞过去探望那边光景，回看槛内，以为回不去，落地睁眼还是在这边。这次好走，料是回不来了。都说有光，也曾见夺目景象，知那光是颅内毫微湮灭所生，这次大湮灭，所见光应是不小，希望如烟花。闭眼见频闪，这是一直在进行小湮灭。复为涕泣声惊回，说立最小儿子，君行周公事。复合眼，即入彩陶世界，窈冥有光，上楼梯，见格子呢，赭石红，转过一壁即是夜空，天有星河，下有长安万家灯火。宫中似屋顶皆掀，可洞见诸人伏地哭泣，那床上锦被隆起应是自己，初念还知伏地者阿谁，转念尽皆陌生，全然不知名。其实全无动于衷，再追忆难过亦干涸。由是可知情感为世间物，一世情一世了，人格秒删，对象亦空置，恋怨无所寄。就说信息不损失，怨忿皆反转儿，也是无人机，罩着那冤家想什么什么不成，求亲得仇，问吉得不祥，也与你无涉。因你已不是你，你在星河中，无念亦无想，只是一个飞驰的注视，所见非世界，无上无下无左右，无彼此；凡所有象皆扬沸，所有形皆迸溅，那飞驰亦猝止，注视驻于大涡旋。那是光的波涛，因无纹路而显得光滑，无光焰而显得内敛、纯一，虽幽明，亦有慑，属大美，尽在整全中，你已不是人。

图书在版编目（CIP）数据

起初·纪年 / 王朔著 . -- 北京 ：新星出版社，
2022.8（2022.8 重印）
ISBN 978-7-5133-4943-7
Ⅰ．①起… Ⅱ．①王… Ⅲ．①长篇小说－中国－当代
Ⅳ．① I247.5
中国版本图书馆 CIP 数据核字（2022）第 086062 号

起初·纪年

王朔 著

责任编辑 汪　欣
特约编辑 孙　腾　黄渭然　第五婷婷
营销编辑 王　玥　李怡佳　李　妍
装帧设计 韩　笑
内文制作 田晓波
责任印制 李珊珊　史广宜

出　　版 新星出版社　www.newstarpress.com
出 版 人 马汝军
社　　址 北京市西城区车公庄大街丙 3 号楼　邮编 100044
　　　　　 电话（010）88310888　　传真（010）65270449
发　　行 新经典发行有限公司
　　　　　 电话（010）68423599　　邮箱 editor@readinglife.com
法律顾问 北京市岳成律师事务所

印　　刷 山东韵杰文化科技有限公司
开　　本 640mm×980mm　1/16
印　　张 45
字　　数 542千字
版　　次 2022年8月第一版　　2022年8月第二次印刷
书　　号 ISBN 978-7-5133-4943-7
定　　价 108.00元